LOCUS

LOCUS

LOCUS

LOCUS

RECREATION

R53

血魅夜影 *SHADOW OF NIGHT*

作者：黛博拉・哈克妮斯（Deborah Harkness ）
譯者：張定綺
責任編輯：江怡瑩　美術編輯：顏一立
校對：呂佳真
法律顧問：董安丹律師、顧慕堯律師
出版者：大塊文化出版股份有限公司
台北市10550南京東路四段25號11樓
www.locuspublishing.com

讀者服務專線：0800-006689
TEL：(02) 87123898　FAX：(02) 87123897
郵撥帳號：18955675　戶名：大塊文化出版股份有限公司

總經銷：大和書報圖書股份有限公司　地址：新北市新莊區五工五路2號
TEL：(02) 89902588　FAX：(02) 22901658
排版：辰皓國際出版製作有限公司 製版：瑞豐實業股份有限公司
初版一刷：2013年10月
初版二刷：2019年9月

定價：新台幣420元
Printed in Taiwan

魔法覺醒 II

血魅夜影

SHADOW OF NIGHT

黛博拉・哈克妮斯 Deborah Harkness ——著　張定綺——譯

獻給早就建議我該考慮寫小說的說故事大師兼歷史學家，
雷西・巴德文・史密斯（Lacey Baldwin Smith）

已經過去的事不能修補。

——英國女王伊麗莎白一世

第一部

烏斯托克路的老房子

第一章

我們很不成體統地跌作一堆：一個女巫，一個吸血鬼。馬修被我壓在下面，他修長的四肢難得擺出這麼不雅的姿勢。一本大書夾在我們中間，墜落的力道讓我緊捏在手中的那尊小人像脫手而飛，滑到地板另一端。

「我們來對地方了嗎？」我眼睛緊閉，唯恐仍置身二十一世紀美國紐約州莎拉阿姨的蛇麻子穀倉，沒能抵達十六世紀英國的牛津。話雖如此，撲鼻而來的陌生氣味已經告訴我，這不是我們原來的時空。那股氣味夾雜著草香與甜香，以及一種讓我聯想到夏季的打蠟味道。還有燃燒木頭的味道，我已聽見爐火的劈啪聲。

「張開眼睛自己看，戴安娜。」冰冷的嘴唇像羽毛般輕觸一下我臉頰，接著傳來一陣輕笑。迎面只見一雙色澤宛如暴風雨中大海的眼睛，襯在一張蒼白得不問即知是吸血鬼的臉上。馬修的手從我的脖子滑到肩上。「妳還好吧？」

經過這段沿著馬修的過去逆流回溯的漫長旅程，我全身骨骼好像風一吹就會散開似的。在阿姨家做短程練習時，可從來沒有這種後遺症。

「我很好。你呢？」我把注意力集中在馬修身上，不敢東張西望。

「回到家就放心了。」馬修把頭往木頭地板上一靠，發出咚的一聲，讓散落地上的燈心草和薰衣草散發出更濃郁的夏日香氣。早在一五九〇年，他就對老房子很熟悉了。

我的眼睛慢慢適應了黯淡的光線。看到一張大床，一張小桌，狹窄的板凳和一把扶手椅。透過支撐大床頂罩的精雕床柱，我看到一扇從這個房間通往另一個房間的門。光線從那房間灑入，照亮了被單和地板，形成一個有點傾斜的金色長方形。我造訪過幾次馬修這棟現今仍位於烏斯托克路的住宅，就我記憶所及，這房間牆上裝飾著一模一樣、做工精緻、雕成布褶紋的嵌板。我仰頭望向天花板——厚厚的灰泥分成一格一格的藻井，飾有花紋繁複、造型豔麗的都鐸玫瑰，花朵紅白相間，一朵一朵用金線描出輪廓。「蓋房子的時候，照例要裝飾玫瑰。」馬修淡淡地說。「我受不了它們。一有機會就通通改漆成白色。」

突來一陣風，使燭台上泛藍的金色燭燄暴長，照亮了角落裡一幅色彩富麗的掛毯，淺色床罩上凸顯樹葉與果實輪廓用的深色繡線也被映得閃閃發光。那是一種現代織品所沒有的光澤。

我忽然心情大好，笑道：「我真的辦到了。我沒搞砸、沒把我們帶到別處去，比方蒙蒂塞洛①——」

「沒錯。」他用微笑回應我。「妳的表現十全十美。歡迎來到伊麗莎白一世的英格蘭。」

有生以來第一次，我對自己身為女巫深感慶幸。做為歷史學家，我研究過去。但女巫的身分卻能讓我回到過去。我們重返一五九〇年，主要目的是讓我有機會學習失傳的魔法，但我在這兒可以學習的東西絕對不止於此。我仰起頭，想要一個祝賀的吻，但開門的聲音卻讓我停止動作。

馬修用一根手指壓住我嘴唇。他微偏過頭，張開鼻孔。但一認出隔壁房間裡發出窸窣聲的人是誰，就鬆弛了下來。他一個動作就乾淨俐落地拾起書、扶起我。牽起我的手，拉我到門口。

隔壁房間裡有個滿頭蓬亂棕髮的男人，站在堆滿信件的書桌前面。他身材中等，骨格勻稱，穿著精工縫製的昂貴衣服，哼著我沒聽過的曲調，不時低聲冒出一、兩句我聽不清楚的話。

馬修先是一臉驚訝，然後勾起嘴角，露出親切的笑容。

① 參見第一部第四十章，戴安娜藉巫術做時間旅行，施術時必須專注想著要去的時代與地點。她最初開始練習時，曾經陰差陽錯聯想到美國第三任總統湯瑪斯・傑佛遜，結果施術失敗。蒙蒂塞洛位於美國維吉尼亞州，曾經是傑佛遜的住所，雖然戴安娜上次失敗並沒有跑到蒙蒂塞洛去，該次事件卻在她心頭留下一個對法力缺乏自信的陰影。

「你到底去哪兒啦，我親愛的老馬？」那人拿起一張紙，就著燈光打量。馬修頓時瞇起眼睛，縱容的表情瞬即被不悅取代。

「找什麼東西呀，克特？」一聽見馬修的說話聲，那名年輕人立刻扔下信紙，轉過身來，滿臉喜不自勝。我在我那本克里斯多夫・馬羅②所著《馬爾他的猶太人》平裝本上，見過這張臉。

「老馬！彼埃說你去契斯特了，可能趕不回來。但我就知道，你不會錯過我們一年一度的聚首。」所有的字句都很熟悉，但抑揚頓挫變得很奇怪，我必須專心聆聽才能理解。伊麗莎白時代的英語與現代英語的差異，並不像學校裡告訴我們的那麼大，但也不像我原先以為的、只要熟讀莎士比亞戲劇就聽得懂。

「怎不留鬍子了？你病了嗎？」馬羅看到我，眼神變得閃爍不定，他目光所到之處，都會在我身上產生持續的壓力，可見他一定是個魔族。

我壓抑住撲到這位英國大戲劇家面前，跟他握手，提出一大堆問題的衝動。從前我對他生平的一點兒知識，站在他面前，竟然忘得一乾二淨。一五九〇年之前，他可曾有哪齣戲劇作品公開上演？現在幾歲？比我和馬修都年輕，這很明顯。馬羅充其量不到三十歲。我對他露出善意的微笑。

「你在哪兒找到那個？」馬羅伸出一根手指，語氣洋溢著輕蔑。我回頭望去，以為會看到什麼蹩腳的工藝品。但我背後空空如也。

他說的是我。我笑不出來了。

「客氣一點，克特。」馬修皺起眉頭。

馬羅聳聳肩膀，不以為意。「無所謂，趁其他人還沒來，你就盡情地享用她吧。喬治已經來了好一會兒，老樣子，吃你的東西，看你的書。他還是找不到贊助者，名下也沒有一文錢。」

「我所有的一切，都歡迎喬治享用，克特。」馬修眼睛盯著那名年輕人，不動聲色，把我們糾纏的手指湊到唇邊。「戴安娜，這是我的好朋友克里斯多夫・馬羅。」

馬修的引見，給馬羅一個更加放肆打量我的機會。他從腳趾一路看到頭頂。這小子雖然收斂了妒忌，但他的不屑還是很明顯。馬羅確實愛上了我的丈夫，遠在麥迪森時，我觸摸到他送給馬修那本《浮士德》上的題字，就懷疑是這麼回事。

「我都不知道烏斯托克竟然有供應大塊頭女人的妓院。你通常都挑比較秀氣迷人的婊子。這娘們簡直是個亞馬遜女戰士。」克特吸吸鼻子，回頭瞥一眼撒滿桌面的凌亂紙張。「老狐狸的最新消息說，你去北方是為了辦正事，而非追求情慾。怎麼有時間找她來服務？」

「克特，你這麼輕易浪費人家的善意，真令人意外。」馬修慢吞吞道，聲音裡帶著警告。馬羅卻聽不出來，嘻皮笑臉裝作專心看信。馬修握緊我的手。

「戴安娜是真名嗎？或是用來吸引顧客的藝名？我看她可以袒露右邊的乳房，或拿一副弓箭。」馬羅拈起一張紙，建議道：「記得黑衣修士的貝絲那次，她非要我們叫她阿芙羅黛特，才肯——」

「戴安娜是我的妻子。」一轉眼，馬修已不在我身旁，他鬆開我的手，抓住馬羅的衣領。

「不會吧。」克特滿臉震驚。

「就是。這代表她已是本宅的女主人，冠我的姓氏，受我保護。就憑這一點——當然還要加上我們多年的交情——今後不准你批評她，或在背後詆毀她的節操。」

我扭動手指，消除麻痺感。馬修握緊我的手，他發怒的手勁使我戴在左手中指上的那枚戒指嵌進肉裡，留下淡紅色的印子。鑲在中央的那顆鑽石雖然沒有做切面，仍捕捉到溫暖的火光，這枚戒指是來自馬修母親伊莎波的意外禮物。幾小時前——幾個世紀之外？——幾個世紀以後？——馬修把戒指套上我手指

---

② Christopher Marlowe（1564-1593），英國詩人，也是優秀的劇作家，對與他同時代的莎士比亞有重大影響。馬羅自幼家貧，靠獎學金讀完劍橋大學的碩士學位，並曾擔任伊麗莎白女王的特務，二十九歲就死於非命。

時，曾複誦古代的結婚盟誓。

兩個吸血鬼跟杯盤碰撞的聲音一起進入房間。前面是體型瘦削的男僕，有一張表情豐富的臉，久經滄桑的栗色皮膚，黑髮黑眼。他手執一個細頸大肚酒壺，還有一個底座設計成海豚形狀的高腳酒杯，海豚用尾巴托住杯盅。後方有個骨瘦如柴的女僕，端著一盤麵包和乳酪。

「您回來了，老爺。」男僕道，顯得有點困惑。奇怪的是，他帶法國腔的英語反而更容易理解。「星期四來的信差說——」

「計畫改變了，彼埃。」馬修轉向女僕說：「我妻子在旅途中丟了行李，芳絲娃，她身上的衣服太髒，所以我把它燒了。」他撒謊撒得坦然，卻無法說服這兩個吸血鬼或克特。

「您的妻子？」芳絲娃重複道，她跟彼埃一樣有法國口音。「但她是個巫——」

「溫血人。」馬修搶先道，並從托盤裡拿起酒杯。「告訴查爾斯，家裡多一個人吃飯。戴安娜身體不適，醫生建議她一定要吃新鮮的肉和魚。得派人去菜場，彼埃。」

彼埃眨眨眼。「是，老爺。」

「她也需要一些衣服。」芳絲娃端詳著我說。馬修一點頭，她立刻消失，彼埃也跟著離開。

「妳的頭髮怎麼了？」馬修拉起一撮草莓金色澤的捲髮。

「哎呀，不好。」我喃喃道。我舉手觸摸，原本色如乾草的齊肩直髮，意想不到變成了富有彈性、金中透紅的捲髮，而且長及腰部。上一回我的頭髮自作主張時，我還是大學生，在校內《哈姆雷特》一劇中飾演奧菲莉亞。那次和這次，頭髮都違反自然，快速生長，變換顏色，這不是好兆頭。回到過去的旅途中，藏在我體內的巫術能量突然醒轉。根本無從知道此行還釋出了其他什麼魔法。

吸血鬼會聞到隨著我察覺這變化突然焦慮而升高的腎上腺素，也會聽到我血液的歌聲。但克特這種魔族則能感應到我巫術能量的起伏。

「乖乖隆地咚。」馬羅笑得非常惡毒。「你弄回來一個巫婆。她做了啥壞事？」

「別鬧，克特，不關你事。」馬修的聲音維持著發號施令的派頭，但他的手指仍溫柔地撫著我的頭髮。「別擔心，吾愛。我相信妳只是累了。」

我的第六感強烈反對。這次變形根本不能用單純的疲倦解釋。我出身巫族世家，卻到現在還摸不清楚，自己究竟與生俱來多大的法力。就連我的莎拉阿姨和她的同居戀人艾米莉・麥澤——兩人都是女巫——對這件事也說不出個所以然，更別說加以控制了。馬修已經用科學實驗證實，我的血液帶有魔法能量的遺傳符號，卻說不準這種潛力哪天會爆發出來。

我繼續擔心下去之前，芳絲娃已拿著一根看起來像織補針的東西回來了，她嘴裡含著一把大頭針，鋒芒四射。一堆會走動的天鵝絨、羊毛、麻紗跟在她身後。衣料底下露出的兩條咖啡色細腿，顯示彼埃被埋在下面。

「那是幹什麼的？」我戒慎恐懼，指著大頭針問道。

「當然是讓夫人穿上這個。」芳絲娃從那堆衣服最上端取下一件顏色暗沈、看起來像麵粉袋的褐色長袍。它一點都不像款待客人時可以穿的衣服，但我對伊麗莎白時尚一無所知，只好聽由她擺布。

「下樓到你該去的地方待著，克特。」馬修對他的朋友說。「我們很快就去加入你們。管著你的舌頭。我的私事我自會交代，不用你代言。」

「悉聽尊便，馬修。」馬羅拉一下他紫紅色緊身上衣的下襬，嘲弄地微鞠一躬，雖然故作滿不在乎狀，顫抖的雙手卻洩漏了他真正的感受。所有動作加起來，代表他雖然聽到了馬修的命令，卻沒有服從的打算。

那位魔族離開後，芳絲娃就把麵粉袋罩在附近的沙發上，繞著我轉了一圈，研判最容易下手的位置。她不滿地哼一聲，開始為我著衣。馬修走到桌前，注意力被攤在桌上的文件所吸引。他拆開一個摺疊得非常整齊、用粉紅色封蠟封緘的長方形小包，眼光飛快掃過紙上細小的字跡。

「天啊。我都忘了。彼埃！」

「老爺？」衣料深處傳出一個含糊的聲音。

「把那些放下，告訴我克倫威爾夫人最近都在抱怨些什麼。」馬修用一種親密而不失威嚴的態度對待彼埃與芳絲娃。如果必須用這種方式跟僕人相處，我得花不少時間才學得會。

我被披掛、插針、綑綁，裝扮成見得了人的模樣之際，他們兩人在火爐旁竊竊私語。芳絲娃對我那枚只剩一邊的耳環，咂舌表示不滿，那枚金絲垂綴寶石的耳環，跟馬修那本《浮士德》、戴安娜的銀製小雕像，本來都由伊莎波收藏，也是用來幫助我們回到這個特定時空的三樣物品。芳絲娃在一旁的五斗櫃裡翻尋，輕易便找到同一對耳環的另一枚。首飾配好後，她把厚襪子穿到我膝蓋上方，用紅絲帶固定。

「我想我好了。」我道，迫不及待地想下樓展開訪問十六世紀之旅。閱讀書上記載的歷史，跟親臨現場體驗完全是兩回事，憑我跟芳絲娃短暫交手，惡補到的當代女裝風俗，就足以證明這一點。

馬修打量我的外表。「馬馬虎虎——暫時就這樣吧。」

「效果應該更好，因為她相貌平凡、不會留下深刻印象。」芳絲娃說：「女巫在這棟房子裡應當如此。」

馬修不理芳絲娃，轉向我道：「我們下樓之前，戴安娜，記得說話要小心。克特是魔族，喬治知道我是吸血鬼，但態度再怎麼開放的眾生，對跟他們不一樣的新來者不免懷著猜疑。」

走到樓下大廳，我一本正經，裝出自以為適合伊麗莎白時代的儀態，向馬修那位身無分文、又沒有贊助者的朋友喬治問安。

「這女人說的是英語嗎？」喬治目瞪口呆道，他托高圓框眼鏡，把一雙藍眼睛放大到青蛙的比例。他另一隻手搭腰，擺出一個我在維多利亞與亞伯特博物館展示的微型肖像畫③中見過的姿勢。

「她一直住在契斯特。」馬修連忙道。喬治顯得有點懷疑。顯然就連英格蘭北部的荒野，也不足以解釋我古怪的說話方式。馬修的口音變得比較柔和，能迎合這時代的腔調與發音，但我還是一口無可救藥的現代腔美式英文。

「她是個女巫。」克特糾正他，同時啜了一口酒。

「真的？」喬治重新感到興趣，打量我。這個男人的目光沒讓我感覺到來自魔族的推壓、巫族的刺痛，或血族的冰冷。喬治就是一個正常的凡人——邁入中年，滿臉倦容，飽受生活摧殘。「但你不是跟克特一樣不喜歡女巫的嗎，馬修。你一直不准我研究這題材。上次我想寫一首關於赫卡忒④的詩，你還叫我——」

「我喜歡這一個。喜歡到跟她結婚。」馬修打斷他，並緊緊吻住我的唇，希望取信於他。

「跟她結婚！」喬治的眼光跳到克特臉上。他清一下喉嚨。「所以有兩件出乎意料的喜事要慶祝嘍：你沒有像彼埃以為的耽誤了大事，而且還帶回來一個妻子。恭喜。」他鏗鏘有力的聲調讓我聯想到畢業典禮上的名人致詞，我克制住一個微笑。喬治卻回我一笑，躬身道：「在下喬治・查普曼⑤，羅伊登夫人。」

這名字很耳熟。我在自己的歷史學家腦袋裡搜尋凌亂儲存的資料。查普曼不是鍊金術師——那是我研究的專業——神祕學領域裡也找不到他的名字。他跟馬羅一樣是作家，但我想不起他任何一部著作的名字。

③ miniature為小型的肖像畫，十六至十九世紀在歐洲盛行，將全身像或半身像畫在二至五公分見方的方寸空間裡，可以鑲框或上釉，方便攜帶，適合做為餽贈遠方親人的紀念品，或富貴人家相親之用。照相技術問世後，這一行業就逐漸式微。

④ Hecate為希臘神話中一個女神，管轄陸地、海洋、天空，也是月亮、巫術、魔法和女巫的守護神。

⑤ George Chapman（1559-1634），英國翻譯家，曾翻譯荷馬史詩《伊利亞德》與《奧德賽》，也寫詩與劇本。他的第一本詩集，一五九四年出版的《夜影》，題獻給一位沒沒無聞的同代詩人——馬修・羅伊登。

稱。

介紹完畢後，馬修同意陪客人在爐前小坐片刻。男人家大談政治，喬治不想我受冷落，便問起路況與天氣。我盡可能少說話為妙，同時努力觀察各種有助於我更像個伊麗莎白時代人物的小動作與遣詞用字。喬治見我專注聽他說話，高興得長篇大論談他最近的文學創作。不喜歡當配角的克特按捺不住，打斷喬治的演講，自告奮勇要朗誦一段《浮士德》。

他眼睛發亮道：「就算是正式表演前，在朋友當中做一次排練。」

「今天算了吧，克特。這會拖過午夜，戴安娜旅行已經累了。」馬修拉我起身，說道。

我們走出房間時，克特盯著我們。他知道我們有所隱瞞。我嘗試交談時，每一個不合情理的句子，他都緊追不捨，當馬修想不起自己的魯特琴收在什麼地方時，他開始沈思。

離開麥迪森之前，馬修就警告過我，克特的觀察力絕佳，即使在生性敏銳的魔族當中也非常出眾。我很好奇馬羅要多久才猜得出我們瞞著他什麼事。但過不了幾小時，我的疑問就得到解答了。

第二天早晨，房子裡的活動已展開，我們窩在溫暖的床上聊天。

最初馬修還願意回答我有關克特（竟然是鞋匠的兒子）與喬治（跟馬羅差不了幾歲，令我很意外）的問題。但後來我問到家政管理與婦女規範等實際問題，他很快就厭倦了。

「那我的衣服呢？」我企圖讓他把心思放在與我有切身關係的事情上。

「我認為已婚婦女睡覺時不穿這種東西。」馬修拉起我精緻的麻紗睡衣說。他解開滾荷葉邊的領口，正打算在我耳朵下面種一個吻，證明他的觀點時，忽然有人掀開床幃，燦爛的陽光讓我瞇起眼睛。

「什麼事？」馬修質問道。

一個膚色黝黑的魔族從馬羅背後探頭張望。他身材矮小，下巴尖削，還留著一把尾端修得跟下巴一樣尖的褐色山羊鬍，長得活像一個精力充沛的小妖精，那頭亂髮起碼一個星期沒見過梳子了。我拉緊睡衣領口，這件衣服幾近透明，我又沒穿內衣，令我頗為尷尬。

「你看過懷特大師⑥的畫，克特。這女巫一點也不像維吉尼亞的原住民。」陌生魔族失望地說。他這時才注意到怒目瞪著他的馬修。「哦，早安，馬修。可以跟你借象限儀嗎？我保證這次不把它拿到河裡去。」

馬修垂下額頭靠在我肩上，閉上眼睛，發出一聲呻吟。

「她一定出生在新世界——或者非洲。」馬羅堅持道，而且不肯用姓名稱呼我：「她不可能來自契斯特，或蘇格蘭、愛爾蘭、威爾斯、法國，或神聖羅馬帝國的轄區。我看她也不像荷蘭人或西班牙人。」

「早安，湯姆。有什麼理由讓你跟克特一定要趁現在，並且在我的臥室裡，討論戴安娜的出生地嗎？」馬修替我拉攏睡衣的繫帶。

「天氣這麼好，不宜躺在床上，即使你害了瘧疾神昏智迷也一樣。克特說你一定是燒昏了頭才會娶這個女巫。除此之外，你絕無可能做這麼莽撞的事。」湯姆以典型的魔族作風喋喋不休，毫不打算回答馬修的問題。「路是乾的，我們已經來了幾個小時了。」

「所以酒已經被喝光了。」馬修抱怨道。

「我們」？還不止這兩個嗎？老房子已經快擠爆了。

「出去！夫人必須梳洗才能見老爺。」芳絲娃端著熱氣騰騰的臉盆走進房間。彼埃照例跟在她身後。

「有什麼大事嗎？」喬治在帷幔後面問道。他未經通報就闖進來，破壞了芳絲娃把其他幾名閒漢趕出去的努力。「諾森伯蘭爵爺⑦一個人被丟在大廳裡。如果他是我的贊助人，我可不會這樣對待他！」

⑥ John White（1540-1593），英國畫家，曾於一五八五年隨探險家華特．芮利爵士同赴北美洲，在今之北卡羅萊納州（當時稱作維吉尼亞）沿海的洛亞諾克島上生活，並用圖畫記錄當地風景和原住民生活情形。

⑦ Henry Percy（1564-1632），英國貴族，第九代諾森伯蘭伯爵，本名亨利．波西，家境富裕，號稱是伊麗莎白時代最富有的朝臣。他因熱中科學研究、鍊金術實驗及繪製地圖，當代人封他為「鬼才伯爵」。

「哈爾⑧在讀一位比薩數學家寄給我的一篇有關製作天平的論文。他現在心滿意足得很。」湯姆一屁股坐在床沿，粗聲粗氣答道。

他說的想必是伽利略吧，我興奮地猜測。一五九〇年，伽利略⑨在比薩大學只是一名新進教授。他真正重要的論文還沒問世。

湯姆。諾森伯蘭爵士。能跟伽利略通信的人。

我訝異得張開嘴。靠在我的鋪棉床單上的這個魔族，一定就是湯瑪斯・哈利奧特⑩。

「芳絲娃說得對。出去。通通出去。」馬修道，聲音跟湯姆一樣不客氣。

「我們怎麼跟哈爾說？」克特問道，意有所指地瞥了我一眼。

「就說我馬上下去。」馬修道。他翻個身，把我拉進懷裡。

我一直等馬修的朋友都出了房間，才用力搥他胸口。

「這是為什麼？」他愁眉苦臉裝痛，但我只打得自己的拳頭淤青而已。

「因為你都不告訴我，你的朋友全是什麼樣的人物！」我用手肘撐起上半身，低頭瞪他：「偉大的戲劇家馬羅。喬治・查普曼，詩人兼學者。湯瑪斯・哈利奧特，數學家兼天文學家。如果我沒搞錯。還有一位鬼才伯爵在樓下等候。」

「我不記得亨利什麼時候得到這個綽號，但可以確定現在還沒有人這麼稱呼他。」馬修顯然覺得很有趣，我卻更生氣。

「獨缺華特・芮利爵士，『黑夜學派』⑪就在這棟房子會齊了。」馬修望著窗外，聽我逐一報出這個由激進分子、哲學家、自由思想家組成的傳奇團體。湯瑪斯・哈利奧特、克里斯多夫・馬羅、喬治・查普曼、華特・芮利，以及——

「你又是誰，馬修？」出發前，我根本沒想到要問他。

「馬修・羅伊登⑫。」他微偏一下頭，好像我們直到這一刻才正式引見似的。「詩人之友。」

「歷史學家對你幾乎一無所知。」我震驚地說。羅伊登是已經夠神祕的黑夜學派中最神祕的角色。

「妳不驚訝，對吧，妳現在知道馬修・羅伊登的真正身分了？」他挑起黑色的濃眉。

「哦，讓我驚訝的事老早夠我這輩子用不完了。你把我牽進這團混亂之前，實在應該警告我一聲。」

「然後妳打算怎麼辦？我們離開前一刻，差點連衣服都來不及換，哪還有可能查資料，做研究。」他坐起身，兩腳伸向地面。我們的私密時光短得可憐。「沒什麼好在意的。他們都是普通人，戴安娜。」

不管馬修怎麼說，這些人一點也不普通。黑夜學派的觀念驚世駭俗，公然蔑視伊麗莎白女王腐敗的朝廷，嘲弄大學與教會中知識分子的裝腔作勢。「瘋狂、邪惡、認識就有危險」是對這群人最貼切的描寫。我們可不是在萬聖節前夕與昔日好友溫馨團圓，而是掉進了伊麗莎白王朝一個勾心鬥角的馬蜂窩。

---

⑧ Hal是亨利（Henry）的暱稱，亦即諾森伯蘭伯爵。

⑨ Galileo Galilei（1564-1642），義大利科學家，研發望遠鏡、加速度、慣性原理等，因支持哥白尼太陽中心論遭受羅馬教廷迫害。他在一五八六年出版一本小書，說明一種可在水裡使用的天平設計，贏得注意。一五八八年獲得佛羅倫斯藝術設計學院教職，次年又轉往比薩大學數學系任教。

⑩ Thomas Harriot（1560-1621），英國天文學家及翻譯家。據說他首先把馬鈴薯引進英格蘭和愛爾蘭。哈利奧特曾在一五八五年參加華特・芮利的北美遠征隊，在今日的北卡羅萊納州學習印地安語，並繪製當地的地圖。返回英格蘭後，他為諾森伯蘭伯爵工作。因為當時沒有發表研究成果的習慣，哈利奧特很多世界首創的研究成果，都湮沒無聞，被其他科學家搶先居功。例如最近發現的文物顯示，哈利奧特在一六〇九年七月七月就完成繪製月球表面圖，比伽利略早了四個多月。

⑪ 黑夜學派指十六世紀以華特・芮利為中心的一群詩人與科學家，他們常在一起討論科學、哲學與宗教，被外界懷疑他們在宣揚無神論，所以稱他們為「無神論學派」（school of atheism）。「黑夜學派」則是後來的文學評論家附會的說法。原句出自莎士比亞《愛的徒勞》（Love's Labour's Lost）第四幕第三場的台詞：「黑是地獄的勳章／地牢的顏色與黑夜的學校。」（Black is the badge of hell / The hue of dungeons and the school of night.）這句話本是稱讚劇中一位女主角的黑髮，說她的頭髮黑得好、黑得美，連黑夜都要來向它學習如何才能黑得如此完美。篤信基督教的英國社會憎恨無神論，認為它本質邪惡，所以衍生「黑夜學派」的說法，英文中「學校」、「學派」可通用。參見本書最後一章。

⑫ Matthew Royden，活躍於十六、七世紀英國文壇的真實人物，喜與貴族、文人來往，有幾首作品流傳，但沒有留下什麼個人資料。

「且先不提你這些朋友根本就是一群膽大妄為的傢伙，我從成年以後，投入全部的時間研究他們，可別指望你把他們介紹給我認識時，我能裝作滿不在乎。」我說：「哈利奧特是這時代最前衛的天文學家。你的朋友亨利・波西則是個鍊金術師。」很清楚女人緊張起來會做什麼事的彼埃，趕緊把一條黑長褲遞給我丈夫，免得我發脾氣時他還光著兩條腿。

「華特跟湯姆也一樣呀。」馬修不理會送上來的衣服，抓抓下巴。「克特也沾到一點邊，不過沒什麼成績。最好不要拘泥妳聽說的事蹟，可能都是錯的。還有妳使用現代歷史名詞要小心。」他繼續道，總算接過長褲，往腿上一套。「黑夜學派是威爾⑬嘲弄克特時想出來的字眼，但那是好幾年後的事。」

「只要莎士比亞這一刻沒有在大廳裡，跟諾森伯蘭爵爺坐在一起，我才不在乎他過去、現在或將來，做了哪些事——！」我反駁道，同時從架得老高的床上滑下來。

「威爾當然不在樓下。」馬修斷然揮揮手。「華特不欣賞他用的平仄，克特說他斷章取義，還會剽竊。」

「也好，這讓我鬆了口氣。你打算怎麼跟他們介紹我？馬羅知道我們隱瞞了某些事。」

馬修灰綠色的眼睛迎上我的目光。「真相吧，我想。」彼埃送上他的緊身上衣——黑色鋪棉上有繁複的壓花圖案——眼神固定在我肩膀上方某個定點，真是好僕人的典範。「妳是來自新世界的女巫，也是時光旅行者。」

「真相。」我乾澀地說。彼埃聽見每個字，但毫無反應，馬修也當他不存在似的對他相應不理。我不知道我們會不會在這兒待得夠久，讓我也能同樣不覺得他的存在。

「有何不可？湯姆會把妳說的每一個字都記錄下來，跟他研究阿岡昆語⑭的筆記對照。此外沒有人會在意。」馬修似乎關心他的衣服遠超過他朋友的反應。

芳絲娃率領兩名捧了滿懷乾淨衣服的年輕凡人女子再度出現。她指一指我的睡衣，我躲到床柱後面去脫衣服。幸好我從前經常出入健身房的更衣室，大幅減低了在陌生人面前更衣的不安。我把睡衣掀到腰上，然後拉過肩頭。

「克特會在意。他一直在尋找不喜歡我的藉口，你這麼一說，他就收集到好幾個了。」

「他不成問題。」馬修信心十足地說。

「馬羅是你的朋友還是你的傀儡。」我還在奮力把衣服從頭上扯下來，忽聽見一聲恐懼的驚呼，摀著嘴巴的「我的天！」

我僵住了。芳絲娃看到我的背部，看到橫過我肋骨的新月形疤痕和肩胛骨之間的星形。

「我來替夫人更衣。」芳絲娃冷靜地吩咐那兩名女僕。「衣服放下，回去工作。」女僕屈膝行個禮，帶著無所謂的困惑離去。她們沒看到疤痕。她們離開後，所有的人同時開始說話。

芳絲娃震驚的「誰下的手？」馬修的「不可以讓任何人知道」，和我帶有自衛意味的「不過是幾道疤」。

「有人把柯雷孟家族的標誌烙印在妳身上。」芳絲娃輕輕搖頭，堅持道：「這是老爺使用的標誌。」

「我們打破了盟約。」只要想起另一個女巫把我標示為叛徒的那晚，我的腸胃就開始翻騰，必須努力壓抑一陣陣噁心想吐的感覺。「這是合議會的懲罰。」

「所以你們才一起來到這兒。」芳絲娃哼了一聲。「合議會從一開始就是個蠢點子。菲利普・柯雷孟根本不該附和它。」

「但它維護我們跟凡人相處的安全。」我並不喜歡那項協議，更不喜歡負責執行的九名合議員，但多年以來，它成功地幫助超自然生物迴避不必要的注意，卻是不爭的事實。魔族、血族與巫族自古就互相承

⑬ 指威廉・莎士比亞。威爾是威廉的暱稱。

⑭ Algonquian是北美洲東北部的原住民，哈利奧特訪問美洲時，曾學習他們的語言。

諾，絕不介入人類的政治與宗教，三個族群之間不准私相來往。巫族、血族與魔族都必須保持血統純正。不准戀愛、通婚。

「安全？別以為在這兒妳就安全了，夫人。我們都不安全。英國人是個迷信的民族，他們在每個教堂的墓園裡都看到鬼，在每一口大湯鍋旁邊都看到女巫。合議會是我們與滅亡之間唯一的屏障。妳來這兒避難很聰明。來吧，妳必須更衣，去見其他人。」芳絲娃幫我脫下睡衣，遞給我一條濕毛巾，還有一盤聞起來有迷迭香和橘子味道、黏糊糊的東西。我覺得被當作小孩子對待很彆扭，但我知道馬修這種階級的人，必須像洋娃娃一樣，由別人擦洗、著衣、餵食。彼埃為馬修送上一杯顏色深得不像是酒的飲料。

「她不僅是個女巫，還是時光編織者？」芳絲娃低聲問馬修。這個陌生的名詞讓我聯想到為了到達這個特定時空，必須跟隨的許多條不同顏色的線。

「是的。」馬修頷首，他邊啜飲邊專注地看著我。

「但如果她來自另一個時代，換言之……」芳絲娃瞪大眼睛，欲言又止。然後她變得若有所思。馬修的聲音和行為一定都改變了。

*她懷疑這不是同一個馬修。*我忽然覺悟，提高了警覺。

「我們知道她在老爺的保護之下，這就夠了。」彼埃粗聲道，語氣帶有明顯的警告。他把匕首遞給馬修。「不必考慮其他。」

「換言之，我愛她，她也愛我。」馬修專注地看著他的僕人。「不論我對別人說什麼，這才是真相。懂嗎？」

「懂。」彼埃答道，雖然他的語氣聽起來全不是那麼回事。

馬修質疑地看芳絲娃一眼，她抿緊嘴唇，不情願地點了下頭。

她開始用心幫我著裝，用厚麻布毛巾包住我的身體。她一定看到了我身上其他的傷疤，除了在那好像永遠不會結束的一天，遭受女巫薩杜的嚴刑拷打外，還有後來留下的別的創傷。但芳絲娃不再發問，只安排我坐在爐旁的椅子上，用梳子整理我的頭髮。

「這侮辱是在您宣布您愛這女巫之後發生的嗎，老爺？」芳絲娃問道。

「是的。」馬修把匕首繫在腰上。

「那麼，在她身上留下記號的一定不是manjasang。」彼埃用了古奧克語對吸血鬼的稱呼——食血者。

「凡我族類，沒有人敢冒險激怒柯雷孟家族。」

「沒錯，是另一個女巫幹的好事。」雖然室內沒有一絲冷風，他的話卻讓我顫抖。

「而且有兩個食血者袖手旁觀，讓這種事發生。」馬修冷酷地說：「他們會付出代價。」

「事情過去就過去了。」我並不想掀起吸血鬼內訌。我們面臨的挑戰已經夠多了。

「如果那個女巫抓走您的時候，老爺已經承認您是他的妻子，那就不能這樣過去。」芳絲娃的手指飛快，把我的頭髮編成很緊的辮子。她把辮子盤在頭頂，用髮針固定。「在這個被上帝拋棄、沒有忠誠可言的國家，雖然您的姓氏變成羅伊登，但我們並沒有忘記，您是柯雷孟家族的一員。」

馬修的母親警告過我，柯雷孟家的人都有強烈的家族認同。遠在二十一世紀，我對加入這家族要承受的義務與限制嘖有煩言。但來到一五九〇年，我的法力不可靠，我的巫術知識幾乎等於零，我所知道最早的祖先都還沒有誕生。除了我自己，就只有馬修了。

「所以我們彼此有共識。但我現在不想惹麻煩。」我低頭看伊莎波的戒指，用大拇指觸摸戒環。我原先以為可以天衣無縫地融入過去，現在看來是不可能了，這想法太天真。我環視四周：「而且……」

「我們來此只有兩個目標，戴安娜：為妳找一位老師；如果可能的話，找到那份鍊金術手抄本。」一開始撮合我們在一起的，是圖書館編號為艾許摩爾七八二號的神祕手抄本，它在二十一世紀安全地埋藏在牛津大學博德利圖書館的數百萬冊藏書裡。我填寫這本書的借書條時，完全不知道這麼簡單的一個動作，能解開把這手抄本困在架上的複雜咒語，也不知道一旦將它歸還，就會令咒語重新啟動。我更不知道，它的內容據說能揭露無數有關巫族、血族與魔族的祕密。馬修認為，與其嘗試在現代再次破解它的魔咒，倒不如回到過去尋找艾許摩爾七八二號。

「我們回去之前，這兒就是妳的家。」他繼續道，試圖讓我放心。

我在博物館與拍賣目錄上，看過這個房間裡那種厚實的家具，但老房子永遠不會感覺像個家。我撫摸厚重的麻紗浴巾——跟莎拉和艾姆家裡那種洗過太多次，變得稀薄、褪色的套裝毛巾截然不同。另一個房間傳來的聲音，抑揚頓挫與現代人大相逕庭，即使歷史學家也聽不懂。但回到過去是我們唯一的選項，我們待在麥迪森的最後幾天，遭受其他吸血鬼追殺，馬修差點送命，他們的意圖很清楚。要讓我們的計畫奏效，我的首要任務就是扮演一個伊麗莎白時代的標準貴婦。

「啊，美麗新世界。」在莎士比亞創作《暴風雨》一劇之前二十年，引用劇中的名句，顯然犯了歷史錯誤，但這個早晨實在太頭疼了。

「對妳而言是新的。」馬修答道：「所以，準備跟妳的麻煩見面了嗎？」

「當然。待我先把衣服穿好。」我抬頭挺胸，從椅子上站起來。「怎麼跟一位伯爵說哈囉？」

第二章

我對禮節的顧慮其實沒有必要。亨利‧波西伯爵是個稟性溫和的大巨人，一點也不把頭銜、應對等繁文縟節放在心上。

但重視社交規範的芳絲娃，用四處拾掇來的衣服打扮我之際，一直嘖嘖有聲，怎麼擺弄都不放心：二手的襯裙；墊了棉襯的緊身褡，把我的運動員體格約束成比較傳統的女性身材；散發薰衣草和檀香味的繡花罩衫，高領上綴著荷葉邊；黑色天鵝絨的鐘形大圓裙；外罩彼埃最好的外套，這是我唯一做工有點考究的衣服，卻談不上合身。不論芳絲娃花費多大力氣，最後這件衣服胸前的鈕釦還是扣不上。我憋住呼吸，縮緊小腹，在她拉扯束腹的帶子時，盼望出現奇蹟，但恐怕只有靠老天爺真的出手幫忙，我才能變出玲瓏的身段。

著衣過程中，我問了芳絲娃很多問題。這時代的肖像畫讓我以為，會有一個像笨重鳥籠的鯨骨箍，從臀部把我的裙子撐開，但芳絲娃解釋道，只有正式場合才會用到鯨骨箍。她只在我腰上繫一個甜甜圈形狀、有襯裡的布墊，藏在裙子裡。這玩意兒唯一的作用是不讓重重疊疊的布料絆住我的腿，減少走路的困難——如果沒有家具擋路，我的目的地又只要走直線就能抵達的話。但我還得行屈膝禮。芳絲娃很快就利用解釋亨利・波西的各個頭銜如何運作的空檔，教會我如何行禮——雖然他姓波西，封號是伯爵，但應該稱呼他「諾森伯蘭爵爺」。

不過我沒有機會使用這些新得來的知識。馬修和我一走進大廳，一位體型瘦長、穿著濺滿泥漿的褐色皮革旅行服裝的年輕人，就跳起來歡迎我們。他一張寬臉上堆滿好奇，把兩道濃密的灰眉推到有明顯美人尖的額頭頂端。

「哈爾。」馬修的笑容裡帶著兄長的縱容與親密，但伯爵看都不看他的老朋友一眼，自顧向我走來。

「羅——羅伊登夫人。」伯爵低沈的聲音毫無抑揚頓挫。下樓之前，馬修就解釋過，亨利有點耳背，而且從小口吃。但他會讀唇語。總算有這麼一個人，我跟他交談時不必擔心自己的奇怪口音。

「克特又洩漏天機了，我就知道。」馬修懊惱地一笑。「我本想親自向你報告的。」

「這麼好的消息，由誰宣布有什麼關係？」諾森伯蘭爵士躬身道：「感謝您的好客，夫人，這種狀況下打擾您還請見諒。您這麼快就容忍尊夫的朋友，真是太好了。我們聽說您回來，應該馬上離開才對。住旅館比較得體。」

「大人大駕光臨，蓬蓽生輝。」這是行屈膝禮的時刻，但那件沈重的黑裙子不容易控制，束腹又緊得我彎不下腰。我把兩腿擺到適當的位置，卻在屈膝時差點跌倒。一隻指甲剪得很短的大手立刻伸過來，將我扶住。

「叫我亨利吧，夫人。所有的人都叫我哈爾，所以我的本名就算很正式了。」伯爵就像大多數耳背的人，刻意把聲音放得輕柔。他放開我，轉向馬修：「怎不留鬍子，老馬？你生病了嗎？」

「一場小瘧疾，沒大礙。結婚治好了我。其他的人呢？」馬修四下張望，尋找克特、喬治、湯姆。

老房子的大廳白天看起來很不一樣。我只在晚間來過，今天早晨我才發現，牆上的厚嵌板原來都是百葉窗，現在通通敞開著。雖然對面牆上有座巨大的壁爐，整個房間的感覺卻很通透。室內到處點綴著中世紀的石雕，無疑是馬修從原本矗立在這兒的老修道院廢墟中搶救出來的——某位聖徒令人著迷的臉、盾形紋章、分為四瓣的哥德式圖案。

「戴安娜？」馬修帶著笑意的聲音打斷了我對這房間的觀察。「哈爾說，其他人都在客廳裡讀書或玩牌。除非女主人邀請他留下，否則他覺得沒有資格去加入他們。」

「當然，伯爵一定要留下，我們可以馬上加入你的朋友。」我的肚子開始咕嚕咕嚕響。

「或者我們先找點東西給妳吃。」馬修建議，眨眨眼。我見過亨利・波西，沒有出事，他開始放心了。「有人給你東西吃嗎，哈爾？」

「彼埃和芳絲娃總是很照顧我。」他安慰我們。「當然，如果羅伊登夫人願意作陪……」伯爵沒把話說完，但他的肚子也咕嚕咕嚕跟我合唱。這人高得像長頸鹿，一定要大量食物才能維持身體運作。

「我也喜歡分量很多的早餐，爵爺。」我笑道。

「亨利。」伯爵溫和地糾正我，他咧嘴一笑，亮出臉頰上的酒窩。

「那你一定也要叫我戴安娜。如果諾森伯蘭伯爵一直稱呼我『羅伊登夫人』，我就不能直呼尊名。」芳絲娃堅持有必要維持對伯爵的敬意。

「好的，戴安娜。」亨利伸出手臂道。

他帶我穿過冷風亂竄的走廊，進入一個天花板低矮的舒適房間。這兒溫暖宜人，只有一扇朝南的窗戶。房間雖然小，還是塞了三張桌子和許多長凳、板凳。嗡嗡的忙碌聲，穿插著鍋碗碰撞聲，讓我知道廚房就在附近。有人撕了一張黃曆釘在牆上，中間桌面上鋪了一張地圖，一角用一座燭台壓住，另一角壓著一個裝滿水果的錫盤。整個布置充滿家庭氣息，活像一幅荷蘭靜物畫。我停下腳步，那氣味讓我頭昏。

「榲桲。」我伸手去摸。它們跟我在麥迪森聽馬修描述老房子時心頭浮現的畫面一模一樣。我看到一盤尋常水果的反應如此熱烈，令亨利困惑，但他教養太好，所以沒說什麼。我們在桌旁坐下，一名僕人為我們面前的靜物畫添上新鮮麵包、一盤葡萄和一碗蘋果。看到熟悉的食物令人心安。亨利自動取用食物，我也依樣辦理，並把他挑選的東西和吃進去的分量都記在心裡。永遠是那些小差異讓人發現你是陌生人，我要盡可能表現得平凡。我們把盤子裝滿時，馬修替自己倒了杯葡萄酒。

整個用餐過程中，亨利都表現出無懈可擊的禮貌。他絕不問我私人的問題，也不刺探馬修的私事。他只講他的狗、他的產業、他重視紀律的母親，逗我們發笑，同時不斷就著爐火幫我們烤麵包。他剛開始講在倫敦搬家的故事時，院子裡傳來劈哩啪啦的聲音，但伯爵因為背對著門，所以沒察覺。

「太過分了！你們都警告過我，但我不相信有這麼沒心肝的人。我為她的庫房增加了那麼多財寶，她起碼也該——啊。」新客人的寬肩膀塞滿了門口，他一側肩上搭著一件斗篷，顏色跟他飾有羽毛的漂亮帽子底下露出的整圈捲髮一樣黑。「馬修，你生病了嗎？」

亨利驚訝地回頭。「日安，華特。你怎不待在宮裡？」

我努力吞下一口吐司。這位新來者無疑就是唯一缺席的黑夜學派成員，華特‧芮利爵士。

「因為想討個官位，就被趕出了樂園，哈爾。這是什麼人？」鋒利的藍眼睛盯著我，牙齒從黑鬍子後面閃現。「亨利‧波西，你這狡猾鬼。克特還跟我說你一心想把美麗的阿拉貝娜搞上床。早知道你的口味不限於十五歲的小妞兒，我早拉你去找一個徐娘半老、如狼似虎的寡婦配對了。」

徐娘半老？寡婦？我才剛滿三十三歲耶。

「她的魅力會讓你星期天不上教堂。我們得感謝這位女士讓你免於雙膝跪地，起身去騎馬，那才是你該待的地方。」芮利繼續道，他的口音濃得像德文郡的奶油般化不開。

諾森伯蘭把烤叉擱在爐旁，對著他的朋友看了一會兒，然後搖搖頭，繼續烤他的麵包。「出去，再進來一次，你要問老馬最近有什麼好消息，同時臉上要有懺悔的表情。」

「不會吧。」華特張口結舌，瞪著馬修。「她是你的？」

「有婚戒為證。」馬修伸出穿靴子的長腿，從桌子底下踢了一張板凳過去。「坐下，華特，來杯麥酒。」

「你發誓永不結婚的。」芮利一臉不解。

「某人被說服了。」

「我想也是如此。」評價的眼光再次落在我身上。「讓她浪費在一隻冷血動物上，真是可惜了。我是不會為你浪費一分鐘的。」

「戴安娜知道我的本性，也不介意你所謂的『冷』。況且需要說服的是她。我可是對她一見鍾情。」馬修道。

華特冷哼一聲，算是回應。

「別那麼憤世嫉俗，老友。丘比特早晚會找上你。」馬修一雙灰眼因為預知芮利的未來而閃現淘氣的光芒。

「丘比特要拿愛情的弓箭射我，還得排隊呢。目前我光是抵擋女王和海軍上將不友善的攻勢，就忙不過來了。」華特把帽子扔在一旁的桌上，它滑過桌面，蓋在亮晶晶的雙陸棋盤上，阻撓了遊戲的進行。他嘆口氣，在亨利身旁落座。「殖民地的事都扣在我頭上，人人都想分我的好處，卻沒有人要幫我升官。今年登基週年慶典是我的點子，那個女人卻把儀式都交給康伯蘭⑮處理。」

「洛亞諾克那邊還沒有消息⑯？」亨利柔聲問道，並把一杯濃稠的褐色麥酒遞給華特。提到芮利在新大陸注定失敗的冒險，我的胃一陣翻騰。這是我第一次聽到有人公開對事件的未來發展表示好奇，但絕不會是最後一次。

「懷特上週回到普利茅斯，被壞天氣趕回家。他也被迫放棄搜救他的女兒和孫女。」華特喝了一大口麥酒，呆望空中。「天曉得他們都怎麼了。」

「明年春季，你回去就會找到他們的。」亨利聽起來很有把握，但馬修和我都知道，洛亞諾克失蹤的殖民者再也不曾找回來，芮利也沒再踏上北卡羅萊納州的土地。

「我祈禱你是對的，哈爾。聊我的煩惱也聊夠了，府上是哪兒，羅伊登夫人？」

「劍橋。」我小聲道，回答盡可能簡短而實在。我指的是美國麻州的劍橋，不在英國，如果從現在就

---

⑮ 第三任康伯蘭伯爵，原名喬治・克里佛（George Clifford, 1558-1605），在伊麗莎白一世的宮廷很受寵信，曾任海軍統帥，亦即前文所謂的「海軍上將」。

⑯ 一五八七年，芮利奉伊麗莎白女王之命，在北美洲建立永久屯墾區。因生活條件惡劣，又有懷著敵意的印地安人環伺，被任命為總督的約翰・懷特單獨回英國求助。但他次年回洛亞諾克時，發現屯墾區不但已無人跡，連建築物都拆除一空。包括懷特剛出生的外孫女在內，一百多位移民全部消失無蹤。數百年來，始終無法確知這些人的下落。而懷特的外孫女維吉尼亞・戴爾，因為是誕生在北美洲的第一個白種小孩，她各種可能的發展也成為許多虛構作品的主題。

開始撒謊，恐怕我的故事永遠都兜不攏。

「所以妳是位學者的女兒。或者令尊是神職人員？老馬很喜歡跟人聊信仰。唯獨哈爾例外，一談到教條，他所有的朋友都認輸。」華特啜引麥酒，等我回應。

「戴安娜很小的時候，她父親就去世了。」馬修握住我的手。

「真替妳遺憾，戴安娜。失去父─父親是很大的打擊。」亨利低聲道。

「妳的第一任丈夫呢？有沒有留下兒子或女兒安慰妳？」華特問道，聲音泛起同情的意味。

這個時代，我這種年齡的女人結過婚，生過三、四個小孩，是很正常的事。我搖頭道：「沒有。」

華特皺起眉頭，好在他還沒來得及繼續追問，克特便走了進來，身後跟著喬治和湯姆。

「你總算到了。叫他理性一點，華特。馬修不能永遠為了她這瑟西扮演奧德修斯⑰。」克特抓起一個酒杯，在亨利對面坐下。「日安，哈爾。」

「叫誰理性一點？」華特不悅地問道。

「當然是老馬呀。這婆娘是個女巫。而且她有點兒不對勁。」克特瞇起眼睛：「她瞞著一些事。」

「女巫。」華特小心翼翼重複這字眼。

一名僕人捧著一堆木柴，呆立在門口。

「正是。」克特用力點一下頭。「湯姆和我第一眼就看出來了。」

那名女僕把木頭扔進籃子，快步離開。

「以劇作家而言，克特，你掌控時間和場合的能力，糟糕得令人遺憾。」華特的藍眼睛轉向馬修。「我們該到別處去討論這事，或一切都是克特無聊的幻想？如果是後者，我寧願待在溫暖的地方，喝完我的麥酒。」兩人對望了一會兒，見馬修毫不動搖，華特低低咒罵一聲。彷彿得到信號似的，彼埃立刻現身。

「客廳裡生好了火，老爺。」吸血鬼僕人向馬修報告：「也為客人備妥了酒和食物。你們不會受干擾。」

客廳不及我們用早餐的那個房間舒適，但也不像大廳那麼嚴肅。多張雕飾的扶手椅、華麗的掛毯、鑲在金碧輝煌鏡框裡的圖畫，都顯示出這房間是用於款待最重要的客人。壁爐上掛著一幅賀爾本繪製的聖哲羅姆與獅子，畫工精美，但我沒見過這幅畫，也沒看過它旁邊那幅亨利八世的肖像。畫中的國王捧一本書，小豬似的眼睛上戴著一副眼鏡，盯著觀畫者若有所思，他面前有張桌子，攤著幾件珍玩。亨利的女兒，也就是當今聖上伊麗莎白一世，坐在房間另一頭，傲慢地看著他。他倆的對峙絲毫不能紓解我們的緊張氣氛。馬修直挺挺地坐在火爐旁邊，雙臂交叉抱胸，看起來就跟牆上兩位都鐸王朝的君主一樣令人畏懼。

「你還要告訴他們真相嗎？」我悄聲問他。

「那是比較簡單的方式，夫人。」芮利嚴厲地說。「也符合朋友相處之道。」

「你失態了，華特。」馬修警告道，怒氣高漲。

「失態？跟女巫來往的人竟敢說這種話？」華特惱怒的程度不亞於馬修。他語氣中還帶著真正的恐懼。

「她是我妻子。」馬修反駁道，並伸手搓搓頭髮。「說到女巫，這房間裡的人豈不都有點邪魔外道，不論是事實或思想。」

「但是娶她為妻——你到底在想什麼？」華特不由得問道。

---

⑰ Circe是希臘神話中一個精通魔法的女神，擅長用魔藥把冒犯她的人變成動物。《奧德賽》中奧德修斯航行來到瑟西的島，克服她的誘惑，贏得她的愛，在島上與她同居一年。瑟西也為奧德修斯規劃後續的航程，助他順利回鄉。

「我愛她。」馬修道。克特翻個白眼，拿起一個銀壺，重新替自己倒了杯酒。我跟他促膝坐在溫暖的火旁，討論魔法與文學的夢想，就在這個十一月早晨的冷冽光線裡幻滅。來到一五九〇年還不到二十四小時，但我已經打從心底討厭馬羅了。

馬修這句回答，使整個房間沈默下來，他跟華特對峙，觀察對方。對於克特，馬修有點縱容，也有點氣惱。他對喬治和湯姆很有耐心，對亨利則有一份手足般的情誼。但華特——無論智慧、力量，甚至殘酷——各方面都是他勢均力敵的對手，也就是說，他只在意華特的意見。他們彼此懷著戒備的敬意，就像狼群中的兩匹狼，等著決定誰有資格做領袖。

「就這樣。」華特緩緩道，承認馬修的權威。

「是的。」馬修調整雙腳，以更均衡的力道踩在壁爐旁。

「你有太多祕密，也有太多敵人，不適合娶妻。但你仍不顧一切這麼做。」華特顯得很驚訝。「曾經有人指責你太過仗恃自己的狡黠，我一直不以為然，直到現在。很好，馬修。你既然那麼足智多謀，告訴我們，外人問起時，我們該怎麼說。」

克特砰一聲把酒杯甩在桌上，紅酒濺到他手上。「你不能指望我們——」

「安靜。」華特怒瞪馬羅一眼。「想想我們為你撒過多少謊，你竟敢反對，我很意外。說吧，馬修。」

「謝謝你，華特。聽完我的故事，不會認為我發瘋的，全英國恐怕只有你們五個人了。」馬修再次抓抓頭髮。「還記得我們有次談到布魯諾⑱主張有無數個世界超越時空局限而存在的觀念嗎？」

那些人面面相覷。

亨利謹慎地說：「我不確定我們聽得懂你的話。」

「戴安娜來自新世界。」馬修頓了一下，馬羅趁機露出勝利的表情掃視眾人。「來自未來的新世界。」

接下來的沈默中，所有的目光都投向我。

「她說她來自劍橋。」華特淡然道。

「不是那個劍橋。我的劍橋在麻薩諸塞州。」我的聲音因為壓力和長期不使用而變得沙啞。我清一下喉嚨。「那個殖民地在洛亞諾克北方，四十年後才會建立。」

一陣驚呼，四面八方都有人發問。哈利奧特伸手過來，遲疑地碰了一下我的肩膀。他的手指一碰到實在的肉體，就大吃一驚，趕緊縮回。

「我曾聽說有生物能隨心所欲扭曲時間，真是了不起的一天，不是嗎，克特？你可曾想到，今生今世能遇到一個時間編織者？當然，我們在她身邊得小心，否則可能纏在她的網上，迷失方向。」哈利奧特滿臉期待，好像巴不得被困在另一個世界似的。

「妳為什麼來這兒，羅伊登夫人？」華特低沈的聲音打斷了大家的七嘴八舌。

「戴安娜的父親是一位學者。」馬修替我回答。一陣感興趣的喃喃低語，被華特舉手制止。「她母親也一樣。兩人都屬於巫族，死因也都很神祕。」

「我們同病相憐，戴——戴安娜。」亨利顫抖一下道。我還沒來得及問伯爵這是怎麼回事。華特就揮手示意馬修繼續說。

「結果她做為女巫的教育就……被忽略了。」馬修說。

「捉拿這樣的女巫很容易呀。」湯姆皺起眉頭。「怎麼，未來的新世界沒有對這種生物加強管理嗎？」

---

⑱ Giordano Bruno（1548-1600），義大利哲學家與科學家。本系列第一部曲曾提到他是馬修的朋友。

「我的魔法，還有我家族漫長的魔法歷史，對我都沒有意義。各位一定都了解，渴望超越與生俱來的限制是怎麼回事。」我看一眼克特，希望這個鞋匠的兒子即使不表同情，也至少同意我的說法，但他把頭別開。

「無知是不可饒恕的罪。」克特撫弄著從他黑色緊身上衣剪裁的幾十道鋸齒形開口的一條縫隙露出的一小截紅綢。

「背叛也一樣。」華特道：「繼續講，馬修。」

「戴安娜或許沒受過巫術訓練，但她並不無知。她也是一位學者。」馬修自豪地說：「她專精鍊金術。」

「女鍊金術士不過是廚房裡的哲學家而已。」克特輕哼一聲：「只想找美容偏方，而非大自然的祕密。」

「我在圖書館研究鍊金術——不是廚房。」我反駁道，忘了修正自己的聲調與口音。克特瞪大眼睛。

「而且我在大學教這門課程。」

「女人在大學裡教書？」喬治覺得既不可思議又反感。

「還可以註冊入學呢。」馬修嘟噥道，他帶著歉意摸摸鼻尖。「戴安娜是牛津畢業的。」

「應該可以提高出席率吧。」華特面不改色地道。「如果奧瑞爾學院招收女人，我都可能會去再念一個學位。這個位於洛亞諾克北方的未來殖民地，有人攻擊女學者嗎？」截至目前，從馬修的故事得出這樣的結論也算合理。

「非也，不是所有的女學者都遭受攻擊。但戴安娜在大學裡找到一本失落的書。」此話一出，黑夜學派成員全都俯身過來。這群人覺得，失落的書遠比無知的女巫或女學者有趣得多。「書中有超自然生物的祕密情報。」

「記載我們創造起源的神祕之書。」克特顯得很驚愕。「從前你對這些傳說完全不感興趣，馬修。你甚至斥責它是迷信。」

「現在我相信了，克特。戴安娜的發現把敵人引到她門口。」

「你跟她在一起，所以敵人拉開門閂就進去了。」華特搖頭。

「馬修看上她，怎麼會引來這麼嚴重的後果？」喬治問道。他伸手去摸把眼鏡繫在緊身上衣上的黑色絲帶。他的上衣設計得很時髦，在腹部膨起，只要他一有動作，裡面塞的填充物就會像袋裝麥片般發出窸窣聲。喬治把圓框眼鏡湊到臉上，像研究什麼有趣的新東西般，仔細觀察我。

「因為女巫和魅人禁止通婚。」克特立刻回答。我從沒有聽過魅人一詞。

「魔族跟魅人也不可以。」華特警告地抓住克特的肩膀。

「真的？」喬治眨眨眼，看看馬修，又看看我。「女王禁止他們婚配嗎？」

「這是超自然族群之間自古訂下的盟約，沒有人敢違背。」湯姆聽起來很害怕。「做這種事會被合議會找去盤查，並受到懲罰。」

只有馬修這麼老的吸血鬼才會記得，超自然生物在盟約訂立前如何相處，又如何跟周遭的人類互動。最重要的規則就是「不得跨物種親密來往」，其間分際由合議會監督。混合的族群中，我們的天賦──創造力、體力、超自然力量──太引人注目。比方說巫術力量會提升附近魔族的創意，魔族的才華又會使血族的美貌更驚世駭俗。為了與人類和諧相處，我們更有必要放低姿勢，遠離政治與宗教。

雖然今天早晨馬修堅持說，十六世紀的合議會面臨太多問題──宗教戰爭、異端被處以火刑、一般人對奇聞軼事的飢渴又剛被印刷機的新科技填飽──所以女巫跟吸血鬼談戀愛這麼微不足道的事，它根本懶得管。但我從九月底邂逅馬修以來，就遇到一連串令人不知所措的危險事件，很難採信這種說詞。

「什麼是合議會？」喬治興趣盎然地問：「某種新興宗教團體嗎？」

華特不理會他朋友的追問，尖銳地看了馬修一眼，然後轉向我。「妳還持有那本書嗎？」

「沒有人持有。它已經回到圖書館。但巫族希望我能替他們把書借出來。」

「所以妳遭到追捕，有兩個原因。有人要妳離開魅人，還有人把妳當作達成目標的工具。」華特捏捏鼻梁，疲倦地看著馬修。「妳是一個不折不扣的麻煩之源，我的朋友。這件事發生的時機又糟糕到極點。不到三星期，就是女王的登基週年慶典。妳得進宮裡去。」

「管它什麼登基慶典！我們跟時光編織者在一起不安全。她知道我們的命運。這女巫可以摧毀我們的未來，帶來厄運——甚至加速我們的死亡。」克特跳下椅子，衝到馬修面前：「憑所有神聖之名，你怎麼可以這麼做？」

「你似乎放棄了一向自吹自擂的無神論，克特。」馬修平靜地說：「終於害怕這一身罪孽會遭到報應嗎？」

「也許我不像你那麼相信有個慈悲而無所不能的神，馬修，但這個世界也絕非你那些哲學書籍描述的那麼簡單。不能讓這個女人——女巫——介入我們的事。『你』受她牽制，但我不願意把『我』的未來交到她手中！」克特反駁道。

「且慢。」喬治臉上的表情越發驚訝。「妳真的來自契斯特，馬修，或——」

「不，不可以回答，老馬。」湯姆忽然清醒道：「詹納斯⑲來到我們當中，是有用意的，我等不可干預。」

「說點有意義的話，湯姆——如果你能。」克特不懷好意地道。

「馬修與戴安娜有兩面，一張臉看過去，另一面評估未來。」湯姆對克特的打岔不以為意，說道。

「但如果老馬不是……」喬治話說一半便打住。

「湯姆說得對。」華特粗聲道。「馬修是我們的朋友，向我們求助。就我記憶所及，這是他第一次提出這種要求。我們只需知道這一點。」

「他要求太多了。」克特反駁。

「太多？在我看來，該說太少，也太遲。馬修替我付過一艘船的錢，挽救過亨利的產業，一直贊助喬治和湯姆出書和完成他們的夢想。至於你——」華特把馬羅從頭到腳看了一遍，「你從裡到外——從你的觀念到你剛下肚的那杯酒，乃至你頭上的帽子——都要感謝馬修・羅伊登的慷慨大度。在當前的風暴中，為他的妻子提供一個避風港，相形之下，不過是舉手之勞。」

「謝謝你，華特。」馬修顯得鬆了一口氣，但他回過身，給我的笑容卻很沒有把握。爭取朋友的支持——尤其是華特——遠比他預期的困難。

「我們得構思一個故事，解釋你妻子為何來此。」華特沈思道：「要能轉移目標，使人忽略她的與眾不同。」

「戴安娜還需要一位老師。」馬修補充道。

「當然她得學些禮節。」克特嘟囔。

「不是，她需要拜一名女巫為師。」馬修糾正他。

華特輕笑一聲：「我看烏斯托克方圓二十哩之內不會有女巫。有你住在這兒，就不可能。」

「書又是怎麼回事，羅伊登夫人？」喬治從藏在及膝褲蓬鬆褶縫裡的口袋，掏出一支外面纏著線的灰桿鉛筆。他舔舔筆尖，滿臉期待地握著筆。「妳能告訴我書的尺寸和內容嗎？我去牛津找找看。」

「書可以等。」我答道：「首先我需要合適的衣服。我不能穿彼埃的外套和馬修妹妹參加珍・西摩[20]

---

⑲ Janus是古羅馬的時間之神，他有兩個頭，一個看前面，一個看後面，不僅涵蓋空間，也包括時間上的過去與未來。

⑳ Jane Seymour（1508-1537），亨利八世第三任妻子，一五三六年與亨利成婚，次年產下一子，隨即去世，是亨利妻子當中唯一以王后身分下葬的。

葬禮的裙子，走出這棟房子。」

「走出這棟房子？」克特嗤之以鼻：「絕對是瘋了。」

「克特說得對。」喬治承認錯誤。他在筆記本裡記下一筆。「妳一開口便知是外國人。我很樂意幫妳上說話課，羅伊登夫人。」想到喬治・查普曼扮演《窈窕淑女》中的希金斯教授，我飾演依萊莎・杜立德，已足夠我滿懷期待地望著門口。

「根本不該讓她說話，老馬。你一定要交代她保持沈默。」克特堅持。

「我們需要一個女人指導戴安娜。你們五個加起來，怎麼沒有一個女兒、妻子、甚至情婦可以派上用場？」馬修質問道。接下來一片鴉雀無聲。

「華特？」克特調皮地問，逗得其他幾個男人哄堂大笑，緩和了沈重的氣氛，就像一場夏季暴風雨掃過這房間。就連馬修也笑了起來。

笑聲一歇，彼埃就走進來，踢散了鋪在地上防潮的燈心草，和夾雜其間的幾支迷迭香和薰衣草。就在這時，十二點的報時鐘聲響起。就如同榅桲的畫面，聲音和氣味將我直接帶回麥迪森。

「戴安娜？」馬修抓住我的手臂。

藍色和琥珀色的東西，交織的光線與色彩，引起我注意。房間一角有張緻密的網，但那兒除了蛛網和灰塵，不可能有別的東西。我滿懷好奇，想走過去。

「她生病了嗎？」亨利問道，他的臉在馬修肩膀後方，逐漸定焦。

鐘聲停了，薰衣草的氣味也散了。藍色與琥珀色褪成灰與白，然後消失了。

「對不起，我以為在角落裡看到了什麼東西。大概是光線造成的錯覺。」我撫摸著自己的臉說。

「或許是時差吧，我的愛。」馬修低聲道：「我答應帶妳到花園裡散步。要不要跟我出去走走，讓頭腦清醒一下？」

也許是時光漫步的後遺症，也許可以靠新鮮空氣改善。但我們才剛到，而馬修跟這些人已闊別了四個世紀。

「你該跟你的朋友在一起。」我語氣很堅決，眼神卻已飄向窗外。

「我們回來的時候，他們還會在這兒，喝我的酒。」馬修微笑道。他轉向華特：「我要帶戴安娜去參觀她的房子，確定她不至於在花園裡迷路。」

「我們需要進一步討論。」華特警告道：「還有很多事要談。」

馬修點點頭，伸手攬住我的腰。「可以等一等。」

我們把黑夜學派留在溫暖的客廳裡，向門外走去。湯姆已經對吸血鬼和女巫的問題失去興趣，專心讀他的書。喬治同樣沈浸在自己的思緒中，忙著記筆記。克特充滿戒備，華特提高警覺，亨利流露同情。這三個身穿黑衣、聚精會神的男人，看起來就像一群捍衛領域的大烏鴉。我不禁聯想到莎士比亞即將給這群出類拔萃的人下的評語。

「開始怎麼說的？」我低聲喃喃道：「黑是地獄的勳章？」

馬修沈思道：「黑是地獄的勳章／地牢的顏色與黑夜的學校。」

「該說友誼的色彩比較正確。」我道。我在博德利圖書館看過馬修如何管理使用圖書館的讀者，但他對芮利和馬羅這種人物的影響力，仍出乎我的意料。「還有什麼事是他們不願為你做的呢，馬修？」

「願上帝永遠不要讓我們知道答案。」他嚴肅地說。

第三章

星期一早晨，我被帶到馬修的辦公室。它位於彼埃的宿舍與這片產業的管理室中間，可以眺望門房和烏斯托克路。

伙伴們——現在我跟他們比較熟悉，用這麼一個集體稱呼，好像比喬張作致的黑夜學派來得合適——都窩在馬修口中的早餐室裡，喝著麥酒和葡萄酒，發揮他們高人一等的想像力，幫我編一套背景故事。華特向我保證，故事完成後，一定能讓烏斯托克的好奇居民理解我為何突然出現，也能消除有關我古怪口音和行為的種種疑問。

截至目前為止，他們編出來的東西可說濫情到極點。但既然主要情節是出自兩位職業劇作家——克特和喬治的手筆，這也是意料中事。劇中角色包括已故的法國雙親，迫害無助孤兒（我）的貪婪貴族，企圖侵犯少女貞操的老色鬼。當我歷經心靈試煉，從天主教改宗，皈依喀爾文教派時，這故事已具備史詩的規模。接著我情願流亡到信奉基督新教的英國沿海，忍受多年的貧困煎熬，幸運得到馬修眷顧，對我一見鍾情，帶來解脫。喬治（他真有點像個小學女老師）承諾在完工後，訓練我熟記所有細節。

我享受到一點寧靜，這在如此龐大，又住滿了人的伊麗莎白式住宅裡，實在難能可貴。克特像個特別難纏的小孩，總挑最不適當的時機，送信、叫大家吃晚餐，或要求馬修幫忙解決問題。可想而知，馬修也很樂意跟這批他沒想到還能再見面的朋友共處。

目前他跟華特在一起，我則利用等他回來的空檔，專心閱讀一本小書。他靠窗的書桌上，扔著好幾包削尖的鵝毛筆和裝滿墨水的玻璃瓶。一旁還放著其他文具：封緘信件的封蠟、拆信刀、蠟燭、銀製的鹽瓶。但鹽瓶裡裝的不是鹽，而是沙，今天早晨我沾滿沙子的煮蛋可以為證。

我桌上也有個類似的瓶子，撒在紙上可幫助墨水定型，字跡不至於模糊。另外還有一瓶墨水和三枝筆的殘骸。第四枝也將步上同樣下場，因為我正在苦練伊麗莎白時代複雜的渦捲形書法。擬一張待辦事項的清單應該輕而易舉。做為歷史學家，我花了很多年閱讀古人的筆跡，對每個字母的變貌都瞭若指掌，也很清楚哪些詞彙最常用，以及這個沒有字典也沒有文法規則的時代，拼字時可以產生哪些誤差。

問題是知易而行難。我苦讀多年成為專家，現在卻要從頭做學生。只不過這一次的目標不是理解過去，而是生活在其中。目前為止，所有的經驗都讓我自慚形穢，我唯一做到的，就是把馬修今天早晨才交給我的、一本口袋尺寸的空白筆記本第一頁，塗抹得一塌糊塗。

「這就是伊麗莎白時代的手提電腦。」他把那本薄薄的小冊子交給我時解釋道：「妳是個女文人，得有地方寫文章。」

我翻開這本裝訂扎實的書，新鮮的紙香散發出來。這時代的賢德婦女都用這些小本子記載她們的祈禱。

戴安娜

我寫「戴」的第一筆，沾到紙面就掉落一大坨墨水滴，所以寫到「娜」就沒水了。儘管如此，我的字跡還是稱得上這時代斜體字的完美典範。我寫得比馬修慢，他使用彎曲纏繞的祕書體。那是律師、醫生等專業人士的字體，目前對我而言還太困難。

畢夏普

寫得更好了。但我很快收起笑容，還得添上我的夫姓。我現在是已婚婦女。再蘸一次墨水。

德・柯雷孟

戴安娜・德・柯雷孟。聽起來像位伯爵夫人，而不是歷史學家。一滴墨水濕答答掉在紙上，看到那大黑點，我壓抑住一聲咒罵。幸好它沒沾到我的名字。但其實那也不是我的名字。我用那滴墨水塗掉「德・

柯雷孟」幾個字。還看得見——變得不清楚。我穩住右手，小心寫下正確的姓。

羅伊登

這才是我現在的姓氏。戴安娜・羅伊登，神祕的黑夜學派裡最不為人知的一名成員之妻。我用批判的眼光檢視這一頁。我的字是一場災難。跟我見過的化學家羅伯・波義爾或他傑出的妹妹凱莎琳那種整潔的圓形字跡，有天壤之別。但願一五九〇年代的女性寫字不及一六九〇年代的女性工整。再寫兩個字，加個花飾，就完工了。

的書

外面傳來男性的話聲。我皺起眉頭，擱下筆，走到窗口。

馬修和華特站在窗下。玻璃的隔絕使他們的聲音模糊不清，但根據馬修臉上的苦惱和芮利豎眉瞪眼的表情，顯然他們談的是個令人不快的題目。馬修做了個不屑一顧的手勢，轉身走開，華特卻堅決地把他攔下。

今天早晨送來的第一批信件，一定有什麼令馬修煩惱。他站著不動，手中拿著一個包裹，卻不拆開。雖然他說那些信都是一般房地產事務，但顯然不僅是賦稅與帳單而已。

我把溫暖的手掌貼在冰冷的玻璃上，好像我與馬修之間只隔著這一層玻璃。溫度的差異令我聯想到溫血女巫與冷血吸血鬼的對比。我回到座位上，重新拿起筆。

「妳終於決定在十六世紀留下痕跡了。」忽然馬修已站在我身旁。他微微牽動嘴角，表示感興趣，卻難以完全掩飾他的緊張。

「我還不確定，趁我在這兒時，留下持久的紀念品，是不是一個好主意。」我坦承：「未來的學者可能會發現其中有點古怪。」就像克特看得出我的格格不入。

「別擔心，這本書不會離開這棟房子。」馬修伸手去取他的一大疊信件。

「你不能確定。」我道。

「歷史交給歷史，戴安娜。」他斷然道，好像辯論就此終結。但我不能對未來釋懷——我擔心我們出現在過去，會影響到未來。

「我還是不認為我們該讓克特保留那枚棋子。」我心頭仍縈迴著馬羅得意洋洋揮舞那尊戴安娜小雕像的模樣。馬修有一套昂貴的銀製西洋棋組，她是其中的白皇后，也是我在回到過去的旅程中，用來導航，尋找特定地點的道具。就在我們決定嘗試時光漫步時，一對我們原本不認識的年輕魔族夫妻——蘇妃・諾曼和雷瑟尼・魏爾遜，出乎意料地把它送到我阿姨位於麥迪森的住宅。

「那是他昨晚正大光明從我手中贏走的——原本也是如此。至少這回我已看出他是怎麼辦到的。他用城堡棋分散我的注意力。」馬修以令人佩服的速度寫完一封信，將它摺成一個整齊的小包，在信紙邊緣滴上融化的封蠟，然後蓋上戒指印章。戒指的金質表面只有簡單的木星圖案，不是薩杜烙印在我身體上的那個較為複雜的符號。封蠟冷卻產生裂紋。「不知怎麼回事，我的白皇后從克特手中流傳到北卡羅萊納州一個巫族家庭。我們得相信，不論有沒有我們幫忙，事情還是會這麼發展。」

「克特本來不認識我，而且也不喜歡我。」

「所以更不用擔心。只要戴安娜的雕像令他看了心痛，他就不會丟掉它。馬羅是重度受虐狂。」馬修拿起另一封信，用拆信刀將它拆開。

我觀察桌面上的其他物品，拿起一堆硬幣。我的研究所課程不包括伊麗莎白時代的貨幣知識。我也沒學過家政、內衣的穿著次序、對僕人說話的方式，或如何調配為湯姆消除頭痛的藥。跟芳絲娃討論我的衣著之後，就發現我對顏色的通稱也很無知。「鵝屎綠」我很熟悉，但帶褐的灰被稱作「鼠毛」，我就沒聽過。這些經驗讓我暗下決心，一回到我的時代，一定要把我遇到的第一個都鐸歷史學家，以玩忽職守的罪名掐死。

在揣摩日常生活細節的壓力下，我很快就忘記了心中的不滿。我從掌心的硬幣中一一挑選，找尋銀色的一分錢。它是我不牢靠的知識的基石。這種錢幣跟我的拇指指甲差不多大，薄得像脆餅，跟其他大多數錢幣一樣有伊麗莎白女王的側面頭像。我把其他錢幣按照價值整理好，開始依序記錄在我筆記本的下一張空白頁上。

「謝了，彼埃。」馬修喃喃道，他的僕人把封好的信拿走，並把更多來信放在桌面上時，他連頭都沒抬。

我們在和諧的沈默中各寫各的。我不久便完成我的錢幣列表。開始回想沈默寡言的廚子查爾斯，教我做藥酒湯——或該稱之為奶酒？——時，是怎麼說的。

治頭痛的藥酒湯

我頗為滿意，這行字寫得算是很直，只滴了三個小墨點，還有一筆略微抖動，我繼續寫下去。

煮水待沸。兩個蛋黃先打散。加入白葡萄酒續打一會兒。水沸騰後放涼，加入酒蛋混合物。再次將水煮沸，並持續攪拌，最後加入番紅花和蜂蜜。

這樣煮出的混合液非常噁心——顏色鮮黃，質地像凝結不良的白乳酪，很稀——但湯姆咕嘟一口喝下肚，毫無怨言。後來我跟查爾斯打聽蜂蜜與酒的適當比例，他猛然攤開雙手，對我的無知表示嫌棄，一言不發就走開了。

回到過去生活一直是我不可告人的心願，但這比我想像中困難許多。我嘆口氣。

「光靠那本書，妳不會有賓至如歸的感覺。」馬修的眼睛沒有離開他的信件。「妳該有自己的房間。何不就挑這一間？光線充足，可以兼做書房。妳也可以把它改裝成鍊金術實驗室——雖然如果妳當真要把黑鉛變成黃金，可能需更隱祕的地方。廚房旁邊有個房間，或許派得上用場。」

「廚房可能不太理想。查爾斯看我不順眼。」

「他看什麼人都不順眼。芳絲娃也一樣——唯獨對查爾斯例外，她把他當作被誤解的聖人般尊敬，雖然他喜歡喝酒。」

大廳裡傳來穩定的腳步聲。看誰都不順眼的芳絲娃在門口現身。「有人求見羅伊登夫人。」她通報道，隨即退到一旁，讓位給一個年約七、八十，滿頭白髮、手上老繭密布的老人，和一個年輕很多、兩腳不斷變換重心、頗不自在的男人。他們都不是超自然生物。

「桑默斯。」馬修眉頭一皺：「這是小皮德維嗎？」

「欸。羅伊登老爺。」年輕人脫下帽子。

「你們現在可以幫羅伊登夫人量尺寸。」芳絲娃道。

「量尺寸？」馬修看著我和芳絲娃的眼神要求回答——馬上就要。

「鞋子。手套。夫人的服裝。」芳絲娃道。鞋子跟束腹不一樣，不能靠一個尺寸打通關。

「我請芳絲娃叫他們來的。」我解釋道，希望他配合。桑默斯聽見我奇怪的口音，瞪大眼睛，但立刻又恢復不攙雜任何立場、畢恭畢敬的表情。

「我妻子在旅途中發生意外。」馬修走到我身旁，圓滑地說：「她的東西都失落了。很遺憾，皮德維，我們沒有鞋子可供你做範本。」他的手帶著警告意味地放在我肩上，希望能阻止進一步的探問。

「我可以嗎？羅伊登夫人。」皮德維彎下腰，手比著我那雙用帶子繫住的不合腳鞋子上的繩結。這雙借來的鞋子洩漏了我並非我偽裝的那個人。

「請便。」我還來不及開口，馬修便答道。芳絲娃同情地看我一眼。她知道被馬修禁止發言的滋味。

年輕的鞋匠碰到一隻溫暖而有脈搏的腳，嚇了一跳。顯然他預期的是全然相反，冰冷而沒有生氣的腳。

「做你該做的事。」馬修冷聲說道。

「大人。大爺。羅伊登老爺。」年輕人忙不迭的把想到的敬稱都說了出來，只差沒有喊「陛下」和「黑暗之王」，但也差不多了。

「你父親呢？孩子。」馬修的聲音放柔和了。

「生病躺在床上已經四天了。羅伊登老爺。」皮德維從繫在腰間的工具包裡取出一塊毛氈，把我的腳輪流放在上面，用一根炭棒描出輪廓。他在毛氈上做了些記號，很快便完工，放開我的腳。然後又取出一本奇怪的書，由各種顏色的皮革方塊以皮繩縫綴在一起，交給我。

「哪幾個顏色最流行，皮德維師傅？」我推開樣本。我需要的是建議，而非選擇題。

「進宮的仕女都穿白色，再打上金、銀圖案。」

「我們不進宮。」馬修立刻道。

「那就黑色，還有一個漂亮的茶褐色。」皮德維送上一塊焦糖色的皮革，徵求認可。我還沒來得及說話，馬修就點頭了。

然後輪到老頭兒。他握住我的手，摸到我掌中的繭，也吃了一驚。會嫁給馬修這種人的名門淑女，不會去划船。桑默斯也把我中指上的老繭看在眼裡。淑女也不會因握筆太緊而讓手指突起一塊。他把一隻奶油般滑順、但嫌太大的手套，罩在我的右手上。手套邊緣夾了一根穿上粗線的針。

「你父親需要的東西都齊全嗎，皮德維？」馬修問鞋匠。

「是的，謝謝您，羅伊登老爺。」皮德維點頭答道。

「查爾斯會送布丁和鹿肉給他。」馬修的灰眼掠過這年輕人瘦弱的體型。「還有一些酒。」

「皮德維師傅會對您的仁慈感激不盡。」桑默斯道，他手指忙著在皮革間穿梭縫紉，讓手套變得合手。

「還有別人生病嗎？」馬修問道。

「瑞夫‧梅島的女兒生過一場病，發高燒。我們本來擔心老愛德華會被傳染，但他只發了一場寒熱。」桑默斯回答得很簡潔。

「所以梅島的女兒康復了？」

「沒有。」桑默斯把線拉斷。「她三天前下葬了。願上帝讓她安息。」

「阿門。」所有的人同聲道。芳絲娃挑起眉毛，猛然轉頭，朝桑默斯望去。我也這麼做，卻慢了一步。

他們量好尺寸，承諾一週內交件後，便行禮離開。芳絲娃想跟他們一起出去，但馬修叫住她。

「不要再安排戴安娜接見外人。」他口氣嚴厲，不容誤解。「妳負責找個看護照顧愛德華‧甘勃威，並供應他充足的飲食。」

芳絲娃服從地行個禮，離開前又給我同情的一瞥。

「恐怕村裡的男人都知道我不屬於這兒。」我用顫抖的手摸一下額頭。「我發母音有困難。我說出來的句子總在該降低音的時候吊高。你們都習慣在什麼時候說『阿門』？得有人教我如何禱告，馬修。我需要一個起點，而且——」

「別急。」他伸手攬住我穿了束腹的腰。即使隔了好幾層布，他的觸摸還是給了我安慰。「這不是牛津的口試，妳也不是第一次登台演戲。硬背一大堆資訊，重複演練台詞，對妳都沒有幫助。妳把皮德維和桑默斯叫來之前，應該先問我一聲。」

「你怎麼能一遍又一遍改扮別人，每次都不一樣呢？」我真不明白。千百年來，馬修做過無數次這種事。他偽裝死亡，然後遷移到另一個國家，說不同的語言，換不同的名字。

「第一個訣竅就是不要偽裝。」我的困惑一定很明顯，所以他繼續道：「記得我在牛津告訴過妳的話。你不能活在謊言中，不論妳是裝作凡人的女巫，或要人家相信生長在二十一世紀的妳，是伊麗莎白時代的人。現在這就是妳的人生。不要把它當作角色扮演。」

「但我的口音，我走路的樣子……」雖然我盡可能留心這棟房子裡其他女人的步伐，縮小自己的腳步，但克特公然嘲弄我男性化的腳步，還是針針見血。

「妳會適應的。這期間難免會有閒言閒語。但烏斯托克的人說什麼都無所謂。不久妳習慣了，閒話就會銷聲匿跡。」

我疑惑地看著他。「你對八卦沒什麼概念，是吧？」

「足夠知道妳是本週紅燒貨。」他看一眼我的書，把所有墨點和猶豫不決的筆畫都看在眼裡。「妳把筆握得太緊，所以筆尖一直斷，墨水也不流暢。妳把自己的新生活也抓得太緊。」

「我從來沒想到會這麼困難。」

「妳學習得很快，只要住在老房子裡，妳就是安全的，周圍都是朋友。暫時不要再有訪客。告訴我，妳在寫什麼？」

「主要是我的名字。」

馬修翻了幾頁，看我記了些什麼。他挑起一邊眉毛。「妳在準備經濟學和烹飪學的考試啊。何不改為記錄這棟房子裡發生的事？」

「因為我要知道十六世紀如何管理家政。不過，日記也可能有用啦。」我考慮這一選項。它當然可以幫助我釐清仍然渾渾噩噩的時間感。「我不該用全名。一五九〇年的人只用縮寫字母，以便節省紙張和墨水。也沒有人在思想和情緒上花心思。他們只記錄天氣和月亮的盈虧。」

「十六世紀英文記錄最熱門的題材。」馬修笑道。

「女人寫的東西跟男人一樣嗎？」

他捏著我的下巴。「真受不了妳。不要再擔心其他女人怎麼做。做那個與眾不同的自己就夠了。」我點頭時，他吻我一下，然後回到他的書桌。

盡量鬆弛地握著筆，我開始了新的一頁。我決定用星曜來表示星期，記錄天氣，也用一些祕密符號記錄老房子裡的生活。這麼一來，未來讀到這本筆記的人就不會覺得異常。至少我是這麼希望。

（土）一五九〇年十月三十一日 雨後放晴

今天我被介紹給我丈夫的好朋友克‧馬

（日）一五九〇年十一月一日 冷而乾燥

一大早我見到喬‧查。日出後，湯‧哈、亨‧波、華‧芮抵達，都是我丈夫的朋友。滿月。

未來的學者可能會猜測，這幾個縮寫是指黑夜學派的成員，尤其第一頁又有羅伊登的姓氏，但他們無法求證。何況現代學者對這群知識分子可說毫無興趣。黑夜學派的成員都受過最好的文藝復興式教育，可以古典語言與當代語言並用，轉換速度驚人。他們都對亞里斯多德倒背如流。克特、華特與馬修一聊起政治，百科全書式的史地知識，任何旁聽者都跟不上。有時喬治與湯姆或能插嘴，發表一點見解，但亨利的口吃和輕微的重聽，使他無法參與這麼複雜的討論。大部分時間，他都帶著羞澀的敬意，在旁默默觀察別人，讓人覺得他很可愛，因為他的地位其實比所有的人都高。要不是他們人那麼多，我倒是可能跟得上的。

說到馬修，那個喜歡沈思、比對研究結果、為物種前途擔憂的科學家，已經不見了。雖然我當初愛上的是那個馬修，但現在我發現自己從頭來過，又愛上了十六世紀的他。他的每一陣笑聲，每當哲學觀念上的微妙差異引爆舌戰時，他的敏捷回應，都令我心醉。馬修在晚餐桌上講笑話，在走廊裡哼歌。他在臥室式的火爐旁跟他的狗兒玩摔角——兩隻體型龐大、毛茸茸的猛犬，一隻叫安納席曼德㉑，另一隻叫佩利克

㉑ Anaximander（611-547B.C.），希臘天文學家及哲學家。

利斯㉒。在現代的牛津或法國，馬修總顯得有點兒悲傷。但他在烏斯托克非常快樂，雖然有時我發現他注視著他的朋友，好像不敢相信他們是真的。

「你知道你多麼想念他們嗎？」我情不自禁地打斷他的工作，問道。

「吸血鬼不能一直想著留在背後的一切。」他答道：「否則會發狂。輔助我記得他們的東西比一般人多，他們的文章、他們的畫像。但你還是會忘記一些小細節——某種特殊的表達方式，他們的笑聲。」

「我父親總在口袋裡放一把牛奶糖。」我低聲道：「我不記得這事，直到皮耶堡。」我閉上眼睛，依然聞到那些小糖果的味道，聽見玻璃紙與他柔軟的襯衫衣料摩擦的聲音。

「現在妳不願意忘記它了。」馬修柔聲道：「即使為了擺脫痛苦。」

他拿起另一封信，他的筆在紙上摩擦，他的表情恢復專注而緊繃，鼻梁上出現一條小皺紋。我模仿他執筆的角度，觀察他隔多久時間蘸一次墨水。筆不抓得那麼緊，寫起字來確實比較容易。我把筆懸在紙上，準備再寫點什麼。

今天是萬靈節，紀念死者的傳統日子。房子裡每個人都在說，花園裡的葉子已結了厚厚一層霜。彼埃保證，明天會變得更冷。

（月）一五九〇年十一月二日 下霜

量鞋子和手套的尺寸。芳絲娃縫紉。

芳絲娃幫我做一件披風禦寒，還有一身溫暖的套裝抵擋即將來臨的寒冬。她在閣樓上忙了一整個早晨，清理露依莎•柯雷孟不要的衣物。馬修姊姊的衣服是六十年前流行的款式，方形領口，散開的喇叭袖，但芳絲娃要把它們修改成華特和喬治所堅持的現下流行的式樣，同時還要迎合我不那麼優美的身材。她很不願意拆開一件特別華麗的銀、黑二色的禮服，但馬修非常堅持。黑夜學派駐紮在這兒，我不僅需要實用的衣服，也需要更正式的穿著。

「但這是露依莎夫人的結婚禮服啊，老爺。」芳絲娃抗議道。

「是啊，嫁給一個八十五歲老頭，沒有子女、心臟不好，值錢的房地產倒是不少。我看這件衣服已經把家族投資通通賺回來了。」馬修答道：「暫時就讓戴安娜穿著，直到妳幫她做出更好的衣服為止。」

我當然不可能在書裡記錄這段對話。我必須慎選用語，這樣其他人即使有本事想像特定的人物、聲音、對話，種種生動活潑的畫面，也還是不了解其中的意義。如果這本書流傳到後世，未來的讀者只會覺得我的生活小片段枯燥乏味。歷史學家鑽研同類型的文獻，渴望一窺簡單字句背後有什麼豐富而複雜的生活，也注定徒勞一場。

馬修低罵一聲。原來我不是這棟房子裡唯一有祕密的人。

我丈夫今天收到很多信，又給我這本書，讓我保存我的記憶。

我舉筆重蘸墨水時，亨利和湯姆進來找馬修。我的第三隻眼霎地睜開，突來的覺識令我大吃一驚。自從來到這兒，我其他幾種與生俱來的超能力——巫火、巫水、巫風——都很奇怪地消失了。我的魔法第三隻眼提供不可思議的額外感知能力，我不僅能看見馬修體外紅、黑二色的氣場，強度不斷變化，也看到湯姆體外銀光繚繞，亨利則有一層幾乎看不見的綠、黑二色霞光，就像指紋一樣，每個人都有專屬的光環。

想起我在老房子角落裡看到的藍色與琥珀色線條，我猜測每種力量的消失與出現都有其特殊意義。今天早晨又發生了……

角落裡有什麼東西一閃而過，一道帶少許藍光的琥珀色光芒。彷彿安靜到極點的回聲，是靠感覺而非聽覺察覺它的存在。我回頭尋找它的來源，但那份感覺已消失了。眼角依稀有幾縷光的波動，彷彿時間在向我招手，要我回家。

㉒ Pericles（495-429B.C.），雅典政治家。

從我第一次在麥迪森時光漫步開始，每次穿越短短的幾分鐘，我都覺得時間是一種用光與色彩的線條做成的物質。如果夠專注，我可以全心放在一根線上，追蹤到它開始的地方。現在一次穿過了好幾個世紀，我知道它乍看單純的表面底下，隱藏著無數個可能性的結，把多到超乎想像的無數種過去，跟數以百萬計的現在，以及可能存在的、數不清多少種的未來綁在一起。牛頓曾相信，時間是自然界一種無法控制的基本力量。歷盡千辛萬苦，回到一五九〇年之後，我非常同意他的看法。

「戴安娜？妳還好吧？」馬修急迫的聲音打斷了我的白日夢。他的朋友都擔心地看著我。

「很好。」我機械地回答。

「妳不好。」他把鵝毛筆扔在桌上。「妳的氣味改變了。我猜想妳的魔法可能也起了變化。克特說得對。我們必須盡快找一個女巫給妳。」

「現在把女巫牽扯進來，還言之過早吧。」我反對道。「我的外表和言談先要像一個屬於這兒的人。」

「別個女巫會知道妳是時光旅行者。」他不當一回事地道。「她會包容。還有別的考慮嗎？」

我搖搖頭，不願面對他的目光。

馬修不需要看到時間的線條在牆角展開，就知道出了蹊蹺。如果連他都懷疑我的魔法發生了我不願意透露的變化，那我的祕密在任何即將來訪的女巫面前，就更瞞不住了。

第四章

黑夜學派熱心協助馬修找女巫。他們的建議暴露出一種對女人、女巫，以及所有未受大學教育者的集體輕蔑。亨利認為去倫敦找最可能有收穫，但華特向他保證，在擁擠的城市裡，我一定會引起迷信的鄰居注意。喬治猜想，或許可以說服牛津學者提供他們的專業知識，因為這批人的智慧起碼是有憑證的。湯姆和馬修對專業博物家的優缺點發表尖刻的批評，所以這點子也被丟到一旁。克特堅持，把這種工作交給一個女人是不智之舉，所以擬了一張這一帶可能願意為我安排訓練課程的紳士的名單。其中包括聖馬利大教堂的牧師，他善觀天象，精通種種末日來臨的警兆。還有附近一位名叫史密森的地主，他涉獵一點兒鍊金術，正需要巫族或魔族的助手。另外有一名基督教堂學院的學生，他靠幫人繪製占星圖償還過期的購書帳款。

馬修推翻所有這些建議，前去拜訪畢登寡婦，烏斯托克最精明的女人兼助產士。她很窮，又是個女人——百分之百是黑夜學派蔑視的對象——但馬修辯稱，這麼一來，更可以確保她會配合。何況，畢登寡婦是方圓數哩唯一自稱會魔法的人。他承認，其他人不願意住在魅人附近，老早都逃光了。

「把畢登寡婦叫來，或許不是個好主意。」後來我們準備就寢時，我道。

「妳已經說過了。」馬修幾乎毫不掩飾他的不耐煩。「但即使畢登寡婦幫不上忙，也可以推薦有這種能力的人。」

「十六世紀末實在不是公開徵求女巫的好時機，馬修。」我們跟黑夜學派在一起的時候，我只能暗示獵殺女巫的時代即將到來。但馬修雖知道接下來會發生什麼可怕的事，卻認為我的顧慮沒有必要。

「切姆斯福德女巫審判㉓已成往事，蘭開郡獵巫案㉔還要二十多年才會發生。如果英國即將爆發女巫大獵殺，我就不會帶妳來了。」馬修翻了一下彼埃留在他桌上的信件。

「說出這種理由，可見你是科學家而不是歷史學家。」我直截了當地說道：「切姆斯福德和蘭開郡代表民間普遍存在的忌憚，以偏激的手段呈現。」

「妳認為歷史學家比實際在某個時代生活過的人，更了解那個時代的本質？」馬修挑起一邊眉毛，公然質疑。

我張牙舞爪道：「是的。往往如此。」

「妳早上可不是這麼說的，妳還想不通為什麼整棟房子裡找不到一把叉子呢。」他指出。確實，我找了足足二十分鐘，彼埃終於含蓄地告訴我，這種用具在英國還不普遍。

我道：「你當然不至於認為，歷史學家只會背年代和一堆意義含混的數據吧？我的工作是了解某些事為什麼會在過去發生。這些事還在發展的時候，很難看出背後有哪些肇因，反倒是它們結束以後，觀點會變得比較清楚。」

「那妳就放心吧，因為我既有經驗，也有後見之明。」馬修道：「我知道妳為什麼會猶豫，但是找畢登寡婦絕對是正確的決定。」辯論終結，他的口氣很明顯。

「一五九〇年代有糧食短缺的問題，很多人為將來擔心。」我扳著手指點數。「換言之，每個人都在找不景氣的罪魁禍首。精明的凡人婦女和助產士已經有被控行使巫術的顧慮，但你的男性朋友可能還沒發覺。」

「我是烏斯托克最有權勢的人。」馬修攬住我的肩膀道：「沒有人會指控妳任何罪名。」他的倨傲令我吃驚。

「我是個陌生人，畢登寡婦不欠我什麼。如果我引來好奇的眼光，就對她的安全構成重大威脅。」

我抗議道：「起碼我得先扮成一個伊麗莎白時代上流社會的婦女，才能向她求助。再給我幾個星期吧。」

「這件事等不得，戴安娜。」他不耐煩道。

「我不是要你等我學會一流的刺繡技巧或做果醬。我有充分的理由。」我不滿地看著他：「你一定要叫那個滑頭婆娘來，儘管請便。但如果出了紕漏，可別意外。」

「相信我。」馬修低頭湊向我的嘴唇。他眼神朦朧，追逐獵物，強迫牠服從的本能非常強烈。不僅十六世紀的丈夫要贏過他的妻子，吸血鬼也要征服女巫。

「我一點都不覺得辯論能挑逗情慾。」我別開頭，說道。但馬修的看法顯然正好相反。我挪動一下，離開他幾吋。

「我沒在辯論。」馬修柔聲道，嘴唇貼在我耳畔。「是妳在辯論，如果妳以為我會在生氣的時候碰妳，老婆，妳就大大地錯了。」他用冰冷的眼神把我釘在床柱上，轉身一把拿起長褲。「我到樓下去。一定還有人醒著，跟我作伴。」他大步走向門外，在門口停下。

「如果妳真要表現得像一個伊麗莎白時代的女人，就不要質疑我。」他粗暴地說完，就離開了。

第二天，一個吸血鬼、兩個魔族，還有三個凡人，默默隔著寬闊的地板，站在那兒打量我的外表。聖馬利教堂的報時鐘聲停了很久，餘音仍隱隱迴盪。空氣中浮漾榅桲、迷迭香、薰衣草的香味。我坐在一張

㉓ **Chelmsford**為英格蘭東部艾塞克斯郡首府，一五六六年當地有個名叫阿格妮絲・渥特豪斯的婦人，被控用巫術害人而被吊死，成為英格蘭第一個因巫術罪名被處死的女人。

㉔ **Lancashire**位於英格蘭西北部，一六一二年爆發的潘鐸山女巫大審案件，共有十名女巫，二名男巫死亡。本案因審判記錄完整，處決人數多，特別引起注意。

不舒服的木椅上，穿著限制行動的罩衫、襯裙、袖子、裙子和勒得死緊的緊身胸衣。每吸一口飽受束縛的空氣，我離二十一世紀的女強人人生就越遙遠。我茫然瞪著渾濁的天光，冷雨滴滴答答打在鉛鑄窗框的玻璃上。

「她到了。」彼埃用法語通告，以很快的速度瞥了我一眼。「女巫來見夫人。」

「總算來了。」馬修道。緊身上衣樸素的線條使他的肩膀顯得更寬，白色領子邊緣黑線繡的橡實與橡葉圖案，更強調他皮膚蒼白。偏側一下黑髮的腦袋，換個角度研判我算不算一個可敬的伊麗莎白時代的家庭主婦。

「怎麼樣？」他徵求意見。「過得去嗎？」

喬治取下眼鏡。「是的。這件赤褐色的衣服比上一件適合多了，而且把她的頭髮襯托得很悅目。」

「沒錯，喬治，羅伊登夫人的外表很適合她的身分。但光說她來自鄉——鄉下，不能解釋她奇怪的說話方式。」亨利用沒有抑揚頓挫的低沈聲音道。他走上前，替我把織錦緞長裙的褶子拉好。「還有她的身高。這完全無法偽裝。她甚至比女王還高。」

「你們確定不能假裝她是法國人嗎，華特？或荷蘭人？」湯姆用沾有墨水的手指，拿起一個塞了丁香花苞的橙子，湊到鼻前。「說不定羅伊登夫人還是可以在倫敦活下來。魔族一定會注意到她，這不在話下，但凡人可能不會看她第二眼。」

華特頗感興趣地哼一聲，從有靠背的矮椅凳上站起身來。「羅伊登夫人的體型很好，又長得特別高。從十三歲到六十歲的尋常男人，都有充分的理由多看她幾眼。不成，湯姆，她最好還是待在這兒，跟畢登寡婦一起。」

「或許我可以晚點見畢登寡婦，在村子裡，單獨見面。」我提議道，希望他們之中有人頭腦清楚，願意說服馬修讓我照我的方法行事。

「不行！」六個男人大驚失色同聲喊道。

芳絲娃拿來兩片漿過、鑲花邊的麻紗，她挺起胸脯，像一隻怒氣沖天、準備呵責好鬥公雞的母雞。她跟我一樣，對馬修三不五時的干預感到不滿。

「戴安娜不進宮。用不著襞襟。」馬修做個不耐煩的手勢說。「何況真正有問題的是她的頭髮。」

「你根本不知道什麼用得著，什麼用不著。」芳絲娃頂撞道。雖然她是吸血鬼而我是女巫，我們卻出乎意料對男人的愚蠢採取相同立場。「柯雷孟夫人喜歡哪一塊？」她舉起來給我看，一片是打百褶的半透明薄紗，另一片像用看不見的縫線把許多片雪花接在一起，拼成半月形。

雪花那片看起來比較舒服，我指它。

芳絲娃把襞領固定在我的緊身上衣邊緣時，馬修伸出手，再次試圖整理我的頭髮。芳絲娃打掉他的手。「不許碰。」

「我高興什麼時候碰我妻子都可以，而且別再稱呼戴安娜『柯雷孟夫人』。」馬修抱怨道，轉而把手放在我肩上。「每次我都以為我母親會從門口走進來。」他把領口拉開一點兒，結果拉鬆了芳絲娃用來遮蓋別針的黑色絲絨帶。

「夫人是已婚婦女，胸部要遮起來。外面流傳新夫人的閒話已經夠多了。」芳絲娃抗議道。

「閒話？什麼樣的閒話？」我皺著眉頭問。

「您昨天沒上教堂，所有人說您懷孕了，或染了天花。那個異端牧師認為您是天主教徒。還有人說您是西班牙人。」

「西班牙人？」

「是啊，夫人。昨天下午有人聽見您在馬廄裡說話。」

「但我是在練習說法文呀！」我自認為模仿功力還不錯，又以為模仿我婆婆伊莎波那種頤指氣使的腔調，可以讓我那套複雜的背景故事，更能取信於人。

「馬夫的兒子可不這麼想。」芳絲娃的語氣顯示，大家都認同那男孩的結論。她滿意地從頭到腳打量我一遍。「不錯，您看起來像一位可敬的淑女。」

「Fallaces sunt rerum species。」克特酸溜溜的語氣讓馬修再度滿臉不豫之色。「『虛有其表』。她的表現騙不過任何人。」

「這時候引用辛尼卡[25]的名言，未免太早了吧。」華特給馬羅一個警告的眼色。

「斯多葛觀點[26]任何時候刻都不嫌早。」克特一本正經地答道：「你該感謝我沒有引用荷馬。最近我們聽了太多《伊利亞德》拙劣的意譯。喬治啊，希臘經典該交給真正識貨的人——比方老馬。」

「我翻譯荷馬還沒有完工呢！」喬治抗議道，顯然動了肝火。

他的回應讓華特口若懸河引了一大串拉丁文。其中一句逗得馬修吃吃笑，然後說了幾句，我猜是希臘文。在樓下等候召見的女巫完全被遺忘了，幾個男人熱烈地展開他們最喜愛的消遣活動：唇槍舌劍，爭佔上風。我往椅子上一靠。

「他們這麼好心情的時刻，真令人嘆為觀止。」亨利悄聲道。「他們是全英國最聰明的人，羅伊登夫人。」

華特與馬羅高聲對吼，批評女王陛下有關殖民與探險各方面政策的優點與缺點。

「把黃金交給你這種投機分子，倒不如一把一把扔進泰晤士河，華特。」克特大聲笑道。

「投機分子！你光天化日之下連家門都不敢出，唯恐撞到債主。」華特笑聲震耳。「你真是個大傻瓜，克特。」

馬修專心聽他們一來一往，越聽越有趣。「你又惹上誰了？」他問馬羅，同時伸手去取酒杯。「多少錢能讓你脫離困境？」

「我的裁縫。」克特比畫一下身上那套昂貴的衣服。「我的劇本《帖木兒》的印刷商。」他遲疑一下，考慮債務的歸還次序。「霍普金斯那雜種以我的房東自居，但我有這個。」他舉起星期天晚上他跟馬修下棋贏來的戴安娜雕像。我仍然不願那尊雕像脫離我的視線，情不自禁地偷偷摸摸向前移動。

「你不至於窮到要拿那個不值錢的小玩意兒去典當吧。」馬修對我眨眨眼睛，比了個小手勢，讓我坐回原位。「我來處理。」

馬羅一躍而起，咧嘴微笑，把那枚銀製雕像塞回口袋。「還是你最可靠，老馬。我會還你錢的，當然。」

「當然。」馬修、華特、喬治異口同聲，滿腹懷疑地嘟囔。

「不過你要留下足夠的錢替自己買一把好鬍子。」克特得意洋洋地捋著自己的鬍子道：「你看起來好可怕。」

「買鬍子？」我一定是聽錯了。也可能馬羅在賣弄街巷俚語，雖然馬修要他為我著想，少說那種話。

「牛津有個巫師在做理髮師。妳老公的鬍子長得慢，他們這族群都這樣，他又把鬍子剃得一根不剩。」見我仍是一臉茫然，克特以誇張的忍耐表情繼續道：「馬修這模樣會引起注意。他需要鬍子。顯然妳的法力不夠替他變出鬍子來，所以我們只好找別人幫忙。」

我的眼光游移到榆木桌上的一個空花瓶。芳絲娃在瓶中插滿花園裡剪來的花——蜀葵的嫩枝、幾枝結著褐色果實類似玫瑰果的枸杞，還有數朵白玫瑰——為這房間添一點顏色和香氣。幾小時前，我用手指撥弄樹枝，把玫瑰和枸杞擺到花瓶正前方，這期間我心裡一直想著花園。插花的成果只讓我滿意了十五秒

㉕ Seneca全名Lucius Annaeus Seneca（4B.C.-65A.D.），羅馬斯多葛學派哲學家及政治家，曾任暴君尼祿的老師。

㉖ Stoicism是古希臘哲學家芝諾於西元前四世紀創立的哲學流派，又稱作遊廊學派，因據說早期信徒常在遊廊下講學聚會。斯多葛學派強調道德價值，重視倫理，主張刻苦修行。

鐘，花與果實隨即在我眼前枯萎。脫水的狀態從我指尖向四面八方擴散，植物傳來的訊息源源湧進，刺痛我的手：陽光的感覺、雨水解渴的暢快、樹根因抗拒風力拉扯而產生的力量、土壤的滋味。

馬修說得對。來到一五九〇年之後，我的魔法就發生了變化。我自從遇見馬修後，體驗到巫火、巫水、巫風的威力，如今這些力量都靜止不動，我反而看到時間的經緯線發光、周遭生物五彩繽紛的氣場。每次到花園裡散步，我都看到橡樹的陰影底下，有一頭白色公鹿看著我。現在我又害花木枯萎。

「畢登寡婦正在等呢。」華特提醒我們，領著湯姆向門外走去。

「萬一她能聽見我的思想？」沿著寬闊的橡木樓梯往下走時，我開始擔心。

「其實我更擔心妳用聲音說出來的話。千萬不要挑起她的妒忌或敵意。」華特告誡我，他和其餘黑夜學派的成員都跟在後面。「如果所有其他手段都失敗，就撒謊。馬修和我一直都這麼做。」

「女巫不能騙女巫。」

「這事不會有好結果。」克特陰沈地低聲恐嚇：「我願意賭一筆錢。」

「夠了。」馬修轉身抓住克特衣領，兩頭英國猛犬嗅嗅克特的腳踝，低聲咆哮。牠們效忠馬修——而且都不怎麼喜歡克特。

「正如我說過——」克特扭動身軀想逃，馬修不讓他把話說完，推他頂住牆壁。

「你說的話沒人想聽，你的用意也表達得夠清楚了。」馬修緊緊揪住他。

「放下他。」華特一手搭著馬羅的肩膀，另一手按著馬修。馬修置之不理，又把他朋友的身體提高了幾吋。身穿紅、黑二色華服的馬羅，看起來就像一隻產自異域的怪鳥，被困在手工精緻的壁板隙縫裡。馬修讓他懸在半空中好一會兒，充分表明他的立場，然後才放他下來。

「來吧，戴安娜。不會有事的。」馬修聽起來仍然很有把握，但我的大拇指陣陣刺痛，發出不祥的警告，很可能克特才是對的。

「天啊，」我們走進大廳時，華特無法置信地嘟噥道：「那是畢登寡婦嗎？」房間另一頭的陰影裡，站著一個典型的女巫：矮小、駝背、蒼老。我們走上前，把她泛出鏽紅色調的陳舊黑衣、糾結成團的白髮、粗糙起皺的皮膚，看得更清楚。她一隻眼睛患白內障，滿布牛奶翳，另一隻呈斑駁的淡褐色。患白內障那顆眼球會在眼眶裡莫名地轉動，好像變換視角可以改善視力似的，卻徒然嚇壞周遭的人。我正想著，世界上再也找不到更醜的人了，就見她鼻梁上長了顆疣。

畢登寡婦看我一眼，頗不甘願地彎腰行了個禮。我皮膚上幾乎無法察覺的刺痛，足證她確實是個女巫。我的第三隻眼毫無預警地睜開，搜尋進一步的資訊。但畢登寡婦不像其他生物，她完全不發光，從頭到腳一片灰暗。看到一個如此努力隱形的女巫，真令人喪志。我接觸艾許摩爾七八二號之前，也跟她一樣黯淡嗎？我的第三隻眼垂簾閉合。

「謝謝妳來見我們，畢登寡婦。」馬修的語氣暗示，他讓她進入這棟房子，值得她感恩圖報。

「羅伊登老爺。」女巫的聲音宛如室外碎石上盤旋的落葉一般枯啞。她把那隻好眼睛轉向我。

「扶畢登寡婦坐下，喬治。」

查普曼聽命走上前去，我們其他人都審慎地保持距離。那女巫呻吟幾聲，才把風濕的四肢安頓在椅子上。馬修客氣地等她坐好才繼續。

「咱們打開天窗說亮話。這個女人——」他指著我，「受我保護，最近她遇到一些困難。」他隻字不提我們的婚姻。

「你周圍都是達官貴人和忠心僕人，羅伊登老爺。一個窮女人幫不上你這種紳士的忙。」畢登寡婦用偽裝的禮貌掩飾她的不滿，但我丈夫聽力過人。他瞇起眼睛。

「不要在我面前耍花樣。」他簡潔地說：「妳不會想成為我的敵人，畢登寡婦。這女人有女巫的特徵，而且需要妳幫助。」

「女巫？」畢登寡婦表現客氣的懷疑。「她的母親是女巫？或她的父親是巫師？」

「兩者都在她幼年時就去世了。我們不確定他們有什麼樣的力量。」馬修只透露一半真相，這是吸血鬼慣用的伎倆。他把一小袋錢扔在她腿上。「如果你能幫她做個檢查，我會很感激。」

「好吧。」畢登寡婦長滿節瘤的手指向我的臉伸來。我們的肌膚接觸時，有股洶湧的能量穿過。老婦人跳起來。

「怎麼樣？」馬修問道。

畢登寡婦的手落回腿上。她緊緊抓住那袋錢，有一會兒，她好像想把它扔回給馬修，但她終於恢復了鎮定。

「我猜得沒錯，這女人不是女巫，羅伊登老爺。」她聲音很平靜，雖然比先前尖銳了一點。我腹中湧起一陣輕蔑，使我嘴裡充滿苦澀的味道。

「如果妳那麼想，妳的法力就不像烏斯托克人以為的那麼高強。」我反唇相譏。

畢登寡婦憤怒地挺直上身。「我是個受敬重的治療者，我懂得的藥草知識可以保護男人和女人不生病。羅伊登老爺知道我的能耐。」

「這是巫術的一種，但我們族群還有別種能力。」我小心地說道。馬修的手指抓住我的手腕緊得作痛，要我噤聲。

「那種本事我沒有。」她回答得很快。這老太婆跟我的莎拉阿姨一樣頑固，也同樣瞧不起我這種無須鑽研傳統巫術，直接從自然元素中汲取力量的女巫。莎拉熟知每種藥草與植物的用途，還能把幾百種符咒倒背如流，但做為一個女巫，這樣還不夠。畢登寡婦心知肚明，卻不肯承認。

「除了簡單碰一下，一定還有別的方法可以鑑定這女人的能力。以妳的能耐，一定知道是哪些方法。」馬修略帶嘲弄的口吻，有明顯的挑戰意味。畢登寡婦有點遲疑，掂著手中錢袋的分量。終於袋子的重量說服她接受挑戰。她把酬勞塞進一個藏在裙褶裡的口袋。

「有些考驗可以鑑定一個人是不是女巫。例如找一段禱告詞給她念，如果她念不出某些字，甚至只要有一點兒猶豫，就知道魔鬼在附近。」她裝得神祕兮兮道。

「魔鬼不會出現在烏斯托克，畢登寡婦。」湯姆道。他的口吻好像一個企圖說服孩子相信床底下沒有藏妖怪的大人。

「到處都有魔鬼，大人。不相信的人往往中了牠的奸計。」

「只是編來嚇唬迷信者和心智軟弱者的寓言罷了。」湯姆不屑地說。

「住口，湯姆。」華特低聲道。

「還有其他徵兆呀。」喬治急於分享他的知識。「魔鬼會在牠收服的女巫身上留下疤痕與缺陷，做為標記。」

「沒錯，大爺。」畢登寡婦道：「聰明人知道該去哪兒找。」

一瞬間，我腦子裡的血液完全流光，我開始頭暈。如果有人要這麼做，一定會在我身上找到標記。

「應該還有別的辦法。」亨利感到不安。

「有的，老爺。」畢登寡婦用那隻濁眼掃視整個房間。她指著一張放有科學儀器和好幾堆書的桌子。「我們去那裡。」

畢登寡婦的手滑進她裙子裡方才藏錢包的那個縫隙，取出一個破舊變形的小銅鐘。她把鐘放在桌面上。「請拿一根蠟燭過來。」

亨利立即配合，所有男人圍在四周，十分好奇。

「有人說，女巫是一種介於生與死、光明與黑暗之間的生物，那是她真正力量的泉源。處於世界交會之地，她可以破壞大自然的事功，干擾約束萬物秩序的連結。」畢登寡婦拿起一本書，跟放蠟燭的沈重銀燭台和銅鐘排成一直線。她壓低聲音道：「從前，社區中發現女巫時，眾人會把她逐出教會，並不斷敲鐘，象徵她已死亡。」畢登寡婦拿起鐘，手腕一抖，它就響了起來。她鬆開手，鐘自行懸在桌子上空，繼續發出聲音。湯姆和克特躡足上前。喬治驚呼一聲，亨利在身上畫十字。畢登寡婦對他們的反應很滿意，轉身拿起一本跟馬修收藏的部分數學儀器一起放在桌上的英譯古希臘名著——《歐幾里德的幾何原本》。

「然後牧師會拿起一本聖書——聖經——將它闔攏，表示女巫不可以接近上帝。」《幾何原本》啪一聲闔上，喬治和湯姆都跳了起來。黑夜學派這群成員自詡對迷信免疫，卻出奇地容易受影響。

「最後牧師會捏熄一支蠟燭，代表女巫沒有靈魂。」畢登寡婦把手指伸進火燄，捏住燭芯。火滅了，一縷青煙裊裊上升。

眾男人如受催眠。就連馬修也顯得不安。房間裡唯一的聲音就是爐火劈啪和小銅鐘持續的敲擊聲。

「真正的女巫會重新點燃火燄，翻開書，讓鐘聲靜止。她在上帝眼中也是神奇的生物。」畢登寡婦停頓一下，製造戲劇效果。乳白色眼睛轉向我：「妳做得到這些事嗎？姑娘。」

現代女巫年滿十三歲的時候，都要到當地巫會參加一種說來奇怪、卻跟畢登寡婦描述的考驗類似的儀式。女巫祭壇的鐘敲個不停，歡迎年輕女巫加入社群，不過那些鐘照例是厚重的銀製品，擦得亮晶晶的傳家之寶。使用的書既不是聖經也不是數學經典，而是小女巫家族的符咒書，使整個場合更有歷史意識。莎拉唯一一次同意畢夏普傳家的魔法寶典離開家門，就是我的十三歲生日。蠟燭的布置與作用也相同。為此緣故，小女巫必須從小練習點燃與熄滅蠟燭。

我在麥迪森巫會正式亮相那次，是場災難，所有親戚都在場目睹。二十年後，我還會做蠟燭怎麼也點不亮、書怎麼也翻不開、所有其他女巫都敲得響鐘，唯獨我不行的奇怪噩夢。「我不確定。」我猶豫地承認。

「試試看。」馬修鼓勵道，他的聲音很有把握。「前幾天妳才點亮過幾支蠟燭。」

話是沒錯。萬聖節前夕，我算是點亮了排列在畢夏普老屋車道兩旁的幾盞南瓜燈。但我最初幾次失敗，並沒有觀眾。今天克特和湯姆充滿期待的眼神一直在推擠我，雖然畢登寡婦的目光輕得幾乎沒感覺，但我強烈意識到馬修熟悉而冰冷的凝視。我血管裡的血液似乎變成了冰塊，拒絕提供這一點小巫術需要的火。只好盡人事聽天命，我專心看著燭芯，念念有詞。

什麼也沒發生。

「放輕鬆。」馬修低聲道。「書怎麼樣？從那兒開始如何？」

巫術中事情的先後秩序是很重要的，這一點姑且不論，我也不知該怎麼對付《幾何原本》。我該鼓動困在紙張纖維間的空氣，或另外召一陣微風來掀開封面？鐘聲響個不停，害我的思路釐不清。

「拜託妳讓鐘不要響好不好。」焦慮直線上升，我哀求道。

畢登寡婦打一下手指，銅鐘匡噹一聲落在桌面上，變形的邊緣一震，沈默下來。

「正如我告訴你的，羅伊登老爺。」畢登寡婦帶著勝利的口吻說。「不論你以為看到過什麼樣的魔法，都是幻影。這個女人沒有法力。本村不需要怕她。」

「說不定她耍你，馬修。」克特補充道：「我認為有此可能。女人都是口是心非的動物。」

其他女巫也做過跟畢登寡婦類似的宣言，也都因此洋洋自得。我忽然有股強烈的渴望，要證明她錯了，還要抹掉克特臉上那種無所不知的表情。

「我不會點燃蠟燭，也沒有人教我如何翻開一本書，或讓鐘聲停止。但如果我沒有法力，妳怎麼解釋這件事？」附近有盤水果。更多花園裡新採來的榲桲，在慘澹的光線下黃澄澄發亮，我選了一顆，托在掌心，讓所有的人都看得見。

我把全副精神投注在果實上，掌心的皮膚微微刺痛。隔著榲桲的厚皮，我把多汁的果肉看得一清二楚，好像整顆果子是玻璃做的。我閉上眼睛，眼神卻更深入，女巫之眼張開，搜索資訊。覺知力從我額頭中央沿手臂而下，穿過指尖。它像樹根一樣伸展，它的觸鬚鑽進了榲桲。

我一個接一個掌握了果實的祕密。果核裡有條蟲，在柔軟的果肉裡大快朵頤。我的注意力被困在其中的力量吸引，一股暖意流過我的舌頭，宛如陽光的滋味。我雙眉之間的皮膚愉快地抖動，因為我喝進看不見的陽光。**那麼大的力量**，我想道。**生命**、**死亡**。我的觀眾變得無關緊要。現在唯一重要的就是棲息在我手心，擁有無限可能的知識。

陽光回應我無言的邀請，脫離了榲桲，進入我的手指。我出於本能，抗拒陽光的接近，要它留在原來所屬的地方——水果的內部——但榲桲變成咖啡色、萎縮、向內沈陷。

畢登寡婦的驚呼打斷了我的專注。我嚇了一跳，把變形的水果扔到地上，它在擦得晶亮的地板上汁液四濺。我抬起頭，只見亨利又在畫十字，眼神呆滯，動作機械化，足證他受了驚嚇。湯姆和華特則專注地看著我的手，幾縷依稀可見的小陽光，正在徒勞無功地試圖彌補被切斷的與榲桲之間的聯繫。馬修用手包住我火花四濺的手，遮掩我不受約束的力量。我的手仍噴出火星，我想把手抽開，免得灼傷他。他搖搖頭，不肯鬆手，眼睛看著我，好像在說，他夠強壯，承受得了衝著他而來的魔法。我遲疑了一下才放鬆身體，倚靠在他身上。

「結束了。沒有了。」他加重語氣道。

「我『嘗到』陽光，馬修。」我的聲音因驚慌而尖銳。「我還『看到』時間，在角落裡等待。」

「這女人迷住了一個魅人。這是魔鬼的事功。」畢登寡婦用嘶啞的聲音說道。她謹慎地往後退，又開手指，抵擋危險。

「烏斯托克沒有魔鬼。」湯姆堅決地重申。

畢登寡婦指著《幾何原本》說：「你們的書裡滿滿都是奇怪的符號和魔法咒語。」我想道，幸好她沒聽到克特朗誦《浮士德》。

「這是數學，不是魔法。」湯姆反駁道。

「你愛怎麼說都可以，但我已見到真相。你們就跟他們一樣，把我叫來，想拉我參加你們的邪惡計畫。」

「跟誰一樣？」馬修嚴厲地追問。

「大學裡的學者。他們提一堆問題逼問鄧丘村的兩個女巫。他們要我們的知識，卻又把分享知識的女人入罪。原本法林屯有個巫會剛要成立，但一引起你們這種男人的注意，所有的女巫都逃光了。」巫會代表安全、保障、社群。沒有巫會，女巫更容易被妒忌與恐懼的鄰居傷害。

「沒有人要逼妳離開烏斯托克。」我只不過想安慰她，但才上前一步，她就倒退了好幾步。

「這棟房子裡有邪惡。村子裡的人都知道。昨天單福思先生還對聚會的信眾說，讓它落地生根是多麼危險。」

「我只有一個人，跟妳一樣，沒有親人幫忙。」我道，試著喚起她的同情心。「可憐可憐我，在別人發現我的身分之前。」

「妳跟我才不一樣，我不想惹麻煩。全村渴見血光的時候，沒有人會可憐我。我又沒有魅人保護我，也沒有貴族老爺或宮裡的大官替我出頭，保護我的榮譽。」

「馬修——羅伊登老爺——不會讓妳受傷害。」我伸手哀求。

畢登寡婦不吃這一套。「魅人的話不能信。村民一旦發現馬修・羅伊登的真實身分，會怎麼做？」

「這是我們兩人之間的事，畢登寡婦。」我警告道。

「妳從哪裡來的，姑娘，妳竟然以為女巫會互相庇護？這是個危險的世界。我們都不再安全。」老婦人憎恨地瞪著馬修。「巫族成千上萬死去，合議會的懦夫卻不採取行動。為什麼，魅人？」

「夠了。」馬修冰冷地說。「芳絲娃，請送畢登寡婦出去。」

「我會走，求之不得。」老婦人盡量挺直那把彎曲的老骨頭。「但你給我聽好，馬修・羅伊登，距離這裡一天行程之內的所有生物，都懷疑你是靠鮮血為生的邪惡野獸。他們一旦發現你庇護擁有那種黑暗力量的女巫，上帝懲戒叛徒是絕不留情的。」

「慢走，畢登寡婦。」馬修背對老巫婆，但畢登寡婦堅持要說最後一句話。

「保重啦，妹子。」畢登寡婦離開時喊道：「這種時節，妳也太光芒四射了。」

房間裡每隻眼睛都瞪著我。我挪動一下身體，受到太多注意令我不安。

「解釋妳的行為。」華特簡單地說。

「戴安娜不欠你任何解釋。」馬修回嘴。

華特舉起一隻手，表示休戰。

「發生了什麼事？」馬修換上比較冷靜的語氣。顯然我欠「他」一個解釋。

「正如我所預測：我們嚇跑了畢登寡婦。從現在開始，她會盡可能跟我保持距離。」

「她應該聽話才對。我給過那女人很多好處。」馬修嘟囔道。

「為什麼不讓她知道你我之間的關係。」我低聲問。

「或許跟妳不告訴我妳能怎麼對付花園裡的普通水果，是一樣的理由。」他抓住我的手肘，反唇相譏。馬修隨即轉向他的朋友：「我要跟我妻子談談，私下談。」他把我拉到門外。

「所以現在我又是你的妻子了！」我掙脫被他抓住的手肘喊道。

「妳一直都是我的妻子。但那是我們的私生活，並非每個人都有必要知道。說吧，剛才是怎麼回事？」他質問，站在一叢修剪得很整齊的黃楊木旁。

「先前你說得對，我的魔法在改變。」我望著別處：「比方我們臥室裡那瓶花。我重新整理那些花，我品嘗到它們生長的土壤和空氣。我一碰，花就死了。我試著讓陽光回到果實裡。但它不服從我。」

「畢登寡婦的行為應該釋出巫風，因為妳覺得受困，或是巫火，因為妳處於危險之中。或許時光漫遊破壞了妳的法力。」馬修蹙起眉頭說道。

我咬住嘴唇。「我不該發怒，在她面前展示我的能力。」

「她知道妳的力量很大。整個房間都充滿她恐懼的氣味。」他眼神凝重。「也許讓妳面對陌生人還嫌太早。」

但已經太遲了。

黑夜學派出現在窗前，幾張蒼白的臉貼在玻璃上，好像某個無名星座的星群。

「潮濕會損害她的衣服，這是唯一她穿起來還像樣的衣服。」喬治譴責道，還從窗子裡伸出手來指點。湯姆那張活像小精靈的臉從喬治肩膀後面探出來。

「我玩得痛快極了！」克特喊道，用力推開另一扇窗，由於使了太大力氣，玻璃震得咯咯響。「那個老太婆是百分之百的女巫。我要在戲裡安排一個畢登寡婦的角色。她可以那樣操縱一個老破鐘，你能想像嗎？」

「你跟女巫周旋的歷史還沒有被遺忘，馬修。」華特道。他和亨利到外面來加入我們，腳下碎石嘎吱作響。「她會到處去講。畢登寡婦這種人就喜歡散布是非。」

「如果她說的話對你不利，老馬，有必要擔心嗎？」亨利溫和地問道。

「哈爾，我們身為超自然生物，在凡人的世界裡討生活，永遠得擔心。」馬修嚴肅地說。

第五章

黑夜學派會為哲學辯論不休，但有件事他們有了共識：得另外找一個女巫。馬修派喬治和克特到牛津去打聽，順便也調查一下我們那份神祕的鍊金術手抄本的下落。

星期四黃昏，用畢晚餐，我們圍繞著大廳的壁爐各據一方。亨利和湯姆一邊讀書，一邊辯論天文學或數學。華特和克特在一張長桌上玩骰子，討論他們最近寫作的點子。我朗讀華特擁有的一份《仙后》㉗手抄本，練習發音，但這部作品就跟伊麗莎白時代大多數的羅曼史一樣，讓我覺得索然無味。

「開頭太突兀了，克特。你把觀眾嚇過了頭，他們會在第二幕開始前離開劇場。」華特反對道：「這齣戲需要更多冒險。」他們已聊了好幾個小時的《浮士德》。得感謝畢登寡婦，這齣戲有了新的開場。

「你不是我的浮士德，華特，你有太多知識分子的裝腔作勢。」克特尖刻地說：「看你把愛德蒙㉘的故事攪和成什麼樣子。《仙后》原本是亞瑟王故事系列中一個頗為有趣的段落，現在卻變成馬樂瑞㉙和維吉爾㉚的綜合體，多災多難，故事沒完沒了，還有那個葛羅莉安娜㉛——真是拜託。女王幾乎跟畢登寡婦一樣老，也一樣反覆無常。你成天指揮愛德蒙做這做那，他寫得完那首詩才有鬼。如果你想在劇場裡名垂不朽，不如去跟威爾㉜談。他一直缺點子。」

「你同意嗎，馬修？」喬治催促道。他正在向我們報告，他找尋有朝一日會成為艾許摩爾七八二號的那份手抄本的最新發展。

「抱歉，喬治，你剛說了什麼？」馬修神遊太虛的灰眼睛裡，愧怍一閃而過。我知道一心多用是怎麼回事。這一招曾經幫助我熬過很多次系務會議。他大概是把思維分配給房間裡不同的對話、同時繼續檢討跟畢登寡婦打交道時哪裡出了差錯，以及源源不斷湧來的郵包內容。

「所有書商都沒聽說過有本罕見的鍊金術手抄本在市區流通。我問過基督教堂學院的朋友，他也一無所知。要我繼續打聽嗎？」

馬修張口想回答，但沈重的前門忽然敞開，門廳裡傳來東西破碎的嘩啦聲，他立刻站起來。華特和亨利也跳起身，連忙掏出他們整天不離身的匕首。

「馬修？」一個不熟悉的聲音吼道，那音質登時讓我手臂上的汗毛豎立起來。那聲音太清晰、太悅耳，不可能出於凡人。「你在嗎，喂？」

「當然在。」另一個人答道，他有威爾斯老鄉的輕快口音。「用你的鼻子。還有誰聞起來會像一間剛從碼頭進了新鮮香料的雜貨鋪。」

不消一會兒，兩個披著褐色粗布斗篷的高大人影就出現在房間的另一頭，克特和喬治仍捧著他們的骰子和書坐在那兒。我這時代的職業足球隊，一定會設法延攬這兩名新來者。他們有鍛鍊過度、肌肉墳起的手臂，粗大的手腕，厚實的長腿及強壯的肩膀。他們走上前來，蠟燭的光芒映出他們明亮的眼睛，在他們武器的鋒刃上熠耀。其中一個是金髮巨人，比馬修還高一吋；另一個滿頭紅髮的，則矮了足足六吋，左眼

㉗ The Faerie Queene是十六世紀英國詩人愛德蒙·史本賽創作的史詩，第一部出版於一五九〇年，第二部出版於一五九六年，但整個寫作計畫並未完成。詩中敘述亞瑟王麾下的武士到仙后統治的仙境冒險，以寓言手法探討美德的標準，詩中並對伊麗莎白女王歌功頌德。史本賽曾把他的寫作理念寫在一封給華特·芮利的信中，並且以這封信做為第一部的序言。

㉘ 即愛德蒙·史本賽（Edmund Spenser, 1552-1599），英國詩人，《仙后》是他最有名的作品。

㉙ 湯瑪斯·馬樂瑞爵士（Sir Thomas Malory, 1405-1471），英國作家，第一個完整的亞瑟王與圓桌武士傳奇故事集《亞瑟王之死》（Le Morte d'Arthur）的編寫者。

㉚ 全名為Publius Vergilius Maro（70-19B.C.），古羅馬詩人。他創作的史詩《埃涅亞斯本紀》（Aeneid）敘述傳說中的羅馬開國始祖埃涅亞斯，在特洛伊戰爭結束後的冒險事蹟。全詩九千多行，文體莊嚴優美，被認為是拉丁文經典。

㉛ Gloriana即《仙后》的主角，也是伊麗莎白一世眾多綽號中的一個。

㉜ 指莎士比亞。

有明顯的斜視。兩人都不超過三十歲。金髮的鬆了一口氣，不過他趕緊掩飾起來。紅髮的怒火沖天，根本不在乎別人發現。

「原來你在這兒。嚇死我們了，不告而別，就這樣消失。」金髮男子和顏悅色道，停下腳步，把鋒利無比的長劍插回鞘裡。

華特和亨利也都收回了武器。他們認得這人。

「蓋洛加斯。你來做什麼？」馬修問金髮戰士，聲調帶著戒備與困惑。

「當然是來找你。上週六，韓考克和我跟你在一起。」蓋洛加斯沒得到預期的回應，瞇起冰冷的藍眼睛。他看起來像個正要大開殺戒的維京海盜。「在契斯特。」

「契斯特。」馬修的表情變為恍然大悟的恐懼。「契斯特？」

「欸，契斯特。」紅髮韓考克道。他滿面怒容，剝下濕透的皮革手套，扔在火爐旁的地板上。「你沒有照預定計畫在星期天跟我們碰頭，我們到處打聽。客棧老闆說你離開了，真令人感到意外，不單單因為你沒付帳。」

「老闆說，你前一分鐘還在火旁喝酒，下一分鐘就消失了。」蓋洛加斯道：「女僕——就是那個看著你目不轉睛的黑髮小個兒——引起很大的騷動。她堅持說你是被鬼抓走的。」

突如其來的理解，讓我閉上眼睛。身在十六世紀契斯特的馬修‧羅伊登忽然消失，因為他被從現代牛津來此旅行的馬修取代。由此推斷，我們離開之後，十六世紀的馬修就應該再次出現。時間不容許同時同地出現兩個馬修。我們雖不是故意的，卻已改變了歷史。

「適逢萬聖節前夕，所以她的故事似乎也有道理。」韓考克承認道，他開始整理自己的斗篷，先抖掉褶縫裡的水，然後把它攤開，晾在旁邊一張椅子上，讓冬天的空氣充滿了春天的青草氣息。

「他們是什麼人，馬修？」我靠過去，企圖把這兩人看清楚一點。他轉過身，雙手壓著我的手臂，不讓我移動。

「朋友。」馬修道，但他顯然想劃清界線，使我懷疑這話的真假。

「也罷，也罷。她不是鬼。」韓考克從馬修背後探過頭來，我的身體立刻開始結冰。

不消說，韓考克和蓋洛加斯都是吸血鬼。還有哪種生物會長得這麼高大而殺氣騰騰？

「她也不是來自契斯特。」蓋洛加斯沉吟道。「她身體四周一直都有那種光圈嗎？」

聽來有點奇怪，但意思很清楚。我又在發光了。我生氣或專心思考時，偶爾會出現這種現象。這是巫術力量的常見表徵，吸血鬼超自然的敏銳眼力看得到那種淡淡的光芒。我自覺太引人注目，連忙退縮到馬修的陰影裡。

「沒用的，夫人。我們的耳朵跟眼睛一樣靈敏。妳的女巫血像小鳥一樣唱得可歡呢。」韓考克挑起濃密的紅眉，不滿地瞪了他同伴一眼。「只要女人在，麻煩跟著來。」

「麻煩至少不是傻瓜。如果能選擇，我寧可跟女人同行，也勝過跟你鬼混。」金髮戰士轉而對馬修說：「我們辛苦了一天，韓考克的屁股痠痛，肚子也餓了。如果你不告訴他，為什麼你家裡有個女巫，而且快點說，我怕她會有安全上的問題。」

「一定跟柏威克㉝有關。」韓考克揚言：「該死的女巫，總是惹麻煩。」

「柏威克？」我的脈搏快了好幾拍。我聽過這名字。英倫三島最聲名狼藉的女巫審判之中，有一場與這名字有關。我在記憶中搜尋線索。當然是發生在一五九〇年之前或之後相當一段時間，否則馬修不會挑中這時候來時光漫遊。但韓考克的下一句話卻讓我把整個大事年表和歷史忘得一乾二淨。

㉝ Berwick是蘇格蘭東部一小鎮，一五九〇年，蘇格蘭國王詹姆士六世迎娶丹麥公主，在海上遇到風暴，他懷疑是女巫作祟，回國後全力獵捕女巫，在柏威克附近逮捕了一百多人，以嚴刑拷打的手段強迫犯人認罪，最後有七十多人被判刑。

「不然，就是馬修要我們替他處理合議會的新任務。」

「合議會？」馬羅瞇起眼睛，他用評價的眼光看著馬修。「真的嗎？你是神祕的合議員之一？」

「當然是真的！你以為他用什麼手段讓你不至於上絞刑台，馬羅小子？」韓考克在房間裡搜索。「除了葡萄酒，還有別的東西喝嗎？我討厭你那些法國式的裝腔作勢，柯雷孟。麥酒有啥不好？」

「現在不成，戴維。」蓋洛加斯低聲對朋友道，眼睛卻盯著馬修不放。

我的眼睛也盯著他，因為我忽然看清了當前的情勢有多麼可怕。

「告訴我你不是。」我悄聲道：「告訴我你沒有隱瞞我這件事。」

「我不能告訴妳那件事。」馬修面無表情地說：「我承諾過，不撒謊，但可以保留祕密，記得嗎？」

我覺得要生病了。一五九〇年的馬修是合議會的一員，而合議會是我們的敵人。

「那柏威克呢？你說不會捲入獵巫的危險。」

「柏威克很遠，我們在這兒不會受影響。」馬修保證。

「柏威克發生了什麼事？」華特不安地問。

「我們離開契斯特之前，聽到來自蘇格蘭的消息。萬聖節前夕，一大群巫族聚集在愛丁堡東邊的一個村子裡。」韓考克道：「有人說，今年夏季丹麥巫族召喚了一場暴風雨，大股海水洶湧噴瀉，預示一隻擁有可怕力量的超自然生物即將出現。」

「官方逮捕了幾十個倒楣鬼。」蓋洛加斯接著說道，冷峻的藍眼睛仍盯著馬修。「開斯鎮有個刁滑婦人，叫作山普森寡婦，目前關在愛丁堡十字宮的地牢裡等國王問話。天曉得這件案子結束前，有多少人會去跟她作伴。」

「你說的是國王的酷刑吧。」韓考克憤懣道：「聽說那女人被上了箝口器，以防她對陛下施咒，又被鍊條鎖在牆上，不給食物和飲水。」

我猛然坐下。

「所以這個女巫也列為被告了嗎？」蓋洛加斯問馬修。「如果可以的話，我也要一個女巫協定：不撒謊，但可以保留祕密。」

經過很長一段沈默，馬修才回答：「戴安娜是我的妻子，蓋洛加斯。」

「你為了一個女人，把我們丟在契斯特？」韓考克十分震驚：「但我們有任務在身呀！」

「你總是抓錯頭緒，回回如此，戴維。」蓋洛加斯把目光轉到我身上。「你的妻子？」他審慎地說。「所以，這只是一道法律程序，為了滿足好奇的凡人、證明她有資格待在這兒，靜待合議會決定她的未來？」

「她不僅是我的妻子。」馬修道：「也是我的伴侶。」吸血鬼選擇伴侶必須基於本能上的兩情相悅、興趣契合、肉體慾望、相處和諧等因素，條件俱足的伴侶會廝守終身，直到死亡才分開。吸血鬼可能結很多次婚，但選擇伴侶通常只限一次。

蓋洛加斯咒罵一聲，但他的聲音幾乎完全被他朋友發表的宏論掩蓋。

「聽我們的教皇鬼扯，說什麼奇蹟年代已經告終。」韓考克幸災樂禍地道：「馬修・柯雷孟終於找了個伴。但對象既不是安靜的普通凡人，也不是受過良好教養、知道分寸的女魅人。那不對咱們馬修的胃口。他終於決定跟一個女人安頓下來時，非得挑中一個女巫不可。這麼一來，我們要擔心的事，可比烏斯托克的好老百姓多太多了。」

「烏斯托克有什麼不對？」我皺著眉頭問馬修。

「沒事。」馬修輕鬆地回答，但那個體格粗壯的金髮男子卻攫住我的注意力。

「有個老巫婆在趕集日發癲。她說那是妳的錯。」蓋洛加斯從頭到腳打量我，好像要設法理解為什麼一個如此不起眼的人，會惹出這麼大的麻煩。

「畢登寡婦。」我屏住呼吸道。

芳絲娃和查爾斯出現，談話被迫中斷。芳絲娃為溫血人端來了香噴噴的薑汁麵包和香料酒。克特（他品嘗馬修地窖裡的收藏從不遲疑）與喬治（聽了一整個下午的祕密，臉色有點灰敗）自己動手。兩人都活像戲院裡的觀眾，等著下一幕開演。

查爾斯負責為吸血鬼提供養料，他拿來一個精緻的銀柄水壺和三個大玻璃杯。裝在杯裡的紅色液體比任何一種酒的色澤都深而不透明。韓考克攔住正向主人走去的查爾斯。

「我比馬修更需要來點喝的。」他道，一把搶過一個杯子，突如其來遭到攻擊的查爾斯驚呼一聲。韓考克嗅嗅水壺，把它也接了過去。「我已經好幾天沒喝到新鮮的血了。雖然你對女人的品味很奇怪，柯雷孟，但你待客水準是一流的。」

馬修示意查爾斯去侍候同樣口渴的蓋洛加斯。他喝完最後一口，抬手抹一下嘴巴。

「怎麼樣？」他問道：「我知道你口風很緊，但似乎該解釋一下你怎麼讓自己牽扯進來的。」

「這件事最好私下談。」華特看一眼喬治和兩名魔族，說道。

「為什麼，芮利？」韓考克的聲音帶有挑釁的意味。「柯雷孟有很多事要交代。他的女巫也一樣。答案最好從她舌頭上迸出來。我們路上遇到一個牧師。他跟兩個腰圍豐滿的紳士在一起。根據我聽到的，柯雷孟的伴侶只有三天——」

「至少五天。」蓋洛加斯糾正他。

「就算五天吧。」韓考克朝他的伙伴一歪頭，說道：「然候她會被交付審判，有兩天時間思考怎麼跟法官說，還有不到半小時的時間編一個謊，說服那位好牧師。妳最好開始跟我們講實話。」

所有眼睛都投射在馬修身上，他啞口無言，站在那兒。

「下次敲鐘，就只剩一刻鐘了。」過了一會兒，韓考克提醒道。

我決定自己出面應付。「馬修保護我，不讓我同族的人傷害我。」

「戴安娜！」馬修咆哮。

「馬修干預巫族內部的事？」蓋洛加斯瞪大眼睛。

我點頭道：「危機一過，我們就結為伴侶。」

「這一切都發生在星期六的中午到夜晚降臨之間？」蓋洛加斯搖頭：「嬸娘，妳得編個好一點的故事。」

「嬸娘？」我驚訝地轉向馬修。先是柏威克，然後是合議會，現在又是這個。「這個……狂戰士是你的姪子？我猜猜看，他是巴德文的兒子！」蓋洛加斯的肌肉跟馬修那個滿頭紅髮的哥哥一樣發達——而且同樣執著。我知道柯雷孟家族的其他成員：高弗雷、露依莎，還有猶夫（提到他時非常簡略、隱晦）。蓋洛加斯可能是他們之中任何一個的後代——或馬修迂迴曲折家譜中的其他親族。

「巴德文？」蓋洛加斯打了個小小的寒噤。「早在我成為魅人之前，我就知道不能讓那個怪物接近我的脖子。猶夫・柯雷孟才是我的父親。順便告訴妳，我的族人是狼皮戰士㉞，不是狂戰士。但我只有一部分北歐血統——溫和的部分，如果妳想知道。剩下的是蘇格蘭，外加愛爾蘭。」

「脾氣很壞，蘇格蘭人。」韓考克補充道。

蓋洛加斯輕輕拉一下自己的耳朵，表示承認。他有枚金戒指閃閃發光，上面雕有棺材的形狀和一個從棺中爬出來的人，戒環上刻著銘文。

「你們是騎士。」我看著韓考克手上同樣的戒指。那枚戒指很奇特地戴在他的大拇指上。馬修與拉撒

㉞ Úlfhéðnar，意為「披狼皮的人」，古代的北歐戰士，作戰時會進入狂怒狀態，身體幾乎刀槍不入，凶惡無比，但持續一段時間後會全身脫力，因此有人懷疑他們服食改變心智狀態的藥物。

路騎士團也有牽連的證據終於出現了。

「咳—咳，」蓋洛加斯拉長尾音，忽然冒出道地的蘇格蘭腔：「這件事一直有爭議。我們並非穿著亮晶晶盔甲的那種騎士，對吧，戴維？」

「沒錯。不過柯雷孟的荷包很深。那種錢叫人難以拒絕。」韓考克道：「尤其他們又承諾讓你活很久，享用那些錢。」

「他們也是勇猛的鬥士。」蓋洛加斯再次揉揉鼻梁。他的鼻子有點扁，好像曾經斷裂，卻沒有完全癒合似的。

「啊，是啊。那些雜種先殺死我，然後救活我，順便治好我瞎掉的眼睛。」韓考克指著自己眼皮上的傷疤，頗為開心地說。

「所以你們效忠柯雷孟家族。」我頓時鬆了一口氣。大難將至，我寧可跟蓋洛加斯和韓考克這種人做盟友，不想與他們為敵。

「不盡然。」蓋洛加斯陰沈地說。

「不效忠巴德文。他是個狡猾的壞蛋。馬修表現得像個傻瓜時，我們也不理他。」韓考克吸吸鼻子，指著被遺忘在桌上的薑汁麵包。「有人要吃嗎，還是可以把它扔進火裡？馬修的味道加上查爾斯做出來的食物，我快吐了。」

「既然馬上會有訪客，我們最好把時間用在研擬對策，不要扯什麼家族歷史。」華特不耐煩地說。

「耶穌，來不及擬計畫了。」韓考克心情很好：「馬修可以跟牧師一起禱告。他們都是虔誠的信徒。說不定能蒙天主垂聽。」

「也許女巫可以飛走。」蓋洛加斯低聲道。馬修怒目瞪他一眼，他連忙舉雙手表示投降。

「哎呀，問題是她不會飛。」所有的目光轉向馬羅：「她連替馬修變出一把鬍子的能力都沒有。」

「你搞了個女巫做伴侶，違反合議會所有的約束，她卻是塊廢物？」聽不出蓋洛加斯是生氣還是無法置信。「娶一個會呼風喚雨或讓敵人皮膚長出可怕水泡的老婆，一定有好處，我可以擔保。但一個連幫老公理髮都不會的女巫，有什麼用？」

「只有馬修才會娶一個天曉得來自何方、什麼魔法都不會的女巫。」韓考克悄悄對華特說。

「安靜，各位！」馬修發作了：「一派胡言，吵得我不能思考。畢登寡婦是個愛管閒事的老笨蛋，戴安娜不會說作法就作法，這都不是戴安娜的錯。我太太受了魔法禁制。那是有作用的。這房間裡有誰再質疑我或批評戴安娜，我就把他的心挖出來，趁它還在跳動的時候，塞回他嘴巴裡。」

「這才像我們的老爺和主人。」韓考克嘲諷地行了個禮。「剛才我還擔心你中了魔法呢。不過，且慢，如果她受到魔法禁制，她是有什麼問題？她很危險？瘋狂？或是兩者兼而有之？」

未曾謀面的姪子和慌亂的牧師相繼出現，烏斯托克又是暗潮洶湧，實在令我膽戰心驚，我伸手到背後去扶椅子。但不熟悉的服裝限制我的行動，我失去平衡，眼看就要跌倒。一隻粗糙的手飛快伸過來，抓住我的手肘，以出乎意料的溫柔把我輕輕放在椅子上。

「別怕，嬸娘。」蓋洛加斯同情地說道：「我不確定妳的腦子有什麼問題，但馬修會照顧妳。他特別體恤迷失的靈魂，保佑他。」

「我只是頭昏，又沒有錯亂。」我抗議道。

蓋洛加斯的眼神剛決，他嘴巴湊到我耳邊：「妳說話已經夠錯亂了，足夠充當瘋狂的證據，我想牧師根本不在乎用哪個字眼。就憑妳並非來自契斯特或任何我到過的地方——我可真的去過相當多地方，嬸娘——最好待人客氣一點，除非妳就是想被關進教堂的地窖。」

修長的手指緊緊抓住蓋洛加斯的肩膀，把他拖開。「你嚇唬我老婆——完全沒意義的行為——也嚇夠了，不如來給我形容一下你遇到的那幾個人。」馬修的聲音像寒霜。「他們有武裝嗎？」

「沒有。」蓋洛加斯頗感興趣地看了我長長一眼，才轉向他叔叔回話。

「跟牧師在一起的有哪些人？」

「我們見鬼了怎會知道，馬修？三個都是不值得看第二眼的溫血人。一個灰髮的胖子，另一個中等身材，不停地抱怨天氣。」蓋洛加斯不耐煩地說道。

「皮德維。」馬修和華特異口同聲道。

「跟他一起的可能是艾佛利。」華特道：「他們兩個總愛抱怨──路況啦、客棧嘈雜啦、啤酒品質啦。」

我大聲問：「艾佛利是什麼人？」

華特答道。「一個自詡為全英格蘭最好的手套師傅的傢伙。桑默斯為他工作。」

「艾佛利確實為女王做過手套。」喬治承認道。

「他二十年前替她做了一副打獵手套，這不足以使他成為方圓三十哩之內最重要的人，雖然他處心積慮追求這地位。」馬修輕蔑地哼了一聲：「這幾個人單獨來說都不怎麼聰明，湊在一塊兒更加愚蠢。如果本村就只有這麼一招，那我們大可繼續讀各自的書了。」

「就這樣？」華特的聲音有點破碎。「我們坐等他們找上門來？」

「是的，但戴安娜不可以離開我的視線──或蓋洛加斯的視線。」馬修警告道。

「不必提醒我克盡家族責任，叔叔。我一定確保你的壞脾氣老婆今晚會躺在你床上。」

「壞脾氣，我嗎？我丈夫是合議會的一員。一群男人騎馬來指控我傷害了一個沒有人緣的老太婆。我在一個陌生的地方，連到臥室去都會迷路。我仍然沒有鞋子穿。我住在一間滿是喋喋不休青春期男孩的宿舍裡！」我大發雷霆。「不敢勞動你們的大駕，我可以照顧自己。」

「照顧自己？」蓋洛加斯哈哈大笑，對著我搖頭。「別，妳做不到的。戰鬥結束後，我們得處理一下妳那個口音，妳說的話超過一半我都聽不懂。」

「她一定是愛爾蘭人。」韓考克瞪著眼睛打量我。「這就可以解釋咒語禁制和說話不連貫的來由。愛爾蘭人很多都是瘋子。」

「她不是愛爾蘭人。」蓋洛加斯道：「瘋不瘋姑且不論，如果她說愛爾蘭話，我一定聽得懂。」

「安靜！」馬修吼道。

「村裡的人在門房候見。」接下來的沈默中，彼埃前來通報。

「帶他們過來。」馬修下令道。他把注意力轉到我身上。「由我來說話。不要回答他們的問題，除非我要妳回答。聽著，」他加重語氣繼續道：「我們不能承受再出事……畢登寡婦在這兒時的那些異象，今晚不可以再發生。妳還頭昏嗎？需要躺下嗎？」

「好奇，我只是好奇。」我絞著雙手道：「不用擔心我的魔法或我的健康。擔心牧師離開後，你要花多少個小時回答我的問題就夠了。如果你企圖用『這故事輪不到我來講』之類的藉口脫身，我就把你揍扁。」

「那麼妳狀況很好。」馬修牽動一下嘴角，在我額頭印下一吻。「我愛妳，我的小母獅。」

「應該先讓嬸娘鎮定下來，再告白你的愛情。」蓋洛加斯建議道。

「為什麼每個人都覺得有必要告訴我，如何對待我的妻子？」馬修馬上頂回去。他一貫的鎮定已變得破綻百出。

「我真的不知道。」蓋洛加斯平靜地回答：「但她有些方面讓我聯想到奶奶。我們每天照三頓給菲利普建議，告訴他怎麼做最能控制她。但他從來不聽。」

男人在房間四處就位。他們的位置乍看散亂，實際上是個漏斗陣勢——敞口在這房間的入口處，向我和馬修端坐著的壁爐前方收攏，由於喬治和克特擔任迎迓牧師和他同伴的第一道關卡，華特沒收他們的骰子和《浮士德》手稿，換上一本希羅多德的《史記》㉟。在他看來，這本書雖然不是聖經，卻能賦予整個場合一定的分量。克特還在抗議這麼代換不公時，腳步聲和人聲已傳過來了。

彼埃領進來三個男人。其中一個長得極像那個幫我量過鞋子尺寸、個性懦弱的年輕人，所以我立刻認出他就是約瑟・皮德維。他被關門的聲音嚇了一跳，慌忙回頭張望。近視的眼睛回到前方，發現有這麼大一個陣仗在等候時，又嚇得跳起來。跟韓考克和亨利一起盤據房間正中央，坐鎮主要戰略位置的華特，完全不把緊張兮兮的鞋匠放在眼裡，只輕蔑地盯著那個穿著一身又濕、又髒、又綴法袍的男子。

「這種天的晚上，什麼風把你吹來啦，單福思先生？」

「華特爵士。」單福思躬身行禮，並脫下頭上的小圓帽，捏在手裡，擰成一團。他又看到諾森伯蘭伯爵。「爵爺！我都不知道您還在我們村子裡。」

「你有什麼需求嗎？」馬修和氣地問道。他仍然坐著，伸長兩腿，一派輕鬆的模樣。

「啊，羅伊登老爺。」單福思又鞠了一躬，這次是對我們而鞠。他向我投來一個好奇的眼光，但恐懼隨即佔了上風，連忙把眼光轉回自己的帽子上。「我們在教堂和鎮上都沒看到您。皮德維以為您可能身體違和。」

皮德維不斷變換重心。他腳上的皮靴嘎嘰抱怨，然後他的肺也加入合唱，嘶嘶怪嘯、大聲咳嗽。一塊皺縮的襞領卡在他喉嚨上，每當他奮力吸氣，都會抖動。那塊領子的麻紗已磨損得很厲害，靠近他下巴的位置沾了一塊褐色油垢，透露他晚餐吃過用肉湯熬煮的醬汁。

「是的，我在契斯特生過病，但是蒙上帝慈悲，也多虧我妻子照顧，已經痊癒了。」馬修以符合丈夫身分的摯愛握住我的手。「我的醫生認為，最好把毛髮都剃掉，熱病才會好，但主要是因為戴安娜堅持洗冷水澡，才讓我顯得不一樣。」

「妻子？」單福思有氣無力地說道：「可是畢登寡婦沒告訴我——」

「我不會把私事隨便告訴無知的婦人。」馬修尖銳地說。

皮德維打了個噴嚏。馬修先是關心地打量他，然後故意裝出恍然大悟的表情。這個晚上，我對我丈夫的了解真是突飛猛進，包括他有成為一個出人意料的好演員的潛力。

「啊，原來你們來這兒是為了請內人醫治皮德維呀。」馬修帶著遺憾說道：「無聊的閒言閒語真不少。難道我妻子會治病的消息已經散播出去了嗎？」

這時期的醫學知識還原始得跟巫師傳說相差無幾。馬修企圖替我惹麻煩嗎？

皮德維想答話，但他只能在喉嚨裡咕嚕幾聲，搖搖頭。

「如果你不是來求醫，那一定是幫戴安娜送鞋子嘍。」馬修一往情深地看著我，然後轉向牧師道：「你一定也聽說，內人的財物在旅途中遺失了，單福思先生。」馬修又轉向鞋匠，聲音帶有譴責的意味。「我知道你很忙，皮德維，但我希望你至少把鞋樣打好吧。戴安娜決心這星期要上教堂，通往禮拜堂的小徑常淹水。該有人好好整理一下。」

從馬修開始說話，艾佛利就滿腔義憤填膺。他終於忍不住了。

「皮德維把您付過錢的鞋子帶來了，但我們來此可不是為了找尊夫人幫忙，更不是為了鞋樣、水窪之類的瑣事！」艾佛利用斗篷兜緊臀部，這動作本來是為了顯得更有威嚴，但濕透了的羊毛斗篷，加上他的尖鼻子和小眼睛，卻使他越發像一隻淹死的老鼠。「告訴她，單福思先生。」

單福思牧師一副寧願在地獄裡下油鍋，也不想站在馬修．羅伊登的房子裡，向他的妻子提出質疑的模樣。

㉟ Herodotus（484-425B.C.），古希臘歷史學家，有「歷史之父」美譽。《史記》（The Histories）一書涵蓋古希臘城邦、波斯、近東、中東等地區歷史文化與風土人情，並敘述希臘與波斯的戰爭，是西洋史學第一部完備的作品。

「說呀。告訴她呀。」艾佛利催促道。

「有人指控——」單福思才說到這兒，華特、亨利和韓考克就圍上去。

「如果你要在這兒指控任何事，先生，最好先問過我或伯爵。」華特嚴厲地說。

「或者找我。」喬治道：「我熟讀法律。」

「啊……呃……是的……也罷……」牧師低頭無語。

「畢登寡婦生病了。小皮德維也一樣。」艾佛利道，決定無視單福思的怯懦，發動攻勢。

「八成就是我害過的那種寒熱症，現在又輪到那孩子。」我的丈夫溫和地說。他把我的手握得更緊。蓋洛加斯在我背後低聲咒罵。「你想用什麼罪名指控我妻子，艾佛利？」

「畢登寡婦拒絕跟她一起為惡，羅伊登夫人就下咒讓她關節痛，還有頭痛。」

「我兒子喪失了聽覺。」皮德維解釋道，低啞的聲音裡帶著淒涼和濃痰。「他耳鳴很嚴重，好像腦袋裡有座鐘敲個不停。畢登寡婦說他被巫術所祟。」

「不好。」我低聲道。我腦部忽然驚人缺血。蓋洛加斯立刻扶住我肩膀，讓我保持直立。

「被巫術所祟」一詞，在我面前敞開一座熟悉的深淵。我一直以來最大的恐懼，就是被凡人發現我是布麗姬·畢夏普的後裔。然後就要面對好奇的眼光，種種猜疑隨之而來。唯一的出路就是逃跑。我試圖從馬修掌握中抽出手指，但再怎麼努力，他都像石頭般毫不鬆動，況且還有蓋洛加斯抓著我的肩膀。

「畢登寡婦老早患有風濕，皮德維兒子的喉嚨炎也復發過多次。這毛病會導致疼痛和耳聾。早在我妻子來到烏斯托克前，他們就有病。」馬修用空著的那隻手慵懶地做了個不屑一顧的手勢。「那老太婆妒忌戴安娜有能力，而小皮德維對她的美色著迷，妒忌我已跟她成婚。這哪是什麼指控，不過無聊的幻想罷了。」

「羅伊登老爺，我為上帝工作，我的職責就是認真看待這種事。我讀到一段話。」單福思伸手到黑袍裡，取出一疊破爛的文件。大概就是幾十張紙，用粗線隨便縫在一起。因長期以來經常使用，紙的纖維變軟，邊緣綻裂，紙張也已泛灰。我站得太遠，看不見封面上的標題，但三個吸血鬼都看見了。喬治也看見了，臉色頓時發白。

「這是《女巫之槌》㊱的一部分。我還不知道你的拉丁文好到能夠理解這麼困難的作品呢，單福思先生。」馬修道。這是有史以來最具影響力的獵巫著作，光是書名就讓女巫心生恐懼。

牧師一臉受辱的表情：「我讀過大學的，羅伊登老爺。」

「聽你這麼說，我就放心了。這本書不能落到心智軟弱或迷信的人手中。」

「您也知道？」單福思問道。

「我也讀過大學呀。」馬修和氣地說。

「那您一定知道，我必須訊問這個女人。」單福思企圖往房間深處走來。韓考克低聲咆哮，要他止步。

「我的妻子聽力沒有問題。你不需要靠近。」

「我就說嘛，羅伊登夫人有超自然力量！」艾佛利得意洋洋道。

單福思抓緊他的書：「誰教妳這些事，羅伊登夫人？」他厲聲大吼，回音在寬敞的大廳裡震盪。「妳是跟誰學的巫術？」

瘋狂就這麼開始的：精心設計的問題，用來引誘被指控的人牽扯出其他超自然生物。一次一條命，女巫陷入謊言的羅網，遭到毀滅。藉由這種伎倆，我有數以千計的族人遭受酷刑拷問，無辜被害。否認的字

㊱ Malleus Maleficarum是擔任宗教裁判官的柯拉瑪（Heinrich Kramer, 1430-1505）與道明會學者史布倫格（Johann Sprenger, 1436-1495）在一四八六年所寫，書中肯定女巫確實存在，並教導宗教審判者如何辨識女巫，將她們定罪。這本書一出版就使近現代歐洲社會對女巫的偏見與迫害更加凶狠殘酷。

句湧到我喉頭。

「別。」馬修用冰冷的單音字發出簡單的警告。

「烏斯托克怪事不斷。畢登寡婦在路上遇到一頭白色雄鹿。」單福思繼續道：「牠停下來瞪著她看，直到她血液變冷。昨晚她房子外面有隻灰狼。牠的眼睛在黑暗裡發光，比掛在戶外、幫助旅客在暴風雪中尋找庇護所的燈還亮。這些生物哪隻是妳的護身靈？是誰送給妳的？」這次不需要馬修提醒我保持沈默。牧師的問題是按照一套常見的程序，我在研究所裡就學過了。

「這女巫必須回答你的問題，單福思先生。」艾佛利拉一把他同伴的袖子，堅持道：「在尊敬上帝的社區裡，黑暗生物不得如此傲慢。」

「未經我同意，我的妻子不跟任何人說話。」馬修道：「你小心一點，你說誰是女巫，艾佛利。」村民越向他挑釁，馬修的自我克制就越加困難。

牧師的眼光在我和馬修身上轉來轉去。我壓抑住一聲呻吟。

「她已跟魔鬼訂下契約，她不可能說真話。」皮德維道。

「噤聲，皮德維師傅。」單福思呵斥道。「妳想說什麼，我的孩子？誰把妳介紹給魔鬼？是另一個女人嗎？」

「或者男人。」艾佛利壓低聲音道：「羅伊登夫人不是這兒唯一的黑暗後裔。這兒有奇怪的書和儀器，還舉行午夜聚會，召喚鬼魂。」

哈利奧特嘆口氣，把他的書扔給單福思。「這是數學書，先生，不是魔法書。畢登寡婦看到的是一本幾何學的書。」

「這裡輪不到你來判斷邪惡的程度。」艾佛利口沫橫飛道。

「如果你要搜尋邪惡，到畢登寡婦那兒搜吧。」馬修雖力持冷靜，火氣還是上來了。

「那麼，您控訴她行使巫術嗎？」單福思尖刻地問道。

「不，馬修。不能這樣。」我悄聲道，拉拉他的手，喚起他的注意。

馬修轉向我，他的臉已不似人類，瞳孔變得極大，像玻璃一樣。我搖搖頭，他深吸一口氣，努力壓抑因為他的家被入侵和保護我的強烈本能而勃發的怒火

「不要聽他的話，單福思先生，羅伊登說不定也是魔鬼的工具。」艾佛利警告道。

馬修面對代表團。「如果你們找到理由指控我的妻子，那就找一位法官來執行。否則就離開。單福思，你再來之前，好好考慮一下，跟艾佛利和皮德維這種人為伍，是否明智。」

牧師吞了一口口水。

「你們聽見了。」韓考克吼道：「出去！」

「正義會貫徹的，羅伊登老爺——上帝的正義。」單福思倒退出房間時揚言。

「除非我的正義解決不了問題，單福思。」華特向他承諾。

彼埃和查爾斯從陰影裡出現，把門打開，帶領目瞪口呆的凡人離開。室外狂風大作。待機出現的風暴猛烈無比，使他們更加認定我有超自然力量。

出去，出去，出去！我的腦子裡有個聲音不斷地說。慌亂使我全身充滿腎上腺素。我再次淪為獵物。蓋洛加斯和韓考克轉向我，對我全身毛孔散發出來的恐懼氣息深為好奇。

「不許動。」馬修警告那兩個吸血鬼。他擋在我身前，採取半蹲姿勢。「戴安娜的本能要她逃跑。過一會兒她就好了。」

「這種事永遠不會結束。我們來求助，但即使在這兒，我還是被追獵。」我咬緊嘴唇。

「沒什麼好怕的。單福思和艾佛利在惹出更多麻煩之前，會多加考慮。」馬修堅決地說，並握住我糾纏在一起的雙手。「沒有人願意與我為敵——不論超自然生物或人類。」

「我知道超自然生物為什麼怕你。你是合議會的成員，有力量毀滅他們。難怪你一下令，畢登寡婦就來。但那不足以解釋人類對你的反應。單福思和艾佛利一定懷疑你是……魅人。」我差點脫口說出「吸血鬼」三字。

「喔，他們對他不構成危險。」韓考克滿不在乎道。「這些人都是小人物。不幸的是，他們可能會惹來有分量的人關注這件事。」

「別理他。」馬修對我說。

「像是哪些人？」我小聲問。

蓋洛加斯大吃一驚：「乖乖隆地咚，馬修。我看過你做出各種可怕的事，但你怎麼連這種事都不告訴你老婆？」

馬修凝視火燄。他的眼神終於跟我接觸時，眼中滿是遺憾。

「馬修。」我敦促他。我從目睹第一袋郵件送達就開始打結的腸胃，現在糾纏得更緊了。

「他們沒把我當作吸血鬼。他們知道我是個間諜。」

第六章

「間諜？」我麻木地重複。

「我們比較喜歡稱之為情報員。」克特簡短地說道。

「閉嘴，馬羅。」韓考克吼道：「要不然我替你把那張嘴關起來。」

「別鬧了，韓考克。你這副亂噴口水的德性，沒人把你當真的。」馬羅的下巴伸進房裡。「還有，如果你再跟我說話這麼不客氣，舞台上的威爾斯國王和軍人就慘了，我會把你們通通寫成呆頭呆腦的叛徒和僕人。」

「吸血鬼是什麼意思？」喬治問道，一手拿著薑汁麵包，另一手去拿筆記本。照例，沒人要理他。

「所以你是伊麗莎白時代的詹姆士·龐德？但……」我戒懼地看一眼馬羅。他未滿三十歲就會在玳孚鎮與人以刀格鬥，遇害身亡，而那件案子跟他的間諜生涯有關。

「是指倫敦聖鄧斯丹附近那個帽沿做得特別漂亮的帽匠嗎？那個詹姆士·龐德嗎？」喬治輕笑一聲。

「妳怎麼會認為馬修是帽匠呢，羅伊登夫人？」

「不，喬治，不是那個詹姆士·龐德。」馬修仍半蹲在我面前，注意我的反應：「這件事妳不知道比較好。」

「狗屁。」雖然不知道在伊麗莎白時代說這種話是否恰當，但我不在乎。「我有權知道真相。」

「或許如此，羅伊登夫人。但如果妳真的愛他，堅持這一點毫無意義。」馬羅道：「馬修已經分不清什麼是真，什麼是假。所以他是女王陛下的無價之寶。」

「我們來此是為了幫妳找一位老師。」馬修堅持道，眼睛盯著我：「我是合議會的成員，也是女王的情報員，兩種身分都可以保護妳不受傷害。這個國家發生的任何事，都逃不過我的耳目。」

「以一個自命無所不知的人，你真是太不了解，這些天來我一直覺得這棟房子有問題。信件太多。你跟華特一直在爭論。」

「妳看到的一切，都是我要妳看到的。如此而已。」雖然自從來到老房子，馬修就變得越來越專橫，但他這種口氣，還是讓我張口結舌。

「你怎敢。」我緩緩說道。馬修知道我一輩子生活在祕密當中，我也為此付出了高昂的代價。我站起身。

「坐下。」他攔住我。「拜託。」他握住我的手。

馬修最要好的朋友，哈米許・歐斯朋警告過我，來到這裡，馬修會變成不一樣的人。這兒的世界截然不同，他怎麼可能不改變？女人凡事必須默默承受，不可以質疑男人說的話。老友環繞，馬修要恢復從前的行為與思考模式，太容易了。

「除非你告訴我答案。我要知道你直屬長官是什麼人，還有你捲入這件事的來龍去脈。」我回頭看一眼他的姪兒與朋友，擔心這都是國家機密。

「他們已經知道克特和我的事。」馬修跟著我的眼神望去，說道。他掙扎著找尋適當的字眼。「一切都始於法蘭西斯・沃辛安㊲。

「我在亨利統治的晚期離開英國，在君士坦丁堡待了一段時間，去過塞浦路斯，到西班牙各地流浪，參加過勒班陀戰役——甚至在安特衛普開了一家印刷廠。」馬修解釋道：「這是魅人的常態。我們找尋悲劇，找一個溜進他人生命的機會。但我找不到適合的，只好回家。法國的宗教內戰正好瀕於爆發。活得像我這麼久，就會觀察徵兆。有個胡格諾派㊳的小學老師，很樂意拿我的錢搬去日內瓦，在那兒他把他的女兒平安撫養長大。我則取得他去世多年的堂兄身分，住進他巴黎的房子，以馬修・德・拉・傅黑的身分重新開始。」

「意思是『森林裡的馬修』？」這名字的反諷意味讓我挑起眉毛。

「那是小學老師的本名。」他扮個鬼臉道：「巴黎很危險，沃辛安當時是英國大使，像磁鐵般吸引全法國各地對革命感到幻滅的叛徒。一五七二年夏末，悶燒已久的法國民怨開始鼎沸，我幫助沃辛安求生，也救了他庇護的英國新教徒。」

「聖巴特羅繆紀念日大屠殺㊴。」想到法國天主教公主與信奉基督新教的丈夫在血泊中舉行的婚禮，我不由得打了個寒噤。

「後來女王派沃辛安重返巴黎，我就成為她的情報員。他本來應該撮合陛下跟某位瓦盧瓦王朝㊵王子的婚姻。」馬修冷哼一聲。「但顯然女王對婚事不是真正感興趣。就在那次訪法行程中，我得知沃辛安有這麼一個情報網。」

我丈夫短短望我一眼，又把眼光轉向別處。他仍然有事瞞著我。我重新審視這故事，挑出他敘述中的斷層，深入追蹤，終於獲得一個無可避免的結論：馬修是法國人、天主教徒，不論在一五七二年或一五九○年，他都不可能在政治上站在伊麗莎白・都鐸這一邊。如果他為英國王室工作，一定有更遠大的目標。但合議會矢言不介入凡人的政治。

菲利普・柯雷孟和他的拉撒路騎士團卻不管這一套。

「你為你的父親工作。你不僅是一個吸血鬼，還是一個置身新教國家的天主教徒。」馬修表面上為伊麗莎白工作，實際上效忠拉撒路騎士團，大幅增加他的危險。伊麗莎白時期的英國，不但女巫會遭到獵捕和處決——叛徒、擁有超自然力量的生物、不同信仰的人，也都在劫難逃。「你介入凡人政治，就休想合

㊲ **Francis Walsingham**（1532-1590），英國女王伊麗莎白一世的國務大臣，兼任她的特務頭子。沃辛安在英國境內與歐洲各地布下細密的情報網，凡是對伊麗莎白或她的國家不利的陰謀，他都能各個擊破或預作防範。尤其以處決蘇格蘭瑪麗女王與擊敗西班牙艦隊建功最大。他在一五九○年四月去世。

㊳ **Huguenot**，十六至十七世紀法國基督新教徒的一支。胡格諾派受到喀爾文思想影響，反對君主專制。以改革者自居。一五五五年到一五六一年期間，大批法國貴族和市民改宗胡格諾派，勢力迅速擴張。一五六○年，年僅十歲的查理九世即位，由太后凱瑟琳攝政，她企圖利用新舊教派的矛盾穩定政權，不料開啟禍端。從一五六二至一五九八年，三十七年間爆發八次戰爭。

㊴ 傳說幕後主謀為法國皇太后凱瑟琳。趁一五七二年八月，法王查理的妹妹瑪歌與納瓦拉國王亨利結婚，胡格諾派的菁英群集巴黎慶賀時，於二十三日展開殺戮。屠殺持續三天三夜，並延燒到其他都市，死亡人數在五千至三萬之間。

㊵ **Valois**家族從一三二八年至一五八九年統治法國。

議會伸出援手。你的家族怎麼可以要求你做這麼危險的事？」

韓考克咧開大嘴：「所以永遠有一個柯雷孟加入合議會呀──確保崇高的理想不至於妨礙賺錢的生意。」

「這不是我第一次為菲利普工作，也不會是最後一次。妳善於發掘祕密，我善於隱藏祕密。」馬修簡單地說。

科學家。吸血鬼。戰士。情報員。又一塊馬修的拼圖到位。有了它，我更能了解他根深柢固的習慣，從不透露任何事──大事、小事──除非被迫。

「我不在乎你有多少經驗！你的安全仰賴沃辛安──你卻欺騙他。」他的話讓我更加憤怒。

「沃辛安已經死了，我現在的上司是威廉‧塞索㊶。」

「全世界最狡黠的人。」蓋洛加斯低聲道：「當然，除了菲利普。」

「克特呢？他是為塞索還是為你工作？」

「什麼也別告訴她，馬修。」馬羅道：「這女巫不可信任。」

「為什麼，你這滑頭的小鬼？」韓考克低聲道：「村民就是你挑撥起來的。」

克特臉頰驀然通紅，蔚為兩大罪證。

「天啊，克特，你做了什麼？」馬修驚訝道。

「什麼也沒做。」馬羅沈著臉說。

「你又在騙人了。」韓考克豎起一根告誡的手指搖晃道：「之前我就警告過你，我們不會容忍這種事，馬羅大爺。」

「馬修妻子的傳聞已經把烏斯托克鬧得天翻地覆。」克特辯護道：「那些謠言一定會導致合議會來調查我們。我怎會知道這兒已經有合議會的人。」

「你一定要讓我馬上殺了他，柯雷孟。我好多年前就想做這件事了。」韓考克把手指關節扳得劈啪響。

「不行，你不能殺他。」馬修用手搓搓滿臉倦容。「會招來太多問題，目前我也沒有耐心去編一個讓人信服的答案。只是村裡的閒話而已，我會處理。」

「閒話出現的時機很糟。」蓋洛加斯低聲道：「不僅在柏威克。你知道契斯特的人有多麼畏懼女巫。往北進入蘇格蘭，情況更嚴重。」

「如果獵巫往南擴散，傳進英格蘭，她會斷送我們全體的性命。」馬羅指著我斷言。

「麻煩會局限在蘇格蘭境內。」馬修駁斥道：「你以後不准再到村裡去，克特。」

「她出現在萬聖節前夕，正好預言說有一個可怕的女巫即將降臨。你還不明白嗎？對詹姆士國王不利的暴風雨，是你的新婚妻子召來的，現在她又動英格蘭的歪腦筋。一定要向塞索報告。她對女王有威脅。」

「安靜，克特。」亨利拉他的手臂，警告他。

「你不能封我的口。我有責任向女王報告。從前你對我百依百順，亨利。但自從女巫來了之後，一切都改變了！她迷惑了這房子裡的每一個人。」克特眼神瘋狂。「你像妹妹一樣疼她。喬治半在戀愛。湯姆稱讚她機智。華特要不是害怕馬修，會把她推到牆邊，掀她的裙子。把她送回原來的地方。從前我們很快樂的。」

「從前馬修並不快樂。」湯姆被馬羅憤怒的能量推到我們這邊來。

「妳說妳愛他。」克特轉向我，滿臉苦情地哀求。「妳當真知道他是怎樣的一個人嗎？妳看過他進

㊶ William Cecil（1520-1598），伊麗莎白一世的政治顧問，忠心耿耿而深受信賴，曾任國務大臣與財政大臣。

食，感受過溫血人接近時，他胸中的飢渴？妳能像我一樣，完全接納馬修——接納他靈魂中的黑暗與光明嗎？妳可以從妳的魔法之中獲得安慰，但少了他，我就活得不完整。他不在的時候，所有的詩句就從我心裡飛走了，我那少得不足道的優點，只有馬修看得見。把他留給我吧，求求妳。」

「我不能。」我直截了當回答。

克特用袖子擦一把嘴，好像這動作能抹掉所有我的痕跡。「等合議會其他成員發現妳對他的感情——」

「如果我對他的感情是種禁忌，你也一樣。」我打斷他。馬羅瑟縮了一下。「但我們誰也不能選擇自己愛的對象。」

「艾佛利和他的朋友，不會是最後一批指控妳使用巫術的人。」克特用毫無愉快意味的勝利口吻說。

「聽好了，羅伊登夫人。魔族經常跟巫族一樣，可以清楚看見未來。」

馬修的手伸向我腰間。他的手指清涼、熟悉的觸感，從我肋骨的一側，沿著那道標示我屬於吸血鬼所有的弧線，向另一側擴散。對馬修而言，那是對於他先前沒能好好保護我，強大而痛苦的提醒。看到這親密的手勢，克特發出絕望的慘叫，一半聲音卻卡在喉嚨裡。

「如果你那麼有先見之明，應該已經知道，你的背叛對我有什麼意義。」馬修慢慢站起身說：「離開我的視線，克特，要不然就請上帝幫助我，你不會剩下什麼需要埋葬的東西。」

「你寧可要她，不要我？」克特幾乎說不出話來。

「立刻。滾。」馬修重複道。

克特走出房間時還保持穩定的步伐，但一踏進走廊，他就加快腳步。他的足音在木製樓梯上回響，越來越快，上樓回他的房間。

「我們得看著他。」蓋洛加斯銳利的眼光從克特離去的背影轉往韓考克。「以後不能信任他了。」

「馬羅從來就不值得信任。」韓考克嘟噥道。

彼埃從敞開的門溜進來，表情很沮喪，手裡拿著另一封信。

「現在不要，彼埃。」馬修呻吟一聲，先坐下，然後伸手去取他的酒。他垮下肩膀，靠著椅背。「今天完全沒有空間再容納一場危機了——不管女王、國家或天主教。管他什麼事，都等明天再說吧。」

「但……老爺，」彼埃雙手奉信，口吃道。馬修瞥一眼橫過信封的果斷字跡。

「基督和全體聖人啊。」他抬手要取信，手指卻靜止在空中。馬修的喉嚨抽搐了幾下，極力恢復自制。他眼角出現一滴明亮的紅色液體，沿著臉頰滑落，濺濕了領子的褶縫。那是一滴吸血鬼的血淚。

「怎麼回事，馬修？」我越過他肩頭望去，不知道什麼事引起這麼大的傷痛。

「啊，今天還沒過完呢。」韓考克退後一步，不安地說：「還有一小件事情需要你處理。今尊以為你死了。」

在我自己的時代，死去的是馬修的父親菲利普——慘烈、悲壯、無可挽回的死亡。但現在是一五九〇年，換言之，他還活著。自從抵達這兒，我一直擔心與伊莎波或馬修的實驗室助手密麗安不期而遇，這樣的遭遇不知會在未來造成什麼樣的後遺症。但我完全不曾考慮到，跟菲利普見面會對馬修產生什麼影響。過去、現在、未來，撞在一起。如果往屋角張望，我一定會看見時間的軸線鬆散開來，對這次衝撞表示抗議。但我的眼睛卻凝注在馬修身上，還有沾在他雪白麻紗領口上的那滴血淚。

蓋洛加斯貿然開始解釋：「蘇格蘭傳來噩耗，你又突然失蹤，我們擔心你到北方去為女王辦事，困在那兒的瘋狂局勢裡。我們找了兩天，確定找不到你的蹤跡——媽的，馬修，只得通知菲利普你失蹤了，我們別無選擇。不這麼做，就得向合議會示警。」

「還不止呢，老爺。」彼埃把信翻個面。上頭的封緘跟拉撒路騎士團類似——但這封信的封蠟形成一個紅黑相間的渦漩，沒有蓋章而嵌了一枚邊緣磨得極薄的古老銀幣。銀幣上鐫有十字架和一彎新月，柯雷孟家族的兩大標誌。

「你怎麼跟他說？」馬修怔忡地看著銀白色月亮漂浮在紅黑二色的海洋裡。

「既然這封信來了，我們說什麼都無關緊要。你必須在一週內踏上法國土地，否則菲利普就要來英國了。」韓考克喃喃道。

「我父親不能來這裡。韓考克，這是不可能的。」

「當然不可能。這些年來，他在英國政壇上下其手，女王一定會砍掉他的腦袋。必須你去找他，如果日夜兼程趕路，時間還很充裕。」韓考克安慰他。

「我辦不到。」馬修盯著那封還沒有拆開的信。

「菲利普會派馬隊等著，很快就到了。」蓋洛加斯低聲道，同時伸手按住他叔叔的肩膀。馬修抬起頭，眼神忽然變得很瘋狂。

「不是距離的問題，而是——」馬修忽然住口。

「他是你母親的丈夫啊，喂。你當然可以信任菲利普——除非你也對他撒謊。」韓考克瞇起眼睛。

「克特說得對，不能相信任何人。」馬修一躍而起。「我這一生就像一張謊言組成的薄棉紙。」

「這種時間和場合，不適合發表哲學胡謅，馬修。這一刻，菲利普一定殷切地想知道，他是否又失去了一個兒子！」蓋洛加斯宣稱：「把這妞兒交給我們，跨上你的馬，服從你父親的命令。若不然，我會敲昏你，由韓考克送你過去。」

「你未免太有自信了吧，蓋洛加斯，竟然對我發號施令。」馬修道，語氣充滿威脅。他雙手扶著壁爐架，瞪著火燄。

「我對我的祖父有信心。把你造就成魅人的是伊莎波，但我父親血管裡流的是菲利普的血。」蓋洛加斯的話傷到了馬修。打擊來臨時，他猛然抬頭，感情受創使他無法保持一貫的無動於衷。

「喬治，湯姆，上樓去看看克特。」華特低語，示意他的朋友到門外去。華特朝彼埃偏一下頭，馬修的僕人也幫忙把眾人請出房間。走廊裡傳來添酒加菜的喚聲。把那兩人交代給芳絲娃，彼埃便回到廳裡，牢牢把門閂上，站在門口。只有華特、亨利、韓考克和我在場，為接下來的談話作證——還有沈默的彼埃。蓋洛加斯繼續勸說馬修。

「你一定要去七塔，除非找回你的屍體下葬，或你本人活生生站在他面前，否則他不會罷休。菲利普不信任伊麗莎白——或合議會。」蓋洛加斯以為這番話可以安撫馬修，但馬修仍顯得疏離。

蓋洛加斯怒哼一聲。「如果你覺得有必要，儘管欺騙別人——欺騙自己。你也可以花一整晚討論變通之道。但嬸娘說得對；這都是屁。」蓋洛加斯壓低音量。「你的戴安娜聞起來不對勁。你聞起來也比上星期老了很多。我知道你們兩個隱瞞了某些祕密。他也會知道。」

蓋洛加斯已經猜到我是時光漫遊者。看一眼韓考克，就會知道他也猜到了。

「夠了。」華特大聲道。

蓋洛加斯和韓考克立刻沈默。原因在華特的小拇指上閃爍：一個雕有拉撒路與他的棺材的紋章。

「原來你也是騎士。」我訝異地說。

華特簡潔地答道。「是。」

「你的階級比韓考克高。那麼蓋洛加斯呢？」這房間裡有太多種不同層次的效忠和忠貞。我迫不及待地想把它們整合成一套容易理解的架構。

芮利小心翼翼道：「除了妳丈夫，我的階級比這房間裡所有人都高。那也包括妳。」

「你管不到我。」我反唇相譏。「你在柯雷孟家族事業裡，到底扮演什麼樣的角色，華特？」

芮利憤怒的藍眼睛越過我頭頂，迎上馬修的目光。「她一直都這樣嗎？」

「通常如此。」馬修面無表情道：「要花一點時間適應，但我很喜歡這樣。再過一陣子，你可能也會。」

「我人生中已經有一個需索無度的女人了。不需要再添一個。」華特嗤之以鼻。「如果妳一定要知道，我號令英國的盟會，羅伊登夫人。馬修不能負責這件事，因為他在合議會有職位。其他家族成員都已分配了別的職務，或拒絕這位置。」華特眼光在蓋洛加斯身上一閃而過。

「所以你是騎士團八位分團長之一，直接受菲利普統轄。」我沈思道：「我很驚訝你竟然不是第九位騎士。」第九位騎士在騎士團裡是一個神祕的角色，他的身分對所有的人保密，只有最高階級的成員才知道。

芮利凶惡地咒罵，彼埃聽了倒抽一口氣。「你幹情報員，又是合議會成員，都不跟老婆說，卻把騎士團的最高機密洩漏給她。」

「她自己問出來的。」馬修若無其事道：「但我認為今晚聊拉撒路騎士團已經聊得夠多了。」

「你的妻子不會願意就此打住的。她會像狗牽掛骨頭似的，對這件事念念不忘。」芮利交叉雙臂抱胸，沈著臉說：「很好，如果妳一定要知道，亨利才是第九位騎士。他不願意接受基督新教的信仰，使他在英國很容易被控叛國罪，但在歐洲，所有想看女王失去王位的不滿分子，又都以他為目標。菲利普提供他這位置是為了保護他，免得他容易相信別人的個性被人利用，受到傷害。」

「亨利？叛徒？」我看著那個溫柔的巨人，難以置信。

「我不是叛徒。」亨利有點緊張。「但菲利普•柯雷孟的保護不止一次救過我的命。」

「諾森伯蘭伯爵的權勢很大，戴安娜。」馬修低聲說道：「他一旦落入寡廉鮮恥的人手中，就會成為一顆極具價值的棋子。」

蓋洛加斯咳嗽一聲道：「我們可不可以放下騎士團的話題，回頭處理更緊急的事？合議會希望馬修擺平柏威克的情況。女王卻要求他繼續搧風點火，因為只要蘇格蘭人把心思放在女巫上，就不會來英格蘭搗蛋。馬修的新婚妻子在自己家中遭受行使巫術的控訴。他的父親又要他馬上回法國。」

「天啊。」馬修捏著鼻梁：「真是糾纏不清，一團混亂。」

「你建議我們如何解決？」華特問道。「你說菲利普不能來，蓋洛加斯，但我恐怕馬修也不該去。」

「從來沒有人說，三位元帥共處一室——再加上一個妻子——會是易事。」韓考克尖酸地說。

「眾害取其輕，馬修，你怎麼選擇？」蓋洛加斯問道。

「如果我不能在很短的時間內，親手把嵌在這封蠟裡的銀幣交給菲利普，他就會來找我。」馬修木然道。

「這是忠誠考驗。我父親就喜歡考驗。」

「令尊並沒有懷疑你。只要你們見面，誤會就可以冰釋。」亨利堅持道。見馬修不回應，他再次打破沈默：「你總跟我說，凡事要有計畫，否則就會落入別人的算計。告訴我們該怎麼做，我們會好好執行。」

馬修一語不發，逐一考慮各種選項，一個接一個拋棄。別人不知要花多少個工作天才能過濾完的行動與對策，只花了馬修幾分鐘。他臉上看不到掙扎的表情，但他拱起的肩膀肌肉和下意識抓頭髮的手，卻透露相反的訊息。

「我去。」最後他說。「戴安娜留在這裡，跟蓋洛加斯和韓考克一起。華特想一些藉口拖延女王。合議會的事我來處理。」

「戴安娜不能留在烏斯托克。」蓋洛加斯堅決地對他說。「尤其有克特在村裡興風作浪，散布謠言，對她百般質疑。若你不在，女王和合議會都沒有動機阻止法官審判你妻子。」

「我們可以去倫敦，馬修。」我慫恿道：「一起去。那是個大城市。有太多女巫，所以沒有人會注意我——那些女巫也不害怕我的力量——還有信差可以把你安然健在的消息送到法國去。你就不用回去了。」**你不需要再跟你父親見面。**

「倫敦！」韓考克嗤之以鼻。「妳在那兒撐不上三天的，夫人。蓋洛加斯和我會帶妳去威爾斯。我們去阿博格維尼。」

「不。」我盯視著馬修脖子上那滴猩紅。「馬修若去法國，我就跟他一起去。」

「絕對不行。我可不要拖著妳穿過一場戰爭。」

「冬季來臨，戰局便會安靜下來。」華特道：「帶戴安娜去七塔或許是最好的出路。有勇氣跟你作對的人已經不多了，更沒有人敢惹你父親生氣。」

「你可以選擇。」我惡狠狠地對他說。不論馬修的朋友或家人，都休想用我當幌子，逼他去法國。

「是的。我選擇妳。」他用大拇指勾勒我的嘴唇。我的心一沈。他要去七塔。

「不要這麼做。」我哀求他。我不敢說更多，唯恐洩漏菲利普在我們那個時代已經去世的事實，再見到活生生的他，對馬修是種折磨。

「菲利普告訴過我，擇偶是命運。我一旦找到妳，除了接受命運的安排，沒有別的辦法。但實際上並非如此運作。餘生的每一分鐘，我都要選擇妳——超過我父親，甚至超過整個柯雷孟家族。」馬修的唇緊貼我唇上，封住了我的抗議。他的吻含有不容誤解的信心。

「那就這麼決定了。」蓋洛加斯低聲道。

馬修盯著我，點頭道：「是的。戴安娜跟我回家，我們一起。」

「接下來的許多工作、種種安排，」華特道：「就由我們代勞吧。尊夫人看起來累了，旅途又很辛苦。你們兩位都該休息。」

大夥兒離開，到客廳去以後，我們都無意上床就寢。

「我們在一五九〇年的生活，不怎麼符合我的預期。」馬修承認道。「本來應該呈直線發展的。」

「怎麼可能是直線？合議會、柏威克的女巫審判、伊麗莎白的情報部門、還有拉撒路騎士團，都會讓你分心。」

「合議會的身分和擔任間諜，都應該是助力，而不是阻礙。」馬修望著窗外。「我原先以為，來到老房子以後，就可以找畢登寡婦效勞，到牛津找手稿，不消幾個星期就打道回府。」

我咬緊嘴唇，憋著不指出他計畫中的缺點——華特、亨利和蓋洛加斯今晚已做了好幾次這種事——但我的表情卻洩漏了心裡的想法。

「只怪我目光短淺。」他嘆口氣。「不僅讓這個時代的人信任妳是個難題，迴避女巫大審和戰爭也很麻煩。我也覺得頭昏腦脹。我為女王和合議會做過很多事——還有我代替我父親採取的反制行動——這是清楚的，但細節我全都想不起來了。我敢發誓，早在萬聖節之前，我就已經跟蓋洛加斯和韓考克分開了。」

「細節疏忽不得。」我喃喃道。我替他擦掉臉上乾掉的血淚痕跡。他眼角附近殘留一些小紅點，臉頰上也有一條細痕。「我該想到你父親可能會跟你聯絡。」

「收到他的信只是遲早問題。每次彼埃送信來，我都做好心理準備。但今天信差已經來過，而且離開了。他的筆跡讓我大吃一驚，如此而已。」他解釋道：「我忘了它曾經是那麼強烈。一九四四年，我們從納粹那兒把他接回來的時候，他的屍體碎裂到連吸血鬼的血都無法修補復原。菲利普無法握筆，他好愛寫字，但那次他只畫得出沒人看得懂的紛亂線條。」我知道菲利普在二次世界大戰被捕和囚禁的事，卻不知道企圖研究吸血鬼可以忍受多大痛苦的納粹，如何折磨他的細節。

「也許女神要我們回到一五九〇年，不僅因為我可以從中獲益。再次見到菲利普，也許會重新打開你的創傷——促使它痊癒。」

「但這會先讓傷口惡化。」馬修低下頭。

「但最後一切會更好。」我把他堅硬、頑固的腦袋上的頭髮撫平。「你還沒有拆開你父親的信。」

「我知道信上寫些什麼。」

「也許你還是應該拆開。」

終於馬修把手指伸到封印下面，將它挑開。錢幣從封蠟上掉下來，他伸手接住。展開厚厚的信紙，其中散發出淡淡的月桂與迷迭香氣息。

「那是希臘文？」我隔著他肩膀看到，信上只有一行字，下面有盤旋的字母Φ。

「是的。」馬修用手描摹字跡，第一次嘗試跟他父親接觸。「他命令我回家。立刻。」

「再見到他，你受得了嗎？」

「不能。可以。」馬修握拳，把信紙揉成一團。「我不知道。」

我拿開他手中的信紙，把它撫平，恢復原來的長方形。那枚銀幣在馬修掌心裡發亮。這麼小一點銀子，卻惹出這麼多麻煩。

「你不會單獨面對他的。」在他與已故的父親相見時，站在他身旁，算不了什麼，但我只能用這一行動來緩和他的悲痛。

「菲利普臨終時，我們每個人都輪到與他獨處。有人認為，我的父親能看透一個人的靈魂。」馬修低聲道。「所以我帶妳去那兒會擔心。如果是伊莎波，我能預測她的反應：冰冷、憤怒，然後認命。但換成菲利普，我完全不知道。沒有人知道菲利普的心智如何運作，他擁有什麼樣的情報，設計什麼樣的圈套。如果我神祕，我父親就是深不可測。就連合議會都不知道他在做什麼，上帝知道他們花了多少時間試圖摸清楚這件事。」

「沒關係的。」我安慰他。菲利普必須接納我成為家族的一員，就像馬修的母親和兄弟，他別無選擇。

「不要以為妳可以佔他上風。」馬修警告道：「妳可能像我母親，正如蓋洛加斯說的，但她也經常落入他的陷阱。」

「你在現代也仍然是合議會的一員嗎？因為如此，你才知道諾克斯和多明尼可是成員嗎？」巫師彼得・諾克斯從我在博德利圖書館借出艾許摩爾七八二號之後，就一直跟蹤我。多明尼可・米歇勒是個跟柯雷孟家族結有舊仇的吸血鬼。另一個合議會的成員在皮耶堡對我施加酷刑的時候，他也在場。

「不是。」馬修回答得很簡短，別過頭去。

「所以韓考克說，合議會少不了柯雷孟家族的成員，已經不成立了嗎？」我屏住呼吸。**說是**，我無聲地催促他，**撒謊也好**。

「還是成立的。」他聲音毫無生氣，卻摧毀了我的希望。

「那麼，是誰……？」我拉長尾音。「伊莎波？巴德文？不會是馬卡斯吧？」我無法相信馬修的母親、哥哥，或甚至他的兒子，會加入合議會而沒有人知道。

「我的家族還有妳不認識的人，戴安娜。無論如何，我不可以透露合議會議員的身分。」

「我們其他人必須遵守的規則，也適用於你的家族嗎？」我很好奇。「你介入政治——我看過證明這件事的帳簿。你難道希望我們回到現代的時候，這個神祕的家族成員會設法在合議會的盛怒之下庇護我們？」

「我不知道。」馬修緊繃地說：「我什麼都不確定，再也不能了。」

我們遠行的計畫很快成形。趁著華特和蓋洛加斯爭執哪條路線最好時，馬修把手頭的事安排就緒。韓考克奉命護送亨利和一包用革囊裝好的信件去倫敦。伯爵是封誥的貴族，必須在十一月十七日女王登基紀念日當天進宮朝覲。喬治和湯姆打點行李，帶一筆為數可觀的錢和失寵的馬羅去牛津。韓考克警告他們，馬羅再惹麻煩，就要面臨嚴重的後果。雖然馬修遠行，但韓考克就在劍鋒可及的距離，只要有正當理由，他揮刀絕不猶豫。此外，馬修也對喬治面授機宜，指示他見到牛津學者，應該提出哪些有關鍊金術手抄本的問題。

我的事比較好安排。我只有幾樣私人物品要收拾：伊莎波的耳環、新鞋和幾套衣服。芳絲娃專心一意幫我縫製一件結實耐用的肉桂色旅行長袍。襯皮草的高領可以緊緊繫起，遮風擋雨。芳絲娃還在我斗篷襯裡縫上絲一般滑順的狐皮，又沿著我新手套邊緣的繡飾，加縫一圈毛皮，也都是基於同樣的目的。

我在老房子做的最後一件事，就是把馬修送我的書放進圖書室。前往七塔的旅途迢遙，很容易把書弄丟，我尤其希望我的日記盡可能遠離窺探的眼光。我彎下腰，從鋪在地上的燈心草裡，挑出幾枝迷迭香和薰衣草。然後又從馬修書桌上拿了一支鵝毛筆和一瓶墨水，寫下最後一條記載。

（木）一五九〇年十一月五日　冷雨

老家捎來消息。我們準備旅行。

我輕輕吹乾字跡上的墨痕，把迷迭香和薰衣草夾入頁間。我阿姨施記憶咒時總使用迷迭香，為愛情符加持一些謹慎時，則用到薰衣草——這組合很適合我們目前的處境。

「祝我們幸運，莎拉。」我把那本小書塞進書架末端，悄聲說道，但願我回來時，它還在那兒。

第七章

黎瑪・賈燕最討厭十一月了。白晝縮得很短，在對抗黑暗的戰爭中，逐日提前幾分鐘撤退。這種季節待在塞維拉真是糟糕，全城都在籌備過節，卻隨時有可能下雨。平時就不遵守交通秩序的市民，開車習慣每分鐘都在惡化。

黎瑪已經在辦公桌前困了好幾個星期。她的老闆決定清理閣樓裡的儲藏室。去年冬季，雨水終於滲透了這棟老屋年久失修的破瓦片，氣象預報說，未來一個月的天候會更惡劣。沒錢修理，所以保養組員工只好把發霉的紙箱搬下樓，以免珍貴物品在下一場風雨中受損。其餘的東西一律悄悄送走，絕不讓有意捐錢贊助者發覺任何異狀。

這是個充滿欺騙的骯髒行業，但非做不可，黎瑪想道。這家圖書館是個專業的小資料館，資源相當有限。收藏品主要來自安達魯西亞一個顯赫的家族，他們的發跡可以上溯到收復失地運動，也就是八世紀開始，基督徒從盤據伊比利半島的回教戰士手中，逐漸光復伊比利半島的年代。願意去檢視龔沙維家族這些年來收集的怪裡怪氣圖書與物品的學者，可說絕無僅有。大多數學者都在這條街另一頭的西印度群島綜合檔案館辯論哥倫布。一般塞維拉市民只希望他們的圖書館添購最新出版的推理小說，而不是支離破碎的十七世紀耶穌會士修行守則，或十八世紀的流行女裝雜誌。

黎瑪拿起辦公桌角落上的一本小書，同時把色彩鮮豔、替她箍著一頭黑髮的眼鏡拉下來。她一星期前就注意到這本書，當時一個保養工人不高興地哼了一聲，把一個木箱擱在她面前。當天她就把這本書登錄為龔沙維手抄本第四八九〇號，說明為：「英國箚記簿，無名作者，十六世紀晚期。」就像大多數箚記簿一樣，它的內頁大部分是空白的。黎瑪曾見過一個西班牙的實例，屬於某個一六二八年被送到塞維拉大學就讀的龔沙維後裔。它裝訂非常精美，有格線，每頁的頁碼數字都用彩色墨水寫得盤旋曲折，極盡奇麗。但裡頭一個字都沒寫。即使在過去，一般人也不見得能達成他們渴望的目標。

類似的箚記簿是聖經篇章、詩歌片段、格言，以及古典作家嘉言的寶庫。它們通常都有信筆塗鴉、購物清單、詩詞、俚俗歌詞、怪事軼聞或重大事件的紀錄，這本也不例外，黎瑪想道。遺憾的是，有人把第一頁撕掉了。從前那一頁可能寫著擁有者的姓名。少了它就幾乎不可能鑑別擁有者的身分，也無從查考書中只用姓名縮寫代表的其他人物。歷史學家對這種既沒有名字、也沒有臉孔的證據，都不怎麼感興趣，好像無名無姓會使寫作的人變得比較不重要似的。

剩下的篇幅，有一個表列出十六世紀通用的所有英國錢幣及其相對價值。後面有一頁以潦草的字跡列了一份衣服清單：一件斗篷、兩雙鞋、一件襯皮草的長袍、六件襯衣、四件束腹，以及一雙手套。還有幾則附帶日期、無法理解的記載，以及一則治頭痛的偏方——加牛奶調製的酒湯。黎瑪微笑著想，不知是否治得好她的偏頭痛。

她該把這本小書送回三樓，那兒有上鎖的房間，專供收藏手抄本之用，但它不知哪一點特殊，使她就是想把它留在手邊。這很明顯是一個女人的物品。圓形的字跡有種讓人覺得很親切的顫抖與不確定，墨水滴任意灑落在彎彎曲曲的字裡行間。十六世紀隨便哪個有學問的男人都不會這麼寫字，除非生了病或上了年紀。這本書的作者沒有這兩種問題。記載的內容有種奇特的活力，跟躊躇的字跡恰成反比。

她曾經拿這個手抄本給哈維爾•羅培茲看，他長得一表人才，卻完全沒有能力達成龔沙維家族最後一代傳人的委託，替他把家傳房屋與私人物品改造成圖書館與博物館。他位在一樓的大辦公室，鑲著上好的桃花心木壁板，安裝了整棟建築裡唯一管用的暖氣。短短幾分鐘，他就否決了她認為這本書值得細心研究的建議。她想為它拍照，以便向英國同行展示，也被他禁止。至於她說這本書的原主是個女人，館長嘟囔了幾句女性主義者什麼什麼的，就把她轟出辦公室了。

於是這本書就留在她桌上。這種書在塞維拉沒人要看，也不受重視。沒有人會到西班牙來找英文的箚記書。他們會去大英圖書館，或美國的佛傑莎士比亞圖書館㊷。

有個奇怪的男人經常來這兒的收藏中東翻西找。他是個法國人，帶著評量意味、盯著人不放的眼神，令黎瑪不安。賀伯特•康達爾——也可能是高伯特•康達爾。她記不清了。他上次來訪時，留下一張名片，並鼓勵她看到有趣的東西，就跟他聯絡。黎瑪問他，什麼樣的東西符合他心目中有趣的標準，那人說，他對任何東西都感興趣。這種答案說了等於沒說。

現在，有趣的東西果然出現了。不幸的是，那人的名片卻不見了，雖然她為了找它還把桌子清理了一遍。黎瑪只好等他再次現身，才能跟他分享這本書了。或許他會比她老闆更有興趣。

黎瑪翻翻書頁。書裡有一頁夾著幾小枝薰衣草和碎裂的迷迭香葉子。她上次沒看到它們，這次便仔細地把它們從裝訂的縫隙裡挑出來。忽然之間，褪色的花朵散發出幽幽香氣，在她與活在幾百年前的某個人之間，建立了一種聯繫。黎瑪想到那個她永遠不可能認識的女人，露出期待的笑容。

「更多垃圾。」維修組的丹尼爾回來了，他的灰色工作服因搬運閣樓裡的箱子弄得很髒。他又從破舊的推車上卸下幾個紙箱，放在地板上。雖然天氣已轉涼，他還是滿頭大汗。他用袖子抹一把汗水，留下黑色的灰塵印漬。「咖啡？」

這是這個星期第三次他邀她外出了。黎瑪知道他認為她很迷人。她母親那邊的北非柏柏爾人血統對某些男人特別有吸引力——並不意外，因為它賦予她柔和的曲線、溫暖的皮膚和一雙杏眼。這幾年來，每次她去收發室，丹尼爾都會嘟噥些猥褻的字句，碰觸她的屁股，瞟她的胸部。雖然他比她矮五吋，年紀大她一倍，卻似乎不放在心上。

「我很忙。」黎瑪回答。

丹尼爾低哼一聲，聲音中充滿懷疑。他離開時，回頭瞥了一眼。最上面那個箱子上罩著一件發霉的皮草暖手筒，還有一隻固定在一塊香柏木上的標本鷦鷯。丹尼爾搖搖頭，對於她寧可跟死掉的動物為伍，也不願跟他約會，感到不可思議。

㊷ Folger Shakespeare Library位在華盛頓的國會山莊，是全世界收藏莎士比亞出版品最齊全的圖書館，也收藏十六至十八世紀的珍貴文物。

「謝了。」他離開時，黎瑪低聲道。她輕輕把書闔上，放回辦公桌上原來的位置。

她把紙箱裡的東西搬到旁邊的桌子上時，眼光又回到那本書樸素的皮革封面上。四百年後，她曾經活過的證明，就只是她行事曆的一頁、一張購物清單，和一份她祖母傳授的甜湯食譜，收進一個標示為「無名作者，無重要性」的檔案，放在一個沒有人造訪的圖書館裡嗎？

這麼陰暗的念頭必定會帶來厄運。黎瑪打了個寒噤，趕緊摸一下先知之女法蒂瑪的手形護身符。這個用皮繩繫在她脖子上的護符，是她家族當中的女性長輩傳下來的，傳了多少代已沒有人記得了。

「邪惡之眼退散。」她悄聲道，希望這幾個字能阻擋所有她可能不小心召喚來的邪靈。

第二部
七塔與聖祿仙村

第八章

「老地方嗎？」蓋洛加斯放下船槳，升起唯一的一面帆，低聲問道。雖然距日出還有四個多小時，但暗影中已看得到其他船隻。我瞥見附近一艘船的帆影輪廓，和掛在尾柱的燈籠。

「華特說我們要去聖瑪洛。」我驚慌地回頭說。芮利從老房子一路送我們到波茨茅斯，然後又為我們掌舵到根西島。我們從聖皮爾港出海時，把他留在碼頭上。他不能再前進了——天主教統治的歐洲懸賞要他的腦袋。

「我記得芮利告訴我要去那裡，嬸娘，但他是海盜，也是英國人，況且他人不在這兒。我問問馬修。」

「Immensi tremor oceani。」馬修端詳著起伏不定的海面，低聲答道。他眺望黑水，表情跟一尊木雕船首像一模一樣。他給姪兒的答案很奇怪——無垠大海之顫抖。我不知道我是否誤解了他的拉丁文。

「這樣走順著洋流，而且騎馬去富熱爾比取道聖瑪洛快。」蓋洛加斯回應，好像聽懂了馬修方才那句話。「這種天氣，她走水路不至於比陸路更冷，而且之後還要騎很遠的路。」

「然後你就離開我們。」這不是個疑問，而是實質的宣告。馬修垂下眼皮，點頭道：「很好。」

蓋洛加斯牽動船帆，船從南向轉為東向。馬修坐在甲板上，背靠著弧形的船身，把我拉進臂彎，兜在他的斗篷裡。

要真正入睡實在不可能，但我還是貼著馬修的胸膛打了個盹。截至目前為止，這場旅行已令人精疲力竭，馬被騎到脫力，船都是強行徵用的。天氣嚴寒，我們穿著的英國羊毛上積了一層薄霜。蓋洛加斯和彼埃一直在用某種法國方言聊天，馬修卻保持沈默。他只回應他們的問題，把自己的想法藏在一張平靜得令人毛骨悚然的面具後面。

黎明時分，下起濛濛的雪。蓋洛加斯的鬍子變成白色，看起來像個有模有樣的耶誕老人。彼埃依照他的命令調整船帆，前方的黑白地景就是法國海岸。過了不到三十分鐘，波浪開始向岸邊競馳。船被海浪托高，霧中忽然出現一座高塔，直入雲霄。它近得出乎意料，惡劣的天氣裡幾乎看不見基座。我驚呼一聲。

彼埃鬆開船帆，蓋洛加斯厲聲道：「抓牢了！」

小船箭也似的穿過濃霧。海鷗叫聲和海水拍擊岩石聲，讓我知道我們正向岸邊接近，但船並沒有放慢速度。蓋洛加斯把一支槳插進湧上來的潮水裡，使我們急彎向一側。有人高聲喊叫，不知是警告還是打招呼。

「是柯雷孟的騎士！」彼埃雙手在口邊撮成喇叭形，大聲回答。他的話先是造成一片沈默，然後寒冷的空氣裡傳來忙亂的腳步聲。

「蓋洛加斯！」我們筆直向一堵牆撞過去。我連忙要抓一支槳來化解眼看無法避免的災難。但我的手才碰到槳，就被馬修奪走。

「他在這個地方上岸，已經好幾百年了，他的族人經驗比他更豐富。」馬修輕輕握著槳，鎮靜地說。船頭匪夷所思地猛然左轉，船舷隨即好端端停在幾塊大刀闊斧劈出來的花崗岩旁邊。上方高處，四個男人拿著鉤子和繩索把船拉住，穩住船身。水面以驚人的速度托著船持續上升，直到我們升至跟一棟石砌小屋同樣的高度。一道階梯通往看不見的地方。彼埃跳上岸，以很快的速度低聲說話，並對船比畫手勢。兩名武裝士兵過來看一下，便朝樓梯的方向快步跑去。

「我們已抵達聖米榭山，夫人。」彼埃伸出手道。我扶著他的手下船。「您在這兒休息，老爺會去跟方丈談話。」

我對這座小島的知識，只限於一位每年夏季到懷特島附近駕駛帆船的朋友講的故事：低潮時，它周圍都是流沙，漲潮時，到處都有危險的湍流，把船推送到岩石上撞毀。我回頭望一眼我們乘坐的小船，不由得打了個寒噤。我們還活著，真是個奇蹟。

我努力打起精神的當兒，馬修看著他站在船尾、靜立不動的姪兒。「你跟我們一起來，戴安娜會更安全。」

「你的朋友不給你的妻子惹麻煩的時候，她似乎很能照顧自己。」蓋洛加斯帶著笑容抬頭看我。

「菲利普會問到你。」

「告訴他——」蓋洛加斯頓了一下，望向遠方。這吸血鬼的藍眼睛裡有濃烈的渴望。「告訴他，我還不能成功地遺忘。」

「為了他的緣故，你必須試著原諒。」馬修柔聲道。

「我永遠不會原諒，」蓋洛加斯冷酷地說：「菲利普也永遠不會要求我這麼做。我父親死在法國人手裡，沒有一個超自然生物挺身反對國王。除非我能跟過去妥協，否則我不會踏上法國的土地。」

「猶夫不在了，上帝讓他的靈魂安息。但你的祖父還跟我們在一起。不要浪費你可以跟他共處的時間。」馬修從船上抬起腿來。他不說再見，轉身便托起我的手肘，帶著我向一片糾纏著枯枝的樹林走去。

我感受到蓋洛加斯目光冰冷的重量，回頭與這蓋爾人㊸四目相對。他舉手做了個無聲的告別手勢。

我們走向階梯，馬修默不作聲。我看不見階梯通往何方，很快就記不清走了幾級。唯有專心一意在滑溜的舊石板上踏穩腳步。冰屑從我的裙襬上掉落，風在我寬大的兜帽裡呼嘯。一扇堅固的大門，做為裝飾的厚鐵條都生了鏽，還帶著浪花鹽沫侵蝕的點點凹洞，在我們面前敞開。

更多台階。我咬緊嘴唇，拉起裙襬，繼續前進。

更多士兵。見我們走近，他們緊貼牆壁，讓我們有足夠的空間通過。馬修托著我手肘的手指幾乎無法察覺地緊了一下，除此之外，他似乎不把這些人放在眼裡，只當他們都是幻影。

我們走進一個由許多柱子像森林般支撐著圓頂的房間。四壁上有好幾座大火爐，散發出幸福的溫暖。我愉快地嘆口氣，甩一下斗篷，水滴和冰屑噴向四面八方。一聲低沈的咳嗽，讓我注意到一個站在火爐前的男人。他穿著樞機主教的紅袍，看起來是坐二望三的年紀——以一個在天主教擁有這麼高位階的人而言，實在太年輕了。

「啊，柯雷孟騎士。或者最近我們該用不同的名字稱呼你？你離開法國很久了，說不定你改用沃辛安的名字，坐上他的職位，因為他已經到他該去的地獄了。」主教的英語說得很完美，雖然口音重了一點。「我們奉宗主指示，在這兒等了你三天。但沒聽說還有個女人。」

馬修放開我的手臂，走上前去。他流暢地一屈膝，吻上那人伸出的戒指。「主教閣下，我還以為你在羅馬選新教皇。在這兒見到你，真是說不出的高興。」馬修的聲音一點都不愉快。我不安地擔心著，我們沒聽從華特的計畫走聖瑪洛，反而來到聖米榭，是否自投羅網。

「目前法國比樞機主教會議更需要我。最近多起殺害國王與王后的行徑，不能取悅上帝。」主教眼中閃現警告的光芒。「伊麗莎白見到天主的時候，很快就會知道。」

「我來此不是為英國辦事，喬厄斯主教㊹。這是內人戴安娜。」馬修用大拇指和中指捏著他父親的薄銀幣。「我要回家。」

「我聽說了。令尊捎了這個來，以確保你平安通行。」喬厄斯把一個發亮的東西扔給馬修，他靈活地接住。「菲利普・柯雷孟忘了自己的身分，這種行為好像以為他才是法國國王。」

「家父不需要統治，因為他是造就與毀滅王者的利劍。」馬修平和地說道。他把那枚沈重的金戒指套

㊸ Gael係指使用凱爾特語為母語的人，他們源起愛爾蘭，後來擴張到蘇格蘭、威爾斯、法國布列塔尼等地。
㊹ **François de Joyeuse**（1562-1615），法國神職人員及貴族。少年得志，除了繼承家傳的公爵爵位，一五八一年進入法王亨利三世的樞密院，一五八三年由教皇破格任命為樞機主教，一五八八年又升任土魯斯總教區大主教。

在戴著手套的中指上。戒指中間鑲著一顆雕刻過的紅寶石。我相信上面的圖案一定跟我背上的一樣。「你的老闆們知道，若非靠我父親，天主教會在法國失勢。否則你不會在這裡。」

「或許對所有相關的人來說，宗主真正成為國王還比較好，因為現在坐在王位上的是個新教徒，不過這個議題我們得私下討論。」喬厄斯主教疲倦地說。他對門旁陰影裡的一名僕人示意。「帶騎士夫人去她房間。我們必須失陪一下，夫人。妳的丈夫跟異教徒相處的時間太長。在冰冷的石頭上長跪，可以讓他想起自己真正的身分。」

我的臉色一定流露出孤零零流落在這種地方的慌亂。

「彼埃會陪妳。」馬修安慰我，然後彎腰親吻我的嘴唇。「我們等退潮就騎馬離開。」

那是我最後一眼看到科學家馬修・柯雷孟。大步走向那扇門的人，已不是牛津的教授，而是文藝復興時代的王侯。一切顯現在他的威儀之中，抬頭挺胸的角度、力量蓄積待發的氣勢，還有他冰冷的凝視。哈米許警告過我，來到這兒，馬修會變成不一樣的人。一切如常的表面下，發生了深邃的改變。

高高在上的某處，鐘響報時。

科學家。吸血鬼。戰士。情報員。最後一響鐘聲前，略作停頓。

君王。

不知道這趟旅程還會揭露多少這名跟我結婚的男人複雜的面目。

「不要讓上帝等待，喬厄斯主教。」馬修冷然道。喬厄斯尾隨他身後，好像聖米榭山不屬於教會，而是柯雷孟家的產業。

我身旁的彼埃輕輕噓了一口氣。「老爺恢復原來的樣子了。」他放心地說。

老爺恢復原來的樣子了。但他仍然屬於我嗎？

馬修或許是王侯，但誰是國王卻毋庸置疑。

隨著敲打在結冰道路上的每一聲馬蹄，馬修父親的權威與影響力都變得更大。我們越接近菲利普，他兒子就變得更加疏遠而專橫——令我咬牙切齒，並引發了幾次激烈的爭論。每次馬修的怒火一消，就會為他不講理的行為道歉，我了解即將與父親重聚，使他承受很大的壓力，所以都原諒了他。

趁退潮期渡過聖米榭山周圍的沙灘，向內陸前進後，柯雷孟家族的盟友在富熱爾歡迎我們，安排我們住進設備完善、可以眺望法國鄉野的城牆高塔。兩天後的晚上，一隊手持火把的僕人，在鮑日城外的道路上接應我們。他們制服上有熟悉的徽章：象徵菲利普的十字架與新月。我在七塔翻動馬修的書桌抽屜時，看過這標誌。

「這是什麼地方？」僕人把我們帶到一個無人城堡時，我問道。以一個空蕩蕩的住處而言，這兒溫暖得出奇，烹煮食物的美妙香氣在充滿回音的走廊裡飄蕩。

「一個老朋友的房子。」馬修幫我把鞋子從凍壞的腳上剝下來。他用大拇指搓揉我冰冷的腳底，血液開始回流到肢體末梢。彼埃把一杯熱騰騰的香料酒交到我手中。「這是赫勒最喜歡的獵舍。他住在這裡的時候，整棟房子都生氣勃勃，每個房間裡都有藝術家和學者。現在這兒由我父親管理。戰事頻繁，沒有機會好好照顧這座城堡。」

還在老房子的時候，馬修和華特給我上過有關法國新教徒與天主教徒爭奪王位——以及國家——控制權的一課。我們住在富熱爾時，我從窗子看到遠處的烽煙，顯示新教徒軍隊最近的紮營之處，沿途也看到不少淪為廢墟的房屋與教堂。破壞之烈，令我吃驚。

因為戰爭的緣故，我精心設計的背景故事需要修改。在英國，我是個法裔新教徒，為了維護信仰和生命，不得不逃離祖國。但在這兒，我又變成長期遭受迫害的英國天主教徒。馬修就是有辦法記住所有的謊言與半真半假的說詞，使我們的多重偽裝不至於被拆穿，而且他還記得我們經過的每個地點的歷史細節。

「我們已經來到安茹省。」馬修低沈的聲音喚回我的注意力。「不論編什麼樣的故事，妳遇到的人都會因為妳說英文而懷疑妳是新教間諜。法國這地區的人拒絕承認現任國王登基的資格，他們寧願要天主教的統治者。」

「菲利普也一樣。」我喃喃道。沾菲利普光的人，不只喬厄斯樞機主教一人而已，沿途都有臉頰凹陷、眼神迷離的天主教神職人員找我們攀談，提供消息，並要求代為向馬修的父親致謝他的幫助。他們沒有一個是空手離開的。

「他根本不在乎基督教各宗派的細微差異。在法國其他地區，我父親支持新教徒。」

「他對基督教這種支持法，可真是很全面。」

「菲利普只想阻止法國自取滅亡。去年八月，我們的新國王，納瓦拉的亨利㊺企圖強迫巴黎全城認同他的宗教與政治立場。巴黎人寧願餓死，也不願向新教國王屈服。」馬修用手指爬梳頭髮，這表示他很煩惱。「死了幾千人，現在我父親已不相信凡人有能力解決這困境。」

菲利普也不願放手讓兒子自行解決問題。天還沒亮，彼埃就來叫醒我們，宣布新的馬已上好鞍轡，準備出發。他接到命令，我們必須趕到一百多哩外的一個城市——兩天內。

「不可能。我們不可能那麼快走那麼遠。」我體能很好，但任何現代體操都不及十一月的一天之中，在曠野裡騎五十多哩路那麼操勞。

「我們沒有選擇。」馬修板著臉說：「如果耽誤，他只會派更多人來催我們加快速度。最好照他的話做。」那天稍後，我累得快哭出來時，馬修不問一聲，就把我抱到他的馬鞍上，繼續前進，直到馬匹力竭為止。我已經沒有力氣抗議了。

我們照預定時間趕到石牆環繞、木造住家的聖本奴瓦，達成菲利普的要求。這時我們已相當接近七塔，彼埃和馬修都不怎麼在意禮儀規範，所以任由我跨坐在馬上。雖然我們恪守菲利普的行程，他仍然增加隨行的家丁人數，好像害怕我們改變心意，轉回英國似的。有人在路上追隨我們，有人負責清道，備辦食物、馬匹，在擁擠的客棧、孤立的房舍或有防禦工事的修道院裡安排住處。我們登上奧弗涅死火山留下的岩石山頭後，就經常在人跡難至的山峰上，看到騎馬者的身影。他們一看到我們，就轉身飛馳而去，向七塔回報我們的進度。

兩天後，暮色降臨時分，馬修、彼埃和我，停在一座陡峭的山巔，柯雷孟家族城堡在呼嘯的風雪中隱約可見。中央堡壘筆直的線條很熟悉。但除此之外，我幾乎認不出這地方。它外圍的城牆和六座圓形高塔都完整無缺，每座塔上都有銅鑄的錐形屋頂，因年深月久而泛現綠色。藏在高塔垛口後面的煙囪冒著煙，城堞的輪廓令人聯想到，某個瘋狂巨人用鋸齒剪刀修剪過每座牆壁。牆裡有白雪覆蓋的花園，再過去還有長方形的花床。

這座城堡在現代看來已令人畏懼，在宗教戰爭和內戰隨時會爆發的年代，它的防禦實力更是顯而易見。七塔和村子中間，聳峙著一座固若金湯的門樓，門裡有很多人忙碌地走來走去，大多數都拿著武器。隔著翻飛的雪花與暮色望去，我看到圍牆裡有許多分散的木建築。它們的小窗發出亮光，在成片鋪著灰石板的積雪地面上，形成一個一個溫暖色澤的小方塊。

我的牝馬發出一聲溫暖、濕潤的嘶叫。她是我這趟旅行至今騎過最好的一匹馬。馬修目前騎的馬體型很大，毛色墨黑，脾氣很壞，對任何接近牠的人都張口欲咬，唯有牠背上的人例外。兩匹馬都來自柯雷孟馬廄，不需要指引就能找到回家的路，迫不及待地回去找牠們的燕麥桶和溫暖的馬廄。

㊺ Henri of Navarre（1553-1610），亦即法王亨利四世，原為納瓦拉國王，因血緣關係，在一五八九年亨利三世遇刺後即位。他原本信奉基督新教，為了合法繼承王位，宣布改信天主教，並頒布南特詔書，這是法國第一次立法承認新教徒的信仰自由，為延燒二十多年的宗教戰爭畫上句點。

「天啊。這是全世界我最想不到會來的地方。」馬修慢慢地眨眼，好像以為城堡會在他眼前消失。

我伸手過去，按著他手臂。「即使現在，你仍然有選擇。我們可以回頭。」彼埃憐憫地看著我，馬修給我一個悲傷的微笑。

「妳不了解我父親。」他目光回到城堡上。

沿路火把照耀得一片通明，我們進入七塔。以鐵箍加強的厚重木門適時打開，我們進入時，四名男子列隊，默立一旁。大門在我們背後砰然闔上，兩名男子立刻從牆上取下一根很長的橫木，將入口閂住。騎馬橫渡法國這六天當中，已教我知道這是明智的防範。所有的人都不信任陌生人，更害怕又來一批打家劫舍的軍隊、重新陷入地獄般的流血暴力，還得討好新的領主。

堡裡有支真正的軍隊——由人類和吸血鬼聯合組成——等著我們。其中六人來把馬牽走。彼埃把一小包信件交給其中一人，其他人低聲問了他幾個問題，同時鬼鬼祟祟偷眼看我。沒有人走上來提供協助。我坐在馬背上，既冷且累，全身發抖，在人群中搜尋菲利普。他總該派個人來扶我下馬吧。

馬修注意到我的困境，以令人羨慕的優雅流暢一躍下馬，幾個大步就來到我身旁，溫柔地把我凍得失去感覺的腳從馬鐙裡抽出來，略微轉動，讓它恢復行動力。我向他道謝，因為我可不希望在七塔的第一場好戲，就是在大院裡跌倒，摔在踏得一片骯髒的雪水泥濘中。

「這裡哪一位是你的父親？」他從馬頸下繞過來，照顧我另一隻腳時，我悄聲問道。

「都不是。他在屋裡，在堅持我們像被地獄獵犬追逐似的拚命趕來後，就表現得好像見不見我們都無所謂似的。妳也該到屋裡去。」馬修開始用簡短的法語發號施令，差遣張口結舌的僕人四處奔走，直到只剩一個吸血鬼站在通往城堡正門的螺旋形木製階梯口。回想起此時還沒有建造的石頭階梯和第一次與伊莎波見面的情景，我腦海中的現在與過去交錯碰撞，帶來無窮的顛覆與震撼。

「亞倫。」馬修臉色一鬆，表情變得柔和。

「歡迎回家。」這吸血鬼說英語。他走上前來，腳步微跛，我逐漸看清他的相貌：花白的頭髮、和善的眼睛周圍布著紋路、瘦削有力的體格。

「謝謝你，亞倫。這是我的妻子，戴安娜。」

「柯雷孟夫人。」亞倫鞠躬，小心保持恭敬的距離。

「很高興見到你，亞倫。」我們沒見過面，但我已將他的名字跟忠貞不渝和支持聯想在一起。遠在二十一世紀，馬修要確定我抵達七塔時，已備妥食物在等候，就會三更半夜打電話找亞倫。

「令尊正在等候。」亞倫退到一旁，讓我們通過。

「叫他們把食物送到我房間——簡單的就好。戴安娜又累又餓。」馬修把手套交給亞倫。「我馬上去見他。」

「他要你們兩位馬上去。」亞倫刻意不露出任何情緒。「上階梯請小心，夫人。踏板都結了冰。」

「他要？」馬修抬頭望著四方形的砲塔，抿緊嘴唇。

有馬修牢牢托住我的手肘，階梯並不那麼難走。但爬完階梯後，我的腿抖得太厲害，腳被入口處高低不平的石板絆住。這一滑，令馬修大發雷霆。

「菲利普太不講理。」馬修一把攬住我的腰，怒道：「她趕了好多天的路。」

「他的命令講得很清楚，少爺。」亞倫刻板的拘泥是一種警告。

「沒關係的，馬修。」我把兜帽掀開，打量面前的大廳。我在二十一世紀看到，用作展示的盔甲與長矛都不見了。取而代之的是一座雕飾的木屏風，可以在開門時擋住一部分寒風。仿中世紀的裝飾品、圓桌、陶瓷大碗，也都不見了。只有石牆上的掛毯，在壁爐散發的熱氣跟外來的寒氣混合時，會輕輕搖曳。剩餘的空間放了兩張長桌，四周圍繞著低矮的長凳。男女僕婦在桌椅間穿梭，布置晚餐的杯盤。這兒坐得下幾十個超自然生物。上方的戲台也沒空著，好多名樂手擠在那兒，忙著準備樂器。

「真奇妙。」我蠕動凍僵的嘴唇嘆道。

冰冷的手指抓住我下巴，把它轉過去。「妳臉色發青。」馬修道。

「我會送火盆去給她暖腳，還有熱酒。」亞倫承諾。「我們也會生火。」

一個凡人現身，接過我濕透的斗篷。馬修霍然轉身，朝著就我所知是早餐室的方向望去。我豎起耳朵，卻聽不見什麼。

亞倫抱歉地搖搖頭。「他心情不好。」

「顯然如此。」馬修低頭道：「菲利普大呼小叫要我們過去。妳確定嗎，戴安娜？如果妳今晚不想見他，我可以抵擋他的怒火。」

但馬修不需要單獨面對他六十多年來跟父親的第一次重逢。我面對我的鬼魂時，他曾經給我支持，我也要為他做同樣的事。然後我要上床休息，我打算一直待在床上，直到耶誕節。

「來吧。」我撩起裙襬，堅決地說道。

七塔太古老，缺乏走廊這種現代化的便利設施，所以我們只好鑽過火爐右側的拱門，進入有朝一日會變成伊莎波專屬大客廳的房間一角。現在這兒還沒有塞滿上等家具，裝潢跟我一路上見到的所有其他住所一樣簡樸。笨重的橡木家具，等閒的偷兒搬不走，也經得起戰爭的斲喪，一座五斗櫃上，沿對角線劃過表面的深刻刀痕，就是證明。

從這裡，亞倫帶我們進入伊莎波和我曾經有一次在溫馨的赭色牆壁環繞下，坐在擺有陶器餐具和沈重銀製刀叉的桌前，共進早餐的房間。它目前的狀態跟那個房間有天壤之別，只放了一張桌子和一把椅子。桌上堆滿紙張和其他文書工具。我來不及仔細打量，就已經開始沿著陳舊的石梯，爬向城堡中一個我不熟悉的地方。

樓梯戛然而止，樓梯口非常寬敞，左側有一間長廳，陳列著各式各樣的小玩意兒、鐘、武器、畫像、家具。一頂被打到變形的金冠，不經意地擱在某位古代神祇的大理石腦袋上。一顆雞蛋大小的鴿血紅寶石，不懷好意地從金冠中央對我眨眼。

「往這邊來。」亞倫示意我們前進到下一個房間。這兒又有一座向上而非向下的樓梯。幾張不舒服的長凳放在一扇緊閉的門兩旁。亞倫不作聲，耐心等候對我們已然到達的回應。從厚重的木門後面，傳來一個震耳的拉丁字：

「進來。」

馬修聽到那聲音就驚跳起來。亞倫擔心地看他一眼，伸手推門。門順著結實而上足油的鉸鍊，無聲地滑開。

門對面坐著一個男人，他背對我們，頭髮熠熠生輝。即使坐著也看得出他很高，有運動員似的寬肩膀。筆尖在紙上沙沙作響，以一個穩定的高音，跟壁爐中燃燒的木柴不斷發出的劈啪聲和室外狂風的呼嘯聲，奏出和諧的樂章。

一個隆隆的低音加入室內的音樂：「坐。」

這次輪到我跳起來。沒有房門居間緩衝，菲利普的聲音來回震盪，刺痛我的耳朵。這個人習慣別人服從他，毫不猶豫，毫無質疑。我的腳自動向兩張等待的椅子走去，準備依命坐下。我走了三步才意識到馬修仍站在門口。我回到他身旁，握住他的手。馬修迷惑地低頭下望，甩甩身體，擺脫記憶的羈縛。

沒多久，我們就走到房間另一頭。我坐進　把椅子，得到了承諾的酒，還有打孔的金屬暖腳器讓我擱腿。亞倫帶著同情的眼光，微一點頭退下。然後我們就開始等待，對我已覺難熬，對馬修而言，簡直無法忍受。他的緊張不斷升高，壓抑的情緒幾乎讓他整個人都在發抖。

他的父親終於認知我們存在時，我的焦慮和怒火已經瀕臨爆發邊緣。我低頭盯著自己的手，很想知道它們是否強壯到足以掐死他時，忽然有兩個極冷的點，在我低垂的頭頂綻開。我抬起下巴，正好望進一位希臘神祇黃褐色的眼睛。

第一次遇見馬修的時候，我的直覺反應就是逃跑。但馬修——那個九月的夜晚，他在博德利圖書館裡顯得那麼巨大而充滿威脅——怎麼看都不及他一半迥異常人。並不是說菲利普像個妖魔。正好相反，他是我所僅見，最令人嘆為觀止的生物——相較於任何超自然、帶有魔性的生物或凡人而言。

任何人看到菲利普・柯雷孟，都不會把他當成凡夫俗子。這個吸血鬼的外貌太完美，而且有種奇特的對稱。漆黑、筆挺的眉毛，籠罩著一雙清淡、善變、有少許綠色斑點的金褐色眼睛。日曬和風霜在他的褐髮裡摻進幾縷閃亮的金絲、銀絲和赤銅色的紅絲。菲利普的嘴唇原本柔軟而性感，不過今晚卻被憤怒拉出堅硬而緊繃的線條。

我努力咬緊嘴唇，免得下巴掉下來，迎向他評估的注視。見我這麼做，他緩緩將目光轉往馬修。

「坦白。」聲音不大，卻藏不住菲利普的怒火。但這房間裡，生氣的吸血鬼不止一個。乍見菲利普的震撼消退後，馬修試圖扳回上風。

「你命令我回七塔。現在我活生生、健健康康回來了，證明你孫子歐斯底里的報告是錯的。」馬修把銀幣扔在他父親的橡木書桌上。它垂直落下，沿著看不見的軸心自轉好幾圈，才水平躺定。

「這種季節，你的妻子當然留在家裡比較好。」跟亞倫一樣，菲利普的英語說得像母語一般沒有瑕疵。

「戴安娜是我的伴侶，父親。我不能因為天要下雪，就把她留在英國，交給亨利和華特照顧。」

「站一邊去，馬修。」菲利普吼道。那是獅子的聲音，就像他這個人其他部分一樣。柯雷孟家族像一個猛獸群集的動物園。馬修讓我聯想到狼。伊莎波是獵鷹。蓋洛加斯像一頭熊。菲利普則是另一種致命的野獸。

「蓋洛加斯和華特告訴我，這女巫需要我保護。」獅子伸手去取信，他豎起信封，敲敲桌面，瞪著馬修。「我還以為保護弱小生物是你的職責，因為現在家族在合議會的位置交給你了。」

「戴安娜並不弱小——而且因為她已跟我結婚了，她需要比合議會所能提供更大的保護。你願意保護她嗎？」馬修的語氣與姿勢中，都帶有挑戰的意味。

「首先我得聽聽她的故事。」菲利普道。他看我一眼，挑起眉毛。

「我們是意外相識。我知道她是女巫，但我們的姻緣是無可否認的。」馬修道：「她自己的族人也攻擊她——」

一隻可能被誤認為爪子的手舉起，示意肅靜。菲利普把注意力轉移到兒子身上。

「馬提歐斯。」菲利普懶洋洋拖拉著的聲音，彷彿有鞭子的效果，立刻讓他兒子安靜下來。「你的意思是，『你』需要我保護嗎？」

「當然不是。」馬修不悅道。

「那就閉上嘴巴，讓這女巫說話。」

我一心想讓馬修的父親獲得他需要的情報，然後我們就可以盡快離這個令人喪膽的傢伙遠一點，所以我思考如何以最好的方式描述我們近來的冒險。重新演練所有的細節太耗時間，馬修極有可能在這期間爆發。於是我深深吸一口氣，就開始敘述。

「我名叫戴安娜・畢夏普。我父母都是強大有力的巫師。其他巫族趁他們遠離家園時殺死了他們。當時我還年幼。他們在去世前，用咒語束縛了我。我母親能預見未來，她知道未來會發生什麼事。」

菲利普懷疑地瞇起眼睛。我了解他的審慎。就連我也仍然很難理解，為什麼兩個愛我的人要觸犯巫族的禁忌，用魔法枷鎖他們唯一的女兒。

「長成以後，我成為家門之恥——連一根蠟燭都點不亮，也施不出咒語的女巫。我背棄了畢夏普，進入大學就讀。」聽到這話，馬修開始不安地在椅子上扭動。「我攻讀鍊金術史。」

「戴安娜研究鍊金術的『技藝』。」馬修糾正道，警告地看我一眼。但他半真半假繞圈子的說詞無法令他的父親滿意。

「我是個時間旅行者。」這字眼懸浮在我們之間的空氣裡。「你們稱之為時間編織者。」

「嗯，我很清楚妳是什麼。」菲利普用同樣懶洋洋的聲音說道。馬修臉上瞬間閃過驚訝的神色。「我活了很久，夫人，認識很多超自然生物。妳不屬於這個時代，也不屬於過去，所以妳一定是來自未來。馬提歐斯跟妳回來，所以他絕對不是八個月前的那個人。我認識的那個馬修根本不會對任何女巫看上第二眼。」這吸血鬼深深吸一口氣。「我孫子警告我，你們兩個的氣味都很古怪。」

「菲利普，聽我解釋——」但馬修今天晚上注定講不完任何一個句子了。

「這個情況雖然很棘手，但我很高興未來的歲月裡，我們可以期待大家對刮鬍子這件事採取比較理性的態度。」菲利普懶洋洋地捋一捋他修剪得整整齊齊的絡腮鬍和八字鬍。「說真的，鬍子象徵的是跳蚤，而不是智慧。」

「人家說馬修看起來像個病人。」我疲倦地嘆口氣。「但我不會用符咒改變他的外貌。」

菲利普對我的話不屑地揮揮手。「鬍子是小事。妳剛才說妳對鍊金術有興趣。」

「是的。我找到一本書——其他很多人都想要的一本書。我遇見馬修的時候，他就是想從我這兒搶走那本書。但他沒得手，因為我已經把書交出去了。當時幾哩方圓的超自然生物都在追逐我。我被迫中斷工作。」

一種好像努力壓抑一陣大笑的聲音，使菲利普下巴上的一條肌肉抽搐不已。我發現，要判斷一頭獅子究竟是覺得好笑或即將撲噬，是件難事。

「我們認為，那就是起源之書。」馬修道。他神情很自豪，雖然我借出那本書完全是個意外。「它特地來找戴安娜。其他超自然生物得知她找到什麼時，我已陷入了愛河。」

「所以你們交往了一段時間。」菲利普把手肘靠在桌子邊緣，手指交叉成帳棚狀，托著自己的下巴。他坐在一張簡單的四腳板凳上，雖然旁邊空擺著一張極盡華麗王座般的椅子。

「未必。」我計算了一下，說道：「總共才兩星期。但馬修經過很長一段時間才承認他的感情——直到我們來到七塔以後。但就連這兒也不安全。一天晚上，我離開馬修的床，到戶外去。一個女巫從花園裡把我抓走。」

菲利普的眼光飛快從我轉到馬修身上。「一個女巫闖進七塔的圍牆？」

「是的。」馬修簡短答道。

「從天而降。」我低聲修正，喚回他父親聽我說。「我並不認為曾經有女巫的腳碰到這片土地，如果這一點很重要。嗯，當然，我的腳踩過。」

「當然。」菲利普輕輕點一下頭，表示認可。「繼續。」

「她把我帶到皮耶堡。多明尼可在場。高伯特也在。」菲利普的表情告訴我，他對那座古堡和兩個吸血鬼都不陌生。

「一報還一報，早晚逃不掉。」菲利普喃喃道。

「綁架我的幕後主使者是合議會。一個名叫薩杜的女巫企圖強迫我使用魔法。她不能成功，就把我丟進死牢。」

馬修的手茫然撫著我的後腰，每當提起那個晚上，他都會這麼做。菲利普注意到他的動作，卻沒說什麼。

「我逃脫以後，不能再住七塔，以免給伊莎波帶來危險。你知道，所有從我身上發出的魔力，我都控制不了。馬修跟我一起回家，回我阿姨的房子。」我頓了一下，考慮如何說明那棟房子所在的位置。「你知道蓋洛加斯的族人的神話，他們如何橫渡大海到西方去。」菲利普點點頭。「大致而言，我兩位阿姨就住在那兒。」

「妳的阿姨都是女巫？」

「是的。後來有個食血者來殺馬修——那是高伯特豢養的生物——她差點成功。我們逃不出合議會的羅網，無處可去，除非回到過去。」我停下來，菲利普怒瞪馬修的惡毒眼神嚇了我一跳。「但我們在這兒也找不到庇護。烏斯托克的人知道我是女巫，蘇格蘭的女巫大審可能影響到我們在牛津的生活，所以我們再度逃亡。」我回顧整個故事的輪廓，確認我沒有遺漏任何重要的部分。「這就是我的故事。」

「妳有迅速並精簡敘述複雜事件的天分，夫人。如果妳能好心跟馬修分享妳的方法，對我們家族會很有幫助。我們已消耗了太多紙筆。」菲利普對自己的手指端詳了一會兒，然後站起身，他以吸血鬼的效率使一個簡單的動作充滿爆炸性。前一秒鐘他還坐在那兒，下一秒鐘他全身肌肉開始運作，六呎高的體型忽然驚人地矗立在桌前。他專心看著他的吸血鬼兒子。

「你玩的是一場危險遊戲，馬修，可能滿盤盡輸，卻毫無所獲。你們離開後，蓋洛加斯送消息來。信差走的是另一條路，比你們先到。你們慢吞吞前來途中，蘇格蘭國王已經逮捕了一百多名女巫，將她們囚禁在愛丁堡。合議會必定以為，你正在趕去勸說詹姆士國王放棄這行動的途中。」

「所以更有理由請你保護戴安娜。」馬修緊張地說。

「憑什麼我要這麼做？」菲利普冷冷看著他，看他有沒有勇氣把話說清楚。

「因為我愛她。也因為你告訴過我拉撒路騎士團的宗旨：保護那些無力保護自己的人。」

「我保護的是其他食血者，不是女巫。」

「也許你該把範圍擴大一點。」馬修頑固地說：「食血者通常都有能力照顧自己。」

「你很清楚知道，我不能保護這個女人，馬修。全歐洲正在為信仰爭戰，凡人正在為他們目前的困境尋找代罪羔羊。他們早晚一定會對周遭的超自然生物下毒手。你明知如此，卻還把這女人帶來——你聲稱她是你的伴侶，又有巫族的血統——蹚這場瘋狂的渾水。不行。」菲利普用力搖頭。「你以為可以耍賴，但我不能無視盟約的條文而激怒合議會，讓整個家族陷入危險。」

「菲利普，你一定要——」

「不要對我用那種字眼。」一根手指指著馬修。「把你的事處理好，回你原來的地方。從那兒向我求助——最好去求這女巫的阿姨們。不要把你的問題帶回過去，它們不屬於這時代。」

但二十一世紀的馬修，沒有菲利普可資憑藉。他不在了——死了、葬了。

「我從來不曾向你要求過什麼，菲利普。直到現在。」房間裡的氣溫下降了危險的幾度。

「你早就該想到我會怎麼回答，馬提歐斯，但你向來不會思考。萬一你母親在這兒怎麼辦？萬一特里爾的天氣不是那麼壞呢？你知道她最瞧不起女巫。」菲利普盯著他的兒子。「需要一小支軍隊才能阻止她把這女人撕碎，而我目前調撥不出人手。」

首先是伊莎波希望我離開她兒子的生活，後來巴德文毫不掩飾他的輕蔑。馬修的朋友哈米許處處提防我，克特公然不喜歡我。現在又輪到菲利普。我站起身，等著馬修的父親把眼睛轉過來。他這麼做的時候，我迎上他的目光。他驚訝地眨眨眼。

「馬修無法預料會有這種結果，柯雷孟先生。他相信你會支持他，顯然他信錯人了。」我吸了一口氣，保持穩定。「如果你讓我今晚留在七塔，我會很感激。馬修已好幾個星期沒睡覺，他在熟悉的環境裡會睡得比較好。明天我就回英國去——有必要的話，馬修不能同行也無所謂。」

我一蓬新長的捲髮掉落到我左邊的太陽穴上，我伸手去將它拂開，卻發現我的手腕已落入菲利普的掌握。我剛理解自己的新處境，馬修已衝到他父親身旁，手按著他的肩膀。

「這是妳從哪兒弄來的？」菲利普盯著我左手中指上的戒指。*伊莎波的戒指*。菲利普的眼神凶惡地瞪著我。他的手指箍緊我的手腕，直到骨頭作痛。「只要我們都還在世，她永遠不會把我的戒指送人。」

「她還活著，菲利普。」馬修答話迅速而粗率，只傳達資訊，不提供安慰。

「但如果伊莎波還活著，那麼……」菲利普欲言又止，沈默下來。有一瞬間，他顯得困惑，然後恍然大悟。「所以我畢竟不能永生不死。面臨這些麻煩時，你無法向我求助。」

「不能。」馬修硬生生地把字句逼出來。

「然而你把敵人丟給你母親去面對。」菲利普語氣猙獰。

「瑪泰在她身邊，還有巴德文和亞倫確保她不受傷害。」現在馬修的話像一道撫慰的清流，但他父親仍抓著我的手不放，我的手指已麻木了。

「伊莎波把我的戒指送給一個女巫？真奇怪啊。不過她戴著看起來還不錯。」菲利普心不在焉地翻轉我的手，迎向火光。

「媽媽是這麼想的。」馬修柔聲道。

「我在何時——」菲利普用力吸口氣，然後搖搖頭。「不。不要告訴我。任何超自然生物都不該預知自己的死亡。」

可是我母親曾預見她自己和我父親死於非命。寒冷、疲倦、被自己的回憶糾纏，我開始發抖。馬修的父親只顧盯著我們的手看，彷彿一無所覺，好在他的兒子並非如此。

「放開她，菲利普。」馬修命令道。菲利普望進我的眼睛，失望地嘆口氣。我雖戴著戒指，卻不是他心愛的伊莎波。他縮回手，我退後幾步，脫離他長臂的範圍。

「聽完了戴安娜的故事，你願意保護她嗎？」馬修在父親的臉上搜索。

「那是妳要的嗎，夫人？」

我點點頭，手緊握旁邊一把椅子的雕刻扶手。

「那麼，好的，拉撒路騎士團會保障她的安全。」

「謝謝你，父親。」馬修緊握一下菲利普的肩膀，然後向我走來。「戴安娜累了，我們明早見。」

「絕對不行。」菲利普在房間另一頭嚷道：「你的女巫在我的房子裡由我照顧。她不可以跟你同床。」

馬修握住我的手。「戴安娜遠離家鄉，菲利普，她對城堡這一區不熟悉。」

「她不能住你房間，馬修。」

「為什麼不？」我皺起眉頭，看看馬修，又看看他父親。

「因為不論馬修告訴妳什麼美麗的謊言，你們兩個都還沒有成親。而且要謝天謝地，說不定我們還有機會斡旋一場災難。」

「沒有成親？」我啞然道。

「互許終身，接受食血者的許諾，並不構成神聖不可侵犯的盟約，夫人。」

「從任何有意義的角度而言，他都是我的丈夫。」我脹紅了臉，說道。打從我告訴馬修我愛他之後，他就向我保證，我們已成親了。

「你們並沒有正式結婚——至少沒有採用經得起檢驗的方式。」菲利普繼續道：「而且如果你們再這麼假裝下去，還會面臨更多的檢驗。馬修在巴黎時，花在思考玄學的時間總比研究法律多。在這方面，兒子，直覺應該比知識更能告訴你，哪些事是必要的。」

「我們離開前，曾經對彼此立誓，然後馬修把伊莎波的戒指交給我。」我們在麥迪森的最後一刻，曾舉行某種儀式。我回憶整個過程，試圖找出漏洞。

「食血者結婚儀式最主要的部分，跟基督教婚禮中，讓教士、律師、仇敵、情敵齊集一堂，令所有反對論調啞口無言的，是同樣一回事：就是肉體的結合。」菲利普鼻孔翕張。「你們還沒有那樣的結合。你們的氣味不僅古怪，而且完全各自為政——就像兩隻不相干的生物，沒有結為一體。任何吸血鬼都知道，你們沒有正式成親。高伯特和多明尼可一見到戴安娜，就知道是怎麼回事。巴德文一定也知道。」

「我們結了婚，也成了親。有我的保證，不需要其他證明。其他方面不關你的事，菲利普。」馬修堅定地擋在我和他父親中間，說道。

「啊，馬提歐斯，事情沒那麼簡單。」菲利普顯得很厭煩。「戴安娜是一個沒有父親的未婚女子，我在這個房間裡也沒看到兄弟替她出頭，所以她完全歸我管轄。」

「在上帝眼中，我們已經結婚了。」

「然而你要等日後才跟她圓房。你等什麼呢，馬修？一個預兆嗎？她要你，我從她看你的眼神就知道。對大多數男人而言，這就夠了。」菲利普的眼睛輪流停駐在他兒子和我身上。憶起馬修對這件事莫名其妙的遲疑，憂慮和懷疑像毒素一般在我心頭蔓延開來。

「我們認識的時間不長。儘管如此，我知道我有生之年都會跟她——只有她——廝守。她是我的伴侶。菲利普，你知道戒指上是怎麼刻的：『付出我所有的愛所有的生命』。」

「把所有的生命交給一個女人，卻不同時交出所有的愛，是沒有意義的。你該把心思放在這句愛情誓言的前半，而不是後半。」

「她擁有我的愛。」馬修說。

「不是全部。否則合議會的成員會通通死光，盟約受到永遠的破壞，你們會留在你們原來的地方，不會來到這房間。」菲利普粗魯地說：「我不知道你們未來怎麼看待婚姻，但現在來說，那是一樁值得為之犧牲生命的事。」

「為戴安娜流血，解決不了我們目前的困境。」跟父親相處了幾百年，馬修仍頑固地拒絕承認一件我早就知道的事：跟菲利普辯論，永遠沒有勝算。

「女巫的血不算數嗎？」兩個男人都驚訝地回頭看我。「你已經殺死了一個女巫，馬修。我也殺死了一個吸血鬼——食血者——因為不願失去你。既然今晚我們要分享祕密，應該讓令尊知道真相。」因我們相戀而快速惡化的敵對中，季蓮・張伯倫和茱麗葉・杜昂先後喪失了生命。

「你還以為有時間求愛嗎？以一個自命飽學的男人而言，馬修，你真是愚蠢得超乎想像。」菲利普不滿道。馬修面不改色地接受父親的辱罵，然後打出最後一張王牌。

「伊莎波已接納戴安娜做她的媳婦。」他道。

但菲利普不輕易動搖。

「不論你的上帝或你的母親，都沒法子讓你面對自己行為的後果。顯然這件事還沒有改變。」菲利普雙手撐著桌面，喚亞倫進來。「既然你們尚未成親，就沒有造成永久的傷害。趁別人發現，辱及門楣之前，一切都還來得及搶救。我會派人到里昂去找個女巫來，幫助戴安娜了解她的力量。你可以利用這段期間，打聽她那本書的下落，馬修。然後你們兩個一起回家，忘記這次的輕舉妄動，分道揚鑣，過你們各自的生活。」

「戴安娜要跟我一起回我房間。一起，要不然願上帝——」

「你提出威脅之前，要確定你有足夠的力量付諸實踐。」菲利普漠不關心地道。「這女孩一個人睡，而且要在我近處。」

一陣冷風告訴我門開了，帶來一股特殊的蠟油與胡椒粉的味道。亞倫冰冷的眼睛四下張望，把馬修憤怒的臉色和菲利普不肯讓步的表情，都看在眼裡。

「你無計可施了，馬提歐斯。」菲利普對兒子說：「我不知道你這陣子玩什麼花樣，但它讓你變得軟弱。來吧，認輸吧，親吻你的女巫，跟她道晚安。亞倫，把這女人帶到露依莎房間去。她在維也納——或威尼斯。我記不得那個總是到處亂跑的丫頭在哪兒。

「至於你呢，」菲利普看著兒子，繼續道：「你到樓下大廳等我，我要寫完給蓋洛加斯和芮利的回信。你好一陣子不在家，你的朋友也想知道，伊麗莎白・都鐸是否真如傳言所說，是個長了兩個腦袋、三個乳房的妖魔。」

還不願意完全宣告放棄的馬修，用手指托起我下巴，深深看入我的眼睛，給了我一個比他父親預期更徹底的吻。

「這樣夠了，戴安娜。」馬修終於完事時，菲利普極為不滿地說道。

「來吧，夫人。」亞倫對門口示意道。

獨自清醒地躺在別個女人的床上，我聽著狂風怒號，把發生的每件事重新考慮一遍。有太多遁詞需要釐清，還有許多傷痛和遭受背叛的感覺。我知道馬修愛我。但他也一定知道，其他人會挑戰我們的盟誓。幾個小時過去，我放棄了入睡的希望。走到窗前，面對黎明，試圖理解我們的計畫為什麼會在這麼短的時間內如此分崩離析，也想知道菲利普・柯雷孟——以及馬修的祕密——在瓦解這些計畫中，扮演了什麼樣的角色。

第九章

第二天早晨，我的房門敞開時，只見馬修靠在對面的石牆上。看他那副模樣，想必也一夜沒睡。他跳起身，逗得我身後的兩名女僕咯咯笑個不停。她們不習慣看他這樣，衣服和頭髮亂糟糟的。蹙成一團的眉頭讓他的臉色格外陰沈。

「早安。」我款擺著蔓越莓色的裙子走上前去。就如同我的床、僕人，以及我碰觸的每一樣東西，這套衣服的原主是露依莎・柯雷孟。昨晚她的玫瑰與麝香氣味，從床鋪四周的帷幔裡散發出來，濃郁得讓人窒息。我深呼吸一口冷冽、清新的空氣，開始尋找馬修特有的、丁香加肉桂的香韻。它們有種讓我安心的熟悉感，一聞到那味道，我骨子裡的疲倦感就消失了幾分，我在女僕為我披在肩上的黑色毛料無袖長袍裡抖動一下身體。這件背心讓我聯想到學者的正式禮服，也添了一分溫暖。

馬修臉色一亮，一把拉我入懷，以令人佩服的細膩把我吻了個遍。女僕繼續在背後咯咯笑，發表了幾句在他聽來是鼓勵的評語。忽然一陣風吹上我腳踝，顯示又有一位觀眾來到。我們的嘴唇分開了。

「你這種年紀，還在會客室裡虛耗光陰，恐怕太老了一點，馬提歐斯。」他父親從隔壁房間探出黃髮的腦袋說：「十二世紀不適合你，而且我們讓你讀了太多詩。收斂一點，不要讓弟兄們看見你這樣，拜託，還有把戴安娜帶去樓下。她聞起來像仲夏的蜂巢，全家上下要花一段時間才能習慣她的氣味。我們不希望發生不幸的流血事件。」

「只要你停止干預，那種事的可能性就會小很多。這樣隔離我們實在太荒唐了。」馬修抓住我的手肘道：「我們是夫妻。」

「你們不是。感謝諸神。下去吧，我等會兒就來。」他帶著憾意搖搖頭，離開了。

在寒冷的大廳裡，我們隔著長桌面對面而坐，馬修抿緊嘴唇。這時刻這房間裡沒什麼人，待在這兒的人一看清楚馬修可怕的臉色，也都趕緊離開。我面前放著剛出爐的麵包和添加香料的酒。雖不是茶，也還差強人意。馬修等到我大大喝下第一口，才開始說話。

「我已經見到我父親了。我們馬上離開。」

我用手指頭把杯子握得更緊，沒有回應。切碎的橘子皮漂浮在酒上，被溫暖的液體浸泡得膨脹。因為有橘子，感覺比較像早餐的飲料。

馬修四下打量這房間，表情困惑。「來這裡真是不智。」

「那我們要去哪？開始下雪了。烏斯托克全村都想用行使巫術的罪名，把我抓到法官面前受審。來到七塔，雖然我們必須分房，還得忍受你父親，但他說不定能找到一個願意幫助我的女巫。」截至目前為止，馬修急就章的計畫都沒有好結果。

「菲利普只會攪局。說到找女巫，他並不比媽媽更欣賞妳的族人。」馬修研究傷痕累累的木桌，從隙縫裡挑出一滴蠟油。「我在米蘭的房子或許派得上用場。我們可以去那兒過耶誕節。義大利女巫的魔法聲名遠播，而且以神祕的預知能力著稱。」

「米蘭絕對不行。」菲利普像龍捲風般出現在我們面前，一屁股坐在我旁邊的板凳上。馬修會小心調節他的速度與力量，免得溫血動物緊張。密麗安、馬卡斯、瑪泰，甚至伊莎波，也都會這麼做。但他父親似乎不把這種事列入考慮。

「我已經盡了孝道，菲利普。」馬修直截了當說道。「沒有理由再流連，我們在米蘭會過得很好。戴安娜會說托斯卡納語。」

如果他指的是義大利語，我是可以在餐館裡點義大利麵，在圖書館借閱書籍，也勉強啦，但我不認為這樣就夠。

「那對她真有用啊。可惜你們不是去翡冷翠。但你上次從那兒逃出來，恐怕還得等相當長時間，那座城市才會歡迎你回去。」菲利普溫和地說道。「Parlez-vous français, madame?（法文：會說法文嗎，夫人？）」

「Oui。」我警覺地回答，確信這會發展成一場多重語言的考試。

「唔。」菲利普皺起眉頭：「Dicunt mihi vos es philologus.（拉丁文：給我說說妳的學問。）」

「她是學者。」馬修暴躁地打岔。「如果你要她的詳細資歷，我很樂意提供給你，私下，等用完早餐。」

「Loquerisne latine?（拉丁文：會說拉丁文嗎？）」菲利普好像沒聽見兒子說話似的，只管問我：「Milás elliniká?（希臘文：會說希臘文嗎？）」

「Mea lingua latina est mala.（拉丁文：我拉丁文說得不好。）」我放下酒杯答道。菲利普聽我說得像小學生的句子，眼睛瞪得老大。他這種反應讓我回到修初級拉丁文時的恐怖年代。把一本拉丁文的鍊金術文件放在我面前，我可以閱讀。但我沒準備要跟人討論問題。我賈起餘勇，希望我對他的第二個問題理解正確，他要測試我對希臘文的知識。「Tamen mea lingua graeca est peior.（拉丁文：但我希臘文說得更糟。）」

「那我們也不該用那種語言交談。」菲利普用痛苦的口吻低聲道。他不悅地轉向馬修：「Den tha ekpaidéfsoun gynaíkes sto méllon?（希臘文：未來難道不給女人受教育嗎？）」

「戴安娜的時代，女人受的教育比你認為合理的多很多，父親。」馬修答道。「但是不包括希臘文。」

「未來的人不需要亞里斯多德？那樣的世界一定很奇怪。我很慶幸我不會在很短的時間內接觸到它。」菲利普拿起酒瓶，狐疑地嗅了一嗅，決定不喝。「戴安娜必須把法文和拉丁文說得更流利。我們的僕人沒幾個會說英語，做家事的更是一個也沒有。」他從桌子對面把一串沈重的鑰匙扔過來，我的手指自動張開，接住它們。

「絕對不可。」馬修道，從我手中將鑰匙奪走。「戴安娜在這兒住不了幾天，犯不著為管理家務煩心。」

「她現在是七塔階級最高的女人，這是她的義務。我想，妳該從廚子開始。」菲利普指著最大的一根鑰匙說。「那支是糧食倉庫。其他的可以開烘焙房、釀酒房，除了我的臥室之外所有的房間，還有地下室。」

「哪支可以開圖書館？」我興趣盎然地撫摸一根根磨損的鐵鑰匙。

「我們這棟房子裡，書不上鎖。」菲利普道：「只鎖食物、麥酒和葡萄酒。閱讀希羅多德或阿奎那的人不做壞事。」

「凡事總有第一次。」我低聲道。「廚子叫什麼名字？」

「元帥。」

「不，他本來的名字。」我困惑地說道。

菲利普聳聳肩膀。「一切由他管理，所以他就是元帥。我從來不用別的名字稱呼他。你有嗎，馬提歐斯？」父子四目相對，令我開始擔心隔開他們的擱板桌會有什麼下場。

「我還以為這兒你是統帥，如果把廚師叫作『元帥』，那我該怎麼稱呼你？」我尖銳的語氣暫時分散了馬修的注意力，他正打算把桌子扔到一旁，用修長的手指掐住他父親的咽喉。

「這兒的人都叫我『老爺』或『父親』。妳喜歡哪一個？」菲利普的問題非常圓滑而危險。

「叫他菲利普就好了。」馬修吼道。「他有很多別的名字，但最適合他的名字會燙傷妳的舌頭。」

菲利普對兒子咧嘴而笑。「你雖然失去理智，卻還是跟以前一樣好鬥，我明白了。把家務交給你的女人，跟我去騎馬。你看起來很軟弱，需要多運動。」他摩拳擦掌，充滿期待。

「我不離開戴安娜。」馬修一口回絕。他緊張地把玩一個特大號的鹽瓶，是我紐海文爐子旁那個樸素的裝鹽瓦罐的祖先。

「為什麼不？」菲利普不屑道：「亞倫可以當她的保母。」

馬修張口想回答。

「父親？」我嗲起聲音喚道，打斷他們的對話。「我丈夫到馬廄跟你碰頭前，我可以先跟他私下說幾句話嗎？」

菲利普瞇起眼睛。他站起身，慢吞吞朝我這方向鞠個躬。這是這個吸血鬼第一次用算是正常的速度做一件事。「當然，夫人。我會派亞倫來照顧妳。享受你們的隱私——趁你們還能擁有的時候。」

馬修等著，眼睛看著我，直到他父親走出房間。

「妳搞什麼花樣，戴安娜？」我起身，慢條斯理繞到桌子另一頭，他低聲問道。

「伊莎波為什麼會在特里爾？」我問。

「有什麼關係？」他不肯直接回答。

我像個水手般罵髒話，這一招有效地剝掉他故作無辜狀的表情。昨晚我躺在露依莎散發玫瑰香氣的房間裡，有很多時間思考——足夠我把過去幾個星期來發生的事拼湊在一起，跟我對這時代的知識比對。

「有關係，因為一五九〇年的特里爾，唯一可以做的事就是獵捕女巫！」一名僕人匆匆穿過房間，向前門跑去。另外還有兩名男子坐在火旁，所以我壓低聲音：「這個時間與地點，不適合討論你父親在近代地緣政治中扮演的角色，為什麼一個天主教的樞機主教會允許你在聖米榭山對他發號施令，好像那是你的私人島嶼，或蓋洛加斯的父親為何慘死。但你早晚得告訴我。而且我們還需要更多時間私下相處，以便你進一步說明吸血鬼交配技術上的細節。」

我猛然轉身離去。他一直等到我離開他夠遠、以為逃得掉的時候，才靈巧地抓住我手肘，把我拉回去。每一個動作都出於攫食者的本能反應：「不，戴安娜，離開這房間之前，我們得把我們的婚姻講清楚。」

馬修轉頭望向最後一批享用早餐的僕人。他頭一歪，所有的人都急忙離開。

「什麼婚姻？」我質問。一抹危險的火花在他眼睛裡閃現，但稍縱即逝。

「你愛我嗎，戴安娜？」馬修溫和的問題令我一驚。

「是的。」我不假思索答道。「但如果愛你是唯一的關鍵，事情就簡單了，我們也可以留在麥迪森。」

「就那麼簡單。」馬修站起身道。「如果妳愛我，我父親的話就不能拆散我們對彼此的承諾，而合議會也不能強迫我們遵守盟約。」

「如果你真的愛我，就會把自己交給我，肉體和靈魂。」

「事情沒那麼簡單。」馬修悲傷地說：「從一開始我就警告過妳，跟吸血鬼戀愛是很複雜的事。」

「菲利普似乎不這麼認為。」

「那就去跟他上床。如果妳要的是我，就得等。」馬修表現出來的平靜，是一種彷彿河川結冰的平靜：表面光滑堅硬，底下卻波濤洶湧。從我們離開老房子以來，他一直用文字當武器。開頭他還曾經為尖酸刻薄的話道歉，但這次他不道歉。回到父親身邊的馬修，只剩下一層彬彬有禮的外表，單薄得容不下像懊悔這種現代化而富有人性的觀念。

「菲利普不是我喜歡的型。」我冰冷地說：「但你可以幫我一個忙，解釋一下我為什麼要等你。」

「因為吸血鬼不離婚。交配就是生死相許。有些吸血鬼——包括我母親和菲利普——會分開一段時間，因為發生——」他頓一下，「歧見。他們選擇別的情人。隨著時間和距離，他們消除歧見，又會復合。但我不願意那麼做。」

「很好。那種婚姻也不會是我的優先選擇。但我還是不懂，為什麼你會因此而不肯跟我圓房。」他已經用戀人的細膩專注，了解我的身體和反應。令他遲疑的不是我，也不是性觀念。

「現在限制妳的自由還嫌太早。一旦我在妳裡面失去了自己，就不允許有其他戀人，也不可以分離。妳必須確定，妳真的想跟一個吸血鬼成親。」

「你可以選擇我，一遍又一遍，但我要做同樣的事，你卻認為我摸不清自己的意向？」

「我有很多機會知道自己要什麼。妳喜歡我，可能只是為了紓解妳對未知的恐懼，或滿足妳進入一直把妳排斥在外的超自然世界的渴望。」

「喜歡？我愛你。兩天或兩年對我都沒有差別。我的決定不會改變。」

「差別在於我不要像妳父母一樣對待妳！」他發作起來，把我推到一旁。「跟吸血鬼交配受到的限制，跟被巫師用咒語束縛沒什麼差別。這是妳有生以來第一次自由自在生活，妳卻願意用新的約束來替代舊的約束。但我的約束不是童話故事裡的魔法，即使有一天枷鎖令妳痛苦，也不可能解除。」

「我是你的愛人，不是囚犯。」

「我是吸血鬼，不是溫血人。交配的本能非常原始，難以控制。我全副生命都以妳為中心。沒有人應該承受那麼殘酷的專注，尤其不該是我愛的女人。」

「所以我要麼就不跟你一起生活，要麼就被你鎖在高塔裡。」我搖搖頭。「說這種話是基於恐懼，不是理性。你害怕失去我，跟菲利普在一起，使情況更惡劣。趕走我不會減輕你的痛苦，但把話說清楚可能有幫助。」

「現在我回到父親身邊，我的傷口再次裂開流血，我是不是沒有像妳預期的那麼快痊癒呢？」馬修的語氣又開始殘酷。我眨眨眼。他的懊悔一閃即逝，表情又堅硬起來。

「你寧可去任何地方，也勝過到這兒來。我知道，馬修。但韓考克說得對：我在倫敦或巴黎一定撐不了多久，雖然我們可能在那兒找到願意幫忙的女巫。其他婦女會立刻看出我跟她們不一樣，而且她們不會像華特或亨利那麼寬大。不消幾天，我就會被交給官方——或合議會。」

馬修銳利的眼光讓我體會到，成為吸血鬼獨一無二的關注對象是怎麼回事，使他的警告更具有實質意義。「其他巫族無所謂。」他放開我的手臂，轉開頭，頑固地說道：「而且我可以操縱合議會。」

我和馬修雖只相隔幾呎，但距離感不斷擴大，直到我們好像分別置身在世界對立的兩端。孤單曾經是我的老搭檔，如今感覺卻不再像朋友。

「我們不能這樣下去，馬修。我沒有家人，沒有財產，完全依賴你。」我繼續道。歷史學家對過去的看法，有幾點頗為正確，包括把身為女性，沒有人脈、沒有錢，都視為結構上的弱點。「我們必須留在七塔，直到我能走進一個房間而不讓大家都用好奇的眼光看我。我必須有能力獨立生活。就從這個開始。」我舉起那串城堡的鑰匙。

「妳要玩家家酒？」他懷疑地說。

「我不玩家家酒。我是玩真的。」馬修扭動一下嘴唇，但那不是個真正的笑容。「去吧。去陪你父親。我會很忙，沒空想念你。」

馬修去了馬廄，離開時沒留下一個道別的吻或隻字片語。少了他照例重申的保證，我有種莫名的不知所措。他的氣味消散後，我輕喚亞倫，他跟彼埃一塊兒出現，來的速度快得引人猜疑。他們一定聽見了我們交談的每一句話。

「看窗外也瞞不住你的想法，彼埃。這是你家主人少數會外漏的底牌，每次他這麼做，我就知道他有所隱瞞。」

「底牌？」彼埃困惑地看著我。這時代撲克牌還沒有發明。

「就是內心的憂慮表現在外。每當馬修心情焦慮，或有話不願意跟我說，都會望向別處。他不知道該怎麼辦的時候，還會用手抓頭髮。這都會洩漏祕密。」

「確實如此，夫人。」彼埃佩服地看著我。「老爺可知道您用女巫的占卜法力看見他的靈魂？柯雷孟夫人知道他這些習慣，老爺的父親和兄弟也都知道。但您認識他的時間這麼短，卻已經知道那麼多。」

亞倫咳嗽一聲。

彼埃顯出畏懼的表情。「我忘了自己的身分，夫人。請原諒。」

「好奇是一種福氣，彼埃。我了解我丈夫是靠觀察，不是靠占卜。」沒有理由不趁這個機會在奧弗涅撒幾顆科學革命的種子。「我想，我們到書房裡談事情會更舒服。」我指著我希望是正確的方向。

柯雷孟一家存放他們大部分圖書的房間，是我在十六世紀的七塔所能找到、對我最具有地利優勢的場地。四周環繞著紙張、皮革、石頭的氣味，我的寂寞就少了幾分。這是我熟悉的世界。

「我們有很多工作要做。」我轉身面對兩名家臣，平靜地說：「首先，我要請你們答應我一件事。」

「發誓嗎，夫人？」亞倫懷疑地看著我。

我點點頭。「如果我要求的事需要老爺或甚至他父親的幫助，請提醒我，然後我們立刻改用別的方式。我的小事不需要勞動他們。」他們兩人有點警戒，但興趣很濃厚。

「Òc（奧克語：是）。」亞倫點頭表示同意。

雖然開始很順利，但我的第一場小組會議進展很崎嶇。彼埃拒絕在我面前坐下，亞倫堅持我先坐下，他才坐。但我們不能卡在這種細節上，因為我對自己在七塔的職責越來越焦慮，所以我們三個繞著圖書館走了一圈又一圈。繞圈的時候，我挑出要搬到露依莎房間去的書，迅速登錄必要的補給品，並下令把我的旅行服裝拿給裁縫做樣本，製作一批基本的服飾。我只打算再穿兩天露依莎的衣服。我威脅在那之後，就要從彼埃的櫃子裡拿長褲和長襪來充數。如此不成體統的女人形象，顯然會讓他們害怕。

第二和第三個小時，我們討論城堡內部的運作。我沒有管理這麼複雜一個大家庭的經驗，但我知道該提哪些問題。亞倫詳細說明主要職員的名字和工作內容，並對村裡的領導人物做了簡單的介紹，說明每家每戶目前住了哪些人，並估計接下來幾星期我們可以去拜訪誰。

然後我們轉移陣地到廚房去，我在那兒第一次跟元帥見面。他是個凡人，瘦得像根蘆葦，也不比彼埃高。就像大力水手一樣，他所有的肌肉都長在兩隻前臂上，唯獨那兩個部位粗壯得像火腿。只要看他把一塊巨大的麵團掄到撒了麵粉的檯面上，搓揉光滑，就會知道原因何在。就像我，元帥只有在行動時才能思考。

關於一家之主隔壁睡了一個溫血的不速之客的傳言，已散播到樓梯底層。我跟老爺的關係，以及根據我的氣味和飲食習慣，研判我是哪種生物的種種猜測，也已傳開。我們走進那座滾熱、喧鬧的地獄時，就聽見sorcière和masca等字眼——法文和奧克語的「女巫」。元帥把廚房工人召集起來，他們為數眾多，編制就像拜占庭官僚系統一樣龐雜。這無疑是他們第一手研究我的大好良機。一部分是吸血鬼，其他則是凡人，還有一個魔族。那個名叫凱琴的女人，公然好奇的目光推壓著我的臉頰，我特別留意，提醒自己要善待她、照顧她，直到更了解她的長處與缺點為止。

我決心只在必要時說英語，即使如此，也只跟馬修、他父親、亞倫和彼埃說英語。因此我跟元帥和他手下的交談，產生一大堆誤會。好在我的法語跟他們帶有濃重口音的奧克語打結時，亞倫和彼埃都會溫和地幫忙解決。我曾經善於模仿。這下子又有機會發揮那方面的天分，我仔細聆聽本地口音的高低轉折，而且已經在採購單上列了好幾種語言的字典，只等下次有人到距這兒最近的城市里昂去。

我恭維元帥的烘焙技巧，稱讚廚房井然有序，並叮嚀他在施展神奇的廚藝時，需要任何東西都可以立刻告訴我，此後他就對我很親切。我詢問馬修最喜歡的食物與飲料，更鞏固了我們的良好關係。元帥興高采烈揮舞黏答答的雙手，連珠砲似的抱怨老爺瘦得只剩骨頭架子，他認為一切都怪英國人不重視烹調藝術。

「我不是派查爾斯去照顧他嗎？」元帥用奧克語說得飛快，拿起麵團砰一聲砸在檯上。彼埃盡可能快速地低聲翻譯。「我犧牲了最好的助手，但英國人根本不當一回事！老爺的腸胃很細緻，必須哄他吃東西，否則他會消瘦。」

我代表英國人道歉，並詢問他和我該怎麼努力才能讓馬修恢復健康。雖然我丈夫變得更強壯這種念頭，想到都讓我驚心動魄。「他喜歡生的魚，不是嗎，還有鹿肉？」

「老爺需要喝血。但除非照一定的方式準備，否則他不會喝。」元帥帶我到野味室，那兒高掛幾頭野生動物的屍體，銀製水槽承接從牠們割開的脖子上滴下的血。

「只能用銀、玻璃、陶瓷為老爺集血，否則他不喝。」元帥豎起一根手指說明。

「為什麼？」我問道。

「其他容器會污染鮮血，產生不好的氣味和口感。這是純粹的。聞聞看。」元帥訓誨道，遞一杯血給我。那種金屬的味道令我腸胃翻騰，我摀住嘴巴和鼻子。亞倫示意把血拿開，但我瞪他一眼制止。

「請繼續，元帥。」

元帥贊許地看我一眼，開始陳述馬修會吃的其他食物。他告訴我，馬修喜歡添加葡萄酒和香料的冷牛肉清湯。馬修也喝鵪鶉血，但分量不能太多，也不能早晨喝。柯雷孟夫人就沒有那麼多計較，元帥遺憾地搖搖頭，可惜她令人佩服的好胃口沒有遺傳給兒子。

「是啊。」我緊張地說，憶起上次陪伊莎波去打獵的經驗。

元帥把手指伸進銀杯沾一下，指尖上的鮮血在光線下閃閃發亮，接著他把指頭放進嘴裡，讓舌尖沾滿生命之血。「他最喜歡雄鹿的血，當然。它不及人血濃郁，但滋味類似。」

「我試一下好嗎？」我有點遲疑地把小拇指伸向那個杯子。鹿肉會讓我噁心，但說不定雄鹿血的效果不一樣。

「老爺不會喜歡，柯雷孟夫人。」亞倫的語氣裡有明顯的擔心。

「可是他不在。」我道。我把小拇指的指尖伸進杯子。血很稠，我學元帥把它湊到鼻子前面聞一聞。馬修嗅到什麼？他期待品嘗到什麼？

我的手指一通過兩瓣嘴唇，資訊就開始在感官中氾濫：群山峭壁上的風，兩棵大樹間的凹處，鋪滿樹葉的床鋪何等舒適，自由自在奔馳的愉悅。伴隨這一切而來的，是一陣陣穩定、宛如雷鳴的擊打聲。脈搏、心臟。

我對這頭鹿的生命的體驗瞬間即逝。渴望了解更多的強烈慾念令我再度伸出手指，但亞倫攔住我。儘管如此，資訊的飢渴咬齧著我，不過隨著最後一痕血絲流下咽喉，強度便轉弱了。

「或許夫人現在該回圖書館去了。」亞倫建議道，對元帥使了一個警告的眼色。

我們走出廚房時，我吩咐元帥在馬修與菲利普騎馬回來後該做什麼。我們正穿過一條很長的石頭甬道，我忽然在一個低矮、敞開的門口停下腳步。彼埃差點撞上我。

「這是誰的房間？」我問，掛在橫梁上的藥草香氣令我喉頭一緊。

「這房間屬於柯雷孟夫人的侍女。」亞倫解釋。

「瑪泰。」我歡呼道，跨進室內。陶製瓶罐整齊地排列在架子上，地面打掃得很乾淨。空氣中有股刺鼻的藥味——薄荷？令我想起這位管家衣服上偶爾散發的味道。我回過頭，見他們三人擋在門口。

「男人不准進來，夫人。」彼埃報告，他回頭張望，好像害怕瑪泰會突然出現。「只有瑪泰和露依莎小姐可以進蒸餾室。就連柯雷孟夫人也不來干擾這地方。」

伊莎波不贊成瑪泰的草藥療法——這我是知道的。瑪泰不是女巫，但她調配的丹藥跟莎拉的祕方相差無幾。我打量這房間。廚房裡要處理的事，遠不止烹飪而已，十六世紀值得學習的事，也不僅管理家務和我自己的魔法而已。

「我希望在七塔的時候，可以使用蒸餾室。」

亞倫嚴厲地看著我。「使用？」

我點點頭。「為我的鍊金術。請送兩桶酒到這兒來供我使用——盡可能陳年卻還沒有變成醋的酒。先等我幾分鐘，檢查一下這兒有哪些存貨。」

這突如其來的發展，令彼埃和亞倫緊張地不斷把重心在雙腳之間挪動。元帥在我的決心和他同事的不知如何是好之間斟酌了一番，決定採取主導，把另兩人往廚房推去。

彼埃的抱怨聲消失後，我專心觀察四周的環境。我面前的木桌刀痕密布，是數百把刀削下莖上葉片累積的效果。我觸摸一條刀痕，然後把手指湊到鼻端。

迷迭香。助記憶。

「記得嗎？」我聽見彼得・諾克斯的聲音，曾經用我父母死亡的回憶嘲弄我的現代巫師，他想獨吞艾許摩爾七八二號。過去與現在再次碰撞在一起。我偷看一眼火爐旁的角落。藍色與琥珀色的線條出現了，正如我預期。我還感覺到別的東西，別個時代的其他生物。我伸出迷迭香氣味的手指，想跟他們接觸，但已經來不及。不論那是誰，已經離開了，角落恢復滿布灰塵的正常狀態。

記住。

現在輪到瑪泰的聲音在我記憶中回響，叫出每一種藥草的名字，教我如何每種拿一小撮，製作預防受孕的藥茶，雖然我剛開始品嘗那種熱飲時，不知道它有這種作用。那藥茶的成分這兒很齊全，都在瑪泰的蒸餾室裡。

最高層架子上有個樸素的木箱，安全地擱在搆不到的地方。我舉起手臂，將我的慾望指向那箱子，就如同我曾經有一次把書從博德利圖書館的架子上叫下來。那箱子聽話地向前滑動，直到我的手指碰到它的邊角。我接住它，輕輕放在桌上。

掀開蓋子，裡面分成同樣大小的十二個格子，每格裝的東西都不一樣。芫荽、薑、驅熱菊、迷迭香、鼠尾草、野胡蘿蔔子、蔞蒿、胡薄荷、白芷、芸香、艾菊、杜松根。瑪泰幫助村裡的婦女抑制生育力，真是裝備齊全。我輪流觸摸每一種藥草，很高興還記得它們的名字和氣味。但我的得意很快就變為羞愧。因為我除此之外一無所知——無論各種藥草該在哪種月相時採集，或它們還有哪些別的魔法效用。莎拉應該知道。凡是十六世紀的婦女都應該知道。

我搖頭甩掉愧怍。因為現在我知道，如果我把這些藥草泡在熱水或熱酒裡，會有什麼作用。我把箱子夾在腋下，到廚房裡去找其他人。亞倫站起身。

「妳在這兒巡視完了嗎，夫人？」

「是的，亞倫。謝謝你，元帥。」我道。

回到圖書館，我小心地把箱子放在我書桌的一角，抽出一張空白的紙。坐下後，我從筆架上取下一支鵝毛筆。

「元帥告訴我，星期六就進入十二月。我在廚房裡不想談這事，但有沒有人能解釋給我聽，我把十一月的後半段弄到哪裡去了？」我拿筆蘸一下墨水，期待地望著亞倫。

「英國不肯用教皇的新曆。」他說得很慢，好像跟小孩子說話似的。「所以在英國，今天還是十一月十七日，在法國卻已經是十一月二十七日。

我做時間旅行跨越四百年光陰，一個小時都沒有損失，但我從伊麗莎白一世的英國來到戰火蹂躪的法國，卻要耗費三週，而非十天。我壓抑住一聲嘆息，在那張紙最上端的角落，寫下日期，然後停筆。

「也就是說，星期天開始就是耶穌降臨節？」

「是。全村──當然也包括老爺──直到耶誕節前，都要齋戒。全家大小要到十二月十七日才跟宗主一起開齋。」吸血鬼如何齋戒？我的基督教宗教慶典知識完全幫不上忙。

「十七日會發生什麼事？」我問，同時也寫下那日期。

「那天是農神節㊻，夫人。」彼埃道：「獻給收穫之神的慶典。菲利普宗主還遵守舊風俗。」

應該說「古老」。從羅馬帝國的末年開始，就沒有人慶祝農神節了。我捏捏鼻梁，覺得頭昏腦脹。

「我們從頭開始好了，亞倫。這個週末，這棟房子裡究竟有哪些重要的事？」

經過三十分鐘的討論，寫了滿滿三大張紙，我終於獨自面對我的書、紙張和不斷抽搐的頭痛。又過了一會兒，我聽見大廳裡傳來騷動，接著還有響亮的笑聲。一個熟悉的聲音，比我習知的更低沈而溫暖一些，正高聲打招呼。

馬修。

我還來不及把紙張收到一旁，他就進來了。

「妳有發覺我不在嗎？」馬修的臉色紅潤了些。他攬住我脖子時，手指拉鬆了一綹頭髮，在我唇上印下一吻。他舌頭上沒有血，只有風和戶外的味道。馬修騎了馬，但他沒有進食。「先前發生的事我很抱歉，吾愛。」他湊在我耳畔悄聲道。「原諒我態度不好。」騎這趟馬讓他心情好了很多，他第一次用自然而不勉強的態度跟他父親相處。

「戴安娜。」菲利普從兒子身後走過來。他抓起最近的一本書，拿到火爐前翻閱。「妳在看《法蘭克人的歷史》——我想，這不是第一遍吧。當然，如果能由格列高里的母親親自監修，這本書一定會更好看。阿曼泰莉亞的拉丁文好得不得了。接到她的信是人生一樂。」

我沒讀過圖爾的格列高里㊼的法國歷史名著，但菲利普也不可能知道真相。

「他跟馬修在圖爾做過同學，當時有名的格列高里只是個十二歲的孩子。馬修比老師還老很多，其他學生就更不用說了，下課時他就讓那群孩子把他當馬騎。」菲利普一頁頁翻閱。「講巨人那段在哪兒？那是我最喜歡的部分。」

亞倫端著一個放有兩個銀杯的托盤進來。他把盤子放在火爐旁的桌子上。

㊻ Saturnalia是古羅馬祭祀農神薩頓（Saturn）的大型節日，一般從每年的十二月十七日延續至十二月二十四日，慶祝者在這期間拋開一切規範，縱酒狂歡。基督教興起後，農神節的一部分習俗被耶誕節慶典吸收。

㊼ Saint Gregory of Tours（538-594），曾任圖爾主教，也是一位專門研究羅馬帝國治下高盧（法國古名）歷史的史學家，他最受推崇的作品就是《法蘭克人的歷史》（Historia Francorum，後人稱之為History of the Franks。

「謝謝，亞倫。」我指著托盤說：「你們兩位一定都餓了。元帥送你們的點心來。何不跟我說說你們早晨都做了些什麼。」

「我不需要——」馬修開口便道。他父親和我都發出不悅的聲音。菲利普微微頷首，向我致謝。

「不，你需要。」我說：「這是鵪鶉血，這時候你該喝得下。但我希望你明天去狩獵，星期六也要。如果你接下來四週要齋戒，就必須趁還允許進食的時候吃點東西。」我謝過亞倫，他鞠個躬，偷看一眼主人，便倉促離開。「您那份是雄鹿血，菲利普。今天早晨才採集的。」

「鵪鶉血和齋戒的事妳知道多少？」馬修輕輕拉一下我鬆脫的那綹鬈髮。我仰頭望向我丈夫灰綠色的眼睛。

「比昨天多。」我抽出頭髮，把他的杯子遞給他。

「我到別處去用餐。」菲利普打岔道：「你們儘管吵架吧。」

「沒吵架。馬修必須保持健康。你們到哪兒去騎馬？」我拿起盛雄鹿血的杯子，交給菲利普。

菲利普的眼睛從銀杯看到兒子臉上，然後又回到我身上。他給我一個燦爛的微笑，帶著不容誤解的贊許表情。他接過我雙手奉上的杯子，做出敬酒的姿勢。

「謝謝妳，戴安娜。」他的聲音非常友善。

馬修描述晨間活動時，那雙超自然的眼睛一直看著我。最後一種春季冰雪融化的感覺讓我知道，菲利普的眼光已轉往兒子身上。我忍不住向他望去，企圖解讀他的想法。我們的目光交錯、碰撞。其中的警告意味很明顯。

菲利普・柯雷孟在籌謀某件事。

「妳喜歡廚房嗎？」馬修把話題轉到我身上。

「很有趣。」我挑戰地迎上菲利普精明的眼光。「有趣得不得了。」

第十章

菲利普這個人，有趣是有趣，但也很讓人惱火，而且難以理解——正如馬修所言。

第二天早晨，馬修和我正在大廳裡，我的公公憑空出現。難怪凡人總以為吸血鬼可以變身成蝙蝠。我拿起一截蘸了半熟蛋金黃汁液的烤麵包，覺得它看起來活像個警告標誌。

「早安，菲利普。」

「戴安娜。」菲利普點點頭。「來吧，馬修。你得吃東西。既然你不願意在妻子面前做這種事，我們就去打獵。」

馬修遲疑了一下，不安地瞥我一眼，然後說：「也許明天吧。」

菲利普低聲嘟噥了幾句，搖頭道：「你必須照顧自己，馬提歐斯。又餓、又累的吸血鬼不是理想的旅伴，尤其不適合一個溫血的女巫。」

兩名男子走進大廳，跺掉靴子上的積雪。刺骨寒風繞過木製屏風，穿過雕花的縫隙。馬修渴望地瞥一眼門口。在冰封大地上追逐雄鹿，不僅能滿足他肉體的飢渴——也能振作他的心靈。如果昨天可以為準，今天他回來時心情會更好。

「別擔心我，我忙得很。」我握住他的手，用力捏一下，表示鼓勵。

吃完早餐，元帥和我討論星期六降臨節前夕的盛宴菜單。這件工作完成後，我跟村裡的裁縫和縫紉女工討論我需要哪些衣服。憑我的法語能力，我很擔心會訂製到馬戲班的帳棚。接近中午時分，我急切需要新鮮空氣，就說服亞倫帶我去參觀城堡院子裡的工作坊。幾乎住在城堡裡的人需要的每樣東西，從蠟燭到飲水，這兒都供應。我試著記下鐵匠冶煉金屬的所有細節，因為這項知識在我回歸歷史學家的真實生活時，一定很有用。

除了待在鐵工場那一小時，我這半天過得跟這時代貴婦的典型生活方式無異。我自覺在適應環境的目標上有進步，就抽幾個小時愉快地閱讀和練習書法。聽見音樂家為長達一個月的齋戒前最後一場宴會排練時，我請他們給我上一堂跳舞課。後來我又到蒸餾室盡情冒險，愉快地專心研究精美的雙層加熱鍋、銅製的蒸餾器以及一小桶陳年老酒。從廚房借來的兩個年輕男孩，幫忙把壁爐裡的餘燼生成旺火，那對皮製風箱被托瑪和艾甸一壓，就發出柔和的嘆息。

來到過去，真是一個把理論知識付諸實踐的完美機會。我把瑪泰的設備檢查一遍，擬了一個製作酒精的計畫，酒精是鍊金程序不可或缺的材料。但不久我就開始咒罵。

「這沒法子凝結。」我瞪著蒸餾器逸出的水蒸氣，氣鼓鼓地說。兩名廚房小廝不懂英文，只會在我參考一本從柯雷孟圖書館拿來的大書時，發出同情的嘆聲。書架上擺著各式有趣的書。總會有一本說明如何修補漏氣的吧。

「夫人？」亞倫站在門口低聲喊道。

「什麼事？」我轉過身，在麻布罩衫蓬鬆的裙褶上擦一把手。

亞倫打量一下房間。我的深色背心式長袍搭在旁邊一把椅子的椅背上，一對笨重的天鵝絨袖子披掛在一口銅鍋的邊緣，緊身胸衣用天花板垂下來掛鍋子的掛鉤便利地懸在半空。雖然十六世紀的標準會認為我衣衫不整，但我身上還有一件馬甲和高領長袖的麻紗罩衫，加上好幾層襯裙和一件很佔空間的大圓裙——比我平常授課時穿的多很多。不過我還是自覺赤身露體，便抬起下巴，挑釁地看亞倫敢說什麼。他很聰明地別開眼光。

「元帥不知道今晚的晚餐要怎麼辦。」亞倫道。

我皺起眉頭，元帥一向都知道該怎麼辦。

「全家大小都飢渴交加，但沒有妳，他們不能坐下吃飯。只要柯雷孟家族有人在七塔，那個人就必須坐在晚餐的主位上。這是傳統。」

凱琴捧穿著毛巾和臉盆出現。我用手指沾一沾那盆有薰衣草香的溫水。

「他們等多久了？」我看看凱琴臂上掛的毛巾。在一座大廳裡裝滿餓壞了的溫血人和同樣飢渴的吸血鬼，不是明智之舉。我管理柯雷孟家宅剛建立的的自信頓時消散。

「一個多小時了。他們會一直等，直到村裡捎來羅傑今晚打烊的消息。羅傑經營酒館。天氣很冷，還要等很多個小時才供應早餐。菲利普宗主讓我以為……」他沒把話說完，帶著歉意沈默下來。

「快。」我指著被我拋棄的衣服道：「幫我穿衣，凱琴。」

「是。」凱琴放下臉盆，連忙去拿我掛起來的緊身上衣，衣服上一大塊墨水漬，終結了我穿得體面的希望。

我走進大廳時，長凳發出刮擦石頭地板的噪音，有將近四十人站起來。那聲音裡帶著譴責的意味。再次坐下時，他們開始津津有味大嚼遲來的晚餐，我卻只拿起一根雞腿撥弄，所有其他菜餚通通揮手謝絕。

等了好像永無止境那麼久，馬修和他父親總算回來了。「戴安娜！」馬修繞過木製屏風，看到我高居家族主桌的首位，顯得很困惑。「我還以為妳在樓上或圖書館。」

「我認為坐這兒比較有禮貌，想想元帥做一頓飯要花多少工夫。」我眼光轉到菲利普身上。「打獵如何，菲利普？」

「還好。但動物血液提供的營養就那麼多。」他跟亞倫打個招呼，冰冷的眼光在我的高領上打轉。

「夠了。」馬修的聲音雖低沈，聲調中的警告卻不容忽視。好多顆腦袋朝他望來。「你該命令他們不必等我們就開動的。我帶妳上樓去，戴安娜。」那些腦袋又轉向我，等我回應。

「我還沒吃完。」我指著自己的盤子道：「其他人也還沒吃完。坐我旁邊，再喝點酒。」馬修的人品和作風或許都十足像個文藝復興時期的王子，但我可不會見他一彈手指就跟上去。

馬修在我身旁坐下，我強迫自己吞了幾口雞肉。緊張的形勢再也無法忍受時，我站起身。再一次，長凳摩擦地面，屋子裡所有的人都站起來。

「這麼快就吃完了？」菲利普驚訝地問道。「那就祝妳晚安，戴安娜。馬修你馬上回來。我現在特別想下棋。」

馬修不理他父親，伸出手臂。我們穿過大廳走出去，上樓進入起居室。到了我房門口，馬修終於有足夠的自制，冒險開口。

「菲利普把妳當成傑出的管家，真是難以忍受。」

「你父親只是把我當作這個時代的婦女看待。我應付得了，馬修。」我頓了一下，鼓起勇氣。「你上次從兩腳生物身上獲得食物是什麼時候的事？」我們離開麥迪森前，我曾經強迫他吸我的血，在那之前幾個星期，他曾經在加拿大吸過某個不知名的人的血，他在牛津殺了季蓮・張伯倫。可能也吸過她的血。除此之外，我相信幾個月來，他喝下的都是動物的血。

「妳為什麼會問？」馬修語氣很激烈。

「菲利普說你不像你該有的那麼強壯。」我抓緊他的手。「如果你需要進食，又不願意喝陌生人的血，那麼我就要你喝我的血。」

馬修還來不及回答，樓梯上就傳來吃吃的笑聲。「小心啊，戴安娜。我們食血者耳朵靈得很。在這棟房子請人喝妳的血，會引來狼群的。」菲利普站在那兒，張開手臂，撐著石雕拱廊牆壁。

馬修猛然回頭，勃然大怒。「走開，菲利普。」

「那個女巫太魯莽。我有責任約束她的衝動。否則她會毀了我們。」

「這女巫是我的。」馬修冷然道。

「還不是。」菲利普帶著遺憾的表情，搖頭晃腦地走下樓，說道：「也許永遠不會是。」

這次事件後，馬修變得更警戒，也更疏遠。第二天他還在生他父親的氣，但他沒有把氣出在真正惹火他的人身上，卻對其他人疾言厲色：我、岦倫、彼埃、元帥，以及任何倒楣被他撞見的人。舉家上下本來就因備辦宴會而情緒緊繃，菲利普忍受兒子的惡劣行徑幾小時後，就給他一個選擇。他要麼停止發脾氣，要麼就去大吃一頓。馬修選擇第三條路，到柯雷孟家的檔案裡搜尋艾許摩爾七八二號目前的下落。我恢復自由之身，便回到廚房去。

菲利普在瑪泰房間裡找到我，我趴在故障的蒸餾器前面，高高捲起袖子，房間裡滿是蒸氣。

「馬修喝過妳的血？」他忽然問，眼睛盯著我的前臂。

我高舉左臂，做為回答。柔軟的麻紗布料落到我肩膀周圍，露出我手肘內側形狀不規則的粉紅色疤痕，我在肌肉上切割出很深的裂口，好讓馬修輕鬆暢飲我的血。

「還有別的部位嗎？」菲利普望著我的身體。

我用另一隻手讓脖子暴露出來。那兒的傷口更深，但因為是吸血鬼咬出來的，傷口平整多了。

「妳真是個傻瓜，竟然讓一個昏了頭的吸血鬼吸妳的血，而且不僅吸手臂，還從脖子吸血。」菲利普震驚道：「盟約禁止吸血鬼吸巫族與魔族的血。馬修知道這一點。」

「他瀕臨死亡，只能吸我的血！」我惡狠狠地說。「如果你聽了會好過點，是我強迫他喝的。」

「原來如此。我兒子無疑說服自己相信，如果他只喝妳的血，不佔有妳的身體，就能讓妳離開。」菲利普搖頭道：「他錯了。我一直看著他。你永遠擺脫不了馬修，不論他跟不跟妳上床。」

「馬修知道我永遠不會離開他。」

「妳當然會。有朝一日，妳在地上的生命會結束，妳會踏上前往冥間的最後旅程。到時候馬修寧可追隨妳到地下，也不願獨自悲傷。」菲利普的話點出真相。

馬修的母親曾跟我分享他被創造的故事：他如何在砌石建造村裡的教堂時，從鷹架上跌落。早在第一次聽到這故事時，我就懷疑馬修是否因為痛失妻子白蘭佳和兒子路卡斯，被絕望逼得走上自殺一途。

「可惜馬修是天主教徒，他的上帝不會滿意的。」

「怎麼說？」突如其來變換話題，讓我深為迷惑。

「妳或我做錯了事，我們會跟眾神和解，立志改過向善，然後回歸正常生活。伊莎波的兒子卻一再悔罪，一再彌補求贖——為他的生命、為既成的現實、為他做過的事。他不斷回顧，永遠沒有結束的一天。」

「那是因為馬修是個有堅定信仰的人，菲利普。」馬修的人生有個靈性的核心，影響他面對科學和死亡的態度。

「馬修？」菲利普聽起來完全不相信。「他是我見過最沒有信仰的人。他擁有的只不過是信念，那是不一樣的，是以理智，而非感情為出發點。馬修的思考非常敏銳，能處理上帝這麼抽象的東西。因為如此，伊莎波使他成為我們家族的一員時，他才能接受自己的改變。這件事對每個食血者的意義都不一樣。我幾個兒子選擇不同的路——戰爭、愛情、交配、征服、聚斂財寶。但馬修總是選擇觀念。」

「仍然如此。」我柔聲道。

「但很少觀念強大到可以成為勇氣的基礎，而且必須對將來懷著希望。」他忽然陷入深思。「妳對妳丈夫的了解還不到妳應有的程度。」

「確實不及你多。我們就是一個女巫和一個吸血鬼，即使被禁止相愛，也仍然要愛。盟約沒有給我們太多時間公開追求和月下散步。」我的聲音越來越亢奮：「走出這四面牆，我如果要牽他的手，摸他的臉，就得擔心被人發現，然後他會受到懲罰。」

「馬修中午去了村裡的教堂，妳還以為他在幫妳找書。其實他今天就只去了那兒。」菲利普的話莫名其妙地跟我們的對話不連貫。「哪天妳可以跟蹤他。或許這麼一來，妳會了解他更深。」

星期一上午十一點，我到教堂去，巴望那兒空無一人。但馬修在那兒，正如菲利普所說。他一定聽見笨重的大門在我身後合攏，還有我走上前去的腳步聲，但他沒回頭，繼續跪在祭壇的右側。馬修無視寒冷，只穿一件單薄的麻紗襯衫、及膝褲、長襪和鞋子。光看著他我就覺得冷，連忙用斗篷把身體裹緊一點。

「你父親說，我會在這兒找到你。」我的聲音有回音。

這是我第一次進入這座教堂，我好奇地四下張望。就像法國這一帶的很多宗教建築一樣，聖祿仙禮拜堂在一五九〇年已稱得上古老。它線條很簡單，截然不同於那些直上雲霄、有花樣繁複石砌藻飾的哥德式大教堂。將後殿從本堂區分出來的大圓拱周圍，以及高窗之下、迴廊之上的石飾帶，都繪有色彩鮮豔的壁畫。大部分窗戶都敞開，任由風雨入侵，只有最靠近大門的幾扇窗，權且裝了些玻璃。上方的尖頂靠交錯的木梁支撐，不僅考驗建造者的砌石技巧，也證明木匠的手藝高明。

我第一次造訪老房子，就覺得馬修的房子讓我聯想到他本人。這座教堂屋梁嵌合的幾何細節，以及柱與柱之間配置得當的空間，也清楚呈現他的為人。

「這是你蓋的。」

「一部分而已。」馬修抬眼望著端坐在後殿寶座上的基督，舉起一手，試圖做公正的劃分。「本堂的大部分。興建後殿時我……不在。」

一位男聖徒平靜的臉，從馬修右肩後方嚴肅地看著我。他拿著木匠的曲尺和一枝長莖白百合。他是約瑟，什麼也不問就把一名懷孕的處女娶為妻室。

「我們得談談，馬修。」我又打量一番教堂。「也許該回城堡談。這裡沒地方坐。」走進這間連木頭長椅都沒有的教堂前，我從來沒想到自己會想坐那種椅子。

「教堂不是為了舒適而建。」馬修道。

「確實，但是讓信徒難過卻不是它唯一的目的。」我在壁畫中搜尋。如果信仰與希望真的像菲利普所說的那樣交織在一起，這兒很可能會有某種能讓馬修振作起來的東西。

我看到諾亞和他的方舟。令所有生物瀕臨滅種的全球性大災難，恐怕沒什麼幫助。一位聖徒英勇地殺死毒龍，但這種行動太接近狩獵，會讓我不安。教堂入口處畫的全是最後審判。上方有成排的天使吹奏金色的號角，他們的翅尖觸及地板，但下方的地獄畫面——安排在那種位置，你只要往外走就一定會看到天譴的罪人——有夠恐怖。拉撒路的復活對吸血鬼可能不是什麼安慰。處女馬利亞也幫不上忙。她站在約瑟對面，守護後殿的入口，顯得超凡脫俗而平靜，又會令馬修想起他失去的一切。

「至少這兒有隱私。菲利普幾乎不踏進這兒。」馬修疲倦地說。

「那我們留下。」我上前幾步，開門見山道：「怎麼回事，馬修？最初我以為是回到過去的震撼，然後是再次見到你父親、卻不能透露他死亡消息的壓力。」馬修保持跪姿，低著頭，背對我。「但現在你父親已經知道他的未來。所以這一切想必有別的原因。」

教堂的空氣有壓迫感，好像我的話抽光了這地方的氧氣。周遭一片寂靜，只聞鐘塔裡的鳥鳴。

「今天是路卡斯的生日。」馬修終於說道。

他的話像一記拳頭擊中我。我在他身後雙膝跪地，紅莓色的裙襬攤開成一個圓。菲利普說得對。我對馬修的了解還不到應有的深度。

他伸手指向地上介於他和約瑟中間的一個點。「他埋在那裡，跟他母親一起。」石頭上沒有鐫刻任何字來標示下面的長眠者，只有平滑的凹痕，是經常有人通行的階梯會有的痕跡。

馬修伸長手指，恰到好處嵌進那凹槽，停歇一會兒，縮回。

「路卡斯死時，我的一部分也死了。白蘭佳也一樣。雖然她的身體多撐了幾天，但她的眼神空洞，魂魄早已飛走。路卡斯的名字是菲利普取的，是希臘文『明亮』的意思。路卡斯出生時皮膚非常蒼白。接生婆在黑暗中舉起他，他的皮膚映著火光，就像月亮反映太陽的光。真奇怪，事隔這麼多年，那個晚上的事我仍記得非常清楚。」馬修喃喃自語，頓一下，擦一把眼睛。他的手拿開時，指尖一片殷紅。

「你什麼時候與白蘭佳相識？」

「她來到村裡的第一個冬天，我用雪球砸她。只要能引起她注意，我願意做任何事。她非常敏感、冷淡，我們很多人都想親近她。春季來臨時，白蘭佳願意讓我送她從市場回家。她喜歡吃莓子。每年夏季，教堂外面的灌木樹籬都結滿莓果。」他仔細端詳手上交錯的一條條紅印。「每次菲利普看到我手指上的果汁印漬，都哈哈大笑，並預言秋天就會舉行婚禮。」

「我相信他說得對。」

「我們十月結婚，在收成之後。白蘭佳已懷孕兩個月了。」我們結了婚不圓房，馬修可以一直等待，卻抵擋不住白蘭佳的魅力。他倆關係的這種細節，已遠超過我願意知道的程度了。

「我們在八月的酷熱中第一次做愛。」他繼續道：「白蘭佳總想取悅別人。回想起來，我猜她小時候可能被虐待過。不是挨打——我們都被打過，現代父母做夢也想不到的那種體罰——而是更過分的懲罰。那完全打消了她的意志力。我的妻子學會服從任何年紀比她大、身體比她強壯、心地比她壞的人的任何要求。我擁有所有這些條件，那個夏天晚上，我要她說好，她就說了。」

「伊莎波告訴我，你們兩個相愛很深，馬修。你並沒有強迫她做任何她不願意做的事。」我想盡量給他安慰，雖然他的回憶刺得我很痛。

「白蘭佳沒有意願。直到路卡斯出生。即使那時候，也只在路卡斯有危險，或我被他惹火時，她才表達自己的意願。她一輩子渴望有個比她更弱更小的人讓她保護。但她卻經歷一連串她心目中的失敗。路卡斯是我們的第一個孩子，每經過一次流產，她就變得更溫柔順從，更聽人擺布。更不可能說不。」

除了梗概輪廓，這跟伊莎波口中她兒子的早年生活並不相同。她說的是一個至深至愛在悲痛中相濡以沫的故事。馬修的版本卻是無法緩和的悲傷與失落。

我清一下喉嚨：「後來有了路卡斯。」

「是的。我帶給她許多年的死亡後，終於給了她路卡斯。」他沈默下來。

「你不能做什麼，馬修。那是第六世紀，瘟疫蔓延。你救不了他們。」

「我可以讓自己不要佔有她，那就不會失去任何人。」馬修喊道：「她不說不要，但我們做愛的時候，她的眼神總有些勉強。每次我都向她承諾，這個寶寶會活下去。我願意付出一切——」

知道馬修仍然深深眷戀他死去的妻兒，讓我心痛。他們的幽靈縈繞這個地方，也縈繞在他心上。但至少現在我知道他迴避我的原因：他把罪惡感與悲傷埋藏在心底那麼多個世紀。也許有一天，我能解開白蘭佳對馬修的桎梏。我站起身，向他走去。我把手放在他肩上時，他瑟縮了一下。

「還沒說完。」

我僵住了。

「我嘗試捐棄自己的生命。但上帝不許。」馬修仰起頭。他先看一眼面前那塊有凹槽的老石頭，然後望向屋頂。

「哦，馬修。」

「好幾個星期，我想著要追隨白蘭佳和路卡斯，但我擔心他們會上天堂，而我會因我的罪被打入地獄。」馬修很實際地說。「我請教村裡的一名婦人，她說我被祟了——白蘭佳和路卡斯因為我的關係，被束縛在這個地方。我站在鷹架上向下望，我想他們的靈魂可能困在那塊石頭下面。如果我摔死在上面，上帝可能別無選擇，只好釋放他們。要不然就讓我跟他們一起——不論他們在何處。」

這是一個處於絕境的男人訛誤百出的邏輯，不是我認識的那個頭腦清醒的科學家。

「我好累。」他疲倦地說：「但上帝不讓我入睡。在我做了那種事之後就不行。因我的罪，祂送來一隻超自然生物，把我變得求生不能，求死不得，甚至不能在睡夢中找到片刻平靜。我唯一能做的就是回憶。」

馬修又筋疲力盡了，而且非常冷。他的皮膚比我們周遭寒冷的空氣更冰冷。莎拉應該知道一則可以安撫他的咒語，但我只能把他抗拒的身體抱進懷裡，跟他分享我僅有的一點點溫暖。

「此後菲利普一直輕視我。他認為我軟弱——太軟弱，配不上妳這樣的人。」終於找到馬修自覺沒有價值的關鍵了。

「不對。」我粗魯地說：「你父親愛你。」我們來到七塔後，菲利普對兒子表現出很多複雜的情緒，但其中絕沒有一絲輕蔑。

「勇敢的男人不會自殺，除非在戰場。我剛被創造時，他這麼告訴伊莎波。菲利普說我缺乏做食血者的勇氣。我父親一有機會就派我去作戰。他說：『你若當真要結束自己的生命，至少也找個比自憐更宏大的目標。』我一直沒忘記他的話。」

希望、信心、勇氣：菲利普的三大信念。馬修以為自己只有懷疑、信念和浮誇。但我知道並非如此。

「你用這些回憶折磨自己太久，以至於再也看不見真相。」我繞過去，跪在地上面對他。「你知道我望著你的時候，看到什麼嗎？我看到一個跟你父親非常相似的人。」

「我們都願意在心愛的人身上看到菲利普的影子。但我跟他一點都不像。蓋洛加斯的父親猶夫如果還活著，才真的像——」馬修別過頭，顫抖的手放在自己腿上。還有別的事，他還有尚未透露的陳年往事。

「我已經容許你保留一個祕密，馬修：柯雷孟家哪個人是現代合議會的成員。你不能保留兩個祕密。」

「妳要我說我最見不得人的罪孽？」等了一段好像永遠不會結束的時間，馬修終於願意吐露。「我取了他的生命。他求伊莎波下手，但她做不到。」馬修轉過身去。

「猶夫？」我悄聲道，我為他和蓋洛加斯感到心碎。

「菲利普。」

橫亙我們之間的最後一堵牆塌下來了。

「納粹用痛苦與剝奪把他逼瘋。如果猶夫還活著，說不定能說服菲利普，靠那具殘破的身體，仍然有希望維持某種程度的生活。但菲利普說他太累了，不想再戰鬥，他只想睡覺。而我……我知道渴望閉上眼睛，忘記一切，是怎麼回事。上帝幫助我。我做了他要求的事。」

馬修開始顫抖。我再次把他擁進懷裡，無視他的反抗，當回憶的巨浪打來，他只知道必須抓住某件東西——某個人。

「伊莎波拒絕他的哀求，後來我們發現他嘗試割開自己的手腕。他連刀都拿不穩，做不到這件事。他割了又割，到處是血，但傷口太淺，很快就癒合了。」馬修說得很快，字句終於源源不絕從他口中湧出。「菲利普血流得越多，人就越瘋狂。在集中營待過後，他一看到血就無法忍受。伊莎波奪過他的刀，聲稱要幫助他終結他的生命。但這麼一來，媽媽永遠不會原諒自己。」

「所以你幫他割腕。」我迎上他的眼睛，說道。我知道他做為一個吸血鬼必須用何種方式求生，我不會因此離棄他。我也不可能因他做為丈夫、父親、兒子犯的罪而離棄他。

馬修搖頭。「不，我把他全身每一滴血吸乾，這樣菲利普才不必目睹他的生命力噴濺出來。」

「但這麼一來，你就看見……」我的聲音流露出情不自禁的恐懼。吸血鬼吸食其他生物的血，那隻生物的記憶會隨著鮮血，以捉摸不定、令人困擾的畫面浮現。馬修幫助父親擺脫折磨的同時，也分擔了菲利普承受的所有痛苦。

「大多數生物的記憶都穩定地流動，像一條在黑暗中展開的絲帶。但是菲利普那次給我的感受，卻像是吞嚥玻璃碎片。即使超越近期發生的事件的煎熬，他的心智仍然支離破碎，我幾乎無法繼續。」他的顫抖更加劇烈。「好像永遠不會結束。菲利普碎裂了、迷失了、嚇壞了，但他的心仍然凶猛。他最後的意念都與伊莎波有關。那是他唯一完整的記憶，仍然屬於他。」

「沒事了。」我一遍又一遍低語，緊緊抱住他，直到他的四肢終於安定下來。

「妳在老房子裡問過我，我是誰。我是個殺手，戴安娜。我殺過幾千個人。」最後馬修說道，聲音含糊不清。「但我永遠不需要再跟那些人面對面。伊莎波每次看到我，都會想起我父親的死。現在我也必須面對妳。」

我雙手捧住他的頭，硬把他拉過來，這樣我們才能四目相對。馬修的輪廓完美，通常看不出光陰與經驗的肆虐。但現在歲月的痕跡都暴露出來，但這只會讓他在我眼中顯得更完美。這個我深愛的男人終於有實質的意義：他堅持要我面對自己的本質與真相；他遲遲不願殺死茱麗葉，即使為了救他的命；他深信我一旦知道他的真面目，就不可能愛他。

「我愛全部的你，馬修：戰士兼科學家，殺手兼治療者、黑暗兼光明。」

「妳怎麼可能？」他無法置信地低聲問。

「菲利普不能一直那樣過下去。你父親會繼續嘗試自殺，根據你說的一切，他已受盡了痛苦。」我無法想像那是多大的痛苦，但我心愛的馬修見證了一切。「你的行為完全是出於慈悲。」

「那件事結束後，我恨不得從此消失，離開七塔，再也不回來。」他坦承道。「但菲利普逼我承諾，要維繫家族和騎士團的團結。我也發誓要照顧伊莎波。所以我留在這兒，坐在他的椅子上，延續他一手建立的政治關係，完成他用生命爭取勝利的戰爭。」

「菲利普不可能把伊莎波的幸福交託在一個他看不起的人手中，也不可能讓一個懦夫管理拉撒路騎士團。」

「巴德文指控我對菲利普的遺願撒謊。他認為騎士團應該交給他。沒有人明白我們的父親為何決定把拉撒路騎士團交給我。或許這是他最後的瘋狂之舉。」

「那是信心。」我柔聲道，伸手與他十指交扣。「菲利普相信你。我也一樣。這雙手造了這座教堂。它們夠強壯，在你兒子與你父親此生的最後一刻，能夠抱住他們。而且它們還有未完成的任務。」

高處傳來翅膀拍擊聲。一隻鴿子穿過高窗，在暴露的屋頂桁梁間迷了路。牠掙扎、掙脫，猝然飛進教堂。鴿子降落在標示白蘭佳和路卡斯最後安眠之所的那塊石頭上，以規律的圓形舞步挪動雙腳，直到面對馬修和我。然後牠歪著腦袋，用一隻藍色的眼睛端詳我們。

這突如其來的侵犯，令馬修霍然站起，受驚的鴿子飛到後殿另一側。牠拍著翅膀，在聖處女像前減速。我幾乎確定牠會撞上牆壁時，牠卻靈活地轉了個彎，沿著進來的路線飛了出去。

鴿翼上落下一根白色的長羽毛，隨風盤旋捲曲，掉在我們面前的地上。馬修彎腰將它拾起，舉在眼前，表情很困惑。

「我從來沒有在這座教堂裡看過白鴿。」馬修望著後殿的半圓形穹頂，那兒畫了一隻相同的鳥，停在耶穌頭頂上。

「這是復活與希望的預兆。女巫相信預兆，你知道。」我合攏他的手，握緊那根羽毛，然後輕輕吻一下他的前額，轉身打算離開。分享了記憶之後，或許他會找到平靜。

「戴安娜？」馬修喊道。他仍站在家人的墳墓旁。「謝謝妳聽我告白。」

我點點頭。「待會兒家裡見。別忘了你的羽毛。」

他注視著我從折磨與救贖的畫面前走過，跨越分隔上帝的世界與凡人世界的大門。彼埃在外面等候，他一言不發，帶我回七塔。菲利普聽見我們回來，在大廳裡等我。

「妳在教堂裡找到他了嗎？」他低聲問道。看到他那麼健壯豪邁，讓我的心一沈。馬修如何承受這一切？

「是的。你該告訴我今天是路卡斯的生日。」我把斗篷交給凱琴。

「我們都學會預期，馬修每次想到兒了，心情就很低落。妳也會學會。」

「不僅因為路卡斯。」我咬緊嘴唇，唯恐說得太多。

「馬修也跟妳說了他自己的死。」菲利普伸手抓抓頭髮，跟他兒子的習慣動作如出一轍，只是更粗獷些。「悲傷我了解，但這份罪惡感我就不懂。他什麼時候才能讓過去成為過去？」

「有些事永遠忘不掉。」我正視菲利普的眼睛說道。「不論你自以為了解多少，如果你愛他，就讓他跟自己的魔鬼作戰吧。」

「不，他是我兒子。我不會放棄他。」菲利普抿緊嘴唇，轉身大步走開。「還有，我接到里昂來的消息，夫人。」他回頭喊道：「不久就會有個女巫來幫妳，這樣馬修就稱心了。」

第十一章

「你從村裡回來的時候，先到乾草穀倉來見我。」菲利普又恢復了他惱人的習慣，在一眨眼的工夫，忽然出現又消失，這回他驀然出現在圖書館，站在我們面前。

我從書本上抬起頭，皺著眉頭說：「乾草穀倉裡有什麼？」

「乾草。」教堂裡的告白徒然讓馬修更坐立不安，脾氣暴躁。「我正寫信給我們的新教皇，父親。亞倫告訴我，樞機主教會議今天就要宣布結果，可憐的尼可洛㊽，雖再三懇求讓他豁免公職的重擔，卻還是當選了。跟西班牙的菲利普和柯雷孟家的菲利普的熱切期望比起來，個人的心願算得了什麼呢？」

菲利普伸手摸腰帶。馬修那方向傳來一聲響亮的拍掌聲。馬修雙掌夾住一柄匕首，刀刃剛好抵住他的肋骨。

「教皇閣下可以等。」菲利普斟酌他武器的位置。「我方才該瞄準戴安娜才對。你的動作要更快才行。」

「請原諒我破壞了你的遊戲。」一肚子氣的馬修冷酷地說：「有好一陣子沒人對我扔刀子了。恐怕我缺乏練習。」

「如果鐘敲兩點的時候，你不在穀倉裡，我會來找你。到時我帶的就不止這把匕首而已。」他從馬修手中抽回匕首，大呼小叫地找其實根本就尾隨在他身後的亞倫。

「除非有吩咐，否則任何人都不准到穀倉下層去。」菲利普用力把武器塞回皮鞘，說道。

「早知道了，宗主。」這是亞倫會說的、最接近埋怨的話了。

「我受夠跟這麼大量的男性賀爾蒙生活在一起，不論伊莎波對女巫有什麼成見，我都希望她在這兒。如果你不知道什麼是男性賀爾蒙，那就是你。」我指著菲利普說：「你兒子也好不到哪裡去。」

「女人跟女人作伴，嗯？」菲利普抓抓頭皮，看著馬修，顯然在盤算還可以對馬修施加多少壓力。「我怎麼早沒想到？我們等戴安娜的巫族從里昂趕來的這段空檔，不如把她送到瑪歌那兒去，學學如何做個正牌法國淑女。」

「路易和瑪歌在尤森搞的那套，比巴黎還惡劣。那個女人不夠資格做任何人的模範，尤其是我的妻子。」馬修用令人膽寒的眼神看著他父親說：「他們若不小心點，大家早晚會知道，路易精心安排、所費不貲的暗殺，其實是個幌子。」

「以一個跟女巫結婚的人而言，你論斷別人熱愛的事物的速度還真快，馬提歐斯。路易是你兄弟啊。」

女神保佑，又一個兄弟。

「熱愛？」馬修挑起眉毛。「你這麼稱呼跟一連串不同的男人、女人上床的行為？」

「愛有千百種。瑪歌和路易怎麼做都不關你的事。伊莎波的血流在路易的血管裡，我永遠不會背叛他——你也一樣，雖然你經常越界。」我眼一花，菲利普就消失了。

「柯雷孟家族究竟有多少人？為什麼都是男人？」又安靜下來時，我質問道。

「因為菲利普的女兒都很可怕，我們開了一次家族會議，求他不要再製造女兒。史黛西雅光是看著牆上的漆，就能讓它掉下來，但她跟維玲比起來還算溫馴的。至於芙麗亞……這麼說好了，菲利普為她取了北歐神話中女戰神的名字，不是沒有原因的。」

「聽起來她們都很了不起。」我敷衍地在他臉頰上啄一下。「以後再給我講她們的事蹟好了。我會在廚房裡，設法修補那個瑪泰稱之為蒸餾器、其實破了一堆漏洞的銅鍋。」

「我去幫妳看看。我很會修理實驗室設備哦。」馬修自告奮勇。只要有助於規避菲利普和那座神祕的乾草穀倉，他什麼事都樂意做。我能理解，但他躲不掉自己的父親。菲利普會闖進我的蒸餾室去恐嚇他。

「不必了。」我出門時回頭道。「一切都在控制之下。」

㊽ 即教宗格雷戈里十四世，原名Niccolò Sfondrati（1535-1591）。教宗烏巴諾七世死後（一五九〇年九月二十七日），西班牙國王菲利普二世派代表向樞機主教會議提出了一份名單，宣稱不接受名單之外的候選人，經過兩個多月折衝，樞機主教終於選出在名單上的尼可洛。格雷戈里十四世雖即位未滿一年就因病去世，但他在任內一直捍衛西班牙的利益。

事實上，沒有一件事在控制之下。負責拉風箱的兩名八歲小童竟聽任火熄了，但之前的火勢太旺，已在蒸餾設備底部燒出一層厚厚的黑垢。趁兩名小助手當中比較可靠的托瑪把火撥小的時候，我在柯雷孟家收藏的一本鍊金書邊緣空白處，把出現的差錯及改善的方法都記錄下來。我不是第一個利用這本書寬大潔淨的邊緣的人。之前的記載相當有用。或許有朝一日，我寫下來的東西也派得上用場。

棄職潛逃的另一名助手艾甸跑進來，湊在同伴耳邊說了幾句話，換到幾枚亮晶晶的銅板。

「又是老爺。」男孩回答道。

「你們賭什麼，托瑪？」我問道，兩人一齊用空白的表情看我，聳聳肩膀。這兩個孩子故作無辜狀，使我開始擔心馬修的狀態。「乾草穀倉。在哪兒？」我扯下圍裙，問道。

托瑪和艾甸很不情願地帶我穿過城堡的大門，向一棟木石結構、有尖屋頂的建築走去。上門的寬闊大門前，有一條斜坡道，但孩子們卻指著搭在另一端的一把梯子。梯階隱沒在泛著草香的陰影裡。

托瑪先爬上去，比個噤聲的手勢，然後用比默片演員毫不遜色的豐富臉部表情，哀求我一定不能出聲。我往上爬時，艾甸在下面扶著梯子，村裡的鐵匠把我拉上滿布灰塵的閣樓。

將近半數的七塔員工對我的出現報以好奇的眼光，卻不顯得意外。我還覺得前門只看到一個警衛很奇怪，原來其他人都在這兒，包括凱琴、她的姊姊潔安、大部分廚房人員、鐵匠和所有的馬夫。

一陣不算響亮卻尖銳刺耳的嚓嚓聲引起我注意，這跟我聽過的任何聲音都不一樣。比較容易辨識的是金屬交擊的鏘啷聲。馬修和他父親已捐棄言詞上的針鋒相對，改用武器對決。見到菲利普的劍尖刺進馬修的肩膀，我抬手摀住一聲驚呼。他們的襯衣、及膝褲和襪子上，滿布一道道血淋淋的傷口。顯然打鬥已持續了一陣子，而且這不是一場溫文儒雅的劍術比賽。

亞倫和彼埃默默站在對面牆邊。他們四周的地面彷彿針插，一大堆棄而不用、式樣各異的武器，插在夯實的泥土地上。這兩名柯雷孟的家僕對周遭的情況非常警覺，包括我的到來在內。他們略抬眼皮，瞄一眼閣樓，擔心地互望一眼。馬修對外界渾然不覺，他背對著我，穀倉裡有各種濃烈氣味掩護我的存在。面對我這方向的菲利普，卻不知是沒注意到還是不在乎。

馬修的劍鋒直穿過菲利普的手臂。菲利普皺一下眉頭，他兒子嘲笑道：「良藥苦口，疼痛有益健康。」

「我不該教你希臘文——或英文。你懂了這兩種語言，給我惹的麻煩沒完沒了。」菲利普滿不在乎地答道。他縮起手臂，讓劍刃滑出傷口。

兩劍相擊、碰撞、再揮。馬修佔了一點身高上的便宜，長手長腳也擴大他攻擊與衝刺的範圍。他拿著一柄向尖端逐漸變窄的長劍，有時用單手，有時雙手。劍柄不斷在手中變換位置，格擋父親的招式。菲利普力氣大，使一把較短的劍，輕鬆裕如，不時發出懲戒的重擊。菲利普一手還拿著一面圓形盾牌，格擋馬修的攻擊。馬修原來可能也有拿防禦工具，但已經丟掉了。他們兩人雖然體力相當，作戰的風格卻截然不同。菲利普顯然樂在其中，一邊打還不斷發表評論。馬修大部分時間都沈默不語，非常專注，連眉毛都不動一下，讓人猜不出他有沒有把父親的話聽在耳裡。

「我在想著戴安娜。土地和海洋都製造不出女人這麼野蠻而恐怖的生物。」菲利普愁眉苦臉道。

馬修向他撲去，劍光唰地甩出一個大圓，以驚人速度往他父親的脖子捲去。我眨了一下眼睛。菲利普就在這中間閃到劍鋒下，倏地跳到馬修的另一側，往兒子下盤砍去。

「今天早晨你的技巧紊亂。出了什麼問題？」菲利普道。這個直接的問題，令他兒子反應激烈。

「天啊，你真是說不聽。是的，有問題。」馬修咬牙切齒道。他再次揮劍，劍鋒從菲利普立刻舉起的盾牌上滑過。「你不斷干預，快把我逼瘋了。」

「神要毀滅一個人，必先使他瘋狂。」這句話讓馬修愣了一下。菲利普趁機用劍背鈍面擊中馬修背部。

馬修咒罵一聲。「你最好的句子都賣弄完了嗎？」他問道，然後就看見我了。

接下來的事發生在電光石火間。馬修從戰鬥的蹲姿挺起身來，他全副注意力放在我站著的閣樓上。菲利普伸劍一勾一挑，就讓馬修的武器脫手飛出。現在兩把劍都在菲利普手中，他把其中一把扔到牆上，另一把劍抵著馬修的頸動脈。

「我可不是這麼教你的，馬提歐斯。你不用腦筋。不眨眼。不呼吸。你想求生，卻處處被動。」菲利普提高音量：「下來，戴安娜。」

鐵匠歉意地扶持我去爬另一座梯子。這下子妳麻煩大了，他的表情十分確定。我下到地面，站在菲利普身後。

「她是你落敗的原因嗎？」他質問道，刀鋒貼著兒子的皮肉，直到一線黑色的血絲出現。

「我不知道你是什麼意思，放開我。」某種奇怪的情緒湧現，馬修的眼睛變得濃黑如墨，他張牙舞爪撲向父親胸膛。我往前站一步。

一個亮晶晶的東西向我飛來，颼一聲穿過我左臂與身體之間的空隙。菲利普不須回頭確認目標，就扔來一柄凶器，卻沒有傷及我半根毫毛。那把匕首把我的衣袖釘在梯子上，我掙脫手臂時，袖子從手肘整個撕裂，露出那條參差不齊的疤痕。

「我就是這個意思。你可以把眼睛從對手身上移開的嗎？就因為如此，你差點送了命，而且還賠上戴安娜的命嗎？」我從未見過菲利普這麼憤怒。

馬修的注意力又回到我身上。充其量只有一秒鐘，但已足夠菲利普從靴子裡抽出另一把匕首，插進馬修大腿肌肉裡。

「注意用刀比著你喉嚨的人。要不然，她就死定了。」然後菲利普頭也不回，對我說道：「至於妳，戴安娜，馬修作戰的時候離他遠一點。」

馬修抬頭看著他父親，黑眼睛裡閃爍著絕望，瞳孔放大。我看過這種反應，通常代表他已無法控制自己。「放開我。我必須跟她在一起。求求你。」

「你必須停止回顧，接受實際上的你——一個要對家族負責的食血者戰士。你把你母親的戒指套在戴安娜手上時，有沒有抽空想想，這舉動承諾了什麼？」菲利普說，聲音越來越響亮。

「我全部的生命，和它的結束，還有提醒我要記取過去。」馬修嘗試踢他父親，但這一招早在菲利普意料之中，伸手一轉仍插在兒子腿上的匕首。馬修痛得嘶聲怪吼。

「你總是只看事情的黑暗面，看不到光明面。」菲利普罵道。他扔下劍，踢到馬修搆得到的地方。他手指抓緊馬修的咽喉。「妳看到他的眼睛嗎，戴安娜？」

「是的。」我低聲道。

「向我再靠近一步。」

我照辦時，馬修開始撲騰，雖然他父親用足以粉身碎骨的力道捏住他的氣管。我驚聲尖叫，他撲騰得更激烈。

「馬修陷於血怒狀態。食血者的動物本能比其他超自然生物更強——純粹的攫食者，不論我們會說多少種語言，穿多麼華美的衣服。妳現在看到他體內的狼性企圖取得自由，盡情殺戮。」

「血怒？」我的聲音像在耳語。

「我們族群不是通通有這種傾向。伊莎波的血液裡有這種病，從她的創造者傳遞給她的孩子。伊莎波和路易沒這問題，但馬修和露依莎卻未能幸免。馬修的兒子班哲明也有這種毛病。」

雖然我對他這兒子一無所知，但馬修曾告訴我令人髮指的有關露依莎的故事。馬修身上也看得出這種由血液傳承的極端傾向——他很可能把它遺傳給我們或許會擁有的孩子。就在我以為已經找到馬修不肯上我床的所有祕密時，又出現一個新的原因：遺傳疾病的恐懼。

「怎樣會引起它發作？」我強迫這句話通過我緊繃的喉嚨。

「很多因素，他疲倦或飢餓時，情況會更嚴重。血怒發作時，馬修會性情大變，它會令他做出全然違反他本性的事。」

愛琳娜。是否就是基於這個原因，當年在耶路撒冷，馬修深愛的女子才會因為夾在暴怒的馬修和巴德文之間而斷送性命？他曾經再三警告我，他的佔有慾很強，可能帶來很大的危險，現在看來，這話並非隨口說說而已。就像我容易發作的恐慌症，那也是一種馬修可能永遠無法完全控制的心理反應。

「所以你才勒令他今天到這兒來？強迫他當著全世界暴露他的弱點？」我憤怒地質問菲利普。「你怎能這麼做？你是他父親呀！」

「我們是個詭詐的種族。有一天我可能成為他的敵人。」菲利普聳聳肩。「我也可能攻擊妳，女巫。」

聽見這句話，馬修逆轉他們的位置，把菲利普推向另一頭的牆壁。菲利普在他取得優勢前，抓住他的脖子。於是他們兩個面對面而立，僵持不下。

「馬修。」菲利普厲聲道。

他兒子用力推擠，人性意識完全消失了。馬修唯一的慾望就是打敗對手，若有必要，也可以殺死他。我們短暫的交往期間，曾經有些時刻，駭人聽聞的吸血鬼傳說似乎有其真實性，例如現在。但我要我的馬修回來。我向他走近一步，但這麼做只會讓他更憤怒。

「不要過來，戴安娜。」

「您不是真的要這麼做，老爺。」彼埃走到他主人身旁，說道。他伸出一隻手臂，只聽得咔嚓一聲，便見那隻手臂失去作用，垂在他身旁，肩膀和手肘都斷了，而且血從他脖子上一道傷口湧出來。彼埃苦著臉，用手指壓住被咬得皮開肉綻的傷口。

「馬修！」我喊道。

我不該這麼做。我聲音中的痛苦徒然使他更瘋狂。現在在他眼裡，彼埃不過是一道障礙。馬修把他打飛到房間對面，撞上乾草穀倉的牆壁，同時繼續用一隻手掐住他父親的咽喉。

「不要作聲，戴安娜。馬修已失去理性。馬提歐斯！」菲利普大聲吼出他的名字。馬修雖不再企圖把他父親從我身旁推開，卻沒有放鬆手勁。

「我知道你幹了什麼好事。」菲利普靜待他的話穿透馬修的意識。「你聽得見我嗎？馬提歐斯。我知道我的未來。如果你能夠，你會克制你的怒火。」

菲利普已經推算出他的兒子殺了他，卻不知道原因或方法。他能想到的唯一解釋就是兒子的疾病。

「你不知道。」馬修麻木地說：「你不可能。」

「你的表現就像你在殺戮之後一貫的懊悔：罪惡感、鬼鬼祟祟、心不在焉。」菲利普道：「Te absolvo（**法文：我寬恕你**），馬提歐斯。」

「我要帶戴安娜離開。」馬修忽然清醒，說道：「讓我們離開，菲利普。」

「不。我們要一起面對，我們三個。」菲利普道，臉上充滿慈悲。我錯了，菲利普一直嘗試破解的不是馬修，而是他的罪惡感。菲利普終究沒有背叛他的兒子。

「不！」馬修喊道，把身體轉過去。但菲利普比他強壯。

「我原諒你。」他父親重複道，伸出有力的臂膀擁抱兒子。「我原諒你。」

馬修抖了一下，他從頭到腳都在顫抖，然後忽然癱瘓，好像附身惡靈忽然逃逸。「我好難過。」他低聲道，每個字都因強烈的感情而變得含糊。「非常抱歉。」

「我已經原諒你了。現在你必須把一切拋諸腦後。」菲利普放開兒子，看著我：「過來吧，戴安娜，動作要小心。他還沒有恢復本性。」

我不理菲利普，急奔到馬修身旁。他把我攬入懷中，吸入我的氣息，好像其中有支撐他的力量。彼埃也走上前來，他的手臂已經癒合了。他把一塊布遞給馬修，讓他擦拭滿手黏黏滑滑的血。馬修凶惡的表情令他的僕人停在幾步外，白布在空中飄拂，像投降的白旗。菲利普退後幾步，忽如其來的動作令馬修立刻轉過眼光。

「那是你父親和彼埃。」我說，用手捧起馬修的臉。漸漸地，他眼中的黑影消散，綠色的虹膜最先出現，然後是些許的灰，最後瞳仁周圍恢復清淺的灰綠色。

「天啊。」馬修聲音裡帶著厭惡。他伸手握住我的手，將它們從臉上拿開。「我好多年沒有這樣失控了。」

「你很虛弱，馬修，這場血怒太接近爆發邊緣。如果合議會質疑你跟戴安娜廝守的權利，而你如此反應，你就輸定了。我們不能容許她做為柯雷孟家一員的資格受到懷疑。」菲利普舉起大拇指。在下排牙齒上劃一下，紫黑色的血從傷口湧出。「過來，孩子。」

「菲利普！」馬修拉住我，十分困惑。「你從來沒有——」

「從來代表很長的時間。不要裝作了解我比實際更多，馬提歐斯。」菲利普嚴肅地看著我。「沒什麼好怕的，戴安娜。」我看一眼馬修，為了確定這不會引發另一波怒火。

「去吧。」馬修放開我，閣樓裡的眾生全神貫注，看得如癡如醉。

「食血者藉著死亡與鮮血創造家族。」我站在菲利普面前，他開始道。他的話使我打從骨髓裡產生本能的恐懼，開始顫抖。他用大拇指，從我額頭中央的髮際線開始，劃到太陽穴，最後到眉毛。「憑這個記號，妳已死亡，在生者之間只是一道陰影，沒有氏族或親戚。」菲利普的拇指回到起點，然後循反方向畫了一個對應的記號，停在我雙眉之間。我的女巫第三隻眼被吸血鬼的血清涼的觸感逗得發癢。「憑這個記號，妳已重生，是我血誓的女兒，永遠是我家族的一員。」

乾草穀倉裡也有角落。菲利普的話使它們亮起閃爍的彩色線條——不僅有藍色和琥珀色，還有綠色和金色。線條發出噪音，表達低柔而強烈的抗議。畢竟在另一個時空，有另一個家族在等待我。但穀倉裡營營的贊同聲，不久便把那聲音淹沒。菲利普抬頭望向閣樓，好像第一次發現他有觀眾。

「至於你們——夫人有敵人。你們之中有誰準備在老爺無法保護她時挺身而出？」懂一些英語的人連忙把這問題翻譯給其他人聽。

「Mais il est debout.（法文：但他好端端站在那裡呢。）」托瑪指著馬修抗議道。菲利普見問題出在馬修，便對準他兒子那條傷腿的膝蓋踢了一腳，讓他砰一聲摔倒地上。

「誰要替夫人出頭？」菲利普再問一遍，穿靴的腳小心地湊在馬修脖子上方。

「我要。」我的魔族助手兼女僕凱琴搶先說道。

「還有我。」潔安跟著道，她雖然年紀較長，卻凡事以凱琴為榜樣。

見女孩們宣布效忠，托瑪和艾甸立刻下注在我身上，還有鐵匠和提著一籃乾豆到閣樓裡來的元帥。廚師再對手下一瞪眼，他們再怎麼不情願，也都乖乖默認了。

「夫人的敵人會毫無預警地出現，所以你們必須做好準備。凱琴和潔安分散他們的注意力，托瑪負責撒謊。」熟知內情的大人都笑了出來。「艾甸，你要趕快跑去喊救兵，最好找老爺。還有你，你知道該做什麼。」菲利普嚴厲地看著馬修。

「那我呢？」我問。

「用腦筋，就像今天一樣。思考——活下去。」菲利普拍拍手。「娛樂夠了。回去工作。」

好脾氣的埋怨聲中，乾草閣樓上的人紛紛散開，回去執行各自的任務。菲利普偏一下頭，讓亞倫和彼埃跟著離開。菲利普也走了，離開時把襯衫脫下。很意外地，他走回來，把揉成一團的衣服扔在我腳下。裡頭包著一團雪。

「照顧他腿上的傷口，還有腎臟上那一刀，刺得比我預期的深。」菲利普指示完畢，也走了。

馬修翻身跪起，開始發抖。我摟住他的腰，輕輕扶他躺在地上。馬修不肯就範，只想把我拉進他懷裡。

「不行，你這頑固的男人。」我道：「我不需要安慰。至少讓我照顧你一次。」

我檢查他的傷口，從菲利普特別指出的部位開始。靠馬修幫忙，我從他腿上傷口剝下撕破的襪子。匕首刺得很深，但多虧吸血鬼血的療傷特性，傷口已癒合了，不過我還是敷了一小把雪——馬修向我保證，一定有幫助的，雖然他疲倦的筋肉摸起來的溫度，也不見得高到哪裡去。他腎臟上的傷口同樣也快好了，但周圍的淤青讓我心疼得哭喪著臉。

「我想你會活下去。」我把最後一份雪敷在他左腰窩。替他順一順掉到額上的髮絲。他眼睛旁邊有塊半乾血跡，黏住幾根頭髮。我輕輕把髮絲拉開。

「謝謝妳，我的愛。既然妳幫我清理，不介意我也替妳清除菲利普留在妳額頭上的血，做為回報吧？」馬修有點不好意思地說：「是那股味道，妳知道。我不喜歡它留在妳身上。」

想必他擔心自己的血怒再度發作。我揉揉額頭的皮膚，拿開手指，見上面沾著黑色與紅色。「我看起來大概很像一個異教徒女祭師。」

「沒錯，比平常更像。」馬修從自己大腿上撈了點雪，用它和他的襯衫下襬，消滅了我被收養的殘餘證據。

「跟我說說班哲明。」他替我把臉擦乾淨時，我說道。

「我在耶路撒冷把班哲明造就成吸血鬼。我給他我的血，為了救他一命。但這麼做的時候，我奪走了他的理性，也奪走了他的靈魂。」

「所以他有你易怒的傾向？」

「傾向！妳說得好像高血壓。」馬修無法置信地搖搖頭。「來吧。再待在這兒妳會凍成冰塊。」

我們緊握著手，慢慢走回城堡。這一次，我們都不在乎被誰看見，或看到我們的人會怎麼想。下個不停的雪，使寸步難行、處處坑洞的冬季景象，又顯得柔和起來。我抬頭看馬修，在逐漸轉為黝暗的光線中，他線條分明的輪廓，在沈重的負擔下挺直的肩膀，與他父親如出一轍。

第二天是聖尼古拉節，陽光照耀著前幾天下的雪。雖然降臨節強調反省與祈禱，是一個嚴肅的節期，但天氣一好，城堡上下都振作起來。我低聲哼著歌，直奔圖書館去拿我精挑細選的一堆鍊金術書籍。我每天都會拿幾本到蒸餾室去，不過我總小心記得歸還。裝滿書的房間裡，有兩個男人在交談。我認出菲利普鎮定得幾乎有點懶散的聲音。另一個聲音不熟悉。我把門推開。

「她來了。」我進入時，菲利普說道。跟他一起的男人轉過頭，我的皮膚開始刺痛。

「恐怕她的法文說得不好，拉丁文更差。」菲利普抱歉地說：「你會說英語嗎？」

「夠用。」那名巫師回答道。他眼光掃過我身體，讓我全身起雞皮疙瘩。「這女孩似乎很健康，但她不該在這兒跟你的族人共處，宗主。」

「我很樂意把她送走，項皮爾先生。但她無處可去，且需要一位巫師同行的協助，所以我才派人請你來。來吧，羅伊登夫人。」菲利普示意我走上前去。

我走得越近，就越覺得不舒服。空氣中有種塞滿的感覺，帶著幾乎像電流一樣的刺痛感。我幾乎以為會聽見隆隆雷聲，這空氣實在太厚重了。彼得‧諾克斯會入侵別人的心靈，薩杜在皮耶堡造成我極大的痛苦，但這個巫師不一樣，在某種方面甚至更危險。我快步從巫師面前走過，看著菲利普，默不作聲求他給我解答。

「這位是安德雷‧項皮爾，」菲利普道：「他來自里昂，從事印刷業。妳可能聽說過他的堂兄，一位廣受推崇的醫生㊾，不過很可惜，他現在已離開這個世界，再也不能分享他在哲學與醫學方面的智慧了。」

「沒聽過。」我小聲回答。我看著菲利普，希望找到他意欲我如何反應的線索。「我想沒有。」

項皮爾歪一下頭，表示接受菲利普的推崇。「我也不認識我的堂兄，宗主，他在我出生前就過世了。但很高興聽說你對他的評價這麼高。」這位印刷家看起來起碼比菲利普年長二十歲，顯然他一定知道柯雷孟家族都是吸血鬼。

「他是一位了不起的魔法學者，就跟你一樣。」菲利普的評語照例都很實際，毫無卑躬屈膝的意味。他轉向我解釋道：「這就是妳一到我就派人去請的巫師，我認為他可能有辦法幫妳解決魔法方面的困擾。他說他距七塔還有一段路時，就感應到妳的力量。」

「看起來，這次我的直覺好像不準。」項皮爾喃喃道。「現在我跟她同處一室，她似乎根本沒什麼法力。或許她不是那個利摩日的人都在談論的英國女巫。」

「利摩日，是嗎？她的消息傳得這麼快，還真不尋常。但，項皮爾先生，羅伊登夫人是我們收留的唯一一位英國女浪人，真是謝天謝地。」菲利普替自己又倒了些酒，他的酒窩閃現：「每年這時節，法國充斥流浪漢，已經夠頭痛了，可別再冒出來一大堆外國人。」

「戰爭使很多人無家可歸。」項皮爾的一隻眼睛是藍色，另一隻則是褐色。這是強大預言家的特徵。這名巫師有股強韌的精力，源源不斷從周遭脈動的空氣裡汲取力量。我直覺地退後一步。「妳也遇到這種事嗎？夫人。」

「誰知道她目睹或經歷了什麼可怕的事。」菲利普聳肩道：「我們在一棟孤立的農舍中發現她時，她丈夫已死了十天。羅伊登夫人可能受到各種掠奪者的傷害。」這位柯雷孟的大家長跟他兒子或馬羅一樣，有編造人生閱歷的才華。

「我來看看她遇到了什麼。手伸給我。」我沒有立刻配合，項皮爾顯得不耐煩。他彈一下手指，我的左手就飛快送到他面前。他抓住我的手時，尖銳而痛苦的慌亂充滿我全身。他撫摸我的手掌，一根一根手指探索，逐步搜尋私密的資訊。我的胃開始翻騰。

「她的身體會告訴你她的祕密？」菲利普的語氣中，只帶有少許好奇，但他脖子上有根肌肉在抽搐。

「巫族的皮膚像本書可以閱讀。」項皮爾皺起眉頭，把自己的手湊到鼻子上。他嗅了嗅，臉色一變。「她跟食血者共處太久了。誰喝過她的血？」

「這是絕對禁止的。」菲利普圓滑地說。「我的家族沒有人讓這女子流過血，不論是為了找樂子或覓食。」

「食血者有能力閱讀一個生物的血，就像我閱讀她的身體。」項皮爾把我的手臂拉過去，扯開把袖口固定在我手腕上的細繩，把我衣袖往上推。「看見嗎？有人享用過她。我不是唯一有興趣進一步了解這個英國女巫的人。」

菲利普彎腰檢視我暴露出來的手肘，他的呼吸像一陣冷風吹過我皮膚。我的脈搏跳動著警訊。菲利普想幹什麼？馬修的父親為何不阻止這種事？

「這傷口太舊，她不可能是在這兒受的傷。正如我說的，她來到聖祿仙村才一個星期。」

思考。活下去。我重複菲利普昨天的指示。

「誰吸了妳的血，姊妹。」項皮爾問道。

「這是刀傷。」我遲疑地說道。「我自己割的。」這不是謊話，但也不是全部的事實。我祈禱女神讓它過關，但我的禱告沒有得到應允。

㊾ 指Symphorien Champier（1471-1538），在里昂行醫且興辦大學，與創作《巨人傳》（Pantagruel）的拉伯雷同時，相與酬唱，還曾被拉伯雷寫進書裡。

「羅伊登夫人有事瞞著我——以及你，我認為。我必須向合議會通報，這是我的職責，宗主。」項皮爾期待地望著菲利普。

「當然。」菲利普低聲道：「我做夢也不會阻擋你盡你的職責。我可以幫什麼忙？」

「你只要抓著她，不讓她亂動，我就感激不盡了。我們必須深入追查真相。」項皮爾道：「大多數超自然生物都會覺得接受調查很痛苦，即使沒什麼好隱瞞，也會出於本能，抗拒巫師的觸摸。」

菲利普把我從項皮爾的掌握中拉過來，粗魯地讓我坐在他的椅子上。他一隻手抓著我脖子，另一手按著我頭頂。「像這樣？」

「很理想，宗主。」項皮爾站在我面前，看著我額頭皺眉。「這又是什麼？」沾著墨水的手指撫過我額頭，他的手感覺像手術刀，我呻吟著扭動身體。

「為什麼你的觸摸會讓她這麼痛苦？」菲利普好奇。

「閱讀的行為會產生這種效果，就當作是拔一顆牙好了。」項皮爾解釋道，他的手指在短暫而幸福的片刻放開我。「我要從根挖掘她的思想和祕密，不讓它們潰爛化膿。這樣比較痛苦，但更為徹底，對她試圖隱瞞的東西提供更清楚的畫面。你瞧，這就是魔法以及大學教育的一大優點。女人學習的巫術和傳統魔法都很粗糙，甚至是迷信，但我的魔法很精確。」

「且慢，先生。你必須原諒我的無知。你是說，這個女巫不會記得你做的事或你引起的痛苦？」

「除了一直覺得失去某件曾經擁有的東西外，什麼也不記得。」項皮爾的手再度撫摸我的額頭。他皺起眉頭。「但這太奇怪了。食血者為什麼要把血抹在這裡？」

被菲利普認養是一段我不願意交給項皮爾的記憶。我也不希望他得知我在耶魯任教，還有莎拉、艾姆、馬修、我父母等回憶。我的手指緊抓著椅子的扶手，一個吸血鬼抓住我的頭，一個巫師準備把我的思想列成清單，然後偷走。但沒有嘶嘶的巫風、閃爍的巫火來救援我。我的力量完全靜止。

「是你給這女巫做的記號。」項皮爾尖聲道，眼神充滿控訴。

「是的。」菲利普沒打算解釋。

「這很反常，宗主。」項皮爾仍在用手指探索我的心靈。他驚訝地瞪大眼睛。「但這不可能。她怎麼會是一個——」他驚呼一聲，低頭看自己的胸口。

一柄匕首插在項皮爾兩根肋骨之間，這武器的鋒刃深深埋進他胸膛。我的手指緊緊握住刀柄。他掙扎著想擺脫時，我把刀刺得更深。這巫師的膝蓋變得乏力。

「放手吧，戴安娜。」菲利普命令道，伸手過來拉開我的手。「他快死了，死的時候，他會跌倒。妳撐不住他的重量的。」

一張蒼白的臉，墨黑的眼睛，在項皮爾肩後一閃而過，然後一隻有力的手將他下垂的頭擰向一側，骨頭和肌肉發出咔嚓一聲。馬修咬住這人的咽喉，開始狂飲。

「你到哪裡去了，馬修？」菲利普責備道。「你動作要快一點，戴安娜在他完成思考前下的手。」

馬修喝血的時候，托瑪和艾甸急急跑進房間來，惶恐的凱琴跟在後面。他們都停下腳步，目瞪口呆。亞倫和彼埃跟鐵匠、元帥及兩名通常在前門站崗的士兵，則在走廊徘徊。

「Vous avez bien fait.（法文：你們做得很好。）」菲利普安撫他們。「事情已經結束了。」

「我應該要思考。」我手指已經麻木，但我還是無法讓它們鬆開那把匕首。

「而且要活下去。妳的表現令人佩服。」菲利普答道。

「他死了嗎？」我聲音沙啞。

馬修從巫師脖子上抬起頭來。

「百分之百。」菲利普道。「好吧，我想這麼一來，就少了一個愛管閒事的長老會基督徒來煩我們。他有沒有告訴任何他的朋友，他要來這裡？」

「就我所知是沒有。」馬修道。他打量我時，眼睛逐漸恢復成灰色。「戴安娜，我的愛。匕首交給我。」遙遠的某處，傳來金屬落在地板上的一聲脆響，接著是安德雷・項皮爾凡夫俗子的殘骸落地，比較輕柔的啪一聲。叨天之幸，一雙清涼、熟悉的手兜住我的下巴。

「他在戴安娜身上發現了某件令他意外的事。」菲利普道。

「我知道。但刀已插進他心臟，所以我不知道那是什麼。」馬修溫柔地把我擁入懷裡。我的手臂已像沒有骨頭般無力，所以毫不反抗。

「我沒有——不能——思考，馬修。項皮爾要奪取我的記憶——把它連根拔起。我父母唯一留給我的就只有記憶。萬一我忘了我的歷史知識怎麼辦？我還怎麼回家，繼續教書？」

「妳做得很對。」馬修一隻手攬著我的腰，另一手環在我肩上，讓我把臉側著靠在他胸上。「妳哪來的刀？」

「從我靴子上抽出來的。她一定是昨天看到我拔刀。」菲利普答道。

「瞧，妳真的在思考，我的小母獅。」馬修的嘴唇貼著我頭髮。「什麼鬼東西把項皮爾引到聖祿仙來？」

「我。」菲利普道。

「你把我們出賣給項皮爾。」馬修轉向他父親。「他是全法國最可恨的超自然生物。」

「我得確定她可靠，馬提歐斯。戴安娜知道太多我們的祕密。我必須知道她可以信賴，即使在她自己的族人之間。」菲利普毫無歉意。「我不喜歡拿我的家族冒險。」

「你會在項皮爾偷走她的思想之前阻止他嗎？」馬修質問，他的眼睛很快又轉黑。

「得看情形。」

「什麼情形？」馬修爆發了，他的手臂把我抱緊。

「如果項皮爾三天前抵達，我不會干預。那是巫族的內部事務，騎士團不值得蹚這渾水。」

「你會讓我的伴侶受苦。」馬修的語氣透露他對此多麼意外。

「不過就是昨天，為你的伴侶挺身而出是你的責任。如果你做不到這一點，就足以證明，你對這女巫的承諾還不夠堅定。」

「那麼今天呢？」我問。

菲利普定睛看著我。「今天妳是我的女兒，所以，不會的，我不會讓項皮爾得寸進尺。但剛才我不需要採取任何行動，戴安娜。妳救了妳自己。」

「你收我做女兒是為這緣故——因為項皮爾即將抵達嗎？」我悄聲問。

「不，妳跟馬修在教堂裡通過了一個考驗，在乾草穀倉裡又通過另一個考驗。血誓只是使妳成為柯雷孟一分子的第一步。現在應該完成整個程序。」菲利普轉向他的副手。「把神父找來，亞倫，吩咐全村星期六在教堂要全員到齊。老爺要結婚了，當著聖經和神父，聖祿仙全村的人要見證這場婚禮。整個儀式不准有絲毫破綻。」

「我剛殺了一個人！這不是討論婚禮的好時辰。」

「胡說八道。在流血事件中辦喜事是柯雷孟家族的傳統。」菲利普輕快地說道：「我們好像只願意跟別人也想要的對象配對，真是亂糟糟。」

「我・殺・了・他。」為了確定他理解我的話，我指著地上的屍體。

「亞倫，彼埃，請把項皮爾先生移開。他讓夫人心情不好。你們其他人該做的事多得很，不該待在這兒乾瞪眼。」菲利普一直等到我們三人獨處時，才繼續往下說。

「好好聽著，戴安娜：因為妳愛我兒子，很多人會喪失生命。有些人是自願犧牲。其他人之所以會死，只因為必須有人死，而死的是妳自己，或他們，或妳愛的人，得由妳決定。所以妳必須問自己：致命的一擊出自誰手，有什麼關係？如果妳不動手，就輪到馬修下手。妳寧願把項皮爾的死交由他的良心來負荷嗎？」

「當然不要。」我立刻答道。

「那麼，彼埃？或托瑪？」

「托瑪？他是個小孩子呀！」我抗議道。

「那個孩子已經承諾替妳抵擋妳的敵人。妳看到他手裡拿著什麼嗎？蒸餾室裡的風箱。托瑪把它的金屬尖端磨利了，準備用來當武器。如果妳沒有殺死項皮爾，那孩子一有機會就會把風箱刺進他肚子。」

「我們是文明的物種，又不是野獸。」我反駁道。「我們應該可以坐下來討論，協調差異，不需要流血。」

「有次我坐在桌前，跟一個人——一個國王——討論了三小時。無疑的妳和很多其他人都會把他當作文明人。討論結束時，他下令殺死幾千名男女老幼。話語跟武器一樣能殺人。」

「她不習慣我們的方式，菲利普。」馬修提醒道。

「那她得適應。外交手腕已經結束了。」菲利普沒有提高音量，也沒有失去他一貫的平和。馬修偶爾會把底牌露出，他父親卻至今不曾洩漏真正情緒的蛛絲馬跡。

「不用多說。這個星期六，妳就跟馬修成親。妳有血誓和名分，確定是我的女兒，妳的婚禮不僅要履行正統基督教儀式，也要榮耀我的祖先和他們的神。這是妳最後一次拒絕的機會，戴安娜。如果妳不想要馬修和跟他結婚後要面對的生活——與死亡——我負責把妳平安送回英國。」

馬修跟我保持距離。雖然相隔只有幾吋，象徵的意義卻遠不止於此。即使現在，他還是給我留下選擇的餘地，雖然他的心意早就決定。然而我也一樣。

「你願意跟我結婚嗎，馬修？」我是個殺人者，似乎由我提出這問題比較恰當。

菲利普一口氣嗆到，咳了好幾聲。

「是的，戴安娜。我要跟妳結婚。我已經跟妳結過婚，但我樂意為了取悅妳而再結一次婚。」

「前一次我很滿意。這次是為了你父親。」我兩腿發抖，地上血跡斑斑，實在不可能對婚姻大事多做考慮。

「那我們都同意了。帶戴安娜回她房間。最好讓她一直待在那兒，直到我們確定這附近沒有項皮爾的朋友為止。」菲利普走出房間，頓了一下。「你找到了一個配得上你的女人，她有十足的勇氣與希望，馬提歐斯。」

「我知道。」馬修牽起我的手，答道。

「還有一件事你該知道：你也配得上她。不要再為自己獲得這生命懊惱了，活出它的意義來。」

第十二章

菲利普為我們規劃的婚禮要舉辦三天，從星期五到星期天，城堡裡的員工、村民、方圓好幾哩內所有的人，都要來參加這場他堅持只是小型家庭聚會的活動。

「我們好久沒辦婚禮了，冬季又是一年當中最缺少樂子的季節。這是我們對村民應盡的義務。」菲利普毫不理會我們的抗議。馬修指出，趕在最後一分鐘籌辦三場盛宴，效果堪慮，況且食物存量不多，飲食節制又是基督徒的美德，這下可把元帥給得罪了。他嗤之以鼻道，就算戰爭沒打完，耶穌降臨節也迫在眉睫，又怎樣。這不構成拒絕派對的理由。

全家上下鬧成一片，卻沒有人要找我們幫忙，馬修和我只好自己想法子打發時間。

我問道：「結婚儀式上要做哪些事？」我們躺在書房的火爐前面。我穿著馬修送的結婚禮物：他的一件襯衫，長到蓋過我膝蓋，還有他的一雙舊襪子，馬修把每隻襪子頂端的縫線拆開，然後縫在一起，湊合成運動緊身褲的模樣——只少了束腰帶和鬆緊帶。馬修還在馬廄裡找到一截舊韁繩，做成一條窄皮帶，算是彌補。這是萬聖節前夕以來我穿過最舒服的衣服，最近都沒什麼機會看到我大腿的馬修，也沈醉其中。

「我也沒概念，我的愛。我從來沒參加過古希臘婚禮。」馬修的手指在我膝蓋後側的凹處遊走。「想必神父不會讓菲利普添加太多異教徒的細節。實際的儀式應該還是遵守天主教的成規吧。」

「我們家族從來不把『想必』跟『菲利普』放在同一個句子裡。結果保證很糟。」馬修在我屁股上印下一吻。

「至少今晚的重頭戲就是一場大餐。我該撐得過，不會遇到太多麻煩。」我嘆口氣，雙手捧頭。「通常彩排的宴席由新郎的父親買單。我猜菲利普基本上是做同樣的事。」

馬修哈哈大笑。「幾乎一模一樣——只不過菜單上有烤鰻魚和一隻鍍金孔雀。況且菲利普想方設法，不僅是新郎的父親，還兼任新娘的父親呢。」

「我還是不懂，為什麼要這麼費事。」莎拉和艾姆沒舉行過正規儀式，只請麥迪森巫會一位長老為她們主持握手禮。回想起來，那讓我聯想到馬修和我在時光漫步出發前交換的誓言：簡單、親密，而且很快就結束。

「婚禮不是為了新郎新娘。大多數夫妻都像我們一樣，即興一下就很滿足，簡單發表幾句感言，就出發去度假。婚禮是一種屬於全社區的成年儀式。」馬修翻身仰躺。我用手肘撐起上半身。

「只是一場空洞的儀式。」

「沒這回事。」馬修皺起眉頭。「如果妳覺得無法忍受，一定要說出來。」

「不。讓菲利普玩他的婚禮好了，只是有一點……不知所措。」

「妳一定希望莎拉和艾姆能在這兒，跟我們分享這一切。」

「如果她們在場，一定很驚訝我沒有私奔。我一直是公認的獨行俠。我原本以為你也是個獨行俠。」

「我？」馬修笑道。「除了在電視和電影裡，吸血鬼絕少是孤獨的。我們喜歡呼朋引伴。青黃不接的時候，連巫族也可以。」他吻我，證明他的話。

「那如果這場婚禮在紐海文舉行，妳要邀請誰？」過了一會兒，他問道。

「莎拉和艾姆，當然。還有我的朋友克里斯。」我咬一下嘴唇。「說不定還有我的系主任。」沈默。

「就這樣？」馬修顯得很驚訝。

「我的朋友不多。」我坐不住，站起身來。「我覺得火快熄了。」

馬修把我拉回去。「火旺得很。而且妳現在有很多親戚朋友了。」

提到家人正好是我等待已久的一個引子。我的目光飄到床腳那口箱子上。瑪泰的盒子藏在裡頭，跟乾淨的床單放在一起。

「有些事我們得談談。」這次他放我走，沒有攔阻。我把盒子拿出來。

「那是什麼？」馬修皺眉問道。

「瑪泰的藥草——她用來配製她的茶。我在蒸餾室裡找到的。」

「我懂了。妳一直在喝嗎？」他的語氣很尖銳。

「當然沒有。我們要不要有孩子，不是我一個人可以做的決定。」我一掀開蓋子，乾藥草混著灰塵的香氣便瀰漫在空中。

「不論在紐約州的時候，馬卡斯和密麗安說了些什麼，事實上沒有證據顯示你我生得出小孩。即使像這樣的避孕草藥，也可能有不安全的副作用。」馬修冷冰冰地用臨床診斷的語氣說。

「就這麼假設好了，如果你的科學實驗中有一項顯示我們可以有小孩，你要我喝這種茶嗎？」

「瑪泰的偏方不怎麼可靠。」馬修別開眼光。

「好。那還有什麼選擇？」我問。

「禁慾。體外射精。還有保險套，雖然也不可靠，尤其是這時代能取得的種類。」馬修說得對。十六世紀的保險套是用麻布、皮革或動物的腸子做的。

「如果這些方法之中，有一種是可靠的呢？」我的耐性快磨完了。

「如果——如果——我們懷一個孩子，那將是奇蹟，所以任何避孕方式都不會有效。」

「你在巴黎那段時間不全然是浪費，不論你父親怎麼想。這真是典型中世紀神學家的辯證法。」我還來不及把盒子蓋上，馬修便按住我的手。

「如果我們能生育，而且如果這藥茶有效，我還是希望妳把這些藥草留在蒸餾室。」

「即使你會把血怒遺傳給另一個孩子？」我強迫自己開誠布公，雖然這麼說會造成痛苦。

「是的。」馬修考慮一番，才繼續道：「我研究物種滅絕的模式，並且在實驗室裡看到我們數量不斷減少的證據時，未來似乎毫無希望。但如果能找到一種染色體上的變異，或有一支我以為已滅亡的血胤，產生一個意料之外的後裔，我就不會認為毀滅無法避免。我現在也這麼覺得。」通常馬修採取科學的客觀立場，我都會覺得困惑，但這次不然。他從我手中接過那個盒子。「妳覺得呢？」

這問題我已經考慮了好幾個星期，從密麗安和馬卡斯帶著我的ＤＮＡ化驗結果，來到莎拉阿姨家中，並第一次提出生兒育女的問題，就已經開始了。我對於跟馬修廝守，共度未來很篤定，卻不知道我們的未來會涉及什麼。

「但願我有更多時間做決定。」這句話我最近經常在重複。「如果還在二十一世紀，我會服你開給我的避孕藥。」我遲疑一下。「即使如此，我也不確定服藥對我們是否有效。」

馬修仍在等我回答。

「我把菲利普的匕首插進項皮爾體內時，唯一想到的就是，他會奪走我的思想和記憶，我回到現代世界，將不是同樣的一個我。但即使我們現在這一刻就回去，也已經變得不一樣，所有我們去過的地方、遇見的人、透露的祕密——我已不是同樣的戴安娜・畢夏普，你也不是同樣的馬修・柯雷孟。一個嬰兒會使我們發生更大的改變。」

「所以妳要避孕？」他謹慎地說。

「我不確定。」

「那就是肯定。如果妳不確定要不要生孩子，我們就必須使用有效的避孕方法。」馬修的聲音很堅決，他的下巴也擺出同樣的姿勢。

「我要孩子。這種渴望強烈得令我意外，如果你想知道。」我用手壓住太陽穴。「我喜歡你和我一起撫養孩子的念頭。只是覺得太快。」

「確實太快。所以我們必須限制它發生的可能性，直到——如果——妳預備好了。但不要抱太高期望。科學很清楚，戴安娜：吸血鬼靠復活繁殖，不是生育。我們的關係或許不一樣，但並沒有特殊到可以推翻幾千年的生物學。」

「艾許摩爾七八二號那幅鍊金術婚禮的插圖——講的就是我們。密麗安說得對，鍊金術變化的過程中，金與銀結合的下一步就是受孕。」

「受孕？」菲利普拉長聲音在門口道。他用腳頂開門時，靴子嘎吱作響。「沒人說有那種可能。」

「那是因為根本不可能。我跟其他溫血女人發生性行為，她們從來沒一個懷孕。化學婚禮的圖畫可能帶有某種訊息，就如同戴安娜說的，但象徵成為事實的機會非常渺茫。」馬修搖搖頭。「從來沒有食血者以那種方式成為孩子的父親。」

「馬修，我告訴過你，從來是很長的時間。說到不可能，我活在這世界上的時間，比人類的記憶更長，也看過後世不予採信、認為是神話的事。從前超自然生物多得像海裡的魚，有的手中還揮舞著閃電，而不是長矛。現在他們都消失了，被新的物種取代。『世界上唯一可靠的就是改變。』」

「赫拉克利圖斯㊿。」我小聲道。

「最聰明的凡人。」菲利普見我知道這句名言，十分高興。「神祇喜歡在我們變得自滿後，讓我們大吃一驚。這是祂們最喜歡的娛樂。」他觀察我不尋常的服裝。「妳為什麼穿馬修的襯衫和襪子？」

「他送給我的。這跟我在我的時代穿的衣服很類似。馬修希望我舒服一點。我猜，襪腿部分是他親手縫的。」我轉個身，炫耀我的套裝。「誰想得到，柯雷孟家的男人會用針線，甚至縫出來的線還是直的。」

菲利普挑起眉毛。「妳想，我們打完仗回家，伊莎波會替我們縫補破裂的戰袍嗎？」

想到伊莎波默默縫補，等家中男人回來的畫面，我不由得咯咯傻笑。「不會吧。」

「我看得出妳很了解她。如果妳決心要穿得像個男孩，起碼也穿條及膝褲吧。萬一神父看到妳，心跳保證會停止，明天的婚禮就只好延期了。」

「可是我又不到外面去。」我嘟起嘴巴道。

「我要趁妳結婚前，帶妳去參拜古老神祇的聖地。離這兒不遠，」馬修吸口氣，正要抱怨，菲利普連忙說：「而且我希望不要有第三者，馬提歐斯。」

「我們在馬廄碰頭。」我毫不猶豫就答應了。呼吸新鮮空氣是讓我頭腦清醒一下的好機會。

來到戶外，刺痛臉頰的寒風和冬日裡寧靜的田野，都令我心情歡暢。不久菲利普和我就來到一片小山頂，這兒比七塔周圍大多數圓形的山嶺都更平坦。我也看出這兒地面上突起的石塊，呈奇特的對稱排列。

這些石頭雖古老，而且有部分被草木掩蓋，但這陣式不是自然形成，而是人為的。

菲利普翻身下馬，示意我跟著做。我一下馬，他就挽起我的手臂，引導我穿過兩堆怪石，來到一片白雪覆蓋的平坦空地上。潔白的地面上只有野生動物的足跡，心形的蹄印是一頭鹿、五爪印屬於熊、三角形與橢圓形組合成狼的腳跡。

「這是什麼地方？」我問，情不自禁壓低了音量。

「曾經有一座奉獻給戴安娜的神廟矗立在這兒，眺望雄鹿喜歡奔馳的森林與山谷。女神的崇拜者在原生的橡樹和赤楊樹之間種了神聖的柏樹。」菲利普指點著捍衛這區域的綠色細柱。「我帶妳來，因為在我還是個孩子，尚未成為食血者的年代，在我住的那個遙遠的地方，新娘子在婚禮前，都要到這樣的寺廟來向女神獻上犧牲，那時候，我們稱她阿特米絲。」

「犧牲？」我口乾舌燥。血已經流得夠多了。

「不論我們如何改變，記取過去、尊重過去，都是很重要的。」菲利普遞給我一把刀和一個袋子，裡面裝的東西移動時發出叮叮噹噹的聲音。「改正過去的錯誤是明智之舉。女神們對我的行為不盡然滿意。我要確定阿特米絲在明天我兒子跟妳結婚前，收下她的贖金。刀是用來割一段妳的頭髮。它象徵妳的處子之身，是習俗上要有的禮物。錢象徵妳的價值。」菲利普忽然壓低聲音，彷彿與我同謀似的悄聲道：「本來應該有更多錢，但我得留一點給馬修的上帝。」

菲利普把我帶到廢墟中央一個小小的台座前。台上放著各式各樣的獻禮——木製的娃娃，小孩的鞋子，一碗已被飄落的雪花泡濕了的穀粒。

「我很訝異還有人來這兒。」我說。

---

⑤⓪ Heraclitus（540-480B.C.），古希臘哲學家。

「法國各地的女人看到滿月還會行屈膝禮。這種習慣很難磨滅，尤其是它在艱苦的年代給人民心理上的支持。」菲利普向那權宜充數的祭壇走去。他沒有鞠躬或下跪，也沒有做任何常見的祭拜動作，但他用很小的聲音說話，我必須豎起耳朵才聽得見。那種希臘文與英文的奇怪組合很難理解。但菲利普嚴肅的訴求非常清楚。

「Artemis Agroterê（著名的獵者阿特米絲），阿昔帝斯・里昂托西摩斯[51]求您把這孩子戴安娜抱在手中。Artemis Lykeiê（狼群的女主人阿特米絲），在各方面保護她。Artemis Patrôia（我祖先的神阿特米絲），保佑她子孫滿堂，延續我的血統。」

菲利普的血統。現在藉著婚姻和血的誓約，我也成為其中一分子了。

「Artemis Phôsphoros（帶來光明的阿特米絲），她若在黑暗中，用您智慧的光照耀她。Artemis Upis（無所不見的阿特米絲），您的同名之女[52]在這世間旅行時，請看顧她。」菲利普詠唱完畢，示意我走上前去。

我鄭重地把那袋錢放在童鞋旁邊，然後從後頸拉過一綹頭髮，刀很鋒利，輕輕一揮，便割下那捲頭髮。

我們靜靜站在逐漸黯淡的午後陽光下，一股力量從我腳下的泥土裡湧出。女神果真在這裡。一瞬間，我可以想見這神廟原來的面貌——潔白、閃亮、完整。我偷望一眼菲利普。他肩披熊皮，儼然就是某個失落世界遺留的野性化身。他在等待什麼。

一頭頂著彎角的白色公鹿從柏樹間走出來，挺立不動，鼻孔噴出霧氣。白鹿穩健地走到我面前。牠巨大的咖啡色眼睛帶著挑戰意味，一直接近到我能看見牠的角尖是多麼銳利。公鹿傲慢地看著菲利普，長鳴一聲，一頭野獸問候另一頭野獸。

「Sas efharisto（謝謝您）。」菲利普舉手撫心，莊嚴地說。他轉向我：「阿特米絲接受了妳的禮物。」

我們可以走了。」

馬修一直在等，豎耳聽我們到達，我們策馬進入庭院時，他一臉沒把握的表情站在那兒。

「去為宴會做準備吧。」我下馬時，菲利普道：「客人很快就來了。」

我在上樓之前，拋給馬修一個我希望是充滿信心的微笑。夜幕降臨，營營的活動聲告訴我，人潮已湧進城堡。不久凱琴和潔安就來幫我著裝。她們拿來一套我這輩子穿過最豪華的禮服。墨綠色的衣料讓我聯想到寺廟周圍的柏樹，而不是城堡為慶祝降臨節裝飾的冬青枝葉。緊身上衣刺繡的銀色橡葉圖案輝映蠟燭的光芒，就如同沐浴在落日餘暉中的鹿角。

女孩把我打扮好，眼睛興奮發亮。我拿著露依莎打磨得雪亮的銀鏡左看右看，始終只能看見自己一部分的髮型（編成辮子，盤在頭頂）。但從她們的表情研判，我已變得很像個新娘的樣子。

「好。」潔安輕聲道。

凱琴用誇張的姿勢把門打開，禮服上的銀線被走廊裡的火把照耀得彷彿活了起來。我屏住呼吸，等待馬修的反應。

「耶穌。」他驚訝地說：「妳真美，我的愛。」馬修牽起我的手，舉起我的手臂，欣賞整體效果。

「天啊，妳穿了兩套袖子嗎？」

「我想是三套。」我笑道。我先穿上一件有花邊袖口緊縮的麻紗襯衣，繫上一對跟上衣和裙子搭配、合身的綠袖子，最後是蓬鬆的綠綢坎肩，從肩膀下垂，在手肘和腰間收攏。去年曾經在巴黎服侍露依莎的潔安，向我保證這是最新流行的款式。

---

(51) Alcides Leontothymos是菲利普自稱，這是他成為吸血鬼之前的希臘名字，也是他對應於阿特米絲女神的身分。

(52) 狩獵女神的希臘名是阿特米絲，羅馬名即戴安娜。

「但是這些東西擋在中間，我怎麼吻妳呢。」馬修用手指比著我的脖子。我打百褶的襞領足足有四吋厚，顫動著回應他的疑問。

「如果你把它壓扁，潔安會心臟病發作。」他小心翼翼用雙手捧起我的臉時，我低聲呢喃。她用一種類似燙髮捲的工具，把長達好幾碼的麻布壓成線條分明的8字型結構。花了她好幾個鐘頭。

「別擔心，我是個醫生。」馬修低頭把嘴唇湊到我唇上。「瞧，連一個褶子都沒弄亂。」

亞倫輕咳一聲。「大家正在等你們。」

「馬修。」我抓住他的手：「有件事我得告訴你。」

他對亞倫示意，走廊裡只剩我們兩人。

「什麼事？」他有點不安地問。

「我吩咐凱琴把瑪泰的藥草拿到蒸餾室去收起來。」比起在莎拉的穀倉設法把我們送到這兒來，這是跨向未知更大的一步。

「妳確定嗎？」

「確定。」我說，想起菲利普在寺廟說的話。

一波波竊竊私語和窺探的眼光迎接我們進入大廳。大家都注意到我外表上的變化，頻頻有人點頭，讓我知道我終於看起來像一個配得上老爺的新娘。

「新人來了。」菲利普在家族主桌上大聲宣布。有人帶頭拍手，不久，整座大廳裡響起如雷的掌聲。馬修一開始笑得很羞澀，但隨著掌聲越來越響亮，他的嘴也咧成一個自豪的笑容。

我們被安排坐在菲利普左右手的貴賓席上，他下令上菜，同時有音樂伴奏。元帥做的每一道菜，我都分到小小的一份。一共有幾十道佳餚：山藜豆湯、烤鰻魚、鮮美的扁豆泥、大蒜醬煮醃鱈魚、在膠凍海洋裡游泳的一整尾魚，搭配上用小枝薰衣草和迷迭香模擬的水草。菲利普解釋說，元帥和村中神父曾經就菜單熱烈協商。雙方數度互通使節，終於達成協議，今晚這餐飯要嚴格遵守星期五禁食肉、奶、乳酪的教規，明天的宴會才是真正百無禁忌的縱情狂歡。

相應於新郎的身分，馬修分到的分量比我多——其實沒有必要，因為他什麼都不吃，幾乎也不喝什麼。鄰桌的男人跟他開玩笑，要他多補充精力，準備接受即將來臨的考驗。

暢飲香料藥酒，享用分送到每一桌用胡桃和蜂蜜做的美味酥片時，這些人已是狗嘴裡吐不出象牙，話題猥褻，馬修也針鋒相對跟他們唱和。好在大部分詈罵和建議，用的都是我一知半解的語言，但菲利普還是不時用手幫我摀耳朵。

笑聲與音樂騰起，我也心情大好。今晚馬修看起來一點也不像一隻一千五百歲的吸血鬼，而是跟所有新婚之夜的新郎一樣：害羞、高興、帶點兒焦慮。這是我心愛的男人，每次他看著我，我的心跳都會漏一拍。

元帥上最後一輪酒和蜜漬茴香與小豆蔻子時，開始唱歌。人廳對面的一個男人唱出渾厚的低音，他隔壁的人接唱主旋律。很快每個人都加入合唱，大家用力頓足拍手，以致聽不見那些拚命想跟上伴奏的音樂家。

客人忙著編新曲的時候，菲利普起來敬酒，他叫得出每個人的名字，跟他們打招呼。他把小孩拋到空中，問候牲口的近況，長者一樣樣訴說他們的病痛時，他專注地聆聽。

「看看他。」馬修握著我的手，佩服地說。「菲利普使每一位客人都覺得自己是這房間裡最重要的人物，到底怎麼辦到的？」

「你告訴我吧。」我笑了起來。馬修困惑地看著我，我搖頭道：「馬修，你跟他一模一樣。你只要走進一個房間，就可以主導室內所有的人。」

「如果妳想要的是菲利普那樣的英雄，一定會對我失望的。」他道。

我捧起他的臉。「做為你的結婚禮物，我但願有一種咒語，能讓你看到別人眼中的你。」

「依照妳眼中的反射，我看起來還是老樣子。或許有點緊張，因為吉彥剛剛告訴我，年紀大的女人如狼似虎。」馬修開玩笑道，企圖轉移我的注意力。但我不上當。

「如果你沒看到一位領袖，那是你看得不夠仔細。」我們的臉貼得很近，我聞到他呼吸中的香料氣息。我不假思索，把他拉過來。菲利普一直試著告訴馬修，他是個值得愛的人。或許一個吻更有說服力。

我聽見遠處有人尖叫，更多人拍手，然後有人怪嘯。

「讓那女孩對明天留點兒期待，馬提歐斯，否則她可能不去教堂跟你會合了！」菲利普喊道，引來人群中更多笑聲。馬修和我愉快而尷尬地分開。我往大廳裡搜尋，發現馬修的父親在火爐旁，為一件有七根弦的樂器調音。馬修告訴我，那叫作吉塔拉。房間在期待中安靜下來。

「我小時候，像這樣的宴會結束時總要講個故事，英雄和偉大戰士的故事。」菲利普撥一下琴弦，琴音紛落如雨。「英雄跟所有的人一樣要談戀愛。」他繼續撥弄琴弦，把聽眾引進他故事的節奏。

「有個黑頭髮、綠眼睛的英雄，名叫珀琉斯，離開家鄉去碰運氣。他的家鄉是個很像聖祿仙的地方，藏在深山裡，但珀琉斯一直夢想到海上、到別的國家去冒險。他召集了一群朋友，一塊兒越過大海，走遍世界。有一天，他們來到一個以出產擁有強大魔法的美女著稱的小島。」馬修和我深深對望一眼。接下來幾句，菲利普是用唱的。

思想起，那年頭的男人家
日子過得多愜意！英雄啊，
白銀時代諸神的後裔，

我用魔法的歌曲召喚你。

宛如天籟的低沈嗓音，讓所有的人聽得如癡如醉。

「珀琉斯在那兒遇見海神涅魯斯的女兒瑟蒂絲。涅魯斯能預知未來，而且從不撒謊。瑟蒂絲不但從父親那兒繼承了預言的能力，還會改變形體，從流動的水變成舞動的火，又化為空氣。瑟蒂絲雖然美，卻沒有人願意娶她為妻，因為神諭說她的兒子會比父親更強大。

「珀琉斯無視預言，愛上了瑟蒂絲。但是跟這麼一個女人結婚，他必須有足夠的勇氣，在她從一種元素變為另一種元素時抱住她。珀琉斯從那座島嶼帶走了瑟蒂絲，在她從水變為火、又變為蛇和獅子時，一直把她緊緊抱在心口上。瑟蒂絲再度恢復女人身時，他把她帶回家，兩人結了婚。」

「那麼孩子呢？瑟蒂絲的兒子有沒有如預言所說，毀滅父親呢？」趁菲利普沈默下來，只用手指彈奏吉塔拉之際，一個女人低聲問道。

「珀琉斯和瑟蒂絲的兒子是個大英雄，生前死後都是神明保佑的戰士，他名叫阿奇利斯。」菲利普對那女人一笑。「但他的故事我要留到別個晚上講。」

我很慶幸馬修的父親沒有描述婚禮的細節，以及特洛伊戰爭是如何開始的。我更慶幸他沒講到阿奇利斯的童年：他的母親為了使他成為跟她一樣長生不老的神，動用的可怕咒語，以及這年輕人無法控制的暴怒──比他那個以缺乏保護聞名的腳跟還帶給他更多麻煩。

「只是個故事。」馬修察覺我的不安，悄聲道。

但偏偏這些傳誦了一遍又一遍、卻沒有人了解其中含義的故事，往往是最重要的，就如同榮譽、婚姻、家族等古老的規範，好像經常被忽視，實際上卻在所有人心目中擁有最神聖的地位。

「明天是個大日子，我們全體期待的一天。」菲利普拿著吉塔拉站起身。「照規矩，新郎新娘在婚禮前不可以再見面。」

又一項規矩：最後一次正式分開，接下來就一生一世長相廝守

「不過新娘可以送新郎一件愛的信物，免得他在漫漫長夜的寂寞中把她忘記。」菲利普眼中閃現調皮的光芒，說道。

馬修和我站起來。我把裙子撫平後，就專心盯著他的上衣看。我注意到衣服的縫工非常精緻，針腳細密整齊。但溫柔的手指一托起我的下巴，我就迷失在組成馬修臉部輪廓的各種圓弧與銳角裡。我們四目凝望，忘了身在大庭廣眾。雖然站在坐滿賓客的大廳裡，一個吻卻宛如魔咒，把我們送進了親密的兩人世界。

「我們明天下午見。」我們的嘴唇分開時，馬修呢喃道。

「我會戴面紗。」十六世紀的新娘子多半不戴面紗，那是更古老的風俗，但菲利普說，只要是他的女兒，不戴面紗就不准進教堂。

「妳在哪裡我都認得，」他一笑：「不論有沒有面紗。」

馬修眼睛眨也不眨，看著亞倫護送我出去。離開大廳很久以後，我仍感覺到他的目光冰冷而堅定。

第二天，凱琴和潔安非常安靜，我一直睡到她們做完早晨的活計。太陽已高高升起，她們才拉開床帷，宣布我沐浴的時間已到。

一隊婦女捧著水壺走進我房間，像喜雀般不停嘰喳，把一個我猜平常是用來釀葡萄酒或蘋果酒的銅製大盆倒滿。水熱騰騰冒著煙，銅盆的保溫效果絕佳，我決定不囉唆。我一沈到水面下，便喜極呻吟。

那群女人讓我泡在水裡，我注意到我的少許私人物品——書、我的鍊金術和奧克片語的筆記——都不見了。另外我裝衣服的一口長形矮箱也消失無蹤。我詢問凱琴，她解釋說，所有的東西都搬到老爺位在城

堡另一頭的房間去了。

忠於職守的凱琴和潔安，在鐘敲一點時把我從浴缸扶起、擦乾。聖祿仙最好的女裁縫瑪喜在旁監督，她專程來為她的作品做最後的潤飾。村裡的男裁縫鮑費爾先生對我的結婚禮服所做的貢獻卻沒有人提起。

為瑪喜說句公道話，大禮服（必須取一個專用的名稱，才對得起那套衣服）確實是美輪美奐。她怎麼可能在那麼短的時間完成如此浩大的工程，是個深埋的祕密，不過我懷疑這一帶的婦女恐怕每個人都至少幫忙縫了一針。菲利普宣布為我舉行婚禮前，我原本只計畫做一件款式簡單、深灰色厚綢料的衣服。我堅持只穿一對袖子，不可以做兩對，領口要高，以阻擋冬季的寒風。我對瑪喜說，繡花太麻煩，大可省略。我也謝絕了那種討厭的、把裙子向四面八方撐開的鳥籠型支架。

早在菲利普通知她，大禮服要用在什麼時間與場合之前，瑪喜已發揮她誤解與創意的威力，徹底顛覆我的初步設計。然後就一發不可收拾了。

「瑪喜，大禮服好美啊。」我撫摸著大片的繡花對她說。衣服上用金色、黑色、粉紅色繡線，繡出豐饒之角，這是大家熟知的財富與多子多孫的象徵。盛滿花朵的羊角四周，點綴了小玫瑰和葉片，兩對衣袖的邊緣繡滿了花。緊身上衣的邊緣也同樣不厭其煩，繡著渦捲、月亮、星辰等圖案。肩膀上有一排四方形的小蓋片，作用是遮掩把袖子綁在緊身上衣上的帶子。雖然有那麼繁複的裝飾，緊身上衣優雅的線條卻非常合身，而且最起碼我不想穿鯨骨箍的意願受到尊重。裙幅很寬，但那是因為布料用得多，而不是機關道具的效果。我內衣裡頭只穿戴了甜甜圈形狀的假臀和一雙絲襪。

「線條分明。很簡單。」瑪喜向我保證，一邊拉扯緊身上衣的下襬，使它更平整。

我的頭髮快做好時，聽見敲門聲。凱琴衝過去開門，不小心踢翻了一籃毛巾。

是菲利普，身穿華麗的咖啡色套裝，顯得意氣風發，亞倫站在他身後。馬修的父親目瞪口呆。

「戴安娜嗎？」他聽起來很沒把握。

「怎麼？有什麼不對嗎？」我檢查衣服，焦慮地拍拍頭髮。「找不到夠大的鏡子，我看不見——」

「妳好漂亮，等馬修見到妳時，妳就會知道，看他的表情比照任何鏡子都更清楚。」菲利普很有把握地說。

「你真是舌粲蓮花，菲利普・柯雷孟。」我笑了起來。「有什麼事？」

「我來給妳送結婚禮物。」菲利普伸出手，亞倫把一個大絲絨袋放在他掌上。「我怕訂做會來不及。這是家傳的東西。」

他把袋裡的東西倒在手中，一片光與火流瀉出來：黃金、鑽石與藍寶的鍊子。我輕呼一聲。但絲絨袋裡還有更多寶物，那是一串珍珠、搭配幾枚鑲貓眼石的新月，還有一個造型獨特的黃金箭頭，邊緣因歲月久遠而變得圓滑。

「這是做什麼？」我驚訝地問道。

「當然是給妳戴的。」菲利普呵呵笑道：「項鍊是我的，但當我看見瑪喜的禮服，我就想，搭配黃鑽和藍寶會很合適。式樣舊了，還有人會嫌它對新娘而言太男性化，但這條鍊子垂在妳的肩膀上會很服貼。原本中間是個十字架墜子，但我覺得妳可能寧可掛一個箭頭。」

「我不認識這種花。」讓我聯想到小蒼蘭的纖細黃色花蕾，穿插在邊緣鑲藍寶石的黃金鳶尾花之間。

「金雀花。安茹帝國用它做他們的象徵。」

他說的是金雀花王朝㊸：英國歷史上權勢最大的王族。金雀花王朝曾擴建西敏寺，向封建貴族屈服，簽署大憲章，成立國會，支持牛津大學與劍橋大學的建校。這王朝的統治者還曾參加十字軍戰爭，在百年戰爭中與法國對峙。這條鍊子是某位國王送給菲利普的，象徵王室的寵信。再沒有別的原因能解釋它的富麗奢華了。

「菲利普，我不能——」我的抗議被打斷，他把其他珠寶交給凱琴，並把鍊子套過我頭頂。霧濛濛的鏡子裡瞪著我的那個女人，一點都不像一個現代的歷史學者，正如馬修也不像一個現代的科學家。

「啊。」我吃驚地說。

「美若天仙。」他很滿意，但表情中帶著遺憾。「真希望伊莎波能在這兒，欣賞妳這副模樣，親眼目睹馬修的快樂。」

「有朝一日，我會把一切都告訴她。」我柔聲承諾，從鏡中望著他的眼睛，讓凱琴把箭頭繫在金鍊中央，又把那串珠鍊套過我頭頂。「今晚我會好好照顧這批首飾，明天一早就還給你。」

「它們已經屬於妳了，戴安娜，妳愛怎麼處理都可以。還有這個。」菲利普又從腰帶上解下另一個袋子交給我，這袋子是用經久耐用的皮革做的。

它很沈重，非常沈重。

「我們家的女人自己理財。伊莎波堅持這麼做。這裡都是英國或法國的錢幣。它們的保值效果不及梵諦岡發行的錢，但花用時比較不會引起猜疑。如果妳需要更多，只要跟華特或騎士團其他成員打個招呼就行了。」

我剛到法國時，經濟上完全依賴馬修。但不到一週，我已學會如何待人處事、與人交談、管理一座城堡，還會蒸餾葡萄酒。如今我擁有自己的財產，菲利普・柯雷孟還公開收我做女兒。

「謝謝你，為這一切。」我低聲道：「當初我還以為你不要我做你的媳婦。」

「一開始是不想要。但即使老頭子，也有改變想法的權利。」菲利普一笑。「況且我到頭來總會如願

㊾ 金雀花王朝（House of Plantagenet），亦名安茹王朝（House of Anjou），原本是法國安茹的貴族，從一一五四年亨利二世開始統治英格蘭。「金雀花」也是亨利二世父親的綽號，因他喜歡在帽子上插金雀花。十五世紀中葉約克公爵理查並以「金雀花」為姓。安茹家族在英格蘭之外不斷擴張勢力，版圖一度從庇里牛斯山延伸到愛爾蘭，佔有半個法國。金雀花王朝有八位君王，至一三九九年理查二世駕崩為止。後來安茹王朝的支系蘭開斯特王朝和約克王朝爭奪王位，在十五世紀後半啟動內戰，因雙方分別以紅、白玫瑰為標誌，稱作「玫瑰戰爭」。

以償。」

侍女們幫我圍上斗篷。最後一刻，凱琴和潔安把一塊薄如蟬翼的絲綢罩在我頭上，然後用鑲了貓眼石的新月固定，那些髮針背後設計了牢靠的小鉤子。

托瑪和艾甸現在自命是我的私人護衛，一馬當先跑過城堡，用最大音量宣告我的到來。不久我們就排列成一個隊伍，在暮色中走向教堂。一定有人在鐘塔上瞭望，一看見我們，鐘聲隨即敲響。

走到教堂門口，我放慢腳步。全村的人都集合在門口，神父也在場。我找尋馬修，發現他站在矮矮的階梯最上端。隔著透明披紗，我仍然感覺得到他的目光。我們就像月亮與太陽，這一刻，時間、距離或歧異完全無關緊要。唯一重要的是我們對應的位置。

我提起裙子，向他走去。短暫的攀升，感覺卻像永恆。時間會這麼捉弄所有的新娘嗎？我很好奇，或是只對女巫如此？

神父在門口對我微笑，但沒有要讓我們進入教堂的表示。他手裡拿著一本書，卻沒有翻開。我困惑地皺起眉頭。

「還好嗎，我的愛？」馬修低聲問道。

「我們不進去嗎？」

「婚禮都在教堂門口舉行，以免日後對儀式是否如實舉行，產生流血爭議。我們要感謝上帝，沒有暴風雪。」

「開始吧！」神父下令，對馬修點一下頭。

整個儀式中，我扮演的角色只要用法文說十一個字，馬修則要說十五個字。但因為菲利普通知神父，我們要用英語重複一遍誓言，好讓新娘子充分了解她做了什麼樣的承諾。這麼一來，我們總共要說五十二個字才能結為夫妻。

「就是現在！」神父在發抖，一心想著他的晚餐。

「Je, Matthew, donne mon corps à toi, Diana, en loyal mariage.」馬修牽起我的手：「我，馬修，藉著忠貞的婚姻關係將我的身體交託給妳，戴安娜。」

我答道：「Et je le reçois.」然後重複一遍：「我接受。」

這樣就已完成一半了。我深深吸一口氣，下半段輪到我繼續。

「Je, Diana, donne mon corps à toi, Matthew.」最困難的部分到此已告一段落，我很快便說出我最後一句台詞：「我，戴安娜，將我的身體交託給你，馬修。」

「Et je reçois, avec joie.」馬修把我的頭紗掀到頭頂。「我萬分歡喜地接受。」

「這樣說不對。」我怒道。我已經背下了婚誓，沒有「萬分歡喜」這種字眼。

「保證有。」馬修堅持，並低下頭。

我們用吸血鬼的傳統配過對，在麥迪森的時候，馬修把伊莎波的戒指戴在我手上，我們等於又依照習慣法結了一次婚。現在我們是結第三次婚了。

接下來的事一溜煙就過了。有許多火把，在祝福者的包圍下，走長長的山路上山。元帥的宴席已經擺好，每個人都迫不及待就座。馬修和我獨自坐在主桌，菲利普走來走去，幫忙倒酒，還確認小孩都拿到足夠的燒烤兔肉和炸乳酪。三不五時，他會自豪地望我們一眼，好像那天下午我們殺死了一條龍。

「我從來沒想到會看到這一天。」菲利普把一塊蛋塔放在我們面前，對馬修說道。

男人動手把桌子搬到大廳兩側，宴會似乎已近尾聲。但笛音和鼓聲卻從樓上的樂師席傳來。

「按照傳統，第一支舞屬於新娘的父親。」菲利普對我躬身一禮，帶我到舞池中間。菲利普舞跳得很好，但儘管如此，我還是會絆到他。

「換我好嗎？」馬修拍拍他父親的肩膀。

「請便，否則你老婆會踩爛我的腳。」菲利普擠一下眼睛，抵消了話中的刺。他隨即離開，讓我跟我的丈夫共處。

其他人也紛紛起舞，但他們保持距離，把中間留給我們。音樂放慢速度，魯特琴的演奏者撥弄琴弦，管樂器吹出甜美的曲調應和。我們分開、結合，一遍、兩遍，再一次，大廳裡令人分心的一切活動逐漸遠去。

「不論你母親怎麼說，你的舞跳得比菲利普好很多。」我對他說，雖然舞曲很慢，我卻氣喘吁吁。

「那是因為妳跟著我的舞步。」他開玩笑道：「菲利普帶的每一步，妳都在反抗。」

舞步再次讓我們會合時，他抓住我的手肘，把我拉過去，緊緊貼著他的身體，然後吻我。「現在我們結婚了。妳願意寬恕我的罪嗎？」他轉個身，回到正常舞步，問道。

「得看情形。」我戒備地說：「你做了什麼？」

「我把妳的襞領壓扁到不可能修復了。」

我笑了起來。馬修再次吻我，短暫而激烈。鼓手把這動作當作信號，音樂的節奏加快。其他跳舞的人飛快地旋轉，從房間這一頭跳到另一頭。馬修把我拉到壁爐前面比較安全的位置，免得我們被踩到。菲利普很快就趕過來。

「帶你老婆上床，完成這場婚禮。」菲利普低聲道。

「但客人……」馬修抗議道。

「帶你老婆上床去，兒子。」菲利普重複道。「趁其他人決定陪你們上樓，確認你完成你的職責之前，偷偷開溜。其他的事就交給我了。」他轉過身，很正式地親吻我兩邊臉頰，然後用希臘話嘟噥了些什麼，就趕我們上馬修的塔。

雖然我知道這部分的城堡在我自己的時代的模樣，卻還沒有見識過它在十六世紀的輝煌。馬修的住所布置得完全不一樣。我本以為會在下層的房間看到很多書，結果那兒放的卻是一張有頂蓋的大床。凱琴和潔安拿來一個雕刻的木盒讓我擺新首飾，把臉盆加滿水，又忙著更換新床單。馬修坐在火爐前面，脫下靴子，然後端起一杯葡萄酒。

「妳的頭髮，夫人？」潔安問道，猜測地瞥一眼我的丈夫。

「我來處理。」馬修粗聲道，眼睛盯著爐火。

「慢著。」我道，從頭上拆下新月形的髮飾，放進潔安張開的手掌上。她跟凱琴幫我卸下頭紗便離開了。我站在床側，馬修懶洋洋地倚在火旁，雙腳架在一口放衣服的箱子上。

門關上以後，馬修放下酒杯，向我走來，手指伸進我的頭髮，輕拉幾下，就把幾個女孩花了將近三十分鐘做出來的髮型毀於一旦。他把珍珠串扔到一旁，我的頭髮披散在肩上，馬修張大鼻孔，吸入我的氣味。他一言不發，緊緊把我擁進懷裡，低頭把嘴湊到我唇上。

但首先有好幾個問題要問、要得到答案。我往後退縮。

「馬修，你確定……？」

冰冷的手指滑到我的領子下面，找到將它跟我的緊身上衣繫在一起的繩結。

啪。啪。啪。漿得硬邦邦的麻紗從我脖子掉落到地面。馬修解開我緊緊扣住的高領。他低頭親吻我的喉嚨。我抓住他的上衣。

「馬修，」我再說一遍：「這是不是——」

他用另一個吻讓我住嘴，同時拿起垂在我肩上的沈重項鍊。我們暫時分開，讓馬修把它從我頭上取下。然後他的手突破銜接袖子和緊身上衣的硬襯，手指沿著衣縫找尋衣服上的防禦弱點。

「找到了。」他低語道，用食指一勾一挑。袖子一隻接一隻從手臂滑落，掉到地上。馬修彷彿完全不當一回事，但這是我的結婚禮服，萬一受損，還不好修補呢。

「我的禮服。」我在他懷抱裡扭動身體。

「戴安娜。」馬修抬起頭，雙手擱在我腰上。

「什麼事？」我氣息咻咻。我試著用拖鞋把袖子踢到一旁，以防踩壞。

「神父為我們主持婚禮。全村的人都來祝福我們。有美食，有舞會。我真的覺得我們可以用做愛來結束這一夜。妳卻似乎對妳的衣服更有興趣。」他又找到一組把我的裙子跟下襬呈尖角形的緊身上衣連接在一起的帶子，約莫在我肚臍眼下方三吋處。馬修的大拇指在上衣邊緣與我恥骨之間輕輕滑動。

「我並不希望我們第一次親熱是為了讓你父親稱心。」我的臀部無視我的抗議，受他大拇指宛如天使拍打翅膀、令人發狂的動作引誘，向他偎過去，發出無言的邀請。他滿意地輕哼一聲，拉開了藏在裡面的蝴蝶結。

呼。咻。呼。咻。呼。咻。

馬修的手指靈巧地拉開交錯的絲帶，將它從一個一個隱祕的眼孔裡抽出來。一共有十二個帶眼，他的力道讓我身體前俯後仰。

「終於。」他得意了，但隨即又呻吟：「天啊。還有。」

「哎呀，還早得很。我被綑得像耶誕節的烤鵝。」他把上衣拆下，露出裡面的緊身褡時，我道：「說得更精確點，該是降臨節的烤鵝。」

馬修沒理我。我的丈夫把全副注意力放在我半透明的高領襯衣跟好幾層強化縫合的緊身褡銜接的地方。他把嘴唇貼在隆起的部位，以虔敬的姿勢低下頭，深深吸了口氣。

我也倒抽一口氣。這動作有出乎意料的挑情效果，他嘴唇移動在衣服涇渭分明的界線上，給我格外強烈的感受。我不知道他為何暫時擱下非把我剝光不可的決心，只好用手捧住他的頭，等他採取下一步行動。

馬修終於拿開我的手，把它們放在雕刻精美的床柱上。「抓住。」他道。

呼。哧。呼。哧。完工前，馬修偷空把一隻手塞進我的胸衣。它沿著我的肋骨往上溜，找到了我的乳房。他捏著介於我溫暖、皺褶的乳頭與他冰冷的手指之間的罩衫時，我不禁低低呻吟。他拉我過去，緊貼著他的身體。

「難道妳認為，我除了妳以外，還有興趣討好其他人嗎？」他在我耳畔呢喃。見我沒有立刻回答，他伸手下探，輕壓我的小腹，讓我們更貼近。另一手不動，握著我的乳房。

「似乎沒有。」我仰起頭，靠在他肩上，暴露出我的脖子。

「那就別提我的父親。還有，只要妳別再擔心妳的袖子，我明天就買二十套一模一樣的禮服給妳。」馬修忙著掀起我的罩衫，下襬拉到我大腿上。我放開床柱，拉著他的手，將它放在我兩腿之間。

「不提了。」我同意道，他的手指分開我身體時，我輕呼一聲。

馬修用更多的吻讓我安靜下來。他的手緩慢的動作卻造成全然相反的效果，因為我的身體越來越緊張。

「太多衣服了。」我喘著氣說。他沒說話，但從他剝除緊身褡的速度，看得出他深有同感。現在繫帶都已鬆開，我可以把它拉到地上，直接走出來。我解開他的及膝褲，他自行脫上衣。這兩件衣服在他臀部用交叉的繫帶連接，繁複的程度不亞於我的緊身褡和裙子。

等我身上只剩襯衣和襪子，馬修也只有襯衫和襪子時，兩人都停下來，尷尬的感覺又回來了。

「妳願意讓我愛妳嗎，戴安娜？」馬修問道，用發乎禮貌的簡單問題消除了我的焦慮。

「我願意。」我悄聲道。他跪下來，小心翼翼解開我固定襪子的絲帶。帶子是藍色的，凱琴說這顏色象徵忠貞。馬修把襪管沿著我的腿捲下來，沿著它的軌跡親吻我的膝蓋和腳踝。他自己脫襪子的速度驚人，我甚至沒看清他襪帶的顏色。

馬修把我稍微抱起，讓我只有腳尖著地，這樣他就剛好把自己嵌在我腿縫中間。

「我們可能來不及上床。」我扶著他的肩膀道。我只想要他進入我體內，越快越好。

但我們還是上了那張柔軟、黝暗的床，途中還脫掉了最後的衣服。一躺上床，我的身體就迎接他插進我腿間的月彎，我拉他到我身上。即使如此，我們合而為一時，我仍訝異地輕呼——溫暖與冰冷，光明與黑暗、女性與男性、女巫與吸血鬼，相反極端的結合。

馬修開始在我體內動作時，他的表情從虔敬變為驚奇，他拱起身體而我用愉快的呼聲回應時，他顯得非常專注。他伸手下探，托起我尻部，與他的臀部密合，我則用手緊緊攀住他的肩膀。

我們沈浸在戀人獨特的節奏裡，一起搖晃，用嘴與手的溫柔觸摸互相取悅，結合為一，直到我們必須交出心與靈魂。深深望進對方的眼睛，像新生兒一般顫抖著，用肉體與靈魂交換最終的誓言。

「讓我永遠愛妳。」馬修貼著我潮濕的前額呢喃，我們躺著交纏在一起，他的嘴唇沿著我眉毛劃下一條冰冷的軌跡。

「我願意。」我再次承諾，依偎過去，讓我們的身體更加緊密地相貼。

第十三章

「我喜歡結婚。」我昏昏欲睡道。自從撐過新婚次日的盛宴與收禮——大多數禮物不是哞哞叫就是咯咯啼——一連好多天，我們成天就只有做愛、聊天、睡覺、閱讀。除了元帥不時送一盤食物和飲料來供我們維生，再沒有人來打擾我們。就連菲利普也不干擾我們共處的時間。

「妳似乎適應得很好。」馬修用冷鼻尖頂一下我耳朵背後，說道。我兩腿張開，趴在那兒，這房間位在鐵工煉治廠樓上，原本用來堆置備用武器。馬修趴在我身上，替我擋木門縫隙裡吹進來的冷風。雖然我不確定萬一有人走進來，會看到多少我的身體，但絕對會看見馬修的屁股和光溜溜的腿。他充滿暗示地貼著我騷動。

「你不至於又想要了吧？」他重複那動作時，我開心地笑了。我不知道如此旺盛的性活力是吸血鬼共同的特徵，或馬修的個人特色。

「妳已經開始批評我的創造力了嗎？」他把我翻過來，在我兩腿之間就定位。「更何況，我想要的是這個。」他湊到我唇上，溫柔地滑進我身體。

「我們來這兒是為了鍛鍊我的箭術。」過了一會兒，我說：「難道這就是你所謂的命中目標？」馬修放聲大笑：「奧弗涅人有幾百種取代做愛的委婉語，不過我想這不在其中。我來問問元帥有沒有聽過。」

「不准。」

「妳變矜持了嗎，畢夏普博士？」他故作驚訝問道，從我後尻扯下一小根稻草。「不用費事。沒有人會對我們消磨時間的方式存有任何幻想。」

「我懂你的意思，」我把原本屬於他的長襪拉到膝蓋上。「但你既然把我誘惑到這兒來，不妨順便研究一下，我哪裡做得不對。」

「妳是新手，不該指望每次都能命中目標。」他邊說邊站起身，尋找自己的長襪。一隻襪子還跟他的褲子套在一起，另一隻卻不見了。我往肩膀下面一摸，把揉成一團的襪子遞給他。

「有好的教練，我應該會成為高手。」我看過馬修射箭，他手臂長、手指纖細有力，是天生的好射手。我拿起牛角和木頭做的弓，它像一彎磨得光滑的新月，斜倚著旁邊的乾草堆。搓鞣過的皮革弓弦輕輕顫動。

「那妳該跟菲利普學射箭，不是跟我。他的箭法是傳奇。」

「你父親告訴過我，伊莎波的箭法更高強。」我用的就是她的弓，但截至目前為止，她的技巧一點也沒有傳染給我。

「那是因為有史以來，只有媽媽能把箭射到他身邊。」他指著弓道：「我來幫妳上弦。」

從我第一次嘗試把弓弦套上弓環以來，臉頰上已留下好幾道紅印。把弓彎成正確的弧度，需要很大的力氣和靈活的反應。馬修用大腿夾住弓的下半截，單手就輕易壓彎上半截，然後用另一隻手繫上弓弦。

「看你做好簡單。」在現代牛津的時候，看他徒手拔出香檳酒瓶的軟木塞，也覺得好簡單。

「確實很簡單——只要妳是吸血鬼，而且練習了一千年。」馬修微笑著把弓交給我。「記住，肩膀保持一直線，不要考慮太久，放箭的動作要輕柔流暢。」

聽他這麼說，好像也很簡單。我轉身面對箭靶。馬修用幾柄匕首，把一頂軟帽、一件上衣和一條裙子，固定在乾草堆上。起初我以為目標就是射中某樣東西：帽子、上衣、裙子。但馬修解釋說，目標是射中我瞄準的東西。他做了示範，先把一支箭射進草堆，然後以第一支箭為中心，依順時鐘方向再射五枝箭，把它圍在中間，最後第六支箭還要命中中央箭桿，將它劈開。

我從箭囊裡取出一支箭，搭在矢筈上，沿著左臂望向前方去，然後拉開弓弦。我略作遲疑，就已失了準頭。

「射。」馬修喝道。

我鬆開弓弦，箭嗖一聲從乾草堆旁飛過，掉在地上。

「讓我再試一次。」我說，伸手到腳邊的箭囊裡取箭。

「我看過妳對吸血鬼發射巫火，在她胸口燒出一個大洞。」馬修低聲道。

「我不想談茱麗葉，」我想把箭放回去，手卻抖個不停。我垂下弓：「或項皮爾，或我的魔法已完全消失的事實。或我為什麼會讓水果枯萎，為什麼在人身周圍看到色彩和亮光。我們難道不能不管它——就這個星期？」再一次，我的魔法（或沒有魔法）經常成為話題。

「學射箭本來是為了激發妳的巫火。」馬修指出：「想想茱麗葉可能有幫助。」

「為什麼不能單純做做運動就好？」我不耐煩地問。

「因為我們需要了解妳的力量為什麼改變。」馬修冷靜地說：「拿起弓，往後拉，讓箭飛。」

箭射中乾草堆右上角。我說：「至少這次射中乾草堆。」

「可惜妳瞄準的位置其實是在低處。」

「你這麼說就不好玩了。」

馬修臉色一整。「求生不是玩遊戲。這一次，把箭架好，瞄準時閉上眼睛。」

「你要我用直覺。」我笑得很沒把握，把箭搭在弓上。箭靶就在正前方，但我不看它，只按照馬修的建議，閉上眼睛。眼睛才剛閉上，空氣的重量就讓我分心。它壓迫我的手臂、大腿，像一件厚重的斗篷壓在我肩上。空氣也把箭頭往上托。我調整雙腳位置，撐開肩膀，把空氣往旁邊推。一陣微風輕拂，如撫慰般回應，吹開我耳畔幾縷髮絲。

你要什麼？我粗魯地問風。

妳的信任。它悄聲回答。

我的嘴唇驚訝地分開。我的心靈之眼張開，看見箭頭被鍛爐的火力、鑄造的壓力燒灼成金色。困在裡頭的火渴望再次自由飛翔，但除非我能放開我的恐懼，否則它只好留在原處。我輕吐一口氣，為信心騰出空間。我的呼吸穿過箭桿，我鬆開弓弦。箭乘著我的氣息飛出。

「我射中了。」我仍閉著眼睛，不需要看就知道，我的箭已抵達目的地。

「妳射中了。問題在於怎麼做到。」馬修在我的弓墜地前，伸手接過它。

「火被困在箭裡，空氣的重量纏繞著箭桿與箭頭。」我睜開眼睛。

「妳感覺到元素的存在，就像在麥迪森感覺莎拉果園裡的地下水，還有老房子樞桲裡的陽光。」馬修沈思道。

「有時候，這世界好像充滿看不見的能量，我卻掌握不住。或許如果我能像瑟蒂絲一樣任意變形，就會知道怎麼駕馭它們。」我伸手去取弓和另一支箭。閉上眼睛我就能命中目標；但只要偷看一眼周遭，我的箭就滿天亂飛或中途墜落。

「今天練夠了。」馬修道，替我揉開右側肩胛骨旁的一個硬塊。「元帥說這星期會下雨。也許我們該趁著能騎馬的時候多騎騎。」元帥不僅是做酥皮糕點的能手，也是相當值得信賴的氣象專家。他通常會把氣象預測跟早點一塊兒端上來。

我們策馬向鄉野行去，回家途中看到田裡有幾處篝火，七塔也被火炬照得通明。今晚是農神節，城堡正式開始過節的第一天。主張宗教大團結的菲利普，不希望任何人有被遺漏的感覺，所以羅馬風俗和基督教風俗分配到的時間一樣多。甚至還混雜了少許北歐耶誕的風情，我猜一定是為了目前缺席的蓋洛加斯著想。

「你們兩個不至於這麼快就對彼此厭倦了吧！」我們到家時，菲利普坐在樂師席上高喊。他頭上戴著一對神氣活現的鹿角，看起來像獅子和雄鹿的神奇合體。「我們還以為再過兩星期才看得到你們呢。不過你們既然來了，就來幹點兒活。拿些星星和月亮來，盡量找空隙處掛。」

大廳裡布置了一大堆綠色植物，看起來像座森林。好幾個無人看管的酒桶立在那兒，慶祝者興致一來就可以去喝上一杯。一陣歡呼迎接我們回來。負責布置的人要馬修爬到煙囪上，把一根大樹枝掛在屋梁上。他敏捷地縱上石壁，身手靈活，顯然不是第一次做這種事。

過節的氣氛是擋不住的，供應晚餐的時候，我們兩個自告奮勇遵守顛倒傳統為賓客上菜，這個節期裡，僕人搖身一變為主人，主人要服侍他們。我的守護者托瑪抽到上上籤，扮演「混世魔王」主持慶典。他戴起樓上那頂鑲紅寶石的金冠，好像這件無價之寶不過是演戲的道具，屁股下面塞了一堆墊子，大剌剌坐上菲利普的位子。不論這個大腦少根筋的小子提出什麼要求，扮演弄臣的菲利普一概答應。他今晚的使命包括跟亞倫跳一支浪漫的舞（馬修的父親扮女人），吹一支哨笛讓狗群發狂，還要在孩子的尖叫聲中表演影子龍爬牆。

菲利普娛樂小子民，也沒有把大人忘記，他安排了賭局讓他們有事做。他發給每個人一袋豆子，做為下注之用，並承諾今晚贏最多的人可以獲得一袋錢。頗具生意頭腦的凱琴用親吻換豆子，大有斬獲，如果我有籌碼，一定賭她是今晚贏得最後大獎的人。

整個晚上，我一抬頭就看見馬修和菲利普並肩而立，不時交談幾句，或分享一個笑話。他倆的頭靠在一起時，一個黑髮一個金髮，相貌截然不同。但在很多方面，他們又非常相似。每一天，菲利普永不磨滅的興高采烈都會磨掉一點馬修的稜角。哈米許說得對，馬修來到這兒就變得不一樣。他變得更好。雖然我在聖米榭山曾一度擔心，但他仍然屬於我。

馬修察覺我在看他，投來一個詢問的眼色。我微笑，從大廳這頭給他一個飛吻。他微低一下頭，有點不好意思，卻很開心。

午夜前五分鐘，菲利普掀開壁爐旁邊一件東西的罩蓋。

「天啊。菲利普發誓說他會把那座鐘修好，讓它重新走動，當初我還不信。」孩子和成人都高興得尖叫時，馬修來到我身邊。

我從未見過這樣的鐘。一個雕琢、鍍金的櫃子裡，放著一個水桶。從桶子伸出一根長長的銅管，把水滴到一艘漂亮的模型船的船身裡。船用一根套在圓柱上的繩子懸吊空中。船身因注水而重量逐漸增加，圓柱就會轉動，帶動鐘面上一根獨一無二的指針，沿著一個有刻度的轉盤移動，指示時間。整個結構幾乎跟我一樣高。

我問：「午夜會發生什麼事？」

馬修沈著臉說：「不論發生什麼，一定跟他昨晚要去的火藥有關。」

鄭重其事展示完大鐘，菲利普就開始按照古代敬神慶典的規矩，向過去與現在的朋友，以及家族的新舊成員，逐一致意。他把過去一年中，這個團體失去的每一位成員的名字都報了一遍，連托瑪那隻不幸意外喪生的小貓波雷兒都沒有遺漏。只見鐘上的指針一秒一秒向十二點邁進。

正好午夜，那艘船發出震耳欲聾的爆炸聲。鐘在四分五裂的木箱裡，搖晃著停擺。

「混蛋。」菲利普悲傷地看著毀了的鐘。

「芬奈先生，願上帝讓他的靈魂安息，對於你修改他的設計會不高興的。」馬修揮開眼前的煙霧，彎腰細看。「菲利普每年都要嘗試新花樣：噴水啦、響鈴啦、呼呼叫報時的機器貓頭鷹啦。自從法蘭西斯國王玩撲克把這座鐘輸給他以來，他就不斷修改它。」

「大砲應該射出小火星，然後噴一股濃煙。這會讓孩子們開心。」菲利普不滿地說。「你的火藥有問題，馬提歐斯。」

馬修哈哈大笑。「炸成這樣，有問題才怪。」

「完蛋了。」托瑪同情地搖頭道，他蹲在菲利普身旁，歪戴王冠，臉上有種成年人的憂慮。

「沒問題。明年我們會做得更好。」菲利普滿不在乎地向托瑪保證。

不久，我們就留下聖祿仙的人盡情賭博狂歡。我在火爐邊流連，等馬修熄滅蠟燭上床。我也上床時，掀起長睡衣，騎在他腰上。

「妳在幹什麼？」馬修發現自己平躺在床上，妻子居高臨下看著他，不禁大吃一驚。

「不光是男人可以顛倒傳統。」我用指甲刮著他胸膛說道。「我在研究所讀過一篇文章談這件事，叫做〈女人在上〉。」

「妳一向習慣主導一切，我無法想像妳能從那篇文章學到什麼，我的愛。」我調整重心，更牢靠地把他夾在我的兩腿之間，他露出壓抑的表情。

「馬屁精。」我的指尖從他沒有一絲贅肉的臀部往上移，越過小腹到肌肉發達的肩膀，我懸空在他上方，把他的手臂壓在床上，讓他透過睡衣敞開的領口，把我的身體看得一清二楚。他發出一聲呻吟。

「歡迎來到顛倒世界。」我鬆開他，以最快速度脫下睡衣，然後握住他的手，把自己降低到他胸前，讓我裸露的乳尖輕觸他的皮膚。

「天啊，我快被妳搞死了。」

「你現在不准死，吸血鬼。」我引導他進入我體內，輕輕搖擺，承諾要給更多，卻不馬上執行。馬修低低呻吟。我柔聲道：「你喜歡。」

他慫恿我採取更用力、更快的節奏。但我堅持緩慢而穩定地挪移，沈迷在我們身體密合的方式之中。馬修是我身體核心裡一個冰冷的實體，讓我熱血沸騰的一種妙不可言摩擦的來源。他到達高潮時，我深深望進他的眼睛，他眼中那種發自原始的脆弱，使我緊跟在他之後騰雲駕霧。我整個癱軟在他身上，我移動身體想爬下來時，他抱緊我。

「別動。」他低語。

我沒動，直到好幾個小時後馬修叫醒我。在黎明前的岑寂中，他再次跟我做愛。讓我從火變為水再變成風，然後又回到夢鄉，整個過程中，一直抱著我。

星期五是一年當中最短的一天，要慶祝狩獵節。全村還沒有從農神節的狂歡中恢復，況且耶誕節也迫在眉睫，但菲利普可不會為這些原因就放棄過節。

「元帥殺了一頭豬。」他道：「我怎麼可以讓他失望。」

天氣轉好的時候，馬修到村裡幫忙修理一戶上次下雪被壓垮的屋頂。我讓他待在那兒，爬在正梁上，跟別個木匠把鐵鎚拋來拋去，對於在零度以下的氣溫裡做一上午耗費體力的勞動，感到開心。

我一個人關在書房裡，手頭有幾本精美的鍊金術藏書和幾張白紙。有張紙的一部分，已寫滿除了我沒人看得懂的信筆摘要和圖表。目前城堡上下忙成一片，我已放棄釀酒。托瑪和艾甸只想跟他們的朋友跑來跑去，把手指頭伸進元帥新拌出來的蛋糕糊，沒興趣幫我做科學實驗。

「戴安娜。」菲利普速度極快，半個人都進了房間才發現我。「我還以為妳跟馬修在一起。」

「看他爬那麼高，我會覺得無法忍受。」我承認。他諒解地點點頭。

「妳在做什麼？」他從我身後窺視，問道。

「想規劃馬修和我該拿鍊金術怎麼辦。」我的腦子因長期不用和睡眠不足，覺得昏沈沈的。

菲利普把一疊紙做的三角形、紙捲和四方形扔在桌上，拉過一張椅子。他指著我畫的一個圖形說：

「這是馬修的印鑑。」

「是的。也是銀與金，月亮與太陽的象徵。」過農神節時，大廳裡裝飾了好多這些天體亮閃閃的化身。「我從星期一晚上就在思考這件事。我知道為什麼用新月和白銀象徵女巫——兩者都與女神相關。但為什麼會有人用太陽和黃金代表吸血鬼呢？」這跟民間流行的傳說完全相反呀。

「因為我們不會改變。我們的生命沒有高低起伏，而且我們的身體跟黃金一樣，不會死亡或生病，永不朽壞。」

「我早該想到才對。」我做了些筆記。

「妳還有別的心事。」菲利普微笑道。「馬修非常快樂。」

「不僅因為我。」我迎上公公的注視：「再次跟你住在一起，馬修覺得很開心。」

陰影籠上菲利普的眼睛。「伊莎波和我都喜歡孩子在家。他們擁有自己的生活，但這不會使沒有他們的日子更好過。」

「今天你也想念蓋洛加斯。」我說。菲利普一反往常，顯得很壓抑。

「是的。」他用手攪攪那些摺好的紙塊。「我的長子猶夫帶他加入這個家族。猶夫知人善任，每當分享血脈時，總是做出睿智的抉擇，蓋洛加斯是個很好的例子。他驍勇善戰，又稟承他父親的榮譽感。知道我孫子跟馬修一起待在英國，我覺得很放心。」

「馬修很少提起猶夫。」

「他比其他兄弟跟猶夫更親近。猶夫跟最後的聖堂武士死在教會和國王手中，令馬修的信心動搖。他花了很長一段時間才克服血怒，回到我們身邊。」

「蓋洛加斯呢？」

「蓋洛加斯還擺脫不了悲傷，在做到這一點之前，他不肯踏上法國的土地。我的孫子跟馬修一樣，對背叛猶夫信任的人大肆報復，但復仇治不好驟失至親的傷口。我的孫子總有一天會回來的。這一點我很確定。」一時之間，菲利普露出老態，不再是精力旺盛的統治者，而是一個背負著白髮人送黑髮人之痛的父親。

「謝謝你，菲利普。」我猶豫了一下才伸手放在他的手背上。他輕輕回握我一下，站起身來。然後他拿起一本鍊金術的書。那是原本屬於高弗雷、有精美插圖的《曙光乍現》，也就是最初把我誘到七塔來的那本。

「好奇怪的題材，鍊金術。」菲利普一頁頁翻閱，喃喃道。他看到太陽國王與月亮皇后分別騎著獅子和獅鷲獸，正在比武的圖畫，咧開大嘴笑道：「好，這派得上用場。」隨即把一個摺紙夾進書頁。

「你在做什麼？」我好奇得不得了。

「這是伊莎波跟我玩的一種遊戲。我們每逢有一個人遠行的時候，便把字條藏在書頁裡。每天都發生很多事，我們再相見時，不可能每件事都記得。這麼做就可以在最意想不到的時刻，撞見回憶的片段，然後一起回味。」

菲利普走到書架前，挑出一本皮革裝訂的舊書。「這是我們最喜歡的故事之一——《雅默利斯之歌》54。伊莎波和我品味簡單，喜歡冒險故事。我們總把紙條藏在這本書裡。」他把一個紙捲塞到書背和紙張之間。正塞得起勁，卻見一個摺好的長方形紙塊從下面掉出來。

「伊莎波還用刀，所以她留的紙條比較難找。那個女人，真是詭計多端。待我看看她寫了什麼。」菲利普拆開那個紙捲，不作聲看完。他抬起頭時，眼睛發亮，臉頰紅得異樣。

我笑起來，站起身說道：「我猜你可能需要私下寫個回函。」

「宗主。」亞倫不安地站在門口，表情很嚴肅。「有信差來。一個來自蘇格蘭。一個來自英格蘭。還有一個來自里昂。」

菲利普嘆口氣，低罵一聲。「他們總可以等到基督教節慶結束吧。」

我的嘴發酸。

「絕不會是什麼好消息。」菲利普看到我的表情，說道：「里昂的信差說什麼？」

「項皮爾離開前做了防範，他告訴別人說他被召喚到這兒來。因為他沒回家，他的朋友要來查問。一群巫族準備出來找他，他們打算朝這方向來。」亞倫說明。

「什麼時候？」我小聲道。太快了。

「雪會耽誤他們，在耶誕節期旅行也不方便。再過幾天吧，或許一星期。」

「另兩名信差呢？」我問亞倫。

「他們在村裡，是找老爺的。」

「一定是叫他回英格蘭去。」我道。

「如果這樣，耶誕節當天出發最好。路上行人稀少，月光黯淡。這種條件最適合食血者旅行，但是對溫血人不利。」菲利普很實際地說：「一路到卡萊，馬匹和宿處都為你們準備好了。也有船等著送你們去多佛。我會通知蓋洛加斯和芮利，為你們回去做準備。」

「你早已預期到這件事。」想到又要離開，我不禁顫抖。「但我還沒準備好。人家還是會發現我與眾不同。」

「妳混入人群的能力，比妳以為的好。例如，妳整個上午都用極好的法文和拉丁文跟我交談。」我張口結舌，半信半疑。菲利普笑道：「真的。我轉換過兩次，但妳都沒發覺。」他表情變得嚴肅：「要我下去告訴馬修我的安排嗎？」

「不。」我拉住他手臂道：「我去跟他說。」

馬修坐在屋梁上，雙手各拿一封信，眉頭皺在一起。他看見我，便沿著屋簷的斜坡滑下來，靈巧優雅，像一隻貓。今天早晨他的好心情和輕鬆戲謔，都成了過去式。他從生鏽的火炬托架上取下緊身上衣，一穿上衣服，木匠就消失無蹤，王子重現眼前。

「阿格妮絲‧山普森被起訴五十三個巫術罪名，她都認罪了。」馬修咒罵一聲。「蘇格蘭官方還沒學會，把許多個罪名堆積在一起，只會讓每個罪名都顯得更沒說服力。根據這裡的描述，魔鬼告訴山普森，詹姆士國王是他最大的敵人。伊麗莎白知道她沒排第一位，一定很高興。」

---

(54) The Song of Armouris，十一世紀的拜占庭民謠，描述一個武功蓋世的少年，單槍匹馬擊潰阿拉伯大軍，救出被俘的父親的故事。

「女巫不相信魔鬼。」我告訴他。凡人有關女巫的眾多訛謬傳聞當中，這是最令人不解的一樁。

「大多數超自然生物一旦受到飢餓、刑求，連續幾個星期擔驚受怕下來，只要能讓當前的苦難告一段落，什麼都願意相信。」馬修伸手去抓頭髮。「阿格妮絲・山普森的供詞——雖然不可靠——為詹姆士國王認為巫族企圖操縱政局的見解，提供了證據。」

「因此也破壞了盟約。」我這才明白這位蘇格蘭國王一心一意追捕阿格妮絲的動機。

「是的。蓋洛加斯要知道如何因應。」

「你怎麼做，你……上一次？」

「我讓阿格妮絲被處死，不做任何辯駁，對於超出合議會保護範疇的罪行，這是恰當的處分。」他迎上我的眼神。女巫和歷史學家為我面臨的不可能抉擇展開搏鬥。

「那你必須再次保持沈默。」我道，歷史學家贏了這場鬥爭。

「我沈默，她就只有死路一條。」

「你挺身說話，就會改變過去，也許會對現代產生無法想像的後果。我跟你一樣不想讓那女巫送命，馬修。但我們一旦開始製造改變，底線會在哪裡？」我搖頭。

「所以我要眼睜睜看著蘇格蘭的血腥事件重來一遍。然而這次一切都顯得非常不一樣。」他遺憾地說：「威廉・塞索要我回去，為女王收集蘇格蘭的情報。我必須服從他的命令，戴安娜。我沒有選擇。」

「即使塞索不召你回去，我們也必須去英格蘭。項皮爾的朋友已發現他失蹤。我們馬上就可以出發。菲利普已經做了迅速離開的安排，以防萬一。」

「父親就是這樣。」馬修毫無笑意地乾笑幾聲。

「很抱歉我們這麼快就得離開。」我低聲道。

馬修一把抱住我。「要不是妳，我對我父親最後的記憶就只是一具破碎的空殼。世間事苦樂參半，沒有十全十美的。」

接下來幾天，馬修和他的父親經歷一套他們想必已很熟悉的告別儀式，因為他們已分離過無數次。但這次不一樣。下次來到七塔的馬修將是一個不同的人，不認識我，也不知道菲利普的未來。

「聖祿仙的人早已習慣跟食血者共同生活。」我擔心托瑪和艾甸不能保密時，菲利普向我擔保：「我們來來去去。他們不問問題，我們也不解釋。一直都是這樣。」

儘管如此，馬修還是要確定他的計畫夠清楚。一天早晨，他在乾草穀倉跟菲利普比完武，我聽見他們交談。

「我們回到自己的時代前，我要做的最後一件事，就是捎一個消息給你。要準備命令我去蘇格蘭，保障我們家族跟詹姆士國王的聯盟。我會從那兒去阿姆斯特丹。荷蘭人即將開發跟東方貿易的路線。」

「我應付得來，馬修。」菲利普溫和地說。「在那之前，我希望定期收到英格蘭的最新消息，還有你跟戴安娜的近況。」

「蓋洛加斯會讓你跟上我們的冒險進度。」馬修承諾。

「那跟直接收到你寫來的信不一樣。」菲利普道：「以後你自鳴得意時，我難免會因為知道你的未來而暗笑，馬修。但我會設法克制。」

我們在七塔的最後幾天，飽受時間的捉弄，它先是拖慢腳步，後來又毫無預警地加快速度。耶誕夜當天，馬修跟家中大多數人一起到教堂去望彌撒。我留在城堡，發現菲利普待在他位於大廳另一頭的辦公室裡。他照例又在寫信。

我敲敲門。這只是形式，因為我一踏出馬修的塔，他應該就知道我走過來了，但貿然闖進去，還是顯得不妥。

「進來。」我第一次抵達時，也聽他下過同樣的命令，但現在跟他熟悉了，聽起來不那麼可怕。

「抱歉打擾你，菲利普。」

「進來吧，戴安娜。」他揉揉眼睛道：「凱琴找到了我的盒子嗎？」

「找到了，還有放杯子和筆的盒子。」他堅持要我帶一套他漂亮的旅行用品上路。每件東西都用硬皮革製作，經得起風霜雨雪和粗暴的搬運。「離開前，我要向你道謝——不僅因為婚禮。你修好了馬修內心的某種破損。」

菲利普把圓凳往後一推，仔細打量我。「該道謝的是我，戴安娜。我們家的人企圖修補馬修靈魂上的傷口已經一千多年了。如果我沒記錯，妳只花了四十幾天就辦到了。」

「馬修原來不是這樣的。」我輕搖著頭說：「直到他來到這兒，跟你共處。他心裡有塊我碰不到的陰影。」

「馬修這種人永遠不可能完全擺脫他的陰影。但或許必須先接納那塊陰影，才能愛他。」菲利普繼續道。

「不要因我黧黑且有陰影而拒絕我。」我喃喃道。

「我沒聽過這句詩。」菲利普皺眉道。

「它出自我稍早拿給你看的那本鍊金術的書——《曙光乍現》。這段話讓我想起馬修，但我還不懂原因何在。不過我總有一天會知道的。」

「妳很像那枚戒指，妳知道。」菲利普用手指敲敲桌面道：「又一則伊莎波傳來的巧妙訊息。」

「她要你知道，她贊成這件婚姻。」我說，我的大拇指伸過去觸摸那令人安心的重量。

「不對，伊莎波要我知道，她認可妳。妳就像戒指的材質，像黃金一樣堅定不移。妳藏了很多祕密，就像戒指的內環藏著詩句。但最能呈現妳這個人的卻是那顆寶石：光輝的外表、烈火的內在，金剛不壞。」

「啊，我很容易損壞的。」我不無憾意道。「即使是鑽石，也只要拿一把普通鐵鎚就能敲碎它。」

「我看過馬修在妳身上留下的疤痕。我猜還有更多疤痕藏在不顯眼處。如果那次不能讓妳粉身碎骨，現在也不會。」菲利普從桌子那頭繞過來。他溫柔地親吻我兩邊臉頰，我不禁熱淚盈眶。

「我該走了。我們明天一早離開。」我轉身要離開，卻又驀然回身，張開雙臂，緊緊摟住菲利普寬闊無比的肩膀。這樣一個男人怎麼會碎裂呢？

「怎麼了？」菲利普退後一步，喃喃道。

「你不會孤單的，菲利普・柯雷孟。」我壓低聲音，用全身的力量說：「我會設法在黑暗中與你同在，我保證。當你以為全世界都遺棄你的時候，我會在旁，握住你的手。」

「還有別種可能嗎？」菲利普溫和地說：「妳就在我心裡啊。」

第二天早晨，只有少數幾個人到大院裡來送我們。元帥在彼埃的鞍袋裡替我裝了各式各樣的零嘴。亞倫利用剩餘的空間，塞了好多封寫給蓋洛加斯、華特以及其他好幾十個人的信。哭紅了眼睛的凱琴站在一旁。她想跟我們同行，但菲利普不准。

還有菲利普，他給我一個熊抱，放開我，他又跟馬修低聲交談了一會兒。馬修猛點頭。

「我以你為榮，馬提歐斯。」菲利普輕攬一下他的肩膀，說道。馬修向他父親靠過去一點兒，菲利普依依不捨地放開手。

馬修回頭面對我，臉上表情非常堅決。他扶我上馬，然後輕而易舉躍上馬背。

「保重，父親。」馬修道，眼中有閃光。

「你們也保重，馬提歐斯與戴安娜。」菲利普回應。

馬修既沒有回頭看父親最後一眼，僵硬的背脊也始終沒有軟化的跡象。他直愣愣地盯著前方的道路，面對未來，不回顧過去。

我只回頭一次，某個東西飛快閃過，引起我的注意。是菲利普，在旁邊的山稜上策馬疾行，打定主意非到不得已才讓兒子離開視線。

「再見，菲利普。」我向風中低語，希望他能聽見。

第十四章

「伊莎波，妳沒事吧？」

「當然。」伊莎波正翻轉一本價值連城的古書的封面，把書倒過來拿，在空中甩動。

艾米莉・麥澤懷疑地看著伊莎波。整個圖書館裡一片混亂。這座古堡其他地方都整潔得無懈可擊，唯獨這個房間好像剛被龍捲風掃過。書扔得到處都是。有人把它們從書架上通通搬下來，攤成一片。

「一定在這裡。他應該知道那兩個孩子在一起了。」伊莎波把那本書扔到一旁，伸手去拿另一本。做過圖書館管理員的艾米莉看到書受這樣的虐待，內心真是痛苦萬分。

「我不明白。妳要找什麼？」她撿起那本被扔開的書，溫柔地把它闔起來。

「馬修和戴安娜回到一五九〇年。當時我不在家，我在特里爾。菲利普一定認識馬修的新婚妻子。他會留話給我。」伊莎波長及腰部的頭髮披散在臉上。她檢查完最後一本受害的書，看過書脊和書頁，又伸出食指，用鋒利的指甲劃開蝴蝶頁。沒有找到任何東西，她沮喪得低聲咆哮。

「但這都是書，又不是信。」艾米莉小心翼翼道。她跟伊莎波本人不熟，但是對馬修母親令人毛骨悚然的傳奇，和她在特里爾及其他地區的所作所為，卻是耳熟能詳。柯雷孟家族的女族長對女巫很不友善，雖然戴安娜信任這個女人，艾米莉還是不怎麼放心。

「我找的不是信。我們把寫給對方的紙條藏在書裡。他去世的時候，我搜索過這個圖書館裡的每一本書，要找到他遺留的每一個片段。但我一定遺漏了什麼。」

「或許當時它不存在，所以找不到——時機未到。」門旁的陰影裡傳來一個沙啞的聲音，莎拉・畢夏普紅髮散亂，蒼白著一張擔憂且睡眠不足的臉。「瑪泰看到這亂象，一定會大發脾氣。幸好戴安娜不在，她會給妳一段愛惜圖書的訓話，煩得妳變成呆子。」無論莎拉走到哪兒都跟在後面的塔比塔，從這女巫腿間衝出來。

輪到伊莎波困惑了：「妳這話什麼意思，莎拉？」

「時間很詭詐。即使一切都依照計畫，戴安娜和馬修回到一五九〇年十一月一日，現在就要找妳丈夫留下的訊息也仍然太趕。妳之前找不到訊息，是因為菲利普還沒有遇見我外甥女。」莎拉頓了一下。「我想塔比塔在啃那本書。」

塔比塔來到一棟老鼠眾多、又有許多陰暗角落可供藏身的房子，真是樂壞了，最近她又染上了攀爬家具和窗簾的嗜好。現在她正蹲在書架上，齧咬一本皮革精裝書的書角。

「Kakó gati!（希臘文：壞貓咪！）」伊莎波喊道，往書架衝去。「那是戴安娜最喜歡的一本書。」

塔比塔跟其他攫食動物對峙時，從沒有退縮過，密麗安是唯一的例外。她舉爪一拍，書便落到地上，她跳下書架，撲到書上，像獅子捍衛一塊特別想要的肉般，守護她的寶物。

「原來是一本那種有插圖的鍊金術祕笈啊。」莎拉道，從貓的爪下拿起那本書，翻了幾頁，又嗅一嗅封面。「唔，難怪塔比塔要咬。這書有薄荷和皮革的味道，跟她最喜歡的玩具一樣。」

一張摺了又摺，摺成方塊的紙，滴溜溜打著轉，飄落地上。失去了書的塔比塔，用尖牙咬起紙塊，就想往門外開溜。

伊莎波正等著她。她拎起塔比塔的頸皮，從貓口裡拿走那張紙，然後親一下這隻大吃一驚的貓的鼻子。「聰明貓咪。晚餐賞魚給妳吃。」

「妳要找的就是這個？」艾米莉看著那張紙片。乍看之下，並不覺得值得為它差點拆掉整個房間。從伊莎波拿紙的方式，就看得出她會怎麼回答。她畢恭畢敬把它拆開，是一張五吋見方的厚紙片，兩面都密密麻麻寫滿小字。

「是用某種密碼寫的。」莎拉道。她把用繩子繫在脖子上的斑馬紋閱讀眼鏡拿到鼻梁上，準備看個清楚。

「不是密碼——是希臘文。」伊莎波用發抖的手把紙撫平。

「上面說些什麼？」莎拉問道。

「菲利普寫的。他見到他們了。」伊莎波吸一口氣，眼睛飛快掠過文字。她舉手就唇，寬心與將信將疑交織。

莎拉等她讀完信。然後又等了兩分鐘，比她給任何其他人的時間，已經多了九十秒。「怎麼樣？」

「他們跟他一起過節。『基督徒神聖慶典的早晨，我跟妳兒子告別。他終於找到了快樂，跟一個踏著女神足跡、值得他愛的女人配對。』」伊莎波高聲朗讀。

「妳確定他說的是馬修和戴安娜。」艾米莉覺得信中用語對夫妻而言有點奇怪，太正式，也太含糊。

「是的，馬修一直都是我們最擔心的孩子，雖然他的兄弟姊妹遇到過更大的困難。我最大的心願就是看馬修活得快樂。」

「說到『踏著女神足跡』的女人，意義很明確。」莎拉表示認同。「他不能直接寫戴安娜的名字，也不能透露她的女巫身分。萬一被別人找到怎麼辦？」

「還有。」伊莎波繼續道：「命運仍有令我們意外的力量，聰明人。我擔心困難在未來等著我們大家。我會盡力利用我剩餘的時間，確保妳和我的兒女，以及我們的孫兒女安全，包括那些天意恩賜給我們的，和那些尚未出生的。」

莎拉罵了一聲：「什麼尚未出生，該說尚未製造吧？」

「沒錯。」伊莎波低聲道。「菲利普用字非常謹慎。」

「所以他試著告訴我們戴安娜和馬修之間的某些事。」莎拉道。

伊莎波倒在沙發上：「很久很久以前，有傳言說道，有些超自然生物不一樣——永生不死，而且力量強大。最初簽署盟約的時候，有人揚言，有個女巫生下一個流下像吸血鬼一樣的血淚的嬰兒。每當那個孩子流淚，就有強風從海上吹來。」

「我從來沒聽過這種事。」艾米莉皺起眉頭說。

「它被當作一則神話——編造出來使超自然生物產生恐懼心理的故事。現在我們幾乎沒有人記得這故事，更沒有人相信這種事。」伊莎波碰一下放在她腿上的紙片。「但菲利普知道那是真的。他抱過那孩子，妳們瞧，他知道那是什麼。」

「什麼是什麼？」莎拉吃驚地問道。

「女巫所生的食血者。那個可憐的孩子被迫挨餓。女巫的家族從她那兒把孩子奪走，拒絕給他餵血，他們說只要強迫他一直喝奶，他就不會變成我們的一員。」

「馬修一定也知道這個故事。」艾米莉道：「即使不為戴安娜，為了他研究的需要，妳也會講給他聽。」

伊莎波搖頭：「我不講這種故事。」

「妳和妳嚴守的那些祕密。」莎拉埋怨道。

「那妳的祕密呢，莎拉？」伊莎波喊道：「妳真的相信巫族——像薩杜和彼得・諾克斯那種人——對這個食血者小孩和他母親的事一無所知？」

「停，妳們兩個都不要說了。」艾米莉怒聲道：「如果這故事是真的，而且其他生物也知道，那麼戴安娜就有重大危險，蘇妃也一樣。」

「她的父母都是巫族，但她是魔族。」莎拉想起萬聖節前幾天，突然來到她紐約州家門口的那對年輕夫婦。沒有人知道這兩個魔族在整個謎團裡扮演什麼角色。

「蘇妃的丈夫是魔族，但他們尚未出生的女兒將會是個女巫。她和雷瑟尼進一步證明，我們並不了解巫族、魔族和血族跨族繁衍、把超自然能力傳給下一代的方式。」艾米莉擔憂地說道。

「需要躲避合議會的超自然生物還不止蘇妃和雷瑟尼呢。好在馬修和戴安娜平安地待在一五九〇年，而不是現代。」莎拉很悲觀。

「但他們兩個待在過去越久，對現代造成的改變就越大。」艾米莉指出：「戴安娜和馬修的身分早晚會洩漏的。」

「妳是指什麼，艾米莉？」伊莎波問道。

「時間必須調整——不像一般人以為的那麼戲劇化，戰況逆轉啦、總統大選換人勝出啦，而是很多小事，好比這張便條，會從這兒、那兒蹦出來。」

「異常現象。」伊莎波喃喃道。「菲利普一直在搜尋世界各地的異常現象，所以我每天看這麼多份報紙。我們已養成每天把報紙通通讀完的習慣。」她沈浸在回憶中，再次閉上眼睛。「他最愛看體育版，當然，還要讀教育專欄。菲利普非常擔心未來的孩子要學些什麼。他設立獎學金，鼓勵研究希臘文和哲學，他也贊助女子大學。我總覺得奇怪。」

「他在找戴安娜。」艾米莉仗著預知的天賦，篤定地說。

「或許吧。有次我問他，為什麼對時事那麼在意，他希望在報上找到什麼。菲利普說，看到了他才知道。」伊莎波道。她悲傷地一笑。「他喜歡解謎，他說如果有可能，他想當一個福爾摩斯那樣的偵探。」

「我們必須搶在合議會之前，找到這些時間上的小疙瘩。」莎拉道。

「我會通知馬卡斯。」伊莎波點頭表示同意。

「妳應該告訴馬修跨物種嬰兒的事。」莎拉無法掩飾她語氣裡的指責意味。

「我兒子愛戴安娜，如果知道有那個孩子，馬修會寧可拒絕她而不讓她——還有孩子——陷於危險。」

「畢夏普家的人不輕言放棄，伊莎波。如果戴安娜要妳的兒子，她會想方設法把他弄到手。」

「好吧，戴安娜確實想要他，現在他們擁有彼此了。」艾米莉指出：「但我們不僅要把這消息告訴馬卡斯，也得讓蘇妃和雷瑟尼知道。」

莎拉和艾米莉離開圖書館。她們住在露依莎的舊房間，跟伊莎波的臥室在同一條走廊裡。莎拉覺得這房間有時會有一點兒戴安娜的氣味。

她們走後，伊莎波仍待在圖書館裡，把書收好，重新上架。房間的秩序恢復後，她又回到沙發上，拿起丈夫的訊息。信中的消息比她向女巫透露的更多。她閱讀後幾行。

「且把陰霾的念頭拋開。妳一定要好好保護自己，這樣妳才能跟他們一起分享未來。我已經兩天沒提醒妳，我的心屬於妳了。我但願每分鐘都能這麼做，妳才不會分秒或忘，也不會忘記那個永遠把妳視若瑰寶的男人的名字。菲利普。」

菲利普生命的最後幾天，有時他連自己的名字都想不起來，更遑論她的名字。

「謝謝妳，戴安娜。」伊莎波悄聲對夜空說道：「因妳把他交還給我。」

幾小時後，莎拉聽見樓上傳來奇怪的聲音——像是音樂，但不僅是音樂。她蹣跚地走出房間，在大廳裡遇見瑪泰，穿著一件口袋上繡有一隻青蛙的絨線睡袍，臉上有悲喜交集的表情。

「那是什麼？」莎拉仰頭問道，人類不可能發出那麼優美而深入人心的聲音，屋頂上想必有天使。

「伊莎波又開始唱歌了。」瑪泰答道：「菲利普去世後，她只唱過一次——當時妳的外甥女有危險，需要把她帶回這世界。」

「她還好嗎？」每個音符裡帶著那麼多的哀傷與失落，把莎拉的心揪得好緊。任何文字都不足以描述這樣的聲音。

瑪泰點點頭。「音樂是好東西，顯示她的哀悼可能終於要結束了。唯有這樣，伊莎波才能重新活過來。」

兩個女人，吸血鬼與女巫聆聽著，直到伊莎波歌聲最後的音符消逝，只剩沈默。

第三部

倫敦：黑衣修士區

第十五章

「看起來像一隻失心瘋的豪豬。」我道。倫敦的天空線到處可見細窄的尖塔，從密集的建築物當中伸出來。「那是什麼？」我指著一座極其龐大、被許多扇高窗分隔成一塊一塊的石頭建築，驚呼道。高聳的木造屋頂上，立著一個焦黑的粗短突起物，比例上十分不相稱。

「聖保羅大教堂。」馬修解釋道。這可不是克里斯多夫・雷恩[55]那座有白色圓頂、造型優雅的傑作，而且後者的巨大結構被現代辦公大樓遮住，要走到它門前才能一窺全貌。聖保羅的舊建築盤據倫敦最高的山丘，老遠就看得見。

「閃電擊中高塔，木造屋頂起火[56]。英國人認為整座教堂沒有夷為平地，是一個奇蹟。」他繼續道。

「但法國人認為，從這件災難一發生，上帝之手要打擊的對象就不言可喻，這也是意料中事。」蓋洛加斯接道。他到多佛接我們時，在薩瑟克[57]徵用了一條船，現在正划著船逆流而上。「不論上帝真正的立場在什麼時候顯現，祂老人家都不提供修理費。」

「女王也不出錢。」馬修專心觀察排列在河邊的一個又一個碼頭，右手扶著劍柄。

真沒想到舊的聖保羅大教堂是這麼龐大。我又擰了自己一把。自從看到倫敦塔（周圍沒有摩天高樓，它也顯得好巨大）、倫敦橋（充作懸空的購物中心），我一直在做這個動作。回到過去，各種景象與聲音都讓我印象深刻，但什麼都不及我看到倫敦的第一眼那麼驚人。

「你們確定不要先在市區上碼頭。」從我們上了船，蓋洛加斯一直暗示我們，這麼做才是明智之舉。

「先去黑衣修士。」馬修堅決地說。「其他事都可以等。」

蓋洛加斯看起來並不苟同，但他繼續划船，直到我們抵達老城的城牆最西端。我們沿著陡峭的石梯上了岸，階梯最下面幾級都泡在河水裡，根據牆壁的外觀推測，漲潮時，整座階梯都會被淹沒。蓋洛加斯扔了一條繩索給一名壯漢，後者對他千恩萬謝，很慶幸能完整收回他的財產。

「好像你總是坐別人的船，蓋洛加斯。或許馬修該送你一條船做為耶誕禮物。」我淡然道。回到英格蘭——採用舊曆法——代表我們今年要慶祝兩次耶誕。

「剝奪我所剩無多找樂子的手段嗎？」蓋洛加斯的牙齒在鬍子縫裡閃現。馬修的姪兒謝過船夫，並扔給他一枚錢幣，錢幣的大小和重量使這可憐人滿心歡喜，先前的焦慮一變而為感激。

我們在階梯頂端通過一道拱門，便進入水街。這是一條狹窄彎曲的主要街道，兩旁擠滿住家和商店。每多蓋一層樓，房子就向馬路中間多伸出一點，像一個抽屜逐層往外多拉出一些的五斗櫃。家戶窗口晾曬出來的床單、地毯及其他衣物，更強化了這種效果。每個人都把握難得的好天氣，讓住處和衣服透透風。

馬修緊握著我的手，蓋洛加斯走在我右側。風景和聲音從四面八方襲來。裙裾和斗篷在閃避車輪或掠過行人攜帶的包裹與武器時，便見色彩飽滿的紅、綠、咖啡、灰等各色布料，在臀部及肩膀上搖曳生姿。鐵鎚敲打、馬嘶、遠處牛隻哞叫、金屬在石頭上滾動的聲音，爭相引人注意。幾十塊招牌上紛陳天使、骷髏頭、工具、彩色圖案、神話人物的圖案，迎著水面上吹來的風晃動，嘎嘰作響。我頭頂的金屬桿上，也有塊木招牌在擺盪。牌上畫了一頭白鹿，細緻的鹿角周圍描了金線。

「到了。」馬修道：「鹿冠。」

這棟房子跟街上大多數房子一樣，是半木造的。拱形的甬道兩旁有很多扇窗。一個鞋匠在拱門這頭忙

---

⑤⑤ Christopher Wren（1632-1723），英國建築師。一六六六年倫敦大火，災後重建由雷恩主導，大舉修復毀損文物，其中就包括著名的聖保羅大教堂。他還曾參與肯辛頓宮、漢普頓宮、紀念碑、皇家交易所及格林威治天文台的興建。

⑤⑥ 一五六一年六月，聖保羅大教堂的尖塔失火，燒掉半截，以致只剩下前文所謂的「焦黑的粗短突出物」。

⑤⑦ Southwark為倫敦一區，在泰晤士河南岸，與黑衣修士區幾乎隔河相望。

碌地工作，走廊盡頭有個婦人盯著一群小孩、顧客和一本大帳冊。她愉快地跟馬修點頭為禮。

「羅勃・霍利的老婆以鐵腕統治他的學徒和顧客。鹿冠發生的每件事都逃不過梅格蕊的耳目。」馬修解釋給我聽。我在心裡記下，一有機會就要跟這個女人結為朋友。

甬道另一頭通往這棟建築的天井式院落——倫敦的人口如此密集，這可是一項奢侈品。小院子裡還有另一樣罕見的好東西：一口為大雜院居民提供潔淨飲水的井。有人利用這院子朝南的空間，把鋪地的石塊掘起，開闢了一個小花園，現在整潔而空曠的花床正耐心等待春天。公用廁所旁有座舊棚子，棚裡有群洗衣婦正在幹她們的活計。

左側有道曲折的梯子，通往我們租用的整層二樓，芳絲娃在寬敞的樓梯口等著歡迎我們。她敞開通往各房間的結實大門，把一座有鏤空板的餐具櫃58塞滿東西。還有一隻拔光了毛、脖子折斷的鵝，掛在櫥子的門鈕上。

「終於。」亨利・波西微笑現身。「我們等了好幾個鐘頭。我那賢慧的好媽媽送你們一隻鵝。她聽說這陣子城裡買不到家禽，生怕你們會挨餓。」

「看到你真高興，哈爾。」馬修輕笑一聲，對那隻鵝搖搖頭。「令堂近來可好？」

「每到耶誕節都要大發雌威，謝謝你。我大部分的家人都找到藉口去了別處，但我必須留在這兒取悅女王。陛下對著整個覲見室大叫大嚷，說我即使只當個寵——寵——寵物，也不值得信任。」亨利開始口吃，想到這件事就顯得很不舒服。

「非常歡迎你跟我們一起過耶誕，亨利。」我道，脫下斗篷，走進房間裡，空中瀰漫著香料和剛鋸下的樅木的氣味。

「謝謝妳邀請我，不過我妹妹愛琳娜和弟弟喬治都在城裡，我不能把家母丟給他們去應付。」

「那至少今天晚上住我們這裡。」馬修拉著他往右轉，那兒有溫暖的爐火。「給我們說說，我們遠行時發生了什麼事。」

「都很平靜。」亨利愉快地說。

「平靜？」蓋洛加斯大踏步上樓，冰冷地看著伯爵。「馬羅在主教帽酒吧喝得爛醉，跟那個史特拉福出身的窮代書[59]吟詩唱和，那小子亦步亦趨跟著他，希望成為劇作家。但目前莎士比亞似乎只要學會偽造你的簽名就很滿足，馬修。酒店老闆的紀錄顯示，你承諾要幫克特付上星期的食宿費。」

「我離開他才不過一小時。」亨利抗議道。「克特知道馬修和戴安娜今天下午到。他跟威爾都答應守本分。」

「這就說得通了，原來如此。」蓋洛加斯用諷刺的語氣說道。

「這是你布置的嗎，亨利？」我打量著門口到客廳這一區。有人在火爐四周和窗框上插滿冬青、常春藤和樅樹枝，並將它們的枝葉堆在一張橡木桌中央。火爐裡添滿木柴，火燄嘶嘶作響，不時發出愉快的劈啪聲。

「芳絲娃和我希望你們共度的第一個耶誕有濃郁的節慶氣氛。」亨利脹紅了臉說道。

鹿冠代表十六世紀城市生活最好的一面。客廳寬敞而不失溫馨舒適。朝西的牆上開了一扇俯瞰水街的大玻璃窗，這扇幾乎盤據整面牆的格子窗，是觀察行人的好據點，窗台下有一個襯軟墊的座位。雕花壁板使牆壁顯得溫暖，每塊板上都刻著纏繞的花朵與藤蔓。

房間裡的家具都不成套，但做工還不錯。一張有靠背的長椅和兩張寬大的單椅在火前等待。房間正中央的橡木桌出奇精美，寬不到三呎，但相當長，桌腳裝飾著精緻的女人和赫米斯頭像。一根內嵌蠟燭的橫木懸掛在桌子上方，藉一組使用起來相當順暢、吊在天花板上的滑輪系統控制高度。雕刻的獅頭在巨大的

---

[58] 中世紀的櫥櫃會在兩側的板壁上挖許多小孔，通風透氣。

[59] 即莎士比亞。

碗櫃正面的橫飾帶上咆哮，櫃子裡陳列著各式各樣的杯壺瓶盞——但碗盤很少，也正反映了吸血鬼居家生活的需求。

我們坐下來享用烤鵝大餐前，馬修帶我去看我們的臥室和他的私人辦公室。兩者都在客廳對面，中間隔著入門的走廊。兩個房間都有眺望庭院的尖頂長窗，採光充足，而且出乎意料地通風良好。臥室裡只有三件家具：搭配雕刻床頭板和沈重木製天蓋的四柱大床，高大的、附拆卸式側板和門的床單熨壓機，以及放在窗下的一座很矮卻很長的箱子。箱子上了鎖，馬修說裡面裝的是他的盔甲和幾件備用武器。亨利和芳絲娃也在這兒用心裝飾過。常春藤蜿蜒在床柱上，床頭板上還繫了冬青樹枝。

雖然臥室看起來幾乎沒人住，馬修的辦公室卻顯然經常使用。到處散置著一籃籃的文件、塞滿鵝毛筆的袋子和筆筒、夠做幾十支蠟燭的封蠟、一球球的繩子，還有多得讓我想到就心情低落的待拆的信。一張有後斜靠背和弧形扶手，看起來挺舒服的椅子，放在附有延伸板，隨時可以拉開使用的桌子前面。除了笨重的桌腳上有球形和杯形雕刻之外，一切都顯得簡單實用。

雖然等他完成的工作堆積如山，看得我臉都白了，馬修卻滿不在乎。「什麼事都可以等。即使情報員也不在耶誕夜工作。」他對我說。

晚餐時我們聊著華特最近的冒險成就，倫敦的交通多麼不像話，但大家都避談更嚴肅的話題，好比克特沈溺酒精，或野心勃勃的威廉‧莎士比亞。盤子撤走後，馬修從牆邊拉過來一張小遊戲桌，從桌面下的抽屜裡取出一副牌，開始教我伊麗莎白時代的賭博方式。亨利剛說服馬修和蓋洛加斯一起玩「跳跳龍」——一種駭人的遊戲，把葡萄乾放在一碟白蘭地裡點燃，然後打賭誰能吞嚥最多顆——就聽見窗外街道上傳來報佳音的歌聲。這些人唱歌不同調，不知道歌詞的人就任意把約瑟和馬利亞私生活中不可告人的細節添加進去。

「這兒，老爺。」彼埃把一袋錢幣交給馬修。

「我們有蛋糕嗎？」馬修問芳絲娃。

她看著他的表情好像他瘋了。「當然有蛋糕。放在樓梯口新買的餐櫥裡，那樣氣味比較不會產生干擾。」芳絲娃指著樓梯的方向說道。「去年你給他們酒，但我想他們今晚不需要酒。」

「我跟你一起去，老馬。」亨利自告奮勇：「我喜歡在耶誕夜聽首好歌。」

馬修和亨利出現在樓下，合唱者的音量頓時提高了一級。歌聲很不整齊地告一段落後，馬修向他們道謝，並分發銅板。亨利分的是蛋糕，很多人向他行禮，並低聲道：「謝謝您，爵爺。」諾森伯蘭伯爵在場的消息很快傳了開來。報佳音的隊伍向下一棟房子進發，他們遵循某種神祕的次序設計路線，巴望這麼做能贏得最好的食物與酬勞。

不久我就再也壓抑不住呵欠，亨利和蓋洛加斯便拿起手套和斗篷。他們向門口走去時，都笑得像心滿意足的媒人公。馬修跟我一起上床，哼著耶誕歌曲，聽著報時的鐘聲，一一說出它們的名字，抱著我直到我睡著。

「這是聖瑪莉拱門教堂，」他聆聽城市的聲音，說道：「還有聖凱瑟琳基利教堂。」

「這是聖保羅嗎？」悠長的小號聲響起時，我問道。

「不是。燒掉鐘塔的閃電也毀了所有的鐘。」他道：「那是聖救主堂的鐘。我們進城的路上有經過那兒。」倫敦其餘的教堂跟薩瑟克大教堂此起彼落。最後由一個走音的鐘發出一聲刺耳怪響，一切告終，那是我向睡意屈服前聽見的最後一個聲音。

夜半，我被馬修辦公室裡的說話聲吵醒。我摸摸床上，他已不在我身旁。我跳到冰冷的地板上，固定床墊的皮帶拉扯作響。我渾身發抖，走出房間前先披上披肩。

從燭盞裡燭淚的高度判斷，馬修已工作了好幾個小時。跟他在一起的是彼埃，站在火爐旁邊坐在牆壁凹龕裡的書架前。他看起來好像在泰晤士河退潮時，被拉著仰天在爛泥裡拖行過似的。

「我跟蓋洛加斯和他的愛爾蘭朋友跑遍全城，」彼埃低聲道：「那些蘇格蘭人即使知道任何與那個小學老師有關的事，他們也不肯說，老爺。」

「什麼小學老師？」我走進那個房間。這時我才發現，木頭鑲板之間藏著一道窄門。

「對不起，夫人。我不是故意吵醒您。」彼埃的慌亂隔著一身骯髒仍看得出來，而他身上的臭味，嗆得我流淚。

「沒關係，彼埃。下去吧。待會兒我去找你。」馬修等他的僕人在鞋子一路發出的嘎吱聲中，倉皇逃走，然後他的眼神飄到火爐旁的陰影裡。

「那扇門後面的房間不在你歡迎我的參觀行程之中。」我指出，走到他身旁。「現在又怎麼了？」

「更多來自蘇格蘭的消息。陪審團判一個名叫約翰・范恩的巫師——沛斯東坂的小學老師——死刑。我不在的時候，蓋洛加斯試圖調查那些瘋狂指控——崇拜撒旦，在墓園裡肢解屍體，把鼴鼠的腳變成銀錠、他就永遠不愁沒錢花，為阻撓國王施政、跟魔鬼和阿格妮絲・山普森同坐一艘船出海——幕後的真相，如果有的話。」馬修把一張紙扔在面前的桌上。「就我所知，范恩是一個tempestarii，也就是具有民間所謂呼風喚雨的能力，如此而已。」

「風巫，也可能是水巫。」我翻譯這不熟悉的詞彙。

「是的。」馬修點頭道：「范恩曾在旱災時期召喚雷雨，在蘇格蘭的冬季好像永遠不會結束時，讓積雪提前融解，為他的教師薪資賺點外快。所有記載都說，他同村的人對他敬愛有加。就連他的學生對他也一致稱讚。范恩可能有點預知能力——他能預言別人的死期，但那也可能像是克特為取悅英格蘭觀眾而捏造出來的東西。他對第六感很著迷，妳應該還記得。」

「鄰居的心情變化對巫族有很大的影響，馬修。前一分鐘我們還是朋友，下一分鐘就被驅逐出城——或更可怕。」

「范恩的遭遇絕對是更可怕。」馬修沈著臉說。

「我可以想像。」我打了個寒噤。如果范恩遭到像艾格妮絲•山普森一樣的酷刑折磨，他可能還寧可死掉。「那個房間裡有什麼？」

馬修考慮要不要對我說那是個祕密，但明智地否決了這念頭。他站起身：「最好由我帶妳去看。靠著我。天還沒亮，我們不能拿蠟燭進去，以免被外面的人看見。我不希望妳滑倒。」我不作聲點點頭，握住他的手。

我們跨過門檻，走進一個很長的房間，屋簷下有一排比箭孔大不了多少的窗戶。過了一會兒，我的眼睛適應了黑暗，灰色的形象開始在朦朧中顯現。兩把柳條編的陳舊庭院椅，面對面擺著，椅背向前彎。房間中央擺了兩排破舊的矮板凳，每張凳子上都有一件奇怪的物品：書、紙張、信件、帽子、衣服。一道金屬反光來自右方：幾把寶劍，劍柄在上，劍尖朝下。一堆匕首放在旁邊的地板上。還有爬搔的聲音和一陣倉促的腳步聲。

「老鼠。」馬修的聲音很實際，但我不禁拉緊睡衣下襬，保護我的腳。「彼埃和我已經盡了力，但不可能把牠們完全趕走。牠們覺得這些紙張有無比的吸引力。」他對上方比一下手勢，我這才第一次注意到牆上有奇怪的綵帶裝飾。

我湊過去細看那些花圈，每片花瓣都用一條細繩掛在敲進灰泥牆壁的方頭釘上。細繩先穿過一疊文件的左上角，對摺綰個結，做成吊環，許多份掛在同一根釘子上，就形成一個紙花圈。

「世界上最早的檔案櫃之一。妳說我保留了太多祕密。」他低聲道，伸手摘下其中一組花圈。「妳可以把這些加進去。」

「但這兒總有幾千件資料吧。」即使一個一千五百歲的吸血鬼，也不可能擁有這麼多祕密吧。

「確實有。」馬修同意道。他注視著我的眼光掃過整個房間，把他捍衛的檔案看進眼裡。「我們記得其他生物想遺忘的東西，這使得拉撒路騎士團得以保護那些我們要照顧的人。有些祕密可以上溯到女王的祖父當政的年代。絕大部分更古老的檔案都已經遷到七塔保管了。」

「那麼多紙上的足跡，」我喃喃道：「最後都回溯到你和柯雷孟家族。」房間逐漸消逝，最後我只看見字句的環節與渦漩一一展開，成為延長、交織的線索。它們形成一幅關係圖，將主題、作者、日期連接在一起。我需要了解這些交織的線條……

「妳睡著後，我就查閱這些文件，找尋與范恩有關的資料。我認為某處可能會提到他。」馬修帶我回到他書房，說道：「可能有原因足以解釋他的鄰居為何出賣他。一定有種模式可以告訴我們，凡人為何做出這種事。」

「如果你能找到，我研究歷史的同行一定很樂意知道。但了解范恩的個案，不保證你能防範同樣的事發生在我身上。」馬修下巴上抽搐的肌肉告訴我，我的話命中了他的要害。「我相信你以前沒有這麼深入地介入這種事。」

「我再也不能對這種苦難視若無睹了——我也不想回復從前的我。」馬修拉出椅子，沈重地坐上去。

「一定有什麼事是我可以做的。」

我抱住他。即使坐著，馬修的個子高大，他的頭頂仍碰到我的肋骨。他把頭埋進我懷裡。忽然他靜止不動，慢慢把我推開，眼睛盯著我的腹部。

「戴安娜，妳——」他欲言又止。

「懷孕了。我也這麼想。」我平靜地說。「從茱麗葉之後，我的月經就不規則，所以我不敢確定。從卡萊到多佛的路上，我常噁心想吐。但海上不平靜，離開前我吃的那條魚又絕對有問題。」

他一直瞪著我的小腹，我不安地繼續說下去。

「我高中護理課的老師說得對，第一次跟男人上床，真的就有可能懷孕。」我做過計算，可以確定就是我們結婚那個星期受的孕。

他仍然沈默不語。

「說話呀，馬修。」

「不可能。」他大受震驚。

「我們之間的一切都是可能的。」我用一隻顫抖的手摀住腹部。

馬修伸出手，手指跟我的交纏在一起，終於抬頭注視我的眼睛。他眼裡的情緒令我意外：敬畏、自豪，還有少許的慌亂。然後他露出微笑。那是毫無保留的欣喜表情。

「萬一我是個不稱職的母親怎麼辦？」我沒把握地問。「你做過父親——你知道該怎麼辦。」

「妳會是一個很棒的母親。」他立刻回答。「孩子只需要愛，有個成年人對他們負責，還有個柔軟的著地點。」馬修把我們交握的手挪到我腹部，輕輕摩挲。「前兩項我們一起分擔。最後一項由妳決定。妳覺得如何？」

「肉體上，有點疲倦，還有點反胃。情緒上，我不知道從哪兒開始。」我窸窸窣窣吸了口氣。「同時覺得受驚嚇，既凶猛，又溫柔，這算正常嗎？」

「是的——而且還覺得很刺激、很焦慮、怕得想吐。」他柔聲道。

「我知道聽起來很荒謬，但我一直在擔心我的魔法會傷害寶寶，雖然每年都有幾千個女巫生孩子。」

但她們的對象不是吸血鬼呀。

「這不是一般的受孕。」馬修讀懂我的心思。「不過我認為妳不需要擔心。」一道陰影從他眼裡掠過。我幾乎可以看見他在擔心事項的清單上又增列了一條。

「我不想告訴任何人。暫時還不要。」我想到隔壁的房間。「你的生活可以多容納一個祕密——至少一段時間嗎？」

「當然。」馬修立刻道。「妳懷孕還要幾個月才看得出。但彼埃和芳絲娃很快就會從妳的氣味察覺出來，說不定他們已經知道了，還有韓考克和蓋洛加斯也一樣。好在吸血鬼通常不打探私事。」

我低低一笑。「唯一會洩漏祕密的只有我自己。你對我的保護已經無微不至了，所以沒有人會根據你的行為猜到我們隱瞞了什麼。」

「別太確定。」他咧開大嘴笑道。馬修張開手指包住我的手。那是非常明確的保護姿勢。

「如果你一直這樣碰觸我，人家很快就會猜到的。」我淡淡地表示同意，伸手去撫摸他的肩膀。他抖了一下。「接觸到溫暖的東西，你不該發抖。」

「我發抖不是為了這原因。」馬修站起身，擋住蠟燭的光線。

看著他，我的心跳停了一拍。他聽見這變化，露出微笑，拉著我回床上去。我們脫下衣服，扔在地上，留下兩汪白色，映著窗戶投進來的銀光。

馬修追蹤我體內發生的最微小變化，觸摸像羽毛般輕盈。他在我身體的柔嫩部位流連，一分一釐都不放過，但他冰冷的專注，卻使疼痛加劇，毫無緩和的作用。每個吻都盤根錯節，就如同我們對共同擁有一個孩子的感覺。同時他在黑暗中低語的每個字，都慫恿我把注意力集中在他身上。等到我再也無法等待，馬修才將他自己投入我體內，他的動作從容不迫，像他的吻一樣溫柔。

我拱起背部，企圖擴大我們之間的接觸，但馬修停止動作。我彎起背脊，他卻泰然駐留在我子宮的入口。在那短暫而永恆的一刻，父親、母親、孩子，達到三個生物所能最親密的程度。

「我全部的心，我全部的生命。」他承諾道，在我體內移動。

我喊出聲，馬修緊抱著我，直到顫抖停止。然後他從頭頂往下親吻，從我女巫的第三隻眼開始，到我的唇、頸項、胸骨、心窩的太陽神經叢、肚臍，最後，我的小腹。

他低頭看我，搖搖頭，給我一個孩子氣的微笑。「我們做出了一個小孩。」他啞然無語。

「我們做的。」我用微笑回應，表示同意。

馬修把肩膀滑到我兩腿之間，把它們分得很開。一隻手臂兜著我一側膝蓋，另一隻手圍繞著臀部，用手指貼著那兒的脈搏，然後他把頭像枕頭似的靠在我肚子上，發出一聲滿足的嘆息。他無比安靜地聆聽正為我們的孩子供給養分的血液嘶嘶流動。聽見的時候，他仰起頭，與我四目相接。他露出一個燦爛而真摯的微笑，然後繼續他的守護。

耶誕節早晨，燭光照亮的黑暗裡，我感受一股平靜的力量，因為又多了一隻生物分享我們的愛。我不再是一顆孤單的流星穿過時空，現在的我是一個複雜行星系統的一部分。我需要學習在受到比我強大有力的星體牽引時，如何維繫自己的重心。否則馬修、柯雷孟家族、我們的孩子——以及合議會——都會把我拉出軌道。

我跟我母親相處的時間太短，但七年之中她教了我很多東西。我記得她無條件的愛，彷彿長達好幾天的擁抱，她如何總在我需要她的時候現身。正如馬修說的：孩子需要愛，提供慰藉的可靠來源，以及一個心甘情願為他們負責的成年人。

我不該再把短暫居留這兒的時光，視為一堂莎士比亞時代英格蘭的高級討論課，而應該把它當作我了解自己最後、最好的機會，這樣我才能幫助我的孩子了解他在這世界上的地位。

但首先我必須找到一個女巫。

第十六章

週末平靜地過去，我們耽溺在所有準爸爸、準媽媽都會有的臆測之中。柯雷孟家族的最新成員會不會有他父親的黑頭髮，配上我的藍眼睛？他會喜歡科學或歷史？他會像馬修一樣擅長做手工，或像我一樣笨手笨腳？說到性別，我們意見分歧。我自認會生男孩，馬修卻信心十足會是女兒。

疲倦又開心之餘，我們暫且把未來擱在一旁，從溫暖的房間裡眺望十六世紀的倫敦。我們從俯瞰水街那扇窗開始，遠望西敏寺大教堂的高塔，最後把椅子拉到臥室窗口，窺看泰晤士河。雖然天寒地凍，又逢基督徒的休息日，舟子們仍舊經營送貨和擺渡的生意。我們這條街的盡頭，有一群船夫瑟縮在水邊階梯上，空蕩蕩的船隨著波浪忽上忽下。

那天下午，潮水一起一落之際，馬修告訴我他對這座城市的記憶。他說起十五世紀泰晤士河有次結凍長達三個多月——冰上開了臨時商店，做徒步過河的人的生意。他也記得浪費在瑟維斯法學館⑽的歲月，那是他第四次，也是最後一次攻讀法律。

「我很高興你能在我們離開前看到這一幕。」他握著我的手說。人們一個接一個點燃他們的燈，掛在船首或住家與酒店的窗前。「我們甚至可以設法安排去一趟皇家交易所。」

「我們要回烏斯托克？」我困惑地問。

「或許短期吧。然後就回我們的現代去。」

我瞪著他，驚訝得說不出話來。

「我們無法預期懷孕期間會發生什麼事，為了妳——以及孩子——的安全，我們必須監測胎兒的發展。有很多實驗要做，最好做一次基線超音波。況且妳也需要莎拉和艾米莉在旁。」

「但是，馬修，」我抗議道：「我們還不能回家。我不知道怎麼回去。」

他用力搖頭。

「我們離開前，艾姆解釋得很清楚。要回到過去，需要三件東西帶妳去妳要去的時空。要旅行到未來，一定要靠巫術。但我不會用咒語，這是我們到這裡來的原因。」

「妳不能在這裡待到懷胎足月。」馬修從椅子上跳起來說。

「十六世紀的女人也一樣生孩子呀。」我婉轉說道。「何況我不覺得有什麼不一樣。我充其量才懷孕幾星期而已。」

「妳會強壯到可以把她和我一起帶回未來嗎？不行，我們必須盡快離開，在她出生之前。」馬修頓了一下：「如果時光漫步對胚胎造成某種損害怎麼辦？魔法歸魔法，但這——」他頹然坐下。

「一切都沒有改變。」我安慰他道：「胎兒頂多就像一粒米那麼大。我們既然在倫敦，找人幫我鍛鍊魔法應該沒那麼困難——而且會是比莎拉和艾姆更了解時光漫步的人。」

「她應該有一顆綠豆那麼大了。」馬修打住。他思索了一會兒，做出一個決定。「到了第六週，胚胎所有關鍵性的發展都已完成。這樣妳該有足夠的時間。」他的語氣就像一個醫生，而不是父親。我開始覺得寧可要那個怒火衝冠的古代馬修，也不要他這麼現代而客觀了。

「那才幾個星期。萬一我需要七週怎麼辦？」如果莎拉在場，一定會警告他，如果我變得講理，絕不是個惡兆。

「那就七週好了。」馬修沈浸在自己的思維裡。

「嗯，好吧，這樣很好。我在從事追尋自我這麼重要的活動時，最好不要催我。」我大踏步向他走

⑹0 Thavies Inn是十四世紀一個名叫John Thavie的商人去世時捐出的一批房屋，出租給附近法院工作的人當住處與辦公室，房租充作安德魯大教堂的維持費。逐漸的，倫敦的律師開始在這兒訓練學徒，成為後來律師公會的濫觴。

去。

「戴安娜，這不是——」

我們鼻子對著鼻子站著。「如果不能進一步了解我血液裡流動的力量，我不可能成為一個好母親。」

「這樣不好——」

「你敢說什麼對嬰兒不好。我又不是裝小孩的容器。」我勃然大怒。「先是你要我的血做實驗，現在又輪到這孩子。」

該死的馬修，安靜地站在一旁，雙臂交叉，灰眼睛泛著冰冷。

「怎麼樣？」我質問。

「什麼怎麼樣？顯然這番對話不需要我參與。妳替我把句子都講完了。妳想講什麼儘管講吧。」

「這跟我的賀爾蒙無關。」我道。話說出口我才想到，這句話適足以證明事實正好相反。

「妳不提起我還沒想到。」

「不是聽起來那樣。」

他挑起眉毛。

「我仍然是三天前的我。懷孕不是生病，也不能抵銷我們來此的原因。我們還沒有機會看到艾許摩爾七八二號。」

「艾許摩爾七八二號？」馬修不耐煩地哼聲道：「一切都改變了，妳也不是同一個人了。我們不能無限期保密妳懷孕的消息。幾天之內，所有吸血鬼都會聞出妳身體的變化。克特過不久也會猜到，他會打聽父親是誰——因為不可能是我，不是嗎？一個跟魅人住在一起的懷孕女巫，會惹來全城所有超自然生物的敵意，就連那些不把盟約放在眼裡的也一樣。會有人向合議會抱怨。為了妳的安全考量，我父親會叫我們回七塔去，但要我再跟他告別一次，我真的受不了。」每提出一個難題，他的聲音就提高一點。

「我不認為——」

「對，」馬修打斷我：「妳不認為。妳不可能想到。天啊，戴安娜。之前，妳違反禁忌跟我結婚。那不算是空前絕後。但現在，妳懷了我的孩子：這不僅空前絕後——並且其他生物根本認為不可能。再三個星期，戴安娜。一分鐘也不能超過。」他毫無轉圜餘地。

「到時也不見得能找到願意幫忙的女巫。」我堅持道。「蘇格蘭發生那種事以後更困難。」

「誰說一定要願意的？」馬修的笑容讓我心頭發冷。

「我要到客廳裡去看書。」我轉身向臥室走去，一心只想離他遠一點。他在門口等著我，手臂擋住我的去路。

「我不要失去妳，戴安娜。」他道，語氣強硬但很平靜。「不能因為找一本鍊金術手抄本，也不能因為一個尚未出生的孩子。」

「我不要失去自我。」我反駁道：「也不想滿足你的控制慾。我要先找到我自己。」

星期一，我又坐在客廳裡翻閱《仙后》，正無聊得快發瘋之際，門忽然開了。訪客。我熱切地把書擱上。

「我覺得我再也溫暖不起來了。」華特滿身滴水站在門口。喬治和亨利跟他一起來，兩人看起來也一樣狼狽。

「哈囉，戴安娜。」亨利打了個噴嚏，然後對我鞠了一個中規中矩的躬，才走到火爐前，張開手指向火，發出一聲嘆息。

「馬修在哪兒？」我問，並指著一張椅子請喬治坐。

「跟克特在一起。我們在一家書商那兒分手。」華特朝聖保羅大教堂的方向比個手勢。「我餓壞了。

克特晚餐點的那道燉肉根本不能下嚥。老馬說芳絲娃可以替我們做點吃的。」芮利促狹的笑容洩漏了他的謊言。

男人們正在吃第二盤食物、喝第三巡酒的時候，馬修帶著克特回來了，懷裡抱著一大摞書，臉上的毛髮也被傳說中的理髮巧匠整治得煥然一新。我丈夫新修剪好的八字鬍寬度與他的嘴相當，臉頰的鬍子很時髦地修得短小而形狀優美。彼埃跟在後面，扛了一麻袋長方形與正方形的紙製品。

「謝天謝地。」華特對鬍子滿意地點頭道：「你總算恢復本來面目了。」

「哈囉，吾愛。」馬修親吻我臉頰。「認得出是我嗎？」

「是啊——雖然你看起來像個海盜。」我笑著說。

「真的，戴安娜。現在他跟華特看起來像兄弟。」亨利同意道。

「你為什麼老是直呼馬修妻子的名字？羅伊登夫人受你監護嗎？她成了你的妹妹嗎？唯一可能的解釋是你打算勾引她。」馬羅嘟噥，沈重地倒在一把椅子上。

「別捅馬蜂窩，克特。」華特責備他。

「我準備了遲來的耶誕禮物。」馬修把手中那包東西推向我道。

「書。」它們簇新的觸感讓我心慌意亂——緊密的裝訂在第一次翻開時發出嘎吱聲，還有紙張和油墨的氣味。我在圖書館閱覽室已看慣了這些書破舊不堪的樣子，也不能在用餐時放在桌上。最上面是一本空白書，用來取代我遺留在牛津的那本。接下來是一本裝訂精美的祈禱書。裝飾得美輪美奐的標題頁，畫著聖經中長老耶西⑹的睡姿，他肚子上長出一棵枝葉扶疏的大樹。我皺起眉頭。馬修為什麼買一本祈禱書給我？

「翻過來。」他慫恿我，並將手靜靜地緊貼著我後腰。

背面有一幅伊麗莎白女王跪著祈禱的木刻版畫。書中每一頁都點綴著骷髏骨架、聖經人物、古典美德的化身。這本書綜合文字與圖畫，跟我研究的鍊金術論著如出一轍。

「這是已婚的良家婦女一定要擁有的書。」馬修咧嘴笑道。他壓低嗓音，好像在串連什麼陰謀：「它應該能滿足妳充場面的願望。但是別擔心。再來就不是一本可敬的書了。」

我把祈禱書放在一旁，拿起馬修遞過來的一本厚書。這本書採用縫合式裝訂，外面包著保護用的厚蠟紙。厚厚的論著承諾解說所有已知的、為害人類各種疾病之症狀與療法。

「宗教書是很受歡迎的禮物，銷路也很好。醫療保健書的市場較小，如果不另外收費，製作精裝版的成本就太昂貴了。」我觸摸軟塌塌的封面時，馬修解釋道。他又交給我另一本書：「運氣很好，我已經訂購了這本書的精裝版。它剛印好，而且注定會暢銷。」

他說的那本書，外面包著簡單的黑色皮革，燙了幾個銀色圖案點綴。翻開是菲利普・錫德尼[62]的長詩《阿卡迪亞》[63]的初版。我笑了起來，想起當年讀大學的時候，我多麼討厭這首詩。

「女巫不能只靠祈禱和醫學生活。」馬修眼睛裡閃爍著淘氣。他湊過來吻我時，八字鬍搔得我發癢。

「你的新面目要花點時間適應呢。」我道，笑著揉掉嘴唇上那種出乎意料的感受。

諾森伯蘭伯爵用看一匹有待訓練的馬的眼神看著我。「這幾本書打發不了戴安娜多少時間。她習慣更有變化的活動。」

「你說得沒錯。但她不能在城裡走來走去，教授鍊金術課程。」馬修好笑地抿緊嘴唇。「一小時一小時

---

61 Jesse是大衛王的父親，也是耶穌的祖先之一。

62 Philip Sidney（1554-1586），英國詩人，出身貴族世家，相貌英俊，文采風流，也是英勇的軍人，受伊麗莎白女王寵信，不幸戰死時，年僅三十二歲。

63 Arcadia又名《彭布羅克伯爵夫人的阿卡迪亞》（The Countess of Pembroke's Arcadia），是一首長詩，也是錫德尼最具野心的作品。詩仿希臘風格，情節錯綜複雜，在愛情故事中大量穿插政治陰謀、性別變換、戲中戲等元素。錫德尼開始撰寫這首詩時，聲稱是為了取悅他妹妹彭布羅克伯爵夫人瑪莉的戲作。他把詩稿留在妹妹處，他去世後，瑪莉將全詩重新修訂出版，這是詩名的由來。

過去，他的口音和用字越來越貼近這個時代。他站在我上方，嗅了嗅酒瓶，扮了個鬼臉。「有沒有不攙丁香和胡椒的飲料啊？聞起來好可怕。」

「戴安娜跟瑪莉作伴可能會很愉快。」亨利沒聽見馬修的問題，建議道。

馬修瞪著亨利：「瑪莉？」

「我覺得，她們年齡相當，氣質相近，而且都是飽學的淑女典範。」

「伯爵夫人不但有學問，還喜歡搧風點火。」克特指出，並替自己倒了一大杯酒。他把鼻子伸進杯裡，深深吸一口氣。那酒聞起來的味道跟馬修頗像。「記得跟她的蒸餾器和熔爐保持距離，羅伊登夫人，除非妳想要個時髦的焦頭爛額髮型。」

「熔爐？」我真想知道這位瑪莉是何方神聖。

「哦，是啊。彭布羅克伯爵夫人。」喬治想到可能獲得贊助，頓時眼睛一亮。

「絕對不行。」見到芮利、查普曼和馬羅，我見到的文學傳奇人物已經夠我一輩子回味。伯爵夫人是英國最前衛的文學才女，也是錫德尼爵士的妹妹。「我還沒有做好跟瑪莉・錫德尼見面的準備。」[64]

「瑪莉・錫德尼也沒準備好見妳，羅伊登夫人，但我認為亨利說得很對。妳很快就會厭倦馬修的朋友，必須尋找妳自己的朋友。沒有朋友，妳會陷於無聊和憂鬱。」華特對馬修點點頭。「你該邀請瑪莉來這兒吃晚餐。」

「如果彭布羅克伯爵夫人出現在水街，黑衣修士區所有的人都會變成石頭。不如送羅伊登夫人去貝納堡來得恰當。它就在城牆那邊。」馬羅巴不得趕我走，熱心地說。

「那麼戴安娜就得步行到市區去。」馬修特別指出。

馬羅不屑地哼一聲。「現在耶誕剛過，新年未到。這期間兩個已婚婦女一起喝杯小酒，聊聊天，不會引起注意的。」

「我很樂意帶她去。」華特自告奮勇。「或許瑪莉會想聽聽我在新大陸的冒險細節。」

「你下次再慫恿伯爵夫人去維吉尼亞投資吧。如果戴安娜要去，當然是我陪她去。」馬修眼睛一亮。

「不知道瑪莉認不認識什麼女巫？」

「她是個女人，不是嗎？她當然認識女巫。」馬羅道。

「要我寫封信給她嗎，老馬？」亨利問道。

「謝謝你，哈爾。」馬修顯然不認為這是個好計畫。但他隨即嘆口氣道：「我太久沒跟她見面了。告訴瑪莉，我們明天去拜訪她。」

約定晤面的時間迫近時，我最初不願見瑪莉・錫德尼的遲疑逐漸消散。我想起——發現——越多與彭布羅克伯爵夫人有關的資料，就越覺得興奮。

這次拜會讓芳絲娃處於高度焦慮的狀態，光為我準備衣服，她就花了好幾個小時。她取出七塔的裁縫瑪喜縫製的黑色天鵝絨外套，在高領周圍加了一圈特別蓬鬆的荷葉邊，又把我穿起來最好看的那件赭紅色鑲黑天鵝絨飾邊的長禮服，清洗、熨燙一番。這件禮服搭配外套，色彩對比強烈，效果絕佳。我一穿上衣服，芳絲娃就宣布我合格了，雖然在她看來，稍嫌嚴肅了點，又有太濃厚的日耳曼氣息。

我在中午火速吞下一些兔肉和大麥做的燉肉，企圖加快出門的速度。馬修卻慢條斯理啜飲他好像永遠喝不完的酒，並用拉丁文詢問我上午做了哪些事。他一臉惡作劇的表情。

「如果你要惹我光火，你已經成功了。」我在一個特別迂迴的問題後，對他說。

---

⑭ 彭布羅克伯爵夫人（Countess of Pembroke, 1561-1621），又名瑪莉・赫伯特（Mary Herbert），閨名瑪莉・錫德尼（Mary Sidney）。十五歲嫁給年長她二十八歲的彭布羅克伯爵亨利・赫伯特。瑪莉不但善於管理家產，還通曉多國語言，喜歡從事翻譯與創作，也熱心贊助當代作家，是英國文壇最早期的文學才女。她的長子威廉・赫伯特曾任牛津大學校長，莎士比亞很多齣劇本都題獻給他。博德利圖書館門口也有他的銅像。

「Refero mihi in latine, quaeso.（拉丁文：請用拉丁文回答。）」馬修用教授的口吻說。我抓起一塊麵包向他扔去，他哈哈大笑閃躲。

亨利・波西剛好趕到，靈活地接住那塊麵包。他不發一言，把麵包放回桌上，沈著地一笑，便問我們是否要出發了。

彼埃悄無聲息地從鞋店大門旁邊的陰影裡走出來，畏畏縮縮地走在街上，右手牢牢按著匕首的柄。馬修轉向市區方向時，我抬起頭。聖保羅大教堂就在眼前。

「附近有這麼顯著的目標，我不太可能迷路的。」我喃喃道。

慢慢走向大教堂途中，我的感官逐漸適應了周遭的混亂，能夠挑揀出個別的聲音、氣味與景物。烘烤麵包。煤炭的火。木柴的煙。發酵。昨天的雨清洗過的垃圾。潮濕的羊毛。我深呼吸，在心裡記住，以後不要再跟學生說，如果時光倒流，你們立刻會被臭氣薰昏。顯然這不是事實，起碼在十二月底不是。

我們經過時，男男女女帶著毫無遮攔的好奇，從手邊的活計抬起頭，或從窗戶裡張望，認出馬修與亨利後，便陸續點頭致敬。我們走過一家印刷廠，下一家是正在替顧客剪頭髮的理髮師，繞過一間忙碌的鐵工廠，鎚聲與熱力顯示有人正在鍛冶金屬。

陌生的感覺逐漸消失，我開始有餘裕聽別人說的話、觀察他們衣服的質地、臉上的表情。馬修告訴過我，我們的住處附近有很多外國人，聽起來果真是南腔北調。我回過頭。「她說的是哪種語言？」我瞥了一個穿鑲皮草邊墨綠色外套的豐滿女人一眼，悄聲問道。我注意到那套衣服的剪裁跟我的衣服很像。

「某種日耳曼方言吧。」馬修道，他低下頭靠近我，讓我可以在街上的嘈雜中聽見他的話。

我們穿過一個拱形的老門樓，窄街變寬，成為一條盡可能克服各種困難，將大部分鋪地石板保留下來的大馬路。右手邊是一棟有很多層樓的大建築，裡頭正展開忙碌的活動。

「原來是道明會的修道院。」馬修解釋道。「亨利國王驅逐天主教修士時，這兒變成廢墟，後來充作集合住宅。目前這兒擠了多少人已無從知道。」他望向院子另一頭，遠處有一道歪歪倒倒、木頭和石頭拼湊的牆，將集合住宅和另一棟房子的背面隔開。一扇破舊的門只靠一組鉸鍊掛住。

馬修抬頭望一眼聖保羅大教堂，又低頭看我一眼。他表情柔和下來：「去他的小心謹慎。來吧。」

他帶我穿過一個介於舊城區的城牆和一棟看起來三樓即將倒下來壓在行人身上的房子之間的開口。在這麼窄的街上能走得動，完全是因為所有的人都走同一個方向：朝北、往外。我們被人潮推擠到另一條街，這條街比水街寬得多。隨著人群變多，嘈雜的音量也提高了。

「你還說年節期間城裡沒什麼人呢。」我道。

「事實是這樣。」馬修答道。又走了幾步，我們陷入一個更大的漩渦，我停下腳步。

聖保羅大教堂的玻璃窗映著灰濛濛的午後陽光閃爍。它周遭的廣場擠得水洩不通——男人、女人、兒童、學徒、僕人、教士、士兵。沒喊叫的人在聽別人喊，極目望去，到處都是紙，穿了線、掛在書攤外面、釘在所有固定的表面上，做成書，迎著旁觀者的臉拍動。一群青年男子圍著一根貼滿在風中飛舞的告示的柱子，聽某個人慢慢朗讀徵才廣告。不時有個人從人群中衝出來，拉低帽子，出發去求職，其他人紛紛拍他的背。

「哦，馬修。」我只能說得出這句話。

人群繼續從四面八方擠過來，小心避開我的護送者繫在腰間的長劍鋒芒。一陣微風吹進我的兜帽。我覺得一陣刺痛，接著又是一陣微弱的壓迫感。熙來攘往的教堂廣場上，已有一女巫和一個魔族察覺我們出現。三個超自然生物和一個貴族同行，是很難忽視的組合。

「有人在注意我們。」我道。馬修瀏覽附近的臉孔，並沒有顯得很在意。「像我一樣的人，像克特一樣的人。但沒有你這樣的人。」

「還沒有。」他壓低聲音道。「妳不可以一個人來這裡，戴安娜——絕對不行。待在黑衣修士區，跟芳絲娃一起。如果妳要走出剛才那條通道——」馬修對我們的後方示意，「一定要讓彼埃或我護送。」看到我接受他的警告，他很滿意，拉著我離開。「我們去看瑪莉。」

我們轉往南方、向河邊走去，風把我的裙子吹得緊貼著我的腿。雖然這條路是下坡，但每一步都是一番掙扎。我們從倫敦無數座教堂之中的一座經過時，忽聽見一聲低低的口哨，彼埃立刻消失在巷子裡。他從另一條巷子衝出來時，我剛好看見牆後有棟眼熟的房子。

「那是我們的房子！」

馬修點點頭，要我看街道另一頭。「那就是貝納堡。」

除了倫敦塔、聖保羅大教堂和遠處的西敏寺，這是我截至目前為止見過最大的建築。三座有鋸齒形城堞的高塔面河，連接這些塔的高牆至少有附近任何房屋的兩倍高。

「貝納堡當初的設計是要從河上出入，戴安娜。」我們沿著另一條曲折的小巷往下走，亨利帶著歉意說：「這是後門，不是訪客該走的地方——但這種天氣，走這條路溫暖多了。」

我們鑽進一間氣派的門房。兩名佩戴暗紅、黑、金三色徽章，身穿鐵灰色制服的男子走上來，查問我們的身分。其中一個認出亨利，連忙在同伴發問前拉住他的袖子。

「諾森伯蘭大人！」

「我們來見伯爵夫人。」亨利把斗篷交給那名警衛。「你能不能把這個弄乾，還有替羅伊登老爺的手下弄點熱飲，如果可以的話。」伯爵戴著手套打了個響指，還扮個鬼臉。

「當然，大人。」門衛道，懷疑地看一眼彼埃。

城堡裡有兩個空蕩蕩的大廣場，中間都是落光葉子的樹和夏季花卉的殘枝。我們爬上一座很寬的樓梯，遇到更多穿制服的僕人，其中一個把我們帶到伯爵夫人的日光室：一個很吸引人的房間，有朝南的大窗眺望河景。這兒看到的泰晤士風光跟黑衣修士區看到的，是相同的一段。

雖然景物相同，但絕不可能把這個高高在上、採光良好的房間，跟我們的房子混為一談。雖然我們的房間很大，家具也很舒適，貝納堡卻一望即知是氣派不凡的貴族之家。火爐兩旁擺著柔軟舒適又寬大的長沙發，還有深度足以讓一個女人蜷縮起雙腿，把裙子全部拉到椅子上，圍繞著自己的單人椅。壁毯以鮮豔的色彩渲染古典神話的場景，為石壁帶來生氣。這兒也看得到學術心靈運作的跡象。桌上堆著書、古老的小雕像、取材自大自然的物品、繪畫、地圖及其他珍奇古玩。

「羅伊登老爺？」一個蓄三角鬍、頭髮花白的男人站在一旁。他一手拿著一塊小木板，另一手拿一支小畫筆。

「希利亞德！」馬修喊道，他的驚喜很明顯。「什麼風把你吹來的？」

「彭布羅克夫人的委託。」那人揮一下調色盤，說道：「我必須為這幅袖珍肖像畫做最後的潤飾，她要用它做新年禮物。」他用明亮的褐色眼睛打量我。

「我忘了，你沒見過我妻子。戴安娜，這是畫家尼可拉斯‧希利亞德[65]。」

「真是榮幸。」我屈膝行禮。這年代的倫敦人口已有十多萬。為什麼馬修會認識每一個後世歷史學家重視的人呢？「我知道你的作品，真佩服你的功力。」

「她看過你去年幫我畫的華特爵士肖像。」馬修流暢地接道，把我過度熱烈的問候敷衍過去。

「我也認為那是他最好的作品之一，」亨利道，探頭從畫家肩後張望。「這幅似乎可以跟那幅媲美。把瑪莉畫得活靈活現，希利亞德。你捕捉到她眼神的專注。」希利亞德顯得很高興。

一名僕人端著酒出現，亨利、馬修、希利亞德壓低交談的音量，我則端詳鍍金的鴕鳥蛋和放在銀托架

---

[65] Nicholas Hilliard（1547-1619），英國肖像畫家，亦擅長製作首飾，他繪製的袖珍肖像惟妙惟肖，能充分掌握畫中人的特質，且能加工鑲成墜飾，隨身攜帶，很受當時的名流富紳歡迎。

上的鸚鵡螺，兩者都跟幾件我碰都不敢碰、價值連城的數學儀器，一起放在同一張桌子上。

「老馬！」彭布羅克伯爵夫人站在門口，接過女僕倉促送上的手帕，擦拭沾到墨水的手指頭。真不知道那名女僕擔什麼心，其實她的女主人那件鴿灰色的長衫，不但沾了污漬，還有幾處燒焦的痕跡。伯爵夫人脫下樸素的罩袍，露出一身華麗而穠豔、搭配絲絨和塔夫綢兩種質料的紫紅色套裝。她把那件前現代實驗袍交給僕人時，我聞到千真萬確的火藥味。伯爵夫人把一綹逸出原位的金色捲髮掠到耳後。她身材高眺窈窕，皮膚潔白，有雙深凹的褐色眼睛。

她張開雙臂，表示歡迎。「我親愛的朋友，好幾年沒看到你了，自從家兄菲利普的喪禮。」

「瑪莉。」馬修俯身親吻她的手。「妳氣色真好。」

「倫敦跟我合不來，你知道的，但大家來這兒慶祝女王的登基紀念日，已經成為傳統了，所以我只好留下。我正在修訂菲利普的讚美詩集和幾首其他作品，就還可以忍受。況且還有別的安慰，好比跟老朋友見面。」瑪莉的聲音有點做作，但仍聽得出她敏捷的才情。

「妳真是精力十足。」亨利跟馬修一樣行禮如儀後，便用肯定的眼光看著瑪莉。

瑪莉的褐眼定在我身上：「這是哪一位？」

「見到妳的喜悅讓我疏忽了禮節。彭布羅克夫人，這是賤內戴安娜。我們最近結的婚。」

「夫人。」我行了一個深深的屈膝禮。瑪莉的鞋子上有令人聯想到伊甸園的金銀線圖案，鞋面上繡滿做工精美的蛇、蘋果、昆蟲等。一望即知所費不貲。

「羅伊登夫人。」她道，眼睛裡閃出感興趣的光芒。「繁文縟節到此為止，我們以後就用瑪莉和戴安娜相稱。亨利告訴我，妳是鍊金術學者。」

「我閱讀鍊金術的書，夫人，」我糾正她。「如此而已。諾森伯蘭大人過譽了。」

馬修握起我的手。「妳也太謙虛了。她知道得很多，瑪莉。戴安娜新到倫敦。哈爾認為妳或許可以幫助她多了解這座城市。」

「我很樂意。」彭布羅克夫人道：「來，我們到窗口坐。希利亞德大師工作時需要明亮的光線。他完成我的畫像時，你給我講講所有的新聞。這個王國裡發生的事，馬修幾乎都知道，而且都了解，戴安娜，況且我待在威爾特郡家中已經好幾個月了。」

我們一坐定，她的僕人就送上來一盤水果蜜餞。

「哇！」亨利高興地對著黃、紅、橘各色蜜釀水果手舞足蹈：「蜜餞，妳的手藝無人能及。」

「我要跟戴安娜分享我的祕訣。」瑪莉芳心大悅道：「當然，她拿到食譜後，說不定我就享受不到跟亨利作伴的樂趣了。」

「哎呀，瑪莉，這麼說就太誇張了。」他含著滿嘴蜜釀橘子皮抗議道。

「妳先生跟妳在一起嗎，瑪莉？還是在威爾斯為女王辦事？」馬修問道。

「彭布羅克伯爵幾天前就離開米福港了，但他會直接進宮，不來這兒。我有威廉和菲利普跟我作伴，我們不會在城裡待太久，接著就要去藍斯伯利。那兒的空氣比較健康。」她臉上浮起一抹感傷。

瑪莉的話讓我想起博德利圖書館方場上那座威廉・赫伯特的雕像。我每天前往杭佛瑞公爵閱覽館，都會從他面前經過，這位圖書館的大施主就是這個女人的兒子。「妳的孩子多大了？」我問道，希望這問題不涉及太多隱私。

伯爵夫人的表情變得柔和。「威廉十歲，菲利普只有六歲。我女兒安妮七歲，但過去整個月她都在生病，我先生認為她該留在威爾頓。」

「不嚴重吧？」馬修皺起眉頭。

更多陰影掠過伯爵夫人的臉。「不論孩子生什麼病，我都覺得是嚴重的。」她低聲道。

「原諒我，瑪莉，我說話沒經過大腦。我只是想盡可能提供協助。」我丈夫的聲音因懊悔而變得低沈。這段對話觸及他倆之間一段我不知道的過去。

「你不止一次讓我深愛的人免於傷害。我沒有忘記，馬修，如果有需要，我也一定會再請你幫忙。但安妮害的是小兒寒熱，沒什麼大不了的。醫生向我保證她會痊癒。」瑪莉轉向我道：「妳有孩子嗎，戴安娜？」

「還沒有。」我搖頭道。馬修的灰眼睛在我臉上停留了一會兒才轉向別處。我緊張地拉拉外套下襬。

「戴安娜過去沒結過婚。」馬修道。

「從來沒有？」彭布羅克伯爵夫人聽了很訝異，張口想再發問。馬修打斷她。

「她年紀很小就父母雙亡，沒有人替她安排。」

瑪莉越發同情我。「年輕女孩的幸福都決定於她的監護人的一念之間，真是不幸。」

「確實。」馬修挑起一邊眉毛看我。我都猜得到他的想法。我頑劣而不受管束，莎拉和艾姆卻是全世界做事最中規中矩的人。

話題隨即轉到政治與時事。我專心聽了一會兒，努力把多年前歷史課的模糊印象跟其他三人吐露的複雜八卦結合起來。他們談到戰爭、西班牙可能入侵、同情天主教的人士、法國宗教對立的緊張，但那些人名和地名我都不熟悉。瑪莉的日光室溫暖如春，我逐漸放鬆，持續的交談聲讓我安心，我的意念隨之飄浮。

「我完工了，彭布羅克夫人。週末我的僕人艾薩克會把畫像送來。」希利亞德宣稱，開始收拾畫具。

「謝謝你，希利亞德大師。」伯爵夫人伸出手，手指上戴的許多戒指閃耀珠光寶氣。希利亞德親吻她的手，向亨利和馬修點頭為禮，便離開了。

「真是個有才華的人。」瑪莉在椅子裡挪動一下，說道。「他最近非常受歡迎。我運氣好才請得到他。」她的腳映著火光閃亮，色彩繁複的刺繡裡的銀線，染上紅、橘、金等光芒。我懶洋洋想道，繡花圖樣不知是什麼人設計的。如果我坐得離她近一點，一定會請求她讓我摸摸那刺繡。項皮爾能夠用手指閱讀我的皮膚。沒有生命的物品是否也能同樣提供情報呢？

雖然我的手指並沒有靠近伯爵夫人的鞋子，我卻看見一張年輕女子的臉。她瞇著眼睛在看一張繪有瑪莉繡花鞋圖樣的紙。沿著線條戳出一個個小洞，這是把複雜線條轉印到皮革上的祕訣。我的心靈之眼專注在圖案上，沿著時間軸倒退。現在我看見瑪莉跟一個表情嚴肅、有固執下巴的男人坐在一起，他們面前的桌上堆滿了昆蟲和植物的標本。兩人在比手畫腳討論一隻蚱蜢，男人開始描述牠的細部時，瑪莉拿起筆，畫出牠的輪廓。

原來瑪莉除了對鍊金術，也對植物和昆蟲感興趣，我想道，開始在她鞋子上尋找蚱蜢。果然有牠，就在腳跟上。栩栩如生。右邊鞋子上的蜜蜂看起來也好像隨時會飛走似的。

我耳邊傳來微弱的嗡嗡聲，那隻銀灰二色的蜜蜂脫離了彭布羅克伯爵夫人的鞋子，飛入空中。

「啊，糟了！」我驚呼。

「奇怪的蜜蜂！」亨利說道，在牠飛過時，一掌拍下。

但我卻盯著那條從瑪莉腳上滑溜下來，鑽進燈心草的蛇。「馬修！」

他一個箭步衝過去，拎起蛇尾巴。牠不忿地伸出分岔的舌頭，嘶嘶發聲，抗議這種粗暴的待遇。他手腕一翻，把蛇扔進火爐，牠滋滋響了幾聲，燃燒起來。

「我不是故意的……」我不知道怎麼說下去。

「沒關係，我的愛。妳無法控制。」馬修摸摸我的臉頰，然後望向目瞪口呆、看著變得不成對鞋子的伯爵夫人。「我們需要一個女巫，瑪莉。這件事非常緊急。」

「我不認識什麼女巫。」彭布羅克伯爵夫人立刻答道。

馬修挑起眉毛。

「沒有可以介紹給尊夫人的。你知道我不願意談這種事，馬修。菲利普從巴黎安全回來時，告訴我你是什麼樣的人物。當時我還是個孩子，只當它是一則無稽之談。我希望能保持這樣。」

「但妳使用鍊金術。」馬修指出。「難道那也是無稽之談？」

「我透過鍊金術理解上帝的奇蹟與造物！」瑪莉喊道：「鍊金術與……巫術……無關！」

「妳想用的字眼是『邪惡』。」吸血鬼的眼睛變得很黑，他咬緊嘴唇的模樣令人畏懼。伯爵夫人直覺地瑟縮了一下。「妳對妳自己和妳的上帝那麼有把握，妳自命了解祂的心意嗎？」

瑪莉意識到話中的譴責，但她不打算讓步。「我的上帝和你的上帝不一樣，馬修。」我丈夫瞇起眼睛，亨利不安地拉扯自己的長襪。伯爵夫人仰起下巴。「這也是菲利普告訴我的，你仍然相信教皇，還去望彌撒。他在你錯誤的信仰底下看到真正的你，我也一樣，但願有朝一日你能看到真理，追隨真理。」

「那麼為什麼，妳天天看到戴安娜和我這樣的生物存在的真相，卻仍然否定它？」馬修聽起來很疲倦。他站起身道：「我們不打擾妳了。戴安娜會用別種方法找一個女巫。」

「為什麼不能像過去一樣，不談這題目就算了？」伯爵夫人看我一眼，咬緊嘴唇，眼神透露著不確定。

「因為我愛我的妻子，我要她安全。」

瑪莉對著他端詳了一會兒，評估他有多誠懇，想必結果令她滿意。「戴安娜不用怕我，老馬。但絕不能讓倫敦任何其他人知道她的來歷。蘇格蘭發生的事已經讓大家戒慎恐懼，輕易就把自己的壞運氣怪罪到別人頭上。」

「關於妳的鞋子，我很抱歉。」我笨拙地說。那雙鞋再也不能恢復原樣了。

「不提了。」瑪莉語氣堅決，起身送客。

我們不發一語離開了貝納堡。彼埃快步跑出門房，跟在我們後面，把帽子戴上。

「我想，進行得很順利。」亨利打破沈默道。

我們難以置信地回頭看他。

「有點困難，這是一定的。」他連忙說道：「但瑪莉對戴安娜的興趣和對馬修的忠誠，都無庸懷疑。你們一定要給她機會。她從小的教養就要求她，不能輕易相信別人，所以信任是個令她困擾的問題。」他拉緊斗篷，風勢毫不減弱，而且天快黑了。「啊，我必須在這兒告辭。家母目前住在赤楊門，等我去吃晚餐。」

「她上次的不適好了嗎？」馬修問道。老伯爵夫人在耶誕節期間抱怨胸悶氣短，呼吸不順暢，馬修擔心她有心臟病。

「家母是勒維爾家族的人[66]，所以她會永生不死，而且一有機會就惹麻煩！」亨利親吻我臉頰。「別擔心瑪莉，或那方面……其他的事。」他意有所指地聳聳眉毛，便離開了。

馬修和我目送他離開，然後才轉向黑衣修士區。「怎麼回事？」他平靜地問道。

「從前，我情緒激動才會引發魔法。現在只要一個無謂的問題就能讓我看到事物的深處。但我真的不知道我怎麼會讓那隻蜜蜂變成活的。」

「謝天謝地妳把注意力放在瑪莉的鞋子上。如果妳把心思放在她的掛毯上，我們就陷入奧林帕斯山眾神的戰爭了。」他面無表情道。

我們快步穿過聖保羅大教堂廣場，回到相對而言非常清靜的黑衣修士區。白晝稍早的繁忙已放慢腳步，變得悠閒。匠人麇集在門口，談論生意的見聞，讓學徒完成最後的工作。

「要買外賣嗎？」馬修指著一間烘焙店。「不是披薩，但克特和華特都對普萊爾的肉派很忠貞。」店

---

[66] House of Neville，英格蘭一個古老的貴族世家，曾參與玫瑰戰爭，政治實力雄厚。

裡傳出來的香味讓人垂涎，所以我點點頭。

普萊爾師傅見馬修出現在店裡，大吃一驚，被問到肉的來源和是否新鮮時，更是困惑。終於我選中一個鴨肉餡的鹹派。我不要吃鹿肉，無論牠是否才剛被殺死。

烘焙師的學徒把派包起來時，馬修付錢給普萊爾。每隔幾秒鐘，他們就偷看我們一眼。我覺得女巫和吸血鬼吸引人類的猜疑，就像燭光吸引飛蛾一樣。

晚餐相當舒適愉快，雖然馬修似乎有心事。我把派吃完不久，就聽見木頭樓梯上傳來腳步聲。可別是克特，我想道，用手指比個叉，今晚不要吧。

芳絲娃打開門，兩名身穿熟悉的鐵灰色制服的男子等在門外。馬修微一皺眉，站起身來。「夫人不適嗎？還是她兩位少爺？」

「他們都很好，先生。」其中一個男人交出一份小心摺好的文件。上面有一塊形狀不規則的紅色封蠟，蓋著箭頭形印信。「彭布羅克伯爵夫人有令，」他躬身道：「要交給羅伊登夫人。」

看到信封背面的正式住址，感覺很怪異：「黑衣修士區鹿冠招牌，戴安娜・羅伊登夫人收」。我用手指觸摸，立刻浮現瑪莉・錫德尼聰明的臉孔。我把信拿到火旁，用手指挑開封蠟，坐下來閱讀，紙很厚，攤開來時劈啪脆響。一張較小的紙飛落我腿上。

「瑪莉怎麼說？」馬修把信差打發走以後，問道。他站在我背後，把手放在我肩上。

「她要我星期四去貝納堡。瑪莉正在做一個鍊金術實驗，她認為我可能會感興趣。」我無法掩飾聲音裡的難以置信。

「瑪莉就是這麼一個人。她很謹慎，但也很忠誠。」馬修在我額上印下一吻道。「她一直有驚人的復原能力。另一張紙上說些什麼？」

我拿起來，大聲朗讀所附的那首詩前幾行。

確實，世人誤解我，
蒼生視我為妖魔，
唯你是我希望的寄託。

「好，好，好。」馬修輕笑著打斷我：「我的老婆達成目標了。」我不解地看著他。「瑪莉最重視的目標不是鍊金術，而是為信仰基督新教的英國人重新翻譯聖經的《詩篇》。這計畫是她哥哥開始的，但他未能完成就去世了。瑪莉的詩才是他的兩倍。有時她也這麼想，雖然她從不承認。妳念的那段出自《詩篇》第七十一首。她把這首詩寄給妳，無異昭告全世界，妳已成為她那個圈子的一員——是可信賴的談心對象和朋友。」他壓低音量，帶點兒淘氣悄聲道：「即使妳毀了她的鞋子。」馬修哈哈一笑，退回他的書房，身後緊跟著彼埃。

我佔用客廳裡那張桌腳粗重的大桌子一隅，充當書桌。就像我使用過的所有工作檯面，桌上撒滿了各種垃圾和寶物。我翻了一下，找出最後一張白紙，挑了一支新鵝毛筆，清出一片空間。

寫一封簡單的回信給伯爵夫人只花了五分鐘。紙上有兩個令人尷尬的墨點，但我的斜體字書法還算不醜，我也記得某些字要依照發音方式拼寫，以免顯得太現代化。沒把握時，我就多加一個子音，或在字尾添一個字母e。我在信紙上撒了一些沙，等它吸乾多餘的墨汁後，吹到地面的燈心草上。摺好信紙，我才想到我沒有封緘用的封蠟，也沒有印信。*一定要解決這問題。*

我把便箋放在一旁，等彼埃來處理，又回頭重看瑪莉的來信。《詩篇》第七十一首分為三節，她都寄了給我。我取出馬修買給我的新筆記本，翻到第一頁。把鵝毛筆伸進手邊的墨水瓶，蘸上墨水，運起筆尖，仔細抄寫。

仇敵狠心設毒計，
多方窺探且跟蹤。
眾說紛云發議論：
皆謂此人神所棄。
追趕捉拿毋遲疑；
誰也不會搭救他。

墨水乾了後，我闔上本子，把它塞到菲利普・錫德尼寫的《阿卡迪亞》下面。

瑪莉送我這份禮物，不僅單純為了示好，願意跟我做朋友而已，這一點我很確定。我朗讀給馬修聽的那幾行，只不過承認他為她的家人效力，並表示她不會在這個時刻背棄他，但最後那幾行卻另含一則給我的信息：我們已經受到監視。有人懷疑水街這地方並不如表面看來那麼簡單，馬修的敵人壓寶在一旦真相敗露，就連他的盟友也會背叛他。

馬修既是吸血鬼也是女王的臣僕，而且是合議會的一員，所以他不可能親自出馬，找個女巫來擔任我的魔法老師。為即將出世的嬰兒著想，盡速找到這麼一個女巫，就越發緊急了。

我取來一張紙，開始列清單。

封蠟

印信

倫敦是個大都會。我打算採買一些東西。

第十七章

「我出去一下。」

正在縫紉的芳絲娃抬起頭。三十秒後，彼埃就爬上樓來。如果馬修在家，一定也會出現，但他外出到城裡處理某些神祕事務。我醒來就看到他濕透的衣服還掛在爐前烘乾。他晚上奉召出門，回來後又被叫了出去。

「真的要去？」芳絲娃瞇起眼睛。打從一早著衣開始，她就懷疑我心懷不軌。她把內衣一件件往我頭上套時，我非但沒有埋怨，還自行添加一件溫暖的灰色法蘭絨。然後我們為我該穿哪件外袍發生爭執。我寧願穿從法國帶回來的那些舒適的衣服，也不要穿露依莎的華服。馬修的妹妹一頭黑髮，肌膚像陶瓷般晶瑩剔透，穿起鮮豔的藍綠色絲絨（芳絲娃糾正我道：「銅綠」）或噁心的灰綠色塔夫綢（正確名稱是「垂死的西班牙人」）都儀態萬千，但這些顏色襯著我遮蓋不了的雀斑和金黃透紅的捲髮，卻顯得很可怕，而且穿這些衣服在城裡走動，也嫌太過奢華。

「或許夫人願意等羅伊登老爺回來。」彼埃建議道。他不安地把重心從一隻腳交替到另一隻腳。

「不，我想不必。我把我需要的物品列了一張清單，我要親自去採買。」我撈起菲利普給我的那袋錢幣。「提著袋子好嗎，或者我該把錢藏在衣服裡，要用時再掏出來？」歷史小說寫到這種場面，總讓我覺得匪夷所思——婦女把各種東西都塞在衣服裡——我迫不及待想體會在公共場合拿取東西是否真的像小說家暗示的那麼方便。譬如十六世紀的性行為，就不像浪漫愛情小說裡寫的那麼容易得手。別的不說，礙事的衣服就太多了。

「夫人不用帶錢。」芳絲娃指著彼埃說，彼埃把繫在腰間的一個袋子解下來。那袋子顯然是個無底洞，裝了一大堆有尖芒的物品，包括針、別針、一組像用來撬鎖的工具、一把匕首。我的皮革袋裝進去後，他只要稍微一動，就會叮噹作響。

來到水街上，我以我的木頭套鞋（這種楔形木製品很有用，套在鞋子外面，讓我不至於直接踩到糞便）允許的最大限度，邁開充滿自信的大步，往聖保羅大教堂走去。襯皮草的斗篷在我腳邊飄拂，厚重的布料把纏人的霧氣屏擋在外。近來連日陰雨，今天暫停，但天氣一點也沒有變得乾爽。

我們的第一站是普萊爾師傅的烘焙店，買些醋栗小麵包和蜜餞水果。我下午常覺得餓，想吃些甜食。下一站在黑衣修士區通往倫敦其他區域的巷子口，是一家生意繁忙的印刷鋪，門口掛了個船錨招牌。

「早安，羅伊登夫人。」我一踏進門，店主就招呼道。顯然我的鄰居不需介紹就認識我了。「來幫妳先生取書嗎？」

雖然我不知道他說的是什麼書，卻自信地點點頭，他便從架子高處取下一本薄薄的書。隨便翻書頁，可以看出這是一本談軍事與彈道的書。

他包起馬修的書，說道：「很抱歉妳那本醫學書沒有精裝版。等妳暫時不用的時候，我可以請人照妳喜歡的方式裝訂起來。」

原來我那本疾病與療法大全來自這家店。「謝謝你，呃……貴姓？」

「敝姓費爾德。」他道。

「費爾德師傅。」我重複了一遍。一個眼睛亮晶晶的年輕女子，背著一個幼兒，還有一個小孩牽著她的裙子，從店後的辦公室走出來。她的手很粗糙，沾著洗不掉的墨跡。

「羅伊登夫人，這是賤內賈克琳。」

「啊，羅伊登夫人。」這女人有柔和的法國口音，讓我聯想到伊莎波。「妳先生告訴我們妳很愛讀書，霍利太太說妳研究鍊金術。」

賈克琳和她丈夫還真了解我，無疑我穿什麼尺寸的鞋子，喜歡吃哪種肉做的派，他們也都知道。這麼說來，我倒覺得很奇怪，黑衣修士區竟然好像沒有人發現我是個女巫。

「是的。」我把手套拉直。「你有賣沒裝訂的紙嗎，費爾德師傅？」

「當然。」費爾德困惑地皺起眉頭。「妳的札記簿已經用完了嗎？」哈，我那本筆記也是從他這兒來的。

「我需要信紙、」我解釋道：「封蠟。還要一個印鑑。這兒買得到嗎？」耶魯大學書店出售各式各樣的文具、筆、色彩鮮豔得毫無意義的蠟條，還有做成各種字母的廉價銅印。費爾德與他的妻子對望一眼。

「今天下午我就送紙過去。」他道：「但妳的印鑑若要打成一個指環，得去找金匠。我這兒只有報廢的印刷機字母，可以融化重鑄。」

「或者去尼可拉斯・瓦林那兒看看。」賈克琳建議：「凡是金屬他都在行，還會做很好的鐘。」

「就在巷子另一頭嗎？」我指著後方問。

「他不是金匠。」費爾德反對道：「我們不要給瓦林先生添麻煩。」

賈克琳毫不退縮。「住在黑衣修士區有很多好處。接工作時不必受工會約束就是其中一。況且金匠工會不會因為一枚女用戒指這麼小的東西找任何人麻煩。但妳要買封蠟，羅伊登夫人，得去藥劑師那兒。」肥皂也在我的購物清單上，而且藥局有蒸餾設備。雖然我的重心已從鍊金術轉移到魔法，也沒有必要放過學習有用的知識的機會。

「最近的藥局在哪兒？」

彼埃咳嗽一聲：「您或許該跟羅伊登老爺商量一下。」

馬修的意見可多著呢，多半他會差芳絲娃或彼埃跑個腿，去把我要的東西買來。費爾德夫婦興趣盎然地等著看我怎麼回答

「或許吧。」我不悅地瞪著彼埃。「但我還是想聽費爾德師傅的建議。」

「約翰・賀司特很受敬重。」賈克琳從小孩手中抽出裙子，帶點兒調皮的神態說：「他配的藥水治好了我兒子的耳朵。」如果沒記錯，約翰・賀司特也對鍊金術有興趣。說不定他認識一個女巫。說不定更棒，他自己就是個巫師，那麼我真正的目的就順利達成了。我今天不是單純出來購物。我出來是要給人看見。巫族天性好奇。我用自己做餌，說不定會有人上鉤。

「據說彭布羅克女伯爵的孩子鬧偏頭痛時，也找他治療。」她丈夫補充道。所以我去過貝納堡的事，這一帶的人也全知道了。瑪莉說得對，我們受到監視。「賀司特師傅的店靠近保羅碼頭，招牌上畫了一個蒸餾器。」

「謝謝妳，費爾德太太。」保羅碼頭想必在聖保羅大教堂附近，我當天下午就可以過去。我在內心的地圖上調整今天的出行路線。

辭出費爾德商店後，芳絲娃和彼埃轉身就往回家的方向走。

「我要到教堂去。」我說，朝反方向走去。

眼一花，彼埃已站在我面前：「老爺會不高興的。」

「老爺不在這兒。馬修嚴格規定，不論我到哪兒，你都要跟著。但他沒有說，我要關在家裡當犯人。」我把書和麵包塞到芳絲娃手中。「如果馬修比我先回家，告訴他我們在哪兒，而且我很快就會回來。」

芳絲娃接過那些東西，跟彼埃意味深沈地互望一眼，便朝水街走去。

「要小心啊，夫人。」我從彼埃身旁走過時，他低聲道。

「我一直都很小心。」我鎮定地說，一腳立刻踏進一個水窪。

兩輛馬車撞在一起，擋住了前往聖保羅大教堂的路。這種笨重的車輛像現代密閉的廂型車，一點都不像珍・奧斯丁電影裡那種花俏的馬車。我繞過車禍現場，彼埃緊跟在後，避開憤怒的馬匹和同樣憤怒的乘客，他們站在馬路中間大聲叫罵，追究肇事責任。但車夫好像沒事人似的，高居駕駛座上低聲交談，超脫這場爭執之外。

「這種事常見嗎？」我問彼埃，同時把兜帽往後拉一點，好看得見他。

「新式的交通工具很討厭。」他悶悶不樂道。「大家走路或騎馬比較好。不過沒關係，這東西不會普及的。」

當初他們對亨利・福特也這麼說，我想道。

「保羅碼頭有多遠？」

「老爺不喜歡約翰・賀司特。」

「我沒問你這事，彼埃。」

「夫人要到教堂附近去買什麼？」教了那麼多年書，彼埃轉移重點的技巧在我眼裡真的不算什麼。但我不打算把我們大老遠跑到倫敦另一頭的真正動機透露給任何人。

「書。」我簡短地答道。

我們來到聖保羅大教堂周邊，每一吋沒有被紙遮住的空間，都有人在賣東西或提供服務。倚靠教堂外牆搭建的一個棚子，延伸出來的斜頂下面，有個面目和善的中年男人坐在板凳上。在這種地方，這樣的辦公場所為數不少。有一群人圍在他的攤位四周。如果我運氣夠好，他們之中會有一個巫族。

我穿過那群人。好像全是凡人。真令人失望。

那人吃了一驚，抬頭望過來，他正在替一位等候的顧客仔細抄寫一份文件。一個抄寫員。*拜託，這可不要是莎士比亞*，我暗中祈禱。

「可以為您效勞嗎，羅伊登夫人？」他帶著法國口音道。*不是莎士比亞*。但他怎麼會知道我的身分。

「你賣不賣封蠟，還有紅墨水？」

「我不是藥劑師，羅伊登夫人，而是個窮老師。」他的顧客開始嘟噥，抱怨雜貨商、藥劑師和其他巧取豪奪的商人牟取暴利。

「費爾德太太告訴我，約翰・賀司特製作品質優異的封蠟。」許多人轉過頭來看我。

「但很貴哦。他的墨水也貴，是用花做的。」人群中傳來嗡嗡話聲，肯定這人的評語。

「你能指給我看，他的店鋪在哪個方向嗎？」

彼埃抓住我手肘。「不可以。」他在我耳畔悄聲道。但此舉只替我們贏得更多凡人的注意，他立刻把手放下。

抄寫員舉手指向東方。「妳會在保羅碼頭找到他。先走到主教頭，然後往南。柯努先生應該認得路。」

我回頭看著彼埃，他目光固定在我頭頂上方一個定點。「是嗎？謝謝你。」

「那是馬修・羅伊登的老婆？」我們走出人群時，聽得有人咯咯笑道：「我的天啊，難怪他總是一副累得快死的德性。」

我沒有直接往藥局方向走，反倒用眼睛盯著教堂，沿著它龐大的外圍慢慢繞個圈。以它的規模而言，這座教堂的造型出乎意料地優雅，只可惜遭雷擊破壞的部分永遠無法恢復舊觀了。

「這不是去主教頭最快的走法。」彼埃緊跟在我身後只有一步遠，不是他通常保持的三步距離，所以只要我停下腳步往上看，他就會撞到我。

「塔尖有多高？」

「幾乎跟這棟建築的長度相當。老爺總很好奇，他們怎麼能把房子蓋得這麼高。」失去的塔尖原本會讓整棟建築看起來直入雲霄，以細長的尖塔跟扶壁的雅致線條及哥德式高窗互相呼應。

我覺得體內能量直線上升，令我聯想到匕塔附近的女神神殿。大教堂的深處，有某種東西意識到我的存在。它發出一聲低吟，我腳底傳來微震，那輕吁是對我的招呼——然後一切又消失了。這兒曾經有股力量——令所有巫族無法抗拒的吸引力。

我掀開遮臉的兜帽，慢慢打量聖保羅大教堂廣場上每一個買東西或賣東西的人。魔族、巫族、血族偶爾向我這方向投來一瞥，但這兒有太多活動，我一點也不引人注目。我需要更私密的環境。

我繞過教堂東側，繼續往它的北面走。噪音變響亮。所有注意力都集中在一個站在露天高台上的男人身上，講台上方搭了一頂畫有十字架的棚子。由於沒有電力擴音設備，這人為了吸引聽眾注意，不得不厲聲疾呼，以誇張的手勢，描述地獄裡火與硫磺的可怕場面。

憑我一個女巫，絕對競爭不過這些個地獄和天譴。除非我做出某種危險動作引起注意，否則即使有巫族看到我，也只當我是個出門購物的同族。我克制住一聲挫折的嘆息。原本我的計畫似乎簡單得不至於出錯。黑衣修士區沒有巫族，聖保羅大教堂這一帶的巫族卻太多。但彼埃在旁，又打消了所有超自然生物基於好奇接近我的意願。

「你待在這兒別動。」我下令道，同時嚴厲地瞪他一眼。要不是他站在一旁，散發出吸血鬼的反對氣息，我一定更有機會跟友善的巫族對上眼。彼埃往一家書攤的直立支架上一靠，不發一語地看著我。

我走進聖保羅大教堂十字架下方的人群裡，東張西望，好像在找走失的朋友。我等待巫族眼光的刺痛。他們在這兒。我感覺到了。

「羅伊登夫人嗎？」一個熟悉的聲音喊道：「什麼風把妳吹來的？」

喬治・查普曼紅潤的臉，從兩個臉色陰鬱的紳士的肩膀之間探出來。他們正在聽那名傳教士把世間所有的弊端都怪罪在天主教內部的營私結黨和商人的投機取巧上。

找不到巫族，黑夜學派的成員卻隨處都是，一如往常。

「我要買墨水，還有封蠟。」我重複這句話的次數越多，聽起來就越空洞。

「那妳該去藥局。來吧，我帶妳去找我相熟的藥劑師。」

「時候不早了，查普曼大師。」彼埃不知從哪兒忽然冒出來，說道。

「羅伊登太太有機會該多出來散散心。船夫說雨季又要回來了，他們很少說錯的。況且約翰・陳德勒的店就在城牆外的紅十字街，離這兒不到半哩路。」

這麼說來，遇到查普曼非但不是壞事，甚至算得上幸運。我們散步途中，總會跟某個巫族擦肩而過吧。

「馬修不會反對我跟查普曼大師一塊兒散步——尤其有你在旁，他更不會反對。」我對彼埃說，同時挽起喬治的臂膀。「你那家藥局離保羅碼頭近嗎？」

「剛好是反方向。」喬治道：「但妳不要去保羅碼頭買東西。那兒只有賀司特一家藥局，他開的價格已超出理性的範疇。陳德勒師傅提供更好的服務，只要一半價格。」

我把賀司特放在改天待辦事項的清單上，便挽起喬治的手臂。我們閒步走出聖保羅大教堂的廣場，向北的一路上，有很多豪華的花園住宅。

「亨利的母親就住在那兒。」喬治指著我們左側一棟特別富麗的建築物說：「他討厭那棟房子，寧可住在馬修那條街的轉角，直到瑪莉說服他，他的住所實在配不上伯爵的身分。現在他搬到河濱的一棟房子。瑪莉很高興，但亨利覺得那個地方太陰沈，濕氣讓他的筋骨很不舒服。」

波西家宅再過去就是城牆。倫敦老城的圍牆是羅馬人為了保衛倫狄尼亞㊼抵抗侵略者而建，這時仍充當城市的正式邊界。我們一走出赤楊門，踏上一座矮橋，就見田野開闊，一簇簇房舍圍繞著一座座的教堂。與田園風光一起湧來的臭氣，令我不由得舉起戴著手套的手摀住鼻子。

「護城河。」喬治帶著歉意，指著我們腳下那條滿是污泥的河說道。「唉，但這是最直接的路線。空氣很快就會改善啦。」我抹一下盈眶的淚水，但願他說得沒錯。

喬治帶著我沿著街道往前走，這條街很寬，容得下來往的馬車、載滿食物的貨車，甚至還有一隊公牛。我們邊走，他聊著他去拜訪出版商威廉・龐松比的經過。聽說我沒聽過這名字，查普曼差點崩潰。我對伊麗莎白時代的圖書業所知不多，所以鼓勵他多聊一點。喬治談起包括克特在內的許多劇作家，遭受龐松比冷落的八卦，十分起勁。龐松比偏好嚴肅的文學，他延攬的作家確實都很有分量：愛德蒙・史本賽、彭布羅克女伯爵、菲利普・錫德尼。「龐松比也想出版老馬的詩，但他拒絕了。」喬治困惑地搖頭。

「他的詩？」我忽然停下腳步。我知道馬修喜歡詩，卻不知道他也寫詩。

「是啊。老馬堅持他的詩只適合給朋友看。我們都很喜歡他為瑪莉的哥哥菲利普・錫德尼寫的悼亡詩。『**眼與耳與每個念頭／都被他的甜蜜完美吸引。**』」喬治笑道：「那首作品真是可圈可點。但馬修對印書不感興趣，抱怨說那只會引起爭議，惹來未經周詳思考的批評。」

馬修雖擁有現代化的實驗室，守舊的觀念卻反映在他對古董錶和老爺車的偏愛上。我咬緊嘴唇，不讓自己因找到他墨守成規的新證據而笑出來。「他的詩都寫哪方面的題材？」

「大部分是愛情與友情，不過最近他跟華特在交換有關……更黑暗主題的詩句。最近他們的想法都好像有志一同。」

「更黑暗？」我皺起眉頭。

「他和華特對周遭發生的事不見得都贊同。」喬治壓低聲音道，眼光在路過的人臉上閃來閃去。「他們很容易不耐煩——尤其是華特——經常對有權有勢的人撒謊。那是一種危險的習慣。」

---

(67) 倫敦古名倫狄尼亞（Londinium），從一世紀到五世紀曾被羅馬人佔領，為英倫三島的商業中心。當時倫敦的範圍很小，羅馬人建築的城牆隨著城市擴張陸續拆除，今日只剩少許遺跡。

「撒謊。」我緩緩說道。有首著名的詩叫作〈謊言〉，作者是無名氏，但經常被歸在華特・芮利名下。「『向朝廷說，它會發光／像腐木般光芒四射』？」

「原來老馬也念他的詩給妳聽。」喬治再度嘆口氣。「他能夠用少數幾個字表達豐富的感情與意義。我羨慕他這種才華。」

雖然我對這首詩耳熟能詳，但馬修跟它有關，我卻是第一次知道。不過今晚自有充裕的時間，好好探究我老公的文學成就。我暫時擱下這話題，專心聽喬治發表他對作家是否為了生存而被迫出版太多作品，還有為了避免印刷時出現太多錯誤，需要優良校對等方面的高見。

「陳德勒的店就在前面。」喬治指著前方十字路口，有個平台上立著一個歪歪倒倒的十字架。一群男孩正忙著把一塊石頭從地基上挖出來。不需要有巫術就可以預知，那塊石頭馬上就扔向店裡，破窗而入了。

我們越接近藥劑師的店，風就越冷。正如同聖保羅大教堂，這兒有另一股力量湧現，但籠罩這一區的是種貧困、絕望的壓迫感。街道北側有座倒塌的古塔，它周圍的房屋看起來好像風吹就會倒。兩名少年懶洋洋走過來，好奇地打量我們，直到彼埃低吼一聲，讓他們停下腳步。

約翰・陳德勒的店跟周圍的驚悚氣氛搭配得很完美。這是個陰暗、怪味衝鼻、令人不安的地方。天花板上掛了一隻貓頭鷹標本和某隻不幸動物利牙森森的下顎，下方掛了一幅四肢斷裂、被多件武器刺穿的人體圖，這倒楣鬼的左眼眶裡，還以俏皮的角度插了一根鑽子。

一個傴僂的男人從簾子後面走出來，邊走邊用身上那件泛出鏽紅的黑羽綢外套袖子擦手。他的衣服很像牛津或劍橋大學部學生穿的學者袍，而且同樣皺得不成樣子。明亮的淡褐眼迎上我的眼睛，沒有絲毫遲疑，我的皮膚發出刺痛的認知。陳德勒是個巫師。穿越大半個倫敦，我終於找到了一個同族。

「你這條街一天比一天變得更危險呢，陳德勒師傅。」喬治從門口張望外面那群徘徊不去的男孩。

「那群小子越來越野了。」陳德勒道：「今天有什麼可效勞之處，查普曼老爺？你需要更多藥水嗎？頭疼又犯了嗎？」

喬治詳細描述了他全身上下的各種疼痛。陳德勒不時喃喃安慰他幾句，然後把一本帳冊拿過來。兩個男人專心研究帳目時，我趁機觀察周圍的環境。

伊麗莎白時代的藥局顯然也充當雜貨店，小小的空間裡，各種商品一直堆到天花板。有成堆如同牆上貼的那幅受傷男子像一樣，看得令人怵目驚心的海報畫，還有許多罐糖漬水果。一張桌子上堆著二手書，其中混雜幾本最近出版的新書。一組陶罐為這個黯淡的房間添上幾許明亮筆觸，每個罐子上都標示著藥用香料與藥草的名稱。取材自動物的標本也有展示，除了貓頭鷹和下顎骨，還有若干乾癟皺縮的齧齒類，倒掛著尾巴，紮成一束束。我還看到罐裝墨水、鵝毛筆和繞在線軸上的繩子。

整間店按照鬆散的主題分門別類。墨水靠近鵝毛筆和二手書，放在象徵智慧的貓頭鷹下面。老鼠乾掛在標示「滅鼠藥」的瓦罐上方，旁邊的一本書，不但承諾幫你釣魚，還教你製作「各種捕捉臭鼬、鵟鷹、大小鼠輩及其他害蟲害獸的機器與陷阱」。我一直想驅除馬修閣樓裡那些不受歡迎的客人。這本小冊子羅列的詳盡計畫，雖然超出我這家主婆兼雜工的伎倆，但我可以找人代為執行。而且陳德勒店裡一串串的老鼠乾足以證明，他的陷阱顯然是有效的。

「借過，夫人。」陳德勒低聲道，手從我面前伸過。我著迷地看著他把老鼠拿到工作檯上，以巧妙而精準的刀法，把牠們的耳朵割下來。

「那是做什麼用的？」我問喬治。

「磨成粉的老鼠耳朵治疣很有效。」陳德勒揮舞磨杵時，他鄭重其事地解釋道。

我很慶幸自己沒有這毛病，轉回頭去看那隻捍衛文具部門的貓頭鷹，找到一瓶顏色鮮豔深沈的紅墨水。

妳的魅人朋友不會願意把那瓶子拿回家的，夫人。那是用鷹血做的，專門用來寫愛情符咒。

原來陳德勒有傳音入密的功力。我把墨水放回架上，拿起一本顯然經常有人翻閱，書角已捲起來的小書，第一頁畫著一頭狼攻擊一個幼小的孩子，以及一個人遭受可怕的酷刑，然後處死的畫面。這讓我聯想到現代雜貨店裡那些放在收銀機旁邊的八卦雜誌。我繼續翻閱，大吃一驚地讀到一個名叫史督柏・彼得㊳的人，以狼形現身，吸食人血，無分男女老幼，都被他吸到致死方休。原來，不僅蘇格蘭女巫成為眾矢之的，連吸血鬼也受到注意。

我眼光飛快掠過書頁。最後發現史督柏住在德國的偏遠地區，才鬆了一口氣。但接著發現他一名受害者的叔叔，經營介於我們住處和貝納堡之間的一家釀酒廠，我又開始焦慮。書中對血腥殺戮描寫細膩，並聲稱人類極力迎合跟他們生活在一起的超自然生物，也令我驚駭。史督柏在此被說成是一個巫師，他怪異的行為是因為跟魔鬼簽了約，所以他能變形、滿足食血者的異常需求。但更有可能，這人壓根兒是個吸血鬼。我把這本書藏在我要購買的另一本書下面，走到櫃台。

「羅伊登夫人需要一些文具。」我走近時，喬治對藥劑師解釋道。

陳德勒小心地在聽到我的名字時，讓心靈變得一片空白。

「是的。」我慢吞吞說道：「紅墨水，如果你有。還要一些有香味的肥皂，用來洗濯。」

「好的。」巫師在一些錫製的小容器之間翻尋了一下，找到正確的商品，便放在櫃台上。「妳需要搭配墨水的封蠟嗎？」

「你有什麼都可以，陳德勒師傅。」

「我看到你有一本賀司特師傅寫的書。」喬治拿起旁邊的一本書，說道：「我告訴過羅伊登夫人，你的墨水跟賀司特的一樣好，價格卻只有一半。」

藥劑師聽了喬治的恭維，有氣無力地一笑，便把幾支康乃馨色澤的封蠟和兩塊氣味香甜的肥皂，放在我的墨水旁邊。我把那本滅鼠手冊和有關德國吸血鬼的書也放上去。陳德勒抬起眼皮，迎上我的眼光。他的眼神充滿警戒。

「是的。」陳德勒道：「對街的印刷商留了幾本在我這兒，因為它談的是一個醫學的主題。」

「那麼羅伊登夫人也會感興趣。」喬治取下那本書，放在我的書堆上。我也不是頭一遭忍不住感到好奇了，凡人怎麼總是對周遭發生的事如此無感。

「但我不確定這本論文是否適合一位淑女……」陳德勒打住話頭，意有所指地盯著我的結婚戒指。

喬治迅速的回應完全蓋過我無聲的駁斥：「唉呀，她先生不會介意的。她是研究鍊金術的學者。」

「買了。」我果決地說。

陳德勒把我們買的東西包裝起來時，喬治問他是否可以推薦一個做眼鏡的人。

「我的出版商龐松比師傅擔心我完成翻譯荷馬的工作之前，眼睛就會失明。」他自命不凡地解釋：「家母的僕人給了我一個藥方，但一點效果也沒有。」

藥劑師聳聳肩膀。「民俗偏方有時候有幫助，但我的藥方比較可靠。我會送一種用蛋白和玫瑰水配製的膏藥給你。拿麻紗墊浸在裡面，然後貼在眼睛上。」

喬治和陳德勒為藥品討價還價，並安排交貨日期時，彼埃接過包裹，到門口站候。

「再見，羅伊登夫人。」陳德勒鞠躬道。

「謝謝你的協助，陳德勒師傅。」我答道。*我初來乍到這座城市，正要找一位女巫幫助我。*

「不客氣。」他禮貌地說：「其實黑衣修士區也有高明的藥劑師。」*倫敦是個危險的地方。妳向人求*

---

⑱ Stubbe Peter又名彼得・史當普，死於一五八九年。他本是一個富裕的農夫，被控犯下連續殺人與食人的罪行，且被鑑定是一個狼人，所以遭受慘無人道的酷刑後，斬首再火燒。文獻家為他冠上「貝德堡狼人」的綽號。當時有一本小冊子報導他的案件，德文版今已不存，英譯本在一五九〇年出版，目前全世界還有兩本，一本由大英博物館收藏。

助要謹慎。

我還沒來得及問他怎知道我住什麼地方，喬治就興高采烈地告辭，把我拉到外面街上。彼埃在後面跟得那麼近，我不時感覺到他偶爾呼出的寒冷氣息。

我們回城的路上，沿途都被不容誤解的目光觸及。我在陳德勒店裡的時候，已經有人發出警訊，一個奇怪的女巫在附近現身的消息，已散播到整個這一區。我終於達成了今天下午的目標。兩個女巫走到屋外，站在門口台階上，勾著手臂，用刺人的敵意觀察我。她們的臉孔和體型都很相似，我猜她們是雙胞胎。

「魅人。」其中一個嘟噥道，朝彼埃吐了口口水，交叉手指做了一個驅魔的手勢。

「來吧，夫人。天晚了。」彼埃緊抓著我的手肘說道。

彼埃一心想盡快帶我離開聖吉爾斯區，喬治則想喝杯酒，所以我們回黑衣修士區花的時間，遠比出來時短。安全抵達鹿冠，仍不見馬修的蹤影，彼埃去找他，也一去不回。不久，芳絲娃就強調時間不早，我必須休息。查普曼得到暗示便告辭了。

芳絲娃坐在火爐旁，女紅放在一旁，眼睛盯著門。我試用我的新墨水，把購物單上的物品一一勾掉，然後加上一項「捕鼠器」。接著我開始看賀司特的書。它用白紙慎重地包好，遮掩猥褻的內容。這本書列舉性病的療法，大多數都用到含毒性的水銀濃縮劑。難怪陳德勒反對已婚婦人買這種書。我剛開始讀第二個引人入勝的章節時，便聽見馬修書房裡傳出低語聲。芳絲娃抿緊嘴唇，搖搖頭。

「今晚他需要遠超出家中存量的酒。」她道，拿起一個放在門旁的空酒壺，就往樓梯口走去。

我追隨我丈夫的聲音。馬修仍在書房裡，把身上的衣服一一剝下，扔進火裡。

「他是個邪惡的人，老爺。」彼埃替馬修解下長劍，神情冷酷地說。

「『邪惡』還不足以形容那個惡魔，能描述他那種人的詞彙還沒有發明。從今以後，我可以當著法官發誓，他就是魔鬼本尊。」馬修用修長的手指解開緊身上衣的繫帶。衣服掉到地上，他彎腰拾起。衣服飛過空中，掉進火堆，但並沒有快到足以隱藏沾在上面的血跡。一股包含潮濕石頭、歲月、污穢的氣味，突然喚起我被囚禁在皮耶堡的記憶。我胃裡的東西翻上喉頭，馬修轉過身來。

「戴安娜。」他看到我痛苦不安，一口氣從頭上扯下襯衫、跨過他踢掉的靴子、只穿一件麻紗內褲，就衝到我身旁。火光在他肩頭跳躍，他許多條疤痕中的一條——又長又深，正好位於肩關節上方——閃爍著忽隱忽現。

「你受傷了嗎？」我掙扎著從收縮的喉嚨裡吐出字句，眼睛盯著火爐裡燃燒的衣服。馬修隨著我的眼神望去，低低咒罵了一聲。

「那不是我的血。」馬修身上沾了別人的血，不能算是安慰。「女王要求我在……審問一名犯人時要在場。」他稍作遲疑，讓我意識到他避免用「刑求」之類的字眼。「讓我先洗個澡，然後我陪妳吃晚餐。」馬修的話很溫暖，但他的表情疲倦而憤怒。他很謹慎地不來碰我。

「你在地牢裡？」那股氣味我不會認錯。

「我在倫敦塔。」

「你的犯人——死了嗎？」

「是的。」他用手遮臉：「我本來希望去得夠早，來得及阻止——這一次——但我算錯了潮水。我能做的，再一次，就只是堅持讓他的苦難結束。」

馬修曾經目睹這個人死過一次。今天他本來可以留在家裡，不介入倫敦塔裡某個失落靈魂的下場。我伸手去觸摸他，但他往後退開。

「女王一旦發現這個人在透露祕密之前就送了命，一定會懲罰我，但我已經不在乎了。就像大多數凡人一樣，伊麗莎白會選擇性地睜一隻眼閉一隻眼。」他道。

「是什麼人？」

「一個巫師。」馬修面無表情道：「他的鄰居密報他有一個紅頭髮的人偶。他們擔心那是女王的偶像。女王擔心蘇格蘭的女巫阿格妮絲・山普森和約翰・范恩等人的行為，會鼓勵英格蘭的女巫對她採取不利的行動。不，戴安娜。」馬修示意我留在原地，不要試圖走上前去安慰他。「我絕不會讓妳更接近倫敦塔和其中發生的事。到客廳去，我馬上就來。」

離開他很困難，但服從他的要求是我目前唯一能為他做的事。擺在桌上的酒、麵包和乳酪一點都引不起食慾，但我還是拿起一個那天早晨我買的小圓麵包，慢慢剝成碎屑。

「妳的好胃口消失了。」馬修像隻貓一樣無聲無息地溜進房間，替自己倒了些葡萄酒。他一口把酒吞下，又重新斟滿。

「你也一樣。」我道：「你沒有定時進食。」蓋洛加斯和韓考克一再邀請他跟他們一起去夜間狩獵，但馬修每次都拒絕。

「我不想談這個。給我講講妳這一天怎麼過的吧。」**幫助我遺忘**。馬修沒說出口的話在房間裡悄聲迴盪。

「我們去買東西。我幫你拿了你向理查・費爾德訂購的書，還見到他的妻子賈克琳。」

「啊。」馬修的笑容擴大了，嘴角的壓力也舒緩了一些。「那是新費爾德太太。她比她的第一任丈夫長壽，現在正帶著第二任丈夫跳快樂的舞。妳們兩個大概下個週末之前就會成為好朋友。妳見到莎士比亞了嗎？他跟費爾德夫婦住在一起。」

「沒有。」我在桌上的麵包屑越堆越高。「我去了大教堂。」馬修上半身稍微前傾一些。「彼埃跟我一起。」我連忙補充，把麵包扔在桌上。「而且我遇到喬治。」

「他一定在主教頭附近徘徊，巴望遇見威廉・龐松比，好好巴結他。」馬修吃吃發笑，肩膀放鬆了。

「我沒走到主教頭。」我坦白道。「喬治在聖保羅十字架那兒聽人講道。」

「聽講道的群眾裡混著什麼樣的人物很難預測。」他溫和地說：「彼埃該知道，不能讓妳在那種地方流連。」像變魔術似的，他的僕人出現了。

「我們沒有停留很久，喬治帶我去他的藥劑師那兒。我又買了幾本書和一些日用品。肥皂、封蠟、紅墨水。」我咬緊嘴唇。

「喬治的藥劑師住在瘸子門。」馬修的聲音變得平板。他抬頭看著彼埃。「倫敦人抱怨罪案太多時，警長就到那兒去，把所有看起來無所事事或奇怪的人都抓起來。這麼一攪，就算達成使命。」

「如果警長以瘸子門為目標，為什麼巴比肯十字一帶有那麼多超自然生物，黑衣修士區這兒卻這麼少？」這問題讓馬修吃了一驚。

「黑衣修士區一度是基督徒的聖地。魔族、巫族、血族都早已養成住在其他區域的習慣，還沒有搬回來。但巴比肯十字是數百年前的猶太墓園舊址。猶太人被逐出英格蘭後，市政官員就利用那塊未經神聖祝福的土地，埋葬罪犯、叛國賊、被逐出教會的人。凡人相信它鬧鬼，都避開那地方。」

「原來我感受的不快樂是來自死者，不僅是活人的問題。」我來不及閉嘴，話就脫口而出。馬修瞇起了眼睛。

我們的對話無法改善他飽受折磨的情緒，我的不安與時俱增。「我說要找藥劑師時，賈克琳推薦約翰・賀司特，但喬治說，他的藥劑師一樣好，收費還比較便宜。我沒跟他打聽附近的環境。」

「陳德勒沒有像賀司特一樣，推銷鴉片給顧客，這一點對我而言，比他開價合理更重要。儘管如此，我不希望妳去瘸子門。下次妳需要文具，派彼埃或芳絲娃去買就可以了。最好還是去拜訪跟我們同在水街，只隔三個門的那家藥局。」

「費爾德太太沒告訴夫人黑衣修士區就有藥局。幾個月前，德拉翁先生跟賈克琳對於她大兒子爛喉嚨的最佳療法有不同意見。」彼埃低聲解釋。

「即使賈克琳跟德拉翁正午十二點跑到聖保羅大教堂的本堂裡拔劍相向，我也不在乎。戴安娜不可以漫無目的地在城裡亂走。」

「危險的不僅是瘋子們。」我把那本講德國吸血鬼的小冊子推到桌子對面。「我跟陳德勒買了一本賀司特寫的討論梅毒療法的論文，還有一本關於消滅害蟲的書。這本書也有出售。」

「妳買了什麼？」馬修的酒哽在喉頭，他的注意力集中在那本有問題的書上。

「別管賀司特。這本書講一個人跟魔鬼結盟，他會變身成狼，還會吸血。出版這本書的人之中，有一個是我們的鄰居，貝納堡旁邊的一個釀酒商。」我用手指敲敲書，加強語氣。

馬修把那本裝訂很鬆散的書拿到面前。他讀到關鍵段落時，呼吸變得急促。他把書交給彼埃，後者也同樣迅速地看了一遍。

「史督柏是個吸血鬼，不是嗎？」

「是的。我不知道他的死訊傳得這麼遠。克特應該要告訴我海報和流行出版品中有哪些傳聞，這樣我們可以在必要時做些掩飾。不知怎麼回事，他錯過了這一則。」馬修沈著臉，看了彼埃一眼。「換個人擔任這份工作，不要讓克特知道。」彼埃點一下頭，表示知道。

「所以這些狼人的傳說，只是凡人為了否定吸血鬼存在，又一次無濟於事的努力。」我搖搖頭。

「不要對他們太苛刻，戴安娜。目前他們正專心對付巫族。再過一百年，輪到的是魔族，這是瘋人院革新的結果。然後凡人便會開始針對吸血鬼，巫婆則只是用來嚇唬小孩的童話故事而已。」雖然這麼說，馬修卻顯得很擔憂。

「我們的隔壁鄰居心思都放在狼人上，不在乎女巫。如果你會被誤認為狼人，我希望你別再擔心我，開始好好照顧自己。更何況，應該在不久以後，就會有個女巫來敲我們的門。」我非常有把握，如果再讓馬修去找女巫，結果會很危險。我丈夫的眼裡閃現一抹警告，但他緊閉雙唇，直到他能控制自己的怒火為止。

「我知道妳迫不及待想獨立，但答應我，下次妳決定自行處理任何事情之前，要先跟我商量。」他的反應遠比我預期的溫和。

「除非你答應聽我說話。你已受到監視，馬修。我確定這一點。瑪莉・錫德尼也這麼認為。你好好應付女王交辦的事和蘇格蘭的問題就夠了，這件事交給我。」

他張口想繼續討價還價，我搖頭制止。

「聽我的話。會有一個女巫找上門來。我保證。」

第十八章

第二天下午，馬修在瑪莉位於貝納堡那間頗為通風的日光室裡等我，他興趣盎然地凝望窗外的泰晤士河。我走近時，他轉過身來，罩在我金褐色上衣和裙子外面的伊麗莎白式實驗袍讓他莞爾。裡面那件衣服的袖子做了誇張的襯墊，從我肩膀向外突出，好在脖子周圍的荷葉邊比較小，也不礙事，這套衣服在我的外出服當中算是比較舒適的。

「瑪莉忙著做實驗走不開。她要我們星期一過來吃晚餐。」我張開手臂摟他的脖子，給他一個響亮的吻。他往後退縮。

「妳為什麼滿身醋味？」

「瑪莉用它清洗。用它潔手的效果比肥皂好。」

「妳離開我的房子時，滿身麵包和蜂蜜的香味，彭布羅克伯爵夫人把妳交還時，妳卻聞起來像一根酸黃瓜。」馬修的鼻子湊到我耳後。他滿意地吁一口氣。「就知道我可以找到一塊沒沾到醋的地方。」

「馬修，」我低聲道：「伯爵夫人的女僕瓊安就站在我們後面。」

「妳倒像來自一本正經的維多利亞時代，但這是風騷淫蕩的伊麗莎白時代。」馬修笑道。他又愛撫一下我的脖子，才直起身來。「妳下午過得如何？」

「你看過瑪莉的實驗室嗎？」我脫下灰撲撲的直筒外套，換回我的斗篷，然後讓瓊安去做她自己的事。「她利用這座城堡的一座高塔，在牆上畫滿賢者之石的圖畫。感覺就像在瑞普利畫卷⑲裡工作！我看過耶魯大學班尼克圖書館收藏的版本，但那個版本才二十呎長。瑪莉的壁畫足足有它兩倍大。結果反而很難專注。」

「妳們做什麼實驗？」

「狩獵綠獅子。」我自豪地回答，這是指鍊金過程中結合兩種酸性溶液，產生驚人改變的階段。「我們差點逮著它。但後來出了一點差錯，燒瓶爆炸了。精彩極了。」

「幸好妳不在我實驗室裡工作。大致而言，使用硝酸時要避免爆炸。妳們兩個下次做點爆發性不那麼強的實驗吧，比方蒸餾玫瑰花水。」馬修瞇起眼睛：「妳沒接觸水銀吧？」

「別擔心。我不會做任何對寶寶有害的事。」我自衛地說。

「每次我關心妳的健康，妳都以為我擔心別的事。」他眉毛攢成一個不悅的結。加上黑色落腮鬍和八字鬍——我還需要適應——顯得更令人望而生畏。但我不想跟他爭辯。

「對不起。」我趕快換了話題。「下星期我們要拌和一批新鮮的初始材料⑳。那裡頭就有水銀，但我保證不碰它。瑪莉要看它到一月底會不會腐壞，變成鍊金術的蟾蜍。」

「聽起來像是新年慶祝的開始。」馬修道，把斗篷披到我肩上。

「你剛才在看什麼？」我往窗外看去。

「有人在河對岸生了一個新年篝火。每次他們駕車去取新柴火時，附近的人就把已經運來的偷走。柴堆不斷在縮小之中。整個就像看潘妮洛普玩她的針[71]。」

「瑪莉說明天沒有人會工作。對了，要記得告訴芳絲娃多買一點**manchet**——意思是麵包，對吧？——星期天把它浸在牛奶和蜂蜜裡，讓它變軟，又可以當早餐。」這是伊麗莎白時代的法式吐司，只不過還不叫這名字。「我猜瑪莉擔心我住在都是吸血鬼的房子裡會挨餓吧。」

「彭布羅克夫人對超自然生物和他們的生活習慣一向是不聞不問的。」馬修道。

「她倒真的沒提起她那雙鞋子的下場。」我沈思道。

「瑪莉・錫德尼跟她母親一樣善於求生：對所有會讓人難堪的真相都睜一隻眼閉一隻眼。達得利家族的女人都不得不如此。」

「達得利？」我皺起眉頭。那是個專門惹禍上身、惡名昭彰的家族[72]——跟態度謙和的瑪莉完全沾不

---

[69] George Ripley（1415-1490），是著名的英國鍊金術師。他留下二十五大冊的鍊金術論著，其中以《找尋賢者之石的十二道門》（Twelve Gates Leading to the Discovery of the Philosopher's Stone）最受肯定。瑞普利畫卷目前有二十一個手抄本，由各大博物館珍藏。內容為瑞普利撰寫與繪製，充滿隱晦象徵的詩句與插畫。

[70] Prima materia，即製作賢者之石的原料。

[71] Penelope是希臘神話中伊色佳國王奧德修斯的妻子。她的丈夫在長達十年的特洛伊戰爭結束後，又被懲罰在海上漂泊十年。奧德修斯音訊渺茫的十年之間，不斷有人覬覦王位，向留守伊色佳的潘妮洛普求婚。她就藉口要為故世的公公編織一件裹屍布，衣服完成後就會從求婚者當中擇一而嫁。事實上，潘妮洛普每天夜裡都偷偷把白天織好的部分拆掉，所以一直無法完工。

[72] 達得利家族從伊麗莎白一世的祖父亨利七世（都鐸王朝創立者）時代就很活躍。他們能力優異，效忠王冠（不論戴在誰的頭上），在王座易位時，善於見風轉舵。亨利八世有三個孩子，兩女一男，包括他與西班牙公主凱瑟琳生的瑪麗，與安妮・波林生的伊麗莎白，與珍・西摩生的愛德

上邊。

「彭布羅克夫人的母親是瑪莉・達得利，女王陛下的密友，也是女王最寵信的臣子羅伯的姊姊。」馬修撇一下嘴唇。「她非常聰明，不亞於她的女兒。瑪莉・達得利的腦子裡裝了一大堆點子，所以沒有空間容納她父親叛國，或她弟弟誤入歧途的情報。她從咱們應天承運的陛下那兒傳染了天花後，也從不承認女王和她自己的丈夫就此寧願找別人作伴，也不願面對她破相的臉。」

我震驚地停下腳步：「她後來怎麼了？」

「她孤零零、滿懷痛苦地去世，就像她之前達得利家族大多數的女人一樣。她最大的勝利就是把年方十五、與她同名的女兒嫁給四十多歲的彭布羅克伯爵。」

「瑪莉・錫德尼十五歲就做了新娘？」那個精明而活力充沛的女人，不但管理龐大的家產、撫養一群活潑的孩子，還能專心致志做她的鍊金實驗，看起來毫不費力。現在我終於明白原因何在了。彭布羅克夫人雖比我年輕幾歲，但以她目前三十歲的年紀，周旋在這些職責之間，也已經半輩子了。

「是的，但她母親提供她所有求生必需的工具：鋼鐵般的紀律、強烈的責任感、錢買得到最好的教育、熱愛詩詞，還有她對鍊金術的狂熱。」

我摸摸自己的緊身上衣，想到在我體內成長的小生命。他在這個世界上生存需要什麼樣的工具？

我們在回家途中聊到化學。馬修解釋，瑪莉像母雞抱蛋般嚴密守護的那種結晶，是氧化的鐵礦沙，之後她會用燒瓶加以蒸餾，做出硫酸。我一直對鍊金術的象徵意義比對實際層面更有興趣，但跟彭布羅克伯爵夫人共度的下午，卻讓我了解，兩者之間的關係是多麼引人入勝。

不久我們就平安回到鹿冠，我啜飲著一杯用薄荷和檸檬油調製的溫熱藥草茶。原來伊麗莎白時代沒有茶葉，只有藥草泡的茶。我喋喋不休談著瑪莉時，看到馬修露出一抹微笑。

「什麼事那麼好笑？」

「我沒看過妳這樣。」他道。

「哪樣？」

「這麼精神奕奕——有一大堆問題，報導妳做了些什麼，妳跟瑪莉下週有什麼計畫。」

「我喜歡回頭做學生。」我承認。「雖然剛開始還覺得有點難以接受，自己竟然不知道所有的答案。這些年來，我已經忘記除了問問題什麼都不會，是多麼好玩的事了。」

「妳在這兒覺得很自在，跟在牛津時不一樣。保密是很寂寞的。」馬修眼裡充滿同情，手指輕撫我的下巴。

「我從來不寂寞。」

「哦，妳很寂寞。我覺得妳現在也還寂寞。」他柔聲道。

我還來不及思考如何回應，馬修就把我拉出椅子，擋在我身前，退到火爐旁的牆角。原本不見蹤影的彼埃，也忽然出現在門口。

敲門聲隨即傳來。馬修肩膀上的肌肉虯起，腿側亮出一把匕首。他一點頭，彼埃便走到樓梯口，把門打開。

「我們替胡巴德神父送信來。」兩隻男吸血鬼站在門外，兩人都穿著遠非一般信差負擔得起的昂貴服飾，年齡都不超過十五歲。我以前不曾見過少年吸血鬼，總以為其中有什麼禁忌。

華。亨利八世死後，由年方九歲的愛德華即位，成為愛德華六世。愛德華六世做了六年國王後生病垂危，沒有後嗣，得寵的諾森伯蘭公爵（不同於諾森伯蘭伯爵系統的波西家族）約翰・達得利，因國王熱心扶持基督新教，便趁機說服國王，跳過他的兩個親姊姊，立表姊珍・格雷為女王。他並安排兒子與珍完婚，以為可以當上皇親國戚，坐享殊榮。但珍即位才一週，樞密院就推翻先王遺旨，改立瑪麗為女王。篤信天主教的瑪麗不但壓迫新教徒，還安排把自己嫁給西班牙王子菲利普聯姻，以期鞏固她的勢力，導致一批英國貴族起兵反抗。但瑪麗順利平定叛亂，還把早已囚禁在倫敦塔裡的達得利父子和年方十七歲的珍通通斬首。瑪麗即位五年後，也因病死亡，接著由伊麗莎白即位。達得利家族獲得平反，約翰的兒女又爭相入宮邀寵，其中瑪莉・達得利的弟弟羅伯，終其一生熱烈追求伊麗莎白一世，還傳出把妻子推下樓梯致死的小道消息。

「羅伊登老爺。」兩個吸血鬼中較高的那個摸摸鼻尖，用靛藍色的眼睛仔細打量馬修。那雙眼睛從馬修挪到我身上，我的皮膚凍得發痛。「夫人。」馬修握緊匕首，彼埃上前，更嚴密地阻擋在我們與門的中間。

「胡巴德神父要見你們。」比較矮小的吸血鬼道，輕蔑地看著馬修手中的武器。「鐘敲七點時過來。」

「告訴胡巴德，我方便的時候會過去。」馬修帶著輕微的敵意道。

「不止你一個。」高個兒男孩道。

「我最近沒見到克特。」馬修有點不耐煩道：「如果他有麻煩，你們的主人會比我更清楚該去哪兒找他，角兒。」這名字很適合那個高個兒男孩。他青春期的身體到處是稜角。

「馬羅整天都跟胡巴德神父在一起。」角兒的語氣充滿厭煩。

「是嗎？」馬修道，眼神如刀一樣鋒利。

「是的。胡巴德神父要那個女巫。」角兒的同伴道。

「我明白了。」馬修的聲音不帶任何情緒。銀光與黑影一閃，亮晃晃的匕首抖動著，釘在角兒眼睛旁邊的門框上，馬修朝他們走去。兩隻吸血鬼情不自禁地倒退一步。「謝謝你帶口信來，勒納。」他伸腳把門關上。

兩名少年吸血鬼登登登飛奔下樓，彼埃與馬修默然交換了一個意味深長的眼色。

「韓考克和蓋洛加斯。」馬修命令道。

「馬上。」彼埃旋風似的離開房間，差點撞上正從門框上拔下匕首的芳絲娃。

「剛才有客人。」她還沒來得及抱怨木框上的損害，馬修就解釋道。

「怎麼回事，馬修？」我問道。

「妳和我要去見一個老朋友。」他的聲音仍保持令人不安的平靜。

我看一眼已放在桌上的匕首。「這位老朋友是吸血鬼？」

「酒來，芳絲娃。」馬修拿起幾張紙，弄亂了我整理好的紙堆。他拿起一支我的鵝毛筆，以瘋狂的速度振筆疾書，我壓抑住一聲埋怨。從敲門聲開始，他就沒正眼看過我。

「有屠夫那兒買來的新鮮血液。或許你該……」

馬修抬起頭，嘴唇抿成一條線。芳絲娃替他倒了一大杯葡萄酒，沒再囉唆。倒完後，他交給她兩封信。

「這封送去給羅素宅第的諾森伯蘭伯爵。另一封給芮利。他應該在白廳宮[73]。」芳絲娃立刻離開，馬修踱到窗前，眺望街道。他露出在麻紗高領外的頭髮很凌亂，我忽然有種衝動想替他把頭髮理好。但他肩膀擺出的架式警告我，他目前沒有心情講究儀表。

「胡巴德神父？」我提醒他。但馬修的心思還在別處。

「妳會送掉自己的性命。」他粗魯地說，仍然背對著我。「伊莎波警告過我，妳缺乏保護自己的本能。要發生多少次這種事，妳才學得會？」

「我又做了什麼？」

「妳要被人看見，戴安娜。」他粗聲粗氣地道：「好了，妳被看見了。」

「別再看窗外。我不想對著你的背說話。」我說話很小聲，雖然我其實很想掐死他。「胡巴德神父是什麼人？」

---

[73] Palace of Whitehall原為一座宮殿，是英國君王的住所，所在地與今日英國行政中心的位置大致雷同。原宮殿建築興建於十一世紀，經一再增建，十七世紀號稱全歐洲最大的宮殿，卻不幸連逢幾次火災，現已不存。

「安卓・胡巴德是一個吸血鬼。他統治倫敦。」

「什麼意思叫作他統治倫敦？這個城市裡所有的吸血鬼都聽命於他嗎？」二十一世紀倫敦的吸血鬼以成群結隊、夜間出沒、效忠團隊著稱——至少其他巫族是這麼告訴我的。他們不像巴黎、威尼斯、伊斯坦堡的吸血鬼那麼神氣活現，也不像莫斯科、紐約或北京的吸血鬼那麼嗜血，倫敦的吸血鬼就是很有組織。

「不僅吸血鬼，巫族和魔族也聽命於他。」馬修轉向我，眼神冰冷。「安卓・胡巴德曾經擔任神職，教育程度很低，對神學的認知卻已經夠惹一堆麻煩。倫敦第一次大瘟疫期間，他變成了吸血鬼。一三四九年那場疫病殺死了城裡將近半數人口。胡巴德熬過第一波襲擊，照顧病人、埋葬死者，但最後還是受到傳染。」

「有人把他變成吸血鬼，救了他。」

「是的。雖然我一直沒查出是誰。但有很多傳聞，大部分都與他幾乎是神蹟的復活有關。當他確定自己死定了的時候，據說他在教堂墓園裡為自己掘了一個墓，爬進去等待上帝。幾小時後，胡巴德起身走出來，回到生者中間。」馬修頓了一下：「我認為他的頭腦此後就沒有完全清醒過。

「胡巴德集結失落的靈魂。」馬修繼續道：「那年頭這種人多得不可勝數。他收留他們——孤兒、寡婦、一週之內喪失所有親人的男人。他把病人變成吸血鬼，重新為他們施洗，確保他們有住所、食物、工作。胡巴德把他們都當作自己的孩子。」

「包括巫族和魔族在內？」

「是的。」馬修簡潔地說。「他透過領養儀式收留他們，但那跟菲利普的方式全然不同。胡巴德品嘗他們的血。他聲稱他由此了解他們靈魂的內涵，證明上帝確實把他們交給他照顧。」

「這也會把他們的祕密洩漏給他。」我慢吞吞說道。

馬修點點頭。難怪他要我跟這個胡巴德神父保持距離。吸血鬼嘗到我的血，就會知道我懷了寶寶——

以及他父親是誰。

「菲利普跟胡巴德達成一項協議，柯雷孟家族不需參與他的家族儀式，也不盡任何義務。或許我該在進入這座城市之前，通知他妳是我的妻子。」

「但你決定不這麼做。」我握緊拳頭，謹慎地說。現在我終於明白，為什麼蓋洛加斯建議我們不要在水街上岸了。菲利普說得對。馬修有時候會做蠢事──表現得像是有史以來最傲慢的人。

「胡巴德不來惹我，我也不惹他。只要他知道妳是柯雷孟家族的一員，就不會碰妳。」馬修看到下面街上有動靜。「謝天謝地。」樓梯上傳來沈重的腳步聲，不久蓋洛加斯和韓考克就站在我們的客廳裡。「你們倆來得真慢。」

「連個招呼都不說了嗎？馬修。」蓋洛加斯道：「所以胡巴德終於要你們去晉見了。你別說，絕對不能把嬸娘留在這兒，他會老羞成怒。不論有什麼計畫，她一定得去。」

馬修一反往常，抓頭髮的方式變成從後往前撥。

「媽的。」韓考克盯著馬修手指的動作道。把頭髮梳得像雞冠般倒豎，顯然是馬修祕密思維的另一個破綻──代表他編造遁詞和只說一半真話的創造力泉源已經枯竭。「你只會用躲避應付胡巴德。就只有這一招。我們一直搞不清你是個勇士還是個傻瓜，柯雷孟，但是看你處理這次事件的方式，答案已呼之欲出──而且結論可能對你不利喔。」

「我本來打算星期一帶戴安娜去見胡巴德。」

「那她到城裡就已經十天了。」蓋洛加斯指出。

「沒什麼好急的。戴安娜是柯雷孟家的人。況且我們又不住城裡。」馬修連忙道。看我一臉困惑，他繼續道：「黑衣修士區又不真正算是倫敦的一部分。」

「我可不會到胡巴德的巢穴去，又跟他辯論倫敦的地理。」蓋洛加斯用手套拍打自己的大腿。

「一四八五年我們來幫蘭開斯特家族⑭的時候，你為了讓騎士團進駐倫敦塔，也曾提出這種論調，當時他就不同意，這次他也不會讓步的。」

「不要讓他久等吧。」韓考克道。

「我們時間多得很。」馬修一副滿不在乎的口吻。

「你始終不懂潮流，馬修。我猜我們之所以走水路，是因為你認為泰晤士河也不算是倫敦的一部分。如果這樣，我們恐怕已經太遲了。趕快走吧。」蓋洛加斯一翻大拇指，比著前門的方向。

彼埃在門口等我們，他正在戴一副黑色皮手套。他換掉了日常穿的咖啡色斗篷，改穿一件長得跟時尚完全脫節的黑斗篷。他右臂上套著一件銀製品：一條蛇纏繞著一個十字架，右上象限有一彎新月。這是菲利普的紋章，只比馬修的紋章少了星星和百合花。

蓋洛加斯和韓考克都換上類似服裝後，芳絲娃又取出一件同款式的斗篷，披在馬修肩上。厚重的衣褶垂掛在地面，使他顯得更高大，也更威風凜凜。他們四人站在一起，真是令人膽寒，那畫面想必就是凡人描寫吸血鬼身披黑斗篷的靈感來源。

在水街盡頭，蓋洛加斯把所有可用的船隻端詳了一番。「那艘可能坐得下我們全體。」他指著一艘長形划艇道，隨即發出一聲刺耳的唿哨。站在船邊的人詢問我們要去哪裡，蓋洛加斯給了一連串複雜的指示，說明要走的路線、在市區那麼多碼頭當中停靠哪一個、由誰划船等。蓋洛加斯對他咆哮，那個可憐人瑟縮在船頭的燈下，緊張地不斷回頭張望。

「嚇唬我們遇到的每一個船夫，不是睦鄰之道。」馬修上船時，我意有所指地看著隔壁的釀酒廠說道，韓考克毫不客氣把我舉起，塞給我丈夫。馬修收緊臂彎摟住我，船便箭也似的衝到河心。速度之快，連船夫也不禁驚呼一聲。

「沒必要引起注意，蓋洛加斯。」馬修沈聲道。

「那你來划船，我來給你老婆取暖？」馬修沒答腔，蓋洛加斯搖頭道：「就知道你不幹。」

倫敦大橋隱隱的燈光劃破我們前方的黑暗，隨著蓋洛加斯槳划不停，快速流動的河水聲越來越響亮。馬修望著河岸道：「停在老天鵝碼頭。我要趁潮汐轉向前回到這艘船上，划回上游。」

「安靜。」韓考克嚴厲地低聲說：「我們本來要突襲胡巴德的。你們這麼吵，倒不如敲鑼打鼓，沿著齊普賽大街⑮遊行過去。」

蓋洛加斯轉向船尾，用左手使勁划了兩下。再划幾下，我們就靠上了碼頭——其實只是幾級搖搖欲墜的階梯，拴在幾根歪向一側的柱子上——有幾名男子在那兒等候。船夫簡單說了幾句話，示意他們走開，一等船靠得夠近，他也急忙跳上岸去。

我們上到街道平面，默不作聲穿過幾條曲折的巷子，快步衝過房屋間的空地與花園。吸血鬼像貓一般靜悄悄行進。我的腳步沒那麼穩健，常被鬆動的石塊絆到，還會踩進積水的坑洞。最後我們來到一條寬闊的大馬路。笑語聲從另一頭傳來，燈光從寬敞的窗戶流瀉到街上。我搓搓手，受那股溫暖吸引。或許那就是我們的目的地。說不定這次會很順利，我們見到安卓・胡巴德，給他看我的婚戒，然後就回家。

馬修卻領我們穿過馬路，走進一個荒蕪的教堂墓園，墓碑傾斜，相依相靠，好像死者也互相尋求慰藉。彼埃取出一個掛滿鑰匙的實心金屬環，蓋洛加斯把一柄鑰匙插進鐘塔旁邊一扇門上的鎖孔。我們穿過破爛的本堂，又穿過祭壇左側的一扇木門。狹窄的石梯筆直往下，落入黑暗之中。我身為溫血動物，視力

---

⑭ 金雀花王朝的兩個分支蘭開斯特家族和約克家族，在十五世紀互爭英格蘭王位。約克王朝的愛德華四世於一四八三年去世，由他的弟弟理查攝政，輔佐十二歲的太子愛德華五世。不料理查卻把年幼的王子和他的弟弟囚禁在倫敦塔，自行登基為王，成為理查三世。理查此舉引起各界的反感。一四八五年，因母系有蘭開斯特血緣，擁有王位繼承權的亨利・都鐸，從法國率一支部隊討伐理查，得到很多英格蘭貴族的支援。兩軍在波斯沃斯大戰。理查戰死，亨利即位為王，成為亨利七世，並迎娶約克家族女繼承人，結束了王位之爭。統治英國三百多年的金雀花王朝和爭奪王位的紅白玫瑰戰爭，都隨這場戰役落幕。

⑮ Cheapside是倫敦一條街名，從中世紀起就是市場集中地，每逢倫敦舉辦重大遊行或慶典，這條街都是必經路線。

有限，早已分不清方向，只知我們在仄隘的甬道裡東彎西拐，又穿過一片散發出葡萄酒、霉味及人體腐朽味的開闊空間。彷彿置身一則凡人用來嚇阻好事者流連教堂地下室和墓園的故事裡。

我們繼續深入地底隧道和房間組成的迷宮，來到一個有黯淡燈光的祕窟。一個小小的納骨室裡，成堆的骷髏瞪大空洞的眼睛。石頭地板隱隱震動，朦朧的鐘聲告訴我們，上方的鐘正敲響七時。馬修催趕我們進入另一條隧道，遠處可看到淡淡的光線。

隧道盡頭是一座酒窖，用來儲藏泰晤士河貨船卸下的葡萄酒。牆邊立著幾個酒桶，新鮮鋸木屑跟陳年老酒爭香。我找到了前一種氣味的來源：一堆整齊的棺材，依照尺寸大小排列，最大的可以容納蓋洛加斯，最小的只裝得下嬰兒。角落深處有黑影晃動，房間中央圍著一群超自然生物，正在舉行某種儀式。

「我的血是你的，胡巴德神父。」說話的男人十分害怕。「我心甘情願把它交給你，讓你知道我的心事，把我列入你的家族。」一陣沈默，一聲痛喊，然後空氣裡充滿了繃緊的期待。

「我接受你的禮物，詹姆士，我承諾把你當作我的孩子，保護你。」一個沙啞的聲音回應道：「你也要視我若父，尊敬我，做為回報。問候你的兄弟姊妹吧。」

嘈雜的歡迎聲中，一陣寒意觸及我的皮膚。

「你們遲到了。」震耳欲聾的聲音打斷了人群的寒暄，讓我脖子上的汗毛豎立。「出門還帶一大群隨從，我明白了。」

「不可能，我們根本沒約定時間。」馬修抓住我的手肘，數十道目光推擠、刺痛、冰凍我的皮膚。輕柔的腳步聲挨過來，圍成一圈，一個又高又瘦的男人出現在我正前面。我毫不退縮地迎上他的眼神，情知不能在吸血鬼面前露出恐懼。胡巴德眼眶深凹，灰色虹膜藏在粗重的眉骨底下，散發出藍、綠、褐各種色彩。

這吸血鬼全身上下所有的顏色都集中在眼睛。其他部分都只見超乎自然的蒼白，白金色的頭髮剪得極短，貼近頭皮，眉毛與睫毛淡到幾乎看不見，鬍鬚剃得乾乾淨淨的臉上，一道寬闊的水平線就是嘴唇。那件黑色長袍看起來結合了學者袍與教士法袍，格外烘托出他死屍般的體格。他寬闊而微駝的肩膀，顯然蘊藏著不容忽視的力量，但身體其餘部分根本就是一副骷髏骨架。

眼睛一花，我的下巴已被粗魯、有力的手指捏住，把我的頭扭向一側。在這同時，馬修的手也抓住那吸血鬼的手腕。

胡巴德冰冷的眼光觸及我脖子，看到那兒的疤痕。就這麼一次，我但願出門前芳絲娃替我戴上她能找到的最大的荷葉邊高領。他吐出一陣散發硃砂與杉樹氣味的冰風，然後抿緊寬闊的嘴，嘴唇的邊緣從淺肉紅色變為白色。

「我們有一個麻煩，羅伊登老爺。」胡巴德道。

「我們有好幾個麻煩，胡巴德神父。首先，你把手放在屬於我的東西上。如果你不放手，我會在日出前把這個洞砸成粉碎。之後發生的事會讓全城所有的生物——包括魔族、凡人、魅人和巫族——都以為世界末日來臨了。」怒火在馬修的聲音裡震動。

超自然生物從陰影裡走出來。我看到瘸子門的藥劑師約翰・陳德勒，他挑釁地迎上我的眼光。克特也在場，站在另一個魔族身旁。他的朋友把手從他臂彎裡抽回去時，克特也往一旁挪動，跟他拉開距離。

「哈囉，克特。」馬修道，聲音裡不帶一絲情緒。「我還以為你會逃跑、躲起來呢。」

胡巴德捏著我的下巴，過了一會兒還不鬆手，他把我的頭扳回原位，讓我正面對著他。我對克特和那個出賣我的巫族的怒火，一定表現在臉上，他告誡地搖頭。

「*不可以在心裡恨妳的兄弟。*」他喃喃說著，放開了我。胡巴德用眼光掃過整個房間。「你們出去。」

馬修用手兜住我的臉，手指輕撫我的下巴，消除胡巴德的氣味。「妳跟蓋洛加斯一起到外面去。我很快就來。」

「她要留下。」胡巴德道。

馬修的肌肉抽搐了一下。收回成命不符合他的習慣。經過相當長一段停頓，他命令他的朋友與家人到外面等候。只有韓考克沒有立刻服從。

「你父親說過，站在井底的聰明人，比站在山頂的傻瓜看到更多。但願他的話是對的。」韓考克嘮叨道：「因為你今晚讓我們陷入一個他媽的大坑洞。」他多看了一眼，才尾隨蓋洛加斯和彼埃鑽過對面牆上的一道縫隙。一扇沈重的門闔上，四下一片寂靜。

我們三個站得那麼近，我可以聽見馬修肺裡慢慢呼出空氣的聲音。至於胡巴德，我猜那場瘟疫造成的傷害，不僅是讓他發瘋而已。他的皮膚沒有陶瓷的光澤，而是像蠟一般，似乎疾病還沒有痊癒。

「容我提醒你，柯雷孟先生，是出於我的寬容，你才能待在這裡。」胡巴德坐在房間裡唯一的一張富麗堂皇的椅子上。「雖然你代表合議會，但主要是出於令尊的請求，我才准許你住在倫敦。但你輕侮我們的慣例，不把你的妻子介紹給我和我的信徒，就讓她進入倫敦。此外，還有你那群騎士的問題。」

「大部分跟我一起來的騎士，住在這座城市裡的時間都比你長，安卓。當初你堅持，他們若不加入你的『信徒』，就要離開城界，所以他們都搬到城牆外去。你和我父親協議，柯雷孟家族不能讓更多騎士團的人進入倫敦市。我沒有違反。」

「你以為我的孩子會把這些耍嘴皮子的細節放在心上嗎？我看到那些人戴的戒指，還有他們斗篷上的配件。」胡巴德俯身過來，眼神充滿威脅。「我受誤導以為你在前往蘇格蘭途中。為什麼你還在這裡？」

「或許你付給你的密報者的代價不夠高。」馬修建議道。「最近克特缺錢缺得凶。」

「我不用錢買愛和忠誠，我也不用脅迫或酷刑達成目標。克里斯多夫心甘情願聽我吩咐，就像所有服從上帝旨意、愛父親的孩子一樣。」

「克特有太多主人，不可能只效忠一個。」

「這句話用在你身上也合適嗎？」胡巴德向馬修發出挑釁後，就轉過來面對我。他不慌不忙，大口吸入我的氣味，然後故作遺憾狀，發出一聲低嘆：「我們先來談談你的婚姻。我有些孩子認為，女巫跟魅人交往是一種令人厭惡的行為。但在我的城市裡，合議會和它的盟約，跟你父親那批匪背必報的騎士一樣不受歡迎。兩者都干預上帝希望我們像一家人般生活的旨意。而且，你的妻子還是個時光編織者。」胡巴德道：「我不贊成時光編織者，因他們用不屬於此時此地的觀念引誘人。」

「像選擇權與思想自由之類的觀念嗎？」我插嘴道：「你怕什麼——」

「其次，」胡巴德打斷我，他專心盯著馬修，好像當我不存在：「你把她當食物也構成一個問題。」他眼光轉到馬修留在我脖子上的疤痕。「巫族若發現這事，一定會要求調查。如果你的妻子被發現觸犯了自願提供血液給吸血鬼之罪，就會受唾棄，逐出倫敦。如果你犯了未得她同意而吸她血之罪，你將被處死。」

「什麼家族情誼，原來是這樣。」我嘟囔道。

「戴安娜。」馬修警告道。

胡巴德雙手指尖相對，搭成帳棚狀，再次觀察馬修。「最後一點，她懷孕了。孩子的父親會來這兒找她嗎？」

這讓我停止抗議的念頭，胡巴德還沒有查出我們最重要的祕密：馬修是我懷的孩子的父親。我極力壓抑心頭恐慌。**思考——活下去**。或許菲利普的建議能讓我們脫離這困境。

「不會。」馬修簡短地回答。

「所以他父親死了——自然死亡或死在你手中。」胡巴德深深看了馬修一眼，說道：「那麼，孩子出生後，就交給我的人照顧。他的母親現在就要成為我的孩子。」

「不行。」馬修道：「她不願意。」

「你認為，一旦合議會其他成員聽說你們的罪行，你們兩個能在倫敦以外的地區生存多久？」胡巴德搖頭道：「你的妻子在這兒很安全，只要她是我家族的一員，而且你們之間不再有吸血的行為。」

「你不可以強迫戴安娜接受那種變態的儀式。如果有必要，你可以告訴你那些『孩子』她屬於你，但你不可以吸她的血，也不可以吸她孩子的血。」

「我不會對受我照顧的生靈撒謊。怎麼回事，兒子，上帝安排你面對挑戰時，你的因應方式就只是保密和作戰？那只會帶來毀滅。」胡巴德的聲音因激動而哽噎。「上帝只救贖那些願意相信比他們自己更偉大的事物的人。」

馬修反唇相譏之前，我按住他手臂，示意他安靜。

「原諒我，胡巴德神父。」我道：「如果我的理解沒錯，柯雷孟家族可以豁免不受你的管制。」

「是的，羅伊登夫人。但妳不是柯雷孟家的人，妳只是跟其中一個人結婚而已。」

「錯了。」我駁斥他，同時緊緊抓住我丈夫的衣袖。「我是菲利普・柯雷孟以血誓收養的女兒，也是馬修的妻子。我是雙料的柯雷孟，所以我或我的孩子都不可能稱你為父親。」

安卓・胡巴德顯得很訝異。我遙寄無限的祝福給菲利普，因為他的考慮周詳，總超前我們其他人三步。馬修的肩膀終於鬆弛下來。他的父親雖遠在法國，卻再次保障了我們的安全。

「你可以去調查。菲利普在我的額頭上做了記號。」我碰觸雙眉中間的一點，那也是我女巫的第三隻眼所在。目前那隻眼正在沈睡，對吸血鬼毫無興趣。

「我相信妳，羅伊登夫人。」胡巴德最後說道。「在上帝的殿堂裡，沒有人會膽大妄為到對這種事撒謊。」

「那麼，或許你可以幫我一個忙。我來倫敦尋求魔法與巫術的指導。在你的兒女當中，你會推薦誰擔當這份工作？」我提出這種要求，又抹去了馬修的微笑。

「戴安娜。」他咆哮道。

「如果你能幫忙，我父親會很高興。」我鎮定地不當他一回事。

「這高興會用什麼方式表達呢？」胡巴德的作風跟文藝復興時期的王公貴族如出一轍，只要能贏得策略上的優勢，他都有興趣。

「首先，我父親聽說我們在家裡安靜過除夕，就會很高興。」我迎向他的目光說道。「我在下一封寫給他的信裡，提到的所有其他內容，就決定於你派哪位巫族到鹿冠來。」

胡巴德考慮我的要求。「我會跟我的孩子討論妳的需要，並決定誰能提供最好的服務。」

「不論他派誰來，都是個間諜。」馬修警告道。

「你也是個間諜。」我指出。「我累了。我要回家。」

「我們來此要辦的事已告一段落，胡巴德。我相信，戴安娜會像所有柯雷孟家族的成員，能得到你的許可住在倫敦。」馬修不等他回答，轉身就走。

「即使是柯雷孟家的人，住在城裡也要小心。」胡巴德在我們背後喊道：「妳最好記住，羅伊登夫人。」

我們乘船回家途中，馬修和蓋洛加斯低聲交談，但我一直保持沈默。我拒絕攙扶，自行下船，不等他們就爬上階梯，進入水街。即便如此，我抵達鹿冠的入口時，彼埃還是搶在我前面，馬修也跟在我身旁。華特和亨利在室內等我們。他們霍然跳起身。

「謝天謝地。」華特道。

「我們一聽說你們有難，就立刻趕來了。喬治生病，躺在床上，克特和湯姆都不見人影。」亨利解釋道，眼光焦慮地在我和馬修身上轉來轉去。

「很抱歉驚動你們。我發出警報其實是過慮了。」馬修說道。他的斗篷在腳邊晃動，他把它從肩上脫下來。

「如果是跟騎士團有關——」華特欲言又止，看著斗篷。

「無關。」馬修向他保證。

「是跟我有關。」我道：「你再出什麼注定釀成大禍的主意前，搞清楚一件事：巫族的問題我來處理。馬修被監視了，而且不僅胡巴德在監視他。」

「他已經習慣了。」蓋洛加斯粗聲道：「不用把那些瞪大眼睛的傻子放在心上，嬸娘。」

「我必須自行找到我的老師，馬修。」我的手情不自禁地移動到我的緊身上衣遮住我上半截腹部的位置。「只要你們之中任何一個人在場，任何女巫都不會透露她的祕密。進入這棟房子的人要麼是魅人，要麼是哲學家，再不就是間諜。換言之，在我族人眼中，你們都有可能把我們交給官方。柏威克或許在感覺上很遙遠，但恐慌已散布開來了。」

馬修眼神冷如寒霜，但至少他有在聽。

「如果你命令一個女巫來這兒，她會來。馬修．羅伊登要什麼都辦得到。但我不會得到幫助，而是另一場畢登寡婦式的表演。那不是我要的。」

「妳更不需要胡巴德的協助。」韓考克酸溜溜地道。

「我們的時間不多。」我提醒馬修。胡巴德不知道孩子是馬修的，韓考克和蓋洛加斯還沒有察覺我的氣味已發生改變——暫時。但今晚發生的事已充分說明，我們的處境有多麼危險。

「好吧，戴安娜。我們就把巫族都交給妳。但不可以撒謊，」馬修道：「也不可以保密。這個房間裡的人，至少隨時要有一個知道妳在哪裡。」

「馬修，你不能——」華特抗議。

「我信任我妻子的判斷。」馬修斷然道。

「菲利普爺爺也這麼說過奶奶。」蓋洛加斯低聲道：「然後就天翻地覆，變成人間地獄了。」

第十九章

「如果這就叫天翻地覆，」我們見過胡巴德之後一星期，馬修悄聲道：「蓋洛加斯一定很失望。」事實上，客廳裡站在我倆面前的十四歲小女巫，絲毫不予人地獄之火的聯想。

「噓。」我想到這年齡的孩子有多麼敏感，便問：「胡巴德神父可曾說明派妳來這兒的理由，安妮？」

「有的，夫人。」安妮愁眉苦臉道。這孩子臉色蒼白，看不出是天生如此，或恐懼加上營養不良的結果。「我要伺候妳，陪妳外出，到城裡處理事情。」

「不對，我們的協議不是這樣的。」馬修不耐煩道，他穿了靴子的腳用力跺一下地板。安妮瑟縮了一下。「妳有什麼能力或知識？還是胡巴德在耍我們？」

「我懂一點技能。」安妮結巴道。淺藍色的眼睛被白皮膚襯得很鮮明。「我需要一個地方住，所以胡巴德神父說——」

「哼，想得出來胡巴德神父會說什麼。」馬修輕蔑地一哼。我瞪他的那一眼，含有強烈的警告意味，他眨眨眼睛，安靜下來。

「給她一個解釋的機會。」我嚴厲地對他說，然後給女孩一個鼓勵的微笑：「繼續說，安妮。」

「除了伺候妳之外，胡巴德神父說，我阿姨回倫敦時，我該帶妳去見她。她目前在照顧一個待產婦人，她說只要那個女人還有需要，她就不能離開。」

「你阿姨不但是女巫，也是個助產士？」我溫和地問她。

「是的，夫人。優秀的助產士和高強的女巫。」安妮自豪地說，背脊也挺了起來。這麼做的時候，她嫌短的裙子就遮不住那對瘦稜稜的腳踝，讓它們暴露在寒冷中。安卓・胡巴德給兒子們溫暖、合身的衣服，女兒卻享受不到這麼體貼的待遇。我按捺住心頭的不悅。芳絲娃又有針線活要做了。

「妳怎麼會成為胡巴德家族的一員？」

「我母親不是個好女人。」安妮在斗篷裡絞著手，期期艾艾道：「胡巴德神父在赤楊門附近的聖安妮教堂地窖裡發現我，我母親死在旁邊。那時我阿姨剛結婚，不久就有了自己的寶寶。我六歲。她丈夫不願意把我跟他的兒子一起撫養，唯恐我滿身罪孽，帶壞他們。」

所以正值青春期的安妮，大半輩子都跟胡巴德度過，這念頭使人心頭發寒。但竟然有人認為六歲的孩子能帶壞任何人，也是匪夷所思。這個故事說明了她何以在人前總是不敢抬頭，又為何取了那麼一個怪名字：安妮・地窖。

「芳絲娃在替妳準備吃食時，我可以帶妳去看妳睡覺的地方。」那天早晨，我已到三樓檢查過那張小床、三隻腳的板凳，和一口給這女巫裝私人物品的舊箱子。「我幫妳拿行李。」

「夫人？」安妮張口結舌。

「她什麼也沒帶。」芳絲娃不滿地對家中這名最新的成員看了一眼。

「沒關係，很快就會有了。」我對安妮微笑，她顯得很沒把握。

芳絲娃和我花了整個週末，把安妮打理得乾乾淨淨，有合身的衣服和鞋子，以及足夠替我採購零星物品的數學知識。做為測驗，我派她到附近藥局買少量鵝毛筆和半磅封蠟（菲利普說得對：馬修消耗文具的速度驚人），她很快就回來，帶去的錢還有找。

「他要一先令！」安妮抱怨道：「這點點蠟，做蠟燭都不夠，不是嗎？」

彼埃很喜歡這孩子，一有空就使盡渾身解數，以逗安妮露出一個罕見的甜美微笑為能事。他教她用繩子翻花鼓，每逢星期天，馬修大力暗示他希望我們獨處幾小時，他就自告奮勇陪她去散步。

「他不至於……佔她便宜吧。」我發問時，馬修正解開我最喜歡的衣服（一件上等羊毛做的黑色男孩式背心）的釦子。在家我都穿它搭配襯衣和裙子。

「彼埃？天啊，怎麼可能。」馬修覺得很好笑。

「這是很正常的問題。」瑪莉・錫德尼被嫁給出價最高的男人時，比安妮大不了多少。

「我給妳一個誠實的答案。彼埃不跟年輕女孩上床的。」他把最後一顆鈕釦解開後，停下手。「真是個愉快的意外。你沒穿緊身褡。」

「不舒服，我認為是寶寶的錯。」

他發出快意的聲音，把背心從我身上剝下。

「他會阻止別的男人騷擾她嗎？」

「可以晚點再談這件事嗎？」馬修道，他開始不高興了。「天這麼冷，他們不會在外面待太久的。」

「你在臥房裡真沒耐性。」我把手探進他襯衫領口，說道。

「真的？」馬修挑起優雅的眉毛，裝作不信：「我還以為問題出在我值得敬佩的自制力。」

接下來幾小時，他都在努力表現給我看，星期天在一棟空蕩蕩的房子裡，他有多少用之不盡、取之不竭的好耐性。等所有人都回來時，我們兩個都愉快地筋疲力盡，心情也好了許多。

但到了星期一，一切回歸正常，從黎明時分第一封信送達開始，馬修就變得心不在焉，脾氣暴躁。他確定身兼多職的重擔，使他無法陪我去彭布羅克伯爵夫人那兒共進午餐時，託我轉達歉意。

瑪莉聽我解釋馬修不克前來時，毫不感覺意外，她眨眨眼，像一隻只有少許好奇心的貓頭鷹般看看安妮，便差她去廚房，由瓊安照顧。我們分享了一頓美味的午餐，用餐時，瑪莉詳細報導了黑衣修士區周邊所有人的私生活。餐後，我們到她的實驗室去，瓊安和安妮在旁襄助。

「妳先生好嗎，戴安娜？」伯爵夫人挽起袖子問道，眼睛盯著面前的書。

「他很健康。」我道。我已經學會，這樣措辭就等於伊麗莎白時代的「很好」。

「那是好消息。」瑪莉轉過身，把一種看起來噁心且臭不可聞的東西攪拌了幾下。「我想，這是很多事情的先決條件。除了伯力男爵，他是這個國家裡女王最倚重的人。」

「我但願他能保持好心情。馬修最近情緒起伏不定。前一分鐘，我的每件事他都要管，下一分鐘，他就把我當成一件家具似的不聞不問。」

「男人總是這樣對待他們的財產。」她拿起一壺水。

「我不是他的財產。」我板起臉道。

「妳知我知的事實，法律的定義，以及馬修自己的感受，是三件全然不相干的事。」

「不該如此。」我立刻反駁，準備據理力爭。瑪莉聽天由命的溫柔笑容，卻讓我安靜下來。

「妳和我跟我們的丈夫相處，比其他女人容易得多，戴安娜。感謝上帝，我們有我們的書，還有沈溺在我們喜歡的事物之中的閒暇。這是大部分女人得不到的。」瑪莉把燒杯裡的東西攪了最後一下，將它通通倒進另一個容器。

我想到安妮：她的母親孤獨地死在教堂地窖裡，她的阿姨因丈夫心懷偏見而不能收留她，她這一生絲毫沒有舒適或希望的承諾。「妳教妳的女僕讀書識字嗎？」

「當然。」瑪莉答得很快。「她們也學寫字和算帳。這些技巧使她們對一個好丈夫——會賺錢也會花錢——更有價值。」她對瓊安招招手，要她幫忙把脆弱易破、裝滿化學藥品的圓瓶移到火上。

「那麼安妮也要學。」我對那女孩頷首道。她躲在陰影裡，蒼白的臉和白金色的頭髮，看起來像個幽靈。教育可以提升她的自信。自從那次買封蠟跟德拉翁先生討價還價以來，她的步伐已輕快多了。

「她將來會感謝妳的。」瑪莉道。她的表情很嚴肅：「我們女人什麼都沒有，除了兩隻耳朵中間的東西。我們的貞操先是屬於我們的父親，然後又屬於我們的丈夫。我們克勤克儉，一切都為了家人。我們一旦跟別人分享我們的想法、寫在紙上、穿針引線，做出來、創造出來的一切，就歸別人所有。但安妮懂得了文字和觀念，就永遠可以擁有一些專屬於她的東西。」

「如果妳是男人就好了，瑪莉。」我搖頭嘆息。彭布羅克伯爵夫人的才華遠超過這世間大多數生物，不分男女。

「如果我是男人，現在我就得守在自己的產業上，或像亨利一樣隨侍女王陛下，或像馬修一樣處理國家大事。然而我卻在我的實驗室裡，跟妳在一起。全盤考慮下來，我覺得這樣還比較好——即使我們有時被捧得高高在上，有時又被看得連廚房裡的板凳都不如。」瑪莉的圓眼睛閃閃發光。

我笑了起來：「言之成理。」

「如果妳進過宮，一定會贊成我的看法。來吧。」瑪莉轉向她的實驗道：「現在初始材料正在加熱，我們必須等待。如果做得正確，就能產生賢者之石。為了實驗成功，我們先來檢討接下來的步驟。」

手邊有鍊金術手抄本時，我總把時間抛在腦後。等我昏昏沈沈抬起頭時，馬修和亨利剛好走進實驗室。瑪莉和我曾熱烈討論一本稱作《無價新珠》的鍊金術論文集裡的意象。難道已經快到黃昏了嗎？

「不可能已經到了回家的時刻吧。還沒有吧。」我抗拒道：「瑪莉有一份手抄本——」

「馬修知道這本書，當初是他哥哥送給我的。現在馬修娶了一個有學問的妻子，他可能會後悔。」瑪莉笑道。「日光室裡準備了茶點。我原本預期今天會見到你們兩位。」說到這兒，亨利似有圖謀地對瑪莉擠了一下眼睛。

「妳真周到，瑪莉。」馬修親吻我臉頰，算是打招呼。「顯然妳們今天的進展還沒用到醋。妳身上只有硫酸鹽和氧化鎂的味道。」

我依依不捨放下書，去清洗，讓瑪莉完成今天的工作紀錄。大家在日光室坐定後，亨利再也壓抑不住他的興奮。

「是時候了嗎，瑪莉？」他坐不住，一疊聲地問。

「你送禮跟小威廉一樣沈不住氣。」她笑著回答。「亨利和我要送你們一件賀年兼祝賀你們結婚的禮物。」

但我們沒有東西可以回敬他們。我望著馬修，對於單方面受禮感到不安。

「戴安娜，如果妳想在送禮這件事上超越瑪莉與亨利，那只能祝妳好運啦。」他遺憾地說。

「胡說。」瑪莉答道。「馬修救了我哥哥菲利普的命，還有亨利的產業。任何禮物都報答不了這樣的恩情。不要再用這種論調破壞我們的樂趣。送禮給新婚夫婦本來就是傳統，現在又逢新年。你送什麼給女王，馬修？」

「她又送了一個鐘給可憐的詹姆士王，暗示他老老實實等候他的機會⑯，所以我考慮送她一座水晶沙漏。我想用這一招提醒她，人生在世，壽數有限，應該會奏效吧。」他板著臉說道。

亨利大驚失色，瞪著他道：「不，不會吧。」

「只是我沮喪時突發奇想罷了。」馬修安慰他：「我當然是送她一個蓋杯，就跟所有其他人一樣。」

「別忘了我們的禮物，亨利。」瑪莉道，她也開始不耐煩了。

亨利取出一個絲絨小袋，鄭重地交給我。我跟繫繩糾纏了一會兒，摸出一個沈重的金匣和一根同樣分量十足的金鍊。金匣正面有黃金掐絲圖案，鑲了紅寶石和鑽石。中央是馬修的新月與星星。我翻到反面，花朵和渦卷紋的琺瑯做工精緻，讓我驚嘆不已。我小心打開下面的搭釦，一幅馬修的袖珍肖像正對著我看。

「希利亞德師傅在這兒畫了草稿。但他假日忙得不得了，所以得由他的助手艾薩克幫忙繪製。」瑪莉解釋道。

我把那幅小肖像托在手心，左看看，右看看，畫中的馬修跟他在家裡臥室旁那間書房工作到深夜時一模一樣。他穿著綴有蕾絲的襯衫，領口敞開，略微挑起右邊眉毛，以我熟悉的那種揉合嚴肅和嘲謔的表情，迎向看畫者的目光。一頭黑髮以他典型亂蓬蓬的方式往後梳，露出前額，左手修長的手指拿著一個金匣。以這個時代而言，這真是一幅出人意料坦率而帶有情色意味的畫。

「妳喜歡嗎？」亨利問道。

「我愛死它了。」我的眼睛簡直離不開這件新寶物。

「艾薩克的創作比他師傅更……大膽，但當我告訴他這是一份結婚禮物時，他說服我，這樣的金匣永遠是一個妻子專屬的祕密，它展現公開場合看不到的男人私下的面貌。」瑪莉從我身後張望。「畫得很像，不過我希望希利亞德師傅能學會把下巴刻畫得更傳神。」

「很完美，我會永遠珍惜它。」

「這是送你的。」亨利交給馬修一個一模一樣的袋子。「希利亞德認為你可能會展示給別人看，並在朝中佩戴它，所以畫得比較……呃，謹慎。」

「馬修的金匣裡是我的袖珍肖像？」我指著那個鑲一顆乳白色寶石的金框問道。

---

⑯ 都鐸王朝的第一任國王亨利七世，把女兒瑪格麗特公主嫁給蘇格蘭國王詹姆士四世，做為與蘇格蘭史都華王室和平共存的擔保。但雙方都男丁不旺，且在王位爭奪中互相殘殺，以致家族人口凋零。所以終身未婚的伊麗莎白一世去世後，王位就應由她的外甥孫，蘇格蘭王詹姆士六世繼承，從此英格蘭與蘇格蘭合併為一個國家。詹姆士六世在一六〇三年如願以償，入主英格蘭，此後改稱詹姆士一世。

「相信是如此。」馬修柔聲道。「這是月光石嗎，亨利？」

「一件老東西。」亨利自豪地說：「原本是我的收藏，我把它送給你。上面的浮雕是女神戴安娜，你知道。」

金匣裡的肖像比較端莊，但它不拘小節的程度同樣令人吃驚。我身穿一件有黑絲絨飾邊的赤褐色長袍。精巧的荷葉邊環繞我的臉，卻沒有遮住我脖子上亮閃閃的珍珠。主要是我的頭髮暗示這是一件送給新婚丈夫的私密禮物。赤色與金色的捲髮狂野而任性地從我肩頭流瀉而下，披在背後。

「藍色的背景烘托戴安娜的眼睛。她的唇形真是栩栩如生。」馬修也對這件禮物著迷。

「我訂做了畫框。」瑪莉對瓊安比個手勢：「你們即使不佩戴，也可以展示。」那是個淺盒，黑絲絨上有兩個橢圓形的空格。兩幅小肖像嵌在格子裡，剛好是一組成對的畫像。

「瑪莉和亨利送我們這樣的禮物，真是太體貼了。」我們回到鹿冠後，馬修說道。他站在我背後抱住我，雙手交疊在我腹部。「我連幫妳拍照的時間都沒有。我從來沒想到，我擁有的第一幅妳的像，竟然是希利亞德的作品。」

「畫得好美。」我把手蓋在他手上，說道。

「但是……？」馬修縮回手，仰起頭。

「希利亞德的畫像很搶手，馬修。我們離開的時候，這兩幅畫不會消失。畫得那麼精緻，我也不忍心在離開前將它們摧毀。」時間就像我的襞領：剛開始，它只是一塊光滑、平坦、織紋緊密的布料。然後它被扭轉、剪開、對摺。「我們接觸過去的方式會一再留下痕跡，影響現代。」

「或許我們應該這麼做。」馬修建議道。「或許未來就靠它決定。」

「我看不出這種可能。」

「也許不是現在。但有朝一日我們回顧，就會發現這兩幅小肖像造成極大的差異。」他微笑道。

「那就想想找到艾許摩爾七八二號會造成什麼樣的差異好了。」我抬頭看著他。自從看到瑪莉那些有金銀插畫的鍊金術書籍，追尋艾許摩爾七八二號的挫折感，就又回到我心頭。「喬治沒能在牛津找到它，但它一定在英格蘭的某處。艾許摩爾向某人購買我們的手抄本。我們該找的不是手抄本，而是把它賣給艾許摩爾的那個人。」

「這年代手抄本的流通量很大。艾許摩爾七八二號可能在任何地方。」

「說不定就在這兒。」我堅持道。

「也許妳說得對。」馬修同意道。但我看得出來，他在擔心很多比我們那本難以捉摸的書更迫在眉睫的事。「我會叫喬治去書商那兒打聽。」

所有與艾許摩爾七八二號有關的念頭，第二天早晨都煙消雲散，因為安妮那位生意興隆的助產士阿姨送信來。她已經回倫敦了。

「這個女巫不肯到一個惡名昭彰的魅人兼情報員的家。」馬修讀完信，向我報告。「她丈夫反對這計畫，唯恐壞了他的名聲。我們必須去她位在蒜頭山聖詹姆士教堂附近的家。」見我沒反應，馬修皺起眉頭繼續道：「那在這城市的另一頭，距離安卓・胡巴德的巢穴只有幾步路。」

「你是吸血鬼。」我提醒他：「她是女巫。照說我們不該來往。她丈夫提高警覺是正常的。」

馬修無論如何都堅持陪安妮和我穿過城市。聖詹姆士教堂周圍的環境比黑衣修士區熱鬧得多，有維護良好的寬敞街道，大房子、忙碌的店鋪，以及井井有條的墓園。安妮帶我們進入教堂對面的一條巷子。這兒雖然黝暗，卻十分整潔。

「就在那兒，羅伊登老爺。」女孩指給馬修看一個有風車圖案的招牌，便拉著彼埃蹦蹦跳跳往前衝，通知全家人我們來了。

「你不必停留。」我告訴馬修。這次拜訪沒有他豎眉瞪眼在旁虎視眈眈，就已經夠讓我緊張了。

「我不去別的地方。」他沈著臉回答。

一個面孔胖嘟嘟、蒜頭鼻的女人到門口來迎接我們，她有圓潤的下巴、濃密的棕髮和一雙棕色的眼睛。她表情很平靜，雖然眼裡帶著不悅。她半路上攔住彼埃，只有安妮獲准進屋，但她站在門旁，對這尷尬場面也顯得不開心。

我也停下腳步，驚訝地張大嘴巴。安妮的阿姨長得跟我們在麥迪森畢夏普老宅揮別的女魔族蘇妃・諾曼一模一樣。

「天啊。」馬修訝異地低頭看我，喃喃道。

「我阿姨，蘇珊娜・諾曼。」安妮說話很小聲。我們的反應令她不安：「她說——」

「蘇珊娜・諾曼嗎？」我無法把眼光從她臉上移開。她的名字跟蘇妃如此相似，絕不可能是巧合。

「我外甥女沒說錯。妳似乎有點不適，羅伊登夫人。」諾曼太太道：「你在這兒不受歡迎，魅人。」

「諾曼太太。」馬修一鞠躬道。

「你沒收到我的信嗎？我丈夫不願意跟你打交道。」兩個男孩叫嚷著跑到門外。「傑福瑞！約翰！」

「就是他嗎？」大的那個道。他好奇地打量馬修，然後把注意力轉移到我身上。這孩子有法力。雖然還未到青春期，但他身體周圍未受訓練的魔力劈啪作響，已能感受到。

「使用上帝給你的力量，傑福瑞，不要問蠢問題。」女巫評估地端詳我。「妳還真讓胡巴德神父提高警覺呢。好吧，進來吧。」我們往裡面走時，女巫舉起手。「不是你，魅人。我只跟你太太打交道。如果你一定要待在附近，金鵝酒店的葡萄酒還不錯。不過，你如果讓手下護送尊夫人回家，對大家都比較方便。」

「謝謝妳的建議，太太。我相信我一定會在酒店裡找到滿意的東西。彼埃會在院子裡等候，他不怕冷。」馬修給她一個豺狼式的微笑。

蘇珊娜臭著一張臉，猛轉過身。「跟我來，傑福瑞。」她回頭喊道。傑福瑞拉著弟弟，興趣盎然地看了馬修最後一眼，便跟上去。「妳準備好了，也一起來。羅伊登夫人。」

「難以置信。」諾曼一家人一走出視線，我就悄聲道：「她一定是蘇妃好幾代以前的高曾祖母。」

「蘇妃一定是傑福瑞或約翰的後代。」馬修捋著下巴沈思道：「那兩個男孩之一，想必就是銀棋子從克特手中流落到北卡羅萊納州諾曼家族，一連串失落環節中的一個。」

「未來還真會自己照顧自己呢。」我道。

「我相信它會。至於目前，彼埃會在這裡，我也在附近。」他眼睛周圍的細紋加深了，即使在最好的狀況下，他也不願意離我超過六吋遠。

「我不確定這要花多少時間。」我捏一下他的手臂道。

「沒關係。」馬修保證道，用嘴唇輕拂一下我的唇。「妳要待多久都可以。」

走到室內，安妮倉促為我卸下斗篷，又回到火爐旁邊，她蹲下來，看著爐床上的某個東西。

「小心喔，安妮。」蘇珊娜煩惱地說道。安妮從安放在餘燼上的金屬架上小心翼翼地拿起一個淺鍋。「哈凱特寡婦的女兒需要這帖藥幫助她入睡，藥材很貴的。」

「我看不透她，媽媽。」傑福瑞望著我道。他的眼睛閃耀著以他這麼幼小的年紀，令人感到不安的智慧光芒。

「我也不能，傑福瑞，我也不能。但可能正因為如此，她才會到這兒來。把你弟弟帶到別的房間去。保持安靜。你父親睡著了，不可以吵醒他。」

「是，媽媽。」傑福瑞從桌上撈了一對木製士兵和一艘小船。「這次讓你當華特•芮利，你可以打勝仗。」他向弟弟承諾。

接下來的沈默中，蘇珊娜和安妮瞪著我看。我對安妮微弱的魔法脈動已經很熟悉。但我對蘇珊娜朝我這方向發出的、持續探索的能量波，並沒有心理準備。我的第三隻眼張了開來，終於有人挑起我屬於巫族的好奇心了。

「這樣很不舒服。」我別開頭，打斷蘇珊娜的凝視。

「應該如此。」她鎮定地說：「妳為什麼要求我協助，羅伊登夫人？」

「我受到咒語禁制。不是妳想的那種。」我見安妮立刻退後一步，跟我保持距離，便對她道。「我父母都是巫族，但他們都無法了解我與生俱來的天賦。他們不希望我受傷，所以對我施了禁制。但現在禁制已經鬆弛，所以發生了很多奇怪的事。」

「像是？」蘇珊娜道，同時示意安妮坐在一把椅子上。

「我曾好幾次召喚巫水，不過不是最近。有時我看到別人身體周圍有顏色，不過不是一直這樣。還有一個榅桲被我摸過就萎縮了。」我小心不去提那些更驚世駭俗的魔法事件，也不說角落裡奇怪的藍色和琥珀色線條、馬修書裡的字跡消失、瑪莉・錫德尼鞋子上的蛇逃跑等。

「妳母親或父親是水系巫師嗎？」蘇珊娜試圖把我的故事整理出頭緒。

「我不知道。」我誠實地說：「我很小的時候他們就去世了。」

「那麼妳可能比較適合那種巫術。雖然很多人都渴望擁有水系或火系的魔力，但要做到並不容易。」蘇珊娜同情地說。我的莎拉阿姨認為，仰賴元素魔法的巫族都是半弔子。蘇珊娜卻似乎相反，她認為咒語才是比較低階的魔法。對於這些莫名其妙的偏見，我只能忍住一聲嘆息。大家不都是女巫嗎？

「我阿姨只教會我使用少數咒語。有時我能點燃一根蠟燭。通常我能把物品召喚到面前。」

「但妳是個成年女人呀！」蘇珊娜雙手扠腰說道。「就連安妮會的也不只這兩樣，她才十四歲。妳會用植物配製魔藥嗎？」

「不會。」莎拉曾經希望我學習製作魔法藥水，但我拒絕了。

「妳會治病嗎？」

「不會。」我開始理解安妮為什麼總有那種被罵得抬不起頭的表情了。蘇珊娜嘆口氣。「我不懂安卓・胡巴德幹嘛找我幫忙。我光是照顧自己的病人，加上一個生病的老公、兩個年幼的兒子，就已經忙不過來了。」她從架上取下一個缺口的碗，又從窗台上取來一顆褐色的蛋。她把兩樣東西放在我面前的桌子上，拉出一把椅子。「坐下，兩手壓在大腿下面。」

我莫名其妙照她的話做。

「安妮和我要去哈凱特寡婦家。我們不在的期間，妳要把雞蛋裡的東西裝到碗裡，不准用手。這要用到兩條咒語：移動咒和簡單的打開咒。我兒子約翰今年八歲，已經想都不用想就能完成了。」

「但是——」

「如果我回來的時候蛋不在碗裡，就沒有人幫得了妳，羅伊登夫人。如果妳的魔力弱到連一顆雞蛋都敲不破，妳的父母用咒語禁制妳，可能是明智的抉擇。」

安妮抱歉地看我一眼，便拿起那個淺鍋。蘇珊娜把一個蓋子蓋在鍋上：「來吧，安妮。」

我獨自坐在諾曼家的起居室裡，瞪著碗裡那顆雞蛋。

「真是一場噩夢。」我低聲道，但願那兩個男孩離我夠遠，不會聽見。

我深深吸一口氣，集中能量。這兩條咒語我都會念，我要雞蛋移動——迫切希望能辦到。魔法無非就是慾望成真罷了，我提醒自己。

我把慾望集中在蛋上。它在桌上跳了一下，然後就靜止不動了。我無聲地重複那個咒語。再一遍。又一遍。

我奮鬥了幾分鐘，唯一的結果就是額頭上出現一層薄薄的汗水。只要舉起那顆蛋，把它敲破就行了。我卻辦不到。

「對不起。」我對自己平坦的小腹說：「運氣好的話，你會像你父親。」我的小腹翻騰了一下。緊張和快速變化的賀爾蒙都有礙消化。

小雞會孕吐嗎？我歪著頭端詳那顆蛋。某隻可憐的母雞失去一個沒能孵化的寶寶，供應諾曼家的糧食。反胃的感覺越發嚴重了。說不定我該考慮吃素，起碼在懷孕期間。

但說不定根本沒有小雞，我安慰自己。不是每顆蛋都能受精。我的第三隻眼往蛋殼底下窺探，穿透越來越濃稠的蛋白，看進蛋黃。蛋黃表面有幾縷纖細紅絲，透露生命的跡象。

「能孵化。」我嘆道。我在手上挪動一下身體的重心。艾姆和莎拉曾有一陣子養雞。母雞孵蛋只需要三週。三週的溫暖與照顧，小雞就出世了。我卻要等好幾個月，我們的孩子才能見天日，感覺真不公平。

照顧與溫暖。多麼簡單的條件，卻足以保障生命。馬修怎麼說的？**孩子需要的就只是愛，一個成年人為他們擔起責任，還有一個柔軟的地方落地**。同樣的道理也適用於小雞，我想像被雞媽媽溫暖的羽毛包圍是什麼感覺，包裹起來不怕碰撞淤青。我們的孩子漂浮在我的子宮深處，也有同樣的感覺嗎？如果不是，可以用咒語補救嗎？一個用責任感編織的溫暖所在，用照顧、溫暖、愛，圍繞著寶寶，而且有足夠的溫柔，既給他安全，也給他自由？

「那是我真正的慾望。」我低語道。

吱吱。

我四下張望。很多人家都養著幾隻小雞，在火爐邊覓食。

吱吱。來自桌上那顆雞蛋。有劈啪聲，然後一條裂縫。一顆仍然濕潤的毛茸茸小腦袋上有雙迷惑的眼睛，對著我眨動。

我背後有人驚呼一聲。我轉身見安妮用手摀住嘴巴，目瞪口呆地看著桌上的小雞。

「蘇珊娜阿姨。」安妮放下手，說道：「那是不是……？」她沒把話說完，無言地用手指著我。

「是的。那是羅伊登夫人新咒語殘餘的輝光。去把伊索奶奶叫來。」蘇珊娜推她的外甥女轉個身，讓她從原路出去。

「我沒能把蛋打到碗裡，諾曼太太。」我致歉道：「咒語不管用。」還濕漉漉的小雞高聲抗議，不滿的吱吱一聲接一聲。

「不管用？我開始相信妳對怎麼做女巫這件事一無所知了。」蘇珊娜無法置信地說道。我開始覺得她的看法很正確了。

第二十章

斐碧覺得這個星期二晚上，蘇富比位於龐德街的辦公室安靜得令人心慌。她雖然在這家倫敦拍賣公司工作已兩個星期，卻還沒有適應這棟建築。所有的聲音——頭頂燈光的嗡嗡振動，保全人員試拉門把、確定門已關好的響動，遠處電視節目的罐頭笑聲——都會讓她驚跳起來。

身為這部門最資淺的員工，在上鎖的門背後等惠特摩博士抵達的任務，就落在斐碧身上。她的頂頭上司席薇亞堅持，一定要有人在下班後看著這個人。斐碧懷疑這種要求極端不合理，但她資格太淺，充其量只能提出微弱的抗議。

「當然妳得留守。他七點鐘就到了。」席薇亞圓滑地說，先撫弄一下自己那串珍珠項鍊，才拿起桌上的芭蕾舞門票。「況且，妳又不趕時間到別的地方去，不是嗎？」

席薇亞說得對，斐碧確實不趕時間去什麼地方。

「但他是什麼人？」斐碧問道。這問題很合理，但席薇亞卻一副受到冒犯的表情。

「他來自牛津，是本公司一位重要客戶。妳只需要知道這麼多。」席薇亞答道：「蘇富比最重視保密，或者妳受訓的時候錯過了這一段。」

所以斐碧仍坐在辦公桌前。她等呀等，遠超過了原先承諾的七點。為了打發時間，她便翻閱些檔案，想多了解一點這個人。她不喜歡在未曾盡可能了解對方資料前跟一個人會面。席薇亞可能以為她只需要知道他的名字，對他的來歷大致有個概念就夠了，但斐碧的看法不同。她母親教過她，個人情報是種強大的武器，用在雞尾酒會和正式晚宴的賓客身上最有效。然而斐碧在蘇富比檔案裡卻找不到任何與惠特摩有關的資料，他的客戶編號下只有一張鎖在檔案櫃裡的卡片，寫著「柯雷孟家族——請教總裁」。

九點差五分，她聽見門外有人。那個男人的聲音蠻橫，卻有種奇特的音樂感。

「這是三天之內妳第三次派我來捕風捉影了，伊莎波。拜託妳記住，我還有正事要做，下次叫亞倫來好不好？」一陣短暫的停頓。「妳以為我不忙？我看到他們就打電話給妳了。」這人低低咒罵了一聲。「看在老天爺的分上，叫妳的直覺去休個假。」

這人說話很奇怪：一半美國腔，一半英國腔，他口音裡還帶有其他模糊的成分，顯示他會說的語言不僅是英文，斐碧的父親做過女王的外交官，他的口音同樣含混，好像來自每個地方，也不來自任何地方。

門鈴響了，另一個讓她瑟縮的聲音，雖然事實上她正在期待它。她推開椅子，站起身，大步走到房間另一頭。她穿著黑色高跟鞋，這雙鞋花了她一大筆錢，但使她顯得比較高，而且（斐碧自認）更有權威。這是她第一次跟席薇亞面試學會的一招，當時她穿的是平底鞋。此後她發誓再也不要予人「嬌小可愛」的印象。

她隔著魚眼覘孔看見一個光滑的額頭，亂蓬蓬的金髮，和一雙亮晶晶的藍眼。這當然不可能是惠特摩博士。

忽來的敲門聲，嚇了她一跳。不論這人是誰，都很沒禮貌。斐碧氣惱地按下對講機。「什麼事？」她不耐煩地問。

「馬卡斯・惠特摩來見索普小姐。」

斐碧透過魚眼覘孔又看了一眼。不可能。這麼年輕的人不可能贏得席薇亞的關照。「可以看你的證件嗎？」她說得很乾脆。

「席薇亞在哪？」藍眼睛瞇了起來。

「看芭蕾去了，我想是《柯佩麗亞》。」席薇亞買的是最好的位子，這種奢侈行為還可以報公帳。門那頭的人把一張證件啪一聲壓在覘孔上。斐碧退後一步。「能不能請你退後一點？這種距離我什麼也看不見。」卡片從門板後退了幾吋。

「真是的，貴姓？」

「泰勒。」

「泰勒小姐，我趕時間。」卡片消失了，又被兩道明亮的藍色火炬取代。斐碧訝異地再次後退，但她總算看清卡片上的名字和他在牛津一個科學研究中心的職稱。

確實是惠特摩博士。一位科學家怎麼會跟蘇富比有往來？斐碧按下開門鍵。

一聽見卡噠聲，惠特摩就推門而入。他一身去蘇活區夜店的打扮，黑色牛仔褲，灰色的U2合唱團老T恤，還有一雙離譜的Converse高筒球鞋（也是灰色）。他脖子上繫一條皮繩，掛了好些來路不明、毫無價值的小飾物。斐碧拉直身上那件潔淨無瑕白襯衫的下襬，不滿地看著他。

「謝謝妳。」惠特摩站得離她很近，一點也不想保持禮貌的社交場合所允許的距離。「席薇亞留了一個包裹給我。」

「你請坐，惠特摩博士。」她對自己辦公桌前面的椅子示意。

惠特摩的藍眼睛從椅子轉到她身上。「一定要坐嗎？花不了多少時間。我只是來確認我祖母的老眼沒有昏花。」

「請原諒？」斐碧一吋吋往自己的辦公桌移動。桌面下抽屜旁邊有警鈴。如果這個男人再表現惡劣，她就要動用保全了。

「包裹。」惠特摩一直盯著她看。他眼裡有感興趣的火花。斐碧意識得到，而且扠起手臂，企圖擋掉它。他看也不看，指著桌上一個有襯墊的箱子。「我猜就是那個。」

「請先坐一下，惠特摩博士。公司早就下班了，我很累，必須填完表格，才能讓你檢查席薇亞留下的東西。」斐碧伸手揉揉脖子，一直仰著頭看他，讓她肌肉痙攣。惠特摩鼻孔翕張，垂下眼皮。斐碧注意到他睫毛的色澤比他金色的頭髮深，而且比她自己的睫毛還長而濃密。所有的女人為了擁有這樣的睫毛，即使殺人也甘願。

「我真的認為妳應該馬上把盒子交給我，讓我離開。泰勒小姐。」粗魯的聲音變得柔和低沈，帶有警告意味，雖然斐碧不明白是為什麼。他打算怎麼辦，把箱子搶走嗎？她再次考慮按警鈴，但又覺得不妥。如果她叫警衛來得罪客戶，席薇亞一定會大發雷霆。

所以斐碧走向桌前，拿了紙筆，擺在訪客面前。「好吧，如果你覺得這樣比較好，我也很樂意站著工作，惠特摩博士，雖然比較不方便。」

「這是我這陣子聽到最好的建議。」惠特摩的嘴角抽搐了一下。「不過呢，如果我們要繼續，根據霍義爾的方式⑰，我想妳該稱呼我馬卡斯。」

「霍義爾？」斐碧脹紅了臉，盡量站直。惠特摩沒有認真看待她。「我想他不在這兒工作。」

「最好也不要。」他簽了名。「愛德蒙・霍義爾一七六九年就去世了。」

「我在蘇富比是新人，請原諒我聽不懂你的話。」斐碧吸了一下鼻子。她距離藏在桌面下的按鈕還是太遠，無法使用它。惠特摩或許不是小偷，但她開始懷疑他瘋了。

「還妳筆，」馬卡斯客氣地說：「還有妳的表格。瞧？」他湊過來。「我完全配合妳的要求。我真的很聽話。我父親規定我要這麼做。」

斐碧從他手中接過紙筆。這麼做的時候，她的手指碰到惠特摩的手背，一陣冰冷讓她打了個寒顫。她注意到，他的小指戴了一枚沈重的印信金戒，看起來像中世紀的古物，但沒有人會把這麼罕見而貴重的東西戴在手上，在倫敦到處走動。想必是假貨——雖然仿製得很好。

她邊查看表格，邊走回辦公桌。一切看來沒問題，如果到頭來發現這男人是個罪犯——對此她一點都不意外——至少她沒有違反規定。斐碧掀開盒蓋，準備交給惠特摩博士查驗。但願接著她就可以回家。

「哦。」她驚呼一聲。她原本以為會看到一條鑽石項鍊，或一套鑲在繁複金絲圖案裡的維多利亞翡翠——某種她自己的祖母會喜歡的東西。

但箱裡只有兩幅橢圓形的袖珍肖像畫，鑲在特別設計來配合它們的外形，保護它們免於受損的框裡。一幅畫的是一個留著長髮、髮色金黃透紅的女子，敞開的荷葉邊領口襯托她雞心形的臉蛋，淡色的眼睛望著看畫的人，流露鎮定與自信，嘴唇微彎，形成一個溫柔的微笑。背景是伊麗莎白時代肖像畫家尼可拉斯‧希利亞德常用的寶藍色。另一幅肖像畫是個男人，蓬亂的黑髮從額頭往後梳。亂翹的髭鬚和八字鬍使他看起來比那雙黑眼睛顯示的年齡年輕，白色麻紗襯衫也敞著領口，露出一片比衣服更白的肌膚。他修長的手指托著一個垂掛在粗重金鍊上的墜飾。這人身後有燃燒的金色火燄，扭曲成一個激情的符號。

一陣微風搔癢她的耳朵。「天啊。」惠特摩的表情像見了鬼一樣。

---

(77) Edmond Hoyle（1672-1769），英國律師與作家，曾經寫過幾本撲克牌遊戲的書，與他同時代的人都相信他是撲克牌遊戲規則的最高權威。所以說「根據霍義爾的方式」（according to Hoyle）時，表示當事人對自己的做法充滿自信。

「很美，是不是？這一定是剛送來的那組袖珍肖像。什羅普郡一對老夫婦找空間存放一些新東西時，發現這兩幅畫藏在他們的銀器櫃後面。席薇亞認為它們可以賣個好價錢。」

「嗯，這一點絕無疑問。」馬卡斯開始撥手機。

「Oui？」另一頭傳來大模大樣的法國口音。手機就有這個問題，斐碧想道。每個人都對它們大喊大叫，私密對話會被旁邊的人聽見。

「妳對袖珍肖像的看法完全正確，奶奶。」

一個自鳴得意的聲音從手機裡傳出來。「現在你願意全心全意聽我的了吧，馬卡斯？」

「不。這要感謝上蒼。我若全心全意對待任何人，都對那個人沒有好處。」惠特摩看著斐碧微笑。這個男人很有魅力，斐碧遺憾地承認。「不過給我幾天空檔，再派新任務好嗎？妳願意出多少錢買這兩幅畫，還是我不該問？」

「N'importe quel prix。」

多少都無所謂。這是拍賣公司最高興聽到的話。斐碧瞪著那兩幅畫像。這兩幅畫真的很特別。

惠特摩和他的祖母結束交談後，手指又立刻在手機上飛舞，發出另一則訊息。

「希利亞德認為他的迷你肖像畫只能私下欣賞。」斐碧大聲發表內心的想法。「他覺得肖像畫這種藝術，展現太多當事人的祕密。你看得出原因。這兩個人一看就像是隱藏了各式各樣的祕密。」

「這一點妳說對了。」馬卡斯嘟噥道。他的臉湊得很近，讓斐碧有機會仔細打量他的眼睛。它們比她第一眼留下的印象還要藍，甚至比希利亞德使用的石青和群青顏料更藍。

電話鈴響了。斐碧伸手接聽時，覺得他的手彷彿滑下去摟她的腰，雖然只是一瞬。

「把迷你肖像畫交給那位先生，斐碧。」席薇亞打來的。

「我不懂。」她僵硬地說。「我沒獲得授權——」

「他直接買下了。我們的責任就是為拍賣品爭取最高的售價。任務已經達成。泰文納夫婦高興的話，可以在蒙地卡羅享受晚年。妳可以告訴馬卡斯，如果我錯過〈慶典之舞〉那段，下一季演出時，我要使用他們家族的包廂。」席薇亞掛了電話。

房間恢復寂靜。馬卡斯・惠特摩的手指輕輕放在環繞男人肖像的金框上。指頭的姿勢充滿渴望，好像企圖跟某個去世多年的不知名者取得聯繫。

「我差點就以為，如果我說話，他會聽見。」馬卡斯沈思道。

有一點不對勁。斐碧不知道問題出在哪裡，但事情顯然不是購買兩幅十六世紀的袖珍肖像畫那麼單純。

「令祖母的銀行帳戶一定有雄厚的財力，惠特摩博士，才會為兩幅無法確認身分的伊麗莎白時代肖像畫付出如此昂貴的代價。因為你也是蘇富比的客戶，我覺得有義務告訴你，你出了不合理的高價。同時代的一幅伊麗莎白一世女王的畫像，如果遇到合適的買主，或許能在拍買會上喊到六位數的價格，但這兩幅作品不可能。」肖像畫的價值決定於被畫人的身分。「我們永遠不會知道他們兩個是什麼人。已經沒沒無聞了這麼多年。名字是很重要的。」

「我祖母也這麼說。」

「那麼她應該知道，如果做不出確切的鑑定，這兩幅肖像畫可能不會增值。」

「說老實話，」馬卡斯道：「我祖母投資不求回報。而且伊莎波寧願所有的人都不知道他們是誰。」

這種奇怪的論調讓斐碧皺起眉頭。他的祖母還真的自以為「認識」這兩個人嗎？

「跟你做交易很愉快，斐碧，雖然我們從頭到尾都站著。僅此一次。」馬卡斯頓了一下，露出最迷人的微笑：「不介意我稱呼你斐碧吧？」

斐碧很介意。她生氣地揉揉脖子，把長度僅及領口的黑髮掠到後面。馬卡斯的眼睛流連在她肩膀的線條上。見她不回答，他關上盒子，把肖像畫夾在腋下，倒退著往外走。

「我很想請妳吃晚餐。」他溫和地說道，似乎沒有察覺斐碧明顯不感興趣的暗示。「我們可以慶祝泰文納夫婦的好運，還有妳可以跟席薇亞平分的可觀佣金。」

席薇亞？分佣金？斐碧難以置信地張開嘴。她的上司絕無可能這麼做。馬卡斯的臉色黯淡下來。

「這是交易的條件之一。我祖母不同意別種方式。」他聲音很蠻橫。「晚餐？」

「我不在天黑之後跟陌生男人外出。」

「那我明天再邀妳去晚餐，在我們吃過午餐以後。只要妳跟我相處超過兩個小時，我就不『陌生』了。」

「但你仍然是個怪人。」斐碧囁嚅道：「而且我不外出午餐，我就在辦公室吃。」她困惑地把頭轉向別處。方才第一個句子，她有說出口嗎？

「我一點來接妳。」馬卡斯更開朗地笑道。斐碧的心往下沈。她果真說了。「別擔心，我們不會去很遠的地方。」

「為什麼不？」他以為她怕他，或是跟不上他的腳步。天啊，她恨自己是個矮個子。

「我只要妳知道，妳還是可以穿這雙鞋子，不用擔心摔斷脖子。」馬卡斯天真地說。他的眼神慢慢沿著她的腳尖，移動到她的黑色真皮包鞋，流連在她的腳踝，然後隨著她小腿的線條爬上來。「我喜歡。」

這傢伙自以為是什麼人？他表現得像個十八世紀的花花公子。斐碧堅決地朝門口走了幾步，她的鞋跟發出令人滿意的喀喀聲。她按下開門按鈕，讓門保持敞開。馬卡斯走向她，發出滿意的讚嘆聲。

「我不該這麼急切。祖母不喜歡這種行為，就像她不喜歡在商場上被人擊敗。但有件事，斐碧，」惠特摩把嘴壓低，直到離她耳朵只有幾吋，並把聲音放輕，像在耳語：「我不像那些邀妳出去晚餐，說不定還懷著某種企圖到妳住處去的男人，妳的矜持和好教養不會把我嚇跑。正好相反。我不由得想像，那層冷若冰霜的自持一旦融化，妳會是什麼樣子。」

斐碧倒抽一口涼氣。

馬卡斯握住她的手。他的嘴唇貼著她的肌膚，直接望進她的眼睛。「明天見。我走後把門關好。妳的麻煩夠多了。」惠特摩博士倒退著走出房間，給她另一個燦爛的微笑，轉過身，吹著口哨走出她的視線。

斐碧的手在發抖。那個人——不懂社交禮貌、有雙意想不到的藍眼睛的怪男人——吻了她。在她上班的地方。未得到她的允許。

而她竟然沒有打他一個耳光，有教養的外交官女兒從小就被教導，無論在國內國外，遭受調戲，忍無可忍之際，就應該這麼做。

她真的麻煩大了。

第二十一章

「找妳來是對的嗎，伊索奶奶？」蘇珊娜扭著雙手，揪著圍裙，焦慮地看著我。「我差點叫她回家。」她有氣無力地道：「如果那麼做……」

「但妳沒有呀。」伊索奶奶又老又瘦，手和手腕的皮膚都貼在骨頭上。但這個女巫的外表雖然脆弱，聲音卻很洪亮，眼睛裡不時迸發智慧的火花。她雖已年過八十，但沒有人敢說她老弱。

伊索奶奶來了以後，諾曼家的主廳就快要擠爆了。蘇珊娜有點不甘願地同意，只要馬修和彼埃不碰任何東西，就讓他倆在門口站著。傑福瑞和約翰把注意力平分給吸血鬼和目前安全地兜在約翰帽子裡、放在火爐旁的小雞。牠的羽毛在溫暖的空氣裡逐漸蓬鬆起來，而且謝天謝地，也不再吱吱叫個不停。我坐在火爐前一張板凳上，靠在伊索奶奶身旁，她則坐在房間裡唯一的一張椅子上。

「讓我好好看看妳，戴安娜。」伊索奶奶就像畢登寡婦和項皮爾一樣，伸出手指，觸摸我的臉，我往後退縮。女巫停下動作，皺眉道：「怎麼了，孩子？」

「法國有個巫師試圖閱讀我的皮膚。感覺像刀割。」我小聲解釋。

「是不會很舒服——檢查是怎麼回事？——但應該不會痛。」她的指頭探索我的臉。她的手清涼乾燥，靜脈在斑斑點點的皮膚下突起，攀爬上彎曲的關節。我有種被掏挖的感覺，但是跟項皮爾帶給我的痛苦相較，這根本不算什麼。

「啊。」她碰到我額頭上光滑的皮膚時，吁了一口氣。我的女巫之眼在蘇珊娜和安妮發現我跟小雞在一起時，就又陷入令人沮喪的休眠狀態，這時陡然睜開。伊索奶奶是個值得認識的女巫。

看進伊索奶奶的第三隻眼，我進入一個色彩的世界，交織在一起的鮮豔線條不肯轉化成可以辨識的東西，但我再次躍躍欲試地覺得，它們可以發揮某種作用。伊索奶奶用她的第二視力探索我的身體與心靈時，她的觸摸會刺痛，能量在她周圍脈動，發出帶紫色的橘光。在我有限的經驗當中，不曾有人呈現這種色彩組合。她不時咂著舌頭，發出滿意的嘖嘖聲。

「她很奇怪，不是嗎？」傑福瑞從伊索奶奶身後窺視，低聲道。

「傑福瑞！」蘇珊娜低吼一聲，對兒子的行為感到羞愧。「羅伊登夫人，請別見怪。」

「就是。羅伊登夫人很奇怪。」傑福瑞毫無悔意。他雙手扶在膝蓋上，挨得更近。

「你看到什麼，小傑福瑞？」伊索奶奶問道。

「她——羅伊登夫人——有彩虹的每一種顏色。她的女巫之眼是藍色的，但其他部分是綠色和銀色，跟女神一樣。可是為什麼這兒會有紅色和黑色？」傑福瑞指著我的額頭。

「那是魅人的記號。」伊索奶奶用手指輕撫那兒，說道：「它告訴我們，她屬於羅伊登老爺的家族。如果看到這個，傑福瑞——很少見——你一定要把它當作一個警告。如果你打擾這魅人宣稱屬於他的溫血人，他不會善罷干休。」

「會痛嗎？」這孩子很好奇。

「傑福瑞！」蘇珊娜再次吼道。「你知道不可以用問題騷擾伊索奶奶。」

「如果孩子不問問題，我們的未來就黯淡無光了，蘇珊娜。」伊索奶奶道。

「魅人的血可以療傷，不會造成傷害。」我搶在伊索奶奶回答前，告訴那孩子。沒必要讓另一名巫師懷著對未知事物的恐懼成長。我往馬修看去，他對我的主權意識比他父親的血誓更明確。馬修願意讓伊索奶奶繼續她的探索——目前而言——但他的眼睛不曾離開那女人。我勉強扮個微笑，他嘴唇極輕微地抿一下，算是回應。

「哦。」傑福瑞對這則情報的興趣不大。「妳能再發出那種輝光嗎？羅伊登夫人。」男孩們沒能親眼目睹魔法能量發威，覺得很可惜。

伊索奶奶伸出一根盤根錯節的老手指，按在傑福瑞嘴唇中間的凹處，很有效地讓這個孩子安靜下來。「現在我先要跟安妮談談。談完之後，羅伊登老爺的手下會帶你們三個去河邊。再回來的時候，你可以問我任何你想問的問題。」

馬修朝門口歪一下頭，彼埃便把交由他照顧的兩個男孩拉到身旁，警戒地再瞥老女巫一眼，就率領他們到樓下去等候。彼埃像傑福瑞一樣，需要克服他對其他超自然生物的恐懼。

「安妮在哪裡？」伊索奶奶回頭問道。

安妮畏畏縮縮走上前：「在這兒呢，奶奶。」

「妳老實說，安妮。」伊索奶奶用堅決的語氣說：「妳答應安卓・胡巴德什麼事？」

「沒—沒什麼。」安妮口吃道，眼神飄往我這方向。

「別撒謊，安妮。撒謊是罪惡。」伊索奶奶責備道：「講實話。」

「如果羅伊登老爺又計畫離開倫敦，我要送消息給他。胡巴德神父還會趁夫人和老爺還在睡覺的時候，派一個人過來向我查問屋子裡發生了什麼事。」安妮滔滔不絕地說了出來。說完之後，她用手摀住嘴巴，好像不相信自己竟然洩漏了這麼多。

「我們必須讓安妮遵守她跟胡巴德的字面協議，只在執行上稍作調整。」伊索奶奶考慮了一會兒。「如果羅伊登太太為任何原因離開這城市，安妮必須先通知我。然後妳要等一個小時，才能告訴胡巴德，安妮。如果妳把這兒的事對任何人洩漏一個字，我會給妳的舌頭打上一個十三個巫師都破解不了的禁咒。」想到那場面，安妮已嚇得臉色發白。「跟那幾個小子去吧，不過妳離開前，先把所有的門窗都打開。該回來的時候，我會派人去叫妳。」

安妮打開百葉窗和門戶時，滿臉都是歉意和畏懼，我鼓勵地對她點一下頭。這可憐的孩子根本不可能反抗胡巴德，她所做的一切只是為了求生。她害怕地又看了一眼寒著臉的馬修，才走出去。

屋子裡終於安靜下來，冷風在我腳邊和肩膀周圍盤旋，馬修發話了。他仍靠著門站著，一身黑衣吸走了房間裡僅有的光線。

「妳能幫助我們嗎？伊索奶奶。」他語氣謙和有禮，跟對待畢登寡婦的高壓手腕截然不同。

「我相信可以，羅伊登老爺。」伊索奶奶答道。

「請休息一下。」蘇珊娜指著旁邊一張小板凳道。天啊，馬修這種體型的人在一張三腳小板凳上幾乎不可能坐得舒適，但他毫無怨言蹲坐在上面。「我先生在隔壁睡覺。千萬不能讓他聽見魅人在此，也不能被他聽見我們的談話。」

伊索奶奶在裹著她脖子的灰羊毛圍巾和珍珠白麻紗披肩上抓了幾下，然後彷彿從中抽出某種不具實體的東西般，把手拿開。她張開手指，抖動手腕，房間裡便出現一條影子。那是個跟她一模一樣的複製人形，它走出房間，進入蘇珊娜的臥室。

「那是什麼？」我幾乎不敢呼吸，問道。

「我的靈僕。她會監視諾曼先生，確保我們不受打擾。」伊索奶奶念念有詞，冷風停了。「現在門窗都密封了，沒有人能偷聽我們的話。這方面妳可以放心了，蘇珊娜。」

這兩條咒語在情報員之家應該都很有用。我張口想問伊索奶奶怎麼施咒，但一個字都還沒說，她就舉手制止我，並咯咯笑了起來。

「以一個成年女人而言，妳還真好奇。恐怕妳比傑福瑞還更折磨蘇珊娜的耐性。」她往後一靠，用愉快的表情看著我說：「我等妳已經很久了，戴安娜。」

「我？」我狐疑道。

「毫無疑問。自從第一批宣稱妳即將到來的預言出現，已過了很多年，隨著時間過去，我們之中很多人都放棄了希望。但當我們的姊妹告訴我們，北方出現異狀時，我就知道妳快來了。」伊索奶奶說的是柏威克和蘇格蘭的奇怪事件。我往前靠過去，準備提出更多問題，但馬修輕輕搖頭。他仍然沒把握該不該信任這個女巫。伊索奶奶看到我丈夫無聲的表示，又咯咯笑了起來。

「所以這麼說來，我做對了。」蘇珊娜鬆了一口氣。

「是的，孩子。戴安娜確實是個編織者。」伊索奶奶的話在房間裡回響，像咒語般有強大的力量。

「怎麼說？」我悄聲道。

「我們對自己目前的處境有很多不明白的地方，伊索奶奶。」馬修拉起我的手。「或許妳可以把我們當作傑福瑞，像對待小孩一樣解釋給我們聽。」

「戴安娜是製造咒語的人。」伊索奶奶道：「我們編織者是很少見的超自然生物，所以女神才把妳送到我這兒來。」

「不對，伊索奶奶。妳誤會了。」我搖頭反對。「我完全不會用咒語。我的莎拉阿姨這方面的技巧很高明，但就連她都教不會我使用巫術。」

「妳當然不能使用其他女巫的咒語。妳必須創造自己的咒語。」伊索奶奶的話跟我以前接受的所有教誨都背道而馳。我不解地看著她。

「巫族只學習咒語。我們不發明咒語。」咒語是代代相傳，靠家族和巫會成員保存下來的。我們嚴密捍衛這方面的知識，在魔法書裡記錄所有的字句與步驟，還有擅長相關法術的巫族的姓名。有經驗的巫族負責帶領巫會裡的年輕人亦步亦趨，把每一則咒語的輕重差異，以及每一位巫師的使用經驗，都牢記在心。

「編織者會。」伊索奶奶答道。

「我從沒聽說過編織者這號人物。」馬修小心翼翼道。

「很少人聽說過。我們是個祕密，羅伊登老爺，就連巫族也很難得找到我們，更別說魅人了。我猜，你熟知各種祕密，也善於保守祕密。」她眼睛裡閃爍著調皮的光芒。

「我活了很多年，伊索奶奶。我很難相信這麼長的時間裡，巫族能一直隱瞞編織者存在的祕密，不讓其他超自然生物知道。」他不悅道：「難道這又是胡巴德的花招？」

「我太老了，不會耍花招，柯雷孟先生。啊，是的，我知道你的真實身分，也知道你在我們的世界裡的地位。」伊索奶奶見馬修驚訝，說道：「或許你在巫族面前，並沒有把真相藏得如你想像的那麼好。」

「或許如此。」馬修發出警告的低吼。他的咆哮聲卻讓老女巫覺得更好笑。

「這一招或許嚇得了傑福瑞和約翰那樣的小孩，還有你那個瘋狂的魔族朋友克里斯多夫・馬羅，卻嚇不到我。」她臉色一正，說道：「編織者必須躲起來，因為有一度我們遭到狩獵與殺害，就像令尊的騎士。不是每個人都肯定我們的力量。你應該很清楚，如果敵人以為你已經死了，求生就會容易一點。」

「但誰會做這種事，又是為了什麼？」我但願答案不會重彈吸血鬼跟巫族長期為敵的老調。

「獵殺我們的不是魅人，也不是魔族，而是其他巫族。」伊索奶奶平靜地說：「他們害怕我們，因為我們與眾不同。恐懼造成輕蔑，繼而產生恨意。這是老故事了。巫族曾經消滅整個家族，以防他們的幼兒長成編織者。少數活下來的編織者把孩子送去躲藏。父母對子女的愛極為強大，你們很快就會明白。」

「妳知道寶寶的事？」我道，雙手不由得放在腹部，做出保護的舉動。

「是的。」伊索奶奶嚴肅地點頭。「妳做了一個強大的編織，戴安娜。妳不可能長時間瞞過其他巫族的。」

「一個小孩！」蘇珊娜瞪大眼睛。「女巫和魅人生得出小孩？」

「不是隨便一個女巫。只有編織者能創造這樣的法術。女神選中妳擔當這個任務是有原因的，蘇珊娜，正如同她召喚我也是有原因的。妳是個助產士，妳的技能不久就派得上用場。」

「我並沒有羅伊登太太用得到的經驗。」蘇珊娜反對道。

「妳幫助女人生孩子很多年了。」伊索奶奶指出。

「是溫血的女人，奶奶，懷的是溫血的孩子！」蘇珊娜不忿道：「不像——」

「魅人也有手有腳，跟我們大家一樣。」伊索奶奶打斷她：「我不認為那孩子會有什麼不同。」

「有十根手指和十根腳趾，未必有靈魂。」蘇珊娜疑忌地瞟了一眼馬修。

「妳真令我吃驚，蘇珊娜。在我眼中，羅伊登老爺的靈魂就跟妳一樣清白。妳是不是又聽信妳丈夫的話，他又講了什麼魅人和魔族天生邪惡之類的胡話？」

蘇珊娜抿緊嘴唇。「要是我聽了又怎樣，奶奶？」

「那妳就是個傻瓜。真相在女巫眼裡是清清楚楚的——即使她們的丈夫滿腦子胡說八道。」

「事情並不像妳說的那麼簡單。」蘇珊娜嘟噥道。

「也沒必要搞得太複雜。我們等待已久的編織者已經出現了，我們得擬個計畫。」

「謝謝妳，伊索奶奶。」馬修道。終於有人跟他站在同一陣線，讓他鬆了口氣。「妳說得對，戴安娜必須盡快學會她需要的知識。她不能在這兒生產。」

「這事兒你做不了主，羅伊登老爺。如果孩子應該在倫敦出生，就會在倫敦出生。」

「戴安娜不屬於這裡。」馬修說完，又趕緊補充道：「她不是倫敦人。」

「上天保佑，這一點我們看得很清楚。但她是時光編織者，僅僅改變地點沒什麼影響。她到坎特伯里或約克也同樣引人注目。」

「所以妳還知道我們的另一個祕密。」馬修冷冷地看了老太婆一眼。「既然妳知道這麼多，妳一定也知道，戴安娜不會單獨回到她自己的時代，孩子和我會跟她一起離開。妳可以教她達到這目的需要知道的一切。」馬修開始主導大局，也就是說，情況即將按照往例，開始變得越來越糟。

「從現在開始，尊夫人的教育由我負責，羅伊登老爺——除非你自以為比我更了解做一個編織者是什麼意義。」伊索奶奶溫和地說。

「他知道這是巫族之間的事。」我對伊索奶奶說，同時拉住他手臂，制止他輕舉妄動。「馬修不會干預。」

「所有跟我妻子有關的事都是我的事，伊索奶奶。」馬修道。他轉向我：「這不是單純的巫族之間的事。只要巫族有可能翻臉，對我的配偶和孩子不利，那就不成。」

「所以傷害妳的不是魅人，而是巫族。」伊索奶奶柔聲道。「我感覺到那痛苦，也知道有巫族介入，但我原先還希望，那是因為妳曾接受巫族的治療，而非造成傷害時留下的痕跡。世道變成了什麼樣子，巫族竟然用這種手段對付同族？」

馬修轉向伊索奶奶，說道：「或許因為那個巫族也發現戴安娜是個編織者。」

我從未想過薩杜可能也知道。聽伊索奶奶描述巫族對待編織者的態度，想到彼得・諾克斯和他合議會的同夥，可能也懷疑我藏有這麼一個祕密，我不禁熱血奔騰。馬修找到我的手，用雙手將它握住。

「有可能，但我不確定。」伊索奶奶帶著憾意道。「唯其如此，我們更應該充分利用女神提供的時間，幫戴安娜做好面對未來的準備。」

「停！」我一掌拍向桌面，伊莎波的戒指鏘一聲撞上硬木桌面。「你們都把什麼編織者說得頭頭是道，但我連一根蠟燭都點不著。我的才能是魔法。我的血液裡有風、水——甚至火。」

「如果我看得見妳丈夫的靈魂，戴安娜，妳應該不訝異我也看得見妳的力量。但不論妳相信什麼，妳都既不是火巫，也不是水巫。妳無法操縱這幾種元素。如果妳愚蠢到企圖這麼做，只會毀滅自己。」

「但我差點被自己的淚水淹死。」我頑固地說：「我還為了救馬修，用巫火之箭殺死一個魅人。我阿姨認得那氣味。」

「火巫用不著箭。她會在瞬間發出火燄命中目標。」伊索奶奶搖頭道：「那都是簡單的編織術，孩子，從悲傷與愛之中創造出來的。女神保佑妳，讓妳借用妳需要的力量，但妳對它們沒有完全的控制。」

「借用？」我從這個角度重新考慮過去幾個月來一連串令人沮喪的事件，那些依稀存在、卻始終不聽命於我的法力。「這就是那些能力忽隱忽現的原因。它們並不真正屬於我。」

「任何一個女巫，若在體內掌握那麼多力量，一定會擾亂眾多世界之間的平衡。編織者卻是審慎挑選周遭的魔法，用它塑造新的東西。」

「但已經存在的咒語有千萬種——再加上護身符和魔藥。我做出來的東西不可能是原創的。」我舉手扶著額頭，菲利普留下血誓的那個點摸起來涼涼的。

「所有的咒語都有來歷，戴安娜：匱乏的時刻、不能用其他方式滿足的渴望或挑戰。它們都是某個人創造的。」

「第一個巫族。」我低聲道。有的超自然生物相信艾許摩爾七八二號是第一本魔法書，收集我們族人原創的魔法與符咒的書。這是我與那份神祕手抄本之間的另一種關聯。我望著馬修。

「第一個編織者，」伊索奶奶溫和地糾正我：「以及後來所有的編織者。編織者不是單純的女巫，戴安娜。蘇珊娜是一個傑出的女巫，比她在倫敦所有的姊妹，懂得更多土魔法知識和傳說。但憑她優異的天賦，卻編織不出新咒語。妳卻可以。」

「我甚至不知道從何著手。」我道。

「妳孵出那隻小雞。」伊索奶奶指著那隻昏昏欲睡、絨毛球似的小黃雞道。

「但我其實是想把蛋打破！」我反對道。我學會射箭後，就知道這是問題所在。我的魔法就如同我的箭，無法命中目標。

「顯然不是。如果妳只不過是要打破蛋，我們現在就可以吃到蘇珊娜的美味蛋塔了。妳心裡想的是別的事。」小雞也表同意，發出特別響亮而清晰的吱吱聲。

她說得對。我心頭確實想著別的事：我們的孩子，我們能不能好好撫養他，如何保障他的安全。

伊索奶奶點頭道：「我就知道。」

「我沒念咒，沒做儀式，沒調配任何東西。」我抓著莎拉教我的巫術原理不放。「只不過提出幾個問題，甚至算不得好問題。」

「魔法始於慾望。字句都要等很久很久以後才開始出現。」伊索奶奶解釋道。「甚至編織者也不見得每次都能把咒語濃縮成幾句話，提供給其他巫族使用。有些編織魔法排斥移轉，再怎麼嘗試，也只有我們可以使用。別人就因此而害怕我們。」

「始於匱乏與慾望。」我低語道。這是某個匿名者寄給我父母的、從艾許摩爾七八二號手抄本中撕下的一頁記載的詩句的第一行，我背誦這句詩時，過去與現在就又一次發生碰撞。屋隅閃現藍色與金色的光芒，照亮了角落裡的塵蟎，這次我沒有把眼光移開。伊索奶奶也沒有。馬修和蘇珊娜隨著我們的視線望去，但他們都看不見異狀。

「正是如此。瞧那兒，時間發覺妳不在了，它要妳回去，把妳自己編織到原來的生活之中。」她粲然一笑，啪一聲合攏雙手，好像我用粉蠟筆畫了一棟漂亮的小房子送給她，而她打算把畫貼在冰箱門上展示。「當然，現在的時間還沒有做好接納妳的準備，否則藍色會更明亮。」

「妳說得好像有可能結合魔法與巫術，但它們是兩種不同的東西呀。」我還是不解。「巫術使用咒語，魔法是與生俱來、控制火啊、風啊等元素的力量。」

「誰教妳這種胡謅？」伊索奶奶嗤之以鼻，蘇珊娜也顯得很驚訝。「魔法與巫術就像森林裡兩條交叉的小路。編織者可以站在岔路口，雙腳分別踩在不同的路上。她可以站在兩者的中間地帶，那兒的力量最大。」

時間抗議祕密被洩漏，發出一聲尖叫。

「處於中間地帶的孩子，與眾不同的女巫。」我難以置信地喃喃低語。布麗姬・畢夏普警告過我，置身這麼一個地段很危險，容易受傷害。「我們來此之前，有個我祖先的鬼魂——布麗姬・畢夏普——告訴我，這就是我的命運。她一定知道我是個編織者。」

「妳的父母也知道。」伊索奶奶道：「我看得見他們設定的禁制殘餘的線索。妳的父親也是編織者。他知道妳會追隨他的腳步。」

「她的父親？」馬修問道。

「編織者絕少是男性，伊索奶奶。」蘇珊娜提醒她。

「戴安娜的父親是個有很高天分、卻沒受過訓練的編織者。他的咒語都是七拼八湊，沒有好好編織。

儘管如此，他的咒語充滿摯愛，而且在相當一段時間裡發揮了作用，就像把妳跟妳的魅人結合在一起的鎖鍊一樣，戴安娜。」那條鎖鍊是我的祕密武器，讓我即使在最黑暗的時刻，也因為有馬修做我的錨，而覺得安定。

「那天晚上，布麗姬還告訴我另一件事：『只要妳向前走，每條路上都會有他。』她一定也知道馬修的事。」我承認道。

「妳沒告訴過我有這段對話，我的愛。」馬修道，語氣中好奇的成分遠大於生氣。

「這些交叉路口、中間地帶、含糊其詞的預言，當時覺得不重要。後來又發生了很多事，我就把它們給忘了。」我望著伊索奶奶。「況且，我什麼咒語都不會，怎麼可能創作咒語？」

「編織者周圍有很多不可解的神祕。」伊索奶奶對我說：「我們目前沒有時間尋找妳所有問題的答案，只能集中全力教妳在魔法穿過妳時加以控制。」

「我的力量一直在搗亂。」想起萎縮的榲桲和瑪莉的鞋子，我不得不承認：「我一直不知道接下來會發生什麼事。」

「這對剛開始擁有力量的編織者而言很正常。但妳的鋒芒連凡人都看得到、感覺得到。」伊索奶奶往椅背上一靠，端詳著我。「能夠像小安妮一樣看得見妳的輝光的巫族，說不定會利用這知識謀求私利。我們不能讓妳或孩子落入胡巴德的掌握。我想合議會就由你來應付。」她看著馬修道。馬修沈默，伊索奶奶就當作是同意。

「很好，那麼。每個星期一和星期四來找我，戴安娜。諾曼太太負責星期二。我會找瑪喬麗・庫柏負責星期三，伊麗莎白・傑克森和凱瑟琳・史崔特負責星期五。戴安娜需要她們幫助調和血液裡的水火，要不然她充其量只能製造一蓬水蒸氣而已。」

「一下子讓這麼多女巫介入這個特殊的祕密，恐怕有點不智，奶奶。」馬修道。

「羅伊登老爺說得對。已經有太多與這個女巫有關的耳語。約翰・陳德勒藉著散布她的消息來巴結胡巴德神父。我們兩個來教她就夠了。」蘇珊娜道。

「妳什麼時候變成火巫了？」伊索奶奶反駁道。「這孩子血液裡充滿火燄。我的資質局限在風力，妳擅長運用土力。光靠我們，無法達成任務。」

「如果照妳的計畫進行，我們的巫會將引來太多注意。我們一共才十三個女巫，妳的計畫就牽扯到五個。讓其他巫會承擔羅伊登太太的問題吧——比方大沼門，或參事門。」

「參事門巫會的規模太大了，蘇珊娜。它連自己的事都管不好，更別提什麼教育編織者了。況且它太遠，我走不了那麼多路，城裡溝渠的惡臭，會使我的風濕症惡化。我們就在這一區遵照女神的旨意訓練她。」

「我不能——」蘇珊娜還想說下去。

「我是妳的長老，蘇珊娜。如果妳再抗議，就只好去找公評會仲裁了。」氣氛變得凝重，令人不安。

「好吧，奶奶，我會向女王塢提出要求。」蘇珊娜說出這種話，自己也好像嚇了一跳。

「女王塢是什麼人？」我低聲問馬修。

「女王塢是地名，不是人名。」他悄聲道：「但公評會又是怎麼回事？」

「我毫無概念。」我坦承。

「不要再說悄悄話。」伊索奶奶不悅地搖頭道。「門窗上都施了咒語，你們這樣小聲小氣會擾動空氣，害我耳朵痛。」

空氣平靜下來後，伊索奶奶繼續道：「蘇珊娜在這件事上挑戰我的權威。由於我是蒜頭山巫會的領袖——也是酒商區的長老——諾曼太太必須向倫敦其他街坊區的長老申訴[78]。他們會決定我們該採取什麼行

---

[78] 位於倫敦大都會核心的倫敦市（City of London），目前分為二十五個街坊區（ward），這些街坊區從中世紀就存在，目前也仍然是選舉與警政的管轄單元。酒商區是二十五區之一，蒜頭山的區域更小，是隸屬酒商區的一部分。

動，每當巫族之間發生爭議，都是這麼處理的。共有二十六位長老，我們全體稱作公評會。」

「所以這只是政治？」我道。

「政治加上謹慎。如果不自行設法解決我們的紛爭，胡巴德神父那個魅人的魔掌會更深入我們的事務。」伊索奶奶道：「抱歉冒犯你，羅伊登老爺。」

「我不介意，伊索奶奶。但如果妳們出動長老解決這個問題，全倫敦都會知道戴安娜的身分。」馬修站起身：「我不允許這樣。」

「城裡每一個巫族都已經聽說你妻子了。這兒消息傳得很快，大部分得感謝你的朋友克里斯多夫·馬羅。」伊索奶奶仰起脖子，迎上他的眼光，說道：「坐下，羅伊登老爺。我這把老骨頭已經不起這麼彎折了。」我很意外，馬修竟然坐下了。

「倫敦的巫族還不知道妳是個編織者，戴安娜，這件事很重要。」伊索奶奶繼續道：「我們得告訴公評會，當然。但其他巫族聽說妳被召喚到長老面前，只會以為妳是因為跟羅伊登老爺的關係而受到申誡，或妳會受到某種禁制，以免他取得妳的血液和力量。」

「不論他們怎麼決定，妳還會做我的老師嗎？」我已習慣被其他巫族蔑視，也知道沒必要指望倫敦的巫族認可我與馬修的關係。我其實根本不在乎瑪喬麗·庫柏、伊麗莎白·傑克森、凱瑟琳·史崔特（管她們是什麼人）參與伊索奶奶的訓練課程。但伊索奶奶不一樣。我想得到這個女巫的友誼和幫助。

「在世界的這個角落，我是已知僅有的三個編織者之一，也是倫敦唯一的編織者。蘇格蘭的編織者阿格妮絲·山普森關在愛丁堡的監獄裡。愛爾蘭的編織者已有很多年無消無息。公評會除了讓我指導妳，別無選擇。」伊索奶奶向我保證。

「他們什麼時候聚會呢？」我問。

「盡快安排。」伊索奶奶承諾。

「我們會做好準備。」馬修也承諾。

「有些事情你的妻子只能一個人做，羅伊登老爺。懷孩子和見公評會都包括在內。」伊索奶奶答道。

「我知道，對魅人來說，信任別人不容易，但是為了她，你必須嘗試。」

「我信任我的妻子。妳知道巫族怎麼對待她，所以我不願意把她交給妳的族類，妳應該不會意外。」馬修道。

「你一定要嘗試。」伊索奶奶重複道。「你不能觸犯公評會。如果你這麼做，胡巴德就必須干預。公評會不會容忍這樣額外的羞辱，就會堅持合議會出面。不論我們有多少歧見，這房間裡的人都不希望合議會把注意力集中在倫敦，羅伊登老爺。」

馬修考慮伊索奶奶的觀點，終於點頭道：「好吧，奶奶。」

我是個編織者。

不久我將成為母親。

處於中間地帶的孩子，與眾不同的女巫。布麗姬·畢夏普的鬼魂低語。

馬修尖銳的呼吸聲告訴我，他發覺我的氣味有了變化。「戴安娜累了，該回家了。」

「她不累，只是害怕。害怕的時刻已過，戴安娜。妳必須面對真正的自己。」伊索奶奶帶著淡淡的惆悵說。

但即使我們平安回到鹿冠，我的焦慮仍持續升高。一到家，馬修就脫下鋪棉外套，用它裹著我的肩膀，企圖擋住寒風。衣服上有他殘留的丁香與肉桂氣味，還有些許來自蘇珊娜火爐的煙味與倫敦的潮濕空氣。

「我是個編織者。」或許只要一直這麼說，這件事就會有意義。「但我再也不知道這代表什麼，或我自己是誰。」

「妳是戴安娜・畢夏普——歷史學家、女巫。」他摟住我的肩膀。「不論妳曾經是什麼人，將來是什麼人，這就是現在的妳。還有妳是我的生命。」

「你的妻子。」我糾正他。

「我的生命。」他重複道。「妳不僅是我的心，而且是我的心跳。從前我只是一條陰影，就像伊索奶奶的靈僕。」他的法國口音變得濃重，他的聲音因情緒激動而變得沙啞。

「終於知道了真相，我應該覺得輕鬆才對。」我爬上床時牙齒咯咯打顫。寒意好像在我骨髓裡生了根。「我一輩子都不明白自己為什麼與眾不同。現在我知道了，卻毫無幫助。」

「有一天會的。」馬修承諾，陪我一起躺在被窩裡。他用手臂圍繞著我。我們的腿像樹根一樣糾纏在一起，攀附著對方尋求支持，同時盡可能把身體貼在一起。在我內心深處，我用愛與渴望鑄造的那條鎖鍊，變得像液體一般，在我們中間遊走。它很粗很粗，永不斷裂，充滿了賦予生命的汁液，源源不斷從女巫流向吸血鬼，又流回女巫身上。不久我就不再覺得處於中間地帶，而是一個幸福圓滿的核心。我深深吸一口氣，再吸一口。我試圖退卻，馬修卻不願意。

「我還不準備放開妳。」他把我抱得更緊。

「你一定有很多工作要處理——合議會、菲利普、伊麗莎白。我沒事的，馬修。」我堅持道，雖然我也想停留在這一刻，越久越好。

「吸血鬼對時間的掌握跟溫血動物不一樣。」他道，還是不肯放開我。

「那麼吸血鬼的一分鐘有多長？」我貼在他下巴底下問道。

「很難說。」馬修呢喃：「從正常的一分鐘到永恆，都有可能。」

第二十二章

湊齊二十六個倫敦法力最強大的巫族，可不是件容易的差事。召開公評會跟我想像的場面——辦一個類似法院開庭的聚會，巫族長老排排坐，我站在他們面前——不太一樣。實際正好相反，這活動歷時好幾天，場地包括全城各地的商店、酒店、住家的客廳。沒有正式的介紹，也不浪費時間交際寒暄。我在短時間內見到許多陌生的巫族，很快的他們的面目就都變得模糊，混淆不清。

但這場經驗也有一部分留給我深刻的印象。我第一次感受到火巫不容置疑的力量。伊索奶奶沒有誤導我——那個紅髮女巫的注視與觸摸都與熊熊烈燄無異。雖然她一靠近，我血液裡的火燄就開始跳躍舞蹈，但我顯然不是個火巫。我在主教門的法冠酒店包廂裡又見到另兩個火巫後，這印象就更確定了。

「她是個挑戰。」其中一個讀完我的皮膚後指出。

「能時光旅行的編織者，體內又有大量的火與水。」另一個表示同意。「我這輩子還未見過這種組合。」

公評會的風巫在伊索奶奶家裡聚會，房子內部遠比它樸素的外表予人的觀感來得寬敞。兩個鬼魂在房間裡晃蕩，伊索奶奶的靈僕也在，它無聲地滑來滑去，到門口迎接客人，確認每個人都賓至如歸。

風巫不像火巫那麼令人望而生畏，她們的觸摸輕柔乾燥，安靜地評估我的優點與缺點。

「動盪不安。」一個大約五十多歲的銀髮女巫喃喃道。她身材嬌小柔軟，行動敏捷，好像地心引力對她的影響跟我們不一樣似的。

「太多方向了。」另一個皺起眉頭說。「應該順其自然發展，否則她製造的每一股氣流都有可能變成災難性的大風暴。」

伊索奶奶對她們的評語一一致謝，但他們通通離開後，她似乎鬆了一口氣。

「我要休息了，孩子。」她虛弱地說，從椅子上起身，朝屋子後方走去。她的靈僕尾隨在後，像一道影子。

「公評會裡有男人嗎，伊索奶奶？」我攙扶著她，問道。

「只剩幾個了。所有年輕巫師都到大學裡去攻讀自然哲學了。」她嘆口氣道：「這是個奇怪的時代，戴安娜。每個人都急於追逐新事物，巫族認為書本比經驗更值得學習。我要暫時告退一下。聽了那麼多話，我開始耳鳴。」

星期四早晨，一個水巫獨自來到鹿冠。我正躺在床上，前一天在城裡奔波，把我累壞了。這水巫長得很高，身體極具彈性，腳步行雲流水似的走進來。但她遇到堅固的障礙，一道吸血鬼組成的圍牆，在門廳裡把她攔下。

「沒關係，馬修。」我站在臥室門口道，示意她向前走。

我們獨處時，這名水巫把我從頭研究到腳。她的目光像鹽水般刺痛我皮膚，又像夏日跳進海裡游泳般令我精神一振。

「伊索奶奶說得對。」她用低沈悅耳的聲音說道：「妳血液裡有太多水。我們不敢集體來見妳，唯恐引起水災。妳必須一個一個跟我們見面。我擔心這要花上一整天。」

所以不是我去見水巫，而是水巫們來見我。她們一個個流進流出我們的房子，幾乎把馬修和芳絲娃逼瘋。但我跟她們有種親和力，或者該說，水巫在場時，我感受到一股強大的潛在引力。

「水不會撒謊。」一個水巫用指尖滑過我的額頭與肩膀，喃喃說道。她把我的手掌翻過來，研究我的手心。她年紀不比我大，長相奇特：雪白皮膚、黑髮、眼睛是加勒比海的藍。

「什麼水？」她描畫我生命線分流出來的紋路時，我問道。

「倫敦每個水巫都收集從仲夏到秋分的雨水，然後把它倒進公評會的占卜盆。它預言我們等待已久的編織者血脈裡會有水流動。」這水巫嘆口氣，放開我的手。「我們幫忙把西班牙艦隊趕回去後，就需要新的咒語。伊索奶奶為風巫做了補充，蘇格蘭編織者的天賦是土力，幫不了我們——即使她願意都不行。妳是月亮真正的女兒，對我們將是一大助力。」

星期五早晨，一名信差到屋裡，送來一個布列德街的地址，指定我十一點鐘到那兒去見公評會最後剩下的成員：兩名土巫。大多數巫族或多或少都會一些土魔法。這是巫術的基礎，現代巫會裡的土巫沒有任何特色。我很好奇，想看看伊麗莎白時代的土巫有什麼不一樣。

由於彼埃外出替馬修跑腿，芳絲娃去購物，所以馬修和安妮陪我赴約。我們剛走過聖保羅大教堂的墓園，馬修就抓住一個滿臉髒污、腿細得可憐的頑童。轉眼之間，馬修的刀已抵著那孩子的耳朵。

「那根手指再動一動，小鬼，我就割掉你耳朵。」他柔聲道。

我驚訝地低頭望去，便看見那孩子的手指碰到了我繫在腰上的皮包。

即使在我自己的時代，馬修也有少許暴力傾向，但在伊麗莎白時代的倫敦，他的狂暴幾乎是一觸即發。但儘管如此，也沒必要向這麼幼小的對象下毒手。

「馬修。」我注意到孩子臉上的驚恐，警告道：「別這樣。」

「換了別人，早就割掉你耳朵，或拉你去見官了。」馬修瞇起眼睛道，那孩子臉色更蒼白了。

「夠了。」我立刻道。我碰觸那孩子的肩膀，他瑟縮了一下。短暫的瞬間，我的女巫之眼看見一個男人粗重的巴掌打到孩子身上，他飛出去撞上一堵牆。我的手指下面，這孩子唯一用來禦寒的粗布襯衫底下，他的皮膚腫脹，形成醜陋的淤青。「你叫什麼名字？」

「傑克，夫人。」男孩低聲道。馬修的刀還貼在他耳朵上，我們開始引起注意。

「匕首收起來，馬修。這孩子對我們沒危險。」

馬修嘶吼一聲，把刀收起。

「你的父母呢？傑克。」

傑克聳聳肩膀：「沒父母，夫人。」

「帶這孩子回家，安妮，叫芳絲娃給他一些食物和衣服。如果做得到，教他洗個熱水澡，讓他睡彼埃的床。他看起來很疲倦。」

「妳不能收留倫敦每一個流浪兒，戴安娜。」馬修用力把匕首插回鞘裡，做為強調。

「芳絲娃用得著一個跑腿的。」我把傑克垂在額前的頭髮往後梳平。「你願意為我工作嗎，傑克？」

「願意，夫人。」傑克的肚子發出一聲響亮的咕嚕，他機警的眼睛帶著一線希望。我的女巫之眼睜得很大，看進他空虛的腸胃和沈重、顫抖的腿。我從錢包裡取出幾枚銅板。

「安妮，路上經過普萊爾師傅的店，買一塊派給他，他餓得快昏倒了，那應該可以讓他撐到芳絲娃做好一頓正餐。」

「是，夫人。」安妮道。她抓住傑克的手臂，拖著他往黑衣修士區的方向走去。

馬修皺著眉頭，看著他們遠去的背影，又看我一眼。「妳幫不了那孩子。傑克——如果這是真名，但我懷疑不是——如果再行竊，活不過一年的。」

「如果沒有一個成年人負起照顧他的責任，那孩子活不過一個星期。當初你怎麼說的？愛、成年人的照顧，還有一個柔軟的地方落地？」

「不要用我說過的話對付我，戴安娜。那是說我們的孩子，不是無家可歸的流浪兒。」過去這幾天，馬修見到的女巫比大多數吸血鬼一輩子見過的還多，他顯然很想大吵一架。

「我也曾經是一個無家可歸的流浪兒。」

我的丈夫退後一步，好像我打了他一記耳光。

「現在趕走他沒那麼輕而易舉了，是嗎？」我沒等他回答。「如果傑克不跟我們回去，不如直接把他送到安卓・胡巴德那兒去。他要麼可以有一口合身的棺材，要麼就被當作晚餐吃了。無論如何，都比在這些街道上可以得到更好的照顧。」

「我們的僕人夠多了。」馬修冷冷道。

「你有的是錢。如果你負擔不起，我也可以用我自己的錢付他工資。」

「妳既然要這麼做，最好再講一則床邊故事哄他入睡。」馬修抓住我的手肘：「妳以為他不會知道自己是跟三個魅人和兩個女巫住在一起。凡人的孩子對超自然生物的世界總是看得比成年人還清楚。」

「你以為傑克頭上有了個屋頂、肚裡裝滿了食物、晚上還有張可以平安入眠的床之後，他還會在乎我們是什麼？」對街有個女人困惑地看著我們。吸血鬼和女巫不該在公共場所展開這麼激烈的辯論。我把兜帽拉低，遮住我的臉。

「我們讓越多人進入我們在這兒的生活，結果就更複雜。」馬修道。他察覺那女人在注視我們，總算放開了我的手臂。「如果是凡人，效果還會加倍。」

拜訪過兩名壯碩而嚴肅的土巫後，馬修和我各自退居鹿冠呈對角線的兩個角落，靜待怒火冷卻。馬修處理他的郵件，大呼小叫找彼埃，不絕口地咒罵女王陛下的政府、他父親的突發奇想、蘇格蘭詹姆士王的愚昧。我利用這段時間跟傑克說明他的職責。這孩子雖然撬鎖、扒錢包、從鄉巴佬身上拐騙錢財的技巧都很高明，卻不會讀書、寫字、做飯、縫紉，做不了任何對芳絲娃和安妮有幫助的事。但彼埃對這孩子興趣很濃厚，尤其當他在這孩子二手上衣的內袋裡找回他的幸運符以後。

「跟我來，傑克。」彼埃打開門，朝樓梯側一下頭，說道。他正要去從馬修的線民那兒收最後一批信件，顯然打算把我們這位年輕的受監護者滿腦袋倫敦下層社會的知識，好好利用一番。

「是，先生。」傑克的聲音很熱切。才吃一頓飽飯，他的氣色已經好了很多。

「不可以做危險的事。」我警告彼埃。

「當然不會，夫人。」那吸血鬼滿臉無辜狀。

「我是認真的。」我反擊道：「天黑前帶他回來。」

我正在清理桌上的文件，馬修走出他的書房。芳絲娃和安妮到史密斯菲德肉品市場去找屠夫買肉和血，屋裡就只有我們兩個。

「對不起，我的愛。」馬修從背後伸手攬住我的腰。他在我脖子上印下一吻。「公評會加上女王，這星期很漫長。」

「我也覺得對不起。我知道你為什麼不要傑克在這兒，馬修，但我不能不管他。他受了傷，而且肚子餓。」

「我知道。」馬修道，緊緊摟住我，讓我的背貼在他胸膛上。

「如果我們在現代牛津找到這孩子，你的反應會不同嗎？」我問，凝視著火光，不接觸他的眼睛。自從傑克事件後，我就一直想著，馬修的行徑是源自吸血鬼的基因或伊麗莎白時代的道德觀。

「可能不會。吸血鬼跟溫血人一起生活並非易事，戴安娜。若沒有情感的羈絆，溫血人不過是營養的來源。再怎麼有教養、懂禮貌的吸血鬼，接近溫血人時，都不可能不產生攫食的衝動。」他的呼吸冷冷地貼著我皮膚，把密麗安用她的血治療馬修造成的傷口那個敏感部位搔得發癢。

「你似乎並不想把我當食物。」馬修從沒有跟這種慾望掙扎的跡象，他父親建議他吸我的血時，他也直截了當拒絕。

「我現在比我們最初相遇時更能控制我的渴望。如今我還是想要妳的血，但不是為了養分，而是為了控制。我們結合後，吸妳的血主要是為了確立支配權。」

「我們做愛就為這件事。」我很實際地說。馬修是個慷慨而有創意的情人，但他絕對把臥室當作自己的地盤。

「我沒聽懂。」他拉下眉毛，露出不悅的表情。

「性與支配。現代凡人總以為吸血鬼式戀愛就只有這兩件事。」我道：「他們的故事裡，吸血鬼全是瘋狂的阿爾法男性作風，先把女人掄上肩頭，然後帶她們去晚餐和約會。」

「晚餐和約會？」馬修驚駭失色：「妳是說……？」

「對啦。你該看看莎拉在麥迪森巫會的那群朋友都讀些什麼書。吸血鬼遇到女孩，吸血鬼咬了女孩，女孩驚訝地發現世上真的有吸血鬼。然後性愛、鮮血、過度保護的行為很快都陸續出現。有些段落寫得很露骨。」我頓一下。「當然來不及搞什麼同床不做愛嘍。我也不記得有什麼詩詞或跳舞的情節。」

馬修咒罵一聲。「難怪妳阿姨要知道我肚子餓不餓。」

「你真的應該讀讀那種書，即使只是為了知道凡人在想些什麼。那是一場公關的噩夢。比女巫面臨的訛傳還糟得多。」我轉身面對他：「不過，想要個吸血鬼男朋友的女人會多得令你吃驚。」

「如果她們的吸血鬼男朋友在街上表現得像個沒心肝的壞蛋，還恐嚇飢餓的孩子怎麼辦？」

「大部分小說裡的吸血鬼都有黃金般的好心腸，只是偶爾會妒忌得發狂，把人分屍而已。」我替他撥開遮住了眼睛的頭髮。

「難以相信我們竟然聊這種事。」馬修道。

「為什麼？吸血鬼也讀描寫女巫的書呀。克特的《浮士德》純屬幻想，卻不妨礙你享受超自然故事的樂趣。」

「是啊，但那麼粗暴地對待，然後做愛……」馬修搖頭。

「你也對我粗暴過呀，既然你用這麼迷人的字眼。我好像記得在七塔曾經不止一次被你高高舉起。」我提醒道。

「只在妳受傷的時候！」馬修氣鼓鼓道。「還有疲倦的時候。」

「或者你希望我在某個地方，我卻不在的時候。還有馬太高的時候、床太高的時候、風浪太大的時候。說老實話，馬修，對你有利的時候，你的記憶很有選擇性。說到做愛，也並非每次都像你形容的那麼溫柔。在我看到的書裡都沒有。有時候只是一場痛快的好——」

我還沒把句子說完，一個高大、英俊的吸血鬼就把我往他肩上一掄。

「我們私底下繼續這種對話。」

「救命！我想我老公是一隻吸血鬼！」我大笑著捶他的大腿後側。

「安靜。」他咆哮道：「否則霍利夫人要抗議了。」

「如果我是個凡人女子，而不是個女巫，你剛才的咆哮就該把我嚇昏了。我會完全由你擺布，你愛把我怎樣就怎樣。」我咯咯笑道。

「妳已經完全由我擺布了。」馬修提醒我，把我放在床上。「順便告訴妳，我要改變這可笑的情節。基於創意——且不提逼真——我要跳過晚餐的部分，直接展開約會。」

「讀者一定愛死了說這種話的吸血鬼。」我道。

馬修似乎不在乎我的編輯旁白。他忙著掀起我的裙子。我們即將穿著全身衣服開始做愛，多麼伊麗莎白得引人遐思啊。

「等一下，至少讓我把麵包捲脫掉。」安妮告訴我，這是讓我的裙子保持有型、蓬鬆飽滿的那個甜甜圈形狀的東西的正式名稱。

但馬修沒意願等。

「去他的麵包捲！」他解開褲腰帶，抓起我的雙手，把它們按在我頭頂上方。用力一頂，他就進入我體內。

「我都不知道聊通俗小說會對你產生這種效果。」他開始動作時，我氣喘吁吁道。「提醒我多跟你討論這話題。」

我們剛坐下用晚餐，伊索奶奶就派人召喚我到她家去。

公評會已經做出了裁判。

安妮和我，還有我們的兩個吸血鬼保鏢和小跟班傑克抵達時，伊索奶奶跟蘇珊娜和另外三個陌生女巫一塊兒坐在前廳裡。她打發男人到金鵝酒店去，然後領著我走到火爐旁那群人的面前。

「來，戴安娜，見過妳的老師。」伊索奶奶的靈僕指著一張空椅子要我坐，隨即退入它主人的影子裡。五個女巫都在打量我。她們看起來就像一群殷實的城市主婦，穿著冬季暗色調的厚重羊毛長袍。只有刺人的目光透露她們的女巫身分。

「所以公評會同意妳原先的計畫了。」我緩緩說道，盡可能面對她們的目光。在老師面前不能示怯。

「是的。」蘇珊娜認命地說。「請原諒，羅伊登夫人。我得為兩個孩子和一個病得沒法子養家的丈夫著想。鄰居的善意可能在一夜之間蒸發。」

「我來介紹你給其他人。」伊索奶奶道，她略微轉身，面對她右側的婦人。她年約六十。體型稍矮，圓臉，如果笑容可以作準，她個性應該很慷慨。「這位是瑪喬麗・庫柏。」

「戴安娜。」瑪喬麗點一下頭，脖子上的小皺領發出窸窣的聲音。「歡迎參加我們的聚會。」

接受公評會長老審核時，我得知伊麗莎白時代的女巫口中所謂「聚會」，相當於現代的「巫會」，也就是女巫的社群。這個城市裡巫會的轄區界線，就像倫敦城的所有其他事務一樣，跟教會的教區是一致的。雖然想到女巫的組織跟基督教會如此密合，感覺有點奇怪，但這是個合理的架構，而且在關係密切的鄰里之間，推動女巫事務也更安全。

所以光倫敦市區就有一百多個巫會，郊區還有二十多個。像教區一樣，這些巫會組織成更大的區塊，稱作行政區。每個行政區派出一位長老加入公評會，監督全城的女巫事務。

隨著恐巫心態和獵巫熱升高，公評會很擔心舊行政體系即將瓦解。倫敦的超自然生物早就擠得快爆了，但每天還有更多人湧入。我已聽人抱怨過參事門區的巫會過於龐大——有六十多名巫族，而非一般的十三到二十名——瘸子門和薩瑟克的人數也太多。為了避免引起凡人注意，有些巫會開始「分化」，拆成不同的分支機構。但新巫會的領袖經驗不足，在困難時期也會產生問題。公評會裡有先見天賦的巫族已看到未來的困擾。

「瑪喬麗的天賦是土魔法，就像蘇珊娜。她的專長是記憶。」伊索奶奶解釋道。

「我不需要魔法書或所有書商都在推銷的那種新式曆書。」瑪喬麗自豪地說。

「瑪喬麗能一字不漏記得她精通的每一種咒語，也完全記得她這一生每一年——外加她誕生前很多年——的星宿排列。」

「伊索奶奶擔心妳不能把妳在這兒學會的所有知識都寫下來帶走。我不僅會幫妳為妳發明的咒語找到正確的字句，好讓其他巫族利用，還要教妳如何跟那些字句合而為一，這樣就沒有人能從妳這兒奪走它們。」瑪喬麗的眼睛發亮，同時壓低聲音，用同謀的語氣說：「還有，我丈夫是個釀酒商。他可以幫妳弄到比你們現在喝的更好的酒。我知道酒對魅人很重要。」

我聽了不由得哈哈大笑，其他女巫也笑了起來。「謝謝妳，庫柏夫人。我會把妳的建議轉告我先生。」

「稱呼我瑪喬麗。在這兒我們都是姊妹。」這是我第一次被別的女巫稱作姊妹而不覺得畏縮。

「我是伊麗莎白・傑克森。」站在伊索奶奶另一側的年長婦人說。她的年紀介於瑪喬麗和伊索奶奶之間。

「妳是水巫。」她一開口我就有種親切的感覺。

「是的。」伊麗莎白灰髮灰眼，個子很高，身材挺拔，跟瑪喬麗的矮胖恰成對比。雖然公評會的水巫大都迂迴流動，伊麗莎白卻帶有高山流泉的輕快與清澈。我知道她永遠會告訴我真相，即使我不想聽。

「伊麗莎白有預知的天賦。她會教妳占卜的技巧。」

「我母親以預知能力著稱。」我遲疑地說：「我很願意追隨她的腳步。」

「但她沒有火力。」伊麗莎白斷然道，立刻開始說真話。「妳不可能每方面都跟隨妳母親，戴安娜。火與水的混合是一種強大的力量，前提是它們不能彼此抵銷。」

「我們會設法不讓那種事發生。」最後一位女巫承諾，把眼光轉向我。直到這一刻，她一直刻意避免接觸我的眼光。現在我明白原因了：她褐色的眼睛裡有金色的火花，我的第三隻眼登時警戒地瞪得老大。藉著這份額外的視力，我看到她周遭靈光繚繞。這一定就是凱瑟琳．史崔特。

「妳甚至……比公評會那些火巫都更強大。」我囁嚅道。

「凱瑟琳是個特別的女巫，」伊索奶奶也承認：「兩個火巫生下的火巫。這種事很少發生，就好像大自然也擔心這樣的光芒遮蓋不住。」

我的第三隻眼被擁有三重威力的火巫照得眼花撩亂，閉了起來，然後凱瑟琳就好像褪色了。她的褐髮變得黯淡，眼神無光，臉蛋漂亮卻沒有特色。但她一開口說話，魔法就又恢復了生氣。

「妳的火力比我預期的多。」她沈吟道。

「可惜，西班牙無敵大艦隊來襲時，她不在這兒。」伊麗莎白道。

「所以那是真的？把西班牙船艦從英格蘭海岸吹走的『英格蘭風』，真的是巫族召喚來的？」我問道。這是巫族的傳奇，但我一直把它斥為神話。

「伊索奶奶對女王陛下貢獻最大。」伊麗莎白自豪地說：「如果妳在這兒，我想我們說不定可以製造燃燒的水——起碼也是炙熱的雨。」

「我們先別超前進度。」伊索奶奶舉手制止道：「戴安娜還沒有施展她的編織者入門咒呢。」

「入門咒？」我問。就像聚會和公評會，這也是個我不知道的詞彙。

「入門咒顯示編織者資質的狀態。我們先聯手圍一個祝福圈，然後要暫時釋放妳的各種力量，讓它們不受任何字句或慾望的妨礙，自行找尋方向。」伊索奶奶答道。「我們可以藉此了解妳的天賦，以及該用什麼方式來訓練它們，同時讓妳的護身靈現形。」

「巫族沒有護身靈。」這跟崇拜魔鬼一樣，又是一種凡人的遐想。

「編織者有。」伊索奶奶安詳地說，並指著她的靈僕道：「這就是我的護身靈。她像所有的護身靈一樣，是我能力的延伸。」

「以我的狀況，有護身靈未必是好事。」我想到發黑的榲桲、瑪莉的鞋子和那隻小雞。「我要擔心的事已經夠多了。」

「所以妳才要施入門咒——面對妳最深的恐懼，然後才能自由運用妳的魔法。儘管如此，這可能是一場極端痛苦的經驗。曾經有編織者走進圈子時頭髮黑如鴉羽，但再走出來時，頭髮竟變得雪一樣白。」伊索奶奶坦承。

「但不會像魅人離開戴安娜那晚，水從她體內湧起時那麼令人心碎。」伊麗莎白柔聲道。

「或像她被封閉在土窖裡那晚時一樣寂寞。」蘇珊娜打了個寒噤說道。瑪喬麗也同情地點點頭。

「或像那名火巫企圖把妳劈開那次那麼恐怖。」凱瑟琳向我保證，她的手指因憤怒而變成橘紅色。

「星期五正好月朔。再過幾星期就是聖母行潔淨禮日⑲。即將開始的這個週期，適合施放敦促孩子努力向學的咒語。」瑪喬麗道，她憑藉驚人的記憶力勾出所有相關的資訊，臉上因專注而起了皺紋。

「我還以為這個星期適合製作防蛇咬的護身符？」蘇珊娜從口袋裡取出一本小曆書說道。

瑪喬麗和蘇珊娜討論牽涉到時間表的魔法細節時，伊索奶奶、伊麗莎白和凱瑟琳就專心盯著我看。

「我想……」伊索奶奶看著我，顯然在考慮什麼，用一根手指輕敲自己的嘴唇。

「千萬不可。」伊麗莎白壓低聲音道。

「我們不該超前進度，記得嗎？」凱瑟琳道。「女神給我們的保佑已經夠多了。」這麼說的時候，她褐色的眼睛裡閃現綠、金、紅、黑的火花，以極快的速度交替出現。「但是也許……」

「蘇珊娜的曆書整個錯了。我們決定，下週四新月漸滿，應該是戴安娜編織入門咒的吉時。」瑪喬麗愉快地拍著手說道。

「哎唷。」伊索奶奶用手指堵住耳朵，擋住擾動的空氣。「輕一點，瑪喬麗，輕一點。」

除了聖詹姆士教區蒜頭山聚會的新任務，我對瑪莉的鍊金實驗仍興趣濃厚，所以花在外頭的時間越來越多，但鹿冠仍然是黑夜學派的聯絡中心，也是馬修的工作總部。信差絡繹不絕傳送報告與信件，喬治經常過來吃頓免費的飯，並告訴我們他最近多麼賣力地找尋艾許摩爾七八二號，雖然總是徒勞無功，韓考克和蓋洛加斯會把髒衣服扔在樓下，衣不蔽體地在我的火爐旁消磨幾小時，直到拿回衣服為止。克特跟胡巴德和約翰・陳德勒攪和了一陣，又跟馬修達成不怎麼穩定的停戰協議，所以我經常在前廳看到這位劇作家悶悶不樂地凝視遠方，或振筆疾書。他擅自取用我的紙張這回事，構成另一個惹我生氣的理由。

還有安妮和傑克。讓兩個孩子融入這個家，是全天候的工作。據我猜測，傑克大概七歲或八歲（他對自己的實際年齡毫無概念），他喜歡捉弄十來歲的安妮。他到處跟著她，模仿她說話。安妮會氣得滿眶淚水衝上樓，撲倒在床上。我責備傑克不該如此時，他也會生氣。我迫切需要幾小時的安寧，好不容易找到

---

⑲ Candlemas落在每年的二月二日，在英格蘭是一個受聖公會重視的節日。據《路加福音》記載，耶穌誕生後四十日，約瑟和馬利亞帶嬰兒耶穌到耶路撒冷的神殿去獻祭，行產後潔淨與為長子贖罪的儀式，並遇到一些人稱呼這孩子基督。

一位願意教他們讀書、寫字、算術的老師，但他們兩個很快就用空白的凝視和故作無辜狀，趕走了這位剛畢業的劍橋高材生。兩人都寧可跟芳絲娃去買菜，或跟彼埃跑遍倫敦，也不要靜靜坐著做算術習題。

「如果我們的兒子這樣，我就淹死他。」我躲到馬修的書房裡喘口氣時，這麼告訴他。

「那小丫頭一定會這樣，妳可以確定，而且妳不會淹死她。」馬修放下筆，說道。我們對孩子的性別還是各執己見。

「我什麼都試過了。我講道理、甜言蜜語、哀求——可惡，我甚至賄賂過他們。」普萊爾師傅的麵包只是讓傑克的精力指數升高而已。

「所有的父母都會犯這些錯誤，」他笑道。「想要試著做他們的朋友。其實要把傑克和安妮當小狗對待，偶爾敲一下他們的鼻子，比一塊肉餡餅更能建立妳的權威。」

「你提供我動物王國的育兒祕訣？」我想到他早期的野狼研究。

「事實上，我是這麼想。再這樣鬧下去，他們就要面對我了，我不動手則已，一出手就很重的。」一陣特別響亮的嘩啦聲，響徹整棟房子，接著一聲可憐兮兮的「對不起，夫人」，馬修對著門口怒目而視。

「謝了，不過我暫時還沒絕望到要用馴狗技巧。」我道，退出房間。

一連兩天，施展訓誨語氣和限時改善策略，我總算建立了些許秩序，但孩子們需要大量活動來揮灑旺盛的精力。我放下書本和紙張，帶他們沿齊普賽大街散很長的步，進入西側的郊區。我們跟芳絲娃一起去市場，在酒商區的碼頭上看船隻卸貨。我們想像這些貨物來自何方，猜測船員的故鄉與出身。

這期間，我不再覺得像個觀光客，開始把伊麗莎白時代的倫敦當作我的家。

星期六早晨，我們在倫敦專賣高級食品雜貨的利登賀商場購物，我看見一個獨腿乞丐。我正要從錢包裡找一個便士給他，孩子們卻消失在一家製帽店裡。他們在那種地方很可能造成破壞——昂貴的破壞。

「安妮！傑克！」我喊道，把錢塞進乞丐手中。「小手不許亂動！」

「妳離家很遠哦，羅伊登夫人。」一個低沈的聲音道。我背上的皮膚感到冰冷的目光，一轉身便看見安卓・胡巴德。

「胡巴德神父。」我道。乞丐以很小的腳步，盡可能不引起注意地開溜。

胡巴德四下張望。「妳的女僕在哪兒？」

「如果你是說芳絲娃，她在市場裡。」我尖刻地說。「安妮也跟我在一起。你派她來，我還沒機會向你道謝。她幫了很大的忙。」

「我聽說妳去見過伊索奶奶。」

我沒有回應這麼明顯的探詢。

「從西班牙人來過以後，除非有很好的理由，否則她連家門都不出。」

我仍然沈默，胡巴德笑了起來。

「我不是妳的敵人，夫人。」

「我沒說你是，胡巴德神父。但我見過誰，為什麼見，都不關你的事。」

「是的。妳的公公──或妳認為他是妳父親？──在信中寫得很清楚。菲利普感謝我幫助妳，當然。柯雷孟家族的領袖總在威脅之前先表示謝意。這跟妳丈夫一貫的作風比起來，倒是令人耳目一新的改變。」

我瞇起眼睛：「你要什麼，胡巴德神父？」

「我容忍柯雷孟存在是因為不得已。但如果惹出麻煩，我沒有義務繼續這麼做。」胡巴德向我靠過來，他呼出的氣息冰冷。「妳在惹麻煩。我聞得出來，嚐得出來。自從妳來了，所有的巫族都……不聽話。」

「那只是不幸的巧合，」我道：「不能怪我。我的魔法訓練太差，連把一顆雞蛋打進碗裡都做不到。」芳絲娃從市場裡走出來。我對胡巴德屈膝行禮，打算從他身旁走過。他飛快伸出手，抓住我手腕。

我低頭看他冰冷的手指。

「不僅生物有氣味，羅伊登夫人。妳可知道祕密也有獨特的氣味？」

「不知道。」我把手抽回來。

「女巫看得出別人有沒有撒謊。魅人聞得出祕密，就像獵犬聞得到鹿。我一定要揪出妳的祕密，羅伊登夫人，妳再怎麼千方百計也藏不住。」

「準備走了嗎，夫人？」芳絲娃皺著眉頭走過來，問道。安妮和傑克跟她在一起，那女孩一看到胡巴德，臉色頓時發白。

「是的，芳絲娃。」我終於把眼神從胡巴德那雙布滿條紋的怪誕眼睛上挪開。「謝謝你提供建議，胡巴德神父，以及情報。」

「如果那個男孩對妳造成負擔，我很樂意照顧他。」我從他身旁走過時，胡巴德低聲道。我轉身，走回他面前。

「請你不要碰我的人。」我們的目光糾纏在一起，這次是胡巴德先向別處望。我轉身走回我那個吸血鬼、女巫和凡人組成的小團體。傑克顯得很焦慮，不斷在兩隻腳上變換重心，好像打算拔足逃跑。我拉起他手臂道：「我們回家去吃薑餅。」

「那是誰？」他悄聲道。

「胡巴德神父。」安妮壓低聲音答道。

「就是童謠裡的那個？」傑克回頭問道。安妮點點頭。

「對，而且他——」

「夠了，安妮。你們在帽子店裡看到什麼？」我問，同時把傑克抓得更緊。我向裝得幾乎滿出來的菜籃伸出手道：「那個我來拿，芳絲娃。」

「沒有用的，夫人。」芳絲娃說，但還是把菜籃交給我。「老爺會知道妳跟那惡魔見過面。就連包心菜的味道也遮不住。」傑克回過頭，對這則消息很感興趣，我對芳絲娃使了一個警告的眼色。

「什麼事都沒發生，不要自尋煩惱。」轉往回家的路上，我說。

回到鹿冠，我扔下菜籃、斗篷、手套、孩子，端一杯酒送進去給馬修。他坐在書桌前面，低頭看著一張紙。這幅已變得熟悉的畫面，讓我心情鬆弛下來。

「還在忙？」我邊說邊越過他肩膀，把酒杯放在他面前。我皺起眉頭。他那張紙上都是圖形，有圈有叉，還有像是現代化學方程式的東西。我不認為這與情報或合議會有關，除非他正在設計密碼。「你在做什麼？」

「只不過想弄懂一件事。」馬修把紙收起來說。

「跟遺傳有關？」那些圈圈叉叉讓我聯想到生物學和孟德爾[80]的豌豆。我又把紙抽出來，紙上不僅有圈與叉，還有馬修家人的名字縮寫：YC、PC、MC、MW。另外還有我家人的名字縮寫：DB、RB、SB、SP。馬修在人名之間畫了箭頭，隔代之間還有交錯的線條相連。

「嚴格說來不算是。」馬修打斷我的觀察。這是他典型的不正式作答。

「我猜你需要設備。」那張紙最下方有兩個字母被圈起來：B和C——**畢夏普和柯雷孟**。我們的孩子。這件事跟寶寶有關。

「要獲得結論，當然需要。」馬修拿起酒杯，湊到嘴邊。

「你提出什麼假設？」我問：「如果跟孩子有關，我就要知道。」

---

[80] Gregor Johann Mendel（1822-1884），奧地利神父，有「現代遺傳學之父」的稱號。

馬修忽然不動，鼻孔張得很大。他小心地把酒放在桌上，拿起我的手，用嘴唇貼著我的手腕，彷彿表示親暱。他的眼睛變為黑色。

「妳見到胡巴德。」他用控訴的語氣說。

「我可沒有去找他。」我把手抽回來。這是個錯誤。

「別。」馬修啞聲道，收緊手指。他又用力吸了一口氣。「胡巴德碰了妳的手腕。只碰手腕。妳知道原因嗎？」

「因為他想引起我注意。」我道。

「不對。他要引起我的注意。妳的脈搏在這裡。」馬修的大拇指輕輕掠過我的靜脈，我打了一個寒噤。「血液如此接近表面，我不但聞得到，也看得見。它的溫度會使觸及這部分的任何外來氣味變得更濃郁。」他的手指像個手鐲般兜著我的手腕。「芳絲娃去了哪裡？」

「利登賀商場。我帶了傑克和安妮同行。有個乞丐，後來——」我覺得突如其來一陣劇痛，但很快就消失。低頭看去，我的手腕上有傷，血從一排淺淺的弧形齒痕裡湧出。牙印。

「胡巴德可以用這麼快的速度吸妳的血，知道妳的一切。」馬修的大拇指用力壓住傷口。

「但我沒看見你動作。」我麻木地說。

他的黑眼睛冒出凶光。「如果胡巴德發動攻擊，妳同樣看不見。」

或許馬修並沒有像我以為的那麼過分保護我。

「不要再讓他接近到可以碰到妳。明白嗎？」

我點點頭，馬修開始設法撫平怒火，這要花一段時間。他恢復自制後，才回答我方才的問題。

「我想判定我的血怒遺傳給孩子的機率有多大。」他聲音裡帶著憂慮。「班哲明有這問題，但馬卡斯沒有。想到我可能把這種詛咒帶給一個天真無辜的孩子，我真不甘願。」

「你知道為什麼馬卡斯和你哥哥路易有抵抗力，而你、露依莎和班哲明沒有嗎？」我小心地避免假設他只有兩個孩子。馬修會告訴我更多，如果——只要——他能夠。

他的肩膀失去了一貫的挺拔。「露依莎早在可以做適當測試之前就去世了。我缺乏做出可靠結論所需的數據。」

「但你有一套理論。」我想著他畫的圖形說。

「我一直認為血怒是一種病，並假設馬卡斯和路易有與生俱來的抗體。但是當伊索奶奶告訴我們，只有編織者能懷魅人的孩子，我就開始懷疑，或許我看這件事的方式錯了。或許不是馬卡斯有抗體，而是我體內有受體，就像編織者可以接受魅人的種子，但其他溫血女性卻做不到。」

「遺傳傾向？」我努力追隨他的推理。

「可能。或許是某種隱性基因，在人口中佔極少數，而且必須雙親都有這種基因。我一直在考慮妳的朋友凱瑟琳・史崔特，妳形容她是『三重祝福』，好像她基因的整體大於各部分相加的和。」

馬修很快就沈浸在他的知識迷宮裡。「然後我開始想，妳是個編織者這一點，是否足以解釋妳的懷孕能力。有沒有可能是因為所有隱性基因特質的結合——不僅妳的，也包括我的？」我見他沮喪地伸手爬梳自己的頭髮，可見血怒已消散，總算鬆了一口氣。

「等我們回到你的實驗室，就可以測試你的理論了。」我壓低聲音道：「莎拉和艾姆倘若一聽說她們要做姨婆，你要抽她們的血液做樣本——或需要臨時保母——保證都易如反掌。她們倆都有嚴重的外婆飢渴症，還經常借鄰居的小孩來解饞呢。」

這番話總算換來一個微笑。

「外婆飢渴症？這麼說真難聽。」馬修責備我：「但伊莎波的病情可能更嚴重，她已經等了好幾百年。」

「簡直不敢想像。」我假裝發抖。

像這種時刻——我們談論別人對這消息的反應，而不是分析自己的反應——我才真正覺得自己懷孕了。我的身體對它體內的新生命幾乎毫無感覺，而且在鹿冠忙碌的日常生活中，很容易就會忘記我們即將成為父母。我可以一連好幾天不想這件事，只有在夜闌人靜，馬修來到我身旁，把手放在我腹部，聆聽小生命的動靜，在沈默中心靈交流，我才會想起自己的狀況。

「我也不敢想像妳受傷害。」馬修把我擁入懷中。「要小心，我的小母獅。」他貼著我的髮絲低語。

「我會的。我保證。」

「危險拿著燙金請帖來找妳，妳會認不出它的真面目。」他退後一點，好正視我的眼睛。「妳就記住：吸血鬼跟溫血人不一樣。不要低估我們致人於死的力量。」

馬修的警告在我腦海裡迴盪了很久。我情不自禁監視著屋裡其他吸血鬼，注意任何行動的徵兆，觀察他們是否飢餓或疲倦，坐立不安或感到無聊。這些徵兆都很隱晦，很容易忽略。安妮走過蓋洛加斯面前，他會垂下眼皮，掩飾眼裡的貪婪表情，但這一切都發生在瞬間，說不定只是我的幻覺，就像一群溫血動物從窗下的街道經過時，韓考克的鼻孔突然張大，可能也是我的想像。

但清洗他們換下來的髒衣服上的血跡，要付額外的洗衣費用，卻不是我想像出來的。蓋洛加斯和韓考克一直在城裡狩獵、進食，但馬修沒有加入。他只食用芳絲娃從屠夫那兒買來的隨便什麼東西。

安妮和我每週一下午去拜訪瑪莉已成為慣例，從到達倫敦開始，我對周遭的環境越來越警覺。這麼做不是為了探究伊麗莎白時代的生活細節，而是防範監視與跟蹤。我讓安妮保持在伸手可及的安全範圍，彼埃也把傑克抓得緊緊的。我們吃了不少苦頭，才發現唯有如此，這孩子才不會如韓考克所謂的「手腳不乾淨」。但再怎麼想方設法，傑克順手牽羊的行為還是層出不窮。馬修訂了新家規來應付這問題。每天晚上，傑克都必須清空所有的口袋，老實說明那些稀奇古怪、亮晶晶小玩意兒的來路。但截至目前為止，光是這麼做還不能讓他知所節制。

以傑克靈活的手腳，實在不能放心讓他在彭布羅克女伯爵裝潢華美的家裡走動。安妮和我一跟彼埃和傑克分開，這女孩就精神大振，想到可以跟瑪莉的女僕瓊安嚼舌根，又可以擺脫傑克的騷擾好幾個小時，心情想不好也難。

「戴安娜！」我一踏進瑪莉的實驗室，她就喊道。不論來過這兒多少次，每當看到那些描述賢者之石製作方法的生動壁畫，我都覺得嘆為觀止。「來，我有好東西給妳看。」

「是妳所謂的驚喜嗎？」瑪莉一直暗示，她即將為我表演她優異的鍊金技巧。

「是的。」瑪莉從桌上拿起筆記。「妳看，今天是一月十八日，我從十二月九日開始工作。剛好四十天，符合賢者的承諾。」

四十在鍊金實驗中是個重要的數字，瑪莉做的實驗很多。我翻閱她的實驗室紀錄，希望確認她在做哪種實驗。過去兩個星期，我已學會看瑪莉的速記和她用來表示各種金屬和藥品的符號。如果我的理解沒有錯，她一開始是用鍊金師所謂的「強水」——我的時代稱之為硝酸——溶解一盎司的銀。

「妳用這符號代表水銀嗎？」我指著一個不熟悉的圖案問道。

「對——但只限於我從德國最好的貨源取得的水銀。」凡是實驗室、化學藥品與設備的開銷，瑪莉都毫不吝惜。她拉我去看另一個她不惜代價追求最高品質的例子：一個大玻璃燒瓶。瓶子清澈如水晶，沒有一點瑕疵，必然是來自威尼斯的進口貨。蘇塞克斯出品的英國玻璃總有許多小氣泡與隱約的陰影。彭布羅克女伯爵偏愛威尼斯產品——而且負擔得起。

我一看見瓶子裡的東西，便覺心頭一驚。

從瓶子底部的一顆小種子，長出一株銀色小樹。枝葉從樹幹分岔出來，向四方伸展，瓶子頂端簇滿閃閃發光的樹枝，枝椏末端的小珠令人聯想到果實，好像這棵樹已成熟，正等待收成。

「戴安娜之樹⑧。」瑪莉自豪地說。「就像上帝啟迪我來創造它，讓它在這兒歡迎妳。我以前也曾嘗試培育這種樹，但它始終不肯扎根。凡是看到這樹的人，都不會懷疑鍊金術的真實性與力量。」

戴安娜之樹真是奇觀。它亮光閃閃地在我眼前生長，不斷抽出新芽，填滿瓶子裡剩餘的空間。雖然明知這不過是一種銀結晶的枝狀混合物，但親眼目睹一團金屬表現出宛如植物的生長過程，我還是覺得神奇莫測。

對面牆壁上，有頭龍低頭看著一個跟瑪莉用來盛裝戴安娜之樹類似的容器。那條龍把尾巴咬在口中，讓自己的鮮血滴入下面的液態銀。我尋找這系列圖畫的下一幅：飛向化學婚禮的赫米斯之鳥。那隻鳥讓我憶起艾許摩爾七八二號裡的婚禮插圖。

「我想或許有可能設計以更快速度達成同樣結果的步驟。」瑪莉道，喚回我的注意力。她從七翹八豎的頭髮裡取出一支鵝毛筆，在耳朵上留下一道黑痕。「如果我們在銀溶化於強水之前，先把它銼一銼，妳覺得會發生什麼事？」

我們整個愉快的下午都在討論製造戴安娜之樹的新方法，但時間消逝得太快。

「星期四會見到妳嗎？」瑪莉問道。

「恐怕我得處理別的事。」我說。日落之前我都得待在伊索奶奶家裡。

瑪莉臉色一暗。「那麼，星期五呢？」

「就星期五。」我同意。

「戴安娜，」瑪莉有點遲疑：「妳還好吧？」

「我很好啊。」我有點意外：「我看起來像生病嗎？」

「妳臉色蒼白，顯得很疲倦。」她道。「我就像個做媽媽的人，總是——」瑪莉忽然一頓，脹紅了臉。她眼光落到我肚子上，然後又回到我臉上。「妳懷孕了。」

「未來幾個星期，我有很多問題要向妳請教。」我牽起她的手，用力握一下，說道。

「妳懷孕多久了？」她問。

「不久。」我刻意說得很含糊。

「但這不可能是馬修的孩子。魅人不可能讓女人受孕。」瑪莉驚訝地用手摀住臉。「馬修歡迎這孩子，即使不是他的？」

雖然馬修警告過我，每個人都會以為這是另一個男人的孩子，但我們還沒有討論過要如何回應。目前這種場面，我只好放手一搏。

「他認為這是他的孩子。」我堅決地說。我的答案似乎讓她更擔心。

「妳真幸運，馬修願意如此無私地保護有困難的人。但妳——妳還能愛這孩子嗎？妳被迫委身給那個男人。」

瑪莉以為我遭到強暴——說不定馬修跟我結婚是為了讓我脫離成為單親媽媽的恥辱。

「孩子是無辜的，我不能拒絕愛他。」我很謹慎，既不否認也不肯定瑪莉的猜疑。很幸運，她對我的回應很滿意，照她的習慣，就不再追問了。「妳可以想到，」我補充道：「我們希望這個消息能保密越久越好。」

「當然。」瑪莉同意。「我會吩咐瓊安幫妳做蛋塔，妳晚上就寢前食用，可以強化血液，而且腸胃會很舒服。我上次懷孕時，它幫了大忙，似乎還能緩和晨間的孕吐。」

「截至目前為止，我還沒有這方面的問題。」我戴上手套道：「但馬修向我保證，隨時可能發生。」

---

(81) Arbor Dianæ，又稱「賢者之樹」，在硝酸銀溶液中加入水銀，產生的結晶具有樹的形狀。

「唔。」瑪莉若有所思，臉色又黯淡下來。我皺起眉頭，不知道這次又是什麼讓她擔心。她看到我的表情，露出一個燦爛的笑容。「妳要小心，別讓自己累到。星期五妳來的時候，不可以站這麼久，我們工作的時候，妳要坐在板凳上。」瑪莉替我把斗篷整理好。「不要吹風。如果妳腳腫，要芳絲娃幫妳做一種膏藥來敷。我送蛋塔去的時候會附上藥方。要我派船夫送妳去水街嗎？」

「走路也不過五分鐘！」我笑著抗議道。最後在我承諾不僅會避免吹風，也不碰冷水、遠離響亮的噪音後，瑪莉才答應我步行離開。

那天晚上，我夢見自己熟睡在一棵從我子宮裡長出來的樹底下。它的枝葉替我遮住月光，同時有一條龍在高空飛越黑夜。它飛抵月亮，捲起身體包在月亮外圍，銀色的月盤就變為紅色。

我在空蕩蕩的床上驚醒，血浸濕了床單。

「芳絲娃！」我喊道，忽然一陣猛烈的抽搐。

飛奔進來的卻是馬修。他衝到我身邊，滿臉絕望的表情確認了我的恐懼。

第二十三章

「我們所有的人都失去過孩子，戴安娜。」伊索奶奶悲傷地說：「大多數女人都經歷過這種痛苦。」

「所有的人？」我掃視伊索奶奶的起居室，打量蒜頭山巫會的眾女巫。

故事源源湧出，分娩時失去的孩子，還有只活了六個月或六年的孩子。從前我不認識任何流產過的婦女——或我以為不認識。是否我的某個朋友承受過這種痛苦，我卻一無所知呢？

「妳又年輕又強壯。」蘇珊娜道：「沒理由認為妳不會再懷一個孩子。」

完全沒理由，只不過我丈夫在我們回到有避孕工具和胚胎監視器的世界之前，再也不肯碰我。

「或許吧。」我隨便聳聳肩膀，敷衍過去。

「羅伊登老爺在哪兒？」伊索奶奶低聲問。她的靈僕在客廳裡飄來飄去，好像以為他會躲在窗前座位的墊子底下，或坐在碗櫃頂上。

「出去辦事了。」我把借來的披肩裹緊一點。這件是蘇珊娜的衣服，散發出燒焦了的砂糖和甘菊的味道，就像她自己一樣。

「我聽說他昨晚跟克里斯多夫・馬羅一起去中殿律師學院大會堂[82]。據說是看一齣戲。」凱瑟琳把她帶來送給伊索奶奶的一盒蜜餞遞過來。

「普通男人失去了孩子都很傷心。魅人會更難過，我也不意外。畢竟他們本來就佔有慾特別強。」伊索奶奶拿起一塊紅色的果凍狀蜜餞。「謝謝妳，凱瑟琳。」

所有女人都在等待，希望我接受伊索奶奶和凱瑟林含蓄的邀請，透露我和馬修的近況。

「他會好的。」我不想多說。

「他該來這兒。」伊麗莎白尖刻地說：「我看不出為什麼失去孩子他會比妳更痛苦！」

「因為馬修承擔了千年的心碎，而我只有三十三年。」我說，我的語氣同樣尖刻。「他是個魅人，伊麗莎白。我是否寧願他在這兒，不要跟克特出去？當然。但我會不會求他為了我留在鹿冠？絕對不會。」

我提高嗓門，宣泄痛苦與沮喪。馬修待我還那麼溫柔體貼。我對未來無數脆弱的夢想，在我們的孩子流產

---

[82] The Middle Temple是倫敦四所律師學院之一，因當地曾經是聖殿騎士團總部而得名。此地的大會堂可出租做為宴會、音樂或戲劇演出的場地。

後宣告破滅，都是他在安慰我。

我擔心的是，他在別處消磨那麼多時間。

「我的理智告訴我，必須讓馬修用他自己的方式發洩悲痛。」我說：「我的感情告訴我，雖然他目前寧願跟他的朋友在一起，她還是一樣愛我。我只希望他跟我親近時心中不要有遺憾。」每次他看我、抱我、握我的手，我都有那種感覺。那才真正教人無法忍受。

「對不起，戴安娜。」伊麗莎白滿臉悔恨。

「沒關係，」我安慰她。

事實上，並非真正沒關係。全世界都變得不和諧、不對勁，所有的色彩都太明亮，所有的聲音都太響亮，把我嚇得跳起來。我的身體覺得空虛，不論我如何努力把心思放在閱讀上，字句總抓不住我的注意力。

「一切按照計畫，我們明天見。」所有女巫離開後，伊索奶奶輕快地說。

「明天？」我皺起眉頭。「我沒有作法的心情，伊索奶奶。」

「如果看不到妳編織出第一則咒語，我也沒有進墳墓的心情，所以鐘敲六響的時候，我等妳來。」

那天晚上，我瞪著火燄，聽鐘敲了六響，然後七響，繼而八響、九響、十響。鐘敲三響時，樓梯上傳來聲音。我以為是馬修，便走到門口。樓梯是空的，但梯級上放了幾件東西：一隻嬰兒襪、一小截冬青樹枝、一張捲成一團的紙上寫著一個男性的名字。我把它們收攏來，放在腿上，一屁股坐在陳舊的樓梯板上，抓著披肩，把自己緊緊裹住。

我還在嘗試理解這幾件禮物代表什麼意義，怎麼會來到這兒時，馬修忽然像一道無聲的影子衝上樓來。他猛然停步。

「戴安娜。」他用手背抹一下嘴巴，眼神呆滯呈綠色。

「至少你跟克特在一起的時候有進食。」我站起身道。「很高興知道你們的友誼不僅限於詩歌和下棋。」

馬修踏上跟我同一級的樓梯，靴子貼在我腳邊。他用膝蓋頂住我，讓我貼著牆壁，動彈不得。他的呼吸帶有金屬的甜腥味。

「你到早晨會恨自己。」我鎮定地把頭別開。我知道在他嘴唇上還有血腥味時，最好不要逃跑。「克特應該把你留在他身邊，直到你血管裡沒有麻藥為止。難道倫敦的血都含有鴉片嗎？」這是連續第二個晚上，馬修跟克特外出，醉茫茫地回來了。

「不是都有，」馬修打個呼嚕道：「但比較容易到手。」

「這又是什麼？」我舉起小襪子、冬青和紙捲。

「給妳的。」馬修說：「每天晚上都有新的。彼埃和我趁妳睡醒前把它們收起來。」

「從什麼時候開始的？」我不敢讓自己說更多話。

「上星期——妳去見公評會那個星期。大部分都是求助的。自從妳——從星期一開始，也有送妳的禮物。」馬修伸出手：「我來處理。」

我縮手捧在胸前。「其他的呢？」

馬修抿緊嘴唇，但他還是指給我看他藏那些東西的地方——閣樓上的一口箱子，塞在一張板凳底下。我一一翻過箱裡的東西：跟傑克每晚從口袋裡掏出的小玩意兒大同小異：鈕釦、一小截絲帶、一片破碗。還有小束的頭髮，幾十張寫了名字的紙。雖然一般人看不見，我卻能看到每件寶物上都掛著線頭，都等著綰個結，跟別的東西連接起來，或用其他方式修補。

「這都是魔法的請求。」我抬頭看著馬修。「你不該瞞著我。」

「我才不要妳為全倫敦的超自然生物行使咒語。」馬修道，他眼睛開始發黑。

「這麼說好了，我不要你每晚在外面吃飯，然後跟你的朋友去喝酒！但你是一個吸血鬼，有時候你就是非那麼做不可。」我抗議道：「我是個女巫，馬修。像這樣的請求必須審慎處理。我的安全取決於我跟我們鄰居的關係。我不會像蓋洛加斯一樣偷船，也不會對人咆哮。」

「老爺。」彼埃站在閣樓另一頭，那兒有道盤旋的窄梯通往一個位在洗衣婦用的大盆子後面的隱祕出口。

「什麼事？」馬修不耐煩道。

「阿格妮絲・山普森死了。」彼埃顯得很害怕。「星期六他們把她帶到愛丁堡的城堡山，絞死她，然後燒掉她的屍體。」

「天啊。」馬修臉色發白。

「韓考克說，木柴點燃前她已經死透了，應該不覺得痛苦。」彼埃繼續道。「這是小小的慈悲，但通常被處決的女巫還享受不到。「他們不肯讀你的信，老爺。他們告訴韓考克，蘇格蘭的政治留給蘇格蘭國王處理，否則下次他再在愛丁堡露臉，就讓他嘗嘗上螺絲夾板的滋味。」

「為什麼我改變不了這件事？」馬修怒道。

「原來不僅是失去寶寶這件事逼你去投靠克特的黑暗，你還有蘇格蘭的問題需要逃避。」

「不論我怎麼設法導正每件事，都似乎打不破這天殺的模式。」馬修道：「從前，身為女王的情報員，我很高興蘇格蘭出問題。做為合議會的一員，我也覺得為了維持現狀而讓山普森死去，是可以接受的代價。但現在……」

「現在你跟一個女巫結了婚。」我說：「對每件事的看法都變得不一樣。」

「是的，我夾在過去的信念和現在最珍視的事物之間。我曾經不計一切捍衛的真理，如今卻絲毫不覺得它至高無上。」

「我回城裡去。」彼埃轉向門口。「可能會有更多發現。」

我細看馬修疲倦的臉。「你不能奢望了解生命中所有的悲劇，馬修。我也但願我們仍然擁有那個寶寶。我知道現在一切都似乎很絕望，但這不代表未來不值得期待——我們的孩子與家人的安全會有保障。」

「懷孕這麼早就流產，幾乎可以確定是基因異常，導致胚胎無法存活。這種事一旦發生……」他說不下去。

「基因異常不見得危及胎兒。」我指出：「我就是個例子。」我是個DNA不對稱的客邁拉。

「我無法忍受再失去一個孩子，戴安娜。我真的……受不了。」

「我知道。」我疲倦到骨髓裡，跟他一樣渴望借助睡眠尋求遺忘。我不曾有機會像他熟悉路卡斯一樣認識我的孩子，但還是痛苦得無法忍受。「我今晚六點要到伊索奶奶家。」我抬頭看著他。「你要出去跟克特廝混嗎？」

「不要。」馬修柔聲道。他把嘴唇湊到我唇上——很短暫、充滿憾意。「我跟妳一起去。」

馬修信守諾言，護送我到伊索奶奶那兒，然後跟彼埃一塊兒去金鵝酒店。女巫們盡可能用最客氣的方式解釋，魅人不受歡迎。帶領一個編織者安全通過入門咒，需要啟動大量的超自然與魔法能量。魅人夾在中間，只會礙事。

我的莎拉阿姨一定會密切注意蘇珊娜和瑪喬麗準備聖圈的過程。她們使用的材料與設備有一部分很熟悉——比方說撒在地板上淨化空間的鹽——但其他部分則否。莎拉的巫術裝備包括兩把刀（一把有黑色握柄，另一把則是白色）、畢夏普家傳魔法書，還有各種草藥和植物。伊麗莎白時代的女巫操作魔法時需要很多不同物品，其中包括掃帚。我除了在萬聖節前夕看過女巫做正式打扮，並戴尖頂帽之外，不曾看她們拿過掃帚。

蒜頭山巫會的女巫每人各帶一支獨特的掃帚來伊索奶奶家。瑪喬麗的掃帚是用櫻桃樹的樹枝做的。木柄上端雕刻了字母和各種符號。瑪喬麗沒有在樹枝主幹分岔成細枝處綁紮常見的豬鬃，而是紮了乾燥的藥草和枝葉。她告訴我，這些藥草對她的魔法很重要——龍芽草破除妖術，仍保留完整的黃、白二色蕾絲形花朵的驅熱菊提供保護，長著灰綠色葉片的迷迭香強韌枝條用於淨化、使靈智清明。蘇珊娜的掃帚使用榆木，象徵從生到死的生命階段，呼應她的助產士專業。繫在帚桿上的植物也有類似含義：瓶爾小草肥厚的綠葉有治療作用，多須公泡沫狀的白花提供保護，千里光不規則鋸齒形的葉片會帶來健康。

瑪喬麗和蘇珊娜仔細地循順時鐘方向把鹽巴掃開，直到細小的鹽粒均勻分布在地板上每一吋空間。瑪喬麗解釋說，鹽不僅淨化這塊空間，也賦予它一個牢靠的基礎，使我的力量脫離羈束後，不至於傾瀉到外面的世界去。

伊索奶奶把門窗都封密實——煙囪也包括在內。家裡的鬼魂有兩種抉擇，要麼待在屋梁之間，免得礙事，要麼就到樓下的親戚那兒暫避鋒頭。眾鬼魂既不願意錯過好戲，又對除了留在女主人身旁別無選擇的靈僕有點兒妒忌，就在桁梁中間竄來竄去，搬弄是非，說什麼中世紀某位名叫依莎蓓拉的王后，跟一個名叫阿格妮絲・杭格福夫人⑧³的女凶手又發生口角，兩鬼相鬥之下，新門街上的住戶怕是片刻都別想安寧了。

伊麗莎白和凱瑟琳敘述她們早年的魔法冒險，也誘導我談論自己的際遇，讓我的情緒平靜下來——也讓我聽不見阿格妮絲夫人犯行與處死的血淋淋細節。伊麗莎白對於我汲取莎拉果園的地下水，將它一滴一滴吸到手掌心的過程很感興趣。而我描述巫火發射前，弓箭忽然出現在我手中，凱瑟琳也聽得愉快地大笑。

「月亮升起了。」瑪喬麗說，圓滾滾的臉蛋因期待而泛紅。百葉窗都關著，但沒有一個女巫對她質疑。

「那麼時間就到了。」伊麗莎白斷然道，表情嚴肅。

每個女巫都從房間的一角走到下一個角落，從掃帚上折下細枝，安放在每個角落。她們不是隨便亂放，而是把樹枝交疊，排列成五芒星的形狀，那是女巫之星。

伊索奶奶和我在魔法圈正中間就位。現在肉眼還看不見圈子的邊緣，但其他女巫站上各自的位置後，情勢就改觀了。大家就定位後，凱瑟琳喃喃念了一個咒語，各女巫之間就出現弧形的火線，連接成一個圓圈。

魔力在圓心湧現。伊索奶奶警告過我，我們今晚作法是要召喚古老的魔力。不久，澎湃的能量波動就被某種像有一千個巫族看著我的那種刺痛與爆裂取代。

「用妳的女巫視力觀察四周，」伊索奶奶道：「然後告訴我，妳看到什麼。」

我張開第三隻眼，一心以為會看到空氣活了過來，所有的粒子都充滿可能性。但我卻看到房間裡滿是魔法的經緯。

「線。」我說：「好像世界本身就是一塊織錦毯。」

伊索奶奶頷首道：「成為編織者就是跟周圍的世界綁在一起，透過一股股紗線和色彩來觀察它。有些繩結會限制妳的魔法，但其他繩結會把妳血液裡的力量跟四大元素和它們蘊含的偉大祕密連結起來。編織者要學習如何打開束縛的結，並利用其餘的結。」

「但我不會區分它們。」幾百個線頭碰到我的裙子和上衣。

㉃ Lady Agnes Hungerford，生年不詳，一五二四年被處決，罪名是在一五一八年夥同兩名農人，勒死第一任丈夫，然後以極快速度嫁給杭格福男爵，男爵不幸於一五二二年去世，執法機關立刻開始追查阿格妮絲前夫的死因，並將她逮捕下獄。

「很快妳就會測試它們，像小鳥測試牠的翅膀，找出它們要告訴妳的祕密。現在我們要把它們通通剪斷，讓它們脫離束縛，自行回來找妳。我剪線的時候，妳一定要克制抓住周遭力量的衝動。身為一個編織者，妳天生有修補破綻的慾望。放妳的思想自由，保持心靈空白。讓力量照它的意願行動。」

伊索奶奶放開我的手，開始編織她的咒語，她發出完全不像語言，聽起來卻莫名地感覺很熟悉的聲音。每念一句，我就看見線頭從我身上掉下來，捲曲縮短。我耳朵裡洋溢著咆哮聲。我的手臂聽從那聲音，好像它在對我發號施令，我舉起手臂，向外伸展，直到我站成像當初我在畢夏普老宅，從莎拉的果園汲取地下水時，馬修幫我擺出的T形姿勢。

魔法的線索——所有那些我只能借用，卻抓不住的力量之線——悄悄向我爬回來，好像它們的核心是鐵，而我是一塊磁鐵。它們停在我手中，我努力抗拒握拳抓住它們的念頭（果然不出伊索奶奶所料，這種慾望非常強烈），只讓它們從我皮膚上滑過，就像小時候母親講給我聽的故事裡的那些絲帶一樣。

截至目前為止，發生的每件事都跟伊索奶奶告訴我的一樣。但沒有人能預測我的法力具體呈現後會發生什麼事，我周圍的女巫都打起精神，準備迎接不可知的變故。伊索奶奶警告過我，並非所有編織者都能在入門咒階段創造護身靈，所以我不需要預期它出現。但過去幾個月的經驗告訴我，只要有我在，出乎意料的事發生的機率就特別大。

咆哮聲增強，空氣開始擾動。一個不停迴旋的能量球懸在我頭頂正上方。它不斷把房間裡的能量吸入核心，活像一個黑洞。我的女巫之眼緊緊閉上，無法直視那種不斷翻騰的刺眼強光。

某個東西在風暴中心脈動。它掙脫束縛，呈現一個朦朧的形體。它一出現，伊索奶奶就沈默下來。她看了我最後久久一眼，便把我留在圓圈的核心，獨自一人。

一陣翅膀拍打的聲音，一條有倒鉤的尾巴一揮而過。一股熱騰騰的濕潤氣息掠過我臉頰。空中浮現一隻透明生物，長著狀似蜥蜴的龍頭，色彩鮮豔的翅膀碰撞到桁梁，群鬼紛紛走避。牠只有兩條腿，腳上彎曲的爪子就像牠長尾上的尖刺一樣有致命危險。

「牠有幾條腿？」瑪喬麗喊道，她站的位置看不清楚。「就只是一條龍嗎？」

就只是一條龍？

「是一條火龍[84]呀！」凱瑟琳驚訝地說。她舉起手臂，準備一旦牠發動攻擊，就施出防禦咒。伊麗莎白・傑克森的手臂也動了一下。

「慢著！」伊索奶奶打斷她們作法，喊道：「戴安娜還沒有完成編織。或許她可以設法馴服牠。」

馴服牠？我無法置信地瞪著伊索奶奶。我甚至沒把握面前這生物是實體或精靈。牠看起來很真實，但我的眼光可以穿透牠。

「我不知道該怎麼辦。」我開始慌張。那生物每拍一下翅膀，就有一蓬火星夾著火燄，如雨般落在房間裡。

「有的咒語始於一個觀念，有的始於一個問題。有很多方法思考接下來會發生什麼事：打一個結、搓一段繩子，甚至可以鑄造一條像妳在妳和妳的魅人中間的那種鎖鍊。」伊索奶奶道，她的聲音低沈而有撫慰的作用。「讓力量穿過妳。」

火龍不耐煩地咆哮一聲。向我伸出牠的腳。牠要什麼？抓起我，帶我離開這棟房子？一個舒適的地方供牠棲息，歇歇翅膀？

我腳下的地板嘎吱作響。

「閃開！」瑪喬麗喊道。

---

[84] firedrake是幻想生物，常出現在中世紀的貴族紋章上，亦稱作wyvern，體型比龍小，長得頭似龍（dragon）、身體像蜥蜴、雙翼能飛，長尾似蛇，尾端有箭頭形的倒刺。龍有四隻腳，但火龍只有兩隻腳。牠們會噴火，牙有劇毒，相當危險。但近年很多學校與商業機構選火龍當吉祥物，為牠設計可愛的造型，使火龍變得很受年輕人喜愛。

我險些來不及脫身。才一轉眼，我方才的位置上就冒出一棵樹。樹幹不停上升，分出兩根結實的樹枝，向旁邊展開。枝頭的嫩芽長成綠葉，隨即開出白色的花，結出紅色的莓果。不消幾秒鐘，我就站在一棵同時開著花結著果的大樹下。

火龍的腳抓住最高的樹幹。有一會兒，牠好像打算在那兒休息。

但樹枝啪一聲斷了。火龍高飛而起，利爪抓著一截有樹瘤的樹枝。火龍張口噴出一蓬烈燄。房間裡有太多易燃物品——木製的地板和家具，女巫身上的衣服。我唯一的念頭就是不能讓火勢蔓延。我需要水——很多水。

我右手拿著一件重物。我低頭望去，以為會看到一個水桶。但手中拿的卻是一支箭。巫火。更多火有什麼用？

「不，戴安娜！不要嘗試創造咒語！」伊索奶奶警告道。

我甩一下頭，擺脫雨和河的意念。然後直覺立刻接手，我的兩隻手臂在胸前舉起，右手往後縮，手指一抖，箭就射進樹幹中心。烈火噴湧，又高又急，亮得我睜不開眼睛。等熱力減弱，我的視覺恢復，就發現自己來到山頂，站在繁星密布的遼闊天空下。一彎巨大的新月低低掛在天上。

「我在等妳。」女神的聲音只比輕盈的風略響一點。她穿一件柔軟的長袍，長髮如瀑披在肩後。看不見她常用的武器，只有一隻大狗跟在她身旁。那隻狗又大又黑，說不定是頭狼。

「是妳。」恐懼緊緊揪住我的心。自從失去寶寶以來，我就預期會見到女神。「妳拿走我的孩子來交換馬修一命嗎？」我的問題帶有憤怒，也有絕望。

「不，債還清了。我已經取走另一條命。死去的孩子對我沒有用。」女獵神的眼睛翠綠如春天柳樹抽出的第一批嫩芽。

我的血液忽然冷卻。「妳取走了誰的命？」

「妳的。」

「我？」我麻痺地說：「我……死了嗎？」

「當然沒有。死者屬於另一個轄區。我要的是生者。」現在女獵神的聲音清亮通透，宛如月光。「妳答應我可以用任何人的命——任何東西——交換你心愛的人的命。我選了妳。我還有用妳之處。」

女神退後一步。「妳把妳的生命給了我，戴安娜・畢夏普。現在是它派上用場的時候。」

頭頂上傳來一聲嗥叫，提醒我火龍也在場。我仰頭望去，試圖在月影裡找尋牠的蹤跡。但一眨眼，牠的輪廓就清楚呈現在伊索奶奶的天花板上。我又回到女巫的家，不再在荒涼的山頂上與女神共處。樹不見了，只剩一堆灰燼。我又眨一下眼。

火龍也對我眨眼。牠的眼神悲傷而熟悉——黑眼睛，虹膜是銀色而非白色。牠又尖嗥一聲，鬆開爪子。那截樹幹落進我臂彎。它摸起來像箭桿，但比乍看的尺寸更沈重而扎實。火龍點一下頭，鼻孔裡只冒出幾縷煙。我很想伸手去摸摸牠，不知牠的皮膚會不會像蛇一樣溫暖而乾燥，但某種因素告訴我，牠不喜歡這種舉動。我也不想驚嚇牠。牠說不定會猛然仰起頭，衝破屋頂。在樹與火之後，我已經開始擔心伊索奶奶的房子能否吃得消了。

「謝謝妳。」我小聲道。

火龍用火的低吟與歌唱回應。牠憂鬱地前後甩動尾巴，用銀黑二色的眼睛端詳我，眼神蒼老而睿智。牠把翅膀張開到最大，然後縮回來緊貼身體，隨即消失無形。

火龍只在我肋骨間留下一種輕微的刺痛感，讓我知道牠就在我體內，等待我需要牠的時刻。這頭異獸的重量拖著我跪落在地，手裡的樹枝也啪一聲掉在地板上。幾名女巫連忙衝過來。

伊索奶奶最先趕到我身旁，她張開細弱的手臂抱住我。「妳做得很好，孩子，做得很好。」她低語。伊麗莎白伸出一隻手做托缽狀，念了幾個字，將它變成一個盛滿水的清淺銀杓。我從中飲水，杓子空了後，又還原成一隻手。

「今天太棒了，伊索奶奶。」凱瑟琳滿面笑容道。

「是啊，而且對一個這麼年輕的女巫而言還真不容易。」伊索奶奶道。「妳是一個極端，戴安娜・羅伊登。首先妳並非普通的女巫，而是一個編織者。其次妳為了馴服火龍，竟然編織出召喚山梨樹的入門咒。我若是在預言中看到這一切，一定不會相信。」

「我見到了女神，」她們扶我站起時，我解釋道：「以及一條龍。」

「那不是龍。」伊麗莎白道。

「牠只有兩條腿。」瑪喬麗說明：「所以這隻生物不但有火的屬性，也有水的屬性，可以在兩種元素之間自由移動。火龍是兩種極端的結合。」

「火龍的特性也適用於山梨樹。」伊索奶奶掛著自豪的微笑說道：「山梨樹把樹枝伸進一個世界，而把根留在另一個世界，這可不是每天都見得到的事。」

雖然我周圍這群女人聊得很開心，我卻情不自禁想著馬修。他還在金鵝酒店等消息。我張開第三隻眼，找到一根從我心臟抽出、紅黑二色的線，越過房間，穿過鑰匙孔，進入外面的黑暗。我輕拉它一下，體內的鎖鍊就發出一聲共鳴。

「如果我沒猜錯，羅伊登老爺很快就會來接他的妻子。」伊索奶奶面無表情道：「我們先把妳扶起來，免得他認為我們沒把妳照顧好。」

「馬修的保護慾很強。」我帶著歉意道：「尤其自從……」

「魅人都是這樣的。這是他們的天性。」伊索奶奶扶我起身。空氣又恢復粒子狀態，在我走動時輕輕摩擦我的皮膚。

「羅伊登老爺不必擔心這種情形。」伊麗莎白道：「我們會確保妳從黑暗回來時找得到路，就像妳的火龍一樣。」

「什麼黑暗？」

女巫都沈默下來。

「什麼黑暗？」我重複道，把疲倦拋在一旁。

伊索奶奶嘆口氣。「有些巫族——很少數——能來去這個世界和另一個世界。」

「時間編織者。」我點頭道：「是的，我知道。我是其中一個。」

「不是這個時間和另一個時間，戴安娜，而是這個世界和下一個世界。」瑪喬麗指指我腳邊的樹枝：「生命——與死亡。妳可以置身兩個世界。所以妳才會被山梨樹選中，而不是楊樹或樺樹。」

「我們曾經猜測有這種可能。畢竟妳能懷魅人的孩子。」伊索奶奶專注地看著我。我臉色忽然變得蒼白。「怎麼了，戴安娜？」

「那些榲桲。還有花。」我膝蓋又開始發軟，但我保持站姿。「瑪莉・錫德尼的鞋子。還有麥迪森那棵老橡樹。」

「還有那個魅人。」伊索奶奶柔聲道，不需要我說，她就明白了。「那麼多徵兆指向真相。」

外面隱隱傳來敲門聲。

「不能讓他知道。」我抓住伊索奶奶的手倉皇道：「現在還不行。繼寶寶的事發生後，太快了，而且馬修不願意我攪和生死之事。」

「現在這麼說，已經太遲了。」她憂傷地說。

「戴安娜！」馬修的拳頭敲在門上。

「那個魅人會把木門打成兩截。」瑪喬麗道：「羅伊登老爺沒法子打破束縛咒進來，但咒語一開，門板破裂的聲音會很驚人。想想鄰居吧，伊索奶奶。」

伊索奶奶比了個手勢。空氣忽而變得凝重，然後鬆弛。

馬修站在我面前，只隔一聲心跳的距離。他的灰眼睛把我從頭打量到腳。「這兒發生了什麼事？」

「如果戴安娜要你知道，就會告訴你。」伊索奶奶道。她轉向我說：「根據今晚發生的事，我想妳明天該跟凱瑟琳和伊麗莎白上課。」

「謝謝妳，奶奶。」我喃喃道，非常感激她沒有洩漏我的祕密。

「慢著。」凱瑟琳從山梨樹的枝幹上折下一根細枝。「拿著這個。妳要隨時帶在身邊，做為信物。」她把小樹枝塞進我手裡。

站在街上等我的不僅彼埃而已，蓋洛加斯和韓考克也都來了。他們把我簇擁上等在蒜頭山腳下的一艘船。回到水街，馬修把其他人打發走，留我們獨享臥室寧靜的幸福。

「我不需要知道發生了什麼事。」馬修把門關上，粗聲粗氣道：「我只要知道妳是否真的平安。」

「我真的很平安。」我轉身背對他，讓他幫我解開胸衣的繫帶。

「妳在害怕什麼，我聞得出來。」馬修拉我轉身面對他。

「我怕我可能找到什麼跟自己有關的事。」我迎上他的眼神。

「妳會找到真正的自己。」他說得很篤定，滿不在乎。但他不知道火龍與山梨樹，以及它們對編織者的意義。馬修也不知道我的生命已歸女神所有，更不知道那是為了救他而做的一筆交易。

「萬一我變成另外一個人，而你不喜歡她怎麼辦？」

「不可能。」他篤定地說，把我拉過去。

「即使我們在我的血液裡找到操縱生死的力量。」

馬修後退一步。

「在麥迪森救你，不是出於僥倖，馬修。我也把生命吹進瑪莉的鞋子——就如同我從莎拉家那棵老橡樹，還有這裡的榲桲吸走了生命。」

「生與死是很大的責任。」馬修灰綠色的眼睛很憂鬱。「但我還是一樣愛妳。妳忘了，我也有控制生死的力量。我在牛津狩獵那天，妳是怎麼跟我說的？妳說我們之間沒有差別。『有時候我吃鵪鶉。有時候你以鹿為食。』

「我們相似的程度遠超出我們的想像。」馬修繼續道：「只要妳能相信我的善，知道妳怎麼看待我過去的行為，就應該讓我也對妳有同樣的信念。」

我忽然很想跟他分享我的祕密。「有一條火龍，還有一棵樹——」

「唯一重要的事就是妳平安回到家。」他道，用一個吻讓我安靜。

馬修把我摟得那麼緊，抱得那麼久，在那充滿幸福感的瞬間，我——差點——就相信他了。

第二天，我履行承諾，到伊索奶奶家去跟伊麗莎白・傑克森和凱瑟琳・史崔特見面。安妮陪我前往，但被打發到蘇珊娜家去等我下課。

山梨樹的樹幹靠在房間一角。此外這房間看起來很正常，一點也不像個女巫建立聖圈或召喚火龍的地方。儘管如此，我仍期待這兒出現一些肉眼能見的施法證據——譬如一口大鍋，或各種元素色的彩色蠟燭。

伊索奶奶指了指桌子，那兒擺了四把椅子。「來，戴安娜，坐下。我們覺得最好從頭開始。跟我們說說妳的家世。追蹤女巫的血緣會發現很多線索。」

「但我以為妳們要教我如何編織火與水的咒語。」

「血除了火與水，還會是什麼呢？」伊麗莎白道。

三小時後，我已經把童年回憶挖掘出來的事都講完了——受到監視的感覺、彼得・諾克斯來我家探訪、我父母的死。但這三個女巫還不罷休。我重過了一遍高中與大學生活；跟在我身後的魔族，少數我操作起來不太困難的咒語，遇到馬修之後才開始發生的各種怪事。如果這中間有任何模式，我是看不出來，但伊索奶奶放我回家時，很有把握地表示，她們很快就會擬出一個計畫。

我拖著疲憊的身子前往貝納堡。瑪莉要我坐在椅子上，不肯讓我幫忙，堅持以她一人之力推敲我們那批原質出了什麼問題，我只負責在旁休息。我們的材料發黑，變得像灘爛泥，表面還長出一層慘綠的薄膜。

瑪莉工作時，我不住地胡思亂想。今天陽光普照，一道光劈切開灰濛濛的空氣，照耀著鍊金之龍的壁畫。我在椅子上俯身向前。

「不。」我道：「不可能。」

但確實如此。這條龍不是普通的龍，因為牠只有兩條腿。那是一頭火龍，牠把有刺的尾巴銜在嘴裡，活像柯雷孟家族旗徽上的咬尾蛇。火龍的頭側向天空，牠口中含一輪新月，頭的上方有顆多角星。馬修的紋章。怎麼可能我以前都沒注意到？

「什麼事，戴安娜？」瑪莉皺起眉頭問道。

「幫我一個忙好嗎，瑪莉，雖然我的要求可能有點奇怪？」等她回答的當兒，我已經開始解手腕上的絲帶。

「當然好，妳要做什麼？」

火龍的血依循斷續的線條，滴進擺在牠翅膀下方的鍊金容器裡。容器裡的血在水銀與銀的海裡游動。我說：「我要妳抽我的血，放進強水、銀和水銀的溶液裡。」瑪莉的目光在我和火龍之間轉來轉去。

「因為血無非就是火和水，對立兩端的結合，一場化學的婚禮。」

「好吧，戴安娜。」瑪莉同意道，她顯得很困惑，不過沒再發問。

我信心十足地對我手臂內側的疤痕彈一下手指。這次我不需要刀。皮膚如我所料裂開了，鮮血湧出，因為我需要它。瓊安連忙拿著一個小碗跑過來，承接那股紅的液體。那頭火龍高踞牆上，銀黑二色的眼睛凝神看著血一滴滴落下。

「始於匱乏與慾望，始於鮮血與恐懼。」我低聲道。

「始於女巫的覺醒。」時間用太古的回聲響應道，藍色與琥珀色的線隨即點燃，映著這房間的石壁閃爍。

第二十四章

「這小子非得要一直那麼做嗎？」我皺著眉頭站起身，手扠著腰，瞪著蘇珊娜的天花板。

「妳的火龍是雌的，戴安娜。」凱瑟琳道。她也在看天花板，但一副覺得很好笑的表情。

「雌的又怎樣？」我指著上方道。我本來在嘗試編織一則咒語，但我的龍卻從我肋骨裡逃了出來。這已經不是第一次了。牠貼著天花板，噴出一蓬蓬煙雲，興奮地把牙齒敲得咔噠咔噠響。「我不能讓這小子——小妞——興致一來就在房間裡飛來飛去。」如果牠在耶魯的學生當中亂竄，後果一定很嚴重。

「妳的火龍任意跑出來，其實是一個更大的問題的徵候。」伊索奶奶交給我一束頂端綁在一起、色澤豔麗的絲線。這把線尾端自由飄動，像五朔節花柱[85]的彩帶，總共有九股，分別是紅色、白色、黑色、銀

[85] 西歐各國在五月初舉行迎接夏季的慶典，主要活動之一就是把綵帶纏繞在柱子上，隨著音樂跳舞的人來回穿梭，設法把帶子分開。

色、金色、綠色、褐色、藍色和黃色。「妳是個編織者，必須學會控制妳的力量。」

「這一點我知道，伊索奶奶，但我還是不明白，這個——繡花線——幫得了什麼忙。」我固執地說。龍也呱呱叫了一聲，表示同意，發出聲音的時候，牠的形體膨脹，顯得更具實質，然後又淡去，恢復原來若隱若現的輪廓。

「妳對做為編織者知道些什麼？」伊索奶奶尖銳地問。

「不多。」我承認。

「戴安娜應該先把這個喝掉。」蘇珊娜端著一個熱氣騰騰的杯子走到我身旁。空氣中瀰漫著甘菊和薄荷的味道。我的龍歪著腦袋，顯得很感興趣。「這是鎮定心神的藥草茶，或許能安撫她的靈獸。」

「我倒不怎麼在意那條火龍。」凱瑟琳不屑地說。「要牠們聽話本來就很難——就像管制一隻成心只想調皮搗蛋的魔族。」說得倒容易，我想道。她又不用哄那傢伙鑽回她身體裡面。

「這裡頭加了哪些植物？」我啜飲一口蘇珊娜的茶，問道。自從喝過瑪泰的茶，我對任何草藥調配的飲料都心存懷疑。我的問題才出口，杯子裡就開出薄荷、帶草香的甘菊花、花朵像一堆泡沫的白芷，還有一種我不認識的僵硬發亮的葉片。我咒罵一聲。

「瞧！」凱瑟琳指著杯子說：「就像我說的。戴安娜提出任何問題，女神都會回答。」

蘇珊娜警戒地看著她的杯子被膨脹的草根擠破。「我想妳說得對，凱瑟琳。但她應該編織而不是破壞東西，她必須提出更好的問題。」

伊索奶奶和凱瑟琳終於破解了我的力量的祕密：它跟我的好奇心綁在一起。這情況造成許多不便，但經由這麼一說，很多事就可以解釋了：每次我面對難題，眼前就浮現一張白色桌子，上面擺著許多色彩鮮豔的拼圖片；我在麥迪森時，想知道還有沒有奶油，它就從莎拉的冰箱裡飛出來。甚至艾許摩爾七八二號在博德利圖書館離奇出現，也解釋得通：我填借書單的時候，就在好奇這本書裡寫些什麼。今天稍早，我不過想著蘇珊娜的魔法書上某一則咒語是誰寫的，書上的墨漬便離開紙頁，在旁邊的桌面上重組成她去世祖母的模樣。

我答應蘇珊娜一旦我想出辦法，會盡快把字跡放回去。

於是我發現，魔法的運作其實跟歷史差不多。兩者的重心都不在於找到正確的答案，而是如何提出更好的問題。

「再講一遍妳召喚巫水的過程，戴安娜，還有妳心愛的人遇到困難時，弓箭是怎麼出現的。」蘇珊娜提議道：「或許我們可以從中找到某種規則。」

我重述馬修把我丟在七塔的那個晚上，水像洪水般從我體內湧出，還有莎拉果園裡那天早晨，我看到地底下的水脈。我詳細描述弓出現的每一次過程——包括有弓無箭，或有箭但我沒發射的那幾次。講完以後，凱瑟琳滿意地輕嘆一聲。

「現在我知道問題出在哪裡了。除非要保護某個人，或被迫面對恐懼，否則戴安娜不會全心全意投入。」凱瑟琳指出：「她總對過去懷著疑惑，或對未來惴惴不安。女巫必須把全部心思投注在此時此地才能施展魔法。」

「馬修一直都認為，我的情緒、需求和魔法之間有關聯。」我的火龍拍打翅膀表示同意，在房間裡搧起一陣強大的暖風。

「有時我覺得，那個魅人說不定有一部分是個巫族。」凱瑟琳道。其他人都笑了起來，因為伊莎波・柯雷孟的兒子身上，即使只有一滴巫族的血，都是匪夷所思。

「我想我們暫時把火龍放在一旁，先幫戴安娜處理偽裝咒的問題。」伊索奶奶認為，每當我使用魔法，四周就會湧現大股能量，需要遮蔽。「有任何進展嗎？」

「我覺得周圍會冒出幾縷煙。」我期期艾艾道。

「妳要把注意力放在妳的繩結上。」伊索奶奶盯著我放在腿上的線繩道。每種顏色都可以在包圍這世界的繩索裡找到對應色，操作這些線繩——將它們扭轉或打結——是一種同氣魔法。但首先我得知道，該使用哪幾根線繩。我拎起最上端的結，拿起所有的彩色線繩。伊索奶奶教過我，輕輕對線繩吹氣，同時集中精神，應該就可以讓適合我編織咒語的線繩鬆脫出來。

我對著線繩吹氣，它們閃閃發亮，飄拂舞動。黃色與褐色的線先掉到我腿上，接著是紅色、藍色、銀色和白色。我用手指順一順這幾根九吋長的絲線。六股線代表六種不同的結，每一種都比前一種更複雜。

我打結的技巧還很笨拙，但我覺得這階段的編織特別有鎮定心神的效果。用普通線繩練習做複雜的盤繞與交叉，看起來就像古代塞爾特的繩結裝飾。繩結的重要性有一定的階序，一開始是套結和平結。莎拉做愛情符和其他約束咒時，偶爾也用到它們。但只有編織者能打出最複雜的結，做多達九個各自獨立的交叉，最後再用魔法把線繩兩端融合在一起，形成周而復始、連綿不盡的循環。

我深深吸一口氣，重新集中注意力。偽裝是一種保護，所以應該是紫色。但這裡沒有紫色的線。藍色和紅色的線立刻升起，緊緊交織在一起，形成一種略帶斑駁的紫，跟從前我母親在夜間月色昏暗時、放在窗口的那種蠟燭一模一樣。

「打好一個結，咒語將開始。」我喃喃道，用紫線做出一個簡單的套結。火龍模仿我的語音發出低吟。

我抬頭看牠，這頭火龍多變的外表再次令我吃了一驚。牠呼氣的時候，褪色成一團模糊的煙霧。吸氣時，輪廓又變得清晰。牠是物質與精神的完美平衡，不會只以一種狀態存在。我能達到那麼和諧的境界嗎？

「打好兩個結，咒語會成真。」我在同一條紫色線上打了一個雙回結。心想著我能否像火龍一樣，每次想遁入安全的灰色地帶時都能如願，我用手指夾起了黃線。第三個結是我要打的第一個真正的編織者之結。雖然只要交叉三次，還是有相當的難度。

「打好三個結，咒語得自由。」我把線繩繞幾個圈，做成三葉草形狀，然後把末端綰在一起。它們融合在一起，形成編織者的無終始之結。

我吁一口氣，把繩結放在腿上，從我嘴裡湧出一股比煙更細膩的灰色霧氣。它像個罩子般包圍著我。我驚訝地輕呼一聲，呼出更多那種古怪而透明的煙霧。我抬起頭，火龍到哪裡去了？褐色線跳到我手上。

「打完四個結，魔力儲存好。」我很喜歡第四個結，它長得像蝴蝶麻花餅，要反覆扭轉好幾次。

「做得很好，戴安娜。」伊索奶奶道。這是我的咒語最容易出錯的關頭。「好，在這狀態停留一會兒，請求龍留在妳身旁。如果牠願意配合，就會替妳擋掉好奇的眼光。」

指望火龍配合似乎是奢望，但我還是用白線打成了一個五角星形狀的結。「打完五個結，咒語變強大。」

火龍猝然飛下來，翅膀依偎在我肋骨上。

*你願意留在我身旁嗎？*我無聲地問牠。

火龍用一個精緻的灰藹把我包住。它讓我裙子和外套的黑變成較不醒目的深灰色。伊莎波的戒指也不再閃閃發光，鑽石核心裡的火燄黯淡下來。就連我腿上剩下的那條銀線也好像生了鏽。我對火龍無聲的回應露出微笑。

「打完六個結，咒語就牢靠。」我道。我最後一個結打得不夠對稱，但也沒有鬆脫。

「妳確實是一個編織者，孩子。」伊索奶奶鬆了一口氣。

步行返家途中，我在火龍的遮蔽下，變得毫不引人注意，感覺真是妙不可言，但一踏進鹿冠的大門，一切又恢復生氣勃勃。那兒有一個包裹等著我，克特也在。馬修仍然花太多時間跟這個變化無常的魔族廝混。馬羅冷淡地跟我打個招呼，我正拆開包裹時，忽然聽見馬修一聲大吼。

「我的天！」馬修不知從哪兒竄出來，無法置信地瞪著一張紙。

「老狐狸又要做什麼？」克特陰陽怪氣地問，同時把筆插進墨水瓶。

「我剛收到這條巷子的那個金匠尼可拉斯・瓦林一份帳單。」馬修橫眉怒目道。我無辜地看著他。

「他一個捕鼠器算我十五鎊。」現在我對英鎊的購買力比較有概念——瑪莉的女僕瓊安一整年的薪資才五鎊——所以能理解馬修為何震驚。

「哦，那個呀。」我繼續拆我的包裹。「是我要他做的。」

「妳找全倫敦最好的金匠替妳做捕鼠器？」克特也一臉不信。「如果妳錢多得花不完，羅伊登太太，請讓我為妳做一個鍊金術實驗。我可以把妳的金銀變成主教帽酒吧的美酒。」

「那是個耗子籠，不是捕鼠器。」我嘟噥道。

「我看看這個耗子籠好嗎？」馬修的聲調極度平淡，是個不祥的預兆。

我剝掉最後一層包裝，把那個東西遞過去。

「鍍銀，還刻了字。」馬修道，拿在手中翻來覆去細看。看清楚後，他低罵一聲。「『Ars longa, vita brevis。』藝術悠久，生命苦短。說得一點都不錯。」

「應該很有效。」瓦林先生設計巧妙，籠子造型像一隻警戒的貓，一對精美的耳朵裝在鉸鍊上，兩隻睜得很大的眼睛雕在交錯的支架上。籠子兩端都做成嘴巴的形狀，還附帶致命的利齒。凡此種種，都讓我聯想到莎拉養的貓塔比塔。瓦林還突發奇想，在貓鼻頭上嵌了一隻銀老鼠。這隻小動物跟我們閣樓裡那些囂張的獠牙怪物一點也不像。只要想到牠們趁我們熟睡時大嚼馬修的文件，就讓我渾身發寒。

「看啊，他在下面也刻了字。」克特順著那隻俏皮小鼠看到捕鼠籠下側。「這是希波克拉底[86]那句名言的後半段——還是拉丁文，真有他的。『Occasio Præceps, experimentum periculosum, iudicium difficile.』」

「以這件東西的作用而言，刻這句話可能過於矯情。」我承認道。

「矯情？」馬修眉毛一挑。「從耗子的觀點來看，恐怕很符合事實呢：機會稍縱即逝，實驗危險，判斷難為。」他嘴角抽搐一下。

「瓦林敲妳竹槓，羅伊登太太。」克特宣稱：「你該拒絕付款，馬修，把老鼠籠退回去。」

「不！不是他的錯。」我反對道：「我們本來在聊時鐘，瓦林先生拿了幾個美麗的樣本給我看。我也給他看我從瘸子門陳德勒藥局裡買來的小冊子——就是教人如何捕殺害蟲害獸那本——我告訴瓦林我們家有鼠患。一切發展都很自然。」我低頭看一眼那個捕鼠籠。真是一件出眾的手工藝品，裝有精巧的小齒輪和彈簧。

「全倫敦都有鼠患。」馬修努力掌握主導權。「但我可不認識哪個人用鍍銀的玩具來解決這問題。通常養幾隻所費無多的貓就夠了。」

「錢我來付，馬修。」這麼一來，我的錢包可能就空了，只好再找華特要錢，但也沒別的法子可想。不經一事，不長一智。有時要付出昂貴的代價。我伸手去拿捕鼠籠。

「瓦林把它設計得可以報時嗎？真的如此，它就是全世界唯一兼具滅鼠功能的鐘啦，那麼這價格也還算合理。」馬修試圖皺眉頭，但他臉上綻開一個微笑。他沒有讓我把捕鼠籠拿走，反而握住我的手，湊到嘴邊親一下。「我來付帳單，我的愛，即使只為了未來六十年都可以拿它取笑妳。」

就在這時，喬治快步闖進門廳，一陣冷風跟著他吹進來。

「我有消息！」他把斗篷甩開，一臉神氣活現的表情。

克特呻吟一聲，用手抱住腦袋。「別告訴我。一定是呆子龐松比對你翻譯的荷馬十分滿意，不需要修

㊻ Hippocrates（460-370B.C.），古希臘名醫，被譽為「醫學之父」。他這句名言真正的意思是說：醫生這行業需花很長的時間學習、觀察、實驗、做判斷，但等醫技磨練得夠高明時，醫生也垂垂老矣，能救助的人已不多。但後人引用時大都斷章取義，把技術當作藝術解釋。

訂就可以出版了。」

「我今天辦妥了一件了不起的大事，你潑不成我冷水的，克特。」喬治滿懷期待地掃視大家一眼。

「怎麼？你們都沒有一點好奇嗎？」

「什麼好消息，喬治？」馬修漫不經心地說，把捕鼠籠拋到空中，然後接住。

「我找到羅伊登太太的手抄本了。」

馬修握住捕鼠籠的手一緊。捕鼠機制猛然彈開。他把手指抽出來，籠子啪一聲落到桌面，又自動關上。「在哪？」

喬治直覺地退後一步。我經常面對我丈夫的質問，所以可以想見，做為吸血鬼全副注意力集中的焦點，是多麼心驚肉跳的事。

「我就知道，拜託你去找就對了。」我親切地對喬治說，並拉住馬修衣袖，讓他放慢速度。喬治果然聽了這句話就鬆弛下來，回到桌前，拉出一把椅子坐下。

「妳的信任對我意義重大，羅伊登太太。」喬治脫下手套，吸了吸鼻子，然後道：「不是每個人都這麼想。」

「在・哪・兒？」馬修一個字一個字問道，咬緊了牙關。

「在想像得到最明顯的地方，卻逃過了每個人的眼光。我很意外我們竟然一開始沒想到。」他又頓了一下，確定掌握到每個人的注意力。馬修發出一聲幾乎聽不見的、沮喪的咆哮。

「喬治。」克特警告道：「馬修會咬人的。」

「在狄博士手上。」喬治見馬修作勢待撲，連忙說道。

「女王的占星師。」我道。喬治說得沒錯：我們早該想到這個人。狄博士⑻也是鍊金術士——擁有全英國數量最多的藏書。「但他在歐洲呀。」

「狄博士一年多前就從歐洲回來了，他目前住在倫敦城外。」

「請告訴我，他是巫族、魔族或血族？」我哀求道。

「他就是個凡人──而且是個大騙子。」馬羅道。「他說的話我一個字也不信，老馬。他利用可憐的愛德華，手段可惡極了，強迫他觀察水晶石，不分日夜跟天使談鍊金術。然後狄博士搶走所有的功勞。」

「可憐的愛德華？」華特嘲弄道，沒打招呼便推開大門走了進來。亨利・波西與他同來。黑夜學派的成員只要走到鹿冠方圓一哩之內，就會情不自禁地被吸引到我們的火爐邊。「你那個魔族朋友牽著他鼻子好多年。如果你問我的話，我會說狄博士沒有他還比較好一點。」華特拾起那個捕鼠籠。「這是啥？」

「狩獵女神忽然對小型獵物發生興趣了。」克特冷笑道

「啊，是個捕鼠籠。但沒有人會蠢到做一個鍍銀的捕鼠籠。」亨利站在華特身後張望。「看起來像尼可拉斯・瓦林的作品。他在艾塞克斯⑱被封為嘉德騎士時，替他做了一個漂亮的手錶。這是小孩玩具嗎？」

一隻吸血鬼的拳頭擊中我的書桌，打得木頭四分五裂。

「喬治，」馬修再也忍不住了：「你說狄博士怎麼樣。」

「哦，是的，當然。其實沒什麼好說的。我就照你──你的要求。」喬治開始口吃。「我去過書攤，但沒得到什麼情報。有人提到有本希臘詩集要賣，聽起來很適合我翻譯──哎呀，我離題了。」喬治停下

---

⑰ John Dee（1527-1609），威爾斯人，涉獵數學、天文、占星、鍊金術等，在魔法與科學的分野還不清晰的年代，同時跨足這兩個領域。他曾任伊麗莎白一世的顧問，也曾周遊歐洲各國講學，傳播航海知識。他畢生努力收藏書籍，一度擁有全英國數量最多、內容最豐富的藏書。

⑱ 指第二任艾塞克斯伯爵，本名羅伯・德沃（1565-1601），英國貴族，海軍將領，亦有詩才。他的父親是首任艾塞克斯伯爵，母親是伊麗莎白一世的外甥女，但因夫死後改嫁與伊麗莎白有感情糾葛的羅伯・達得利，被逐出宮廷。羅伯先跟隨繼父服役海軍，表現優異。一五八八年他進入宮廷，受到伊麗莎白一世寵信。一五九〇年，他娶了菲利普・錫德尼的遺孀，也是前任情報頭子沃辛安的女兒，更加恃寵而驕。一五九九年，他在愛爾蘭戰役中抗命，遭到軟禁，一六〇一年更發動叛變的陰謀，最後以叛國罪被處決。

來，吞了一口口水。「朱琪寡婦建議我去找約翰・賀司特，就是保羅碼頭那個藥劑師。賀司特叫我去找尤・普拉特——你們知道，就是蒜頭山那個葡萄酒商。」我用心聽，記下這條錯綜複雜、追尋知識的朝聖路線，希望下次去見蘇珊娜時，可以重走一遍喬治的旅程。說不定普拉特就是她的鄰居。

「普拉特跟威爾一樣壞，」華特咬牙切齒道：「總把一堆跟他毫無關係的事記錄下來。那小子竟然打聽家母做酥皮點心的祕方。」

「普拉特師傅說，狄博士有一本來自皇帝圖書館的書。沒有人讀得懂，裡面還有奇怪的插圖。」喬治解釋道：「普拉特向狄博士請求鍊金術的指引時看到的。」

馬修和我交換一個眼色。

「有可能，馬修。」我壓低聲音道：「埃利亞斯・艾許摩爾在狄博士去世後，曾追蹤他遺留的藏書，他對鍊金術的書又特別感興趣。」

「狄博士去世後。這位好博士的生命是怎麼終結的，羅伊登太太？」馬羅柔聲問道，褐色的眼睛輕推著我。亨利沒聽見克特的問題，所以沒等我回答就搶先發話。

「我去要求看它一眼。」亨利斷然點一下頭。「我回瑞其蒙⑧⑨女王那兒的途中就可以安排，很簡單。」

「但你可能認不出它，哈爾。」馬修雖然聽見克特的問題，卻也打算置之不理。「我跟你一起去。」

「你也沒見過它。」我搖搖頭，希望能甩脫馬羅刺探的目光。「更何況，如果有機會拜訪約翰・狄，我也要去。」

「不要用這麼凶惡的眼光看我，我的小母獅。我知道，什麼也不能說服妳把這件事交給我處理——只要牽涉到書和鍊金術師。」馬修伸出一根告誡的手指。「但不准發問。懂嗎？」他已經見識過我提出的問題會造成什麼樣的魔法災難。

我點點頭，卻把手指藏在裙褶裡，比出一個交叉的手勢，這是個古老的符咒，用來抵消因編織出真相而導致的不幸後果。

「羅伊登太太不發問？」華特嘟噥道：「祝你好運吧，老馬。」

摩特雷克[90]是泰晤士河邊的一個小村落，位於倫敦和瑞其蒙宮之間。我們搭乘諾森伯蘭伯爵的大型遊艇前往，這艘船富麗堂皇，有八名船夫搖櫓，附襯墊的軟椅，還有帷幕遮擋寒風。遠比我坐慣的蓋洛加斯划的小船舒服——更別提有多麼安靜了。

我們事先寫了一封信告知狄博士，我們有意拜訪。亨利極為含蓄地解釋，狄太太不歡迎突如其來的客人。雖然我可以認同這一點，但處於一個人人都對來客敞開大門的時代，她這種作風還是很不尋常。

「他們家因為狄博士的研究，有點……呃，有點不一樣。」亨利臉色泛起紅暈道：「而且他們小孩特別多，常常很……混亂。」

「就更別提還有好幾名僕人投井，鬧得沸沸揚揚了。」馬修特別指出。

「是啊，真不幸。不過我想我們造訪期間不會發生這種事。」亨利喃喃道。

我倒不在乎他們家的狀況。我們即將可以解答許多疑問：為什麼那麼多人要找這本書，它是否能告訴我們更多與超自然生物來歷有關的消息。況且馬修還相信，它能為我們這些在二十一世紀瀕臨滅種的生物指出一條生路。

---

[89] 指瑞其蒙宮（Richmond Palace），是亨利七世建造的王室住所，瀕臨泰晤士河，在西敏寺上游。伊麗莎白一世喜歡來這兒獵鹿，長年住在這裡。但她去世後，這座宮殿逐漸年久失修，如今只剩廢墟。

[90] Mortlake照字面拆開，是「死」（mort）加「湖」（lake），但此地既沒有著名的死者，也沒有湖泊，而這名稱早在十一世紀前就存在，所以採取音譯。

不知是出於禮貌，還是不想讓家中亂象外洩，狄博士在圍著磚牆的花園裡散步，好像現在不是一月底，而是炎炎仲夏。他穿著一襲學者的黑袍，垂肩的兜帽罩著頭部，再用一頂無邊帽把兜帽緊緊扣住。他蓄一大把長長的白鬍子，雙手揹在背後，慢吞吞地在荒蕪的花園裡踱著方步。

「狄博士？」亨利隔著圍牆喊道。

「諾森伯蘭大人！您貴體康泰吧？」狄博士聲音低沈而沙啞，雖然他為了亨利已盡量提高音量（很多人都這麼做）。他脫下無邊帽，彎腰行禮。

「以這個季節而言，還算不錯，狄博士。不過我們不是為我的健康來看你，我帶了朋友一起來，信上已經說明了。我幫你們介紹一下。」

「狄博士和我見過了。」馬修對狄博士露出一個凶狠的微笑，深深鞠個躬。這時代的每一隻特異生物他都認識。狄博士豈能例外？

「羅伊登老爺。」狄博士警戒地說。

「這是內人戴安娜。」馬修朝我的方向偏一下頭：「她跟彭布羅克伯爵夫人是朋友，她們一起研究鍊金術。」

「彭布羅克伯爵夫人和我曾通信討論鍊金術的疑難。」狄博士把我丟在一旁，只顧宣揚他自己跟一位這領域的同儕有密切聯繫。「你在信中提到，想看一本我的藏書，諾森伯蘭大人。你是代表彭布羅克伯爵夫人來此嗎？」

亨利還來不及答話，一個滿臉刻薄相、寬臀肥腰的婦人就從屋子裡走出來，她穿著一件邊緣緄皮草的深咖啡色長袍，衣服看起來很破舊。她滿面怒容，但一看見諾森伯蘭伯爵，就連忙換上歡迎的表情。

「在下親愛的妻子來了。」狄博士侷促不安。「諾森伯蘭伯爵和羅伊登老爺剛到，珍。」他道。

「你怎麼不請他們進去？」珍責備道，苦惱地扭著雙手。「他們會以為我們沒有做好待客的準備呢，我們當然一直都有準備啦，隨時都有啦。很多人來向我丈夫求教呢，大人。」

「是啊。我們來此也為同樣的目的。一看就知道妳氣色好，狄太太。我聽羅伊登老爺提到，女王陛下最近才光臨府上。」

珍得意起來。「沒錯。十一月到現在，約翰已經跟陛下見過三次面。前兩次是她去瑞其蒙，剛好經過我們大門口。」

「女王陛下今年耶誕節對我們很慷慨。」狄博士道。他把無邊帽捏在手裡擰來擰去。珍臭著一張臉瞪他。

「我們本來以為……不過無所謂啦。」

「真開心，真開心。」亨利連忙說，把狄博士從尷尬中解救出來。「言歸正傳。我們想看一本特別的書──」

「我丈夫的書房比他本人還受重視！」珍惱怒道：「我們晉見皇帝的開銷大得不得了，家裡又有很多張嘴要餵。女王說她要幫助我們，給了我們一小筆錢，但答應會再給。」

「無疑的女王有很多更迫切的事讓她分心。」馬修手中托著一個沈重的小錢袋。「她禮物的差額在我這兒。我很敬重妳的丈夫，狄太太，不僅是他的藏書。我在女王的錢包裡添了一點心意，感謝他協助我們的辛苦。」

「我……我很感謝，羅伊登老爺。」狄博士結巴道，跟他妻子交換了一個眼色。「你能幫女王辦事真好。當然是國家大事為先，我們的困難算不了什麼。」

「女王不會忘記為她提供良好服務的人。」馬修道。這是明目張膽的謊言，站在這個雪地花園裡的人都知道，但沒有人反駁。

「你們一定要進屋裡去烤烤火。」珍忽然對招待客人的興趣大增。「我會送酒來，不讓你們受打擾。」她對亨利行了一個屈膝禮，對馬修把腰彎得更低，隨即匆匆向門口走去。「來吧，約翰。客人再站在外面，都要變成冰棒了。」

在狄家待了二十分鐘，就看得出這家的男女主人是已婚人士當中的異類，他們對輕忽失禮的定義各不相同，所以口角不斷，但對彼此卻很忠貞。在他們互相以言語攻擊的同時，我們參觀了新掛毯（沃辛安夫人送的）、新酒壺（克里斯多夫・海登爵士㉑送的）、新的銀製鹽瓶（諾森普頓伯爵夫人㉒送的）。奢華的禮物看完了，相罵的字句也聽完了，我們——終於——被引進書房。

馬修看到我臉上驚喜的表情，咧開嘴悄聲道：「恐怕得花我不少力氣，才能把妳拉出這個房間。」

約翰・狄的書房跟我的預期全然不符。我以為它充其量就跟十九世紀一般富紳家中比較寬敞的私人圖書室差不多——這麼想的出發點，現在看來真是毫無根據。這裡完全沒有抽煙斗或在爐邊讀書的空間。這個冬日裡，房間裡只靠蠟燭照明，感覺異常黝暗。朝南突出的一排窗戶前，有一張長桌和幾把椅子在等待讀者。房間的壁上掛滿地圖、占星圖、人體解剖圖，還有在倫敦的藥局和書店裡只花幾便士就能買到的大張黃曆。一連串掛了幾十年份的黃曆，應該是做為狄博士算命占星或其他天象卜算時的參考資料而保存下來的。

狄博士擁有的書比牛津或劍橋任何一家學院都多，而且他藏書是為了實際應用——不是為了展示。無怪乎這房間裡最珍貴的資產既不是採光，也不是座椅，而是書架上的空間。為了讓空間發揮最大作用，書架都不靠牆，或跟牆壁垂直排放。簡單的橡木書架，兩面都可以放書，層架的高度有多種變化，好容納伊麗莎白時代不同尺寸的書。書架頂端有兩塊閱讀用的斜面，方便研讀文本，然後將它確實歸回原位。

「上帝啊。」我嘟噥道。狄博士聽我出言不遜，驚愕地轉過身來。

「我妻子深受感動，狄大師。」馬修解釋道：「她從來沒見過這麼了不起的藏書。」

「空間比我這兒大，收藏更多珍寶的圖書館比比皆是，羅伊登太太。」

珍適時出現，正好把握機會把話題轉向這家人的貧困。

「魯道夫皇帝的書房好極了。」珍端著葡萄酒和甜食從我們身旁走過。「儘管如此，他還是忍不住要偷約翰一本最好的書。皇帝見我丈夫慷慨就佔他便宜，我們也沒指望獲得補償。」

「別說了，珍。」約翰責備道：「陛下給了我們另一本書做為交換。」

「是哪本書？」馬修小心翼翼地問。

「一本罕見的書。」狄博士悶悶不樂道，看著他妻子走向書桌漸行漸遠的背影。

「亂七八糟的東西！」珍駁斥道。

是艾許摩爾七八二號。一定是它。

「普拉特師傅跟我們提到過那本書。我們就是為它而來。或許先讓我們享用尊夫人的款待，然後欣賞皇帝的書？」馬修提出的建議像貓鬍子般圓滑。他向我伸出手臂，我扶著他時，趁機捏了他一下。

珍把食物擺好，一邊斟酒，一邊抱怨節慶期間的核果多麼貴、雜貨商又害她差點破產，狄博士開始找艾許摩爾七八二號。他對著一個書架掃視一番，取下一本書。

「不是它。」我低聲告訴馬修。太小了。

狄博士把書啪一聲放在馬修面前，掀開柔軟的羊皮封面。

「瞧。只有毫無意義的字句和女人洗澡的淫蕩畫面。」珍哼哼唧唧，一路搖頭晃腦出門而去。

這不是艾許摩爾七八二號，但我認識這本書：伏伊尼契手抄本[93]，又名耶魯大學班尼克四〇八號手抄

---

[91] Sir Christopher Hatton（1540-1591），伊麗莎白一世的寵臣，官位最高做到英國大法官，也是當時首富之一。

[92] Marchioness of Northampton（1549-1635），原為瑞典貴族，一五六四年陪伴瑞典公主席西麗亞訪問英國，結果接受諾森普頓伯爵威廉・帕爾的追求，嫁他為妻，留在英國。伊麗莎白一世很喜歡她，讓她在宮中擔任女官，所以也是當時的紅人。

[93] Voynich Manuscript，內含二百四十頁附插圖的羊皮紙，作者不詳。書中所用字母及語言無人能解讀，書名源自波蘭裔的美國舊書商伏伊尼契（Wilfrid Michael Voynich），他於一九一二年購得此書。這部書一九六九年被耶魯大學班尼克圖書館收藏。

本。這份手抄本的內容是個謎，迄今還沒有一位密碼專家或語言學家能破解它的內容，植物學家也認不出書中畫的植物是什麼。企圖解釋這本書的謬論卻不少，甚至有人說它是外星人的作品。我發出一聲失望的嘆息。

「不是？」馬修問道。我搖搖頭，沮喪地咬緊嘴唇。狄博士誤會我是對珍不滿，連忙解釋。

「請原諒內人。珍很討厭這本書，因為我們離開皇帝的國土回來時，她第一個在我們的箱子裡發現了這本書。我原本帶去旅行的是另一本書——那是一度屬於英格蘭大魔法師羅傑・培根⑭的珍貴鍊金術書。那本書比這本大，包含了許多祕密。」

我猛然從座位上湊過去。

「我的助手愛德華靠神聖的助力，可以理解那本書的內容，但我看不懂。」狄博士繼續道：「我們離開布拉格前，魯道夫皇帝對那部作品表示興趣。愛德華曾經告訴他若干書中的祕密——牽涉到金屬衍生和長生不老的祕方。」

所以狄博士畢竟還是擁有過艾許摩爾七八二號。他的魔族助手愛德華・凱利能閱讀那本書。我興奮得兩手發抖，連忙把手藏在裙子褶縫裡。

「我們奉命返國時，愛德華幫珍打包行李。珍認為愛德華偷走了那本書，從皇帝陛下的藏書中取了這本書代替。」狄博士遲疑一下，顯得很感傷。「我不願意對愛德華有不好的猜測，因為他是我信任的同伴，我們相處多年。他一直跟珍合不來，一開始我完全不接受她的論調。」

「但現在你覺得她說得有理。」馬修道。

「我回想我們最後共處的那幾天發生的事，羅伊登老爺，試著找尋可以為我朋友脫罪的細節。但我記得的每件事都進一步指向他最有嫌疑。」狄博士嘆口氣。「儘管如此，這本書裡或許也能找到有價值的祕密。」

馬修逐頁翻閱。「這是客邁拉。」他觀察那些植物的圖像說：「葉、莖、花根本不搭配，是分別從不同植物取材的。」

「你對這些如何解讀？」我翻到接下來占星盤的部分，問道。我聚精會神端詳星盤中央的字跡。怪了。這份手抄本我以前看過很多遍，卻從來沒注意過這些註記。

「這些註記是用古奧克語寫的。」馬修鎮定地說：「我從前認識一個筆跡跟這很類似的人。你在皇帝的宮廷裡可曾遇見一位來自歐里亞克的紳士？」

他是說高伯特？我的興奮頓時化為焦慮。難道高伯特誤把伏伊尼契手抄本當成神祕的起源之書？我一開始有疑問，占星盤中央的字跡就開始晃動。我猛然把書闔上，不讓它們從紙上跳出來。

「沒有，羅伊登老爺。」狄博士皺眉道：「如果有的話，我一定向他打聽那位從那一帶發跡，後來當上教皇的著名魔法師的詳情⑮。爐邊流傳的老故事裡往往藏著很多真相。」

「是啊。」馬修同意道：「只要我們有足夠的智慧辨別它們。」

「所以我丟了書才這麼難過。它曾經屬於羅傑•培根，賣書給我的老婦人告訴我，他因為書中有神聖的真理，非常珍惜它。培根稱它為Verum Secretum Secretorum（拉丁文：真正的祕密中的祕密）。」狄博士悵然地看著伏伊尼契手抄本。「我衷心希望拿回那本書。」

「或許我幫得上忙。」馬修道。

「你，羅伊登老爺？」

「如果你願意把這本書交給我，我可以設法把它放回原來的地方——然後讓你的書物歸原主。」馬修

---

⑭ Roger Bacon（1214-1294），英國方濟會修士，曾就讀牛津大學。他鑽研哲學與鍊金術，重視實驗方法，超越身處的時代。

⑮ 歐里亞克的高伯特（Gerbert d'Aurillac, 946-1003）就是教皇希爾維斯特二世（Sylvester II），他在九九九年即位，做了四年教皇，死在任上。

把書拉到自己面前。

「那我會一輩子感激不盡，先生。」狄博士道，無條件地接受了這筆交易。

我們一駛離摩特雷克碼頭，我就開始用問題轟炸馬修。

「你在想什麼，馬修？你不可能把伏伊尼契手抄本包裝好，寄給魯道夫，指控他耍詐。你必須找個夠瘋狂的人，願意冒生命危險闖進魯道夫的書房，把艾許摩爾七八二號偷出來。」

「如果艾許摩爾七八二號在魯道夫手上，他不可能把它放在書房裡，而一定會藏在他放奇珍異寶的倉庫裡。」馬修有點心不在焉，凝視著水面。

「所以這個……伏伊尼契不是妳要的書？」亨利帶著客氣的興趣聽我們交談。「喬治解不開妳的謎團，一定很失望。」

「喬治或許沒解開謎團，但他指出一個明確的方向。」馬修道：「我父親的情報員加上我的情報員，我們一定要取得狄博士失去的書。」

我們的歸程趕上退潮，速度特別快。水街碼頭上已點起迎接我們歸程的火把，但兩名穿彭布羅克家制服的男子招手要我們改變航向。

「請來一趟貝納堡，羅伊登老爺！」其中一人隔著水面喊道。

「一定出事了。」站在船頭的馬修道。亨利下令櫓夫繼續向前划，伯爵夫人家的碼頭上同樣高舉火炬和燈籠，照得一片通明。

「妳的兒子怎麼了？」瑪莉沿著走廊跑過來迎接我們時，我問。

「不，他們都很好。」她轉身便向塔樓衝，又回頭喊道：「到實驗室來。快。」

那兒的景象讓馬修和我都忍不住驚呼。

「又一棵完全出乎意料的戴安娜之樹。」瑪莉蹲下來，讓眼睛平視圓形蒸餾瓶中那棵黑色小樹的樹根。前一棵戴安娜之樹，全部是銀色，結構纖細，這棵樹卻截然不同。它的樹幹壯碩烏黑，樹枝光禿禿的，讓我想到麥迪森那棵在茱麗葉攻擊後曾經庇護我們的橡樹。我為了挽救馬修，吸光了那棵樹的生命力。

「它為什麼不是銀色？」馬修捧住伯爵夫人脆弱的玻璃球瓶，問道。

「我用了戴安娜的血。」瑪莉答道。馬修站直上身，無法置信地看我一眼。「看牆上。」我指著那條流著血的火龍說。

「那是綠龍——王水或強水的象徵。」他隨便瞥一眼就說。

「不，馬修，你看清楚。不要想你認為它畫的是什麼，就當作你第一次看到它，看它畫的是什麼。」

「天啊。」馬修的聲音充滿訝異。「那是我的紋章嗎？」

「是的。而且你有沒有注意到，那條龍咬著自己的尾巴？牠不是普通的龍，龍有四隻腳。牠是一條火龍。」

「火龍。就像……」馬修又咒罵了一聲。

「關於哪一種日常可見的物質是製造賢者之石不可或缺的首要材料，有幾十種不同的理論。羅傑・培根——狄博士失去的那份手抄本的原主——認為是血。」我很有把握這個訊息會引起馬修注意。我蹲下來觀察那棵樹。

「妳從壁畫得到靈感，然後追隨妳的直覺。」馬修頓了一下，便用大拇指刮開玻璃瓶的封蠟。瑪莉見他毀了她的實驗，不禁恐慌地大叫。

「你幹什麼？」我也吃了一驚。

「跟隨我的直覺，往瓶子裡加點東西。」馬修把手腕舉到嘴邊，咬了一下，然後湊到細窄的瓶口上。他濃稠泛黑的血滴進溶液，墜落到瓶底。我們一起瞪著瓶子。

就在我以為什麼事都不會發生之際，纖細的紅色條紋開始沿著骷髏骨架似的樹身往上爬。然後樹枝開始抽長金色的樹葉。

「看啊。」我驚奇地說。

馬修對我微笑。笑容裡仍帶著些許遺憾，但也蘊含著希望。

樹葉間出現紅色的果實，像小小的紅寶石閃閃發光。瑪莉開始喃喃祈禱，她眼睛瞪得好大。

「我的血製造樹的結構，你的血使它結果。」我緩緩道。我用手按著空虛的小腹。

「是啊，但為什麼呢？」馬修回應道。

如果有任何事物能告訴我們，為什麼女巫和魅人的血結合會產生這種神奇的變化，恐怕就只有艾許摩爾七八二號中奇異的插圖和神祕的文字了。

「你說你需要多少時間才能取回狄博士的書？」我問馬修。

「哦，我想不需要很久吧。」他低聲道。「我還沒有開始思考這件事呢。」

「越快越好。」我柔聲道，與他一起注視我們的血製造的奇蹟不斷生長，同時將我的手指與他的交纏在一起。

第二十五章

第二天和第三天，那棵奇怪的樹仍繼續生長發育。它的果實成熟，掉進圍繞著樹根的水銀和原質裡。

新的花苞長出，開花，成熟。每天一次，葉子會從金色變成綠色，然後又恢復金色。有時樹會長出新枝，或新樹根探出來尋求養分。「我得找個好的解釋。」瑪莉指著瓊安從書架上取下來的幾堆書說。「看來我們創造了全新的東西。」

雖然被鍊金術分散了注意力，但我並沒有把巫術丟在一旁。我把我那件隱形的灰斗篷編織了一遍又一遍，每次都做得更快，效果也更精密強大。瑪喬麗向我保證，很快我就能把編織化為字句，成為其他巫族也能使用的咒語。

又過了幾天，我從蒜頭山步行回家，爬上鹿冠的樓梯，回我們房間的途中，我把偽裝咒逐漸除去。安妮到院子對面的洗衣婦那兒取乾淨床單。傑克跟彼埃和馬修在一起。我很想知道芳絲娃預備了什麼樣的晚餐，我餓得很。

「如果五分鐘內沒有人餵我，我要開始尖叫。」我進門便發表宣言，中間穿插別針落在木製地板上的聲音。我扯掉衣服前面那幅硬邦邦的繡花三角胸片，扔在桌上，接著就伸手待要解開固定緊身上衣的繫帶。

壁爐的方向傳來一聲溫和的輕咳。

我立即轉身，手指緊緊抓住遮蓋我胸部的布料。

「恐怕尖叫也沒用。」一把被拖到火爐前的沙發深處，傳出一個像在杯子裡搖晃沙粒的蒼老聲音。「我差妳的僕人去拿酒，我這把老骨頭移動的速度也不足以迎合妳的需要。」

我慢慢繞到那張笨重沙發椅的對面。我家的陌生訪客挑起一邊灰色的眉毛，他恣意瀏覽我凌亂的衣衫。我對他放肆的目光皺了皺眉。

「你是哪位？」這人不是魔族、巫族或血族，只是個老皮皺膚的凡人。

「我相信妳丈夫和他的朋友稱呼我老狐狸。我還有個頭銜，來自我滿身罪孽，叫作財務大臣。」這個全英國最精明、可能也最殘忍的人，給我時間理解他的話。和藹的表情並沒有緩和他目光的犀利。

威廉・塞索坐在我的客廳裡。我驚訝得忘了彎腰行一個適當的屈膝禮，只張大嘴巴瞪著他看。

「所以妳對我多少有點認識。我的名聲如此遠播，真是意外，因為我和很多其他人都知道，妳是初來乍到。」我張口想回答，但塞索舉起一隻手。「聰明的話，夫人，就不要告訴我太多事。」

「有什麼可以效勞的，威廉爵士？」我覺得像個到校長室聽訓的小學生。

「我的名聲遠播，頭銜卻沒跟上。『Vanitatis vanitatum, omnis vanitas.』⑯」塞索面無表情道：「現在人家稱呼我伯力男爵了，羅伊登夫人。女王是個慷慨的雇主。」

我暗罵一聲。我一向對貴族升遷到更高階級、享有更多特權的日期不感興趣。有需要了解時，翻翻《全國傳記大字典》就能知道。這下子我得罪了馬修的頂頭上司，只好用拉丁文拍他馬屁試著彌補。

「『Honor virtutis praemium.』」我低聲道，努力保持警覺。**光榮唯有德者居之。**我在牛津的一位鄰居是阿諾德中學⑰的畢業生。他打橄欖球，每當新學院獲勝，就在球場上扯開喉嚨，高喊這句話，讓他的隊友十分開心。

「啊，謝利家族的座右銘。妳是那個家族的一員嗎？」伯力爵士把雙手的指尖頂在一起，搭了個帳棚，感興趣地看著我。「他們以喜歡漂泊著稱。」

「不是。」我道：「我是個畢夏普……不是真正的主教⑱。」伯力爵士歪一下頭，默認我這多此一舉的聲明。我有種荒誕的慾望，想對這個人袒露我的靈魂——要不然就以最快速度逃走，跑得越遠越好。

「神職人員結婚，女王陛下可以接受，但女主教，感謝上帝，她認為是匪夷所思。」

「是啊。哦不。有什麼我可以效勞的嗎，大人？」我重複這句話，聲調帶著可悲的絕望。我恨得咬牙。

「我想沒有，羅伊登夫人。不過或許我能為妳效勞。我建議妳回烏斯托克。馬上就走。」

「為什麼，大人？」我心頭一悸。

「因為現在是冬季，女王沒有足夠的事分散她的注意力。」伯力看著我的左手。「妳跟馬修・羅伊登結了婚。女王很慷慨，但絕不會允許她寵信的手下不徵求她的同意就擅自成婚。」

「馬修又不是女王寵信的人──只是她的間諜。」我用手摀住嘴巴，但話已出口就收不回來了。

「寵信跟間諜可以並存──只有沃辛安例外。女王覺得他嚴格的道德標準讓人生氣，那張臭臉也無法忍受。但女王很喜歡馬修・羅伊登。有人會說喜歡得有點危險。而且妳丈夫有很多祕密。」塞索靠一根手杖支撐，奮力站起身。他呻吟道：「回烏斯托克去，夫人。為所有相關的人著想。」

「我絕不離開我的丈夫。」伊麗莎白或許會拿廷臣當早餐吃，馬修已警告過我，但她休想把我趕出倫敦。尤其不可能在我終於安頓下來、交了朋友、學習魔法的當兒。更別提現在馬修每天都像隻鬥敗的公雞般拖著腳步回家，然後徹夜不眠回覆來自女王的線民、他的父親和合議會的信件。

「告訴馬修我來過。」伯力爵士慢吞吞向門口走去。他在那兒撞見端著一大壺酒、臉色不悅的芳絲娃。看見我，她瞪大眼睛。她很不高興我在家裡，敞著緊身上衣招待客人。「謝謝妳陪我聊天，羅伊登夫人，給了我很多啟發。」

英格蘭的財務大臣爬下樓。他這把年紀，實在不適合在一月的傍晚獨自外出。我尾隨他到樓梯口，擔心地看著他。

「跟他去，芳絲娃。」我吩咐道：「確認伯力爵士找到他的僕人。」他們可能在主教帽酒吧跟克特和威爾喝得大醉，或在水街口擁擠的馬車堆裡守候。我可不想成為最後一個見到伊麗莎白女王首席顧問活著

---

⑯ 塞索引用拉丁文，意為「虛空的虛空，一切皆空」，出自聖經《傳道書》第一章第二節。
⑰ Arnold School是英國一所明星中學，在蘭開郡黑潭市，這句拉丁文是該校的校訓。
⑱ 戴安娜的姓發音為「畢夏普」，意義是「主教」。

的人。

「不必，不必。」伯力回頭道：「我是個有棍子的老頭子。強盜寧可挑那種戴單耳環、上衣打很多摺縫的人下手。必要的話，我可以把乞丐打走。我的隨從離這兒也不遠。記住我的建議，羅伊登夫人。」

話畢，他就消失在黑暗中。

「天啊。」芳絲娃在身上畫了個十字，還交叉手指防範厄運。「這個老傢伙，我不喜歡他看妳的表情。好在老爺還沒回家。他一定也不喜歡的。」

「威廉・塞索老得可以當我祖父了，芳絲娃。」我反駁，走回溫暖的客廳，終於解開緊身衣。束縛鬆開時，我痛快地呻吟一聲。

「我可沒說伯力爵士看妳的眼神像要跟妳上床。」芳絲娃意有所指地看一眼我的緊身上衣。

「不是嗎？那他用什麼樣的眼神看我？」我替自己倒了些酒，一屁股坐在椅子上。今天注定不會好過了。

「就像妳是一頭待宰的羊，他在評估可以從妳身上撈多少錢。」

「誰在威脅要拿戴安娜當晚餐？」馬修像隻貓一樣，無聲無息地走進來，正在脫手套。

「你的訪客，你剛錯過了他。」我啜了一口酒。才剛吞嚥，馬修已在我身旁，把酒杯從我手中拿走，我怒哼一聲，道：「你能不能揮一下手或用其他方式給個預警，讓我知道你要行動？這樣突然出現在我面前，很嚇人耶。」

「妳聲言愛看窗外會讓我露出馬腳，我覺得也有義務告訴妳，變換話題是妳的破綻。」馬修啜了一口酒，把杯子放在桌上。他疲倦地搓搓臉：「什麼訪客？」

「我回家的時候，威廉・塞索坐在爐邊等你。」

馬修整個兒靜止不動。

「他是我見過最可怕的老爺爺。」我再次伸手去拿酒，繼續道：「伯力雖然白髮白鬚，看起來像個耶誕老公公，但我絕不會對他掉以輕心。」

「這很明智。」馬修低聲道。他看著芳絲娃：「他要什麼？」

她聳聳肩膀。「我不知道。我買好夫人的豬肉派回來時，他已經在這兒了。伯力爵士要酒喝。但那個魔族今天稍早把家裡每一滴酒都喝光了。我就出去買酒。」

馬修忽然消失。他回來時腳步比較穩，也顯得比較安心。我霍然跳起身。閣樓——所有的祕密都藏在那兒。

「他可曾——」

「沒有。」馬修打斷我。「所有的東西都在原位。威廉有沒有說明來意？」

「伯力爵士要我告訴你，他來過。」我猶豫一下：「他還要我離開這座城市。」

安妮回到房裡，帶著喋喋不休的傑克和咧嘴微笑的彼埃，但一看到馬修的臉色，彼埃的笑容就消失了。我從安妮手中接過床單。

「妳何不帶孩子們去主教帽，芳絲娃？」我說：「彼埃也一起去。」

「萬歲！」傑克一聽到晚上可以出去玩，就歡呼起來。「莎士比亞師傅教我丟球的雜耍。」

「只要他不教你寫字，我都不反對。」我趁傑克把帽子拋到空中，一把接住。這孩子一身下三濫本領，我們不希望再增加偽造文書這一項。「出去吃晚飯吧。要記得手帕是做什麼用的。」

「會的。」傑克用袖子抹一下鼻子，應道。

我們獨處時，我問：「伯力爵士幹嘛大老遠跑到黑衣修士區來找你？」

「因為我今天接到蘇格蘭來的情報。」

「又怎麼了？」我喉頭一緊。這不是我們第一次談論柏威克女巫事件，但因為伯力出現過，感覺就像邪惡已經鑽進了我們的家。

「詹姆士國王還在訊問女巫。威廉要討論女王要不要回應，以及該以什麼方式回應。」恐懼改變了我的氣味，他皺起眉頭。「妳不必擔心蘇格蘭發生的事。」

「不知道也不能讓事情不發生。」

「確實。」馬修道，他用手指輕撫我的脖子，試圖揉開那兒的緊張。「但知道了也沒用。」

第二天，我從伊索奶奶那兒回家時，帶了一個小小的木製咒語盒——用來孵育我寫下來的咒語，直到能讓其他女巫使用為止。尋找把魔法變成字句的方法，使我進化到編織者的下一個層次。目前盒子裡只有我的編織線。瑪喬麗認為我的偽裝咒還沒有到達能供其他女巫使用的境界。

這盒子是泰晤士街的一個巫師，用我施展入門咒那晚，火龍給我的山梨樹樹幹做的。他在盒子上雕了一棵樹，樹根與樹枝離奇地糾纏在一起，無法分辨。這盒子組合不靠一根釘子，而是利用幾乎看不見的榫頭。這名巫師對他的作品非常自豪，我等不及要拿給馬修看。

鹿冠安靜得出奇。爐火和客廳裡的蠟燭都沒點燃。馬修在書房裡，獨自一人。他面前的桌子上擺了三個酒壺，其中兩個不言可喻是空的。通常馬修不會喝這麼多酒。

「出了什麼事？」

他拿起一張紙。摺痕裡還黏著厚厚的紅蠟，中間的封印已經捏碎了。「詔命要我們進宮。」

我跌進他對面的椅子。「什麼時候？」

「女王陛下寬宏大量，允許我們可以等到明天。」馬修冷哼一聲。「她父親沒有她一半大方。亨利找人的時候，即使外面狂風大作，當事人已經就寢，也要立刻趕到。」

我曾經很渴望一睹英國女王的真面目——那是我在麥迪森的時候。但見到全英國最精明的男人之後，我對於跟這個狡黠無雙的女人見面已興趣全失。「我們一定得去嗎？」我問，有點希望馬修能擱置君王的命令。

「女王在信中不厭其煩提醒我，她曾嚴令禁止魔法、符咒和巫術。」馬修把那張紙扔在桌上。「似乎單福思先生寫了一封信給他的主教。伯力把事情壓下，但相關的抱怨再次被提出。」馬修罵了一聲。

「那我們為什麼要進宮？」我緊緊抓住我的咒語盒。裡面的線開始竄動，迫不及待想回答我的問題。

「因為如果明天下午兩點以前，我們不趕到瑞其蒙宮的晉見室，伊麗莎白就會逮捕我們兩人。」馬修的眼睛像兩片海玻璃。「要不了多久，合議會也會知道我們兩個的真相。」

我們一宣布這消息，全家上下就忙翻了。第二天一早，鄰近地區也開始騷動，天才濛濛亮，彭布羅克女伯爵就帶著足夠裝扮整個教區的服飾前來。她走水路，坐船到黑衣修士區——其實直線距離不過幾百呎。她在水街碼頭現身被當作一樁不得了的大事，我們那條喧嘩慣的街道，為此安靜了好幾分鐘。

瑪莉身後跟著瓊安和一排低階僕人，她一路保持鎮定，進入客廳前一直不動聲色。

「亨利告訴我，你們奉詔今天下午進宮。妳沒有合適的衣服。」瑪莉指揮若定，命令她的隨員魚貫進入我們的臥室。

「我要穿我結婚的那套衣服。」我反對道。

「但那是法國貨！」瑪莉大驚失色道：「妳不能穿那件！」

繡花錦緞，貴氣的絲絨，織入真金真銀的線條、閃閃發亮的綢緞，以及一堆堆薄如蟬翼、不知做什麼用的透明衣料，在我面前展示。

「太多了，瑪莉。妳到底想怎麼樣？」我在一大群僕人當中閃來閃去，避免撞上他們。

「沒有充分武裝，千萬別上戰場。」瑪莉用她一貫輕描淡寫卻一針見血的措辭說。「女王陛下，願上帝保佑她，是個可怕的對手。妳需要我的衣櫃所能提供的一切保護。」

我們一起斟酌各種可能的選擇。我完全不知道怎麼把瑪莉的衣服修改到合我的身，但我至少知道不要多問。我是灰姑娘，彭布羅克女伯爵若覺得有必要，自會找森林裡的鳥兒和山川裡的仙女幫忙。

我們終於挑中一件密密麻麻繡滿銀色鳶尾花和玫瑰圖案的黑色長袍。瑪莉說這是去年的設計，沒有搭配今年流行的那種車輪似的大圓裙。伊麗莎白會欣賞我不追逐時髦的儉省作風。

「而且銀和黑都是女王喜歡的顏色，所以華特總穿這兩個顏色。」瑪莉邊整理蓬鬆的袖子邊解釋。

但我更喜歡另一件在裙子前方開衩，露出白色緞面襯裙的衣服。這件衣服上繡了許多動植物，還穿插了小小的古典建築、科學儀器以及象徵藝術和科學的女神圖案。我認得出，所有刺繡都出自為瑪莉製鞋的同一雙巧手。但我不敢藉觸摸繡花來確認這件事，唯恐我還沒有機會穿它，鍊金術女神就從襯裙上跑下來了。

四名婦人花了兩小時替我著裝。首先用絲帶把我自己的衣服綁緊，所有衣服都加了襯墊，打了碎褶，支撐出荒誕的比例，再套上厚厚的襯墊和正如我想像中那麼笨重的寬大鯨骨箍。我的襞領果然非常巨大而誇張，不過瑪莉向我保證，絕對沒有女王的領子大。瑪莉在我腰間別了一把鴕鳥羽毛扇。它垂在那兒像根鐘擺，我一走動就跟著搖晃。這件飾物綴有華麗的羽毛，加上握柄上鑲的紅寶石與珍珠，身價起碼有我那個捕鼠籠的十倍，我很慶幸它是戴在我的臀部。

首飾引起很多爭議。瑪莉帶來她的珠寶箱，掏出一件又一件價值連城的寶貝。但我堅持戴伊莎波的耳環，謝絕了瑪莉建議的華麗鑽石串。這副耳環跟瓊安搭在我肩上的珠鍊出乎意料很相配。令我大吃一驚的是，瑪莉竟然把菲利普在我婚禮前贈送的金雀花項鍊拆開，把其中一個花朵造型別在我緊身上衣中間。她用一個紅蝴蝶結把珠鍊束在一起，然後固定在別針上。瑪莉和芳絲娃討論了很久，決定我敞開的領口只戴一條簡單的珍珠短鍊。安妮用另一個綴滿寶石的別針，把我的黃金箭頭別在襞領上，芳絲娃替我做頭髮，讓它圍繞我的臉，形成一個蓬鬆的心形。最後的畫龍點睛，由瑪莉把一個綴滿珍珠的小帽固定在我腦後，遮住芳絲娃藏在那兒的髮辮繩結。

隨著判決的時刻不斷逼近，脾氣變得越來越暴躁的馬修，勉強露出一個微笑，做出恰如其分的讚美表情。

「我覺得好像穿了一身戲服。」我懊惱地說。

「妳好漂亮——豔光四射。」他向我保證。他也打扮得十分出色，穿整套的黑絲絨，只在領子和腰間點綴一些白。他把我的袖珍肖像戴在脖子上。長鍊子繞在一個鈕釦上，使得月亮圖案朝外，而我的畫像緊貼著他的心。

我對瑞其蒙宮的第一印象，就是一座乳白色高塔的尖頂。王室的旗幟在微風中飄拂。不久就有更多高塔出現，在冬季寒風中熠耀生輝，跟童話故事裡的城堡一模一樣。接著看到連綿一大片的宮殿建築：東南側有形狀奇特的長方形拱廊，西南側是三層樓高的主殿，四周有寬闊的護城河環繞，後方圍牆裡還有座果園。主殿後面還有更多高塔和尖頂，包括兩組讓我聯想到伊頓公學的建築。果園再過去，有座巨大的吊車矗立空中，成群男人正忙著卸下箱子和包裹，送到宮殿的廚房和倉庫裡去。我曾經以為貝納堡很壯麗，現在回想起來，它不過是一棟有點老舊的前王室住所而已。

船夫把船划到碼頭，馬修對外人的目光和問話都不理睬，讓彼埃和蓋洛加斯替他回應。在外人眼裡，馬修顯得有點疲倦。但在我這麼近的距離，卻清楚知道他正在觀察河岸，提高警覺而充滿戒備。

我越過護城河望向那座兩層樓高的拱廊。地面層是開放式的半露天，二樓卻鑲滿水晶玻璃窗。許多張熱切的臉在窗裡探望，希望看到新來者的長相，汲取一點搬弄是非的素材。馬修立刻擋在駁船和好奇的廷臣中間，不讓他們看到我。

一群穿制服的僕人，每人都拿著劍或矛，帶我們穿過一個樸素的警衛室，進入宮殿的主要部分。一樓是個許多房間組成的大雜院，就像任何現代辦公大樓一樣紛亂忙碌；僕人和宮廷官員到處奔走，執行任務或服從命令。馬修向右轉：警衛彬彬有禮地擋住他的去路。

「不先把你們公開折騰一番，她不會私下跟你見面的。」蓋洛加斯壓低聲音道。馬修咒罵一聲。

我們乖乖跟著護送者上了一座宏偉的樓梯。樓梯上擠滿了人，凡人的體味、花香與藥草味雜陳，令人頭暈。每個人都灑了香水，以免令人不快的氣味外洩，但我覺得結果可能更糟。眾人看到馬修，像海水般分開，竊竊私語聲隨之湧起。他比大多數人都高，也跟我見過的其他男性貴族一樣，滿身暴戾之氣。唯一差別在於，馬修真正能致人於死——在某種程度上，這些溫血人也知道這一點。

穿過一連三間接待室，每間都擠滿穿著厚墊肩、灑滿香水、戴滿珠寶、不分男女老少的廷臣，我們終於來到一扇緊閉的門前。我們在此等候，四周的耳語音量逐漸提高，變成喃喃低語。一個男人講了個笑話，他的同伴吃吃竊笑，馬修咬牙切齒。

「我們在等什麼？」我壓低聲音說話，只有馬修和蓋洛加斯聽得見。

「取悅女王——而且讓全宮廷的人看見，我也不過是個僕人而已。」

我們終於獲准進入女王的房間時，我很驚訝地發現這個房間也是滿滿的人。在伊麗莎白的朝廷裡，所謂「私下」只是相對而言。我找尋女王，卻看不見她的蹤影。我的心一沈，恐怕又有得等了。

「為什麼我每老一歲，馬修・羅伊登看起來就好像年輕了兩歲？」一個愉悅得出乎意料的聲音從火爐的方向傳來。房間裡穿著最華麗、香水噴最多、妝化得最濃的生物都稍微轉過身來，打量我們。他們一動，伊麗莎白就出現了。這位女王蜂端坐蜂巢正中央。我的心跳停了一拍。這是個活生生的傳奇呀。

「我看您沒什麼改變，陛下。」馬修微微躬一下腰，說道。「俗話說『**semper eadem**』。」這句話就漆在壁爐上的那枚王家紋章的旗幟底下。*始終如一*。

「就連我的財務大臣也能鞠一個比你更深的躬，他還風濕痛呢。」黑眼睛在白粉和胭脂的面具下閃閃發亮。女王把兩片薄唇在線條強硬的鷹鉤鼻下抿成一根殘酷的線。「而且最近我喜歡另一句箴言：**Video et** taceo。」

看在眼裡，只是不說。我們麻煩大了。

馬修沒聽見似的挺直上身，好像他才是這國家的君王，而不是女王的情報員。他抬頭挺胸，頓時變成房間裡最高的人。只有兩個人的身高勉強算是與他接近：站在牆角、滿面愁容的亨利．波西，以及一個跟這位伯爵年齡相近的長腿漢子，他一頭亂糟糟的捲髮，帶著侮慢的表情，站在女王身旁。

「小心點。」伯力從馬修身旁走過，用柺杖點地的篤篤聲掩飾他的警告。「您叫我嗎，陛下？」

「幽靈和影子在同一個地方出現。告訴我，芮利，這是否違反某種黑暗的哲學原理呢？」女王的同伴拖長聲音說道。他的同夥指著伯力爵士和馬修狂笑。

「艾塞克斯，如果你念牛津而不是劍橋，就會知道答案，也不至於提出這麼不登大雅之堂的問題了。」芮利不經意地調整一下重心，順便把手放在劍柄旁。

「好了，羅彬⑲。」女王鍾愛地拍一下他的手肘道：「你知道我不喜歡別人用我專屬的暱稱。這一次就讓伯力爵士和羅伊登老爺原諒你吧。」

「我猜這位女士是你的妻子，羅伊登。」艾塞克斯伯爵把一雙棕眼轉到我身上。「我們都不知道你已婚。」

「什麼叫作『我們』？」女王這回打了他一下。「這不關你的事，我的艾塞克斯爵爺。」

「起碼馬修跟她一起在城裡走動時，不怕被人看見。」華特捋著下巴說：「你最近也成親了，爵爺。這麼一個晴和的冬日，尊夫人在哪裡呢？」又來了，我想道。華特和艾塞克斯互別苗頭。

「艾塞克斯夫人住在哈特街的娘家，身邊帶著伯爵新誕生的繼承人。」馬修代替艾塞克斯回答。「恭

⑲ 艾塞克斯伯爵羅伯．德沃，參見二十四章註釋，羅彬是羅伯的暱稱。

喜你，爵爺。我去拜訪伯爵夫人時，她告訴我，孩子要取跟你一樣的名字。」

「是的，羅伯昨天受洗。」艾塞克斯有點僵硬地答道。他似乎對於馬修曾經接近他的妻兒這件事感到緊張。

「是的，爵爺。」馬修對伯爵露出一個非常恐怖的笑容。「奇怪的是，我沒在儀式上見到你。」

「吵夠了。」伊麗莎白喊道，很不滿這場對話不再受她控制。她用修長的手指敲敲有襯墊的椅子扶手。「我沒有批准你們兩個任何一個人結婚。你們都是不知感恩、貪得無厭的壞蛋。把那女孩帶過來。」

我緊張地撫平裙子，扶住馬修的手臂。女王和我中間雖只隔了十來步，卻像是無限遙遠。我終於走到她身旁，華特朝地面使個眼色，我立刻屈膝，行完禮也不敢擅自起身。

「至少她還懂禮貌。」伊麗莎白認可道：「平身。」

我迎上她的眼光，才發現女王近視很嚴重。雖然我離她不過三呎，她還是瞇著眼睛，好像看不清我的長相。

「嗯。」檢視完畢，伊麗莎白宣稱：「她的臉好粗糙。」

「如果您這麼認為，那您沒跟她結婚真是幸運。」馬修簡短地說。

伊麗莎白繼續盯著我看。「她手指上有墨水。」

我把觸犯龍顏的食指藏到借來的扇子後面。被五倍子汁做的墨水沾到就幾乎洗不掉了。

「我付你多高的報酬，影子，你的妻子買得起這種扇子？」伊麗莎白的聲音變得很任性。

「如果要討論王室財務，或許該請其他人離開。」伯力爵士建議道。

「哼，好吧。」伊麗莎白乖戾地說：「你留下，威廉。還有華特。」

「我也要留下。」艾塞克斯道。

「你不用，羅彬。你去打點酒席。我今晚要舉行宴會。我受夠了講道和歷史課，還當我是個女學生呀。不准再講約翰王或害相思病的牧羊女外出冒險的故事。我要奚蒙斯翻筋斗。如果一定要演戲，就演戲裡有能夠預卜未來的降靈者和黃銅頭[100]的那齣。」伊麗莎白用指節敲打桌面。「『時間到了，時間過了，時機已逝。』我好喜歡那一句。」

馬修和我交換一個眼色。

「我想那齣戲叫作《培根修士和龐該修士》[101]，陛下。」一個年輕宮女湊在女王耳邊悄聲道。

「就是它，貝絲。你去安排，羅彬，然後你要坐我旁邊。」女王真是一個優秀的女演員。她可以從怒火沖天變得不耐煩，再變為甜言蜜語，中間連一拍都不用停頓。

多少算是被安撫了，艾塞克斯伯爵退下，但臨走前還惡狠狠瞪了華特一眼。所有人都跟著他退下，艾塞克斯目前是他們周遭最有分量的人，其他廷臣就像飛蛾撲火般，亟於分享他的亮光。只有亨利似乎不願離開，但他別無選擇。門終於在這群人背後緊緊關上。

「妳去拜訪狄博士愉快嗎，羅伊登夫人？」女王的聲音很尖銳。這時她語氣裡絲毫沒有哄騙的意味。她在談正事。

「我們都很愉快，陛下。」馬修答道。

「我很清楚知道，你的妻子有能力自行回答，羅伊登老爺。讓她說話。」

馬修低吼一聲，但沒說話。

「非常愉快，陛下。」我剛跟伊麗莎白一世女王說了話。我摒除心中匪夷所思的感受，繼續道：「我

[100] 中世紀傳說，法力高強的巫師擁有黃銅製的人頭，向它提出任何問題，都能得到解答。

[101] The Honourable History of Friar Bacon and Friar Bungay是伊麗莎白時代劇作家羅伯・葛林（Robert Greene）創作的喜劇。劇中魔法師羅傑・培根打算製造一個有預言能力的黃銅人頭，即將成功時，他因撐不住疲累去休息，囑咐僕人到時叫醒他。這愚昧的僕人卻錯過了時機，所以銅製人頭說了三句話「時間到了」，「時間過了」，「時機已逝」，然後就掉在地上，碎了。

研究鍊金術，對書本和學問很有興趣。」

「我知道妳是什麼。」

危險在我四周閃爍，鋪天蓋地的一大片黑線炸裂開來，劈哩啪啦紛紛斷裂，發出慘叫。

「我是您的僕人，陛下，就如同我的丈夫。」我眼睛牢牢盯著英國女王的拖鞋。幸好鞋子上沒什麼有趣的東西，沒出現任何動靜。

「我的廷臣和弄臣夠多了，羅伊登夫人。妳說這種話也不可能躋身他們的一員。」她的眼睛發出猙獰的光芒。「我的情報員不是每一個都向妳丈夫回報的。告訴我，影子，你去找狄博士有什麼貴幹？」

「那是私人事務。」馬修努力克制怒氣道。

「沒這回事——在我的國家裡沒有。」伊麗莎白仔細觀察馬修的臉色。「你告訴過我，不要把我的祕密交託給那些沒有通過你的忠貞考驗的人。」她壓低聲音繼續道：「我自己的忠貞當然沒問題。」

「那是狄博士和我之間的私事，陛下。」馬修不肯讓步。

「很好，羅伊登老爺。既然你堅持不吐露你的祕密，那我就先告訴你我跟狄博士之間的事，看能不能讓你鬆口。我要愛德華・凱利回英國。」

「我想現在該稱他為愛德華爵士了，陛下。」伯力糾正她。

「你從哪兒聽來的？」伊麗莎白問道。

「從我這兒。」馬修溫和地答道：「畢竟察訪這些事就是我的工作。妳要找凱利做什麼？」

「他會製造賢者之石。我不能讓那東西落到哈布斯堡家族手裡。」

「妳只擔心這件事？」馬修聽來鬆了一口氣。

「我怕我死後國家淪為西班牙、法國、蘇格蘭幾頭惡犬爭奪的一塊肉。」伊麗莎白站起身，向他走去。她走得越近，他們體型與力量上的差異就越明顯。她是那麼嬌小的一個女子，卻在漫長的歲月中，克服過無數艱巨的難關。「我怕我死後百姓受苦。每天我都祈禱上帝幫助我，挽救英格蘭免於某些災難。」

「阿門。」伯力應聲道。

「愛德華‧凱利不是上帝給妳的答案，我可以保證。」

「任何統治者擁有了賢者之石，就會有用之不盡的財富。」伊麗莎白的眼睛發亮：「如果有更多黃金隨我支配，我可以摧毀西班牙。」

「如果願望是畫眉鳥，連乞丐都有小鳥可吃了。」馬修答道。

「說話小心點，羅伊登。」伯力警告道。

「陛下的建議很危險，爵爺。我有責任提醒她。」馬修正色道。「愛德華‧凱利是魔族。他的鍊金術研究太類似魔法，這是非常危險的，華特可以作證。合議會不計一切防範魯道夫二世對神祕學的迷戀發生危險的改變，就如同詹姆士國王一樣。」

「詹姆士有充分權利逮捕那些女巫！」伊麗莎白激動道：「就像如果我的子民做出那個石頭，我也有充分權利享受它的好處一樣。」

「華特到新大陸探險時，妳也跟他做同樣嚴格的交易嗎？」馬修問道：「如果他在維吉尼亞找到黃金，妳會要求他全部交給妳嗎？」

「我想我們的協議書就是這麼寫的。」華特面無表情道，又倉促添了一句：「但我當然很樂意把黃金都交給陛下。」

「我就知道不能信任你，影子。你在英國就要事奉我，然而你卻替這個什麼合議會發言，好像他們的意願更重要似的。」

「我的願望跟妳是一致的，陛下：不讓英格蘭受到災難。如果妳也跟詹姆士王一樣，開始迫害妳臣民中的魔族、巫族和魅人，妳會嘗到苦果，全國上下同蒙其害。」

「那你建議我怎麼辦？」伊麗莎白問。

「我建議我們做個協議——跟妳和芮利的協議很類似。我把愛德華・凱利弄回英格蘭，讓妳把他關進倫敦塔，強迫他鍊製賢者之石——只要他辦得到。」

「回報呢？」伊麗莎白果然有乃父之風，很清楚這世界上沒有一樣東西不要付出代價。

「做為回報，妳要庇護所有我能從愛丁堡撤出的柏威克女巫，直到詹姆士王的瘋狂告一段落。」

「萬萬使不得！」伯力道：「請三思，陛下，邀請幾十個蘇格蘭女巫越過邊界，對於妳跟我們北方鄰國的關係會有什麼影響？」

馬修凝重地說：「蘇格蘭剩下的女巫已經不多了，因為妳先前拒絕了我的懇求。」

「影子，我原本以為你在英國的主要任務就是確保你的族人不干預我們的政治。萬一這項私下安排被發現怎麼辦？你如何解釋你的行為？」女王仔細打量他。

「我會說，人逢急難，連跟什麼人同睡一張床都無法挑選，只能因事制宜⑩，陛下。」

伊麗莎白輕笑一聲。「這句話用在女人身上更真實。」她面無表情道：「很好，我們達成協議了。你去布拉格找凱利。羅伊登夫人留在宮裡伺候我，確保你盡快回來。」

「我們的協議不包括我的妻子，也沒有必要大正月裡叫我到波希米亞去。妳無非就是要凱利回來。我會把他交給妳的。」

「這裡不是你做王。」伊麗莎白用手指戳他胸膛。「我派你去哪兒，你就給我去，羅伊登老爺。如果你不去，我就把你和你的女巫老婆以叛國罪關進倫敦塔，而且還有更可怕的。」她目露凶光。

有人輕輕敲門。

「進來！」伊麗莎白咆哮道。

「彭布羅克女伯爵求見，陛下。」一名警衛歉疚地說。

下。」

「活見鬼！」女王咒罵道：「我難道不能安靜一下？叫她進來。」

瑪莉・錫德尼飄進房裡，因為從寒冷的候見室進入女王這間溫度過高的房間，她的面紗和襞領都在波動。她走到半路先優雅地屈膝行禮，行雲流水般走了幾步，再行一個完美的屈膝禮。她低著頭道：「陛下。」

「什麼風把妳吹進宮來，彭布羅克夫人？」

「您曾經答應賜我一個恩惠，陛下——預備日後不時之需。」

「是的，是的。」伊麗莎白暴躁地說：「這次妳丈夫又做了什麼？」

「什麼也沒做。」瑪莉站起身來：「我是為了求您准許我委託羅伊登夫人一件重要的差事而來。」

「我想不出是什麼。」伊麗莎白道：「她看起來既沒用，也沒什麼資源。」

「我做實驗需要一種特殊的玻璃，只有在魯道夫皇帝的工廠裡買得到。我哥哥的妻子——原諒我，其實菲利普死後，她已再嫁給艾塞克斯伯爵——告訴我，羅伊登老爺要奉派去布拉格。羅伊登夫人也蒙您恩准與他同行，她可以把我需要的東西買回來。」

「那個虛榮、愚蠢的小子！艾塞克斯伯爵就不能忍著，非要把他得到的每一則情報都告訴全世界嗎？」伊麗莎白倏然轉身，帶起一片金銀閃爍。「光憑這一點，我就能砍了這紈褲子的腦袋。」

「家兄為了捍衛您的王國陣亡時，您答應過我，陛下，您有朝一日會賜我一個恩惠。」瑪莉對馬修和我露出一個祥和的笑容。

「妳要把這麼寶貴的禮物浪費在這兩個人身上？」伊麗莎白滿臉狐疑。

「馬修救過菲利普一命。他就像我的兄弟。」瑪莉像貓頭鷹般瞪大眼，對女王天真地眨眼。

---

⑩ 原句為misery acquaints every man with strange bedfellows，是出自莎士比亞名劇《暴風雨》第二幕二景的名言。

「妳處事像象牙般圓滑，彭布羅克夫人。希望妳常到宮裡來。」伊麗莎白攤開雙手：「好把，我遵守承諾。但我要求在仲夏前把愛德華・凱利送到我面前——這件事不准搞砸，也不能讓全歐洲知道我要做什麼。你聽懂了嗎，羅伊登老爺？」

「是的，陛下。」馬修咬緊牙齒道。

「那麼你就去布拉格吧，把你妻子帶去，讓彭布羅克夫人高興。」

「謝謝您，陛下。」馬修看起來很嚇人，好像打算把伊麗莎白・都鐸戴假髮的腦袋從身體上撕下來似的。

「趁我改變心意以前，你們每一個，滾出我的視線。」伊麗莎白坐回椅子，靠在精雕細琢的椅背上。伯力爵士偏一下頭，示意我們服從女王的命令。但馬修偏不肯見好就收。

「提醒妳一聲，陛下。不要信任艾塞克斯伯爵。」

「你不喜歡他，羅伊登老爺。威廉和華特也都不喜歡他。但他讓我覺得再次變得年輕。」伊麗莎白的黑眼睛看著他：「從前你也為我做過同樣的事，讓我想起比較快樂的時光。但現在你有了別人，把我拋棄了。」

「『我的關懷就像我的影子／在陽光下跟我玩你追我跑的遊戲／隨我或立或臥，做我做過的每一件事。』」馬修柔聲吟道。「我是妳的影子，陛下，除了追隨妳的領導別無選擇。」

「我累了。」伊麗莎白轉開頭說：「對詩沒興趣。下去吧。」

「我們不去布拉格。」一回到亨利的遊艇上，朝倫敦前進，馬修就說：「我們必須回家。」

「女王不會因為你逃到烏斯托克就放過你的，馬修。」蜷縮在皮草毯子裡的瑪莉說得很有道理。

「他指的不是烏斯托克，瑪莉。」我解釋道：「馬修是指別的地方……更遠。」

「啊。」瑪莉皺起眉頭，「哦。」她小心地讓表情變得一片空白。

「但我們只差一點點就得到想要的東西了。」我說：「我們知道手抄本在哪裡，它可能解開我們所有的疑問。」

「但它也可能全是胡說八道，就跟狄博士家那份手抄本一樣。」馬修不耐煩道。「我們可以用別種方式取得它。」

但後來華特說服馬修相信女王很認真，如果拒絕她，我們兩人都會被關進倫敦塔。我跟伊索奶奶提起此事，她也跟馬修一樣反對去布拉格。

「妳該回妳自己的時代，而不是長途跋涉去布拉格。就算妳留在這兒，也要花好幾個星期準備能帶妳回家的咒語，魔法的許多規則和原理妳都還不熟悉，戴安娜。妳現在只有一條任性的火龍，亮得刺眼的輝光，又總是提出一些只會換來災難式答案的問題。妳的巫術知識不足以讓妳的計畫成功。」

「我到了布拉格會繼續學習，我保證。」我握住她的手。「馬修跟女王做了一個交易，或許能為幾十名女巫提供保護。我們不能分開，太危險了。我不能讓他不帶我就去皇帝的宮廷。」

「是不能，」她露出一個悲傷的微笑。「只要妳還有一口氣在就不能。好吧，跟妳的魅人走吧。但記住一件事，戴安娜．羅伊登：妳正在建立一條新的軌跡。我無法預見它會通往什麼地方。」

「布麗姬．畢夏普的鬼魂曾經告訴我：『只要妳向前走，每條路上都會有他。』每當我覺得我們的生活陷入未知時，我都從這句話裡尋求安慰。」我盡力安撫她道：「只要馬修跟我在一起，伊索奶奶，什麼方向都無所謂。」

我們選中三天後的聖布麗姬紀念日揚帆啟航，準備踏上漫漫征途，去見神聖羅馬帝國的皇帝，找尋工於心計的英格蘭魔族，也希望最終能看到艾許摩爾七八二號一眼。

第二十六章

維玲・柯雷孟坐在柏林家中，無法置信地瞪著面前的報紙。

獨立報
二〇一〇年二月一日

薩里一名婦人發現一份屬於伊麗莎白時代著名女詩人，也是菲利普・錫德尼爵士之妹，瑪莉・錫德尼的手稿。

「它在樓梯頂端，我母親的晾衣櫥裡。」現年六十二歲的韓麗葉妲・巴勃告訴本報。巴勃太太是在送她母親去養老院前為她清理物品。「我看它就是一堆破爛的舊紙。」

專家相信，這份手稿是彭布羅克女伯爵在一五九〇年到九一年的冬季，從事鍊金術實驗留下的筆記。一般認為女伯爵的科學文件在十七世紀毀於威爾頓宅第的一場大火。還不知道這份文件為何會落入巴勃家族之手。

今年五月將拍賣這件物品的蘇富比拍賣公司一位代表說，「我們心目中的瑪莉・錫德尼，主要是一位詩人，但她同時代的人卻都認為她是一位傑出的鍊金術研究者。」

這份手稿特別有趣之處，在於它顯示女伯爵在實驗室裡有位助手。有項名為「製造戴安娜樹」的實驗中，她用縮寫DR代表這位助手。劍橋大學歷史學家奈傑・華敏斯特解釋：「我們可能永遠無法確認這位協助彭布羅克女伯爵的男子的身分，但這份手稿仍然告訴我們，實驗在科學革命的時代經歷多大的進步。」

「什麼事，寶貝？」恩斯特・紐曼把一杯葡萄酒放在妻子面前。以星期一晚上而言，她顯得太嚴肅。這應該是維玲的星期五表情才對。

「沒什麼。」她含混道，眼睛仍盯著面前的鉛字。「只不過是一件未了的家務事。」

「跟巴德文有關嗎？他今天損失了一百萬歐元？」關心這位大舅子是他婚後培養的興趣，而且恩斯特對他並不十分信任。恩斯特年輕的時候，曾接受巴德文調教，學習國際貿易錯綜複雜的內涵。如今恩斯特快六十歲了，朋友都羨慕他有個年輕的妻子。他們只好把結婚照片藏起來不給人看，照片裡的維玲跟現在一模一樣，但他看起來只有二十五歲。

「巴德文一輩子都沒有損失過任何上百萬的東西。」恩斯特注意到維玲沒有直接回答他的問題。他把那份英文報拿過來，閱讀它的內容。「妳為什麼對一本古書有興趣？」

「讓我先打個電話。」她謹慎地說。她握電話的手很穩定，但恩斯特認識她那雙異乎尋常的銀色眼睛裡的表情。她在憤怒、恐懼，而且想到過去。當年維玲救他一命，把他從她繼母手中搶出來前，他也看過同樣的表情。

「妳要打電話給梅莉桑德？」

「伊莎波。」維玲心不在焉地說道，按下號碼鍵。

「伊莎波，也是。」恩斯特道。這位柯雷孟家族的女族長在二次大戰後殺了恩斯特的父親，可想而知，除了她當時使用的名字之外，把她跟別個名字聯想在一起，對他是很困難的事。

維玲的電話花了長到異乎尋常的時間才連上線。恩斯特聽見奇怪的喀答聲，好像電話不斷在轉接。終於接通了，對方的電話鈴聲響起。

「哪一位？」一個年輕的聲音問道。這男子聽起來像美國人——也可能是個幾乎沒口音的英國人。

維玲立刻掛掉電話。她把手機扔在桌上，用手摀著臉。「哦，天啊，真的發生了，跟我父親說的一樣。」

「妳嚇著我了，寶貝。」恩斯特說。他這輩子經歷過的可怕事件也不少，但都不及那些在維玲難得熟睡時折磨她的事件那麼鮮明。唯有與菲利普有關的噩夢能讓他通常都很鎮定的妻子心神渙散。「接電話的是誰？」

「不是應該接的人。」維玲答道，聲音有點含糊。她抬起灰色的眼睛看著他：「應該是馬修接電話。但不是他。因為他不在。他在那兒。」她瞪著報紙。

「維玲，妳的話我聽不懂。」恩斯特嚴厲地說。他沒見過這位身陷困境的大舅子，只聽說他是家族裡的大學問家，與眾不同。

但她又開始撥電話。這次電話接通得很快。

「妳讀了今天的報紙，維玲姑姑。我等妳的電話已經好幾個小時了。」

「你在哪裡，蓋洛加斯？」她這個姪兒是個漂泊者。從前他都只從足跡所至的道路上，寄一張只寫了一個電話號碼的明信片：德國的高速公路、美國的六十六號公路、挪威的巨人之梯、中國的郭亮隧道。國際電話普及後，這種簡單的宣告就少了。有了衛星定位和網際網路，她隨時可以找到蓋洛加斯，但維玲卻很懷念那些明信片。

「瓦南布爾附近某處。」蓋洛加斯含糊其詞。

「瓦南布爾是什麼鬼地方？」維玲問道。

「在澳洲。」恩斯特和蓋洛加斯同時答道。

「我聽到的是德國口音嗎？妳換新男朋友了嗎？」蓋洛加斯嘲弄道。

「說話小心點，小子。」維玲罵道：「即使你是親戚，我還是可以扯斷你的喉嚨。那是我丈夫恩斯特。」

恩斯特坐在椅子上俯過身來，警告地搖頭。他不喜歡妻子跟男性吸血鬼作對——儘管她比大多數吸血鬼都強壯。維玲揮揮手，要他別擔心。

蓋洛加斯輕笑一聲，恩斯特猜測這隻陌生的吸血鬼可能真的沒關係。「我的維玲姑姑就是這麼可怕。隔了這麼多年，很高興又聽到妳的聲音。可別假裝妳看到那則新聞意外的程度會少於我接到妳這通電話。」

「我心裡多少希望他只是胡說八道。」維玲承認，憶起她跟蓋洛加斯坐在菲利普床畔，聽他譫語的情景。

「妳以為胡說八道會傳染，所以我也在發譫語嗎？」蓋洛加斯嗤之以鼻。維玲注意到，最近他講話很像菲利普。

「事實上，我但願如此。」相信這種事遠比接受另一種可能容易：她父親講的那個時光旅行女巫的故事是真的。

「無論如何妳還是會信守承諾吧？」蓋洛加斯低聲問道。

維玲遲疑了一下。雖然為時短暫，恩斯特還是注意到了。維玲一向信守承諾。當他還是個嚇壞了、瑟縮的男孩時，維玲擔保他會長成一個男子漢。恩斯特六歲就對這承諾深信不疑，正如同他後來一直相信維玲給的每一個承諾。

「妳沒見過馬修跟她在一起的樣子。看過以後——」

「我就會相信我哥哥有本事惹更多麻煩？不可能。」

「給她一個機會嘛，維玲。她也是菲利普的女兒。他對女人的品味是一流的。」

「那女巫才不是他真正的女兒。」維玲立刻道。

蓋洛加斯在接近瓦南布爾的一條路上，咬緊嘴唇，不肯答話。維玲對戴安娜和馬修的了解，或許比家族裡其他人都多，但她知道的不及他多。馬修夫妻倆回來以後，討論吸血鬼和子女的機會還多得很，暫時沒必要為這件事起爭執。

「更何況，馬修不在這裡。」維玲看著報紙道。「我撥了那個號碼。接電話的不是他，也不是巴德文。」原來如此，所以她那麼快就掛掉電話。如果馬修不領導騎士團，那個電話號碼就該交給碩果僅存，唯一繼承菲利普血緣的兒子。「那個號碼」是在電話問世之初就啟用的。菲利普親自挑選：九一七，代表伊莎波的生日，隨著科技發展，國內與國際電話的系統不斷改變，這數字也天衣無縫地換上更現代化的面貌。

「妳是打給馬卡斯。」蓋洛加斯也撥過那個號碼。

「馬卡斯？」維玲大吃一驚：「柯雷孟家族的未來讓馬卡斯決定？」

「也給他一個機會嘛，維玲姑姑。他是個好孩子。」蓋洛加斯頓了一下。「至於家族的未來，得由我們大家決定。菲利普也知道這一點，否則他不會要我們承諾回七塔去。」

菲利普．柯雷孟對他的女兒和孫子說得很清楚。他們必須注意徵兆：關於擁有強大法力的年輕美國女巫的報導、畢夏普這姓氏、鍊金術，以及接二連三出現異常的歷史發現。

這種時候，而且只有這種時候，蓋洛加斯和維玲必須回柯雷孟家族的根據地。菲利普不願意吐露為什麼所有家族成員要在這種時刻團聚，但蓋洛加斯知道原因。

蓋洛加斯已經等待了好幾十年。然後他聽說麻州有個名叫芮碧嘉的女巫，是布麗姬．畢夏普最後一個子孫。有關她法力的傳聞無遠弗屆，但隨即傳出她慘死的消息。蓋洛加斯到紐約州北部追查她僅存的女兒。他固定去察看那個女孩，看著戴安娜．畢夏普在遊戲場的攀爬架上玩耍、參加生日派對，乃至大學畢業。蓋洛加斯像父母一樣得意地看她通過牛津的論文口試。他經常站在耶魯大學哈克尼斯塔的排鐘下面，讓鐘聲震動的力量穿過他的身體，注視著這位年輕教授步行穿過校園。她的衣服不一樣，但他不會錯認戴安娜果決而輕快的步伐和堅定挺拔的肩膀，不論她穿的是鯨骨箍和襞領，或長褲加上一件絲毫不襯托身材的男裝外套。

蓋洛加斯盡可能保持距離，但有時他不得不干預——好比有一次她的能量把一隻魔族引到她身邊，成天尾隨著她那次。但蓋洛加斯很自豪，其他幾百次場合他都克制著沒衝下耶魯鐘塔的階梯，伸臂攬住畢夏普教授，告訴她這麼多年後再見到她，他是多麼高興。

蓋洛加斯聽說伊莎波出面，為了某種未說明的、與馬修有關的緊急事故，召喚巴德文到七塔時，這個塞爾特人就知道，要不了多久，就會有歷史異象出現了。蓋洛加斯曾注意到一對先前無人得知的伊麗莎白時代袖珍肖像畫出土的消息。但他聯絡上蘇富比時，它們已經被買走了。蓋洛加斯驚慌了一陣，以為這兩幅畫落入錯誤的人手中。但他低估了伊莎波。今天早晨他跟馬卡斯交談，馬修的兒子確認它們已安然放在伊莎波七塔的書桌上。距蓋洛加斯偷偷把畫像藏在什羅普郡一棟房子裡，已經過了四百多年。真希望再看到這些畫——以及畫中的兩隻超自然生物。

同時他也為即將來臨的暴風雨預作綢繆，他一向如此，盡可能加緊趕路。先乘船，然後搭火車，現在蓋洛加斯在公路上，騎著摩托車在九彎十八拐的山路上全力急馳。風穿過他滿頭亂髮，皮夾克緊緊扣到脖子，藏好他怎麼也曬不黑的皮膚。蓋洛加斯準備趕赴責任的召喚，履行他多年前許下的諾言，不惜一切代價捍衛柯雷孟家族。

「蓋洛加斯，你還在嗎？」維玲的聲音從電話中傳來，將她的姪兒從迷夢中喚醒。

「還在，姑姑。」

「你什麼時候去？」維玲嘆口氣，用手捧著頭。她還不能面對恩斯特。可憐的恩斯特，在知道真相的情況下，跟一個吸血鬼結婚，卻不知道這種行為使自己陷入一則流血與慾望交纏糾葛數百年的故事。但她答應過父親——雖然菲利普去世多年，維玲並不打算在這一刻做出第一次讓他失望的事。

「我告訴馬卡斯，我後天到。」蓋洛加斯不比維玲承認她需要考慮要不要遵守誓言更願意承認，他姑姑的決定讓他鬆了一口氣

「那我們在那兒碰面。」這樣維玲會來得及告訴恩斯特，他得跟她的繼母住在同一個屋簷下。他不會樂意聽到這消息。

「旅途平安，維玲姑姑。」蓋洛加斯趕在她掛電話前說道。

蓋洛加斯把手機收回口袋，向海面上望去。曾經有一次，他在澳洲這片海岸附近遇到船難。被海浪沖上岸時，他看到這片景象就很喜歡，像是一尾人魚在暴風雨中登上陸地，發現自己竟然可以生活在腳踏實地的地方。他伸手去取香菸。就像騎摩托車不戴安全帽，抽菸也是他用大拇指抵著鼻子，對既給了他永恆的生命，卻又把所有他心愛的人都奪走的上蒼，挑釁示威的一種方式。

「這些你也要拿走，是嗎？」他問風。風嘆口氣，算是回答。馬修和馬卡斯對二手菸有強烈的反感。他們說，不能因為二手菸殺不死他們，就用它消滅周圍的每一個人。

「殺了他們，我們吃什麼？」馬卡斯的邏輯絕對正確。這種話出諸吸血鬼之口很奇怪，但馬卡斯就是這麼個怪咖，馬修也好不到哪裡去。蓋洛加斯認為這種傾向全要怪他們受過太多教育。

他抽完菸，又伸手到背包裡，取出一個小皮袋。袋裡有二十四個直徑一吋、厚四分之一吋的圓盤。是他利用故鄉祖宅附近一棵楊樹切下的樹枝做的。每個圓木片上都有不同的火烙印記，組成一套已經無人使用的語言的字母。

早在遇見戴安娜・畢夏普之前，他就對魔法抱持一種健康的敬畏態度。陸地和海洋到處都存在著任何生物都不了解的力量，蓋洛加斯很清楚，這些力量接近時，最好躲遠一點。他就是深受盧恩字母⑯的吸

引。它們幫助他度過命運的驚濤駭浪。

他用手指撥弄這些小圓盤，讓它們像水一般從指縫間墜落。他想知道趨勢走哪個方向——與柯雷孟家族為友或為敵。

手指停下時，他抽出一片盧恩圓盤，看它對目前的情勢有何指引。**Nyd**，代表缺席與慾望的字母。蓋洛加斯再次伸手入袋，為了把自己對未來的期許看得更清楚。**Odal**，代表家、家人、傳承。他抽出最後一個字母，它能告訴他如何達成找到歸屬的心願。

Rad。這是個令人迷惑的字母，象徵到達也象徵離開，旅程的開始與結束，初次見面與期待已久的團聚。蓋洛加斯握緊這塊小木片。這一回，它的意義很清楚。

「妳也旅途平安，戴安娜嬸娘。把我叔叔一塊兒帶回來。」蓋洛加斯對大海和天空說道，然後他騎上摩托車，迎向一個他已無法想像、卻也不能延宕的未來。

---

⑩ **runes**為古代北歐民族使用的字母，共二十四個。這些字母可單獨使用，分別有獨特的名稱，既是組成單字的元素，也是一個有意義的單字。據說它們具有魔法，可用以占卜。

第四部
帝國：布拉格

第二十七章

「我的紅色緊身褲在哪裡？」馬修咚咚咚走下樓，怒目瞪著一樓扔得滿地的箱子。這趟長達四週的旅程，自從中途跟彼埃、孩子和行李在漢堡分開之後，他的情緒就急轉直下。我們離開英國，進入採用不同曆法的天主教國家，額外多損失了十天時間。現在布拉格已是三月十一日，而彼埃和孩子們還沒到達。

「這麼一團糟，永遠找不到的！」馬修把滿腔沮喪發洩在我的一件襯裙上。

我們先是靠幾個鞍袋和一口共用的大皮箱，撐了好幾個星期，所有行李又比我們晚了三天才抵達這棟位在通往布拉格城堡的陡峭街道上、又高又窄的房子。這條街的正式名稱叫史波倫街，也就是馬刺街，我們的德國鄰居這麼稱呼它，八成是因為那是唯一能說服馬兒沿著這條街往上爬的道具。

「我還不知道你有紅色的緊身褲。」我直起上身道。

「我知道。」馬修開始翻一個裝我內衣的箱子。

「喂，不會在那裡的。」我指出一個明顯的事實。

吸血鬼咬牙切齒道：「別的地方我都找過了。」

「我來找。」我看一眼他好端端的黑色緊身褲。「為什麼要紅的？」

「因為我想引起神聖羅馬帝國皇帝的注意！」馬修往另一堆我的衣服撲去。

血紅色褲襪穿在一個身高六呎三吋的吸血鬼身上，而且腿的長度佔身高一半以上，恐怕不只吸引隨便亂瞟的眼睛而已。但馬修堅持這計畫，絕不動搖。我集中注意力，要求緊身褲自動現身，然後跟著紅色的線前進。編織者追蹤人與物的能力有意想不到的附加效益，我在旅途中已體驗過好多次。

「我父親的信差到了沒有？」馬修又扔了一件襯裙到我們中間那堆白色小山上，並繼續翻掘。

「到了，東西放在門邊——不知道是什麼。」我在一個被忽視的箱子裡搜索：鎖子甲的手套、有雙頭鷹標誌的盾牌，還有一個雕工精緻的小套環。成功！我揮舞著紅色的長管。「找到了！」

馬修已經忘了緊身襪危機。他全副注意力都轉移到他父親捎來的包裹上。我探頭去看什麼東西這麼稀罕。

「那是……博斯的作品嗎？」我之所以知道耶羅尼莫斯・博斯[104]，是因為他酷愛在作品裡加入鍊金術的器具和象徵。他繪製的屏風上有飛魚、昆蟲、超大型家用品，還有情慾化身的水果。早在迷幻藝術流行前，博斯眼中的世界已迸發鮮豔的色彩和驚心動魄的組合。

就像馬修老房子裡那幅賀爾本，這幅畫也是我沒看過的。它是一座三連屏，分別畫在用鉸鍊連接在一起的三塊木板上。三連屏的設計是要放在祭壇上，平時摺合，有特殊宗教慶典時才打開來陳設。在現代博物館裡，很少展示它的背面，亦即摺合時的「封面」。我倒有興趣知道我還錯過了什麼其他的驚人畫面。

畫家在畫屏的背面用黑色顏料打底，塗抹得像天鵝絨般平滑。一棵在月光下閃閃發亮的枯樹，佔了兩塊板的空間，樹根裡蹲伏著一隻極小的狼，樹梢高處棲息了一隻貓頭鷹。兩隻動物都刻意盯著看畫的人。另外還有十來隻眼睛在樹幹周圍的陰影中發光，不具身體卻凝視不放。枯死的橡樹後方，還有一棵乍看正常的樹，淺色樹幹和綠色枝葉帶給畫面更多光亮。但仔細看去，卻發現葉子都長了耳朵，好像在聆聽夜晚的聲音。

「這有什麼意義？」我瞪著博斯的畫，好奇地問。

馬修用手指撥弄著上衣的繫帶。「它表達一句古老的法蘭德斯諺語：『森林有眼樹有耳，多看多聽勿多言。』」這句話根本就是馬修祕密生活的寫照，也讓我聯想到伊麗莎白一世目前的座右銘。

---

[104] Hieronymus Bosch（1450-1516），荷蘭畫家，以充滿幻想的怪誕畫面著稱。他畫了很多三連屏，最有名的作品為〈塵世樂園〉。

三連屏內側畫了三幅連續的場景，第一幅在同樣平滑的黑色背景上畫了一群墮落的天使，一大片閃閃發亮的雙層翅膀，乍看像一群蜻蜓，但他們有人的身體、頭和在墜落過程中因痛苦而收縮的腿，與此相對的屏板上，死者升起接受最後審判，場面比七塔那幅壁畫更慘不忍睹。地獄入口盡是張大饞吻的怪魚或餓狼，將罪人囫圇吸入，讓他們身陷注定永恆的痛苦與凌遲。

但中間那塊板，卻描寫一種截然不同的死亡：復活的拉撒路平靜地爬出棺材。他的長腿、黑髮和嚴肅的表情，都跟馬修很像。這塊板的邊緣繪滿靜止的藤蔓，長出奇異的果實與花朵，有些滴著血，有些生出人與動物。整個畫屏都看不到耶穌的形象。

「這個拉撒路像你。你不願意魯道夫得到它，也很正常。」我把緊身褲遞給馬修。「博斯一定知道你是血族。」

「耶倫——妳稱呼他耶羅尼莫斯——目睹過他不該看的東西。」馬修陰鬱地說。「我原本不知道耶倫看到我進食，直到我看到他畫的一幅我跟一個溫血人的速寫。從那天開始，他就相信所有生物都有雙重個性，一部分人性，一部分獸性。」

「有時還有一部分植物性。」我端詳著一個頭是草莓、手是櫻桃的裸體女人，奔跑著逃離一個揮舞長叉，頭頂著一隻鸛鳥的魔鬼。「魯道夫也跟伊麗莎白和博斯一樣，知道你是血族嗎？」知道這祕密的人太多，讓我越來越擔心。

「是的，皇帝也知道我是合議會的一員。」他把鮮豔的紅褲子扭成一個結。「謝謝妳幫我找出來。」

「告訴我，你是否也有弄丟汽車鑰匙的習慣，如果每天早晨你去工作前，都要來一場這樣的騷動，我可受不了。」我伸手攬住他的腰，把臉貼在他心上。那緩慢、穩定的心跳聲，每次都能讓我平靜下來。

「妳打算怎麼辦，跟我離婚？」馬修回擁我，低頭靠著我的頭，我們的身體完全契合。

「你向我保證過，吸血鬼永不離婚。」我捏他一下。「你穿上那條褲子，看起來就像卡通人物。如果我是你，我會繼續穿黑色。反正你無論如何都很引人注目。」

「女巫。」馬修親我一下，放開我。

他穿嚴肅的黑色緊身褲上山去城堡，帶了一封文辭嘮叨的長信（部分還是韻文），提議送一本絕妙好書給魯道夫，充實他的收藏。四小時後，他空手下山來，那封信交給了皇室的隨從。沒機會見到皇帝的面。馬修跟所有其他求見的大使一起，白等了半天。

「就像困在運牛的貨車上，跟一大堆熱呼呼的身體圈在一起。我本想找個可以呼吸到新鮮空氣的地方，但附近的房間裡都擠滿了巫族。」

「巫族？」我正把馬修的劍收到放餐巾、床單的櫥子頂端，免得傑克抵達時出樓子，一聽這話，立刻從墊腳的桌子上爬下來。

「好幾十個。」馬修道：「她們在抱怨日耳曼發生的事。蓋洛加斯在哪？」

「你的姪兒出去買雞蛋，還要雇管家和廚師。」芳絲娃一口回絕跟我們來中歐，她認為這兒的人擁戴馬丁・路德，目無天主。現在她回到老房子去縱容查爾斯了。其他人抵達前，蓋洛加斯就充當我的聽差兼打雜。他會說流利的日耳曼語和西班牙語，為這棟房子補充日用雜貨時，還真少不了他。「告訴我更多這些巫族的事。」

「中歐任何對自身安全有疑慮的超自然生物——魔族、血族、巫族——都可以在這座城市得到庇護。但巫族在魯道夫的宮廷特別受歡迎，因為他渴求他們的知識以及力量。」

「有趣。」我說。我一開始對他們的身分好奇，就有一連串臉孔在我的第三隻眼前浮現。「那個紅鬍子巫師是什麼人？還有那個一隻眼睛藍色、一隻眼睛綠色的女巫呢？」

「我們不會在這兒久留，不需要在意他們的身分。」馬修往門外走，語氣帶著警告意味。伊麗莎白女王交代的任務已完成，現在他要代表合議會前往河對岸的布拉格老城。「我天黑前回來。待在這兒等蓋洛加斯回來。我不希望妳迷路。」更確切的說法應該是：他不希望我撞見任何巫族。

蓋洛加斯帶著兩個吸血鬼和一個椒鹽麻花餅回到馬刺街。他把餅交給我，然後介紹新來的僕人。

卡洛麗娜（廚師）和特莉莎（管家）都隸屬一個專門為貴族和重要的外籍訪客提供服務，業績蒸蒸日上的波希米亞吸血鬼集團。她們就像柯雷孟家族的侍從，靠超自然的長壽和狼一般的忠誠，在這一行聲譽卓著——也享有不尋常的高薪。付出適當代價，我們不但把這兩名婦人從教廷大使家中移轉過來，也買到集團長老的保密承諾。大使本人也慷慨同意，藉以表示對柯雷孟家族的敬意，畢竟最近這次教皇選舉，我的婆家出了不少力，足夠令大使飲水思源。但我只在意卡洛麗娜會不會煎蛋餃。

這個家安定下來，馬修每天上山到城堡去，我負責行李開箱，認識城牆下這個名叫「小城區」⑩⑤的區域裡的鄰居，並倚門守候還沒有出現的家人。我想念安妮瞪大眼睛面對這世界的樂觀態度，還有傑克萬無一失捲入麻煩的本事。我們那條曲折的街道上，住了一大群各種年齡和國籍的孩子，因為各國使節幾乎都住在這兒。後來我們發現，馬修並非布拉格唯一被皇帝擋在門外的外國人。我遇見的每個人都講得出一堆魯道夫讓重要人物碰釘子、卻花好幾個小時跟來自義大利的書呆子古文專家，或來自薩克森的卑微礦工暢談的故事，蓋洛加斯聽得津津有味。

春季第一天，已至黃昏，房子裡瀰漫著豬肉麵疙瘩的家常香氣，忽然有隻八歲孩子的小手抓住我。

「羅伊登太太！」傑克喊道，他的臉貼著我的上衣，手臂緊緊把我抱住。「妳知道布拉格事實上是四個城市合在一起嗎⑩⑥？倫敦總共才一個城市耶。而且這兒有城堡，還有一條河。明天彼埃要帶我去看風車。」

「哈囉，傑克。」我輕撫他的頭髮。即使來布拉格的旅程這麼艱苦、寒冷，他也還是長高了不少。彼埃一定給他塞了不少食物。我抬頭對安妮和彼埃微笑。「馬修一定很高興你們都來了。他很想念你們。」

「我們也想念他。」傑克仰頭望著我道。他有黑眼圈，雖然長得快，他看起來很蒼白。

「你病了嗎？」我摸摸他額頭問。這種嚴寒的天氣，感冒可能致命，聽說老城區爆發一種危險的傳染病，馬修猜測可能是流行性感冒的一種。

「他一直睡不好。」彼埃低聲道。從他嚴肅的語氣，我聽得出情況不妙，但這件事可以稍後處理。

「好啊，今晚你可以睡安穩了。你房間裡有一張好大的羽毛床。跟特莉莎去吧，傑克。她會指給你看你的東西在哪兒，洗把臉就準備吃晚餐。」基於血族行為規範的考量，溫血人都跟馬修和我一起睡三樓，因為這棟房子的基地窄小，一樓只能容納廚房和家族休息室，所以整個二樓都是用於接待客人的正式廳堂。家中其餘吸血鬼就選最高的四樓，那兒視野開闊，又有很多窗戶可以流通空氣。

「羅伊登老爺。」傑克尖叫道，特莉莎還來不及攔阻，他就撲向門口，把門敞開。真想不通他怎麼會知道馬修在那兒，天色這麼昏暗，馬修又從頭到腳都穿鐵灰色。

「慢點。」馬修趁傑克撞上一雙硬邦邦的吸血鬼大腿而受傷前把他接住。蓋洛加斯經過時，一把抓走傑克的帽子，揉亂了這孩子的頭髮。

「我們差點凍死。在河裡。雪橇翻倒過一次，但狗沒有受傷。我吃過一隻烤熊。安妮的裙子被馬車輪子夾住，差點跌倒。」傑克來不及把旅行的細節一口氣說完。「我看到一棵燃燒的星。它沒有很大，但彼埃說回家以後我必須跟哈利奧特老爺分享。我畫了一幅星星的畫要送給他。」傑克伸手從髒兮兮的緊身上衣裡取出一張同樣髒兮兮的紙。他像捧聖物般，神氣活現地把紙交給馬修。

「畫得很不錯。」馬修鄭重其事地端詳那幅畫道：「我喜歡你表達尾巴的方式。你還在它旁邊畫了別的星星。這麼做很聰明，傑克。哈利奧特老爺一定很高興你這麼有觀察力。」

傑克紅了臉。「這是我最後一張紙。布拉格有賣紙嗎？」在倫敦的時候，每天早晨馬修例行給傑克一

---

⑩⑤ 捷克語小城區意為「小城」，在十三世紀由布拉格古堡外圍的幾個村子組成，是布拉格堡最早對外擴充的區域，古蹟很多。

⑩⑥ 即布拉格市的城堡區、小城區、老城區、新城區。

包廢紙。傑克怎麼把它們用光，就費人猜疑了。

「這座城市有的是紙。」馬修道：「明天彼埃會帶你去小城區的商店。」

聽到如此令人興奮的承諾，要孩子們上樓變得很困難，但特莉莎恩威並施，總算達成任務。這樣我們四個成年人才可以自由交談。

「傑克生病了嗎？」馬修皺眉問彼埃。

「沒有，老爺。自從跟你們分開，他就無法入睡。」彼埃遲疑一下。「我猜是他過去接觸的邪惡在騷擾他。」

馬修舒開眉頭，但仍顯得很擔心。「旅途其他方面都如你的預期嗎？」這是他拐彎抹角詢問有沒有遇到劫匪或其他超自然生物找麻煩的方式。

「路途又長又冷。」彼埃很實際地說：「孩子們總是喊餓。」

蓋洛加斯哈哈大笑：「好呀，聽起來很正常。」

「您呢，老爺？」彼埃含蓄地瞟一眼馬修：「布拉格如您的預期嗎？」

「魯道夫還不肯召見我。謠言說，凱利在火藥塔頂樓炸掉了一堆蒸餾器和其他天曉得什麼東西。」馬修道。

「老城區呢？」彼埃小心翼翼地問道。

「大致還是老樣子。」馬修的口吻特別輕鬆——這就代表他在擔心某件事。

「只要你不理會猶太區傳出的八卦。他們之中的一個巫族，用黏土做出一隻生物，夜間在街上出沒。」蓋洛加斯故作無辜狀，望著他叔叔道：「除此之外，大致上都跟我們一五四七年來幫費迪南皇帝[107]鎮壓這座城市時一樣，沒什麼改變。」

「謝謝你，蓋洛加斯。」馬修的口氣跟河上吹來的風一樣冰冷。

用泥土製造一隻生物，而且還能行動，當然不是普通咒語辦得到的。這種傳言只有一種可能：布拉格某處有個跟我一樣的編織者，能在生者的世界與死者的世界之間來往。但我不需要拷問馬修他的祕密。他的姪子已搶先一步。

「你不至於想把這隻黏土生物的消息隱瞞嬸娘吧？」蓋洛加斯無法置信地搖頭。「你在市場待得不夠久。小城區的婦人什麼都知道，包括皇帝早餐吃什麼，還有他不肯見你。」

馬修輕撫三連屏圖畫的表面，嘆口氣道：「彼埃，你把這個送到宮裡去。」

「但這是七塔的祭壇飾品啊。」彼埃抗議道：「皇帝的小心謹慎是出名的。他一定會接見您，只是時間早晚而已。」

「我們唯一缺少的就是時間——柯雷孟家族的祭壇飾品多得很。」馬修帶著憾意說。「我來寫封信給皇上，然後你就可以出發了。」

不久馬修就打發彼埃和畫作上路。他的僕人同樣空手而回，沒取得約見的承諾。

我周圍那些把世界維繫在一起的線繩開始收緊，交織的模式也發生改變，它整體的規模太大，我分辨不出圖案，也無從理解。但某些事正在布拉格醞釀。我感覺得出來。

那天晚上，我臥室隔壁的房間傳來低語聲，把我驚醒。我墜入夢鄉時在我身旁閱讀的馬修不見了。我踮著腳尖走到門邊，察看誰跟他在一起。

「告訴我，我遮住妖魔的臉時會發生什麼事。」馬修的手迅速地在他面前一張大紙上移動。

「他好像變得比較遠！」傑克悄聲道，對這樣的改變感到敬畏。

「你來試試。」馬修把筆遞給傑克。傑克非常專注地拿著筆，舌頭稍微吐出。馬修搓揉這孩子的背，

---

⑩⑦ 費迪南一世（Ferdinand I, 1503-1564），是出身哈布斯堡家族的奧地利大公及神聖羅馬帝國皇帝，兼匈牙利和波希米亞國王，也是魯道夫二世的祖父。他在一五四七年因企圖用波希米亞軍隊去鎮壓德國的新教徒，引起一場戰爭。後來他動用西班牙軍隊弭平叛亂。

幫助他瘦長骨架上緊繃的肌肉放鬆。傑克坐在他腿上，整個人靠在他懷裡尋求撫慰與支持。「那麼多妖魔。」馬修喃喃道，迎上我的眼睛。

「你要畫你的妖魔嗎？」傑克把紙推往馬修的方向。「然後你也可以睡得著。」

「你的妖魔把我的妖魔都嚇跑了。」馬修的注意力回到傑克身上，表情很凝重。這孩子和他在短暫人生中承受的所有苦難都令我心痛。

馬修再次看著我，他輕點一下頭，表示一切都在控制之中。我給他一個飛吻，回到我們溫暖、輕盈如羽毛的床上。

第二天，我們接到皇帝的回信，信上有厚厚的封印和絲帶。

「那幅畫發生作用了，老爺。」彼埃帶著歉意說。

「應該如此，我很愛那件祭壇飾品。這下子不知要費多少工夫才能把它拿回來。」馬修往椅背上一靠，說道。木椅發出劈啪的抗議聲。馬修伸手去拿信。字跡非常華麗，滿紙都是繞來繞去的渦旋，簡直分辨不出是哪幾個字母。

「為什麼寫字要加這麼多裝飾？」我問。

「賀夫納吉父子⑱來自維也納，經常閒著沒事做。況且在皇上眼中，字就該寫得越花俏越好。」彼埃含糊其詞地回答。

「我下午去見魯道夫。」馬修把信摺好，露出滿意的微笑。「我父親一定很高興。他還寄了錢和珠寶來，但看起來，柯雷孟家族這次不需要付那麼大的代價。」

彼埃送上另一封較小的信，信封上的字跡比較樸素。「皇上還有附筆。這是他親自寫的。」

我湊在馬修肩後，跟他一起讀信。

「Bringen das Buch. Und die Hexe.」最下方有皇帝旋渦似的簽名式，始於一個華麗的R，繞圈的d和l，末尾用兩個f結束。

我的德文生鏽了，但這兩句話還看得懂：帶書來。還有那個女巫。

「我話說得太早了。」馬修嘟囔道。

「我告訴過你，該用爺爺當年趁菲利普國王[109]的老婆反對，從他手中搞來的那幅提香畫的大尺寸維納斯釣他的。」蓋洛加斯道：「魯道夫跟他堂叔都偏愛紅髮女郎，還有火辣辣的圖畫。」

「還有女巫。」我丈夫咬牙切齒道。他把信扔在桌上。「讓他上鉤的不是那幅畫，而是戴安娜。或許我該拒絕他的邀請。」

「那是一道命令，叔叔。」蓋洛加斯壓低雙眉。

「而且魯道夫有艾許摩爾七八二號。」我說：「它不會自動送到馬刺街上的三隻烏鴉之家門口。我們必須去找它。」

「妳說我們是烏鴉，嬸娘？」蓋洛加斯裝出生氣的模樣。

「我說的是這棟房子門口的招牌，你這大白癡。」像這條街上所有其他住宅一樣，我們的房子沒有門牌，只在門口裝個標誌。自從本世紀中葉這地區發生火災以來，本朝皇帝的祖父就堅持，每棟房子除了盛行的壁面彩繪裝飾外，必須有某種足以驗明正身的特徵。

蓋洛加斯咧嘴一笑。「我很清楚妳在說什麼。但我喜歡看妳輝光增強時，整個人變得光芒萬丈的模

---

[108] Joris Hoefnagel（1542-1601）與Jacob Hoefnagel（1575-1630）是出身法蘭德斯的畫家，父尤利斯擅長袖珍肖像，子雅各擅長畫動植物等自然生態。他們的作品很受日耳曼貴族喜愛，魯道夫二世也曾聘用他們。

[109] 此處是指哈布斯堡王室的西班牙國王菲力普二世（1527-1598），他雖沒能當上神聖羅馬帝國的皇帝，卻保留軍事與經濟實力都很強大的西班牙。他曾跟英格蘭的瑪麗一世結婚，成為名義上的英格蘭國王。瑪麗死後，他還曾向伊麗莎白一世求婚，可惜未能遂願。

樣。」

我哼了一聲，布下偽裝咒，使我身上的光芒變得黯淡，降到較不引人注目的凡人層次。

「更何況，」蓋洛加斯繼續道：「我的族人認為，被比擬成烏鴉是一種讚美。我是穆尼，馬修是胡庚。妳就是葛恩朵，嬸娘。妳會是個很棒的女武神。」

「他在說什麼呀？」我聽得莫名其妙，只好問馬修。

「俄丁的烏鴉，以及他的女兒。」⑩

「原來如此。謝謝你，蓋洛加斯。」我有點笨拙地說。被比作神的女兒想必不是壞事。

「就算魯道夫手中那本書真的是艾許摩爾七八二號，我們也不確定它是否能解答我們的疑問。」伏伊尼契手抄本的教訓令馬修放不下心。

「歷史學家永遠不知道一個文本是否能提供解答。即使不能，我們也會因而提出更好的問題。」我答道。

「好觀點。」馬修提一下嘴角。「既然沒有妳在，我就休想見到皇帝或他的書房，沒有那本書，妳又不肯離開布拉格，所以別無選擇，我們一起進宮。」

「你這叫作法自斃，叔叔。」蓋洛加斯高興地說。他用力對我擠了一下眼睛。

跟去瑞其蒙晉見女王那次相較，這次去見皇帝就像到鄰居家借一碗糖那麼輕鬆，只要走到街道另一頭就行了——不過衣著要更為正式。教廷大使的妻子身材跟我差不多，她的衣櫃提供我符合英國顯貴之妻——或柯雷孟家族的一員，她連忙補充一句——的身分，既華麗又不失隆重，各方面都恰到好處的服飾。我喜歡布拉格富裕婦人的穿衣風格：簡單的高領長袍、蓬鬆的長裙、垂墜式衣袖上鑲皮草邊的繡花外套。她們戴的襞領提供多一道遮風擋雪的屏障，也很實用。

馬修心甘情願放棄紅色緊身褲的構想，穿上他一貫的灰、黑二色，搭配深綠色點綴，這是我看他穿過最悅目的顏色。一整個下午，它不斷從及膝燈籠褲設計的衩縫和外套敞領周圍的內襯之間，閃現色彩的變化。

「你看起來好帥。」我打量著他說。

「妳也像個真正的波希米亞貴族。」他親吻我的臉頰道。

「我們可以出發了嗎？」傑克不耐煩地跳來跳去。有人幫他找來一套銀、黑二色的制服，袖子上還綴有十字和新月圖案。

「所以我們是以柯雷孟的身分前往，不是羅伊登。」我緩緩道。

「不，我們還是羅伊登夫婦。」馬修答道：「我們只是帶柯雷孟家的僕人一起旅行而已。」

「這會把所有的人搞糊塗。」走出家門時我說。

「就是這個意思。」馬修微笑道。

如果以一般平民身分前往，我們應該要爬宮殿城牆邊新建的階梯，走起來很安全。但為了配合英格蘭女王代表的身分，我們卻騎馬走曲折的馬刺街，這提供我一個把那些沿著斜坡搭建、有多采多姿的壁畫和彩色招牌的房屋看個清楚的機會。我們經過紅獅屋、金星屋、天鵝屋、雙日屋。到了山頂，我們來個大轉彎，進入滿是貴族豪宅與宮廷官員寓所的城堡區。

這不是我第一次看到布拉格堡，進入布拉格城時，我已經看到它高踞所有建築物上空，從我們的窗戶也看得見它的城牆。但近看比從遠處眺望更能體會到它的巨大與占地廣袤，就像一座全然獨立的城市，有

---

(110) 北歐神話的主神俄丁養了兩隻烏鴉，一隻名叫Muninn，意思是記憶，一隻叫Huginn，意思是思想。牠們每天黎明即起，飛到人間收集各種情報，晚上回去跟俄丁報告。俄丁因肩頭經常停著兩隻烏鴉，所以有「鴉神」的別號。女武神（Valkyrie）是北歐神話中的女戰士，Gondul是其中的一員。她們都是俄丁的女兒，身穿黃金盔甲，騎著飛馬，每逢戰爭，就飛到戰場上挑選英勇戰死的勇士，將他們帶往英靈殿，成為諸神的嘉賓，享受天堂的生活。

獨立的工商業。正前方是聖維特大教堂的哥德式尖塔，牆上穿插著幾座圓塔。雖然當初興建時有防禦功能，但現在這些塔裡都是工廠，數百名工匠以魯道夫的宮殿為家。

宮殿衛士讓我們從西門通行，進入一個四周有圍牆的大院。彼埃和傑克把馬牽開後，我們的武裝帶路人就向靠在城堡圍牆邊的一排房子走去。這批房子興建的年代顯然比較晚，石頭仍保有稜角，煥發光澤。房屋本身像是辦公建築，但我看到房子後面還有高聳的屋頂和中世紀的石砌。

「怎麼回事？」我悄聲問馬修。「為什麼我們不到宮裡去？」

「因為重要的人都不在那兒。」蓋洛加斯道。他夾在腋下的伏伊尼契手抄本，先包一層皮革，然後用繩子繫好，免得紙張因天氣潮濕而變形。

「魯道夫嫌舊皇宮透風又陰暗。」馬修扶著我在滑溜溜的石板上行走，一邊解釋道：「他的新宮殿朝南，俯瞰他的私家花園。而且這兒離教堂──以及教士──比較遠。」

皇居的大廳裡，人群熙來攘往，橫衝直撞，口中嚷著日耳曼語、捷克語、西班牙語、拉丁語，端視說話者來自魯道夫帝國的哪一個角落。我們距離皇帝越近，活動就越劇烈。我們經過一個房間，裡面滿滿的人都在為幾張建築圖形爭執不下。另一個房間裡的人，正激動地辯論一個鑲滿寶石的長方形黃金貝殼碗有哪些優點。最後衛士把我們帶到一間舒適的客廳，那兒有厚重的椅子、鋪了瓷磚的壁爐噴出大量熱氣，兩個人正聊得起勁。他們轉身面對我們。

「日安，老朋友。」一個年約六十的人和氣地用英語說道。他對馬修微笑。

「塔迪奇。」馬修親熱地挽住他的手臂。「你氣色真好。」

「你越來越年輕了。」那人目光閃動。他的凝視沒在我皮膚上引起任何反應。「這就是那個所有的人都在談論的女子嗎？在下塔迪奇．海葉克⑪。」這凡人鞠個躬，我也以屈膝禮回應。

一個皮膚棕褐色、頭髮幾乎跟馬修一樣黑的瘦削紳士向我們走來。「史查達老爺。」馬修行個禮道。

他見到這人沒有像前一個那麼高興。

「她真的是個女巫嗎？」史查達好奇地打量我。「如果是，我妹妹凱瑟琳很樂意跟她見個面。她懷了孕，覺得很苦惱。」

「塔迪奇是御醫，豈不更適合照顧皇子的誕生事宜嗎？」馬修道：「還是令妹的境遇發生了改變？」

「皇上還是很愛我妹妹。」史查達冰冷地說。「只為這個原因，她所有的奇想都值得縱容。」

「你見到尤利斯了嗎？從皇上打開你的三連屏後，他就一直談個不停。」塔迪奇轉移話題道。

「還沒有呢。」馬修的眼光轉到門口。「皇上在嗎？」

「是啊，他在看斯普朗吉大師⑫的一幅新作。非常大，而且……呃，很細膩。」

「又一幅維納斯。」史查達輕蔑地說。

「那幅維納斯跟令妹很像哦，閣下。」海葉克微笑道。

「Ist das Matthäus höre ich?」（德文：我聽見馬修的聲音嗎？）一個鼻音很重的聲音從房間另一頭傳來。所有人都立刻轉身，深深鞠躬為禮。我也本能地行了個屈膝禮。聽懂他們的對話將是一大挑戰，我原本希望魯道夫用拉丁語交談，而非日耳曼語。「Und Sie das Buch und die Hexe Gebracht, ich verstehe. Und die norwegische Wolf.」（德文：書和女巫都帶來了，我看到了。還有那頭挪威狼。）

魯道夫是個矮個兒，卻長了一個不成比例的長下巴和突出的下唇。哈布斯堡家族豐滿多肉的嘴唇，使他臉孔下半截特別醒目，不過配上那雙蒼白暴突的金魚眼和寬扁的大鼻子，倒也不失平衡。多年來養尊處優的生活和美酒，造就他肥碩的體型，兩條腿卻很細。他穿一雙飾有金色紋章的紅色高跟鞋，快步向我們

---

⑪ Tadeáš Hájek（1525-1600），十六世紀名醫及天文學家，留下大量天文學著作。

⑫ Bartholomeus Spranger（1546-1611），法蘭德斯畫家，在魯道夫二世的宮廷裡深受寵信，為魯道夫畫了很多幅以希臘羅馬神話為主題的裸女畫，據說是要表達魯道夫晦澀的哲學觀念。

走來。

「我把妻子帶來了，陛下，如您所命。」馬修特別強調「妻子」二字。蓋洛加斯把馬修的英文翻譯成完美的日耳曼語，好像我丈夫不會說這種語言似的——我知道他會，我曾經跟他一起坐雪橇從漢堡經威登堡來到布拉格。

「Y su talento para los juegos también.」（西班牙文：也帶來她的魔力。）魯道夫輕而易舉轉換到西班牙語，好像這麼做就能說服馬修直接跟他對話似的。他慢慢端詳我，尤其在我身體的曲線上流連良久，一絲不肯放過，讓我很想馬上衝去淋浴。「Es una lástima que se casó en absoluto, pero aún más lamentable que ella está casada con usted.」（西班牙文：真可惜她已經結婚了，更可惜的是，她竟然嫁給了你。）

「真的很可惜，陛下。」馬修仍堅持說英語，語氣非常尖銳：「但我向您保證，我們確實正式成親了。家父堅持這麼做，內人也堅持這麼做。」這番話讓魯道夫越發興趣濃厚，把我看得更仔細。

蓋洛加斯救了我，他把書砰一聲放在桌上。「書在這兒。」

這總算轉移了他們的注意力。史查達拆開包裝，海葉克和魯道夫討論著皇家圖書室增加這本書是一件多麼了不起的好事。但書亮相時，室內的氣氛卻一變而為濃郁的失望。

「這是開什麼玩笑？」魯道夫用日耳曼語斥道。

「我不確定我理解陛下的意思。」馬修答道，然後等蓋洛加斯翻譯。

「我的意思是我認得這本書。」魯道夫口沫橫飛。

「這不意外，陛下，因為您把這本書給了約翰‧狄——據說是個錯誤。」馬修鞠躬道。

「皇上不會犯錯！」史查達臭著臉把書推開。

「每個人都會犯錯，史查達先生。」海葉克和顏悅色道：「但我相信這本書交還給皇上，一定有個理由。說不定狄博士發現了書中的祕密。」

「這本書除了幼稚的圖片，什麼也沒有。」史查達反駁道。

「因為如此，這本書才被塞進狄博士的行李嗎？你希望他能解讀出什麼你無法理解的訊息嗎？」馬修的話對史查達有不良影響，他的臉變成醬紫色。「或許你借了狄博士的書，史查達先生，就是那本來自羅傑・培根的收藏、有鍊金術插圖的書，你希望那本書能幫助你破解這本書的密碼。這麼想可比假設你用欺騙的手法愚弄狄博士，取得他的寶物，要令人愉快多了。陛下當然不可能介入這種邪惡的行徑。」馬修的笑容讓人心頭發寒。

「你是想把你說我持有的那本書帶回英格蘭嗎？」魯道夫嚴厲地追問：「或你對我的實驗室還有其他貪念？」

「如果您是指愛德華・凱利，女王希望得到保證，他留在這兒是基於他個人的自由意志。」馬修撒謊。但他隨即把話題帶到比較和緩的方向。「喜歡那件新的祭壇飾品嗎？陛下。」

馬修為皇帝提供了剛好夠他重整旗鼓——且挽回顏面——的空間。「博斯真是不同凡響。我叔叔聽說我得到它，一定會很難過。」魯道夫張望一下四周。「哎呀，這個房間不適合展示它。我本想拿給西班牙大使看，但這兒不能跟畫保持欣賞它所需的充分距離。那麼一件作品，你必須慢慢向它靠近。讓所有的細節自然而然浮現。來。看看我把它放在哪裡。」

馬修與蓋洛加斯布好陣勢，讓魯道夫無論如何都沒法子靠我太近，我們列隊走進另一個房間，乍看像物品過多卻人手不足的博物館裡的一間儲藏室。架子上、櫃子裡堆了那麼多貝殼、書、化石，好像隨時會垮掉。巨大的畫作——包括新到手的那幅維納斯，它豈止是細膩，根本就是公然宣淫——靠著銅像而立。這想必就是魯道夫著名的古玩室，放滿奇珍異寶的藏寶庫。

「陛下需要更多空間——或減少收藏品。」馬修一把接住一件差點摔到地上的瓷器。

「我永遠有辦法為新寶物找到收藏的地方。」皇帝的眼光再次停留在我身上。「我正在興建四間新的藏寶室，裝所有的寶貝。你們可以看見那些人在工作。」他指著窗外的兩座塔，以及一棟即將把塔與皇帝的住處，以及對面另一棟新房子連接在一起的長方形建築。「完工前，歐泰維歐和塔迪奇會替我編輯收藏品的目錄，並把我的需求告訴建築師。我可不希望東西通通搬進新的藏寶室以後，很快又不夠用了。」

魯道夫帶我們穿過一間間儲藏室，直到我們終於來到一個兩旁都有窗戶的長廊。這兒光線充足，經過前幾個黝暗而灰塵密布的房間，來到這兒的感覺就像吸進一大口新鮮空氣。

看到房間正中央，我驚訝得停下腳步。馬修的祭壇三連屏打開，放在一張鋪著綠色厚絨布的長桌上。皇帝說得對：站得離這幅畫太近，就不可能充分欣賞它的色彩。

「真美，戴安娜夫人。」魯道夫出其不意地握住我的手。「注意，妳每走近一步，都有變化發生。只有庸俗的作品才能一次看盡，因為它們沒什麼值得透露的祕密。」

史查達帶著公開的恨意看著我，海葉克的眼神則是帶著憐憫。馬修根本不看我，他瞪著皇帝。

「說到這一點，陛下，我可以看一眼狄博士的書嗎？」馬修的表情很誠懇，但他騙不過房間裡任何一個人。惡狼正待機撲噬。

「誰知道它現在在哪？」魯道夫不得不放開我的手，故作不在乎狀，朝我們方才經過的所有房間揮一下手。

「如果這麼寶貴的手抄本在皇上需要的時候竟然找不到，一定要怪史查達先生怠忽職守了。」馬修柔聲道。

「歐泰維歐最近很忙，有很多重要的工作！」魯道夫怒目瞪著馬修。「而且我不信任狄博士。貴國女王要小心他虛偽的承諾。」

「但您信任凱利。或許他知道書在哪裡？」

聽了這話，皇帝表現出明顯的不安。「我不要愛德華受打擾。他的鍊金術研究正進入一個微妙的階段。」

「布拉格有很多迷人之處，戴安娜受彭布羅克女伯爵的委託，要採買一些鍊金實驗的玻璃器材。我們可以先處理這件工作，直到愛德華爵士有空見客。說不定到時候史查達先生也已經找到您失落的書了。」

「彭布羅克女伯爵？就是女王的英雄菲利普・錫德尼爵士的妹妹嗎？」魯道夫的興趣又被挑起了。馬修張口正要回答，魯道夫舉手制止他道：「這是戴安娜夫人的任務。讓她回答。」

「是的，陛下。」我用西班牙語答道。我的發音很糟，希望這能澆熄他的興趣。

「迷人。」魯道夫喃喃道。*可惡*。「很好，戴安娜夫人可以去參觀我的工廠。我喜歡滿足淑女的願望。」

不知道他所謂的淑女是哪一位。

「至於凱利和書，再看看。再看看。」魯道夫朝三連屏轉過身去。「『*多看多聽勿多言。*』諺語不就是這麼說的嗎？」

第二十八章

「妳見到狼人嗎？羅伊登太太。他是皇上的獵場看守員，我鄰居哈白梅太太聽過他在夜裡長嗥。人家說他專吃皇家鹿壕裡的御鹿。」胡勃太太用戴著手套的手拿起一顆包心菜，懷疑地嗅一嗅。胡勃先生曾經在倫敦的提秤場[113]經商，雖然她並不喜歡那座城市，卻能說一口流利的英語。

---

[113] Steelyard為倫敦地名，在泰晤士河北岸，從十二到十七世紀，是神聖羅馬帝國之下各諸侯國與自由市的商人組成的漢薩同盟在倫敦的交易中心。

「瞎說。世界上沒有狼人。」羅西太太道，轉過長脖子，對洋蔥價格嘖有煩言。「但我的史戴法諾告訴我，宮裡有很多妖魔。大教堂的主教想驅除他們，但皇帝拒絕了。」羅西太太跟胡勃太太一樣在倫敦住過。當時她是一個企圖把風格主義引進英格蘭的義大利藝術家的情婦。現在她是另一個企圖把玻璃切割藝術引進布拉格的義大利藝術家的情婦。

「我既沒有看見狼人，也沒看見妖魔。」我坦承道，那些女人的臉色黯淡下來。「但我卻看到皇上新收藏的繪畫。」我壓低聲音：「我看到維納斯，出浴。」我意味深長地看她們一眼。

不能搬弄異世界生物的是非，皇族的變態嗜好也可以充數。胡勃太太來了精神。

「魯道夫皇帝需要一個妻子，一個會替他燒飯的奧地利好女人。」她紓尊降貴向感激不盡的菜販買了一顆包心菜，他已經忍受她挑剔他的農產品將近三十分鐘了。「再給我們講講那隻獨角獸的角。它應該有神奇的治病功效。」

這是兩天以來我第四次被要求描述皇帝收藏的珍寶了。我們獲准進入魯道夫私人住所的消息，在我們回到三隻烏鴉前就傳開了，第二天一早，小城區的太太們就迫不及待地要聽我報導參觀印象。

從那天開始，來到我們家的皇家信差，還有數十位波希米亞貴族和外國權貴身穿制服的僕人，都引起她們進一步的好奇。馬修得到皇上接見後，就躋身皇室天空，成為一顆明星，老朋友也紛紛露面，承認他已來到布拉格——並向他求助。彼埃取出帳冊，不久柯雷孟銀行的布拉格分行就開始營運，雖然我沒看到什麼錢進來，卻看到資金穩定流出，償付積欠布拉格老城區商家的過期款項。

「皇帝送一個包裹來給妳。」我從市場回來時，馬修告訴我。他用鵝毛筆指向一個形狀不規則的布包。「妳一旦打開，魯道夫就會期待妳親自向他致謝。」

「會是什麼？」我撫摸袋裡物品的輪廓。不是書。

「我保證，收下就會後悔的東西。」馬修把筆往墨水瓶裡一擲，幾滴濃濃的黑墨汁噴濺到桌面上。

「魯道夫是個收藏家，戴安娜。他不僅對獨角鯨的角和牛黃石感興趣。他蒐羅人就像蒐羅物品一樣起勁，而且不會因為擁有他們就放棄他們。」

「比方凱利。」我解開繫包裹的繩子道：「但我是非賣品。」

「每個人都有價格的。」馬修忽然瞪大眼睛：「我的天！」

一座兩呎高、金銀打造的戴安娜女神像出現在我們面前，她全身赤裸，手中持弓，側坐在一頭公鹿背上的馬鞍上，腳踝端莊地交疊在一起。一對獵犬坐在她腳下。

蓋洛加斯吹了聲口哨：「好呀，這次我得承認，皇上把他的慾望表達得非常清楚。」

但我忙於研究這座雕像，沒時間在意他的話。基座上插了一枚小鑰匙。我轉了它一下，雄鹿就跳起來，躍過地板。「看啊，馬修。你看見嗎？」

「妳不需要擔心叔叔沒在注意看。」蓋洛加斯向我保證。

說得沒錯：馬修正怒氣沖沖瞪著那座雕像。

「哇，小傑克。」傑克衝進來，蓋洛加斯一把揪住這孩子的衣領。但做過職業小偷的傑克嗅到好東西時，這種招數哪裡攔得住他。他沒骨頭似的，身體一軟，溜到地上，把外套留在蓋洛加斯手中，自顧跳上去追鹿。

「是玩具？給我的？為什麼那位小姐不穿衣服？不冷嗎？」問題連珠砲似的從傑克口中湧出。跟小城區所有其他女人一樣愛看熱鬧的特莉莎，過來查看何事騷動。她看到雇主的辦公室裡有裸女，不由得驚呼一聲，連忙摀住傑克雙眼。

蓋洛加斯瞄著雕像的乳房。「是啊，傑克，我認為她很冷。」這讓他頭上挨了特莉莎一掌，但她仍緊緊抓住不停扭動的傑克。

「那是個機器人，傑克。」馬修把那雕像拿起來說。一被拿起，公鹿的頭就彈開，露出裡面的一個空間。「這個裝置應該會繞著皇帝的餐桌跑。它停下時，最近的人就必須喝鹿頸裡的酒。何不拿去給安妮看看它的能耐？」他把鹿頭扣回原位，把這無價之寶遞給蓋洛加斯。然後他嚴肅地看著我：「我們得談談。」

蓋洛加斯推著特莉莎和傑克走出房間，一路答應著要去買椒鹽麻花和溜冰。

「妳的處境很危險，我的愛。」馬修用手指爬梳著頭髮，這動作總讓他顯得更英俊迷人。「我告訴合議會，妳只是扮作我的妻子，這是保護妳不至於因使用巫術被起訴的權宜之計，而且使柏威克獵捕女巫的行動局限在蘇格蘭。」

「但我們的朋友和你的吸血鬼同族都知道，事實並非如此。」我說。吸血鬼的嗅覺不會撒謊，我全身都是馬修獨特的氣味。「而且巫族不需要動用第三隻眼，也會知道我們的關係沒那麼單純。」

「或許如此，但魯道夫既不是吸血鬼，也不是巫師。皇上透過他在合議會的內線，認定我倆之間毫無關係，所以他會放心大膽地追求妳。」馬修的手指撫上我臉頰。「我不跟人分享，戴安娜。如果魯道夫做得太過分……」

「你要克制你的憤怒。」我用我的手蓋住他的手。「你知道我不會接受神聖羅馬帝國的皇帝——或任何其他人——的誘惑。我們需要艾許摩爾七八二號。誰在乎魯道夫瞟我的乳房？」

「光是瞟，我能忍受。」馬修吻我道：「妳去向皇上致謝前，有些事妳該知道。合議會滿足魯道夫對女人和珍寶的愛好，已經有一段時間，這是爭取他合作的一種手段。如果皇上要得到妳，並且找其他八位合議會的成員裁決，他們的決議一定對我們不利。合議會會把妳交給他，因為他們不能容許布拉格落到特里爾大主教和他的耶穌會盟友手中⑭。他們也不希望魯道夫變成另一個蓄意讓超自然生物大失血的詹姆士王。布拉格看起來像異界生物的綠洲，但就像所有綠洲一樣，這裡提供的庇護只是海市蜃樓。」

「我懂。」我道。為什麼跟馬修有關的每件事都這麼糾葛？我們的生活讓我聯想到咒語盒裡那些糾纏在一起的繩子。不論多少次我把它們分開，要不了多久它們就又纏成了一團。

馬修放開我。「妳進宮時，帶蓋洛加斯同行。」

「你不去？」馬修既然這麼擔心，我很驚訝他會讓我離開他的視線。

「不去。魯道夫看到我們一起出現的次數越多，他的想像力就越活躍，貪念也越強烈。而且蓋洛加斯說不定能混進凱利的實驗室。我姪子比我有魅力多了。」馬修咧嘴一笑，但這表情絲毫不能緩和他眼睛裡的陰影。

蓋洛加斯堅稱他有個計策，讓我不需要跟魯道夫私下談話，就能公開表達我的謝意。直到鐘敲三點，我才第一次對他的計畫會造成什麼結果稍有概念。試圖從聖維特大教堂側面的尖頂拱門擠進裡面的人潮，確認了我的想法沒錯。

「席格蒙響了。」蓋洛加斯彎下腰，湊在我耳邊說。鐘聲震耳欲聾，我幾乎聽不見他的話。我困惑地看他一眼，他指著上方不遠處一座尖塔上的金色柵欄。「那座大鐘叫作席格蒙。這樣妳才知道自己到了布拉格。」

聖維特大教堂是典型的哥德式教堂，有向外延伸的飛扶牆和細得像針的尖塔。它的輪廓在昏暗的冬季下午尤其顯得清晰。教堂裡點燃的蠟燭熊熊燃燒，但在廣大的教堂裡，它們只像是漫漫黑暗中的幾點小黃星。室外天色晦暗，彩色玻璃窗和生動的壁畫都無法提升充滿壓迫感的沈重氣氛。蓋洛加斯小心翼翼把我帶到火炬光圈裡。

---

(114) 特里爾主教轄區在大主教荀能柏（Johann von Schönenberg）主導下，從一五八一年到一五九三年爆發歐洲史上最大規模的獵巫事件，於一五八七年臻於顛峰。這次事件造成一千多人死亡，僅特里爾市就有三百六十八人被處死。荀能柏的主要目標是剷除基督新教徒、猶太人、巫師等社會「異類」。

「調低妳的偽裝咒。」他建議道：「這兒太黑，魯道夫可能看不到妳。」

「你要我發光？」我對他做出最嚴厲的小學女老師表情。他只回敬我一個微笑。

我們跟各形各色的人一起等候彌撒開始，這些人構成有趣的組合，包括低階宮廷職員、朝臣、貴族等。有些工匠身上還殘留著污漬或焦痕，大多數都顯得很疲倦。我看夠了人群，便抬頭觀察教堂的規模與建築風格。

「好多個穹頂啊。」我喃喃道。這裡的肋梁比英國大多數的哥德式教堂都更複雜。

「馬修有想法的時候，就會產生這種結果。」蓋洛加斯又有高論。

「馬修？」我訝道。

「很久以前，他路過布拉格，新建築師彼得・巴勒⑮太青澀，擔當不了這麼重要的工程。問題是大瘟疫第一次爆發就殺死了大部分師傅級的石匠，只好由巴勒獨挑大梁。馬修決定指點他，他們兩個後來有點瘋狂。不能說我了解他跟年輕的彼得究竟想表達什麼，但確實很引人注目。等妳看到他們怎麼蓋主堂再說吧。」

我張口想再提出問題，但人群忽然安靜下來。魯道夫來了。我伸長脖子張望。

「他在那裡。」蓋洛加斯低聲道，抬頭向右望。魯道夫走一條我曾看到過、從宮殿連接到教堂、有屋頂的廊道，從二樓進入聖維特大教堂。他站在一間飾有他各種頭銜與榮銜、色彩鮮豔的紋章盾牌圍繞的包廂裡。這個包廂雖然像天花板一樣，也採用裝飾得異常繁複的穹頂支撐，但整體造型活像一棵長了太多節瘤的樹。跟這座教堂裡其他建築上的支撐具有的那種令人嘆為觀止的乾淨俐落相較，我不認為這是馬修的作品。

魯道夫在俯瞰本堂的位子上落座，眾人紛紛朝皇室包廂鞠躬或行屈膝禮。魯道夫卻因受到注意而有點不安。他在私室裡跟朝臣共處輕鬆自若，到了這兒卻顯得羞澀而沈默。他側身聽一名侍從講悄悄話，隨即看見了我。他優雅地點一下頭，露出笑容。人群紛紛轉頭，看看是誰獲得皇上特別的眷顧。

「行禮。」蓋洛加斯低聲道。我連忙再次屈膝。

總算平平安安熬完這場彌撒，沒再發生事故。我發現沒有人（包括皇帝在內）需領聖體，不禁鬆了一口氣。整個儀式很快就結束。沒多久魯道夫就悄悄溜回他的私人住所，無疑又去欣賞他的收藏品了。

皇上和神父離開後，正堂就成了朋友相聚、交換新聞八卦的聯誼場所。我看見史查達在遠處，正跟一個身穿色彩花稍羊毛長袍的紳士聊得起勁。海葉克醫師也在場，跟一對顯然深陷愛河的年輕情侶笑語晏晏。我對他微笑，他朝我這方向微微一鞠躬。我對史查達避之唯恐不及，但我喜歡這位御醫。

「蓋洛加斯？你不是應該在冬眠嗎？就像其他的熊？」一個眼眶深凹的矮個子男人走過來，嘴巴扭曲成一個諷刺的微笑。他的衣著款式簡單，但一望即知很昂貴，手指上戴滿金戒，炫耀他的財富。

「這種天氣，我們都應該冬眠。看到你氣色這麼好，真高興，尤利斯。」蓋洛加斯握住他的手，拍他的背。那人挨了一記重擊，眼珠子差點迸出來。

「我也想對你說這種話，但你總是那麼健康，就省了無謂的客套吧。」那人轉向我：「還有這位女神。」

「我的名字是戴安娜。」我道，點頭為禮。

「妳在這裡不叫這名字。魯道夫稱妳『La Diosa de la Caza』，就是西班牙文的狩獵女神。皇上已下令可憐的斯普朗吉大師擱置他正繪製的維納斯出浴，改畫新題材：戴安娜梳妝被打擾。我們都在熱切期待，看斯普朗吉能不能在這麼短的時間裡做出這麼大的改變。」那人鞠個躬：「在下尤利斯•賀夫納吉。」

「書法家。」我憶起馬修接到魯道夫召見的詔書時，彼埃曾談及信上華麗的書法。但這名字有點耳熟

---

(115) Peter Parler（1330-1399），德國建築師，曾在布拉格建造聖維特大教堂與查理大橋。

……

「藝術家。」蓋洛加斯溫和地糾正我。

「女神。」一個瘦削的男子用滿布疤痕的手做了一個脫帽的大動作。「我是伊拉斯默斯・哈白梅。妳能否盡快抽空光臨鄙人的工作坊。陛下要為妳做一個機械式的占星萬年曆，以便對捉摸不定的月亮盈虧做更好的觀察，但一定要妳樂意才行。」

哈白梅也是個耳熟的名字……

「她明天得來我那兒。」一個三十來歲、大腹便便的男人，推開越來越密集的人群走過來。他有明顯的義大利口音。「女神要畫像。陛下希望把她的模樣刻在石頭上，象徵他對她的好感永不改變。」他的上唇冒出小顆汗珠。

「米塞隆尼先生！」另一個義大利人誇張地把雙手合在胸前，說道：「我還以為我們講好了。女神必須練舞，如果她要達成皇上的願望，參加下週的宴會演出。」他朝我鞠個躬。「在下阿豐索・巴塞帝，陛下的舞蹈教練。」

「但我的妻子不喜歡跳舞。」一道冷冰冰的聲音在我背後響起。一隻長臂繞過來，牽起我正在撥弄緊身上衣下襬的手。「難道妳喜歡，我的愛？」最後這句親密的稱呼還搭配了指關節上的一下輕吻和帶有警告意味的一下輕咬。

「馬修總是適時趕到，一向如此。」尤利斯豪邁地大笑。「你好嗎？」

「在家沒找到戴安娜，有點失望。」馬修用稍帶遺憾的口吻說：「但再怎麼多情的丈夫碰到上帝這樣的情敵，也只有認輸的份。」

賀夫納吉密切注意馬修，評估他表情的每一個變化。我忽然想起他是什麼人了，一位絕頂精細的自然觀察家，他繪製的植物和動物圖畫就如同瑪莉鞋子上的小動物，彷彿擁有真正的生命。

「好啦，今天上帝跟她的約會已經告一段落。我想你可以帶妻子回家了。」賀夫納吉和氣地說道：「妳使一個原本枯燥乏味的春天變得生氣勃勃，女神。為了這一點，我們都很感激妳。」

蓋洛加斯承諾會把我互相衝突的多種行程安排妥當後，那些人就陸續離開了。賀夫納吉留到最後才走。

「我會注意你的妻子，影子。或許你也該這麼做。」

「我一直很注意我的妻子，那是應該的，否則我怎麼會知道該來這裡呢？」

「當然。原諒我多管閒事。森林有耳，田野有眼。」賀夫納吉一鞠躬：「宮廷裡見，女神。」

「她的名字是戴安娜。」馬修嚴厲地說：「稱柯雷孟夫人也可以。」

「我本以為你們姓羅伊登。我搞錯了。」賀夫納吉倒退幾步。「晚安，馬修。」他的腳步聲在石砌地板上回響，終於沈寂。

「影子？」我問：「這兒的人也這麼稱呼你？」

「伊麗莎白不是唯一使用這名字的人。」馬修轉眼望向蓋洛加斯。「巴塞帝先生所謂的宴會演出是怎麼回事？」

「哦，沒什麼不尋常的。大致就是神話題材加上蹩腳的配樂和更蹩腳的編舞。所有廷臣都喝得爛醉，夜宴結束時每個人都走錯臥室。九個月後就有一大群父親身分不明的貴族嬰兒誕生。照例如此。」

「Sic transit gloria mundi.」（拉丁文：塵世繁華無常。）馬修嘟噥道。他向我鞠個躬：「我們回家好嗎，女神？」陌生人用這綽號令我不安，但出自馬修之口，簡直無法忍受。「傑克告訴我，今晚的燉肉特別美味。」

整個晚上馬修都很疏離，我聽孩子描述這一天發生的事，聽彼埃報導布拉格的新聞時，他一直垂著眼簾窺看我。他們提到的每個名字都很陌生，敘事又顛三倒四，最後我決定不再追問，直接上床就寢。

傑克的哭聲驚醒了我，我衝到他身旁，發現馬修已搶先一步趕到。孩子瘋狂地撞來撞去，叫喊求助。

「我的骨頭都飛散開來了！」他仍哭道：「好痛！好痛！」

馬修把他緊緊抱在胸前，使他無法動彈。「噓，我把你抱住了。」他一直抱著這孩子，直到他細瘦的小胳膊不再震顫。

「今晚所有的妖魔看起來都跟普通人一樣，羅伊登老爺。」傑克往我丈夫的懷裡縮得更緊，訴說道。他的聲音筋疲力盡，眼睛底下的黑圈使他顯得比實際年齡蒼老。

「經常都是這樣，傑克。」馬修道：「經常都是這樣。」

接下來幾週，我的行程像一陣旋風——皇帝的珠寶匠、皇帝的儀器製造商、皇帝的舞蹈教練。每個約會都讓我更深入組成皇宮的那批建築物的核心，進入專門保留給魯道夫最重視的藝術家和學者的工作坊與私人寓所。

約會之間的空檔，蓋洛加斯帶我去參觀宮殿裡我沒到過的地方。我們去過動物園，魯道夫在這裡豢養獅子和豹子，就如同他把肖像畫家和音樂家養在大教堂東側那些狹窄的街道上。我們去過鹿壕，這兒為了讓魯道夫享有更好的運動，做過整修。我們去過牆上布滿壁畫的競技場，這是廷臣做運動的地方。我們也看過為保護皇上珍貴的無花果樹度過嚴寒的波希米亞冬季而建造的新溫室。

但有個地方就連蓋洛加斯也未獲准進入：火藥塔，愛德華・凱利在此埋首他的蒸餾器和坩鍋之間，希望製成賢者之石。我們站在塔外，企圖說服駐守在門口的警衛放我們進去。蓋洛加斯甚至放大音量熱烈地打招呼。結果附近鄰居都衝出來察看是否失火，卻沒引起狄博士前助手的任何反應。

「好像他是個囚犯似的。」我對馬修說。這時晚餐的碗盤都已收走，傑克和安妮也都安然上床。他們痛快地玩溜冰、雪橇，然後享用椒鹽麻花餅。我們已放棄偽裝他們是我們的僕人。我希望有機會過正常八歲男孩的生活，能幫助傑克不再做噩夢。但皇宮不適合他們。我害怕他們到處亂跑，一迷路就永遠回不來，因為他們不會說這裡的語言，也無法告訴人家他們是誰家的孩子。

「凱利確實是個囚犯。」馬修玩弄著高腳杯的長柄說道，杯子是厚實的銀製品，映著爐火閃閃發光。「聽說他偶爾回家，通常都在深夜沒有人看見的時刻。這麼說來，他在皇帝不斷需索下，起碼還有一點喘息的空間。」

「妳還沒見過凱利太太。」馬修淡然道。

這是事實，仔細想來，當真有點奇怪。或許我根本走錯了方向，所以無法見到這位鍊金術師。我讓自己捲入宮廷生活，原本希望能敲開凱利實驗室的門，直接走進去向他索討艾許摩爾七八二號。但熟悉宮廷生活後，我就發現，這麼直接的手段，成功希望很渺茫。

第二天早晨，我刻意跟特莉莎一塊兒去買菜。戶外天寒地凍，北風凜冽，但我們還是高一腳低一腳走到了市場。

「妳認識我的同胞凱利太太嗎？」等候麵包店老闆把我們購買的東西打包時，我問胡勃太太。小城區的家庭主婦跟魯道夫一樣酷愛收集，不過她們收集的是稀奇古怪的情報。「她先生是皇上的僕人。」

「妳是說，被皇上關在籠子裡的鍊金術師吧。」胡勃太太冷哼一聲道：「那家人經常發生怪事。狄博士在這兒的時候，情況還更糟。凱利先生總是色瞇瞇地盯著狄太太。」

「那凱利太太呢？」我提醒她。

「她很少外出。她的廚師負責採買。」胡勃太太不贊成把家庭主婦的這項職責委託給別人。這麼做會產生各式各樣的麻煩事兒，包括（她說的）觀念激進的「再洗禮教派」，還會讓廚房用品的贓物市場生意興隆。我們第一次見面時，她就把自己對這件事的看法表達得很清楚，這也是我不管什麼樣的天氣都親自出門選購包心菜的主要原因。

「我們聊的是那位鍊金術師的太太嗎？」羅西太太問道，她走在結凍的石板地上失足打滑，差點撞上一輛裝滿煤炭的手推車。「她是英國人，本來就很奇怪。而且她買酒的花費太高，遠超出合宜的程度。」

「妳們兩位怎麼知道這麼多事？」我笑完以後問道。

「我們請的是同一個洗衣婦呀。」胡勃太太訝異地說。

「在洗衣婦面前，我們都沒有祕密可言。」羅西太太表示同意。「她也洗狄博士家的衣服，直到狄太太因為她洗餐巾收費太貴，把她辭退為止。」

「真是個斤斤計較的女人啊，那個珍妮•狄，不過儉省也不是她的錯。」胡勃太太嘆口氣承認道。

「妳為什麼要見凱利太太？」羅西太太把一條辮子麵包放進購物籃，問道。

「我要見她的丈夫。我對鍊金術有興趣，有幾個問題想請教他。」

「妳願意付費嗎？」胡勃太太圈起大拇指和食指，比出一個普世通行、而且任何時代都適用的手勢。

「付費做什麼？」我困惑了。

「當然是買他的答案嘍。」

「好啊。」我同意，但不知她有什麼奇怪的點子。

「交給我吧。」胡勃太太道：「我想吃一客小肉排，羅伊登太太，在妳家附近開酒店的那個奧地利人，肉排煎得很道地。」

結果發現，那個奧地利煎肉排高手的女兒，跟凱利十歲的繼女伊麗莎白請同一位家庭教師。他家的廚師是洗衣婦的姨丈，這位姨媽的小姑則在凱利家中幫傭。

是這套女性親戚關係組成的神祕鎖鍊，而非蓋洛加斯在宮廷裡的人脈，幫助馬修和我在午夜時分進入凱利住宅二樓的客廳，等這位大人物蒞臨。

「他隨時會到。」喬安娜•凱利安慰我們。她的眼睛泛紅，眼神呆滯，但這究竟是喝酒過量或看來他們全家大小都傳染到的感冒所致，就無從判斷了。

「不用為我們麻煩了，凱利太太。我們習慣晚睡。」馬修體諒地說，對她露出一個燦爛的微笑。「妳喜歡這棟新房子嗎？」

我們在奧地利社區和義大利社區多方偵察和探索，得知凱利最近買了一棟房子，就在三隻烏鴉的下一個街角，這一區以富有創意的門牌著稱。有人利用聖嬰誕生圖剩餘的幾件木刻，鋸掉半截後裝在木板上。做出來的成品是把馬利亞的驢子的頭，裝在小耶穌的搖籃裡。

「目前驢與搖籃很合我們的需要，羅伊登老爺。」凱利太太打了一個驚天動地的噴嚏，又喝了一口酒。「我們本來以為皇上會因為愛德華的工作，而在宮裡安排一間房子給我們，但這兒也還過得去。」

盤旋的樓梯上傳來規律的腳步聲。「愛德華回來了。」

先出現一根手杖，接著是染有污漬的手，然後是同樣沾著污漬的衣袖。愛德華・凱利其餘的部分看起來同樣邋遢。他的長鬍鬚橫七豎八從蓋住耳朵的深色無邊帽下面翹出來。如果他曾經有頂正式的帽子，現在也不見了。圓滾滾的肚皮顯示他對伙食很滿意。他吹著口哨一跛一跛走進房裡，但一看到馬修就愣住了。

「愛德華。」馬修照例對他露出燦爛的微笑，但這笑容帶給凱利的愉悅，顯然還不及他妻子的一半。「我們竟然在離鄉這麼遠的地方重逢。」

「你怎麼會……？」愛德華聲音沙啞。他四下張望，眼光落在我身上，推擠的力道跟我遇見的任何一個魔族同樣詭異。但還不止：他周遭的線繩開始擾動，不正常的編織紋路顯示他不僅魔性深重——而且非常不穩定。他牽動嘴唇：「女巫。」

「皇上提升了她的位階，就像他也給你晉級。現在大家稱呼她女神。」馬修道：「坐下來歇歇腿。我記得，天冷會讓你不適。」

「你找我做什麼，羅伊登？」凱利握緊手杖。

「他代表女王來的，愛德華。我本來已經上床了，」喬安娜哀怨地說：「我都沒得休息。這討厭的寒熱病，害我還沒跟我們的鄰居見面。你都不告訴我，這麼近的距離外就住得有英國人。啊，我從閣樓窗口就能望見羅伊登太太的房子。你都待在城堡，我只有一個人，好想說說家鄉話，但是——」

「回床上去，親愛的。」凱利把喬安娜打發走。「把酒帶著。」

凱利太太抽抽嗒嗒，聽話地離開，表情很可憐。身為一個英國女人，無親無故地住在布拉格，日子真的不好過，如果再加上丈夫可以去的地方妳都不准進入，一定加倍苦悶。她走後，凱利笨重地挪到桌旁，坐在妻子原先的椅子上。他齜牙咧嘴把腿抬高，然後用充滿敵意的黑眼睛瞪著馬修。

「告訴我，怎麼做才能擺脫你。」他毫不客氣地說。凱利或許跟克特一樣狡猾，卻沒有他的魅力。

「女王需要你。」馬修同樣直截了當地說。「我們要狄博士的書。」

「哪一本？」凱利飛快答道——太快了。

「以一個江湖騙子而言，你撒謊的技術糟透了，凱利。你怎麼騙過他們的？」馬修翹起穿著靴子的長腿，架在桌子上。他的鞋跟敲上桌面時，凱利瑟縮了一下。

「如果狄博士指控我偷竊，」凱利虛張聲勢道：「我就要堅持當著皇上的面討論這件事。他不會讓我受這種待遇，竟然到我家來詆毀我的名譽。」

「書在哪兒，凱利？在你的實驗室？魯道夫的臥室？你不幫忙，我也會找到它。但如果你吐實，其他的事我可以不追究。」馬修從褲子上挑出一點小灰塵。「合議會對你最近的表現很不高興。」凱利的手杖啪嗒一聲落到地板上。馬修殷勤地替他拾起，把觸地的一端抵著凱利的脖子。「你威脅酒店那個酒保要取他性命時，是否也碰他這個部位？真是不小心啊，愛德華。浮誇和特權沖昏了你的頭。」手杖落到凱利壯觀的肚皮上，停在那兒。

「我幫不上你的忙。」馬修對手杖施壓，凱利愁眉苦臉道：「真的！皇上把書拿走了，那時候……」他聲音越來越低，用手摀住臉，好像這麼做能塗銷坐在對面的那個吸血鬼。

「什麼時候？」我湊上前問。我在博德利圖書館碰到艾許摩爾七八二號時，立刻知道它與眾不同。「妳對那本書的了解一定比我多。」凱利口沫四濺，眼中噴出怒火。「你們巫族聽說有這本書，一點都不覺得意外，雖然認出它的卻是個魔族！」

「我失去耐心了，愛德華。」陳舊的手杖被馬修捏得四分五裂。「我妻子問你一個問題。快點回答！」

凱利用勝利的眼神慢吞吞地看了馬修一眼，然後把手杖的尖端從肚皮上推開。「你恨巫族——至少大家都這麼以為。但現在我知道，你跟高伯特一樣，抵抗不了她們的誘惑。你愛上了這一個，我就是這麼告訴魯道夫的。」

「高伯特。」馬修聲音平淡。

凱利點頭。「狄博士還在布拉格的時候，他來過，打聽那本書，還干預我的事。魯道夫讓他享用老城區的一個女巫——一個十七歲的女孩，長得很漂亮，玫瑰色的頭髮、藍眼睛，就像你的妻子。後來再也沒有人看到她。但那年的沃普吉斯之夜⑯有非常好的火，高伯特獲得點火的殊榮。」凱利眼光轉向我。「不知道今年還會不會點火？」

提及燒死女巫慶祝春季來臨的古老傳統，擊潰了馬修容忍的極限。我意識到發生了什麼事時，他已經把凱利半個人塞到窗外。

---

⑯ Walpurgis Night是主要在歐洲中部與北部舉行的慶典，又稱「女巫狂歡節」（Witches' Sabbaths），傳說行使巫術的人會在這一天祕密聚會。沃普吉斯之夜在每年的四月三十日舉行，次日就是代表春季開始的五月一日，距萬聖節前夕也正好半年。慶祝當晚在田野裡生起篝火，圍著火堆喝酒跳舞。這節日在捷克又稱「火燒女巫日」，有人會用稻草紮成女巫芻靈，將它們燒掉，代表冬季已被驅逐。

「低頭看，愛德華。這兒不陡峭。我想你不至於送命，不過少不了要斷一兩根骨頭。我會把你撿起來，帶到你的臥室。那兒想必也有扇窗。早晚我會找到夠高的地方，讓你這身爛骨架摔成兩截。那時候你全身每一根骨頭都會粉碎，你也會把所有我想知道的事都告訴我。」我起身時，馬修的黑眼睛轉向我。「坐下。」他深深吸一口氣。「拜託。」我聽令坐下了。

「狄博士的書閃動著力量。他在摩特雷克把書從架上取下時，我就聞到了。他完全不知道那本書多麼重要，但我知道。」凱利迫不及待，說得飛快。他停下來換氣時，馬修就搖晃他。「巫族的羅傑‧培根擁有它，把它視作拱璧。他的名字寫在標題頁上，還有『Verum Secretum Secretorum』的題記。」

「但它跟Secretum不一樣。」我想到那本很受歡迎的中世紀作品。「那是一本百科全書。這本書有鍊金術的插圖。」

「插圖不過是遮蓋真相的煙霧。」凱利氣喘吁吁道：「所以培根才稱它作『真正的祕密中的祕密』。」

「書裡說什麼？」我問，興奮得站了起來。這次馬修沒有制止我，他甚至還把凱利拖回室內。「你能讀書中的文字嗎？」

「或許。」凱利道，把身上的衣服拉整齊。

「他也讀不了那本書。」馬修厭惡地放開凱利。「我從他的恐懼中嗅出口是心非。」

「那是用外國語言寫的。就連羅兀拉比⑰也無法解讀。」

「猶太宗師也看過那本書？」馬修露出他撲噬前那種靜止而警覺的表情。

「顯然你去猶太區找尋那個造出他們稱之為哥倫⑱的黏土生物的巫師時，沒有跟羅兀拉比打聽這件事。你也找不到始作俑者和他的作品。」凱利滿臉輕蔑。「還以為你有多大的權威和影響力，原來不過爾爾，連猶太人都嚇不倒。」

「我不認為那種文字是希伯來文。」我想起我在刮去重寫的羊皮紙上看到的快速移動的符號。

「確實不是。皇上把羅兀拉比找進宮來，只是確認這一點。」凱利透露的消息比他預期的更多。他眼神轉到手杖上，周遭的線繩不斷拉扯、扭曲。我眼前出現凱利舉起手杖攻擊某個人的畫面。他想做什麼？

然後我明白了：他企圖攻擊我。一個聽不見的聲音從我口中發出，我伸出一隻手，凱利的手杖剛好打中它。我的手頓時變成一根樹枝，但立刻又恢復原形。我祈禱一切都發生得太快，凱利沒發現任何變化。但他臉上的表情告訴我，這希望落空了。

「別讓皇上看見妳做這種事，」凱利冷笑道：「否則他會把妳關起來，變成他另一件收藏。我已經把所有你想知道的事都告訴了你，羅伊登。叫合議會的狗別來煩我。」

「這我恐怕做不到。」馬修從我手中接過手杖。「不論高伯特怎麼想，你絕非無害。但我可以不管你——暫時。不要做任何惹我注意的事，你大概可以活到夏季。」他把手杖扔到角落。

「晚安，凱利老爺。」我拉緊斗篷，一心只想盡快離這個魔頭越遠越好。

「多曬曬太陽吧，女巫。布拉格有陽光的時間轉瞬即逝。」我和馬修下樓時，凱利一直站在原地。

到了街上，我仍感覺到他眼光的壓力。我回頭望向驢與搖籃，只見一把扭曲斷裂的線，將凱利與這個世界連結在一起，閃爍著怨毒的光芒。

---

⑪⑦ Judah Loew ben Bezalel（1520 -1609）是研究猶太經典與神祕主義的重要學者。

⑪⑧ Golem源出聖經，意味「不成形的東西」，是人在上帝面前的自我感覺。猶太民間故事傳說，可以賦予泥土塑造的人偶生命，讓它服從主人的意旨行事，彷彿現代機器人的雛形，也取這個名稱。

第二十九章

鄭重交涉了幾天，馬修終於安排妥去拜訪羅兀拉比。為了騰出行程，蓋洛加斯不得不用生病為託詞，取消我宮裡的幾個約會。

不幸的這消息引起皇上注意，家裡即時湧進大批藥品：印土，一種有神奇療效的泥土；牛黃，採自山羊膽囊的解毒仙丹；還有一種裝在獨角獸角做的杯子裡，按照皇上家傳祕方煉製的糖漿。祕方是這樣的：先把一顆蛋跟番紅花一起烤過，然後跟含有芥菜子、白芷、杜松漿果、樟腦和其他幾種神祕藥物的粉末攪勻，再添加糖蜜和檸檬糖漿，拌成糊狀。魯道夫派海葉克來親自調藥，但我告訴這位御醫，我一點都不想吞嚥這種看起來就讓人倒盡胃口的混合物。

「我會向皇上保證妳一定會康復。」他面無表情地道：「幸好陛下太在意他自己的健康，不至於冒險到馬刺街來確認我的診斷。」

我們對他千恩萬謝，還請他把一隻御廚送來讓我開胃的烤雞帶回家。我把跟雞一起送到的信扔進壁爐——「Ich verspreche Sie werden nicht hungern. Ich halte euch zufrieden. Rudolff.」（德文：我保證妳不會挨餓。我會滿足妳。魯道夫）——因為馬修認為信中措詞曖昧，魯道夫承諾要滿足我的飢餓時，意味的似乎不單純是烤雞而已。

我們跨越莫爾道河，進入布拉格老城途中，我第一次有機會體驗這兒市區的繁忙混亂。彎曲的街道兩旁都是三樓或四樓的建築，一樓便是富裕商家做生意的商場。我們轉向北行，市容又發生改變：房子比較小，居民的衣著比較寒酸，人氣也沒那麼興旺。最後我們跨越過一條很寬的街道，進入猶太區的大門。五千多個猶太人住在這個介於工業發達的河、舊城主要廣場和一個修道院之間的小區塊裡。猶太區非常擁擠——即使用倫敦的標準來看也覺得匪夷所思——房屋不像建造的，而是長出來的，每棟建築都像是從其他建築外牆上發展出來的有機體，蝸牛殼似的疊了一層又一層。

尋覓羅兀拉比的小路蜿蜒如蛇，我真想拿一袋麵包屑沿路撒，免得回程時迷路。居民充滿戒心地偷窺我們，但幾乎沒有人敢跟我們打招呼。招呼的人都稱呼馬修「加百列」。那是他許多名字中的一個，聽到它，代表我掉進了馬修的某個狡兔窟，即將遇見他的某一段前世。

我站在那位人稱「宗師」的和氣紳士面前時，終於理解為什麼馬修提起他時會壓低聲音。羅兀身上散發出一種寧靜的力量，跟我在菲利普身上見到的相同。魯道夫的虛浮和伊麗莎白的暴躁，在他的威嚴之前，都顯得很可笑。這份特質在這個往往用暴力強迫別人服從自己意願的時代，尤其令人佩服。宗師的聲望建立在學術涵養與學問之上，與體能勇武無關。

「加百列，我還以為我們的交涉已告一段落。」羅兀嚴厲地用拉丁文說道。他的表情和語氣都很像一位校長。「我之前沒有透露製造哥倫的巫師的名字，現在也不會說。」他轉身面對我，又道：「很抱歉，羅伊登夫人，對妳先生失去耐心，讓我忽略了禮貌。很高興見到妳。」

「我不是為哥倫而來。」馬修答道：「我今天來訪是私事，跟一本書有關。」

「什麼書？」雖然宗師眼睛都沒眨一下，但四周空氣的擾動讓我知道他內心起了微妙的反應。自從遇見凱利，我就發現我的魔法開始騷動，好像接通了看不見的電流。我的火龍蠢蠢欲動，我周圍的線繩不斷迸發各種色彩，把各種物體、人、街道的路線標示出來，好像企圖告訴我什麼事。

「是一本我妻子在距這兒很遠的一所大學裡找到的書。」馬修道。我很意外他誠實以告。羅兀也很驚訝。

「啊，我明白了，今天下午我們要開誠布公。我們該找一個安靜的地方談，這樣我才能充分享受這次經驗。到我的書房來吧。」

他帶我們到隔成許多房間的一樓，進入其中一個小房間。這兒有種令人安心的熟悉感，有布滿坑疤的書桌和成堆的書。我認得墨水和某種讓我聯想到童年舞蹈教室裡的松香盒的氣味。門旁有個鐵鍋，裝了一些看起來像是褐色小蘋果的東西，在同樣呈褐色的液體裡載沈載浮。它充滿巫術氣息，令人擔心那一鍋令人反胃的東西深處，潛伏著其他的什麼。

「這批墨汁有比較滿意嗎？」馬修輕撥一下鍋中的一個褐球問道。

「是的。你教我把釘子加進去，幫了我一個忙。這樣就不需要加那麼多煤煙讓它變黑，濃度也更好。」羅兀指著一張椅子：「請坐。」他等我坐下，自己才在室內另外唯一的座位——一張三角凳上就座。「加百列站著。他年紀不輕，但腿很強壯。」

「我夠年輕，像你的學生一樣坐在你腳邊也無妨，宗師。」馬修一笑，便優雅地交叉雙腿坐下。

「我的學生更知道好歹，不會在這種天氣坐地板。」羅兀打量我道：「現在開始談正事。為什麼埃里爾之子加百列的妻子不遠千里來找一本書？」我不安地意識到，他指的不僅是過河，甚至也不是橫渡歐洲。他怎麼會知道我不屬於這時代？

這問題一在我心頭形成，就見羅兀肩後浮起一個男人的面孔。那張臉雖然年輕，深深凹陷的灰色眼睛周圍卻已出現疲倦的皺紋，下巴中間的深褐色鬍鬚也染上斑白。

「有位巫師告訴你關於我的事。」我低聲道。

羅兀點頭道：「布拉格這城市充滿奇妙的新聞。可惜啊，一半的傳言都不是真的。」他等了一會兒。

「書是怎麼回事？」拉比提醒我。

「我們認為它可以告訴我們，馬修和我這樣的生物是怎麼產生的。」我解釋道。

「這不是什麼祕密。上帝創造你們，就像祂創造我和魯道夫皇帝。」宗師答道，坐在凳上往後靠。這是教師典型的姿勢，是多年以來不斷為學生提供跟新觀念角力的空間，自然形成的。我準備回應時，心中泛起一股熟悉的期待與恐懼。我不想讓羅兀拉比失望。

「或許如此，但上帝給了我們某些人額外的才能。你不能讓死者復生，羅兀拉比。」我把他當作一位牛津的導師般回答他的問題。「你提出一個簡單的問題時，也不會有一張陌生的臉在你面前出現。」

「沒錯。但妳不統治波希米亞，妳丈夫的德文也比我好，雖然我從小使用這種語言。每個人的天賦都相同，羅伊登夫人。這世界混亂的表面下，仍看得到上帝規劃的證據。」

「你提到上帝的規劃時那麼有自信，因為你從《摩西五經》得知自己的來歷。」我答道。「『太初』——是你對基督徒所謂『創世記』一書的稱呼。不是嗎，羅兀拉比？」

「跟埃里爾家族的人討論神學不是難事，唯獨碰到妳卻覺得找錯了對象。」羅兀板著臉說，但他眼睛裡閃爍著淘氣的光芒。

「埃里爾是什麼人？」我問。

「我父親在羅兀拉比的族人當中被稱作埃里爾。」馬修解釋道。

「憤怒天使？」我皺眉道，聽起來並不像我認識的那個菲利普。

「該說是大地的統治者。也有人稱他耶路撒冷之獅。最近，我的族人有理由要感謝這頭雄獅，雖然猶太人並沒有——也永遠不會——原諒他過去犯的許多錯誤。但埃里爾正在努力彌補。最後的裁判權屬於上帝。」羅兀思忖一下，做出決定。「皇上確實讓我看過那樣的一本書，可惜他沒有給我時間細看清楚。」

「你能告訴我們的任何線索，都有幫助。」馬修道。他的興奮顯而易見。他向前靠，用手抱住雙膝，神情就跟傑克聽彼埃講故事聽得入神時一模一樣。那一刻，我依稀看到我的丈夫童年跟木匠做學徒的樣子。

「魯道夫皇帝召我進宮，希望我能閱讀書中文字。那個鍊金術師，就是人稱瘋子愛德華的那個，從他師傅英國人約翰・狄的書房取得那本書。」羅兀嘆口氣，搖搖頭。「很難理解，上帝為什麼把狄博士造成有學問卻愚昧，愛德華無知卻奸詐。

「瘋子愛德華告訴皇上，這本古老的書裡有長生不老的祕密。」羅亢繼續道：「凡是有權勢的人都渴望永生不死。但書中語言卻除了那個鍊金術師，沒有人讀得懂。」

「所以魯道夫召見你，他以為那是一種古希伯來文。」我點頭道。

「古老或許是真的，但絕對不是希伯來文。書中還有插圖。我看不懂那些圖畫，愛德華說那是鍊金術的圖畫。或許文字會解釋圖像的意義。」

「羅亢拉比，你看書的時候文字會移動嗎？」我問，憶起我看到過的、那些在插圖下方若隱若現的字句。

「怎麼會移動？」羅亢皺起眉頭。「不過就是白紙黑字，一堆符號而已。」

「所以它沒有受損——還沒有。」我鬆了一口氣。「我在牛津看到它之前，有人撕掉了幾頁。文本變得完全無法理解，因為所有的字句都在跑來跑去，尋找失落的兄弟姊妹。」

「妳說得好像這本書是活的。」羅亢道。

「我認為它是。」我承認。馬修吃了一驚。「聽來難以置信，我知道。但回想那天晚上，我碰觸那本書時發生的事，這是唯一說得通的描述方式。那本書認識我。它好像會……痛，因為失去了不能缺少的東西。」

「我的族人相傳，有種用活生生的火燄寫的書，字句舞動扭曲，只有上帝揀選的人才能閱讀。」羅亢又在考驗我，我分辨得出導師給學生出題目的徵兆。

「我聽過那種故事。」我慢條斯理答道：「還有跟其他失落之書的故事——摩西摧毀的十誡石板[119]，以及亞當記載萬物之名的書[120]。」

「如果妳的書當真跟它們一樣重要，或許讓它繼續隱藏才符合上帝的意旨。」羅亢再次往後倚靠，等著聽我回答。

「但它並沒有隱藏。」我說：「魯道夫知道它在哪裡，雖然他不能閱讀。具備如此強大力量的一件寶物，你願意它落在誰的手中：馬修或皇上？」

「我認識的很多智者都會說，在埃里爾之子加百列和陛下之間抉擇，只不過是兩害相權取其輕。」羅兀轉向馬修：「所幸我並不認為自己是他們當中的一人。儘管如此，我也無法提供你們更多協助。我看過那本書——但我不知道它現在的位置。」

「那本書在魯道夫手中——至少他不久前還持有那本書。你確認這件事之前，我們只能相信狄博士的猜疑和那個人如其名的瘋子愛德華的證言。」馬修苦悶地說。

「瘋子很危險。」羅兀道：「你把人掛在窗外時，要多加小心。加百列。」

「你聽說了？」馬修半信半疑。

「滿城都在傳說，瘋子愛德華跟魔鬼一起在小城區的上空飛行。我當然揣測你牽涉在內。」這次羅兀的口吻帶有溫和的譴責。「加百列，加百列。令尊會怎麼說？」

「一定會說，我該把他扔下去。家父對愛德華・凱利這種生物毫無耐性。」

「你是說瘋子。」

「我說什麼就是什麼，宗師。」馬修不動聲色道。

「你說得好像輕易就可以殺死的那個人，卻是唯一能幫你找到你妻子的書的人。」羅兀頓一下，斟酌用字。「但你真的想知道書中的祕密嗎？生與死都是重大的責任。」

---

(119) 聖經記載，摩西率以色列人出埃及後，登西奈山見上帝，上帝親自將十誡用指頭寫在石板上。摩西下山後，發現族人已離棄上帝，竟然在崇拜一隻黃金打造的牛犢，憤而將石板摔碎。後來上帝令摩西另覓石板書寫十誡，這份石板最初收藏在聖堂的約櫃裡，後來在戰亂中不知所終。

(120) 創世記說，神將所造萬物帶到亞當面前，由他取名，便給「一切牲畜、空中飛鳥、野地走獸」都起了名字。

「以我而言，如果說我對這兩種重擔都很熟悉，你應該不意外吧。」馬修的笑容毫無幽默感。

「或許，但你的妻子能一起承擔嗎？你不見得能一直陪伴著她，加百列。願意跟女巫分享祕密的人，未必願意跟你分享。」

「所以猶太區果然有一個咒語創制者。」我說：「我聽說有哥倫現身，就猜測可能是這麼回事。」

「他正等著妳去找他。可惜的是他只願意見巫族。我的朋友懼怕加百列的合議會，而且理由很充分。」羅兀解釋道。

「我願意見他，羅兀拉比。」世界上的編織者為數極少。我不能錯過認識這個人的機會。

馬修坐立不安，抗議來到嘴邊。

「這件事很重要，馬修。」我按住他手臂道：「我答應過伊索奶奶，在這裡的時候不會忽視這部分的自我。」

「婚姻應該使人變得更完整，加百列，它不該成為任何一方的牢獄。」羅兀道。

「這跟我們結婚或妳是女巫無關。」馬修站起身，龐大的身軀把整個房間塞得滿滿的。「基督教婦女跟猶太男人接近，被人看見會很危險。」我張口想抗議，馬修搖頭道：「對妳不危險，是對他而言。我不希望他或猶太區的任何人受傷害——至少不能因我們的緣故。」

「我絕不做任何讓人注意我——或羅兀拉比——的事。」我保證道。

「那就去見那個編織者吧。我會待在外貿院⑫等著。」馬修用嘴唇輕拂我臉頰，趁他自己還沒來得及改變心意前就失去了蹤影。羅兀眨了眨眼睛。

「以加百列的體型而言，他動作實在很快。」拉比站起身道。「讓我聯想到皇上的老虎。」

「貓也把馬修視為同類。」我想到莎拉阿姨的貓塔比塔。

「與一頭動物結婚的念頭，並不使妳苦惱。加百列很幸運選中妳這樣的妻子。」羅兀拿起一件深色的袍子，高聲交代僕人，我們要外出。

據我判斷，我們離開時走的是不同的方向，但我不敢確定，因為新鋪的馬路吸引了我全部的注意力，這是我來到古代以後，第一次看到這種事。我問羅兀，這種罕見的便利是什麼人提供的。

「麥瑟先生出錢，另外還有一座婦女專用的澡堂。他幫皇上處理財務上比較瑣碎的事——比方對土耳其人的聖戰。」羅兀拉比繞過一個水窪。這時我才看到他衣服前襟在心臟部位縫了一個金環。

「那是什麼？」我對那個徽章示意道。

「它警告不知情的基督徒，我是個猶太人。」羅兀的表情很怪異。「我一直認為，再怎麼愚蠢的人，不需要這徽章，早晚也會發現的。但有關機關堅持這件事不准有絲毫混淆。」羅兀壓低嗓門，又道：「比起一度強迫猶太人要戴的帽子，這樣好多了。那種帽子是鮮豔的黃色，形狀像一枚西洋棋的棋子，試試看，走在市場裡能假裝沒看見嗎？」

「凡人如果知道我和馬修生活在他們中間，一定也會這麼做。」我打了個寒噤：「有時候還是躲起來比較好。」

「加百列的合議會不就在做這種事嗎？它把你們都藏起來。」

「如果是這樣，它的表現很不好。」我乾笑一聲道：「胡勃太太認為有個狼人在鹿壕一帶出沒。你的布拉格鄰居相信愛德華・凱利會飛。日耳曼人和蘇格蘭人都在獵捕女巫。英格蘭的伊麗莎白和奧地利的魯道夫對我們瞭若指掌。我想我們該感謝某幾位君主容忍我們。」

「容忍往往是不夠的。猶太人在布拉格受到容忍——暫時——但情勢可能轉眼之間說變就變。然後我們就流落荒野，在冰天雪地裡挨餓。」羅兀轉進一條窄巷，走進一棟看起來跟我們經過的其他大多數巷子

---

(121) Ungelt是布拉格老城區一個區域，從十二世紀就劃分出來供外國商人使用，提供餐飲、住宿，並有圍牆和保鏢保護他們的財物。

裡的其他大多數房屋一模一樣的房子，兩名男子坐在桌前，桌上擺滿數學儀器、書、蠟燭和紙張。

「天文學提供一個跟基督徒相同的立足點！」其中一名男子用日耳曼語喊道，把一張紙推到同伴面前。他年約五十歲，蓄濃密的灰髯，眉骨生得很低，沈重地壓在眼睛上。肩膀像大多數學者一樣，因長時間讀書而有點駝。

「夠了，大衛！」另一人怒道：「共同的立足點可不是我們期待的允諾之地。」

「亞伯拉罕，這位女士想跟你談談。」羅兀拉比打斷他們的爭辯。

「全布拉格的女人都想見亞伯拉罕。」學者大衛起身道：「這次是誰家女兒來討愛情符？」

「你該感興趣的不是她的父親，而是她的丈夫。這位是羅伊登夫人，那個英國人的妻子。」

「就是皇上封的女神？」大衛笑了起來，拍拍亞伯拉罕的肩膀。「你運氣來了，我的朋友。你夾在君王、女神和一個nachzehrer中間。」我會的德文單字有限，只能猜測那個生字的意思似乎是「食屍者」。

從羅兀不悅的臉色判斷，亞伯拉罕接著說的那幾句希伯來文大概是粗話，然後他終於向我望過來。我們面面相對，女巫對巫師，但雙方都無法支撐很久。我喘口氣，把頭轉開，他眨眨眼睛，用手指按住眼皮。我全身的皮膚都在刺痛，不僅是他眼光觸及的部位。我倆之間的空氣發出一片明亮而奇異的光華。

「這就是你等待的人嗎，以利亞之子亞伯拉罕？」羅兀問道。

「是的。」亞伯拉罕道。他轉身背對我，握拳抵著桌面。「但我的夢沒有告訴我，她竟然是一個螞蟥⑫的妻子。」

「螞蟥？」我望著羅兀，等他解釋。這個單字可能是德文，但已超出我的理解範圍。

「水蛭。這是我們猶太人對妳丈夫那種生物的說法。」他道。「聽不聽在你，亞伯拉罕，但加百列同意你們見面。」

「你以為我會信任一個高踞審判席，裁判我的同胞，卻對謀殺他們的人不聞不問的妖魔嗎？」亞伯拉罕喊道。

我想抗辯說，這不是同一個加百列——或同一個馬修——但又打住。我說的話可能讓房間裡所有的人都在六個月後送命，屆時十六世紀的馬修應該會回到他原來的位置。

「我不是代表我丈夫或合議會前來。」我走上前道：「我是為我自己而來。」

「為什麼？」亞伯拉罕質問道。

「因為我也是咒語的創制者。像我們這樣的人所剩不多。」

「本來很多，在審判庭——合議會——立下規則之前。」亞伯拉罕語氣充滿挑戰。「只要上帝願意，我們會活著看到擁有這種天賦的孩子誕生。」

「說到孩子，你的哥倫在哪裡？」我問。

大衛捧腹大笑。「亞伯拉罕媽媽。你傻瓜村的家人會怎麼說？」

「他們會說我跟一個滿腦子除了星星和莫名其妙的怪想法外，什麼也沒有的驢子做朋友，大衛・岡斯！」亞伯拉罕氣紅了臉。

多日來一直處於休息狀態的我的那隻火龍，在一片喧嘩嬉笑中忽然醒轉，大吼一聲。我還來不及制止，她已自由騰空。羅兀和他的朋友見了都不由得驚呼。

「她有時候會這樣，不用擔心。」我的語氣從致歉變為明快，我喝叱不聽話的護身靈：「快給我下來！」

我的火龍緊緊抓住牆壁，對著我嘶鳴。老舊的灰泥承受不了一隻翼幅張開有十尺寬的怪獸重量。一大塊灰泥墜落，火龍慌得吱吱亂叫，尾巴一掃，頂住旁邊的牆面，取得額外的支撐，然後又開始得意地嗚嗚

⑫② alukah是猶太傳說中的生物，外表像人，但可以幻化狼形，會飛，有很多鋒利的牙齒，專門從動物的咽喉吸血為生，他們是女魔莉莉絲所生或她的化身。

叫。

「妳再這樣，我就叫蓋洛加斯幫妳取一個真正邪惡的名字。」我嘟噥道。「有人看見她的皮帶嗎？看起來就像煙霧做的鎖鍊。」我沿著踢腳板找，終於在放引火棒的籃子後面找到它，一端還連接在我身上。

「你們哪位幫忙拿著這些鍊子，我好把她綁起來？」我轉過身，手中滿滿捧著半透明的鎖鍊。

所有的男人都跑掉了。

「一向如此。」我抱怨道：「三個大男人和一個女人，猜是誰留下來應付那條龍？」

沈重的腳步踏在地板上，我扭身朝門口望去。一隻灰色泛紅的小生物穿著深色衣服，光禿禿的腦袋上戴著一頂黑色無邊帽，正瞪著我的火龍看。

「停止，尤賽夫。」亞伯拉罕擋在我和那生物中間，舉起雙臂，好像想跟牠講道理。但那隻哥倫——這一定就是傳說中用莫爾道河的爛泥捏塑，藉一個咒語賦予生命的生物——卻不斷挪動腳步，向火龍走去。

「尤賽夫被女巫的龍迷住了。」大衛道。

「我相信哥倫跟牠的創造者一樣喜歡漂亮女孩。」羅兀道。「我讀書得知，巫族護身靈在個性上通常都具備跟創造者相同的特徵。」

「哥倫是亞伯拉罕的護身靈？」我吃了一驚。

「是的，我第一次施咒時牠沒有出現。我已經開始以為我不會有護身靈了。」亞伯拉罕對哥倫揮手，但哥倫眼睛眨也不眨，盯著展開翅膀、貼在牆上的火龍。火龍也似乎知道自己有個崇拜者，努力把翅膀張大，讓翅間薄膜反射到光線。

我舉起鎖鍊。「他出現的時候沒有配備這樣的東西嗎？」

「那條鍊子好像對妳也沒什麼幫助嘛。」亞伯拉罕道。

「我還有很多要學習的！」我不悅道。「火龍是在我編織第一個咒語時出現的。你又是怎麼造出尤賽夫的呢？」

亞伯拉罕從口袋裡取出一堆粗糙的繩子。「用類似這種的繩子。」

「我也有繩子。」我伸手從藏在裙褶裡的口袋取出錢包，拿出我的絲繩。

「顏色能幫助妳把世界上的線索分門別類，做更有效的利用嗎？」亞伯拉罕走上前來，對我們編織上的差異感到興趣。

「是的，每一種色彩都有意義，製作新咒語時，我用線繩集中精神，思考特定的問題。」我困惑地看著那隻哥倫。牠仍盯著火龍看。「但你怎麼能用麻繩變出生物呢？」

「一個婦人來找我，索取一個能幫她受孕的新咒語。剛開始時，我只是邊打結邊想著她的要求，後來打出一個形狀像人類骨架的東西。」亞伯拉罕走到桌前，拿起一張大衛的紙，無視他朋友的抗議，開始把他說的畫出來。

「它像一個傀儡。」我看著他的畫，說道。九個結打成一直線：第一個結當作頭，一個是心臟，兩個是手，再一個是骨盆，再兩個充當膝蓋，最後兩個是腳。

「我拿一些我自己的血跟黏土混合在一起，敷在繩索上充當肌肉。第二天早晨，尤賽夫就坐在火爐旁了。」

「你賦予泥土生命。」我看著那隻神魂顛倒的哥倫。

亞伯拉罕點頭道：「他口中有一則含有上帝祕密名字的咒語。只要咒語在位，尤賽夫就會走動，並服從我的命令。該說大部分時間啦。」

「尤賽夫不會自己做抉擇。」羅兀解釋道。「把生命注入黏土和血，畢竟不能賦予生物靈魂。所以亞伯拉罕不能讓哥倫離開他視線太久，免得尤賽夫出樓子。」

「有次週五的祈禱時刻，我忘記把咒語從他口中取出，」亞伯拉罕不好意思地承認：「沒有人告訴他該做什麼，尤賽夫竟然走出猶太區，嚇壞了我們的基督徒鄰居。現在猶太人都認為，尤賽夫存在的目的是保護我們。」

「母親的工作永遠不會結束。」我帶著微笑低聲道。「說到這一點……」我的火龍睡著了，發出低柔的鼾聲。她臉頰像靠著枕頭般靠在灰泥上。我動作輕柔，避免激怒她，不斷拉扯鎖鍊，直到她鬆開抓緊牆壁的爪子。她在睡夢中拍拍翅膀，變作煙霧般透明，慢慢化為烏有，完全被我的身體吸收。

「但願尤賽夫也能這樣。」亞伯拉罕羨慕地說。

「我也但願只要把她舌頭底下一張紙片拿走，就能讓她安靜下來！」我回敬他一句。

不一會兒，我背後傳來一種冰冷的感覺。

「這是什麼人？」一個低沈的聲音道。

新來者身材並不高大，體型也不嚇人——但他是一個吸血鬼，深藍色的眼睛嵌在蒼白的長臉上，髮色深灰。他看我的眼神帶有種高高在上的意味，我下意識退後一步，離他遠一點。

「不關你的事，福克斯先生。」亞伯拉罕簡單地回答。

「不要這麼失禮，亞伯拉罕。」羅兀轉向吸血鬼道：「這位是羅伊登夫人，福克斯先生。她從小城區來拜訪猶太區。」

吸血鬼盯著我不放，他鼻孔翕張，跟馬修聞到新氣味時如出一轍。他闔上眼皮。我又退後一步。

「你來做什麼，福克斯先生？我告訴過你，我會在猶太禮拜堂外面跟你碰面。」亞伯拉罕明顯地感到緊張。

「你遲到了。」福克斯的藍眼睛霍然張開，對我微笑。「但現在我知道你為什麼耽誤。我已經不介意了。」

「福克斯先生從波蘭來訪，他跟亞伯拉罕是在波蘭認識的。」羅兀完成他的介紹。有人在街上高聲打招呼。「麥瑟先生來了。」亞伯拉罕道，聽起來跟我一樣鬆了一口氣。

修橋鋪路、還為皇室籌措國防經費的麥瑟先生，用剪裁完美的羊毛套裝和皮草襯裡的斗篷向世人昭告他多麼富有，也用一個小黃圈宣示他的猶太人身分。但那個用金線固定在斗篷上的小金環，看起來倒像貴族世家的紋章，而不是種族隔離的工具。

「你在這兒呀，福克斯先生。」麥瑟把一個小包交給吸血鬼。「我替你把首飾拿來了。」麥瑟向羅兀和我鞠躬。「羅伊登夫人。」

吸血鬼接過小包，取出一條有墜子的沈重金鍊。我看不清圖案，只看到鑲有紅、綠二色的琺瑯。吸血鬼露齒微笑。

「謝謝你，麥瑟先生。」福克斯舉起首飾，閃爍起一片彩光。「這條項鍊代表我屠龍的誓言，不論牠們在哪裡出現。我懷念戴著它的時光。這年頭，城市裡到處都是危險的生物。」

麥瑟嗤之以鼻。「也不比平時多。別沾染城裡的政治，福克斯先生。這樣對我們大家都好。準備去跟妳先生會合了嗎，羅伊登夫人？他可不是個有耐心的人唷。」

「麥瑟先生會護送妳平安抵達外貿院。」羅兀承諾。他深深看了福克斯一眼。「送戴安娜到街上，亞伯拉罕，你跟我一起留下，福克斯先生，跟我聊聊波蘭。」

「謝謝你，羅兀拉比。」我屈膝行禮告別。

「我樂在其中，羅伊登夫人。」羅兀頓了一下。「如果妳有空，不妨考慮我先前說的話。我們誰都不能永遠躲藏下去。」

「確實不能。」想到接下來幾個世紀，布拉格的猶太人面臨的恐怖，我倒寧願他說錯。跟福克斯先生點了最後一下頭，我就隨著麥瑟和亞伯拉罕離開了那棟房子。

「等我一下，麥瑟先生。」走到那棟房子聽不見我們的地方，亞伯拉罕道。

「不能太久，亞伯拉罕。」麥瑟先生退後幾呎，說道。

「我知道妳來布拉格找一件東西，羅伊登夫人，一本書。」

「你怎麼知道？」我萌生一陣警戒。

「城裡大部分的巫族都知道，但我看得出妳跟它的關聯。那本書受到嚴密防護，光靠蠻力不能釋放它。」亞伯拉罕的表情很嚴肅。「必須那本書主動來找妳，否則妳會永遠失去它。」

「那是一本書，亞伯拉罕。除非它長腿，否則我們一定得到魯道夫宮裡去把它拿出來。」

「我知道我看到的是什麼。」亞伯拉罕固執地說。「只要妳要求，書就會來找妳。不要忘記。」

「不會的。」我承諾。麥瑟刻意向我們望過來。「我得走了，謝謝你跟我見面，還讓我見到尤賽夫。」

「願上帝保佑妳平安，戴安娜・羅伊登。」亞伯拉罕凝重地說。他的表情很嚴肅。

麥瑟護送我一段短短的距離，從猶太區進入老城區。老城區寬敞的廣場上人潮洶湧。泰恩聖母大教堂的雙塔矗立在我們左側，市政廳冷漠的輪廓箕踞在我們右側。

「若不是趕著去見羅伊登先生，我們可以停下來觀賞鐘敲整點。」麥瑟惋惜地說。「過橋時，妳可以要求他從大鐘前面經過。那是每一位布拉格訪客必遊之地。」

到了外貿院，很多外籍商人在海關官員密切監視下做交易，商人都公然用充滿敵意的眼光看著麥瑟。

「尊夫人在此，羅伊登先生。我確保她在回來的路上看到所有的高級商店。她可以輕易找到布拉格最好的工匠，滿足她個人和闔府的一切需求。」麥瑟對馬修微笑道。

「謝謝你，麥瑟先生。非常感謝你盛情相助，我一定會告訴陛下你的一片好意。」

「我的職責就是讓陛下親近的人都成功幸福，羅伊登先生。而且當然，這份工作令我樂在其中。」他道：「恕我放肆，替你們租好了回程的車馬。車就在市鎮大鐘旁等著你們。」麥瑟摸摸鼻翼，露出一個同謀的微笑。

「你什麼都考慮到了，麥瑟先生。」馬修低聲道。

「總有人要做這些事的，羅伊登先生。」麥瑟答道。

回到三隻烏鴉，我還在脫斗篷，就有一個八歲男孩和一塊會飛的抹布把我撞倒。那塊抹布還附帶一根活潑的粉紅舌頭和一個冰冷的黑鼻子。

「這是什麼？」馬修吼道，他扶著我，讓我好尋找抹布的把手。

「牠名叫羅貝洛。蓋洛加斯說牠會長成一隻大野獸，說不定還可以裝上馬鞍，取代鍊子。安妮也喜歡牠。她說牠應該跟她一起睡，但我覺得我們可以分享。你說呢？」傑克興奮得跳上跳下。

「有封信跟這塊小抹布一塊兒送來。」蓋洛加斯道。他從門框上直起身，走過來，把信交給馬修。

「我有必要問這畜生是誰送來的嗎？」馬修一把搶過信，問道。

「嗯，我想不必吧。」蓋洛加斯瞇起眼睛。「妳外出時發生了什麼事，嬸娘？妳看起來好累。」

「只是疲倦吧。」我輕描淡寫揮揮手道。抹布不但有舌頭，也有牙齒，我的手指從牠截至目前為止還沒被發現的嘴巴前面經過時，牠一口咬下。「哎唷！」

「這種事得制止。」馬修把信紙揉成一團，扔在地板上。抹布歡叫一聲，撲上前去。

「信裡說什麼？」我確信我知道這隻小狗是誰送來的。

「**Ich bin Lobero. Ich will euch aus den Schatten der Nacht zu schützen**。」馬修面無表情念道。我不耐煩地哼一聲。「為什麼總寫德文信給我？魯道夫明明知道我的德文不行。」

「陛下知道我得翻譯他的愛情告白，這一點讓他高興。」

「哦。」我頓一下：「那封信說什麼？」

「我名叫羅貝洛。我會為妳抵擋黑夜的影子。」

「『羅貝洛』又是什麼意思？」我想起，很多個月以前，伊莎波曾經教我注意名字的重要性。

「是西班牙文『獵狼者』的意思，嬸娘。」蓋洛加斯拎起小抹布說：「這個小毛球是匈牙利的守衛犬。羅貝洛會長得很大，牠可以跟熊對打。牠們非常凶猛，保護慾很強——而且喜愛在夜間活動。」

「熊！我們把牠帶回倫敦時，我要在牠脖子上綁一根絲帶，帶牠去鬥熊場⑫，讓牠學習如何戰鬥。」傑克帶著小孩子那種令人毛骨悚然的開懷說道。「羅貝洛是個勇敢的名字，你說是不是？莎士比亞師傅會想要在他下一齣戲裡用到它。」傑克對小狗伸出手來，蓋洛加斯順從地把一團扭動的白色絨毛，送進這孩子懷裡。「安妮！下次輪到我餵羅貝洛！」傑克劈哩啪啦跑上樓，把小狗抱得死緊。

「要我把他們帶開幾個小時嗎？」蓋洛加斯看一眼馬修暴雨將至的臉色，問道。

「巴德文的房子空著嗎？」

「目前沒有房客，如果你是問這個。」

「把所有的人帶去。」馬修從我肩上把斗篷卸下。

「包括羅貝洛？」

「尤其是羅貝洛。」

晚餐時，傑克像喜鵲般喋喋不休，故意找安妮吵架，又用各種神乎其技的手法偷渡了一大堆食物給羅貝洛。有了孩子和狗，幾乎可以把馬修正在斟酌今晚怎麼過這件事置之度外。他一方面是頭耐勞負重的馱獸，與生俱來喜歡有很多條生命給他照顧。另一方面，攫食是他的本性，我有種不安的感覺，今晚我將成為他的獵物。攫食者贏了。就連特莉莎和卡洛麗娜都不准留下。

「你為什麼要他們通通離開？」我們仍坐在這棟房子一樓大廳裡的火爐旁，令人安心的晚餐香味仍瀰漫在空中。

「今天下午發生了什麼事？」他問。

「先回答我的問題。」

「別逼我。今晚不要。」馬修警告我。

「你以為我今天好過嗎？」我們中間的空氣有藍色和黑色的線段炸裂。看起來很不祥，感覺更惡劣。

「不。」馬修把椅子往後拉。「但妳有事情瞞著我，戴安娜。妳跟那巫師做了什麼？」

我瞪著他。

「我等著呢。」

「你可以等到地獄結冰，馬修，因為我不是你的僕人。我問你一個問題。」線變成了紫色，開始翻轉扭曲。

「我要他們離開，免得他們目睹這段對話。現在，發生了什麼事？」丁香的味道令人窒息。

「我看到了哥倫。還有它的創造者，一個名叫亞伯拉罕的猶太巫師。他有賦予行動能力的異能。」

「我告訴過妳，我不喜歡妳操縱生與死。」馬修替自己倒了更多酒。

「你一直在操縱生死，我接受那是你的一部分。你也必須接受我的這個部分。」

「這個亞伯拉罕。他是什麼人？」馬修問道。

「天啊，馬修。你不能因為我跟另一個編織者見面而覺得妒忌。」

「妒忌？我早就超越那種溫血動物的情緒了。」他吞下一大口酒。

「你平時天天外出，為合議會或你父親的事奔走，我們各過各的，今天下午跟所有那些日子有什麼不同？」

---

⑫③ Bearbaiting是一種對熊很殘酷的活動，把捕來的熊用鍊條綁在牆邊，然後放縱大型獵犬展開攻擊，獵犬受傷、死亡或疲倦，會被更換下來，但熊卻要強迫鬥到至死方休。這種活動在十六世紀的英國盛行，亨利八世和伊麗莎白一世都喜歡看鬥熊。

「非常不同，因為我聞得到妳接觸過的每一個人的氣味。妳總是滿身安妮和傑克的味道，這已經夠糟了。蓋洛加斯和彼埃盡量避免碰觸妳，但也沒辦法——他們總是在妳周圍。然後加上宗師的氣味，還有麥瑟先生，另外還至少有兩個男人。我唯一能容忍的，就是只有我自己的味道跟妳混在一起，但我又不能把妳關在籠子裡，所以唯有努力忍耐。」馬修放下酒杯，猛然站起，企圖拉大我們中間的距離。

「在我聽來，這就是妒忌。」

「不是。我可以應付妒忌。」他怒道：「我現在的感覺——這是一種無止境的可怕折磨，充滿失落與憤怒，因為在紛亂的生活當中，我對妳的印象無法保持清晰——已超出我的控制。」他的瞳仁變得越來越大。

「那是因為你是吸血鬼。你的佔有慾很強。這是你的天性。」我斷然道，無視他的憤怒，向他走過去。「而我是個女巫。你承諾要接納我的本來面目——光明與黑暗，既是女人，也是女巫，既是我自己，也是你的妻子。」萬一他改變心意怎麼辦？萬一他不願意生活中有這麼多的不可預測怎麼辦？

「我接受妳。」馬修用一根溫柔的手指觸摸我臉頰。

「不對，馬修。你是容忍我，因為你以為有朝一日，我會馴服我的魔法。羅兀拉比警告過我，容忍是可以收回的，然後你就會在冰天雪地裡無家可歸了。我的魔法不是什麼可以馴服的東西，它就是我。我不要在你面前隱藏我自己。愛情不是這樣的。」

「好吧。不再隱藏。」

「好。」我鬆了一口氣，但這口氣很短。

馬修以一個乾淨俐落的手勢，把我從椅子上抓起來，抵在牆上，他的大腿插入我兩腿之間。他扯開我的頭髮，讓它沿著我的脖子垂到我胸前。他不放開我，低頭把嘴唇湊到我緊身上衣的邊緣。我顫抖了一下。他已經好一段時間沒有親吻這裡了，從我小產以來，我們就不曾有過性生活。馬修的嘴唇掃過我的下巴，落到我的頸靜脈上。

我抓住他的頭髮，把他的頭推開。「不要。除非你從頭做到尾。什麼同床不及於亂、帶著遺憾的吻，我受夠了，這輩子再也不要。」

幾個讓人目不暇給的吸血鬼式動作，馬修解開了長褲的繫帶，把我的裙子撩到腰上，便撞入我體內。這不是我第一次違反自己的意願，被一個試圖在寶貴的幾分鐘內拋開一切煩惱的人佔有。有幾次甚至還是我採取主動。

「這次只有妳和我——沒有任何其他因素。沒有孩子。沒有那本該死的書。沒有皇帝和他的禮物。今晚這棟房子裡只准有我們兩個的氣味。」

馬修的手緊緊捏住我的臀部，全靠他的手指緩衝，我才不至於被他抵著我的身體衝撞牆壁的力道，撞得滿身淤青。我用力揪住他的衣領，把他的臉拉過來，飢渴地尋求他的味道。但馬修不願意我主導這個吻，就如同他做愛時不肯讓我主導。他的嘴唇強硬而需索，我堅持要佔上風時，他警告地咬了一口我的下唇。

「哦，上帝啊。」他穩定的節奏讓我全部的神經奔向解放，我喘著氣嘆道。「哦——」

「今晚就連祂也不准分享妳。」馬修吻走我最後一句呻吟。一隻手繼續托住我臀部，另一隻手探進我兩腿之間。

「誰擁有妳的心，戴安娜？」馬修問道，他大拇指的搓揉構成讓我失去理性的威脅。他移動著、繼續移動，等我回答。「說出來。」他咆哮道。

「你知道答案。」我說：「你擁有我的心。」

「只有我。」他道。再移動一下，讓我們兩人緊繃的張力終於釋放。

「永遠……只有……你。」我喘道，我圈住他臀部的兩條腿都在顫抖。我讓雙腳滑落地板上。

馬修呼吸粗重。他的額頭抵在我額上。他放下我裙子時，眼中有懊悔一閃而過。他溫柔地吻我，幾乎不帶情慾的色彩。

我們再怎麼激烈地做愛，都無法讓馬修無視於我已經毫無疑義屬於他的事實，打消他執意繼續追逐我的衝動。我開始擔心他永遠不會滿足了。

我的沮喪慢慢湧起，形成一股強勁的氣流，將他從我身旁推開，頂著對面的牆壁。馬修見形勢丕變，眼睛變得烏黑。

「覺得如何，我的愛？」我柔聲道。他滿臉驚訝。我彈一下手指，解除空氣對他的壓制。他舒張幾下肌肉，恢復行動力，張口想說話。我惡狠狠地說：「你敢道歉看看。如果我不喜歡你剛才碰觸我的方式，一開始就會說不要。」

馬修抿緊雙唇。

「我不禁想到你朋友布魯諾的話：『慾望鼓勵我向前，恐懼約束我。』我不怕你的能力、你的蠻橫或你的任何其他東西。」我道：「你怕的是什麼，馬修？」

懊悔的唇掠過我的唇。就這樣，然後一陣微風掃過我裙裾，讓我知道他沒回答就遁走了。

第三十章

「哈白梅師傅來過。妳的占星萬年曆在桌上。」馬修頭也不抬，正在鑽研千方百計從皇上的建築師那兒弄來的布拉格城堡平面圖。過去幾天，他給我很大的自由，只顧投入全副精力，探索皇宮的防禦機密，企圖突破魯道夫的保全措施。馬修無視我轉達來自亞伯拉罕的警告，寧可主動出擊。他希望我們離開布拉格。最好是現在。

我走到他身旁，他抬起忙亂而飢渴的眼睛看我。

「只是一件禮物。」我放下手套，深深吻他一下。「我的心屬於你，記得嗎？」

「不只是一件禮物。同時還送來一份明天去打獵的邀請。」馬修用手攬著我臀部。「蓋洛加斯說，我們必須應邀前去。他找到一個進入皇上寓所的方法，他騙到一個可憐的女僕答應拿魯道夫收集的色情圖畫給他看。宮殿警衛若不跟我們一起去打獵，就在打瞌睡。蓋洛加斯認為我們很有機會看到那本書。」

我瞥一眼馬修的書桌，那兒還有一個小包裹。「你也知道那是什麼嗎？」

他點點頭，伸手把它拿過來。「妳總能收到別個男人的禮物。但這件是我送的。手伸出來。」我很好奇，就照他的話做了。

他把一個渾圓光滑的東西塞進我掌心。它的體積跟一顆雞蛋差不多。

接著這神祕蛋四周流淌下一大串清涼厚實的金屬，我滿手都是小小的火蜥蜴。每一隻都用金銀打造，背上還鑲了鑽石。我拎起其中一隻火蜥蜴，發現這是一條完全由成雙成對的火蜥蜴組成的鍊子，它們的嘴連結在一起，尾巴也交纏在一起。最後還有一顆紅寶石留在我手心。一顆很大、很紅的紅寶石。

「好美呀！」我抬頭望著馬修：「你怎麼有時間買這個？」這可不是隨便走進一家金飾店就能買到現成的。

「我已經保留了一段時間。」馬修承認：「我父親把它跟祭壇三連屏一起寄來。但我不確定妳會不會喜歡。」

「我當然喜歡。火蜥蜴跟鍊金術有關，你是知道的。」我給他另一個吻。「何況，哪個女人能拒絕長達兩呎、金銀鑲鑽的火蜥蜴，外加一顆足夠裝滿一只蛋杯的紅寶石呢？」

「這些火蜥蜴是國王的賞賜。一五四一年底，我回法國時，法蘭西斯國王選擇火燄中的火蜥蜴做紋章，並選擇『**我助長亦撲滅**』這句話做為銘文⑫④。」馬修笑了起來：「克特非常喜歡其中的譬喻，所以稍加修改，給自己用：『**助長我者毀滅我者**』⑫⑤。」

「克特真是個悲觀的魔族。」我也跟著笑起來。我撥弄一隻火蜥蜴，它映著燭光閃爍。我開口想說話，卻又停住。

「什麼事？」馬修道。

「你可曾送這個給別人……以前？」經過幾天前晚上的那次，這種突如其來的不安全感令我很尷尬。

「沒有。」馬修把我的手和手中的寶物一起握在掌心。

「對不起。我知道自己太可笑了，尤其想到魯道夫那些行徑。只是我不願意胡思亂想。如果你把從前送別個情人的禮物送給我，告訴我就是了。」

「我不會拿送過別人的東西送妳，吾愛。」馬修等我迎上他的眼睛。「妳的火龍讓我想到法蘭西斯的禮物，所以我請我父親把它從藏匿的地方挖出來。我戴過一次，之後就一直收在盒子裡。」

「這不適合平常日子佩戴。」我努力扮出一個微笑，卻不成功。「我不知道我是哪根筋不對了。」

馬修把我拉過去親吻。「我的心屬於妳，就如同妳的心屬於我。永遠不需要懷疑。」

「我不懷疑。」

「很好。因為魯道夫使盡一切詭計拆散我們。我們必須保持清醒。還有無論如何都得離開布拉格。」

第二天下午，我們跟魯道夫的心腹一起去運動，馬修的話在我的腦海中縈繞不去。照計畫，我們騎馬到皇帝位於白山的獵宮去獵鹿，但烏雲密布的天空，使我們無法離行宮太遠。四月已進入第二個星期，但布拉格的春天來得晚，仍有降雪的可能。

魯道夫把馬修叫到身邊，留下我任由宮中女眷擺布。她們都很好奇，卻不知道該拿我怎麼辦。

皇帝和他的友伴恣意飲用僕人送上的葡萄酒。考慮到接下來追捕獵物的速度，我真希望這兒有法律管制酒後騎馬。我倒不是為馬修擔心。別的不說，他今天特別節制。而且即使他的馬撞上樹，他因而送命的機率也很小。

兩名男子扛著長桿前來，準備供種類繁多的獵鷹棲息，牠們下午要負責捕捉鳥兒。接著又出現兩個男人，托著一隻戴頭罩的鳥，長著致命的勾喙，腳上褐色的羽毛有靴子的效果。這隻鳥非常巨大。

「啊！」魯道夫高興地搓著手。「這是我的老鷹奧格斯妲。我要女神見見牠，但是不能在這裡放牠飛行。牠需要的打獵空間比鹿壕大得多。」

這麼一隻令人肅然起敬的動物很適合奧格斯妲這樣的名字[126]。牠將近三呎高，雖然頭被罩住，仍把頭抬成一個倨傲的角度。

「牠能感覺我們在看牠。」我低聲道。

有人把這句話翻譯給皇帝聽，他贊許地對我微笑。「女獵人了解女獵人。拿掉頭罩，讓奧格斯妲和女神認識認識。」

一個羅圈腿、滿臉謹慎的皺縮老人，走到老鷹面前。他拉開把頭罩固定在奧格斯妲頭上的皮繩，輕輕把它卸下。牠項上和頭上的金黃色羽毛在微風中飄拂，紋理顯得更清晰。奧格斯妲意識到自由與危險，展

---

[124] Salamander在神話中指一種不怕火燒的龍形異獸，法蘭西斯王的銘文I nourish and extinguish是將較早的義大利諺語「助長善行而撲滅惡行」濃縮，但這句話用在鍊金術上，則意味著火蜥蜴創造出高溫的火，可以煉掉（撲滅）雜質，使金屬更純粹（助長）。

[125]「What nourishes me destroys me.」可解釋為：凡是會吸引人狂熱追求、不可自拔的東西，最後都會帶給追求者毀滅。

[126] Augusta是August的女性形，意為「威嚴的；華麗的」。

開雙翼，這姿勢可以解讀為即將展翅高飛或一種警告。

但奧格斯妲想見的不是我。她憑正確的直覺把頭轉向人群當中唯一比牠更危險的攫食者。馬修凝重地回望牠，眼神很悲傷。奧格斯妲長鳴一聲，接納他的同情。

「我帶奧格斯妲來，不是為了取悅羅伊登先生，而是跟女神見面。」魯道夫抱怨。

「我感謝您的引見，陛下。」我企圖轉移這位任性善變的君主的注意力。

「奧格斯妲曾經擊敗兩頭狼，你知道，」魯道夫別有用意地看著馬修道。皇帝的火氣比他鍾愛的鳥兒還旺。「兩次都是血淋淋的戰鬥。」

「如果我是狼，一定躺下來讓這位女士為所欲為。」馬修慵懶地說道。他今天下午穿綠色和灰色搭配的套裝，從頭到腳都是朝臣模樣，黑髮壓在一頂俏皮的無邊小帽下面，這頂帽子雖不能遮風擋雨，帽頂上的銀色徽章——有柯雷孟家族的咬尾蛇圖樣——卻提醒魯道夫，不要忘記自己是在跟什麼人打交道。

其他廷臣對他大膽的回應都在竊笑。魯道夫確定別人不是笑他後，也跟著笑了起來。「這是我們另一個共通點，羅伊登先生。」他拍拍馬修的肩膀，打量著我道：「我們都不怕厲害的女人。」

緊張的形勢破解，放鷹人鬆了一口氣，把奧格斯妲送回棲架，並徵詢皇帝下午要用哪隻鷹獵捕皇家松雞。魯道夫東挑西揀，最後選中一隻大型白隼、奧地利公爵和日耳曼王子爭相挑選剩下的鷹，直到只剩一隻。牠體型瘦小，在寒風中發抖。馬修伸手要牠。

「那是女人的鳥。」魯道夫跨上馬鞍，不屑地說：「我是為了女神帶牠來的。」

「戴安娜不如其名，其實不喜歡打獵。不過無所謂，我來放這隻歟隼好了。」馬修道。他用手指扣住繫足帶，伸出手臂，那隻鳥就站上他戴好手套的的手腕。「哈囉，美人兒。」那隻鳥調整立足點時，他低聲道。牠每移動一步，身上的鈴鐺都會響。

「牠名叫夏卡。」獵場看守人露出微笑，低聲道。

「牠跟梅林一樣聰明嗎⑫？」馬修問他。

「更聰明呢。」老人咧開嘴答道。

馬修湊向那隻鳥，用牙齒咬住固定牠頭罩的一條繫繩。他的嘴離夏卡極近，那姿勢極端親密，幾乎會被誤認成一個吻。馬修把繫帶往後拉，結解開後，他就能輕易用另一隻手取下頭套，將雕花的皮革眼罩塞進口袋。

夏卡看到外面的世界，眨眨眼。牠再眨一次眼，觀察我和托著牠的這個男人。

「我能摸摸牠嗎？」那柔軟的褐白二色羽毛，有種令人無法抗拒的吸引力。

「最好不要。牠餓了。我想牠沒有分到足夠的獵物。」馬修道。他再次露出悲傷的表情，甚至帶有渴望。夏卡發出低沈的咕咕聲，看著馬修不放。

「牠喜歡你。」這也難怪，他們都是依賴直覺的獵人，也都受到約束，不能盡情追逐殺戮。

我們沿著一條彎曲的小徑，騎到一道曾經充當護城河的河谷裡。河已經不見了，河谷上搭了圍牆，以免皇家御獸晃進城裡。紅鹿、雌鹿、熊都在這塊地上出沒。此外，在魯道夫決定不用獵鷹，而是出動御獸園裡的獅子、花豹幫他狩獵的日子，這些猛獸也會現身。

我預期現場會一片混亂，不料打獵卻跟芭蕾舞一樣有精密設計的舞步。魯道夫的白隼一放到空中，棲息在樹上的鳥兒就像雲一樣飛起，爭相逃離，免得成為點心。白隼盤旋而下，飛過樹叢，風吹過牠腳上的鈴鐺，發出嘯聲。驚慌的松雞從蔽身處衝出來，向四面八方逃竄，先拍打翅膀，然後才起飛。白隼斜飛而下，挑中目標，先把牠趕到特定位置，然後以鉤爪和尖喙撲噬。松雞從空中墜落，獵鷹毫不留情地追向地面，受驚復受傷的松雞終究難逃一死。獵場管理人把狗放開，追在後面，越過積雪的地面，馬群跟在最

---

⑫ merlin既是馭隼，第一個字母大寫時，也是亞瑟王傳奇中的大魔法師梅林。

後，蹄聲如雷，男人們的勝利歡呼被犬吠聲淹沒。

騎士趕到時，只見獵鷹站在獵物旁邊，翅膀彎成弧形，擋住松雞，以免被搶走。馬修曾經在博德利圖書館擺出類似的姿勢，我察覺他的眼光落在我身上，確認我在附近。

皇上殺死第一隻獵物後，眾人便可以自由狩獵。他們合力捕捉了一百多隻鳥，足夠多位廷臣食用。中間只有一次爭執。不用猜就知道，是魯道夫雄偉的銀色白隼和馬修那隻褐白二色的小鵟隼起了衝突。

馬修一直待在所有男性獵者的後方。他在所有人之後放出獵鷹，取回牠打到的松雞時也不慌不忙。其他人都沒有下馬，唯獨馬修下馬來把夏卡從獵物身旁哄開，口中念念有詞，還給了牠一塊從先前捕獲的獵物身上取下的肉。

夏卡曾經一度找不到牠追捕的松雞。牠躲過了牠，直飛到魯道夫白隼的軌跡上。但夏卡不肯讓步。白隼雖在體型上佔了便宜，夏卡卻鬥性堅強，行動敏捷。為了追趕牠的松雞，這鵟隼從我頭頂飛過，距離近得我能感覺到風的壓力。牠體型那麼小巧——比松雞還小，跟皇帝的獵鷹相較更懸殊。松雞往高處飛，卻還是逃不掉。夏卡立刻變換方向，把彎曲的鉤爪插進獵物體內，獵物的重量帶著牠們一起下墜。憤怒的白隼發出受挫的尖叫，魯道夫也大喝抗議。

「你的鳥妨礙了我的鳥。」馬修策馬上前去接應他的鵟隼時，魯道夫怒道。

「牠不是我的鳥，陛下。」馬修道。夏卡鼓起全身羽毛，張開翅膀，盡可能擺出巨大而威嚇的架式，在他接近時發出一聲尖鳴。馬修喃喃說了幾句話，聽起來很熟悉，而且不只一點點柔情蜜意，夏卡的毛羽便舒緩下來。「夏卡屬於你。今天牠證明自己配得上一個偉大的波希米亞戰士的名字。」

馬修拾起夏卡和松雞，將牠們高舉給所有宮廷裡的人看。夏卡的繫足帶隨風飄蕩，他帶牠轉個圈，牠的鈴鐺叮噹作響。朝臣們不知道該如何反應，等魯道夫採取行動。我卻出面打岔。

「夏卡是個女戰士嗎，老公？」

馬修停止轉動，咧嘴笑道：「當然啊，老婆。真正的夏卡嬌小活潑，跟皇上的鳥兒一樣，而且知道戰士最好的武器是在兩個耳朵中間。」他敲敲自己的腦袋，確保每個人都聽懂他的意思。魯道夫不僅聽懂了，而且顯得很狼狽。

「聽起來很像小城區的女士們。」我板著臉說。「夏卡用她的好腦筋做了什麼呢？」馬修還沒來得及回答，一個陌生的年輕女子發話了。

「夏卡打敗了一整支軍隊。」她用帶著濃重捷克口音的流利拉丁文解釋。一個我猜是她父親的白鬍男子贊許地看著她，她臉紅了。

「真的？」我很感興趣：「怎麼辦到的？」

「她假裝需要援救，然後為了慶祝重獲自由，請士兵喝了太多酒。」另一個鷹勾鼻可以跟奧格斯妲媲美的年長婦人不屑地說：「男人每次都上這種當。」

我放聲大笑。這位鷹勾鼻的貴族老婦忍不住跟著笑起來，她自己都有點意外。

「皇上，恐怕貴婦們不會同意她們的女英雄為別人的錯誤受責呢。」馬修從口袋裡取出頭罩，輕輕套在夏卡高傲的頭上，他湊過去，用牙齒把繫帶束緊。獵場管理人在稀稀落落的掌聲中，把隼接過去。

我們暫停休息，轉移陣地到宮城邊緣一座屋頂紅白二色的義大利式房屋，喝酒和吃點心，雖然我寧可留在花園裡，欣賞皇上正值盛開的水仙和鬱金香。其他宮廷成員加入我們，包括臭著一張臉的史崔達，還有賀夫納吉以及擅長製作精密儀器的伊拉斯默斯•哈白梅，我為我的占星萬年曆向他致謝。

「齋期快結束了，我們正需要舉行一場春季盛宴來驅散生活的無聊。」一個年輕的廷臣提高嗓門說：「您不認為嗎，陛下？」

「辦個化妝舞會如何？」魯道夫啜了一口酒，定睛看著我說：「這樣吧，主題就設定為戴安娜與阿克特昂⑫⑧。」

「主題太通俗了，陛下，而且英國味太濃。」馬修一臉憾意說道。魯道夫脹紅了臉。「不如改為狄米特和波賽鳳還比較應景⑫⑨。」

「不然就用奧德修斯的故事。」史查達提議，恨恨瞪了我一眼。「羅伊登太太可以扮瑟西⑬⓪，把我們通通變成小豬。」

「有趣啊，歐泰維歐。」魯道夫用食指敲敲自己肥嘟嘟的下唇。「我可能樂意扮演奧德修斯。」

休想，我想道。這段子有細膩的閨房調情場面，還有奧德修斯逼瑟西承諾不強行奪走他的性器官那一幕。

「我可以提個建議嗎？」我一心只想消災解厄。

「當然，當然。」魯道夫大悅道，拿起我的手，鼓勵地拍了一下。

「我想到的故事需要有人扮演眾神之王宙斯。」我輕輕把手抽出來，對皇帝說。

「我扮宙斯，誰比得上。」他眼睛一亮，熱切地笑道。「妳要扮卡莉絲托⑬①？」當然不可能。我才不要假裝被魯道夫蹂躪受孕。

「不是的，陛下。如果您堅持我參加演出，我就扮月亮女神。」我把手伸進馬修的臂彎。「為了彌補他先前的失言，就由馬修扮演恩迪米昂⑬②。」

「恩迪米昂？」魯道夫的笑容變得猶豫。

「可憐的魯道夫。鬥智又輸了。」馬修用只有我聽得見的音量悄聲道。「恩迪米昂，陛下。」他提高聲音道：「就是那個中了魔法長眠不醒的美少年，這樣他可以得永生，也保住了戴安娜的貞潔。」

「我知道這傳說，羅伊登先生！」魯道夫語氣中有警告的意味。

「抱歉，陛下。」馬修鞠了一個優雅、腰卻彎得不夠低的躬。「戴安娜會顯得雍容華貴，搭乘她的馬車來到，滿懷思慕之情，看著她深愛的男人。」

這時魯道夫整個人都氣成象徵帝國的紫色。我們被逐離陛下身旁，離開皇宮，踏上那段短短的下坡路，返回三隻烏鴉。

「我只有一個要求，」我們走進大門時，馬修道：「即使我是個吸血鬼，布拉格的四月還是太冷。基於氣候的考慮，妳為戴安娜和恩迪米昂設計的戲服，一定得比妳頭髮上的新月裝飾和遮蓋我屁股的一塊小抹布要更厚實。」

「我才剛派個角色給你，你就開始對美術設計予取予求了？」我故作生氣狀，手一攤道：「演員都這樣！」

「跟業餘者合作就有這種下場。」馬修笑道。「我知道這齣假面劇該怎麼開場了：『看啊！穿雲而出，我看見／最美的明月，將一枚貝殼／鍍上銀邊，充作海王酒盞。』」

「你不能引用濟慈！」我笑了起來。「他是浪漫時期的詩人——三百年後才出生。」

「『她高高升起／那麼熱情輝煌，我的靈魂暈了／跟她的銀輪一起轉動／不分陰晴，甚至追隨她／進

---

(128) Actaeon是一個傑出的獵人，但因偷窺獵神戴安娜入浴，被變成一頭公鹿，且被他飼養的五十頭獵狗咬死。

(129) Demeter是收穫女神，Persephone是狄米特與大神宙斯的女兒。冥王黑底斯覬覦波賽鳳的美貌，將她擄到冥界。失去女兒的狄米特拒絕讓農作物生長，人間大鬧飢荒，神界只好對冥王施壓，逼他還人。但波賽鳳離開地獄前，不慎吃了冥界的食物，所以每年三分之一的時間要住在冥界，這期間就是凡間的冬天。她重返陽世，就是大地春回之日。

(130) Circe是古希臘女巫，擅長用藥草配製魔藥。奧德修斯漂流到她居住的小島，船員上岸，吃了她的食物，都變成豬。奧德修斯接獲通報後，向信使神赫米斯求到護身物，破除了瑟西的魔法，並逼她發誓不會藉機奪取他的生殖器。後來兩人同居一年，瑟西並提供情報，幫助奧德修斯找到歸鄉的路。

(131) Callisto是一個美麗的公主，誓言侍奉獵神戴安娜，終身守貞。宙斯卻化身戴安娜，與她發生親密關係，生下一子。之後或說戴安娜震怒，或說天后希拉妒忌，把不幸的卡莉絲托變成一頭熊。宙斯見了不忍，又把她變成大熊星座。

(132) Endymion是個善觀星象的美少年，月神喜愛他的睡姿，所以讓他長睡不醒。

入黑暗氤氳的帳幕。』」他誇張地歡呼，把我拉進懷裡。

「我猜你要我幫你找一頂帳棚。」蓋洛加斯咚咚咚走下樓來，說道。

「還要幾頭羊。說不定再加一個觀星儀。恩迪米昂可以是牧羊人兼天文學家。」馬修考慮著他有哪些選擇。

「魯道夫的獵場管理員無論如何都不會把他那些奇怪的羊交出來的。」蓋洛加斯愁眉苦臉道。

「馬修儘管用我的占星萬年曆無妨。」我四下張望，它本來應該放在壁爐上，傑克搆不到的地方。「到哪兒去了？」

「安妮和傑克拿去給抹布看。她們認為它被施了魔法。」

在此之前，我都沒注意到從壁爐一直連到樓梯上的線——銀色、金色和灰色。我急著要找到兩個孩子，問清楚我的占星萬年曆是怎麼回事，不小心踩到自己的裙子下襬。終於找到安妮和傑克時，裙緣已變成貝殼形狀。

安妮和傑克把銀和銅做的小巧萬年曆像書本一樣打開，一個個小隔間裡的配件都顯露出來，魯道夫本意是想給我一件可以追蹤天體運動的東西，哈白梅卻做出一件出類拔萃的作品。這個占星儀器附帶一個日晷、一個指南針，還有一個計算一年當中各個季節時辰長度的工具，是個複雜的陰曆陽曆換算表——它的齒輪可以設定，分別顯示日期、時間、黃道星座和月相——還有一個（出於我的要求）包括洛亞諾克、倫敦、里昂、布拉格、耶路撒冷等城市的緯度表。其中一格還特別做了一個撐架，以便我安裝一種熱門的新式科技產品：可以擦拭的寫字板，用一種經過特殊處理的紙製作，寫完字，小心擦乾淨，還可以再寫。

「看啊，傑克，又來了。」安妮低頭看著儀器道。抹布（全家除了傑克，再也沒有人叫牠羅貝洛了）在陰陽曆換算表自行轉動起來時開始吠叫，興奮地搖尾巴。

「跟妳賭一便士，停止轉動時，從窗口望出去就會看到滿月。」傑克在手心裡吐了一口唾沫，伸給安妮。

「不許打賭。」我出於直覺喝止，在傑克身旁蹲下。

「這是什麼時候開始的，傑克？」馬修把抹布擋開，問道。

傑克聳聳肩膀。

「從哈白梅先生送它來就開始了。」安妮道。

「它是整天轉個不停，還是只在某些時刻轉動？」我問。

「一天才一、兩次。指南針只轉一次。」安妮愁眉苦臉道。「我該早點告訴妳的。我憑感覺就知道這是魔法。」

「沒關係。」我對她微笑。「沒有造成傷害。」我隨即把手指插進換算表，命令它停止。它服從了。轉動一停，環繞著星象萬年曆的金、銀二色線就慢慢消失，只剩下灰色的線。它也很快就消失在滿布我們家中各處的無數色彩繽紛的線條裡。

「這代表什麼？」馬修等到家裡安靜下來，我總算把那個萬年曆從孩子手中拿回來時，問道。我決定把它放在我們大床平坦的頂蓋上。「順便告訴妳，所有的人都把東西藏在天蓋上。傑克第一個找的就會是那兒。」

「有人在找我們。」我把萬年曆取下來，重新找地方收藏。

「在布拉格？」馬修伸手索取那個小儀器，我交給他，他就把它塞進上衣。

「不，在時間裡。」

馬修砰一聲坐在床上，發出一聲咒罵。

「是我的錯。」我慚愧地看著他。「我嘗試編織一個咒語，以便萬一有人要偷萬年曆時，它會警告我。這咒語的本意是要防範傑克惹麻煩。我想我該重新設計。」

「妳為什麼認為那會是其他時間的人？」馬修問。

「因為陰陽曆換算表是一種永恆曆。齒輪轉動的方式就像它企圖輸入超出它技術規格的訊息。這讓我聯想到艾許摩爾七八二號裡面那些不停追逐的字跡。」

「說不定指南針轉個不停，只代表找我們的人處於不同的地點。指南針跟陰陽曆換算表一樣找不到正北方，因為它被要求計算兩組不同的方位：一組是在布拉格的我們，一組是別人。」

「你想會不會是伊莎波和莎拉，她們需要我們的幫助？」《浮士德》是伊莎波給我們的。她知道我們去了哪兒。

「不可能。」馬修聲音充滿信心。「她們不會洩漏我們的下落。一定是別人。」他灰綠色的眼睛盯著我。那種懊悔不安的眼神又出現了。

「你看我那種表情，好像我背叛了你似的。」我也在床上坐下，坐他身邊。「如果你不要我參加假面劇，我不演就是了。」

「不是那個問題。」馬修起身走開。「妳有別的事情瞞著我。」

「我們不會把每件事都講出來，馬修。」我道：「無關緊要的小事。有時也包括大事，像是身為合議會的一員。」這種指控等於是重揭舊瘡疤，尤其他還有那麼多我不知道的祕密。

馬修忽然抓住我肩膀，把我拎起來。「那件事妳還不肯原諒。」他眼睛好黑，他的手指嵌進我的手臂。

「你答應過要容忍我的祕密。」我道：「羅兀拉比說得對。容忍還不夠。」

馬修罵了一聲，鬆開我。我聽見樓梯上傳來蓋洛加斯的腳步聲。大廳裡傳來傑克昏昏欲睡的呢喃。

「我帶傑克和安妮去巴德文那兒。」蓋洛加斯站在門口說。「特莉莎和卡洛麗娜已經走了，彼埃跟我一起去，還有那隻狗。」他壓低聲音：「你們吵架會嚇到那男孩，他短短一生經歷的恐懼已經夠多了。你們把事情弄清楚，要不然我就帶他們回倫敦，留你們兩個在這裡自生自滅。」蓋洛加斯的藍眼睛很凶惡。

馬修默默坐在火旁，手裡端一杯酒，沈著臉，瞪著火燄發呆。那些人走光以後，他就站起身，往門口走。

我不假思索，也毫無規劃，直接把我的火龍放出來。攔住他，我下令。牠用一團灰霧罩住他，繞過他，飛到門口，變成實體，把帶有利刺的雙翼尖端插進門框。馬修靠得太近時，牠從口中噴出一蓬烈火示警。

「你哪兒也別想去。」我費了很大力氣克制，才不至於提高音量。馬修或許力量比我大，但我不認為他可以擊敗我的護身靈。「我的火龍有點像夏卡：體型雖小卻好鬥成性。我不會惹她生氣。」

馬修回過身來，眼神冰冷。

「如果你生我的氣，說出來。如果我做了你不喜歡的事，告訴我。如果你要結束這段婚姻，要有勇氣做個清楚的了斷，這樣我就可以——或許——從傷痛中復原。因為如果你一直用那種好像你但願我們不曾結過婚的眼神看著我，你會毀了我。」

「我一點都不想結束這段婚姻。」他乾澀地說。

「那就做我的丈夫。」我向他走去。「你知道我今天看到那些美麗的鳥飛翔，想到什麼嗎？『馬修就像那樣，只要他能自由做他自己。』後來我看到你替夏卡戴上頭罩，讓牠看不見，無法聽從牠的本能去狩獵，我看到牠眼睛裡那種遺憾，跟自從我失去寶寶以來，每天在你眼中看到的遺憾，是一模一樣的。」

「這跟寶寶無關。」他眼中湧現一種警告。

「沒錯。這跟我有關，跟你有關，還跟某種可怕到你不願意承認的東西有關：雖然你號稱能克服生與死，你卻不能控制每件事，也不能使我或任何你愛的人免於傷害。」

「妳以為我是在失去寶寶之後才明白這件事？」

「還有什麼可能？你對白蘭佳和路卡斯的罪惡感差點毀掉你。」

「妳錯了。」馬修的手糾纏在我頭髮裡，扯鬆了編好的辮子，釋出我用的肥皂的甘菊與薄荷香味。他的瞳孔顯得烏黑而巨大。他深深吸入我的氣味，然後眼睛又恢復了一點綠色。

「那就告訴我，是什麼。」

「這個。」他抓住我緊身上衣的邊緣，將它一撕兩半。然後他鬆開繫住我上衣寬鬆的領口，使它不至於從肩膀滑落的帶子，讓我乳房上半截暴露在外。他用手指沿著那兒青色的靜脈撫摸下去，探入襯衣的褶縫裡。

「每一天，對我都是一場控制的戰爭。我要克服自己的痛苦和隨之而來的噁心感。我跟飢餓與口渴搏鬥，因為我認為從其他生物身上吸血是不對的——即使是野獸也一樣，雖然比起吸街上某個我可能還會見到的人的血，那麼做我比較能忍受。」他抬頭迎上我的眼睛。「我不斷跟自己作戰，因為我還有一種無法言喻，要以溫血動物無法想像的方式佔有妳的肉體跟靈魂的衝動。」

「你要我的血？」我忽然理解了。「你對我撒謊。」

「我對自己撒謊。」

「我告訴過你——很多遍——你可以喝我的血。」我抓住罩衫，把它撕得更破爛，把頭轉向一側，露出我的頸動脈。「吸吧。我不在乎。我只要你回來。」我忍住一聲啜泣。

「妳是我的配偶。我絕對不會主動從妳的脖子吸血。」馬修的手指觸及我的身體，感覺冰冷，他替我把衣服拉好。「我在麥迪森做那種事，是因為我虛弱得失去自制。」

「我的脖子有什麼問題？」我困惑地問。

「吸血鬼只咬陌生人和部下的脖子。情人不行。配偶更是絕對不可以。」

「主宰與進食。」我想起我們先前有關吸血鬼、血與性的交談。「所以脖子被咬的幾乎都是凡人。那則吸血鬼傳奇的真相原來是這樣。」

「吸血鬼咬配偶是咬這兒。」馬修道：「接近心臟的位置。」他的嘴唇再度親吻我裸露在罩衫邊緣的肌膚。我們新婚之夜，他情緒亢奮到不可自抑時，也親吻過這個部位。

「我還以為你親那兒只是出於平常的情慾。」我道。

「吸血鬼從這條靜脈吸血的慾望一點也不平常。」他沿著藍色紋路把嘴唇挪低一公分，再次吻下去。

「但如果不是為了主宰與進食，這麼做又是為什麼呢？」

「交心。」馬修迎上我的目光，他的眼睛仍是黑多於綠。「吸血鬼保留太多祕密，所以永遠做不到百分之百的誠實。我們也永遠不可能用言語表達所有的祕密，即使嘗試這麼做，其中大部分還是複雜得無法理解。而且我的世界把分享祕密設為一種禁忌。」

「這不用你說。」我道：「我已經聽說了好幾遍。」

「飲用愛人的血，就會什麼都難以隱瞞。」馬修低頭注視我的乳房，再次用指尖輕輕觸摸那條靜脈。「我們稱它為心脈。這裡的血味道比較甜。這有一種完全佔有與歸屬的意味——但它也需要絕對的自制力，不能讓隨之產生的強烈情緒帶著走。」他的聲音很悲傷。

「你不信任自己控制得住，因為有血怒。」

「妳看過我血怒發作的樣子。它受保護慾的驅策。除了我，還有誰對妳更危險？」

我聳聳肩膀，讓罩衫從肩頭滑落，把我的手臂從袖子裡抽出來，這樣我從腰以上都完全赤裸了。我摸索裙子上的繫帶，把它們也全部拉開。

「不要。」馬修的眼睛變得更黑了。「這裡沒有別人在，萬一——」

「你把我的血喝乾？」我從裙子裡站出來。「如果菲利普在耳聞能及的範圍內，你都無法信任自己，那麼即使蓋洛加斯和彼埃在旁協助，你也做不到的。」

「這不能開玩笑。」

「不是玩笑。」我拉起他的手。「這是夫妻之道，也是交心與信任。我不會對你隱瞞任何事。如果從我的血管裡吸血，能讓你追蹤你想像中我的祕密那種永無止境的需求告一段落，你就該這麼做。」

「吸血鬼做這種事不是一次就結束。」馬修警告道，企圖掙脫我。

「我沒這麼想過。」我把手指插進他頸上的頭髮裡。「吸我的血，拿走我的祕密，聽從你本能聲嘶力竭的哀求。這裡沒有頭罩，也沒有繫足帶。即使你在別的地方得不到自由，在我的懷抱裡也會自由。」

我拉他的唇湊到我嘴邊。他開始的反應是種嘗試，他的手攬著我的腰，好像一有機會就要逃開。但他的本能卻是那麼強烈，他的渴望幾乎觸摸得到。維繫世界的繩索開始在我周圍移動調整，好像要騰出空間，容納如此熾烈的感情。我慢慢往後退，我的乳房隨著每一次呼吸抬高。

他顯得好害怕，我看得好心痛。但恐懼中也帶著慾望。**恐懼與慾望**。難怪它們會成為他取得萬靈學院院士資格那篇論文的主題。還有誰比吸血鬼更了解兩者之間的拉鋸戰。

「我愛你。」我低語，讓兩手垂在身側。接下來他得自己動手。以他的口就我的靜脈，我不能主動。等待是種折磨，但他終於低下頭。我的心跳加快，我聽見他吸了一口又長又深的氣。

「蜂蜜。妳總是有蜂蜜的味道。」他訝異地喃喃道，然後尖銳的牙齒就刺破了我的皮膚。

上次馬修吸我的血，曾細心地沾上他自己的血，麻醉那塊區域，使我不覺得疼痛。這次他沒這麼做，但隨著馬修的嘴施加在傷口上的壓力，皮膚很快也就麻痺了。他用手捧著我，慢慢把我往床上推倒。我懸在半空中，等他滿足，然後我倆之間就只有愛。

大約三十秒後，馬修停了下來。他驚訝地抬頭看我，好像剛發現了出乎意料的事。他的眼睛完全黑了，一瞬間我以為血怒又要湧現了。

「沒關係，我的愛。」我低語。

馬修低下頭，喝了更多血，直到他找到需要的。那花了將近一分鐘。他用跟我們七塔新婚之夜同樣溫柔敬謹的表情，親吻我心臟上方的位置，然後羞澀地看著我。

「你找到了什麼？」我問道。

「妳。只有妳。」馬修喃喃道。

他吻著我，羞澀很快就變成了飢渴，不久我們就交纏在一起。除了那次貼牆而立的短暫交媾，我們已經好幾個星期沒有做愛了，我們一開始很笨拙，必須複習一起動作的節奏。我的身體不斷旋緊、旋緊。只需再一次快速俯衝、再一個深吻，我就能飛上高空。

馬修卻放慢了速度。我們四目相對，鎖定對方。我從未見過他這一刻的模樣——脆弱、充滿希望、美麗、自由。我們之間再也沒有祕密，再沒有情緒上的戒備，唯恐萬一災難來臨，將我們捲進沒有希望存活的黑暗所在。

「妳感覺到我嗎？」馬修正處於我所有核心的一個靜止點上。我再次點頭。他露出微笑，刻意小心移動。「我在妳裡面，戴安娜，賦予妳生命。」

他喝我的血，把自己從死亡邊緣拉回這世界時，我也說過同樣的話。我一直不知道那時候他聽得見我的話。

他重新在我體內移動，重複這句話，彷彿誦讀經文。那是世界上最簡單、最純粹的魔法形式。馬修已經編織到我的靈魂裡。現在他編織到我的身體裡，就如同我編織到他的身體裡。過去幾個月來，我那顆被悲傷的觸摸和懊悔的眼神打碎了無數次的心，開始重新織回原形。

太陽在地平線上升起時，我伸手觸摸他雙眼之間。

「不知道我是不是也能讀你的思想。」

「妳已經讀過了。」馬修拉下我的手，親吻指尖。「就是在牛津，妳收到妳父母的照片那次。妳沒有意識到自己在做什麼。但妳三番兩次大聲回答我沒能說出口的疑問。」

「我可以再試試看嗎？」我道，幾乎預期他會說不行。

「當然。如果妳是吸血鬼，我早已奉上我的血。」他往枕頭上一躺。

我遲疑了一下，靜下心，集中思考一個簡單的問題。**我怎麼能知道馬修的心？**

我的心和他前額正中央巫族第三隻眼所在的點之間，出現一條閃閃發光的銀線。那條線不斷縮短，把我拉過去，直到我的嘴唇貼在他皮膚上。

一大堆影像與聲音像煙火般在我腦子裡炸開。我看到傑克與安妮，菲利普與伊莎波。我看到蓋洛加斯和許多我不認識的男人，在馬修記憶中佔據重要的地位。我看到愛琳娜和路卡斯。他解開某些科學謎團時勝利的心情，他策馬到森林裡，依從本性狩獵和殺戮時發出喜悅的呼喊。我看到我自己，抬頭望著他微笑。

然後我看到福克斯先生，我在猶太區遇見的吸血鬼，並相當清晰地聽見這些話：**我的兒子班哲明。**

我忽然起身，跪坐在床上，伸手觸摸我顫抖的嘴唇。

「什麼事？」馬修坐起來，皺著眉頭問道。

「福克斯先生！」我驚慌地看著他，生怕他朝壞處想。「我沒想到他是你兒子，他就是班哲明。」那隻超自然生物毫無血怒的徵兆。

「不是妳的錯。妳不是吸血鬼。班哲明只透露他想透露的訊息。」馬修用安慰的口吻說：「我一定察覺到他接近過妳——淡淡的氣味，暗示他在附近。所以我才以為妳有什麼事瞞著我。我錯了。真對不起我懷疑妳，我的愛。」

「但班哲明一定知道我是什麼人。我全身上下都是你的氣味。」

「他當然知道。」馬修平淡地說。「明天我就去找他，但如果班哲明不想被找到，除了警告蓋洛加斯和菲利普，也沒有別的對策。他們會通知家族中其他成員，班哲明又出現了。」

「警告他們？」見他點頭，我的皮膚被恐懼刺得作痛。

「比發作血怒的班哲明更可怕的，莫過於神智清醒的班哲明，就如同你在羅兀拉比家看到的他。就像傑克說的，」馬修答道：「最可怕的惡魔看起來總是跟普通人一樣。」

第三十一章

那天晚上是我們婚姻真正的開始。馬修表現出我前所未見的專注。我們相處至今常發生的針鋒相對、捉摸不定、衝動莽撞等現象，都不見了。馬修變得深謀遠慮，進退有度——但還是一樣能致命。他進食比較規律，會在市區和附近的村子裡狩獵。他的肌肉長了分量和力量以後，我才理解菲利普早就指出的一個事實：雖然以馬修的體型來說不大可能，但他的兒子確實因為營養不良而日漸憔悴。

我胸前留下一個銀色的月亮，標示他喝血的位置。它跟我身上其他的疤痕都不一樣，不像大多數傷口上會有保護組織增生變硬。馬修告訴我，這是他唾液的一種特性造成的，能把傷口封住，卻不讓它完全痊癒。

馬修飲用配偶心臟附近的靜脈血的慣例，以及我借助女巫之吻進入他思想的新儀式，使我倆更加親密。他跟我同床時，我們不見得每次都做愛，但一旦做愛，事前事後一定會有這兩種如火似荼的交心時刻，坦誠相見不僅使馬修不再焦慮，也消除了我的一大隱憂：我們有朝一日會被自己的祕密毀滅。即使不做愛的時候，我們也會用所有戀人都夢寐以求的開放態度無所不談。

第二天早晨，馬修把班哲明現身之事告訴蓋洛加斯和彼埃。蓋洛加斯的怒火來得快也去得快，但彼埃的恐懼卻持久不散，每當有人敲門或在市場接近我，他的懼怕就會浮現。眾吸血鬼不分晝夜搜索他的下落，馬修則為長途旅行做準備。

但就是找不到班哲明。他就這樣消失了。

復活節來了又去，接下來那個週六，就是我們為魯道夫安排的春季慶典，活動已進入最後階段。賀夫納吉和我用無數盆鬱金香把宮殿大廳裝扮成姹紫嫣紅的花園，這場地用柳樹枝條優雅的弧形穹窿支撐拱頂，令我讚嘆不已。

「我們要把皇上的橘子樹也搬進來。」賀夫納吉道，無限的創意在他眼睛裡閃耀。「還有孔雀。」

表演當天，僕人把宮裡和教堂裡所有備用的枝狀大燭台，都搬進這座回音隆隆的石砌大廳，製造夜空繁星點點的幻象，並在地板上鋪了新鮮的蘆葦。我們用通往御用小教堂的階梯底層充當舞台。這是賀夫納吉的點子，因為這樣我就可以像月亮一樣在樓梯頂端現身，馬修也可以用哈白梅製作的觀星儀記錄我不斷改變的位置。

「你不覺得這麼做哲學味太濃了一點嗎？」我咬著手指問道。

「這是魯道夫二世的宮廷。」賀夫納吉面無表情道：「哲學味永遠不嫌太濃。」

宮廷中人列隊進來享用盛宴時，看到我們布置的場面都連聲驚嘆。

「他們喜歡。」我和馬修藏在人群看不見的帷幕後，我悄聲對他道。我們的盛大出場安排在上甜點的時刻，在此之前，我們就窩在大廳旁邊的騎士樓梯上。馬修講他當年騎馬縱上寬廣的石砌樓梯參加比武的老故事，讓我聽得津津有味。我質疑在房間裡比武的可行性時，他挑起一道眉毛。

「妳想我們幹嘛要把房間蓋得那麼大，天花板挑得那麼高？布拉格的冬季長得要命，持有武器又覺得無聊的年輕人很危險的。與其跟鄰國開戰，倒不如讓他們互相高速衝刺來得省事。」

有無限供應的葡萄酒和美食助興，隔壁房間的談話聲很快就震耳欲聾。甜點經過時，馬修和我悄悄就位。賀夫納吉為馬修畫了一些美麗的田園風景，並小器地只分配給他一棵橘子樹，他坐在樹下一張鋪了羊毛氈、偽裝成岩石的板凳上。我要等信號才能出場，從小教堂裡走出來，站在一扇橫立在地上，繪製成馬車模樣的舊木門後面。

「你敢逗我笑試試看。」馬修親吻我臉頰祈求好運時，我警告他。

「我就喜歡挑戰。」他悄聲答道。

音樂響徹大廳時，廷臣逐漸安靜下來。等全室鴉雀無聲，馬修對著天空舉起他的觀星儀，宣告假面劇開始。

我決定製作這齣戲最好的方式是讓對話分量減至最少，舞蹈分量增加到最多。不說別的，誰在飽食大餐後願意坐著聽長篇大論的演講呢？我憑參加過多次學術活動的經驗，深知這不是什麼好主意。巴塞帝老師也很樂意教幾位命婦跳「流浪星星之舞」，這樣馬修在等待他心愛的月亮升起時，就有好些天體可以觀察了。宮中名媛在節目中演出，個個穿著珠光寶氣的華麗戲服，頓時為這場假面劇添上小學生遊藝會的色彩，甚至愛女心切的家長也一個不少。馬修扮著苦臉，一副這種場面他連一分鐘都看不下去的表情。

舞蹈結束後，音樂以一通急鼓和喇叭長鳴示意我出場。賀夫納吉在教堂門上裝了一塊布簾，我應該很有女神風采地掀開簾子走出來（而不是像排演時那樣，讓我的星月頭飾鉤到布簾），迷戀地低頭看馬修。而他呢，若女神保佑，也該欣喜欲狂地看著我，沒讓眼珠子撞在一起，也不曖昧地盯著我的乳溝。

我花了一分鐘進入角色，深深吸一口氣，自信滿滿地掀開簾子，試著像月亮一樣凌空滑翔。

全宮廷的人都發出驚呼。

我對出場成功感到很滿意，低頭望向馬修。他眼睛瞪得像兩個圓盤。

不好。我伸長腳趾碰觸地板，但不出我所料，我已經離地好幾吋——而且還在上升。我連忙抓住馬車邊緣，穩住身形，這才注意到我的皮膚散發出一種明亮的珍珠光澤。馬修朝我那頂飾有銀色新月的頭冠偏一下頭。我沒有鏡子，不知道它的狀況，但我擔心是最壞的狀況。

「女神！」魯道夫站起來拍手道：「太妙了！妙不可言的效果！」廷臣半信半疑地跟著拍手。其中有些人先在身上畫了十字。

我已掌握全場的注意力，雙手在胸前合握，對馬修眨了幾下眼睛，他卻用凝重的微笑回報我愛慕的眼神。我集中精神，讓自己降到地面，以便走向魯道夫的御座。他扮演宙斯，高踞在宮廷閣樓裡所能找到雕刻最繁複的一件家具之上。它醜得不得了，卻最適合這場合。

值得慶幸的是，我走到皇帝面前時，身上已不再發光，觀眾也不再盯著我頭頂，好像那兒在放煙火似的。我屈膝行禮。

「妳好，女神。」魯道夫運起丹田力道大聲說，他自以為這麼做才有天神的派頭，殊不知此舉可以列入表演過當的經典案例。

「我愛上了俊美的恩迪米昂。」我站起身，回頭指著樓梯，馬修已躺進一個羽毛被褥鋪成的窩，假裝入睡。接下來的台詞是我自己寫的（馬修建議我說：「如果你不停止騷擾我，恩迪米昂會把你的喉嚨撕破。」跟濟慈的詩一塊兒被我否決了）。「看他多麼安詳。我是青春永駐的女神，我不要衰老與死亡奪走我的愛人。求求你把他變成神仙，讓他與我廝守到永遠。」

「有一個條件！」魯道夫喊道，他放棄了偽裝天神的低沈腹音，只靠音量取勝。「他必須長睡，再也不醒來。唯有如此，他才能永保青春。」

「謝謝你，無所不能的宙斯。」我道，盡量不讓自己的聲音聽起來像個英國喜劇雜耍團的丑角。「這樣我就能永遠永遠看著心愛的人了。」

魯道夫臭著一張臉。幸好他沒有獲得劇本審查權。

我退回馬車上，慢慢倒退回到簾子裡，這時宮廷命婦出場表演最後一支舞蹈。演出結束後，魯道夫率領全體觀眾用力跺腳拍手，吵得屋頂都幾乎掀翻了。唯一沒做到的就是讓恩迪米昂起床。

「起來啦！」我去向皇帝致謝他提供我們這麼一個取悅他的好機會時，經過馬修身邊，壓低聲音道。回應的只是一個戲劇化的鼾聲。

於是只有我一個人在魯道夫面前屈膝為禮，不絕口地稱讚哈白梅師傅的觀星儀、賀夫納吉設計的道具與特殊效果，以及音樂的水準。

「朕龍心大悅，女神——比我預期的好很多。妳可以向宙斯討一個賞。」魯道夫說，他的眼睛溜到我的肩膀，然後往下來到隆起的胸部。「不論妳想要什麼，說出來就是妳的了。」

房間裡嚶嚶嗡嗡的聊天聲停了。寂靜中我聽見亞伯拉罕的話：**只要妳要求它，那本書就會來找妳。**真的那麼簡單嗎？

恩迪米昂在鵝絨床上動了一下。我不想他來干預，兩隻手在身後揮揮，示意他繼續待在夢鄉。整個宮廷都屏住呼吸，等我提出一個顯赫的頭銜、一片土地、一大筆金子。

「我要看羅傑・培根那本鍊金術的書，陛下。」

「妳真是吃了熊心豹子膽，嬸娘。」蓋洛加斯對我佩服得五體投地，回家的路上，他壓低嗓門道：「而且口才流利得沒話說。」

「說得好，謝謝你。」我心花怒放道：「順便問一下，假面劇裡我的腦袋是怎麼回事？大家都瞪著它看。」

「小星星不斷從月亮裡噴出來，然後消失。我可不擔心。看起來太像真的，所以大概所有的人都會以為是種幻術。畢竟魯道夫的貴族以凡人居多。」

馬修的反應比較保守。「先別太高興，我的愛。這種情形下，魯道夫除了答應妳沒有別的選擇，但他還沒有把手抄本交出來。妳等著瞧，皇帝一定會要求妳付出某種代價，才讓妳看他的書。」

「他還來不及堅持，我們就跑掉了。」我說。

結果證明馬修的審慎是正確的。我以為他和我第二天就會受邀去欣賞那件寶貝，私下解決。但這樣的邀約遲遲不來。過了幾天，我們才收到一份召我們入宮，跟幾位即將來訪的天主教神學家共餐的正式通知。信中允諾，餐後會有幾個經過挑選的客人，被邀請到魯道夫的寓所，參觀皇上收藏品中幾件特別神祕而有宗教意義的寶物。訪客中包括約翰尼斯・皮斯托利烏斯，他生長在路德會家庭，一度改宗皈依喀爾文教派，現在又即將擔任天主教的神職。

「我們中計了。」馬修不斷用手指爬梳著頭髮說：「皮斯托利烏斯是個危險人物，心狠手辣的敵人，而且是個巫師。再過十年，他會回到這裡聽魯道夫告解。」⑬

「他真的是合議會挑中的繼任者嗎？」蓋洛加斯小聲問道。

「是的。他就是巫族巴不得成為他們代言人的那種高級知識分子流氓。我不是要冒犯妳，戴安娜。但這個時代的巫族處境很艱難。」他道。

「我不覺得受冒犯。」我溫和地回答。「但他還沒有成為合議會的議員，而你已經是議員。有你在旁監視，即使他想惹麻煩，又能有多少成功的機會呢？」

「說得好——要不然魯道夫也不會邀他與我們共餐。皇帝也在劃清戰線，集結他的人馬。」

「他為什麼要打仗呢？」

「手抄本——還有妳。他兩者都不想放棄。」

「我告訴過你，我是非賣品，我也不是戰利品。」

「妳不是。但在魯道夫心目中，妳是一塊無主的土地。魯道夫身兼奧地利大公，匈牙利、克羅埃西亞、波希米亞的國王，莫拉維亞侯爵，神聖羅馬帝國皇帝。他還是西班牙菲利普王的外甥。哈布斯堡是一個貪婪好勝的家族，凡是他們看中的東西，無論如何都不會放棄的。」

「馬修絕不是哄妳，嬸娘。」我正要抗議，蓋洛加斯就沈重地說：「如果妳是我的妻子，第一件禮物送到的當天，我就會離開布拉格。」

因為情勢曖昧，彼埃和蓋洛加斯護送我們進宮。我們向馬修曾協助設計的那座大廳走去時，三個吸血鬼和一個女巫同行，不出所料引起很多注意。

魯道夫安排我坐他身旁，蓋洛加斯像個彬彬有禮的僕人，站在我背後。馬修的位子在宴會桌另一頭，由殷勤的彼埃伺候。在一個普通的旁觀者眼中，馬修跟一群淑女和尋求比皇帝更拉風的角色模範的年輕人嘻嘻哈哈，似乎樂在其中。馬修那個小朝廷的歡笑聲不時飄到我們這邊來，陛下陰鬱的心情越發開朗不起來。

「但為什麼要流那麼多血，約翰尼斯神父？」魯道夫對他左側那位肥胖的中年醫生抱怨。皮斯托利烏斯就任聖職的命令還要過幾個月才頒布，但出於新皈依者的狂熱，他一點也不反對提前使用神職頭銜。

「因為我們必須把異端和非正統學說斬草除根，陛下。否則它們會找到新的土壤生長。」皮斯托利烏斯的三角眼落到我身上，他的目光充滿刺探。我的第三隻眼張開，對他企圖引起我注意的魯莽行徑非常不滿，這跟項皮爾偵測我祕密的手法如出一轍。我開始討厭受過大學教育的巫師了。我放下刀，回瞪他。他先收回目光。

「家父相信寬容比較睿智。」魯道夫道：「你也研究過猶太祕典裡的智慧。有些服事上帝的人把猶太

---

⑬ Johannes Pistorius（1546-1608），德國神學家，年輕時研修政治、法律，並獲有醫學博士學位。他曾多次轉換教會，最後皈依天主教，從一六〇一年開始擔任魯道夫二世的告解神父。他留下很多駁斥基督新教，尤其是馬丁·路德本人的著作。

祕典稱作異端。」

馬修靈敏的聽力使他能像夏卡追獵松雞一般，把我的交談內容聽得一清二楚。他皺起眉頭。

「我丈夫告訴我，你是一位醫生，皮斯托利烏斯先生。」用這題目使談話繼續，不算很流暢，但勉強奏效。

「是的，羅伊登夫人。或者該說我本來行醫，但後來我的重心從保存肉體轉到救贖靈魂。」

「約翰尼斯神父以治癒瘟疫聞名。」魯道夫道。

「我只是上帝意志的執行工具。祂才是唯一真正的治癒者。」皮斯托利烏斯謙遜地說。「基於對我們的愛，他創造了許多自然療法，在我們不完美的身體上產生奇蹟的效果。」

「哦，對啊。還記得你說牛黃是治療百病的萬靈丹。女神最近罹病的時候，我就送了一塊牛黃石給她。」魯道夫贊許地對他微笑。

皮斯托利烏斯仔細打量我。「你的療法顯然有效，皇上。」

「是啊，女神完全康復了。她的氣色真好。」魯道夫說，他仔細觀察我的時候，下唇更形突出。我穿著一件有白色刺繡、款式簡單的黑色長衫，外罩一件黑絲絨袍子，薄紗荷葉邊在我臉畔飄拂。馬修送的火蜥蜴項鍊上的紅寶石剛好垂掛在領口，成為我一身素淨顏色中唯一的彩色。魯道夫的注意力集中在那件美麗的首飾上。他皺起眉頭，召來一名僕人。

「不知道牛黃石或麥西米連皇帝的舐劑，何者更有效呢。」我道，趁魯道夫講悄悄話時望向海葉克求助。他正忙著享用第三道野味，狂咳一陣把一口鹿肉吞下肚後，才開始因應狀況。

「我相信是舐劑，皮斯托利烏斯大夫。」海葉克道：「我用獨角獸角做的杯子調配這種藥劑。魯道夫陛下認為這麼做可以提高療效。」

「女神還用角匙服用舐劑。」魯道夫道，現在他眼光流連在我嘴唇上。「為了額外的保障。」

「這套杯子和藥匙也在我們今晚要參觀的您的寶藏之列嗎，陛下？」皮斯托利烏斯問道。我和這個巫師之間的空氣忽然劈啪作響，彷彿有了生命。這個醫生神父周圍的線條迸發出洶湧的紫色與橘色，警告我有危險。然後他露出微笑。**我不信任妳，女巫。**他對我的思維低語。**也不信任即將成為妳情人的魯道夫皇帝。**

我正咀嚼的野豬肉——皇帝說，這道添加迷迭香和黑胡椒的美味佳餚有溫筋活血的功效——在我口中化為塵泥。它非但沒有發揮預期的效果，反而使我的血液冷卻。

「有什麼不對嗎？」蓋洛加斯彎腰湊近我肩膀，低聲道。他遞一條披肩給我，雖然我沒要求，甚至不知道他帶著。

「皮斯托利烏斯受邀到樓上去看那本書。」我轉頭面對他，用英語說得極快，減少被他人聽懂的危險。蓋洛加斯散發出海鹽和薄荷的氣味，有支持與重建信心的雙重效果。我的情緒穩定下來。

「交給我吧。」他道，捏一下我的肩膀。「順便告訴妳，嬸娘，妳太亮了一點。今晚最好不要讓人看到星星。」

發出警告後，皮斯托利烏斯轉而談論其他話題，並熱烈地跟海葉克大夫辯論起解毒丹的療效。魯道夫則輪流用憂鬱的眼神瞟我，用怒目瞪馬修。我們越接近看到艾許摩爾七八二號，我胃口就越差，只好找隔壁的貴婦攀談。又上了五道菜——包括一大排鍍金的孔雀，和一組把烤豬肉和小乳豬組成戲劇化畫面的拼盤——筵席總算結束了。

「妳看起來好蒼白。」馬修把我從桌前拉走，說道。

「皮斯托利烏斯懷疑我。」那人讓我聯想到彼得•諾克斯和項皮爾——基於相同的原因。說他們是「高級知識分子流氓」，再恰當不過。「蓋洛加斯說他會處理。」

「難怪彼埃跟著他去了。」

「彼埃要做什麼？」

「確保皮斯托利烏斯活著離開這裡。」馬修愉快地說：「如果讓蓋洛加斯為所欲為，他會掐死那傢伙，把他扔進鹿壕，給獅子當消夜。我姪子跟我一樣喜歡保護妳。」

魯道夫邀請客人跟他一起到內書房去：就是我和馬修看過博斯繪製的祭壇三連屏的那個畫廊。史查達在那兒迎接我們，為我們導覽收藏品，並回答問題。

我們進入那個房間，見馬修的三連屏仍放在鋪著綠氈的桌子正中央。魯道夫把其他珍品散置在它四周，供我們玩賞。其他來賓對著博斯的畫作連聲讚嘆時，我打量室內。有幾個用半寶石打造、不同凡響的杯子，一條鑲琺瑯的金鍊，一根號稱取自獨角獸的長角，若干雕像，一個塞席爾群島椰子雕刻——昂貴、醫學相關、異國風情的精心組合。但沒看到鍊金術的手抄本。

「它在哪？」我低聲問馬修。他還沒來得及回答，我就覺得有一隻溫暖的手搭在我手臂上。馬修整個人一僵。

「我有件禮物送給妳，親愛的女神。」魯道夫呼吸裡有洋蔥和紅酒的味道，我的腸胃翻了好幾個身表示抗議。我回過身，以為會看見艾許摩爾七八二號。但皇帝拿在手中的卻是那條琺瑯項鍊。我還來不及拒絕，他就把項鍊套過我頭頂，掛在我肩上。我低頭看去，只見一個由許多紅色十字架圍成的圓圈中間，垂吊著一個綠色的咬尾蛇圖案，密密麻麻鑲著翡翠、紅寶石、鑽石和珍珠。色澤讓我聯想到麥瑟先生交給班哲明的那件珠寶。

「您送這件禮物給內人很奇怪，陛下。」馬修低聲道。他站在皇帝正後方，不屑地看著那條項鍊。這是我第三條同類型的項鍊，我知道那個符號背後一定有意義。我拿起咬尾蛇，細看上面的琺瑯。事實上不該稱牠為咬尾蛇，因為牠有腳，看起來比較像蜥蜴或火蜥蜴，不像蛇。尤其重要的是，那生物並沒有把尾巴銜在口中，而是被尾巴纏住脖子、即將被勒死似的。

「這是敬意的標誌，羅伊登先生。」魯道夫對我丈夫的姓氏做了微妙的強調。「它一度屬於伏拉第史勞斯國王⑬⑭，後來傳給我祖母。這標誌屬於一個勇敢的匈牙利軍團，人稱落敗龍騎士團。」

「龍？」我如夢初醒，望向馬修。那隻蜥蜴的腿又粗又短，所以牠應該是一頭龍。這圖案跟柯雷孟家族的紋章極端相似，唯一的差別是這條咬尾蛇正以非常緩慢而痛苦的方式死去。我又想起福克斯先生——班哲明——的誓言，不論龍在哪裡出現，都要殺死牠。

「這頭龍象徵我們的敵人，尤其是那些企圖妨礙皇族特權的人。」魯道夫的語氣彬彬有禮，但實質上等於向整個柯雷孟家族宣戰。「如果妳下次進宮戴著它，朕會很高興。」魯道夫的手指輕觸我胸前的龍，然後停留在那兒。「而且妳可以把妳的法國小蜥蜴留在家裡。」

馬修眼睛死盯著那條龍和皇帝的御指不放，魯道夫言語辱及火蜥蜴時，他眼睛整個變黑。我努力模仿瑪莉・錫德尼的思考方式，終於想到一個暫時還算適切、而且可以安撫吸血鬼的應對。至於我遭受摧殘的女權意識，只好留待以後處理。

「我要不要戴您的禮物，得由我丈夫決定，陛下。」我冷漠地說道，硬逼著自己不後退，撇開魯道夫的手指。我聽見驚呼，有人低語。但我只在乎馬修的反應。

「我看不出今晚剩下的時間妳有不能戴它的理由，吾愛。」馬修欣然贊成。他已經顧不得英格蘭女王的使者說話有法國貴族口音了。「畢竟火蜥蜴跟龍本來就是親戚。兩者為了保護心愛的人，都必須承受火的試煉。皇上又那麼仁慈，願意讓妳看他的書。」馬修四下張望：「不過史查達先生的辦事能力似乎又出了問題，因為那本書不在這裡。」我們又少了一條退路。

「還不到時候，還不到時候。」魯道夫煩躁地說。「我有別的東西要先給女神看。去看看我那件來自

---

⑬⑭ Vladislaus II（1456-1516），身兼波希米亞、匈牙利、克羅埃西亞、斯洛凡尼亞、塞爾維亞、保加利亞等許多小國的國王。因只有一子一女，兒子無後，所以後來他的眾多王位就由嫁給奧地利國王費迪南的女系子孫繼承。

馬爾地夫的核果雕刻。它是舉世無雙的。」所有的人都聽話地朝史查達手指的方向走去，唯獨馬修例外。

「你也去，羅伊登先生。」

「當然。」馬修喃喃道，模仿他母親的口吻簡直是天衣無縫。他慢吞吞地跟在人群後面。

「這兒有件我特別交代要拿出來的東西，是約翰尼斯神父幫我取得的寶物。」魯道夫迴望室內，看不到皮斯托利烏斯，他皺眉道：「他到哪裡去了，史查達先生？」

「從出了大廳就沒看到他了，陛下。」史查達答道。

「你！」魯道夫指著一名僕人：「去把他找來！」那人立刻跑步離開。皇帝恢復了鎮定，把注意力放回我們面前的奇珍異寶上。它看起來就像一個雕工粗糙的裸體男子。「這個，女神，就是傳說中埃彭多夫的樹根。一百年前，有個女人從教堂偷了聖體的麵餅，趁著滿月照耀，將它種在土裡，希望提升她花園的生產力。第二天早晨，他們發現一棵巨大無比的包心菜。」

「從聖餅長出來的嗎？」一定是翻譯過程中遺漏了什麼東西，否則就是我對基督教聖體本質的理解錯誤。戴安娜之樹是一回事，包心菜樹卻是截然不同的另一回事。

「是的，那是個奇蹟。包心菜挖出來後，它的根呈現基督身體的形狀。」魯道夫把那個東西遞給我。它戴了一個鑲珍珠的金冠，應該是後來加上去的。

「好神奇。」我努力裝出感興趣的表情和聲調。

「我要妳看，一方面也因為它跟妳要求看的那本書裡的插圖很相似。叫愛德華過來，歐泰維歐。」愛德華・凱利走了進來，把一本皮革裝訂的書抱在胸前。

我一看見它，就知道沒錯。即使跟那本書隔了一整個房間的距離，我還是全身刺痛。它的力量幾乎可以觸摸得到——比博德利圖書館那個改變我一生的九月夜晚更強大。

這就是失落的艾許摩爾手抄本——在它落入艾許摩爾手中之前，在它失落之前。

「妳坐這裡，坐我身邊，我們一塊兒來看這本書。」魯道夫指著一張桌子，桌前有兩把椅子親密地排在一起。「書給我，愛德華。」魯道夫伸出手，凱利不情願地把書交到他手中。

我給馬修一個詢問的眼色。如果手抄本像在博德利圖書館一樣發光，或有其他怪異表現，怎麼辦？如果我不能讓我的思維停止探詢這本書和書中的祕密，怎麼辦？這種時刻讓魔法迸發，一定會釀成災難。

這就是我們來此的目的，他信心十足地點頭，發出這個信息。

我在皇帝身旁坐下，史查達率領分散在室內各處的廷臣去觀賞獨角獸的角。馬修四處溜達，靠我們更近。我看著面前的書，幾乎不敢相信完整無缺的艾許摩爾七八二號終於出現在我面前。

「怎麼樣？」魯道夫問道：「妳要翻開它嗎？」

「當然。」我道，把書拿近一點。書頁裡沒有發出霞光。為了比較起見，我把手掌按在封面上等了一會兒，就如同上次從書庫裡取得這本書時一樣。當時它認識我似的發出一聲嘆息，好像一直在等我出現。但這次，書安靜地躺著。

我翻開正面包著牛皮的木板，露出一頁空白的羊皮紙。我迅速回想幾個月前所見。有朝一日，艾許摩爾和我父親都會在這一頁上寫字。

我翻動這一頁，感覺到同樣一種神祕的重量。終於翻過去時，我輕呼一聲。

艾許摩爾七八二號遺失的第一頁，是一幅華麗無比的金銀畫，畫著一棵樹。樹幹彎曲，長出許多節瘤，粗壯而遒勁。枝幹從最上端長出，在紙面上盤旋，七彎八拐。末梢違反常理地同時長出了樹葉、豔紅的果實和花朵。它跟瑪莉用馬修和我的血造出的戴安娜樹非常相似。

我低頭細看，真是一口氣噎在喉嚨裡，無法喘息。樹幹的組成不是木頭、樹枝或樹皮，而是數百具身體——有的因痛苦而扭曲、抽搐，有的平靜交纏，還有的孤單而恐懼。

這一頁最下方，用十三世紀末的字跡寫著羅傑・培根為它取的書名：《真正的祕密中的祕密》。

馬修的鼻孔翕張，好像企圖辨別一種氣味。這本書確實有種奇怪的味道——我在牛津已注意到的那種霉味。

我再翻開一頁，這是寄給我父母、後來由畢夏普老宅收藏多年的那頁：鳳凰展開雙翼，擁抱化學婚禮，神話與鍊金傳說中的異獸為太陽和月亮的結合做見證。

馬修顯得震驚，也瞪著這本書目不轉睛。我皺起眉頭。他離這本書那麼遠，不可能看得清楚。那麼讓他吃驚的是什麼呢？

我很快又把化學婚禮這一頁翻過去。失落的第三頁畫的是兩條鍊金術的龍，牠們尾巴互相交纏，身體也糾纏在一起，不知是交戰或擁抱——完全無法判斷。牠們的傷口血落如雨，滴入一個盆子，盆裡又跳出數十個白色的赤裸人形。我從未見過這樣的鍊金術圖畫。

馬修站在皇帝肩後，我本以為他是因為看到新奇的圖畫，從驚訝變為興奮，湊上來破解書中的祕密。但他的表情就像看到鬼一樣。他用蒼白的手掩住口鼻。我擔心地皺眉，馬修卻點頭示意我繼續。

我吸一口長氣，準備面對我在牛津看到的第一幅詭異的鍊金術圖畫。果然出現了那個小女嬰和兩朵玫瑰。出乎意料的是，她周圍的每一吋空間都寫滿了文字。其中夾雜許多奇怪的符號，還有些零散的字母。在博德利，這些文字都被咒語隱藏，使這本書看起來像一個用魔法削去字跡後的新寫本。現在書是完整的，所以祕密文本全部呈現出來。但儘管看得見，我還是無法解讀。

我的手指跟隨一行行的文字移動。我的觸摸把文字拆開，變成一張臉、一個輪廓剪影、一個名字。就像這文本試圖敘述一個涉及數千個生物的故事。

「妳要什麼我都可以給妳。」魯道夫熱呼呼的氣息噴到我臉上。我再次聞到洋蔥與紅酒。這跟馬修清潔而帶有香料氣味的氣息截然不同。而且我自從習慣吸血鬼的冰冷後，對魯道夫的溫暖只覺得憎厭。「妳為什麼選中這個？沒有人看得懂，雖然愛德華認為裡頭藏了一個大祕密。」

一隻長臂伸到我們中間，輕輕觸摸書頁。「哎呀，這就跟你偷換給可憐的狄博士那個手抄本一樣毫無意義。」馬修的表情跟他的話全然不符。但魯道夫或許沒看到馬修下顎上的肌肉抽搐，也不知道他全神貫注的時候，眼睛周圍的細紋會加深。

「不見得。」我倉促道：「鍊金術的文本需要研究和思考，才能充分理解。或許我多花點時間……」

「即使如此，也需要上帝特別降福。」魯道夫看著馬修，滿面怒容。「愛德華享有上帝沒給你的祝福，羅伊登先生。」

「哦，他是受到祝福沒錯。」馬修瞥一眼凱利，說道。這個英國鍊金術士手中一沒有書，行為就變得很奇怪。有很多繩索把他跟書連在一起。但凱利為何會跟艾許摩爾七八二號有關聯呢？

這疑問在我心頭掠過之際，一條黃、白二色，把凱利和艾許摩爾七八二號綁在一起的細線，忽然換了新的面貌。它既不是緊緊搓在一起的兩股色線，也不是以垂直與水平交織的方式合成一條線，而是兩股線沿著一個看不見的核心，鬆散地纏繞在一起，就像生日禮物包裝上扭轉的絲帶。中間有許多條短短的水平線，將捲曲的線隔開，不讓它們彼此碰觸。看起來就像——

雙螺旋。我摀住嘴巴，然後低頭瞪著手抄本。現在我摸過這本書，它霉臭的怪味附著在我手指上，濃烈異常、彷彿野味，就像——

血和肉。我看著馬修，心知我震驚的表情簡直就是方才他臉上那種表情的翻版。

「妳看起來不舒服，吾愛。」他誘導地說，拉我站起身。「我帶妳回家吧。」愛德華・凱利偏挑中這一刻發作。

「我聽見他們的聲音。他們說些我聽不懂的話。你們聽得見嗎？」

他發出絕望的呻吟，雙手摀住耳朵。

「你們說些什麼？」魯道夫道：「海葉克大夫，愛德華有問題。」

「妳也會在裡面找到自己的名字。」愛德華告訴我，他越說越大聲，好像企圖蓋過另外那個聲音。「我第一次看到妳就知道。」

我低頭望去，捲曲的線把我也跟那本書連接起來了——只不過我的線是紫、白二色。馬修跟它的連線則是紅、白二色。

蓋洛加斯不請自來，沒有人宣告他來。一名魁梧的警衛跟在他身後，一手抱住自己無力下垂的手臂。

「馬已經備好了。」蓋洛加斯向我們通報，手指著出口。

「你沒有獲准進到這兒來！」魯道夫喊道，所有精心安排都泡了湯，令他勃然大怒。「還有妳，女神，妳沒有獲准離開。」

馬修完全不理魯道夫。他抓起我的手臂，大步往門口走去。我覺得手抄本拉扯著我，線繃緊了要我回它身邊去。

「我們不能離開那本書。它——」

「我知道它是怎麼回事。」馬修板著臉說。

「攔住他們！」魯道夫尖叫。

但斷了手臂的警衛已經吃過憤怒吸血鬼的虧，他不會再找馬修試運氣。他白眼一翻，倒在地上，就昏了過去。

我們快步下了樓梯。蓋洛加斯替我把斗篷披上肩頭。另外兩名警衛——都昏迷不醒——倒在樓下。

「回去拿書！」我命令蓋洛加斯，限制活動的緊身褡和跑過大院的速度，讓我喘不過氣來。「我們既然知道它是怎麼回事，就不能讓它落在魯道夫手中。」

馬修停下腳步，緊緊扣住我的手臂。「沒有手抄本我們就不離開布拉格。我會回來取它，我保證。但我們得先回家。我在回來的時候，妳要讓孩子準備好動身。」

「我們的退路全都斷了，嬸娘。」蓋洛加斯道：「皮斯托利烏斯被關在白塔裡。我殺了一名警衛，傷了三個。魯道夫對妳毛手毛腳，我恨不得殺了他。」

「你有所不知，蓋洛加斯。那本書可能是所有問題的解答。」馬修再度拉著我跑之前，我奮力地把這幾句話說出口。

「哦，我知道的比妳以為的多。」蓋洛加斯的聲音在我耳畔的風中飄拂。「我在樓下打倒那幾個警衛的時候，就聞到它的味道。那本書裡有死去的魅人。我打賭一定也有女巫和魔族。誰想得到，失落的生命之書竟然會發出天堂都聞得到的屍臭味？」

第三十二章

「誰會做這種東西？」二十分鐘後，我已回到家中，捧著一杯藥草茶，坐在一樓正廳裡的火爐旁發抖。「太血腥了。」

就如同大多數手抄本，艾許摩爾七八二號抄錄在皮紙上——這種皮革有特別的工序，要先浸石灰水，除去毛髮，刮淨皮下殘餘的肉屑和脂肪，然後再度浸泡，用木架撐開，再刮洗一遍。

此處的差別在於，這批皮紙的原料不是來自常見的牛、羊，而是魔族、血族和巫族。

「應該是留下來做記錄用。」馬修仍試圖提出一個合理的解釋。

「但這本書有好幾百頁。」我無法置信地說。光是想到有人把這麼多魔族、血族、巫族的皮剝下來，做成皮紙，就覺得無法理解。我不確定自己以後的夜裡是否還能睡得安穩。

「換言之，那本書裡有幾百個不同的DNA樣本。」馬修抓了不知多少下頭髮，看起來頗像一隻刺蝟。

「我們跟艾許摩爾七八二號之間連接的線，很像雙螺旋。」我道。我們必須為蓋洛加斯解釋現代遺傳學，他因為欠缺後來四個半世紀的生物學和化學訓練，聽得十分辛苦。

「所以D—N—A就像家譜，但它的枝葉涵蓋不止一個家族。」蓋洛加斯把「DNA」念得特別慢，每個字母中間都頓一下。

「是的。」馬修道：「大致就是如此。」

「你看見第一頁的那棵樹嗎？」我問馬修：「樹幹是人體組成，樹上同時開花、結果、長葉，就像我們在瑪莉的實驗室裡做出來的戴安娜之樹一樣。」

「沒有。但我看到那隻把尾巴含在嘴裡的生物。」

我努力回想看過的東西，但我過目不忘的好記性卻在我最需要它的時候背棄了我。

「就是那幅有兩隻怪獸搏鬥——或擁抱，我無法斷定——的圖。我來不及數牠們有幾隻腳。牠們流下的血產生了幾百隻新生物。如果其中一隻不是四隻腳的龍，而是蛇……」

「如果其中還有一隻兩隻腳的火龍，那麼這對鍊金術的龍就可能象徵妳和我。」馬修輕聲咒罵，情緒很亢奮。

蓋洛加斯耐心聆聽，等我們說完，然後重新回到他原先的問題。「這個D—N—A活在我們的皮膚裡嗎？」

「不僅你的皮膚，還有你的血液、骨骼、頭髮、指甲——它遍布你全身。」馬修解釋道。

「嗯。」蓋洛加斯搓搓下巴。「你究竟要解答什麼樣的問題，為什麼說這本書可能有所有的答案？」

「我們為什麼跟凡人不一樣。」馬修簡單地說：「為什麼戴安娜這樣的一個女巫會懷上魅人的孩子。」

蓋洛加斯笑得很開心。「你是說你的孩子，馬修。早在倫敦，我就知道嬸娘做得到。她一直有種與眾不同的獨特氣味——還有你的氣味。菲利普知道嗎？」

「幾乎沒有人知道。」我連忙道。

「韓考克知道，還有芳絲娃和彼埃。我猜有人會把詳情稟報菲利普。」蓋洛加斯站起身：「那麼我去幫嬸娘拿書好了。如果跟柯雷孟家族的小寶貝有關，我們就非拿到不可。」

「魯道夫會把它鎖起來，或者抱著它入睡。」馬修預測。「把它從宮裡偷出來絕非易事，尤其萬一他們找到了皮斯托利烏斯，他又施了咒語從中作梗。」

「說到魯道夫皇帝，我們可不可以把那條項鍊從嬸娘肩膀上拿下來？我討厭那個該死的徽章。」

「樂於從命。」我拆下項鍊，把那個華而不實的東西扔在桌上。「落敗龍騎士團到底跟柯雷孟家族有什麼關係？我猜他們不是拉撒路騎士團的朋友，因為那條可憐的咬尾蛇被剝掉了一部分皮，而且還想勒死自己。」⑬⑤

「他們痛恨我們，巴不得我們死。」馬修平淡地說道：「卓九勒家族⑬⑥反對我父親寬大為懷，對伊斯蘭教徒和鄂圖曼帝國一視同仁，他誓言要把我們通通打倒。這樣他們才能貫徹政治野心。」

---

⑬⑤「落敗龍騎士團」（Order of the Defeated Dragon）亦名「龍騎士團」（Order of Dragon）。基督教文化把龍視為惡的象徵，甚至是魔鬼的化身，這個騎士團成立的宗旨是打擊異端，捍衛基督教信仰，所以兩種名稱在意義上並無衝突。落敗龍騎士團由神聖羅馬帝國皇帝席吉斯蒙德（Sigismund，1387-1437，一四三三年即帝位）於一四〇八年成立，企圖聯合東歐與南歐各諸侯的力量，對抗鄂圖曼帝國的侵略。這騎士團的標誌是一條用尾巴勒住自己脖子、彷彿要自殺的龍，它的成員也都在家徽上添加環形龍或蛇的圖案。其中於一四三七年獲准加入的瓦拉基亞大公伏拉德二世，還在名號中加入「惡龍」（Dracul）一詞，向世人昭告自己是騎士團的一員。伏拉德二世之子伏拉德三世順理成章就以Dracula為姓，意為「小惡龍」或「惡龍之子」，發音則是「卓九勒」。後來因小說渲染，卓九勒成為吸血鬼的同義詞。

⑬⑥Drăculeşti是瓦拉基亞兩大統治家族之一，卓九勒家族的始祖是伏拉德二世，他原本是東歐貴族巴薩拉家族的一員，因改姓卓九勒而自立門戶，與同樣出身巴薩拉家族的戴恩家族（Danesti）爭奪瓦拉基亞統治權，從十五世紀初到十七世紀初，戰火綿延不絕。

「他們也想要柯雷孟的錢。」蓋洛加斯道。

「卓九勒家族。」我聲音很微弱。「但卓九勒是凡人編的神話——用來散播對吸血鬼的恐懼。」所有與吸血鬼有關的凡人神話都從它開始。

「他們的族長惡龍伏拉德，聽了會很訝異。」蓋洛加斯道：「不過他若知道自己能一直讓人害怕，應該也很高興。」

「凡人所謂的卓九勒——人稱穿心魔的惡龍之子⑬⑦——不過是伏拉德眾多子孫中的一個。」馬修解釋道。

「穿心魔是個卑鄙的雜種。幸好他已經死了，我們只需要擔心他的父親、兄弟和跟他們狼狽為奸的貝托利家族⑬⑧。」蓋洛加斯總算心情好了一點。

「根據凡人的記載，卓九勒活了好幾個世紀——說不定現在還活著。你們確定他真的死了嗎？」我問道。

「我親眼看著巴德文扯下他腦袋，把它埋在距他身體三十哩外的地方。當時他真的死了，現在也確實死了。」蓋洛加斯譴責地看著我：「妳應該不至於相信這些凡人的故事吧，嬸娘。它們從來沒有一絲一毫是真的。」

「我記得班哲明也有一個這種龍徽章，是麥瑟先生交給他的。皇上拿出來的時候，我注意到它們顏色相近。」

「你告訴我班哲明離開了匈牙利。」馬修控訴地瞪著他姪子。

「他真的離開了。我發誓。巴德文勒令他離開，否則就得落得跟穿心魔相同的下場。你該看看巴德文的臉色，就連魔鬼本尊都不敢違背你哥哥。」

「我希望太陽上升時，我們全體都盡可能離布拉格越遠越好。」馬修陰沈地說。「有些事非常不對勁，我聞得出來。」

「這可能不是個好主意。你難道不知道今晚是什麼日子？」蓋洛加斯問道。馬修搖搖頭。「沃普吉斯之夜。人們在全城各地點燃篝火，焚燒女巫的芻像——如果能燒真貨，當然更好。」

「天啊。」馬修的手指又插進頭髮裡，把它抓得更加亂糟糟。「至少篝火可以分散注意力。我們得設法繞過魯道夫的警衛，進入他的私室，找到那本書。然後管它火不火，我們一定要離開這城市。」

「我們是魅人，馬修。除了我們還有誰偷得到那本書。」蓋洛加斯信心十足道。

「不是你想的那麼簡單。我們或許進得去，但出得來嗎？」

「我可以幫忙，羅伊登老爺。」跟蓋洛加斯帶著回聲的低音和馬修的男中音比起來，傑克脆生生的小嗓門宛如笛子。

「不行，傑克。」他堅決地說：「你不准偷東西，記得嗎？況且你只去過皇宮的馬廄，你完全不知道要去哪兒找。」

「嗯……這不完全是事實。」蓋洛加斯顯得有點不安。「我帶他去過大教堂。還去大廳看你從前在騎士階梯的牆壁上畫的漫畫。他也去過廚房。哦，」蓋洛加斯好像剛剛才想起：「傑克也去過動物園。不讓他看那些動物好像很殘忍。」

「他也跟我去過城堡。」彼埃在門口說：「我不希望他哪天出外冒險時迷路。」

「你又帶傑克去了那兒呢，彼埃？」馬修的語氣冰冷。「寶座廳嗎？他有沒有爬上王座，跳上跳下呢？」

---

⑬⑦ 伏拉德三世綽號Vlad the Impaler，因為他最喜歡的一種行刑方式是用一根削尖的長棒穿過人體，把人插在棒子上豎在路旁，讓他們在眾目睽睽下緩慢而痛苦地死去。這種殘酷的手段令土耳其軍隊聞風喪膽，為他贏得「穿心魔」的封號。

⑬⑧ Báthory為匈牙利貴族世家，還出過一個波蘭國王。

「沒有，老爺。我帶他到鐵匠鋪去見賀夫納吉師傅。」彼埃挺起他相對而言算是矮小的身材，直視他的雇主。「我認為他該拿他的畫給一個在這種方面真正有技巧的人看。賀夫納吉師傅對他很欣賞，當場就用水墨幫他畫了一幅肖像，算是獎勵。」

「彼埃還帶我去警衛室。」傑克悄聲說道：「這就是我從那兒拿來的。」他舉起一串鑰匙。「我只想看看獨角獸，因為我想像不出獨角獸怎麼爬樓梯，我猜牠們一定有翅膀。後來蓋洛加斯老爺帶我去看騎士階梯——我好喜歡你畫的那隻奔跑的鹿，羅伊登老爺。警衛在聊天，我不是全部聽得懂，但我聽見einhorn（德文：一隻角）這個字，我想他們說不定知道牠在哪兒，所以——」

馬修抓住傑克的肩膀，蹲下來跟他四目相對：「你知道萬一被他們逮著，會怎麼處置你嗎？」我丈夫表現得跟那個孩子一樣害怕。

傑克點點頭。

「為了看獨角獸，值得挨這頓打嗎？」

「我以前也挨過打，但我從來沒見過魔法異獸，除了皇上動物園裡的獅子，還有羅伊登夫人的龍。」傑克嚇了一跳，連忙用手摀住嘴巴。

「所以你連那個都看過了？布拉格還真是一個讓人大開眼界的城市啊。」馬修站起身，伸出手。「鑰匙給我。」傑克不怎麼情願地交了出來，馬修向他鞠躬道：「我欠你一次，傑克。」

「但是我壞壞。」傑克小聲說道。他揉揉自己的屁股，好像已經感受到馬修早晚會加諸他的處罰。

「我一直都壞壞。」馬修承認：「有時候反而得到好處。」

「是啊，但是沒有人會打你。」傑克道，仍然試圖理解這個成年人會欠小孩子一份情，英雄也有終究不完美的世界。

「有次馬修的父親用劍打他，我親眼看見的。」火龍的翅膀在我的肋骨裡輕輕拍動，無聲地表示贊同。「後來還把他打倒，站在他身上。」

「那他一定長得跟皇上的熊西斯托一樣大。」想到竟然有人能擊敗馬修，傑克不禁佩服得五體投地。

「沒錯。」馬修道，發出一聲熊的咆哮。「回床上去，快去。」

「可是我很靈活——動作又快。」傑克抗議道。「我可以拿到羅伊登夫人的書，不會被人看見。」

「我也可以，傑克。」馬修承諾道。

馬修和蓋洛加斯從皇宮回來時滿身沾著血、塵土和煤煙——帶著艾許摩爾七八二號。

「你們拿到了！」我喊道，安妮和我在一樓守候，我們已經收拾妥旅行必備物品，打成小包。

馬修打開封面。「前三頁已經不見了。」

只不過幾小時前還完完整整的書，現在已受損，文字在書頁上奔馳而過。我本來打算在取得這本書後，用手指觸摸所有的字母與符號，研判它們的意義。現在已沒有可能了。我的指頭一碰到書頁，文字就向四面八方逃竄。

「我們發現書在凱利手上。他像瘋子一樣彎著腰趴在書上吟唱。」馬修頓了一下：「書還會回應。」

「是真的，嬸娘。我聽見字句，但是聽不懂。」

「所以這本書確實是活的。」我喃喃道。

「也確實是死的。」蓋洛加斯摸摸書皮。「它既邪惡又強大。」

「凱利一看到我們就放聲尖叫，開始把書頁一張張撕下來。我還沒跑到他身邊，警衛已搶先趕到了。我只能在凱利和書之間選一個。」馬修遲疑一下。「我做對了嗎？」

「我想是吧。」我說：「我在英國看到這本書時，它就受損了。到未來去找失落的書頁，或許比現在容易些。」既然我已經知道要找的是什麼，現代搜索引擎與圖書館目錄可以幫很大的忙。

「只要那幾頁沒有被銷毀。」馬修道：「否則的話……」

「我們便永遠不會知道這本書的祕密。即使如此，你的現代實驗室或許能從殘餘的部分，挖掘出我們踏上這趟追尋時意想不到的材料。」

「所以妳準備回去了？」馬修問道。他眼睛有什麼火花一閃而過，但立刻被他熄滅了。是興奮？是恐懼？

我點頭。「是時候了。」

我們在篝火光中逃出布拉格。其他超自然生物在沃普吉斯之夜都躲了起來，不希望被狂歡者看見，以免被扔進火堆。

北海冰冷的海水剛可以通航，春天冰融，打開了結凍的海港。準備離港前往英格蘭的船很多，我們未多耽擱就上了一艘船。儘管如此，駛離歐陸海岸時還是風雨交加。

在我們位於甲板下的船艙裡，我看到馬修研究那本書。他發現它是用長股的人髮縫合的。

「天啊。」他低聲道：「這玩意兒裡藏了多少遺傳情報？」我還來不及攔阻，他就用小指尖碰一下自己的舌頭，然後又去觸摸現在變成第一頁的那幅畫中，灑落在嬰兒頭髮上的血滴。

「馬修！」我驚呼。

「不出我所料。墨水裡有血。如果是這樣，我猜這些金銀畫裡的金、銀葉片，都是用骨頭提煉的膠水黏上去的。超自然生物的骨頭。」

船身往下風方向傾斜，我的胃也跟著一側。我暈船結束後，馬修把我抱在懷裡。書躺在我們中間，書頁略微翻開，一行行文字仍在找尋它們在萬物秩序中的位置。

「我們做了什麼？」我呢喃道。

「我們找到了生命之樹，也找到了生命之書，都整合在一起了。」馬修的臉頰貼在我頭髮上。

「彼得・諾克斯對我說，這本書收集了所有巫族的原創咒語時，我說他瘋了。我無法想像任何人會蠢到把那麼多知識放在同一個地方。」我摸摸那本書：「但這本書包含的還更多——而且我們還不知道文字寫些什麼。如果這本書在我們的時代落入居心叵測的人手中——」

「便可以用來毀滅我們全體。」馬修替我把話說完。

我仰起頭看他：「所以我們該拿它怎麼辦？帶它一起回到未來，或把它留在這裡？」

「我不知道，吾愛。」他把我抱緊一點，使風雨吹打船身的聲音不那麼清晰。

「但這本書可能掌握了你所有問題的解答。」我很意外，馬修在知道書的內容後，竟然還願意放下它。

「不是所有的。」他道：「有一個問題，只有你能回答。」

「什麼？」我皺起眉頭問。

「妳是暈船，還是懷孕了？」馬修的眼睛低垂，就如暴風雨裡的天空，不時還有亮晃晃的閃電掠過。

「你應該比我更清楚才對。」我們幾天前才做過愛，不久我就發現月經遲了。

「我在妳的血液裡看不見孩子，也沒聽見心跳——還太早。但我注意到妳的氣味變了。我記得上一次的味道。妳充其量才懷孕幾週吧。」

「我以為我若懷孕，你會更渴望把書留在身旁。」

「或許我的疑問並不像我過去以為的那麼迫切需要解答。」為了證明他的論調，馬修把書放在地板上一個他看不見的地方。「我原本以為可以靠它告訴我，我是誰，為什麼在這裡。但說不定我已經知道了。」

我等他解釋。

「經過所有的追尋，我發現我就是我一直都是的那個人：馬修‧柯雷孟。丈夫。父親。吸血鬼。我在這裡只為一個理由：造成一些改變。」

第三十三章

彼得‧諾克斯避開布拉格史特拉霍夫修道院庭院裡的水窪。他在執行每年春季例行的中歐與東歐圖書館的巡視。趁著觀光客和學者人數都最少的時候，諾克斯走訪一個又一個的倉庫，確保過去十二月當中沒有出現什麼不恰當的東西，給合議會──或他本人──惹來麻煩。他在每個圖書館裡都有一個可靠的線民，一個地位夠高、可以任意調閱圖書或手抄本、卻還沒有高到日後必須為圖書館藏寶失蹤負責的館員。

諾克斯取得博士學位，開始為合議會工作之初，就展開這種固定訪問。二次世界大戰結束以來的變化很大，合議會的管理結構也隨著時代調整。十九世紀的運輸革命帶來了火車與公路，促成管理方式的改變，各物種開始自行統轄同類的秩序，不再按照地理畛域統籌分管。這麼一來，就需要大量旅行和通信，在蒸氣動力的時代倒也不難實現。菲利普‧柯雷孟是提倡合議會運作走向現代化的推手，但諾克斯一直懷疑，他這麼做的動機是為了保護血族祕密，而非追求進步。

後來世界大戰陸續爆發，中斷了通訊與交通，合議會又回到老路。把全球分割成多個區塊，遠比為了追蹤一個被控為非作歹的特定對象而跨洋越洲來得合理。菲利普在世的時候，沒有人敢要求做這麼大的改變。好在這位柯雷孟家族的族長已經去世，不能提出抗議了。如今網際網路和電子郵件通行無阻，眼看著出差已變得沒有必要，但諾克斯就是喜歡傳統。

諾克斯在史特拉霍夫圖書館的線民是個名叫帕威・斯柯法伊薩的中年男子。他全身都泛褐色，活像一張褪色的紙，戴一副共黨時代的眼鏡，他始終不肯更換，卻沒有人知道是出於歷史或懷舊的因素。通常他們兩人在修道院的釀酒坊見面，這兒有亮晶晶的銅製酒槽，供應的上等琥珀色啤酒，跟那位肉身就在附近安息的聖徒取同樣名字，叫作聖諾伯。

今年斯柯法伊薩還真的有斬獲。

「是一封信。用希伯來文寫的。」斯柯法伊薩在電話中悄聲道。他對新科技充滿猜疑，所以沒有手機，也瞧不起電子郵件，也因此被派到保藏部，以免他對知識的怪異態度妨礙圖書館快速邁向現代化的腳步。

「幹嘛講悄悄話，帕威？」諾克斯不悅地問。斯柯法伊薩的一大問題在於，他總以為自己是個用冷戰孑餘的冰塊打造的間諜，以致言行顯得很偏執。

「因為我為了取得它拆了一本書。有人把它藏在約翰尼斯・劉緒林[139]的《論猶太祕典的藝術》蝴蝶頁中間。」斯柯法伊薩解釋，他的興奮不斷冒升。諾克斯看一眼手錶，時間太早，他還沒喝咖啡。「你一定要馬上過來。它提到鍊金術和那個為魯道夫二世工作的英國人。可能很重要。」

諾克斯搭下一班飛機離開柏林。現在被斯柯法伊薩拐到圖書館地下室一個黑不溜湫、只靠一顆光禿禿電燈泡照明的房間。

「我們能不能到比較舒服一點的地方辦事？」諾克斯斜睨著那張金屬桌（也是共黨時代的遺物）懷疑地說：「那是匈牙利牛肉醬嗎？」他指著桌面上一灘黏糊糊的東西問。

[139] Johannes Reuchlin（1455-1522），研究希臘文與希伯來文的德國學者。

「隔牆有耳，地板有眼。」斯柯法伊薩用咖啡色毛衣的下襬擦掉那灘東西。「這裡比較安全。先坐。我去拿信。」

「還有那本書。」諾克斯厲聲道。斯柯法伊薩回過身，對他的語氣很驚訝。

「是，當然。書也要。」

「這不是《論猶太祕典的藝術》。」斯柯法伊薩回來時，諾克斯道，隨著時間過去，他的不滿越來越強烈。約翰尼斯・劉緒林的書纖薄美觀。這本醜陋的龐然大物至少八百頁。它一放上桌面，四條金屬桌腿都開始抖動。

「不能說不是。」斯柯法伊薩自衛地說：「這是賈拉蒂諾[140]的《論普世真理的祕密》。但書裡蒐羅了劉緒林的作品。」諾克斯最受不了的就是用漫不經心的態度對待講究一絲不苟的書目學細節。

「標題頁有希伯來文、拉丁文和法文的題字。」斯柯法伊薩翻開封面。因為沒有東西支撐這本大書的書脊，諾克斯聽見一聲不妙的咔嚓聲，毫不感到意外。他緊張地看著斯柯法伊薩。「別擔心。」這位保藏部職員安慰他道：「它沒有編目。只因為它跟我們預定送出去重新裝訂的另一本書放在一起，我才發現它。可能是我們的書在一九八九年送回來時，混在其他書裡，誤送到這兒的。」

諾克斯盡責地檢視標題頁和上面的題字。

（希伯來文）בנימין זאב יטרף בבקר יאכל עד ולערב יחלק שלל

（拉丁文）Beniamin lupus rapax mane comedet praedam et vespere dividet spolia.

（法文）Benjamin est un loup qui déchire; au matin il dévore la proie, et sur le soir il partage le butin.

「字跡很老，不是嗎？書的主人顯然受過很好的教育。」斯柯法伊薩道。

「班哲明像狼一般鯨吞：早晨他吞噬獵物，晚上他分配戰利品。」諾克斯思索道。他想不出這兩句韻文跟這本書有什麼關係。賈拉蒂諾的書對天主教會與猶太神祕主義之戰——同一場戰爭導致十六世紀的焚書、宗教審判與獵殺女巫——是獨一無二的作品。從書名就可以看出賈拉蒂諾在這些事件中的立場：《論普世真理的祕密》。賈拉蒂諾俏皮地賣弄知識，辯稱猶太人是天主教教義的先行者，研究猶太法典能幫助天主教在致力改變猶太人、使他們皈依真信仰時，找到著力點。

「或許書的主人叫班哲明。」斯柯法伊薩在諾克斯身後對書張望，並遞給他一個檔案夾。諾克斯很慶幸它上面沒有印紅色「最高機密」字樣。「這就是那封信。我不懂希伯來文，但愛德華・凱利這名字和鍊金術都是用拉丁文寫的。」

諾克斯翻開檔案。他在做夢，一定是。信的日期是猶太曆五三六九年六月二日——主曆一六〇九年九月一日。信末署名是貝札雷爾之子耶胡達，一般人稱他羅兀拉比。

「你懂希伯來文，是嗎？」斯柯法伊薩道。

「是的。」這次輪到諾克斯壓低嗓音了。「是的。」他提高音量，再說一遍。他在看信。

「怎麼樣？」斯柯法伊薩沈默了將近一分鐘才問：「它說什麼？」

「好像布拉格有個猶太人遇見愛德華・凱利，然後寫信告訴一個朋友這件事。」這是真的——某種程度。

「祝你長壽平安，加百列之子班哲明，親愛的朋友。」羅兀拉比寫道。

收到你從我出生的故鄉寄來的信，深為欣喜。波茲南⑭應該比匈牙利更適合你，後者只有悲慘等著

---

⑭ Pieto Colonna Galatino（1460-1540），義大利方濟會修士，專精哲學、神學、東方學。
⑭ Poznań，又名波森，是波蘭西部一城市。

你。雖然我年事已高，但你的信仍讓我清晰地憶起五三五一年春季發生的奇事。當時受到皇帝寵信的鍊金術學者愛德華・凱利來找我。他大發譫語，說他殺死了一個人，又說皇帝的衛士不久就會以謀殺與叛國的罪名逮捕他。他預知自己的死亡，喊道：「我會像天使一般墜入地獄。」他還提起你也在找的那本書，該書已從魯道夫手中被人偷走，你是知道的。凱利有時稱之為創造之書，有時又稱之為生命之書。凱利哭著說末日即將來臨。他一再重複凶兆，像是「始於匱乏與慾望」、「始於鮮血與恐懼」、「始於女巫的覺醒」等等。

皇上失去這本生命之書前，凱利一時瘋狂，從書上撕下三頁。他把其中一頁交給我。但他不肯告訴我，另外兩頁給了誰，滿口什麼死亡天使和生命天使的啞謎。唉，我不知道那本書現在何處。我得到的那一頁也不在手頭，我交給以利亞之子亞伯拉罕保管。他死於瘟疫，所以那頁可能永遠失落了。這祕密恐怕只有你的創造者能解答。願你治療這本受損之書的興趣能擴及治療你受損的血統，這樣你才能跟賜予你生命與呼吸的父親和解。

上帝守護你的靈魂，

愛你的朋友，貝札雷爾之子耶胡達，

寫於神聖之城布拉格，五三六九年六月二日

「就這樣？」斯柯法伊薩等了很久才問。「只提到一次會面？」

「基本上是如此。」諾克斯在檔案夾背面飛快地計算。羅兀死於一六〇九年，凱利在那之前十八年去見他。一五九一年的春季。他伸手到口袋裡摸出手機，看著面板，滿臉怒容。「你們這裡收不到信號？」

「我們在地下。」斯柯法伊薩指著厚厚的牆壁，聳肩道。「所以我通知你這件事是正確的？」他期待地舔著嘴唇。

「你做得很好，帕威。我要把信帶走，還有這本書。」諾克斯就只從史特拉霍夫圖書館拿走過這兩件東西。

「好啊。我就想這值得你抽空過來，因為其中提到鍊金術。」帕威笑道。

接下來發生的事很令人遺憾。斯柯法伊薩運氣不好，經過多年徒勞的尋尋覓覓，竟然找到一件諾克斯重視的情報。諾克斯用幾個字和一個小手勢，確保帕威再也不能跟其他超自然生物分享他的所見所聞。基於交情和倫理，諾克斯沒有殺他。吸血鬼才會用那種手段，去年秋季他發現季蓮・張伯倫的屍體靠在他倫道夫旅館的客房門口時，就已知道這一點。身為巫師，他只把早已潛伏在斯柯法伊薩大腿裡的血栓鬆開，讓它流進他的大腦。它一到那兒，就引發一次大中風。要等好幾個小時，才會有人發現他，屆時再做任何救治都已太遲了。

諾克斯拿著那本厚得像聖經的書，回到租來的車上，那封信安全地夾在腋下。一到達距史特拉霍夫館區夠遠的地方，他就把車停在路旁，取出那封信，手不住顫抖。

合議會所知與神祕的原始之書——艾許摩爾七八二號——有關的所有情報，都是諸如此類的零星斷片。任何新發現都能使他們的知識大幅增加。這封信不僅對那本書做了簡單的描述，並含蓄地暗示它很重要，信中還有姓名和日期，甚至透露了戴安娜・畢夏普在牛津見到的書缺少三頁這驚人的消息。

諾克斯把信重讀一遍。他要知道更多——把每一滴可能會有用的情報都擠出來。這次有若干字詞引起他注意：你受損的血統；賜予你生命與呼吸的父親；你的創造者。第一遍閱讀時，諾克斯認為羅兀說的是上帝。但第二遍，他有個截然不同的結論。諾克斯拿出手機，只按了一個數字。

「Oui.」（法文：是。）

「加百列之子班哲明是什麼人？」諾克斯問道。

一陣全然的沈默。

「哈囉，彼得。」歐里亞克的高伯特道。如此淡漠的回應讓諾克斯空著的那隻手緊握成拳頭。這些傢伙，口口聲聲誠信與合作，但他們活了太久，知道得太多。所以就像所有的攫食者，分享戰利品時，他們的反應真是有夠不積極。

「『班哲明像狼一般鯨吞。』我知道加百列之子班哲明是個吸血鬼。他是誰？」

「不重要的人。」

「你可知道一五九一年布拉格發生了什麼事？」諾克斯追問不捨。

「很多事。別指望我像小學老師一樣，每件事都複述給你聽。」

諾克斯聽出高伯特聲音裡有一絲微弱的顫動，只有非常了解他的人才聽得出來。從來不會找不到說詞、年高德劭的吸血鬼高伯特緊張起來了。

「狄博士的助手愛德華．凱利，一五九一年在那座城市嗎？」

「這件事我們討論過了。沒錯，合議會曾以為艾許摩爾七八二號在狄博士的藏書中。但一五八六年春季，剛開始有人懷疑此事時，我在布拉格見到過愛德華．凱利。狄博士有一本滿是圖畫的書。但不是我們要的書。從那時開始，我們追蹤他收藏的每一本書，只為了求證。埃利亞斯也不是透過狄博士或凱利取得那本書的。」

「你錯了。那本書一五九一年五月在凱利手中。」諾克斯頓了一下。「而且他把書撕破了。戴安娜．畢夏普在牛津看到的那本書缺了三頁。」

「你知道些什麼，彼得？」高伯特尖刻地問。

「你又知道些什麼，高伯特？」諾克斯不喜歡這個吸血鬼，但他們已經做了很多年盟友。兩人都知道，他們的世界即將發生重大改變，動盪之後將決定輸贏。他們都不想淪為落敗的一方。

「加百列之子班哲明，是馬修．柯雷孟的兒子。」高伯特心不甘情不願地說。

「他的兒子？」諾克斯麻木地重複。合議會保存的那些繁複的吸血鬼家譜上，沒有班哲明・柯雷孟這名字。

「是的。但班哲明否定他們的血緣關係。吸血鬼不輕易做這種事，因為家族其他成員會為了保密而殺死他。不過馬修禁止柯雷孟家族成員取他兒子的性命。而且班哲明十九世紀在耶路撒冷失蹤，此後再也沒有人見過他。」

諾克斯世界的底板掉落了。絕不能讓馬修・柯雷孟擁有艾許摩爾七八二號，因為它記載著巫族最珍貴的傳說。

「好吧，我們必須找到他，」諾克斯嚴肅地說：「因為根據這封信，愛德華・凱利把這三頁書分散到各地。其中一張他交給羅兀拉比，他又轉交給一個名叫來自坎姆的以利亞之子亞伯拉罕的人。」

「以利亞之子亞伯拉罕曾經是個非常強大的巫師。你們難道對自己的歷史一無所知？」

「我們只知道不能信任吸血鬼。我一直認為這種偏見是誇大其詞，沒有歷史依據，但現在我不那麼確定了。」諾克斯頓了一下。「羅兀要班哲明去找他父親求助。我知道柯雷孟隱瞞了某些事。我們必須找到班哲明，讓他告訴我們，他——以及他父親——對艾許摩爾七八二號有哪些了解。」

「班哲明・柯雷孟是個暴躁的年輕人。他罹患了困擾馬修姊姊露依莎同樣的病症。」吸血鬼把這種病稱作血怒，合議會懷疑它可能跟吸血鬼中流傳的新疾病——因製造新吸血鬼失敗而導致許多溫血人死亡——有關。「如果艾許摩爾七八二號真的少了三頁，不需要他幫忙，我們也找得回來。那樣還比較好。」

「不行。現在輪到吸血鬼交出祕密了。」諾克斯知道，他們計畫的成敗可能都取決於柯雷孟家譜樹上這根不穩定的枝椏。他把信再讀一遍。羅兀表達得很清楚，他不但希望班哲明治癒那本書，也要治癒他跟家族的關係。馬修・柯雷孟對這件事了解之多，可能超出他們任何人的預期。

「我猜你現在很想時光漫步到魯道夫治下的布拉格去找凱利吧？」高伯特嘟噥道，克制住一聲不耐煩的嘆息。巫族就是那麼衝動。

「正好相反。我要去七塔。」

高伯特冷哼一聲。突擊柯雷孟家族的城堡這種念頭，比回到過去更荒唐。

「這麼做雖然很有吸引力，卻絕對是不智。巴德文睜一眼閉一眼，只因為他跟馬修有嫌隙。」就高伯特記憶所及，這是菲利普唯一出差錯的策略，他把拉撒路騎士團團長一職交給馬修，而非一直以為自己理所當然應得到這位置的長子。「況且，班哲明早已不認為自己是柯雷孟家的一員——柯雷孟家族當然更不認可他。所以七塔是他最不可能在的地方。」

「就我們所知，馬修・柯雷孟掌握失落的一頁已經幾百年了。那本書如果不完整，對我們就沒有用。況且那個吸血鬼早該為他——以及他父親和母親——的罪孽付出代價。」他們加起來害死了數以千計的巫族。讓吸血鬼去煩惱如何安撫巴德文吧，正義站在諾克斯這一邊。

「也別忘記他情人的罪行。」高伯特的聲音極其邪惡。「我想念我的茱麗葉。戴安娜・畢夏普要償還她奪走的生命。」

「那麼你支持我了？」諾克斯其實不在乎。不論高伯特幫不幫忙，他都要趁週末以前，率領一支巫族特攻隊進攻柯雷孟的堡壘。

「是的。」高伯特不情不願地回答。「他們都集結在那兒，你知道。女巫，吸血鬼，甚至還有幾個魔族。他們自稱什麼異議會。馬卡斯送信給合議會的血族，要求廢止盟約。」

「但那麼一來——」

「我們的世界就完蛋了。」高伯特替他把話說完。

第五部

倫敦：黑衣修士區

第三十四章

「你讓我大失所望！」

一隻紅色錦緞鞋憑空飛來。馬修頭一歪，沒讓它擊中。鞋子從他耳邊飛過，撞翻桌上一個鑲滿寶石的渾天儀，終於落在地上。渾天儀裡層層相扣的圓環徒然而沮喪地在固定軌道上轉動不停。

「我要的是凱利，你這笨蛋。結果來的卻是皇帝的大使，他告訴我，你做了好多不檢點的事。他不到八點就來求見，太陽才剛升起呢。」伊麗莎白女王正逢牙疼，這絲毫不能改善她的脾氣。她把一邊臉頰吸進去，貼著那顆受感染的臼齒，愁眉苦臉道：「你在哪裡？偷偷溜進來，一點也不關心我受的苦。」

一個藍眼美女走上前，把一塊沾滿丁香油的布遞給女王陛下。有個情緒激動的馬修在我身旁，房間裡的香料氣味濃得化不開。伊麗莎白小心翼翼地把那塊布塞在臉頰與牙齦之間，那名女子退後幾步，綠色長裙在足踝周圍擺盪。這麼一個濃雲密布的五月天，她穿這顏色顯得很樂觀，好像要加速夏季的來臨。從格林威治宮四樓的這個房間望出去，灰色河流、泥濘地面、英格蘭典型暴風雨將至的天空，都一覽無遺。雖然這個房間洋溢男性氣息，家具都是早期都鐸款式，又開了很多扇窗，但銀色的晨光卻驅不散室內凝重的氣氛。雕刻在天花板上的人名縮寫字母——相互糾纏的H與A，代表亨利八世與安妮・波林——顯示這還是在伊麗莎白誕生之初做的裝潢，後來使用的次數不多。

「您把墨水瓶扔出去之前，或許我們該聽聽羅伊登怎麼說。」威廉・塞索溫和地建議。伊麗莎白停住手臂，卻沒有放下那個沈重的金屬瓶。

「我們確實有凱利的消息。」我開口道，希望能幫得上忙。

「朕沒有要妳提供意見，羅伊登夫人。」英格蘭女王尖聲道。「我朝中有太多像妳這樣的女人，沒有家教，不懂禮貌。如果妳想跟妳丈夫一起留在格林威治，不被送回妳該待的烏斯托克，就放聰明點，學習索洛克摩頓夫人[142]的榜樣。除非我下令，她從不亂說話。」

索洛克摩頓夫人瞟一眼站在馬修身旁的華特。我們在通往女王私室的後梯上遇見他，雖然馬修認為沒必要，華特還是堅持陪我們一闖虎穴。

貝絲抿緊嘴唇，壓抑心中笑意，但她的眼睛在跳舞。女王這位迷人的年輕受監護人，跟她手下英勇瀟灑而沈默寡言的海盜非常親密這一事實，好像只有伊麗莎白不知道。果然被馬修言中，華特‧芮利爵士陷入愛神丘比特的羅網。他一副為情所困的模樣。

華特的口型在情人挑釁的目光下變得柔和，他明目張膽地用評鑑的眼神回報，承諾要在更私密的場合考核她的禮儀規範。

「既然您不需要戴安娜在場，或許可以接受我方才的要求，准許賤內回家休息。」馬修的語氣平淡，但他眼睛已變黑，而且像女王一樣充滿怒火。「她趕了好幾個星期的路。」我們還沒有踏上黑衣修士碼頭，就被皇家駁船攔截下來。

「休息！自從聽說你在布拉格的冒險，我連續好幾個晚上沒闔過眼。我問完話，她再休息不遲。」伊麗莎白聲音尖厲，墨水瓶沿著御鞋的軌跡飛過來。它像一顆高深莫測的變化球，方向一轉，直衝我而來，馬修伸手將它接住。一言不發，交給芮利，芮利隨即又把墨水瓶扔給已把鞋子撿在手中的侍僕。

「比起那個天文玩具，要找到羅伊登老爺的遞補人選難多了，陛下。」塞索送上一個繡花靠枕。「或

---

[142] Elizabeth Throckmorton（1565-1647），小名貝絲，是華特‧芮利之妻。她的父親曾任英格蘭駐法國大使，一五七一年因任務失敗遭處決，母親在父親死後不久改嫁，伊麗莎白一世便將貝絲留在身邊，任命她做內務女官。貝絲與芮利私訂終身，在一五九一年祕密結婚，但不久就因貝絲懷孕而曝光。此舉使芮利喪失伊麗莎白一世的寵信，以後多次下獄，並於一六一八年斬首處死。據說貝絲與芮利感情深厚，她把芮利的頭做防腐處理後，一直帶在身邊。

許您補給彈藥時可以考慮這個。」

「你膽敢指揮我，伯力爵士？」女王火冒三丈。她怒氣沖天，轉身瞪著馬修：「當年就連沙巴斯丁・聖克萊也沒有這樣對待我父親。他根本不敢觸怒都鐸的雄獅。」

貝絲・索洛克摩頓對這不熟悉的名字眨眨眼。金髮的腦袋從華特轉向女王，像一朵春季的水仙尋覓太陽。塞索對這年輕女子顯而易見的困惑輕咳一聲。

「我們等下次可以向令尊致適當敬意的場合時，再懷念他吧。您不是有問題要問羅伊登老爺嗎？」女王的國務大臣歉意地看著馬修。他的表情好像在問，**兩害相權取其輕，你怎麼選擇？**

「說得對，威廉。獅子本來就不喜歡跟老鼠或其他無足輕重的小動物廝混。」不知何故，女王的辱罵竟然使馬修委頓，縮成宛如一個小男孩。見他表現出恰如其分的懺悔後——雖然他下巴上抽搐的肌肉，使我懷疑他的悔意究竟有幾分真誠——女王花了一點時間穩住自己，她緊握住椅子扶手的指關節因用力而發白。

「我要知道我的影子把事情搞砸到什麼程度。」她聲音變得很哀怨。「皇上有那麼多鍊金術師，何需來搶我的。」

華特的肩膀矮了一分。塞索壓抑著鬆了一口氣的嘆息。女王稱呼馬修的綽號，可見她氣已經消了。

「不論宮中有多少株玫瑰，我們都不能像摘掉一根長歪的莠草一般，把愛德華・凱利從皇帝身旁帶走。」馬修道：「魯道夫非常重視他。」

「所以凱利成功了。他擁有賢者之石了。」伊麗莎白猛抽一口氣。冷空氣碰到她的壞牙，令她連忙捧住臉。

「不，他沒有成功——這是問題的核心。只要凱利做的承諾比實際完成的多，魯道夫就永遠少不了他。皇帝的行徑像缺乏人生經驗的少年，而不是閱人無數的君王，他一心只想追求得不到的東西。皇帝陛下喜歡追逐。它佔領他的白晝，盤據他的夢境。」馬修若無其事地說道。

歐洲各地濕漉漉的原野和高漲的河流，拉開了我們跟魯道夫二世中間的距離，但我仍然不時意識到他不受歡迎的碰觸和貪婪的眼光。雖然五月已回暖，爐中也有熊熊火燄，我還是打了個寒噤。

「新上任的法國大使告訴我，凱利把銅塊變成黃金。」

「菲利普・德莫內不比他的前任——我記得他曾試圖行刺您——更值得信任。」馬修的語氣在諂媚與不悅之間取得一個完美的平衡。伊麗莎白先愣了一下，然後才恍然大悟。

「你在戲弄我嗎，羅伊登老爺？」

「我從不戲弄獅子——也不戲弄獅子的幼崽。」馬修慢吞吞說道。華特閉上眼睛，好像不忍目睹馬修這番話注定引起的可怕後果。「我有次做這種事，留下滿身疤痕，我不想再毀損自己俊美的外貌，否則恐怕您再也不願意看見我了。」

一陣驚訝的沈默，最後被一陣毫無淑女風範的狂笑打破。華特瞪大眼睛。

「你罪有應得，趁年輕淑女做女紅的時候偷偷靠近她。」伊麗莎白帶著聽起來很像是寵溺的口吻說。我輕搖一下頭，確定我沒聽錯。

「我會記住的，陛下，如果我下次遇見另一頭帶著鋒利剪刀的年輕母獅。」現在華特和我也像年輕的貝絲一樣大為困惑。似乎只有馬修、伊麗莎白和塞索聽得懂他們方才的對話——以及弦外之音。

「即使那時候，你已經是我的影子。」伊麗莎白看著馬修的眼神，使她看起來又像一個少女，而不是行將六十的婦人。我眨一下眼，她又恢復成一個衰老、疲倦的君主。「你們退下吧。」

「陛……陛……下？」貝絲結巴道。

「我要跟羅伊登老爺私下談話。我看他不會讓他那個大嘴巴老婆離開他的視線，所以她可以留下。到議事室去等我，華特。把貝絲也帶走。我們很快就會去找你們。」

「但是——」貝絲抗議。她緊張地四下張望。她的職責就是守在女王身邊，沒有儀範可以遵循，她不知如何是好。

「妳來幫我吧，索洛克摩頓夫人。」塞索靠著粗大的枴杖，痛苦地挪動幾步，離開女王身旁。從馬修身旁經過時，他定睛看著馬修。「我們把陛下的安危交給羅伊登老爺了。」

女王揮手把侍者趕出房間，只剩下我們三人獨處。

「天啊。」伊麗莎白呻吟道：「我的頭痛得像一顆快要裂開的爛蘋果。你難道不能挑個合適點的時機給我惹外交糾紛嗎？」

「我幫您看看。」馬修要求。

「你以為你能提供朕的御醫做不到的治療，羅伊登老爺？」女王懷著警戒的希冀問道。

「我想我能為您止痛，如果上帝恩准。」

「我父親臨死之前都還在想念你。」伊麗莎白的手在裙子的褶縫裡抽搐。「他把你比作補藥，只可惜對他無效。」

「怎麼會呢？」馬修毫不掩飾他的好奇。這個故事他以前沒聽過。

「他說你比他認識的任何人都能以更快的速度消除他的壞心情——不過，你也像大多數良藥，不好吞嚥。」見馬修放聲大笑，伊麗莎白也露出微笑，但她隨即把笑容一斂。「他是個偉大的人，也是個可怕的人——還是個笨蛋。」

「所有男人都是笨蛋，陛下。」馬修連忙道。

「不。讓我們再次沒有心機地聊天吧，就當我不是英格蘭女王，你也不是魅人。」

「除非妳先讓我看妳的牙齒。」馬修交叉雙臂，抱在胸前道。

「從前只要邀請你跟我分享親密時刻，就是足夠的誘因，你也不會對我的建議提出附帶條件。」伊麗莎白嘆口氣。「我失去的不只是牙齒而已。好吧，羅伊登老爺。」她馴服地張開嘴巴。馬修用手捧住她的頭，以便把問題看得更清楚。

「妳還有牙齒剩下，已經是奇蹟了。」他嚴厲地說。伊麗莎白不悅地脹紅了臉，掙扎著想回應。「我完工後，您可以對我大吼大叫。不過到時您會有充分理由那麼做，因為我要沒收您的糖漬紫羅蘭和甜酒。這麼一來，您除了薄荷水再也喝不到更具破壞性的飲料，除了擦牙齦的丁香片，也沒有別的東西可吮。您牙齦的潰瘍已經很嚴重了。」

馬修沿著她牙齒一顆顆摸下去。好幾顆都搖得很厲害，伊麗莎白瞪大眼睛。他不滿意地嘖嘖作聲。

「您雖然貴為英格蘭女王，小麗絲，但您不會因此就懂得醫術和外科醫學。還是聽醫生的話比較聽明。好，不要動。」

就在我聽到我丈夫稱呼英格蘭女王「小麗絲」，力持鎮定之際，馬修用食指頂了一下他最鋒利的犬齒，擠出一滴血，再度塞回伊麗莎白嘴裡，雖然他很小心，女王還是痛歪了臉，但她的肩膀隨即鬆弛下來。

「細細以。」她隔著他的手指嘟囔道。

「先別謝我，我完工後，就沒有排隊長達五哩的甜食了，而且恐怕還會再痛。」馬修抽出手指，女王用舌頭舔舔嘴巴。

「啊，但現在不痛了。」她感激地說。伊麗莎白對近旁的椅子示意道：「恐怕這筆帳還是非算不可。坐下，給我講講布拉格是怎麼回事。」

在皇宮裡待了幾星期，我知道在統治者面前受邀坐下是一種非比尋常的特權，但現在我對這樣的機會尤其加倍感激。旅行加重了懷孕初期都會有的疲倦感。馬修替我拉出一把椅子，我坐了上去。我把後腰貼在椅背的雕刻上，利用突起的部位給疼痛的關節做按摩。馬修的手自動伸到那個位置，幫忙按壓揉搓，減少痠痛。女王臉上閃過一抹妒忌。

「妳也痛嗎，羅伊登夫人？」女王熱心地問道。她太和善了。魯道夫這麼對待一名廷臣時，通常代表可怕的事即將臨頭。

「是的，陛下。唉，這可是薄荷水治不好的。」我悽慘地說。

「薄荷水也搞不定皇帝豎起的鬃毛呢。魯道夫的大使告訴我，你們偷了他一本書。」

「哪本書？」馬修問道：「魯道夫的書多著呢。」由於大多數吸血鬼距天真無邪的年代都很遙遠，所以他的演技有點虛假。

「我們不是玩遊戲，沙巴斯丁。」女王低聲道，證實了我的懷疑，馬修曾用沙巴斯丁・聖克萊這名字任職亨利王的朝廷。

「妳總在玩遊戲。」他頂撞道：「這方面妳跟皇帝或法國的亨利沒什麼不同。」

「索洛克摩頓夫人告訴我，你跟華特寫些批判權力變化無常的詩，互相酬唱。但我不是那種虛榮的君主，只配受人蔑視與嘲弄。我是嚴格的老師養大的。」女王反駁道：「我周圍的人——母親、阿姨、繼母、叔叔、堂表兄弟姊妹——都死了。我活下來。所以別跟我撒那種謊，以為可以脫身。我再問你一遍，那本書怎麼了？」

「我們沒拿到書。」我插嘴道。

馬修震驚地看著我。

「那本書不在我們手上。目前沒有。」它無疑地已送到鹿冠，安全地藏在馬修的閣樓檔案室裡。我們沿著泰晤士河溯河而上，被皇家駁艇攔下時，我就把用油紙和皮革保護好的書交給蓋洛加斯。

「好哇，好哇。」伊麗莎白的嘴巴慢慢綻開，露出發黑的牙齒。「妳讓我很意外。看來，妳丈夫也很意外。」

「我這人就只是一連串的意外，陛下。有人這麼告訴過我。」不論馬修稱呼她多少遍麗絲，她也稱他沙巴斯丁，我都必須小心，只能使用她正式的頭銜。

「這麼說來，似乎是皇上異想天開嘍。妳怎麼解釋？」

「一點也不稀奇。」馬修嗤之以鼻道：「我看魯道夫已感染到家族遺傳的瘋狂。即使現在，他弟弟馬諦亞斯已為他的垮台做好準備，只等他無法視事就要下手奪權。」

「難怪他那麼熱中留下凱利。賢者之石可以治好他，繼續擱置繼承人選的問題。」女王臉色一沈：「他可以永生不死，不需要害怕。」

「算啦，麗絲，別說沒知識的話。凱利做不出那種石頭的。他救不了妳，救不了任何人。即使貴為女王和皇帝，也總有一天要死。」

「我們是朋友，沙巴斯丁，但不要得意忘形。」伊麗莎白目露凶光。

「妳七歲的時候，問我妳父親是不是打算殺掉他的新妻子，我告訴妳實話。那時候我以誠實待妳，現在也一樣不騙妳，不論真話會讓妳多麼生氣。什麼都不能讓妳恢復青春，麗絲，也不能使失去的親人復活。」馬修毫不讓步。

「什麼都不能嗎？」伊麗莎白慢條斯理打量他。「我看不出你有皺紋或白髮。你看起來就跟五十年前在漢普頓宮，我舉起剪刀刺你時完全一樣。」

「如果妳要我用我的血把妳變成魅人，陛下，我一定說不。盟約禁止涉入凡人的政治——當然也包括讓超自然生物坐上寶座，改變英格蘭的王位傳承。」馬修一臉的凜然不可侵犯。

「如果魯道夫提出這種要求，你也這麼回答嗎？」伊麗莎白問道，黑眼睛閃閃發光。

「是的。這會造成混亂——甚至更糟。」想到這種可能性就令人心頭一寒。「妳的國家很安全。」馬修向她保證。「皇帝的表現就像一個寵壞了的孩子沒吃到糖。如此而已。」

「但他的舅舅，西班牙的菲利普王正在建造軍艦。他計畫再次侵略。」

「結果會變成泡影。」馬修承諾。

「你說得那麼有把握。」

「是真的。」

獅子和狼隔著桌子面面相覷。終於伊麗莎白滿意了，她嘆口氣，望向別處。

「很好。你沒拿到皇帝的書，我得不到凱利或石頭。我們必須學習在失望中生活。但我總要給皇帝的大使一點東西哄他開心啊。」

「這個怎麼樣？」我從裙子裡取出皮包。除了艾許摩爾七八二號和我手上的戒指之外，我最珍貴的東西都在裡頭——伊索奶奶給我用來編織咒語的絲線，傑克在易北河邊的沙灘上找到、誤以為是寶石的一塊圓滑玻璃，準備送給蘇珊娜配藥的一小塊貴重的牛黃石，馬修的火蜥蜴。還有神聖羅馬帝國皇帝送給我的那條用垂死的龍當墜子、面目可憎的華麗項鍊。我把最後這件放在女王和我之間的桌面上。

「這麼花俏的首飾配得上女王，而不是普通仕紳的妻子。」伊麗莎白伸手摸摸那條閃閃發光的龍。「妳給了魯道夫什麼，他竟然送這個給妳？」

「正如馬修說的，陛下，皇上總貪圖他得不到的東西。他以為這可以贏得我的感情，事實上沒有。」

我搖頭嘆息說道。

「或許魯道夫不能忍受別人知道，他竟然放掉了這麼有價值的東西。」馬修道。

「你是指你的妻子還是這件首飾？」

「我的妻子。」馬修不假思索答道。

「這件首飾總歸有用的。說不定他本來想把項鍊送給我。」伊麗莎白思索道：「而你為了確保它安全送達，所以親自擔起護送的責任。」

「戴安娜德文不好。」馬修狡猾地笑道：「魯道夫親手把它戴在她脖子上時，可能只是為了方便想像它戴在您身上的樣子。」

「哦，我想不會吧。」伊麗莎白面無表情道。

「如果皇帝想把這條項鍊送給英格蘭女王，他應該會希望透過適當的儀式交給她。如果我們讓大使擁有這份功勞……」我提議道。

「這個解決方案很漂亮。沒有人會感到滿意，當然，但至少新花樣出現前，我的朝臣有個題材可以嚼舌根。」伊麗莎白再次煩悶地敲敲桌面：「但書的問題還是沒有解決。」

「如果我告訴您那本書不重要，您相信我嗎？」

伊麗莎白搖頭：「不相信。」

「我想也是。反過來說呢——未來可能靠這本書決定？」馬修問道。

「這更說不通了。但我既然不願意魯道夫和他的親人掌握未來，還書的事就交給你處理——當然是說，如果它又落到你手中的話。」

「謝謝您，陛下。」不需要撒太多謊，就能解決這件事，我真是鬆了一口氣。

「我這麼做不是為妳。」伊麗莎白疾言厲色地提醒我。「來吧，沙巴斯丁。把鍊子替我戴上，然後你就可以恢復羅伊登老爺的身分，我們一起到覲見室去演一齣致謝的戲，讓他們大吃一驚。」

馬修依令而行，他的手指在女王脖子上流連，超過必要的時間。她打一下他的手。

「我的假髮端正嗎？」伊麗莎白站起身時問我。

「是的，陛下。」事實上，它被馬修撥弄得有點歪。

伊麗莎白伸手扶一下假髮。「教教你老婆，撒謊要撒得令人相信，羅伊登老爺。她得好好學會騙人的技巧，否則在宮裡活不長。」

「這世界需要的是誠實，而不是再多一名廷臣。」馬修扶著她的手肘道：「戴安娜不會改變。」

「把妻子的誠實當樁寶的丈夫。」伊麗莎白搖頭道：「狄博士預測世界末日快到了，這是我目前所見最好的證據。」

馬修和女王一起出現在議事室門口，人群立刻安靜下來。房間裡擠得水洩不通，警覺的目光在女王，一個我猜是帝國大使、看起來約莫大學生年齡的年輕人，以及威廉・塞索身上轉來轉去。馬修放開女王搭在他彎曲的手臂上的手。我的火龍驚醒，在我胸腔裡鼓動翅膀。

我把手放在橫膈膜上安撫那隻動物。*這兒有真正的龍*，我無聲地警告。

「我感謝皇上送我的禮物，閣下。」伊麗莎白筆直走向那個未滿二十歲的大男孩，伸出手給他親吻。那年輕人莫名其妙地瞪著她。「Gratias tibi ago.」（拉丁文：謝謝。）

「他們一個比一個年輕。」馬修把我拉到他身旁，低聲道。

「我也這麼說我的學生。」我也悄聲回應。「他是什麼人？」

「維倫・斯拉伐塔。妳在布拉格時，該見過他父親。」

我端詳年輕的維倫，努力想像他再過二十年是什麼模樣。「他父親是個下巴有凹痕的胖子嗎？」

「其中之一吧。魯道夫大多數的官員都是妳剛描述的樣子。」聽馬修這麼說，我白他一眼。

「不要說悄悄話，羅伊登老爺。」伊麗莎白凌厲地瞪了我丈夫一眼，他連忙鞠躬致歉。陛下用鏗鏘有力的拉丁文說：「Decet eum qui dat, non meminisse beneficii: eum vero, qui accipit intueri non tam munus quam dantis animum.」英格蘭女王在考驗大使的語言能力，看他有沒有資格站在她面前。

斯拉伐塔臉色慘白，這可憐的孩子會被當。

不去記掛給過別人什麼好處，乃是高明的施惠者：知道該珍惜贈禮者的心意，而不是禮物本身，乃是高明的受惠者。我翻譯出來後，輕咳一聲，以免咯咯笑出聲。

「陛下？」維倫用口音濃重的英語結巴道。

「禮物。皇上送給我的。」伊麗莎白威風凜凜指著掛在她瘦窄肩膀上的那串琺瑯項鍊。龍掛在女王身上，比我配戴時垂得更低。她以誇張的怒氣嘆道：「用他自己的語言告訴他，我剛說了什麼，羅伊登老爺。我沒有耐心給他上拉丁文。皇上難道不教育他的臣僕嗎？」

「大使閣下懂得拉丁文，陛下。如果我沒記錯，斯拉伐塔大使在威登堡大學畢業後，又到巴塞爾攻讀法律。讓他困惑的不是語言，而是您的訊息。」

「那就解釋清楚，讓他——和他的主子——聽得懂。可不是為了我。」伊麗莎白帶著威脅的語氣道：「翻譯。」馬修聳聳肩，隨即用斯拉伐塔的母語把陛下的話重述一遍。

「我聽得懂她的話。」年輕的斯拉伐塔惶惑地說：「但那是什麼意思？」

「你覺得困惑。」馬修同情地用捷克文說：「新任大使通常都會遇到這問題。別擔心。告訴女王，魯道夫很樂意送她這件珠寶。然後我們就去吃晚餐。」

「請你替我轉告，好嗎？」斯拉伐塔完全摸不著頭腦。

「希望你不要在魯道夫皇帝和我之間製造新的誤會，羅伊登老爺。」伊麗莎白對於她通曉的七種語言不包括捷克語感到不悅。

「大使閣下呈報，皇上祝陛下健康快樂。斯拉伐塔大使也很高興項鍊順利送達，因為皇上原本很擔心它在途中遺失。」馬修熱忱地看著他的女主子。她想說什麼，卻忽然閉上嘴巴，瞪他一眼。好學心切的斯拉伐塔很想知道馬修用什麼手段讓英格蘭女王不囉唆。但這位大使做手勢要求馬修翻譯時，塞索已上前握住他的手。

「真是好消息，閣下，相信你今天又學會了一課。來吧，我們一起吃飯去。」塞索拉著他，向最近的桌子走去。被自己的情報頭子和政策顧問搶盡鋒頭的女王，只好悶哼一聲，靠貝絲和芮利攙扶，爬上三級矮階梯，坐到寶座上。

「現在又怎麼了？」我低聲問。表演結束，但房間裡的人仍顯得紛擾不安。

「我還有話要說，羅伊登老爺。」趁侍從把椅墊安排到令她滿意的位置之際，伊麗莎白高聲道：「別走遠。」

「彼埃在隔壁的會客室。他會帶妳到我房間去，那兒有床，也很安靜。妳可以休息到陛下放我離開。應該不至於太久。她只要關於凱利的完整報告。」馬修執起我的手，湊到唇邊，給它一個正式的吻。

我知道伊麗莎白喜歡男性隨扈圍在身邊，這可能要花好幾個小時。

雖然我對會客室的嘈雜已有心理準備，卻還是被嚇得倒退了一步。地位不夠重要，沒有資格在議事室用餐的廷臣，經過時把我東推西搡，急著趁食物被拿光前吃到他們的晚餐。烤鹿肉的味道讓我反胃。我永遠不會適應這道菜，而且寶寶也不喜歡它。

彼埃和安妮跟其他僕人一起站在牆邊。他們看到我，一致露出鬆了一口氣的表情。

「老爺在哪？」彼埃把我從人堆裡拉出來，問道。

「正在伺候女王呢。」我道：「我站累了——也不想吃東西。你可以帶我去馬修的房間嗎？」

彼埃擔心地看了一眼議事室的入口。「當然。」

「我認識路，羅伊登夫人。」安妮道。剛從布拉格回來的安妮，才第二度來到伊麗莎白的宮廷，卻已學會裝腔作勢，刻意表現得不在乎。

「你們被帶去見陛下時，我帶她去看過老爺的房間。」彼埃解釋道：「它就在樓下，在從前王后住所的正下方。」

「我猜，現在輪到女王最寵愛的人了，」我低聲道。無疑華特也曾在那兒睡覺——或挑燈夜戰，視情況而定。「你在這兒等馬修，彼埃。安妮和我找得到路。」

「謝謝你，夫人。」彼埃感激地看著我。「我不喜歡他跟女王共處太久。」

女王的手下在不怎麼華麗的侍衛室用晚餐。我和安妮經過時，他們用不經意的好奇看著我們。

「一定有更直接的路吧。」我咬緊嘴唇，看著下方長長的樓梯。大廳裡的人更擁擠。

「對不起，夫人，但確實是沒有。」安妮抱歉地說。

「那我們只好面對人群了。」我嘆口氣道。

大廳裡滿是企圖爭取女王注意的請願者。我從王宮內院走出來時，引起一陣騷動，發現我是不重要的人物後，又掀起一陣失望的嘟囔。經歷過魯道夫的朝廷後，我已經比較習慣成為注意的焦點，但大量凡人凝視的重量，來自魔族的幾下推壓，加上一個女巫令人刺痛的目光，還是令我不適。一個吸血鬼冰冷的眼神落在我背上時，我不由得警覺地四下張望。

「夫人？」安妮詢問。

我掃視人群，但找不到來源。

「沒事，安妮。」我低語道，卻感到不安。「只是想像力在愚弄我。」

「妳需要休息。」她責備的語氣像極了蘇珊娜。

但我在馬修位於一樓、可眺望女王私人花園的寬敞房間裡，找不到休息，卻見到了英格蘭頂尖的戲劇家。我派安妮去把傑克從他攪和到的無論什麼麻煩裡帶出來，隨即打起精神，面對克里斯多夫・馬羅。

「哈囉，克特。」我道，那魔族從馬修書桌上抬起頭來，寫滿詩句的紙攤了滿桌。「一個人嗎？」

「華特和亨利在跟女王共餐。妳怎麼不跟他們一起？」克特顯得蒼白、瘦削、心不在焉。他起身把紙收起來，焦慮地窺視門口，好像預期會有人來打擾我們。

「太累了。」我打個呵欠。「但你不需要離開，留下來等馬修吧，他會很高興見到你。你在寫什麼？」

「一首詩。」給了這個突兀的答案後，克特又坐下來。有什麼東西不對勁。這魔族很明顯在抽搐。他背後的掛毯描繪一個金髮少女站在塔上眺望大海。她提著一盞燈籠，望著遠方。原來是這麼回事。

「你在寫希羅與黎安德的故事。」這不是一個問題。克特很可能打從我們一月在格瑞佛森上船開始，就對馬修朝思暮想，著手寫這首愛情長詩。他沒有回應。

我沈吟了一會兒，開始背誦相關的幾行詩。

有人矢言他是男裝的少女，
那模樣無處不惹人憐，
笑顏燦如花，明眸能解語，
眉宇間有愛情的盛宴。
知道他是男人的人也說，
黎安德，你天生要在情海中打滾
為什麼不盡情戀愛，做大眾的情人？

克特從椅子上跳起來。「妳要什麼巫術？我才剛寫完，妳就都知道了。」

「不是巫術，克特。除了我還有誰更了解你的心情？」我謹慎地說。

克特似乎恢復了自制，雖然他站起身時，雙手還在顫抖。「我必須離開。我約了人在演武場見面。聽說下個月女王夏季出巡前，會有一場特別遊行。他們請我幫忙。」伊麗莎白每年都率領大批的侍從和朝臣組成篷車隊，巡迴全國，對各地貴族領主予取予求，留給他們龐大的債務和空空如也的食物櫥。

「我會告訴馬修你在這裡。他若聽說錯失跟你見面的機會，一定很難過。」一道歡喜的神采點亮馬羅的眼睛：「或許妳願意跟我一起來，羅伊登夫人。今天天氣真好，妳還沒見過格林威治。」

「謝謝你，克特。」他情緒變化如此之快，令我困惑，但他畢竟是個魔族，而且他為馬修癡狂。雖然我很想休息，克特的建議又很空洞，但為了增進和諧，我應該努力一下。「遠嗎？我剛旅行回來，有點累。」

「一點也不遠。」克特鞠躬道：「妳先請。」

格林威治的演武場像一個大型田徑場，有幾塊繩索圍起來專供運動員使用的區域，有觀眾的看台，還有散置各處的器材。一片夯實的地面中間，架起兩排路障。

「那就是比武的場地嗎？」我想像中，依稀已聽見馬蹄聲如雷，騎士疾馳，相對衝刺，他們挺舉的長矛，跟座騎的脖子形成一個角度，以便擊中對手的盾牌，把他打下馬來。

「是啊，想看清楚一點嗎？」克特問道。

這兒荒涼無人。長矛東一根西一根插在地上。我看見一個很像絞架、有點嚇人的東西，有直立的桿子和很長的橫臂。但架上吊的不是屍體，而是一個沙包。它被刺破了，沙子慢慢漏出，形成一條細流。

「刺槍靶子。」馬羅指著那裝置解釋道。「騎士用長矛瞄準沙包。」他伸手推動橫臂，示範給我看。靶子搖搖擺擺開始旋轉，提供一個移動的目標，磨練騎士的技巧。馬羅朝演武場眺望。

「你約的人來了嗎？」我也幫著張望。但我只看到一個身穿華麗紅衫、身材高䠷的黑髮女子。她距我們很遠，想必是有個晚餐前的浪漫約會。

「妳看過另外那個刺槍靶子嗎？」克特指著反方向，那兒有個稻草和粗麻布紮的假人，綁在一根柱子上。看起來也很像死刑處決，不怎麼像運動器材。

我感受到一記冰冷而專注的眼光，還來不及轉身，就被一隻吸血鬼用我已熟知的那種感覺上較接近鋼鐵而非血肉的手臂攫住，但這不是馬修的手臂。

「啊呀，她比我預期的更美味。」一個女人說道，她冰冷的呼吸蜿蜒在我咽喉周圍。

玫瑰。麝香。我記得這氣味，努力回想我在哪裡聞到過這兩種香味的結合。

七塔。露依莎・柯雷孟的房間。

「她的血液裡有種魅人無法抗拒的東西。」克特的聲音沙啞。「我不知道那是什麼，但就連胡巴德神父都好像受制於她。」

鋒利的牙齒在我頸項旁邊嘶嘶作響，但它們沒有弄破我的皮膚。「跟她玩一定很有趣。」

「我們的計畫是殺死她。」克特抱怨道。露依莎出現後，他抽搐得更嚴重，也更加坐立不安。我保持沈默，絕望地企圖破解他們在玩什麼把戲。「然後一切會恢復原狀，跟從前一樣。」

「耐心些。」露依莎吸入我的氣息。「你聞到她的恐懼嗎？這玩意兒總是促進我的食慾。」

克特迷亂地靠過來。

「你好蒼白，克里斯多夫，要再來點清腸藥嗎？」露依莎調整對我的掌握，以便把手伸進她的皮包。她遞給克特一顆黏糊糊的咖啡色藥錠。他興奮地接過，扔進嘴裡。「這東西效驗如神，不是嗎？日耳曼的溫血人稱之為『長生不老石』，因為其中的成分能讓一無是處的凡人自以為是神仙。它也讓你覺得再度強壯起來了。」

「都是這女巫害我變弱的，就像她害妳弟弟變得軟弱。」克特的眼神變得迷濛，嘴裡冒出一股令人作嘔的刺鼻甜味。**鴉片**。難怪他行為這麼古怪。

「真的嗎？女巫。克特說妳違反我弟弟的意志束縛住他。」露依莎把我轉來轉去。她美麗的臉蛋擁有溫血人夢想中吸血鬼的所有特徵：白瓷般的皮膚、黝亮的黑髮、黑眼睛跟克特一樣籠罩著鴉片的迷霧。她散發出惡毒的邪氣，完美的弓形紅唇不但性感，也很殘酷。這是一頭肆意獵殺、永不覺得懊悔的超自然生物。

「我沒有束縛妳弟弟。我選擇了他——他也選擇了我，露依莎。」

「妳知道我是什麼人？」露依莎挑起黑色的眉毛。

「馬修在我面前沒有祕密。我們是配偶，也是夫妻。妳父親親自為我們主持婚禮。」謝謝你，菲利普。

「騙子！」露依莎大叫。她突然失控，瞳孔吞噬了整個虹膜。我要應付的不僅是毒品，還有血怒。

「不要相信她任何一句話。」克特警告道。他從緊身上衣裡取出一把匕首，抓住我的頭髮，把我的頭向後扭轉，我痛得慘叫。克特拿著匕首在我右眼前轉動。「我要挖出她的眼睛，讓她再也不能用它們施咒，或偷窺我的命運。我確定她知道我的死亡。沒有了巫眼，她就不能控制我們——或馬修了。」

「這女巫不配死得這麼痛快。」露依莎怨毒地說。

克特把刀尖抵在我眉骨下方，割進肉裡，一滴血沿著我臉頰滾落。「這不符合我們的協議，露依莎。我必須得到她的眼睛，才能破除她的咒語，然後我就要她乾乾脆脆死掉。只要這女巫活著，馬修就不會忘記她。」

「噓，克里斯多夫，我不是很愛你嗎？我們不是盟友嗎？」露依莎把克特拉過來，深深地吻他。她的嘴唇沿著他下巴下移，來到血液在他靜脈裡跳動的位置。她嘴唇輕拂皮膚，我看到隨著她動作出現的血痕。克特全身顫抖，抽了一口氣，閉上眼睛。

露依莎飢渴地湊在這魔族脖子上暢飲。她這麼做的時候，我們形成一個緊密的結，都被緊緊鎖在吸血鬼強壯的臂彎裡。我試圖掙扎，但她唇齒扣緊克特的同時，也把我抓得更緊。

「甜蜜的克里斯多夫。」喝飽時，她呢喃著舔舐傷口。克特脖子上的傷痕銀亮柔軟，就跟我胸上的傷口一樣。露依莎在此之前就喝過他的血。「我嘗到你血中的長生不老，也看到在你思維裡跳舞的美麗字句。馬修不肯跟你分享，真是個傻瓜。」

「他只要那個女巫。」克特摸摸自己的脖子，幻想吸他血的是馬修，而不是他的姊姊。「我要她死。」

「我也要。」露依莎把無底洞似的黑眼睛轉向我。「所以我們來比賽。勝利的一方可以隨心所欲處置她，讓她彌補對我弟弟的一切惡行。你同意嗎，我親愛的小男孩？」

露依莎享用了克特滿是鴉片的血，他們兩個都亢奮得無以復加。我正開始驚慌，卻想起在七塔時菲利普的囑咐。

思考。活下去。

然後我想到寶寶，驚慌又回來了。我不能讓我們的孩子蒙受危險。

克特點點頭。「只要能讓馬修再度眷顧我，做什麼我都願意。」

「我也這麼想。」露依莎微笑，又給他一個深深的吻。「我們來挑顏色吧。」

第三十五章

「妳犯了一個嚴重的錯誤，露依莎。」我警告道，極力想掙脫束縛。她跟克特拆下柱子上那個稻草和麻布做的假人，把我綁在柱子上。然後克特從一根閒置的長矛頭上解下一條深藍色的綢布，綁住我的眼睛，使我無法用目光對他們作法。他們兩個站在附近，爭論銀黑二色的長矛歸誰使用，金綠二色的長矛又該誰用。

「妳去女王身邊找馬修，他會把一切解釋給妳聽。」我盡可能保持聲音穩定，但它還是在顫動不安。在現代的牛津，馬修曾經告訴過我有關他妹妹的事，當時我們坐在老房子他的火爐旁喝茶。她很惡毒，也長得很美。

「妳敢再說他的名字看看！」克特氣得發狂。

「不許再說話，女巫，否則我就讓克里斯多夫割掉妳的舌頭。」露依莎的聲音滿懷惡意，我不需要看見她眼睛就知道，鴉片不宜跟血怒混合。伊莎波的鑽石尖端輕刮我的臉頰，刮出了血。露依莎把它從我手上拔下來時弄傷了我手指，現在她自己戴著它。

「我是馬修的妻子，他的配偶。妳想他一旦發現妳做了什麼，會有什麼反應？」

「妳是惡魔——野獸。如果我贏得挑戰，我會剝掉妳虛偽的人皮，暴露底下的謊言。」露依莎的話像毒藥流進我耳裡。「我這麼做以後，馬修就會看清妳的真面目，他會跟我們一起分享妳死掉的快樂。」

他們的話聲漸行漸遠，我無從知道他們在哪裡，會從哪個方向回來。我徹底孤獨無依。

思考。活下去。

有什麼東西在我胸腔裡拍動，但那不是慌亂，那是我的火龍，我並不孤獨。我是個女巫，不需要眼睛就能看見周圍的世界。

*你們看見什麼？*我問大地和風。

我的火龍在回答。牠吱吱叫，喋喋不休。牠評估狀況時，翅膀在我腹部與肺部之間的空間裡拍動。

*他們在哪裡？*我想知道。

我的第三隻眼大睜，暮春的色彩閃爍，一片輝煌的藍與綠。一條深綠色的線跟白線絞扭在一起，又糾纏到一些黑色。我沿著它找到露依莎，她正往一匹驚慌的馬背上爬。牠不肯為這吸血鬼好好站穩，不斷閃躲。露依莎咬牠的脖子，這使得馬兒不敢再亂動，卻也無法減輕牠的恐懼。

我跟著另一股線前進，這條線混合了猩紅與白色，以為它可以帶我去找馬修。但我只看見一團令人迷惑的形狀與色彩的漩渦。我跌落——好遠、好遠，最後落在冰冷的枕頭上。雪。我把寒冷的冬季空氣吸進肺裡。我已經不在五月末黃昏的格林威治宮，被人綁在柱子上。我大約四或五歲，仰天躺在我們劍橋家裡那個小小的後院裡。

然後我記起來了。

父親和我在一場大雪後一起玩耍。我的哈佛校色猩紅手套映著白雪。我們在做雪天使，我們的手臂和腿在雪地上划來划去。令我著迷的是，如果我手臂揮動得夠快，白色的翅膀就好像鑲上了紅邊。

「就像是一條有噴火翅膀的龍。」我悄聲對父親說。他的手臂忽然靜止。

「妳什麼時候看過龍，戴安娜？」他的聲音很嚴肅。我分辨得出那種聲音跟他平時開玩笑的聲音不一樣。它代表他期待一個答案——而且要誠實的答案。

「很多次。多半在晚上。」我手臂揮得越來越快。手臂下面的雪開始變色，閃爍著綠色和金色、紅色與黑色、銀色和藍色。

「在哪兒看到的呢？」他看著飛舞的雪，它在我周圍堆積起來，不斷掀動翻攪，像活了一樣。有一蓬雪長出尾巴，舒伸延長，冒出一個細細的龍頭。雪龍向旁展開，現出一對翅膀。龍搖頭擺尾，抖掉白鱗上的雪花。牠轉身看我父親時，他喃喃說了幾句話，拍拍牠鼻子，好像曾經跟這條龍見過面似的。龍把溫暖的蒸氣呵進寒冷的空氣裡。

「多半是在我裡面——這裡。」我坐起身，示範給父親看。我用戴著手套的手按住彎彎的肋骨。它們摸起來很溫暖，雖然隔著皮膚、隔著我的外套、隔著厚厚的毛線手套。「但牠想飛的時候，我必須讓牠出來，否則沒有足夠空間容納牠的翅膀。」

一對閃閃發亮的翅膀靠在我身後的雪堆上。

「妳把自己的翅膀留在後面了。」父親一本正經地說道。

龍鑽呀鑽呀鑽出了雪堆，終於脫身，升入空中，牠貶貶銀、黑二色的眼睛，隨即消失在蘋果樹上空，翅膀每拍一下，牠就變得更透明。我自己的翅膀也在背後的雪堆裡逐漸消失。

「那條龍不肯帶我一起去，也從不停留很久。」我嘆口氣道；「為什麼這樣，爹地？」

「也許牠要去別的地方。」

我考慮這種可能性。「就像你和媽媽去上學一樣嗎？」父母要上學是個令人困惑的觀念。這條街上所有的小孩都這麼覺得，雖然他們的父母大都也整天待在學校裡。

「是像那樣沒錯。」父親仍坐在雪地裡，手臂環抱著膝蓋。他微笑道：「我愛妳裡面的女巫，戴安娜。」

「牠嚇著過媽咪。」

「不是啦。」父親搖搖頭：「媽咪只是害怕改變。」

「我試著保密龍的事情，但我覺得她還是會知道。」我愁眉苦臉道。

「媽咪通常都這樣。」父親道。他低頭看著雪。這時我的翅膀已完全消失了。「可是她也知道妳什麼時候想喝熱巧克力。如果我們回屋裡，我猜她已經做好了。」父親站起身，朝我伸出手。

我把我仍然戴著猩紅手套的手塞到他溫暖的手掌裡。

「天黑的時候，你會一直在這裡握我的手嗎？」我問道。夜色降臨，我忽然害怕黑影。妖魔潛伏在黑暗中，我玩耍的時候，有陌生的超自然生物在旁監視。

「不會。」父親搖頭道。我嘴唇抖了幾下，這不是我想要的答案。「可是妳別擔心。」他壓低聲音，變成耳語：「妳的龍會永遠在妳身邊。」

一滴血從我眼睛周圍的傷口滴落我腳邊的地面。雖然我被蒙住雙眼，仍看見它悠然墜落，著地時發出啪嗒一聲。一根黑色的嫩芽從那一點鑽出來。

馬蹄聲向我奔來。有人發出淒厲的高喊，使我眼前浮現古代的戰爭畫面。那叫聲使火龍更加不安。我必須脫身。盡快。

我沒有尋找連接克特和露依莎的線，只把全副心思放在束縛我手腳的纖維上。我解開繩結剛有進展時，一個尖利而沈重的東西撞上我的肋骨，變得四分五裂。衝擊的力道使我透不過氣。

「命中！」克特喊道。「女巫是我的了！」

「擦過而已。」露依莎糾正他。「你必須把長矛刺進她身體，才能宣稱她是你的獎品。」

可悲的是，我什麼規則也不懂——不論是比武或魔法。我們去布拉格之前，伊索奶奶曾經說得很清楚。**妳現在只有一條任性的火龍，跟瞎子無異的輝光，又總是提出一些只會換來災難式答案的問題。**我投入宮廷的爾虞我詐而忽略了編織，為了尋找艾許摩爾七八二號而不再進修魔法。如果留在倫敦，我說不定就會知道該怎麼脫離這場災難。如今我卻像一個即將被處火刑的女巫，綁在這根木柱上。

思考。活下去。

「我們必須再來一次。」露依莎道。她催馬繞柱一圈，然後策馬遠去，聲音也漸漸模糊。

「不要這麼做，克特。」我說：「想想馬修會受到多大的打擊。如果你要我離開，我就走。我保證。」

「妳的保證一文不值，女巫。妳會交叉手指，找到背信的途徑。甚至現在我也看見妳周圍滿是輝光，妳正在設法用妳的魔法對付我。」

跟瞎子無異的輝光。只會換來災難式答案的問題。還有一條任性的火龍。

一切都靜止了。

我們怎麼辦？我問火龍。

牠刷一聲把翅膀完全展開。它們穿過我的肋骨、我的血肉，從我脊椎兩旁伸展出來。火龍待在原位，尾巴保護地圍繞著我的子宮。牠從我胸骨後面探出頭來，銀、黑二色的眼睛燦亮，然後再拍一下翅膀。

活下去。牠悄聲回答，此話一出，便有一重灰霧籠罩在我四周。

牠翅膀一用力，便折斷了我背後粗大的木柱，參差的裂口割斷了束縛我手腕的繩索。某種彷彿爪子的利刃，把我腳踝上的繩子也割斷了。克特和露依莎衝進火龍令人頓失方向的灰霧時，我已升上二十呎的高空。他們衝得太快，來不及停下來變換方向。他們的長矛交錯、糾纏，衝撞的力量讓他們雙雙落下馬鞍，跌在硬邦邦的地上。

我用沒受傷的手扯下蒙住眼睛的布，安妮正好出現在演武場邊緣。

「夫人！」她喊道。但我不希望她來這兒，不要靠近露依莎・柯雷孟。

「快走！」我噓她。我在克特和露依莎的上空盤旋，說出來的字句都帶著火和煙。

血從我的手腕和腳流下。不論血珠滴在何處，都長出黑色的新芽，不久便有一道黑色細枝的柵欄把目瞪口呆的魔族和吸血鬼圍住。露依莎試圖把它們從地上拔起，但我的魔法牢不可破。

「要我說出你們的未來嗎？」我厲聲問道。兩人都從囚籠裡抬起頭，用貪婪、畏懼的眼神看著我。

「你永遠不會如願以償，克特，因為有時候我們就是得不到最想要的東西。還有妳，露依莎，妳內心的空虛永遠填不滿——不論用的是鮮血或憤怒。你們兩個都會死，因為凡是生物都難逃一死。但妳絕無可能死得平靜，我向妳保證這一點。」

一陣旋風逼近。它靜止下來，變得可以辨認，原來是韓考克。

「戴維！」露依莎美如珍珠的手指抓住圍困她的黑木柵。「救救我們。這女巫用她的魔法抓住我們。挖出她的眼睛，就能消滅她的法力。」

「馬修已經在趕來的路上，露依莎。」韓考克答道。「妳在柵欄裡接受戴安娜的保護，遠比逃離他的怒火來得安全。」

「我們都不安全。她會實現古老的預言，就是高伯特多年前告訴媽媽的，她會搞垮柯雷孟家族。」

「根本不是真的。」韓考克悲憫地說。

「就是！」露依莎堅持道：「『提防身懷獅與狼之血的女巫，她會用她的血摧毀黑夜的兒女。』她就是預言中的女巫。你還不明白嗎？」

「妳病了，露依莎。我看得很清楚。」

露依莎勃然大怒，挺起身來。「我是健康良好的食血者，韓考克。」

亨利和傑克接著趕到，他們因奔跑而氣喘吁吁。亨利打量著演武場。

「她在哪？」他四處張望後，對韓考克喊道。

「上面。」韓考克對空豎起一根大拇指。「就如同安妮說的。」

「戴安娜。」亨利鬆了一口氣。

一股灰、黑二色的龍捲風橫掃過演武場，在曾經綑綁過我的斷柱旁停下。馬修不需要詢問別人我在哪裡，他的眼睛準確地找到我。

華特和彼埃最後趕到。彼埃把安妮揹在背上，她纖細的手臂緊緊抱住他的脖子。他停下時，她就滑下來。

「華特！」克特衝到柵欄旁，跟露依莎一起。「一定要阻止她。放我們出去。我現在知道該怎麼辦了。我跟新門那邊的一個女巫談過，而且——」

一隻手臂打穿黑色的欄杆，修長的白色手指扣住克特的喉嚨。他咕嚕幾聲，沈默下來。

「不—准—再—說—話。」馬修的眼光掃過露依莎。

「馬丟。」血與藥物使露依莎把他名字的法文發音念得更含糊。「謝天謝地，你在這裡。我見到你好高興。」

「妳不該高興。」馬修把克特扔到一旁。

我降下來，站在他身後。新長出來的翅膀縮回到我的肋骨裡。我的火龍仍保持警覺，牠的尾巴緊緊蜷起。馬修察覺我在，便把我摟進懷裡，但他的眼睛沒有片刻離開我的俘虜。他的手指輕觸我的緊身上衣、緊身褡和皮膚都被長矛刺穿，只靠肋骨組成最後防線的位置。那兒已被血浸透，觸手便是一片濕膩。

馬修撥轉我身體，跪在地上，撕開傷口周圍的布帛。他咒罵一聲。一手放在我腹部，眼神往我眼睛裡搜索。

「我很好。我們都好。」我安慰他。

他站起身，眼睛漆黑，太陽穴上的血管猛烈抽搐。

「羅伊登老爺？」傑克怯生生挨過來。他下巴在抖索。馬修飛快伸出手，抓住他的衣領，在他靠近我之前把他擋住。傑克沒有退縮。「你做噩夢了嗎？」

馬修放下手，鬆開那男孩。「是的，傑克。一個可怕的噩夢。」

傑克把手伸進馬修手裡。「我會陪在你身邊，直到噩夢結束。」淚水刺痛我的眼睛。那是每當傑克的恐懼威脅要吞噬他時，馬修在深夜裡常對他說的話。

馬修握緊傑克的小手，表示領會他的心意。他們站在一起——一個高大、壯碩、滿身煥發超自然的健康，另一個矮小、笨拙，剛脫離受遺棄的陰影。馬修的怒氣慢慢平靜下來。

「安妮告訴我，一個女魅人抓走妳的時候，我完全沒想到——」他說不下去。

「都怪克里斯多夫！」露依莎喊道，趕快跟她旁邊那個瘋狂的魔族撇清關係。「他說你著了魔。但我聞得出你身上有她的血，你沒有中了她的咒語，而是用她當食物。」

「她是我的配偶。」馬修解釋道，聲音不帶感情：「而且她懷孕了。」

馬羅的呼吸忽然變得粗重。他的眼光推擠我腹部，我受傷的手趕緊伸過去，替我們的寶寶擋住魔族的窺探。

「這不可能，馬修不能……」克特的困惑轉為憤怒。「即使現在她還在迷惑他。妳怎麼能這樣背叛他？誰是這孩子的父親，羅伊登夫人？」

瑪莉・錫德尼以為我遭人強暴。蓋洛加斯一開始認定這孩子是去世的情人或丈夫所留，不論何者，反正都激起馬修的保護本能，也是我們速成羅曼史的成因。在克特看來，唯一可能的解釋，就是我給他深愛的男人戴了綠帽。

「抓住她，韓考克！」露依莎哀求道。「我們不能讓一個女巫把她的雜種帶到柯雷孟家族裡來。」

韓考克對露依莎搖搖頭，叉起雙臂。

「妳企圖撞死我的配偶，妳還吸她的血。」馬修道：「而且這孩子不是雜種，是我的種。」

「不可能。」露依莎道，但她語氣有點不確定。

「孩子是我的。」她弟弟再次強調。「我的骨肉，我的血。」

「她有狼的血，」露依莎低聲道：「這就是預言中的那個女巫。如果孩子活下來，就會毀滅我們大家！」

「把他們趕到我看不見的地方，」馬修怒不可遏。「否則我會把他們撕成碎片餵狗。」他把柵欄踢倒，抓起他的朋友和他的妹妹。

「我不走——」露依莎才開口，低下頭便見韓考克的手抓住她的手臂。

「哦，我帶妳去哪兒妳都得去。」他柔聲道。韓考克從她手上拔下伊莎波的戒指，扔給馬修。「相信這是你老婆的。」

「克特呢？」華特問道，謹慎地看著馬修。

「他們那麼欣賞彼此，把他跟露依莎關在一起好了。」馬修把馬羅塞給芮利。

「可是她會——」華特欲言又止。

「喝他的血？」馬修滿臉怒容。「她已經喝過了。血族唯有透過溫血動物的血管，才能體會到酒和藥物的效果。」

華特衡量馬修的心情，點頭道：「好，馬修，就照你的意思辦。帶戴安娜和孩子們回黑衣修士區吧。其他的事交給韓考克和我處理。」

「我告訴過他，沒什麼好擔心的，寶寶很平安。」我脫下罩衫。我們直接回家，但馬修又差彼埃去把蘇珊娜和伊索奶奶接來。這下子，屋子裡滿是憤怒的吸血鬼和女巫，擠到快要爆了。「或許妳們可以說服他相信這一點。」

蘇珊娜在一盆熱肥皂水裡洗過手。「如果妳丈夫不相信他自己的眼睛，我不論做什麼也說服不了他。」她喚馬修過來。蓋洛加斯跟他一起現身，兩人把門口塞得滿滿的。

「妳還好吧，真的嗎？」蓋洛加斯臉色灰敗。

「我斷了一根手指，肋骨也裂了。就算在樓梯上跌一跤，也很可能有這種下場。得謝謝蘇珊娜，我的手指已痊癒了。」我伸直手掌，傷處還有點腫，我只好把伊莎波的戒指戴在另一隻手上，但我手指動作已不覺得痛。我身側的割傷需要較多時間痊癒。馬修不肯用吸血鬼的血療傷，蘇珊娜只好用魔法縫合，再敷上膏藥。

「目前有很多憎恨露依莎的理由。」馬修陰沈地說：「但有幾件事值得慶幸：她沒有殺死妳。露依莎瞄準絕不失手，如果她要用長矛刺穿妳心臟，妳一定活不成。」

「露依莎太相信高伯特告訴伊莎波的那則預言了。」

蓋洛加斯和馬修交換一個眼色。

「那不算什麼，」馬修不屑地說：「不過是他想像出來煽動我媽的蠢話。」

「那就是梅莉丹娜的預言，不是嗎？」從露依莎提起的那一刻，我就打從心底知道是它。那些字句喚回在皮耶堡被高伯特碰觸的記憶。它還使露依莎周圍的空氣通電，劈啪作響，彷彿她是潘朵拉，掀開蓋子，釋出了遺忘多年的大量魔法。

「梅莉丹娜企圖用未來嚇唬高伯特。她成功了。」馬修搖頭。「這跟妳毫無關係。」

「你父親是獅子，你是狼。」我胃裡結了一塊冰。我告訴自己一定在某個地方出了問題，在一個光線幾乎不可能達到的地方。我抬頭望著丈夫。預言中提到一個黑夜的孩子。我們的第一個孩子已經死了。我關上思想，不願它在我心裡或腦海裡停留過久，留下痕跡。但這麼做也沒用。我們之間太開誠布公，什麼也瞞不過馬修——或我自己。

「妳沒什麼好怕的。」馬修輕輕吻我。「妳充滿了生命力，不可能是毀滅的前兆。」

我聽從他的安慰，但我的第六感不聽他的話。不知何故、在何處，有股危險而致命的力量已脫離控制。即使現在，我也感覺得到它正在收緊繩索，把我拖進黑暗。

第三十六章

我在金鵝酒店的招牌下，等安妮去領取今天晚餐訂購的燉肉時，一個吸血鬼定睛看我，驅散了風中少許的夏季氣息。

「胡巴德神父。」我轉身面對陣陣襲來的寒氣。

那吸血鬼的眼光對我的肋骨閃了幾下。「我很驚訝，格林威治那場風波後，妳丈夫竟然還讓妳獨自在市區走動——而且妳還懷了他的孩子。」

我的火龍從演武場事件後，保護慾就變得強烈起來，她用尾巴在我臀部繞了一圈。

「大家都知道，魅人不可能使溫血女人受孕。」我不屑地說。

「在妳這麼一個女巫身上，似乎沒有一件事是不可能的。」胡巴德嚴肅的表情變得更凝重。「比方說，大多數超自然生物都以為，馬修永遠不會改變他對巫族的輕蔑，幾乎沒有人敢想像他竟然會幫助蘇格蘭的芭芭拉・納畢爾免受火刑。」馬修收集倫敦的凡人與超自然生物的八卦之餘，仍為柏威克事件奔走。

「當時馬修根本沒有靠近蘇格蘭。」

「沒必要。韓考克在愛丁堡，以納畢爾的『朋友』自居。他指出她懷有身孕，要求法院注意。」胡巴德的呼吸冰冷，帶有森林氣息。

「那女巫沒有犯她被指控的罪。」我斷然道，把披肩拉緊。「所以陪審團宣告她無罪。」

「只有一個罪名撤銷，」胡巴德盯著我的眼睛。「她另外有很多罪名已被坐實。妳才剛回來，可能還沒聽說：詹姆士王想出一個方法，逆轉了納畢爾案陪審團的判決。」

「逆轉？怎麼可能？」

「蘇格蘭國王這陣子跟合議會的關係不怎麼好，大部分要歸功於妳的丈夫。馬修不謹守盟約，干預蘇格蘭內政，以致國王陛下找到很多鑽漏洞的靈感。詹姆士審判那些宣判納畢爾無罪的陪審團員，他們被控執法不力。恐嚇陪審團員可以確保以後的審判會得到較好的結果。」

「這不是馬修原先的計畫。」我的心思飛快運轉。

「聽起來馬修．柯雷孟下錯了棋。納畢爾和她的寶寶活了下來，但數十個比她更無辜的超自然生物卻要因此而死。」胡巴德的表情很猙獰。「這不是柯雷孟家族要的嗎？」

「你敢說這種話！」

「我拿到——」安妮走到街上，差點跌掉手中的鍋子。我伸手把她摟住。

「謝謝妳，安妮。」

「這麼一個晴朗的五月早晨，妳知道妳丈夫在哪裡嗎？」

「他去辦公了。」馬修確認我吃過早餐、吻過我，然後跟彼埃一起出門。傑克聽馬修說他必須跟哈利奧特一起留在家中時，傷心得無法安撫。我有點不安。拒絕帶傑克進城，不像馬修一貫的作風。

「不知道。」胡巴德柔聲道：「他在貝得蘭醫院，跟他姊姊和克里斯多夫．馬羅一起。」

貝得蘭除了名稱以外，根本就是一座死牢——遺忘之境，精神病患跟那些被親友藉莫須有罪名遺棄的人關在一起。床上只鋪著稻草，三餐有一頓沒一頓，從獄卒那兒得不到一點關懷，沒有任何治療，大多數被囚禁的人都永遠沒有機會逃走。即使脫逃，也很難從這樣的經驗中康復。

「馬修改變蘇格蘭審判的結果，還不夠滿意，所以現在他在倫敦親自主持正義。」胡巴德繼續道：「他今天早晨去訊問他們。據我所知，他還在那兒。」

已經過中午了。

「我看過馬修發怒的時候殺人的速度，場面很恐怖。但如果看他以慢速度不厭其煩地做這種事，會讓最堅定的無神論者也相信世間有魔鬼。」

克特。露依莎是血族，而且也有伊莎波的血緣，她可以保護自己。但魔族……

「妳去伊索奶奶那兒，安妮。告訴她我去貝得蘭，照顧馬羅老爺和羅伊登老爺的姊姊。」我把那女孩朝正確的方向一推，鬆開手，然後結結實實擋在她與吸血鬼之間。

「我必須留下來陪妳。」安妮道，眼睛瞪得很大。「羅伊登老爺要我承諾的。」

「必須有人知道我去了什麼地方，安妮。告訴伊索奶奶妳在這兒聽到的話。我自會找到去貝得蘭的路。」事實上，我對那座惡名昭彰的精神病院的位置，只有模糊的概念，但我可以用別的方法找到馬修。我用想像的手指抓住體內的鎖鍊，準備抽動它。

「且慢。」胡巴德的手抓住我手腕。我跳了起來。他召喚暗影裡的某個人。那是個瘦骨嶙峋的年輕人，馬修用一個很適合卻很奇怪的名字稱呼他，阿門‧角兒。「我兒子帶妳去。」

「這樣馬修會知道我見過你。」我低頭看著胡巴德的手。它仍裹住我的手腕，將他洩漏真相的氣味轉移到我溫暖的皮膚上。「他會把氣出在那男孩身上。」

胡巴德把我抓得更緊，我輕輕哦了一聲。

「如果你也想跟我一起去貝得蘭，胡巴德神父，說一聲就是了。」

胡巴德熟知蒜頭山與主教門之間的每條捷徑與小巷。我們出了城界，進入倫敦污穢的郊區。貝得蘭就像瘸子門，周圍的環境貧困而擁擠不堪。但真正恐怖的場面還在後頭。

管理員到門口來迎接我們，帶我們進入這個從前稱作貝得蘭之聖瑪莉醫院的地方。斯賴福師傅跟胡巴德神父很熟，領著我們穿過地面布滿坑洞的院落，進入堅固的大門時，他沿途不斷打躬作揖，極盡諂媚。儘管有類似中世紀修道院的厚實木板和石牆阻隔，病人的尖叫聲仍非常刺耳。大多數窗戶都沒有裝玻璃，任憑風雨入侵。腐朽、骯髒、歲月的臭氣令人作嘔。

「不必。」我們進入潮濕、狹仄的空間時，我一口拒絕胡巴德伸出的手。我是自由之身，那些病人卻沒有得到任何幫助，在這種對比下接受他的扶持，會令我有猥瑣的自覺。

進到院內，那些從前被囚禁者的鬼魂，和原本纏繞在備受折磨的住院者身上參差不齊的線頭，都紛紛向我湧過來。我用可怕的數學習題緩和心中的恐懼，把我看見的男男女女打散，區分成一個個小團體，然後用不同的方式將他們重新組合。

沿著走道向前，我數了數，有二十個病人。其中十四個是魔族。二十人當中有六人一絲不掛，還有十個身上只掛了幾片破布。有個穿了一套骯髒卻很昂貴的男裝的女人，以強烈的敵意瞪著我們。她是這地方的三個凡人之一。另外還有兩個巫族和一個血族。有十五個可憐人被銬在牆上、鎖在地上，或兩者兼而有之。剩下五人中有四人無法站立，只蹲在牆角喋喋不休，或磨刮石頭。還有一個病人是自由的。他赤著身體，在我們前方的走廊裡跳舞。

有個房間有門。憑直覺，我知道露依莎和克特在門後。

管理員打開門鎖，用力敲門。裡面的人沒有回應，他用力捶門。

「第一次我就聽見啦，斯賴福老爺。」蓋洛加斯看起來很疲倦，臉上有新鮮的爪痕，緊身上衣沾著血跡。他見我站在斯賴福身後，先愣了一下，才說：「嬸娘？」

「讓我進去。」

「這不是什麼好——」蓋洛加斯再看一眼我的臉色，決定閃到一旁。「露依莎失了很多血。她餓了。離她遠一點，除非妳不介意被咬或被抓。我幫她剪了指甲，但她的牙，我就無法可想了。」

雖然沒人阻擋，我還是站在門口不動。美麗而殘酷的露依莎被鐵鍊鎖在石頭地板裡的鐵環上。她衣服被撕得稀爛，脖子上有好多條很深的傷口，滿身是血。有人將支配權加諸露依莎身上——某個比她更強、更憤怒的人。

我在暗影中找了又找，終於發現一個黑影蹲踞在地上一堆東西上面。馬修猛然抬頭，他的臉蒼白得像鬼一樣，他的眼睛如夜晚一樣黑。他身上沒有一滴血。就像方才胡巴德試圖提供的扶持，他的乾淨也令人覺得猥瑣。

「妳該在家的，戴安娜。」馬修站起來。

「我在我該在的地方，謝謝你。」我向我丈夫走去。「血怒跟鴉片無法融合，馬修。你喝了多少他們的血？」地上那堆東西動了一下。

「我在這裡，克里斯多夫。」胡巴德叫道。「你不會再受傷害了。」

馬羅放心地哭了起來，他的身體在嗚咽中抽搐。

「貝得蘭不隸屬倫敦，胡巴德。」馬修口氣森冷。「你出了自己的勢力範圍，保護不了克特。」

「天啊，又來了。」蓋洛加斯當著斯賴福驚愕的臉把門關上。「鎖上！」他隔著木板咆哮，還用力捶一下門板，強調他的命令。

金屬鉸鍊轉動上鎖時，露依莎跳了起來，她腳踝和手腕上的鐵鍊嘩啦作響。其中一個環節斷裂，鐵環掉在地上的聲音讓我一驚。走廊裡也傳來甩動鐵鍊的回應聲。

「不要吸我的血不要吸我的血不要吸我的血。」露依莎念念有詞。她盡可能平貼在對面牆上。我迎上她的目光，她哀鳴一聲，別開頭道：「走開，鬼魂。我已經死過一次，不怕妳這種鬼。」

「安靜！」馬修聲音很低，卻已有足夠力量撼動整個房間，讓我們每個人都跳起來。

「口渴。」露依莎哭訴道：「求求你，馬修。」

定時會有一股液體噴到石頭上。每噴一次血，露依莎的身體就抽搐一下。有人把一隻公鹿的頭從角吊起，懸在半空中，它的眼睛空洞地瞪著前方。血落下來，一次一滴。從它斷裂的頸項落到被鎖鍊綁住的露依莎剛好夠不到的地面。

「不要再折磨她！」我上前一步，但蓋洛加斯把我拉住。

「我不能讓妳干預，嬸娘。」他堅決地說：「馬修說得對：這不是妳該來的地方。」

「蓋洛加斯。」馬修警告地搖頭。蓋洛加斯鬆開手，警戒地盯著他叔叔。

「好吧。那我就回答妳稍早的問題，嬸娘。馬修喝了克特的血，分量足夠讓他的血怒燃燒。如果妳要跟他談話，可能需要這個。」蓋洛加斯扔給我一把刀。我無意接取，刀鏘一聲掉在石板上。

「你不能向疾病屈服，馬修。」我跨過刀，走向他身旁。走到離他很近，我的裙襬碰到他的靴子。

「讓胡巴德神父照顧克特。」

「不要。」馬修毫不讓步。

「如果傑克看到你現在這樣，會怎麼想？」比起動刀，我還寧可用罪惡感喚回馬修的理性。「你是他的英雄。英雄不會折磨朋友或家人。」

「他們企圖殺死妳。」馬修的怒吼在小小的房間裡迴盪。

「他們被鴉片和酒精迷失了神智，他們根本不知道自己在做什麼。」我反駁道：「你目前的狀況也一樣不清不楚。」

「不要自欺了。他們兩個都很清楚自己在做什麼。克特要消滅一個妨礙他得到幸福的障礙，絲毫不在乎別人。露依莎則是屈服於從她被創造當天就存在的同一種殘酷衝動。」馬修不停地爬梳頭髮。「我也很清楚自己在做什麼。」

「沒錯——你在懲罰自己。你相信生物學就是命運，至少在你的血怒這方面。結果你就以為，自己跟克特和露依莎一樣，只不過是另一個瘋子。我對你的要求是，別再否定自己的直覺，馬修，不要成為直覺的奴隸。」

這次，我向馬修的姊姊靠近一步，她撲上前，口沫橫飛，連聲咆哮。

「那就是你對未來最大的恐懼：你怕自己淪為一頭野獸，被鎖鍊鎖住，等待下一次罪有應得的懲罰。」我回到他身邊，抓住他的肩膀。「你不會的，馬修。你從來不是那樣。」

「我告訴過妳，不要對我抱持羅曼蒂克的幻想。」他斷然道。他硬把眼光從我身上移開，但我已瞥見他眼睛裡的絕望。

「原來這麼做也是為我好？你還在試圖證明你不值得愛？」他的手垂在身側，緊握成拳頭。我拉起他的手，用力把他的手指扳開，讓他掌心貼在我小腹上。「抱住我們的孩子，看著我的眼睛，告訴我們，這故事不可能有不一樣的結局。」

就像我等他咬破我靜脈的那個晚上，馬修跟自己角力所花的時間，彷彿永恆那麼長。現在也像那次一樣，我不能藉任何方式加快速度，也不能替他選擇生勝於死。他必須不靠我協助，自行抓住脆弱的希望之絲。

「我不知道。」最後他承認道。「從前我認為吸血鬼和女巫相愛是個錯誤。我相信四種族裔各不相同。如果巫族死亡能讓血族和魔族存活，我可以接受。」雖然他的瞳孔仍然盤據大部分的眼睛，但已出現一抹明亮的綠。「我告訴自己，魔族的瘋狂和血族的軟弱都是最近才出現的，但現在我看著露依莎和克特……」

「你不確定了。」我壓低聲音。「我們都一樣。這樣的展望很可怕，但我們不能放棄對未來的希望，馬修。我不要我們的孩子誕生在同樣的陰影下，對自己既憎恨又害怕。」

我等他繼續駁斥我，但他卻沈默不語。

「讓蓋洛加斯照顧你姊姊。讓胡巴德看護克特。試著原諒他們。」

「魅人不像溫血人那麼容易原諒別人。」蓋洛加斯粗聲粗氣說：「妳不能要求他這麼做。」

「馬修曾經這麼要求過你。」我指出這一點。

「是的，而且我也告訴過他，他充其量只能希望我隨著時間過去，逐漸遺忘。不要向馬修提出超出他能力的要求，嬸娘。他對待自己就像最嚴酷的拷問者，不需要妳火上加油。」蓋洛加斯語氣中帶著警告。

「女巫，我願意忘記，」露依莎乖巧地說，好像挑選新裝的衣料般簡單。她隨便揮揮手：「這一切。用妳的魔法趕走這場可怕的噩夢吧。」

我有能力做到這件事。我看得見將她和馬修、貝得蘭和我連接在一起的線。但雖然我不願意折磨露依莎，我也沒有寬宏大量到願意讓她心安理得。

「不行，露依莎。」我道：「妳有生之年會永遠記得格林威治宮，還有我，甚至也包括妳如何傷害了馬修。讓這些記憶成為妳的牢籠，而不是這個地方。」我轉向蓋洛加斯：「你放她自由前，要確定她不會對她自己或任何人構成危險。」

「哦，她不會自由的。」蓋洛加斯篤定地說。「她必須去菲利普差遣她去的任何地方。做了這種事，我祖父再也不會放任她到處亂跑了。」

「告訴他們，馬修！」露依莎哀求道。「你知道那是怎麼回事，那種……東西在腦子裡爬來爬去。我受不了它們！」她用戴著枷鎖的手拉扯頭髮。

「克特呢？」蓋洛加斯問道。「你確定要把他交給胡巴德照顧嗎，馬修？我知道韓考克會很樂意處死他。」

「他是胡巴德的人，不是我的。」馬修的語氣很果決。「我不在乎他有什麼下場。」

「我做的一切都是為了愛——」克特又要開始。

「你做這種事完全是出於惡意。」馬修轉過身，拒看他最好的朋友。

「胡巴德神父，」他衝過去接管他的受監護者時，我喊道：「只要不走漏這兒發生的事，就可以忘記克特在格林威治宮的行為。」

「妳承諾嗎？代表整個柯雷孟家族嗎？」胡巴德挑起白色的眉毛。「這種承諾該由妳丈夫提出，不是妳。」

「我說了算。」我堅持立場。

「好吧，柯雷孟夫人。」這是胡巴德第一次用這頭銜稱呼我。「妳確實是菲利普的女兒，我接受貴家族的條件。」

即使離開了貝得蘭，我仍覺得它的陰影附著在我們身上。馬修也有同感。不論到倫敦何處，用餐，訪友，它都尾隨著我們。只有一個辦法可以擺脫它。

我們必須回到屬於我們的現代。

沒有討論，也沒有刻意規劃，但我們不約而同開始整理，剪斷將我們跟我們共同擁有的過去束縛在一起的線。芳絲娃本來計畫到倫敦來加入我們，但我們送信要她留在老房子。馬修跟蓋洛加斯做複雜的長談，研究他該對十六世紀的馬修撒什麼樣的謊，才不至於發現自己被來自未來的自己取代。十六世紀的馬修不准再跟克特或露依莎見面，因為這兩個人都不可信任。華特與亨利彙整了一些故事，解釋前後不連貫的行為。馬修派韓考克到蘇格蘭去準備在那兒過新生活。我跟伊索奶奶加緊練習，努力把帶我們回到未來的咒語所需的結編得完美無缺。

有天我上完課，馬修到蒜頭山來接我，散步回家途中，他提議穿過聖保羅大教堂的墓園。再過兩週就是夏至，天氣晴朗，陽光燦爛，雖說貝得蘭的陰影並未消散。

與露依莎和克特周旋的經驗記憶猶新，馬修仍顯得沮喪，但我們在書店駐足，瀏覽新書與新聞時，感覺很像曩昔的好時光。我正在閱讀兩名氣勢洶洶的劍橋畢業生大打筆戰時，馬修忽然僵住了。

「甘菊。橡葉。還有咖啡。」他的頭轉來轉去，尋找陌生氣味的來源。

「咖啡？」我問道，想不通一種還沒有引進英國的東西，怎麼會在聖保羅大教堂附近發出氣味。但馬修沒有在我身旁為我解答。他衝進人群，手裡拿著劍。

我嘆口氣，馬修從不放過他在市場裡看到的任何一個小偷。有時我但願他的視力不要那麼敏銳，道德判斷也不要那麼絕對。

這次他追趕的是一個比他矮大約五吋的男人，濃密的棕色捲髮裡攙雜著星星點點的灰白。那人很瘦，肩膀有點駝，好像花了太多時間伏案讀書。這樣的組合勾起我隱隱約約的回憶。

那人意識到危險逼近，回過頭來。哎呀，他有一把小得可憐的匕首，比削鉛筆刀大不了多少，這是擋不住馬修的。我不想看到流血場面，連忙跟去追我丈夫。

馬修緊緊抓住那可憐人的手，他不及格的武器掉到地上。他用一個膝蓋把獵物壓制在書攤上，用劍的扁平面壓住他的脖子。我先是一愣，然後一驚。

「爹地？」我小聲道。不可能。我無法置信地看著他，我的心狂跳，既興奮又訝異。

「哈囉，畢夏普小姐。」我父親從馬修的劍鋒底下往上看。「我就猜會在這兒見到妳。」

第三十七章

我父親面對一個陌生而有武裝的吸血鬼和自己已成年的女兒，表現得很鎮定，只有聲音裡輕微的顫抖和抓住攤架、泛白的指關節，洩漏他真正的感受。

「普羅克特博士，是吧？」馬修退後一步，還劍入鞘。

父親把那件用來應付任何場合的咖啡色外套拉拉平。完全搞錯了。有人——可能是我母親——把尼赫魯裝[143]改成類似教士法衣的長衫。他的馬褲也嫌長，可能來自富蘭克林[144]的年代，芮利是絕不會穿的。但他的聲音，雖已闊別二十六年，還是那麼熟悉。

「過去三天之中，妳長大了好多。」他聲音顫抖。

「你還是跟我記憶中一模一樣。」我有點呆滯，無法適應他站在我面前這個事實。考慮到兩個巫族和一個魅人，站在聖保羅大教堂前廣場上的人潮裡，可能太顯眼，又不確定該怎麼應付這種前所未有的場面，我決定還是遵守社交傳統來得保險。「來我們家喝杯飲料吧？」我笨拙地提議。

「當然，親愛的。好極了。」他沒把握地點頭道。

父親和我一直打量著對方——在回家的路上、在進入難得空蕩蕩沒有人跡的鹿冠以後。然後他給我一個熱烈的擁抱。

「真的是妳。妳的聲音跟妳媽一模一樣。」他雙手扶著我肩膀，仔細觀察我。「妳長得也跟她一模一樣。」

「人家說我眼睛像你。」我也盯著他不放。七歲的孩子不會去注意這種事。想要看個清楚時，已經來不及了。

「確實如此。」史蒂芬笑道。

「戴安娜耳朵也像你，還有你們兩個的氣味很像，所以我才會在聖保羅認出你。」馬修緊張地用手抓

---

[143] Nehru jacket因印度總理尼赫魯命名，設計上揉合傳統印度長袍與西服，特色為小立領和蓋住臀部的長度，目前在印度和東南亞地區被視為一種男子的正式外出服。

[144] 指美國開國元勳Benjamin Franklin（1706-1790）。

梳剪得很短的頭髮，然後忽然把手伸向我父親。「我叫馬修。」

父親看著伸出的手。「沒有姓？你是個名人嗎？就像霍斯頓[145]或雪兒[146]。」我眼前忽然生動地浮現我十來歲時，因父親不在身旁而錯過的場面，他見到跟我約會的男孩時可能會做的種種蠢事。淚水湧進我眼眶。

「馬修有好多個姓，只是有點……複雜。」我吞下眼淚道。父親見我情緒突然激動，顯得有點緊張。

「現在叫我馬修・羅伊登就夠了。」馬修喚起他的注意。他們握手如儀。

「所以你是個吸血鬼。」父親道：「芮碧嘉對於你跟我女兒談戀愛的各種實際問題擔心得要命，而戴安娜還不會騎腳踏車呢。」

「哦，爹。」話一出口，我臉就紅了。我聽起來就像個十二歲的小女孩。馬修笑著走到桌旁。

「何不請坐，來杯葡萄酒，史蒂芬？」馬修遞一個杯子給他，又拉出一張椅子給我坐。「你看到戴安娜，一定很震撼。」

「說得沒錯。我是要喝點酒。」父親坐下，喝了口酒，滿意地點點頭，然後表現出爭取主導的明顯企圖。「好。」他輕快地說：「招呼打過了，你們邀請我到家裡來，酒也喝過了。這些西方人見面的基本禮節都完成了。接下來該談點正事。妳來這裡做什麼，戴安娜？」

「我？你又來這裡做什麼？媽在哪？」我推開馬修剛倒給我的酒。

「妳媽在家裡照顧妳。」父親難以置信地搖搖頭。「我不敢相信，妳比我年輕不到十歲。」

「我總忘記你比媽大好多歲。」

「妳都跟吸血鬼交往了，還對我們的老少配有意見嗎？」父親突發奇想的話把我逗笑了。

我邊笑邊以最快的速度算了一下。「所以你是來自一九八〇年前後？」

「對。我總算把學生的成績都交了出去，打算做些研究。」史蒂芬端詳我們：「你們是在此時此地遇見的嗎？」

「不，我們是二〇〇九年九月在牛津認識的，在博德利圖書館裡。」我看一眼馬修，他給我一個鼓勵的微笑。我回頭面對父親，深深吸一口氣。「我跟你一樣會時光漫步。我把馬修帶來的。」

「我知道妳會時光漫步，小不點兒。去年八月妳跑回三歲生日去，差點沒把妳媽嚇死。會時光漫步的幼兒是媽媽最可怕的噩夢。」他犀利地看著我。「妳遺傳到我的眼睛、耳朵、氣味，還有時光漫步的能力。還有別的嗎？」

我點點頭：「我會創作咒語。」

「哦。我們本來希望妳像妳媽一樣有火的法力，但運氣不好。」父親看起來有點不安，壓低聲音道：「最好不要當著其他巫族面前提起妳的才能。如果有誰嘗試教妳咒語，就讓它一個耳朵進一個耳朵出吧。根本不要嘗試去學習。」

「你早點告訴我就好了。這樣我就知道該怎麼應付莎拉了。」

「善良的老莎拉。」父親的笑聲親切而有感染力。

樓梯上腳步聲震響，隨即有塊四隻腳的抹布和一個男孩從門口衝進來，迫不及待進門的力道使門砰一聲撞上牆壁。

「哈利奧特老爺說我可以再跟他去看星星，他保證下次不會忘記我。莎士比亞老爺給了我這個。」傑克拿著一張紙片在空中揮舞。「他說這是欠條。安妮在主教帽酒吧吃派的時候，一直盯著一個男孩看。這

---

[145] Halston（1932-1990），美國時裝設計師，走紅於一九七〇年代。他本名Roy Halston Frowick，因有位叔叔也叫Roy，所以自幼家人就叫他Halston，後來他進入時裝界，也用這名字打出聲譽。

[146] Cher（1946-），美國女歌星及演員，因為在音樂與個人造型上不斷推陳出新，贏得流行歌曲女神（Goddess of Pop）的封號。她本名Cherilyn Sarkisian，高中輟學進入演藝圈，摸索了幾年，換過好幾個藝名，一九六五年才決定用Cher這名字。

是誰？」說最後這句話時，還搭配了一根髒兮兮的手指，指著我父親的方向。

「那是普羅克特老爺。」馬修攔腰摟住傑克，說道：「進來時有沒有餵抹布啊。」在布拉格的時候，根本沒法子把男孩跟狗兒分開，只好把抹布帶回倫敦，奇特的長相使牠成為本地一大奇觀。

「當然餵過。忘記的話，牠會吃掉我的鞋子。彼埃說他可以私下買一雙新鞋不跟你說，但第二雙就不行。」傑克猛然用手摀住嘴巴。

「對不起，羅伊登夫人。他在街上一直跑，我追不上。」皺著眉頭的安妮衝進房間，立刻停步，瞪著我父親，臉色變得蒼白。

「沒關係，安妮。」我溫和地說。自從格林威治宮事件以來，她見到不熟悉的超自然生物都很害怕。

「這位是普羅克特老爺。他是朋友。」

「我有彈珠，你會打彈珠嗎？」傑克看著我父親，毫不掩飾他正在評估這個新來者有沒有留用的價值。

「普羅克特老爺是來找羅伊登夫人聊天的，傑克。」馬修把他轉了好幾個圈。「我們需要水、葡萄酒和麵包。你跟安妮分頭去買。等彼埃回來，再帶你去沼澤門外的草原玩。」

傑克抱怨了幾聲，便跟著安妮回街上去了。我終於迎上父親的目光。他一直一言不發，盯著馬修和我，空氣隨著他的疑問變得凝重。

「妳來這裡做什麼，親愛的？」孩子們都離開後，父親又低聲問了一遍。

「我們以為可以找到一些人幫我解答有關魔法和鍊金術的問題。」不知何故，我不想讓父親知道細節。「我的老師叫伊索奶奶。她和她的巫會接納了我。」

「還不錯，戴安娜。但我也是巫師，所以我知道妳在規避真相。」父親往後靠在椅背上。「妳早晚得告訴我。我只是認為直接問可以節省時間。」

「你又來這裡做什麼，史蒂芬？」馬修問道。

「到處看看而已。我是人類學家。這就是我的本行。你從事哪一行？」

「我是科學家——生物化學，研究室在牛津。」

「你才不只是來伊麗莎白時代的倫敦『看看而已』，爹。你已經拿到那張艾許摩爾七八二號的內頁了。」我忽然明白他為什麼會在這裡了。「你在找手抄本其餘的部分。」我拉低懸掛式的木製燭台架。哈白梅師傅的占星萬年曆放在兩盞燭台中間。我們得天天更換藏它的位置，因為傑克每天都有本事找到它。

「什麼內頁？」父親問道，故作無辜的語氣格外令人起疑。

「就是繪有鍊金術婚禮的那張紙。它來自博德利圖書館收藏的一個手抄本。」我打開萬年曆。不出我所料，它呈現靜止狀態。「看啊，馬修。」

「好酷。」父親吹了聲口哨。

「你該看看她的捕鼠籠。」馬修低聲道。

「它會做什麼？」父親接過萬年曆，打算看個清楚。

「這是一件數學儀器，可以報時，並追蹤天象的重要變化，比方月亮的盈虧。我們在布拉格的時候，它就開始依照自己的方式運行。我本來以為這代表有人在找馬修和我，但現在我懷疑它其實是接收到你來找尋手抄本的信號。」每隔一段時間，它仍然會運作，無預警地旋轉。這棟房子裡的人都稱它「女巫鐘」。

「我看我該去把那本書拿來。」馬修起身道。

「沒關係。」父親示意他坐下。「不急。芮碧嘉並不指望我幾天之內就回去。」

「所以你會一直待在這兒——在倫敦？」

父親的表情變得柔和。他點點頭。

「你目前住在哪？」馬修問道。

「這裡！」我生氣地說。「他住這裡。」過了這麼多年沒有他的生活，我再也不願意他離開我的視線。

「你的女兒對於讓親戚住旅館一事，懷有非常強烈的反感。」馬修掛著嘲弄的笑容對父親說，他想起那次他試圖安排馬卡斯和密麗安投宿卡澤諾維亞的旅館，我是什麼反應。「當然歡迎你來跟我們住。」

「我在市區另一頭租了個房間。」父親猶豫道。

「住這裡。」我抿緊嘴唇，拚命眨眼睛忍住淚水。「求求你。」我有那麼多事情想問他，那麼多只有他能回答的問題。我的父親和丈夫交換了一個意味深長的眼色。

「好吧。」父親終於道：「跟妳共處一段時間應該會很棒。」

我本想把我們的房間讓給他住，因為家裡有陌生人，馬修不可能睡覺，我睡在窗邊的椅子上也很方便，但父親一口回絕。結果是彼埃放棄他的床。我站在樓梯口，聽傑克和父親像老朋友般聊天，真是妒忌無比。

「我想史蒂芬需要的東西都齊全了。」馬修伸出手臂，攬著我說。

「他對我失望嗎？」我出聲自問。

「妳的父親？」馬修語氣很驚訝：「當然不會！」

「他好像有點不安。」

「史蒂芬幾天前跟妳吻別時，妳還是個幼兒。他只是在適應這麼大的改變，如此而已。」

「他知道他跟我媽會遇到什麼事嗎？」我悄聲問。

「我不知道，吾愛，但我猜是知道的。」馬修把我拉回我們的臥室。「來上床。明天一切都會顯得不一樣。」

馬修說得對：第二天父親就輕鬆多了，雖然他看起來睡得不多。傑克也一樣。

「這孩子總做這麼可怕的噩夢嗎？」父親問道。

「抱歉他讓你睡不著。」我致歉道：「改變會讓他焦慮。通常都是馬修照顧他。」

「我知道。我看到他了。」父親啜飲著安妮調製的草藥茶。

這就是父親的毛病：他看見所有的事。他警醒的程度連吸血鬼也要自嘆弗如。我的幾百個問題——關於我母親和她的魔法，關於艾許摩爾七八二號撕下來的那張紙——在他安靜的凝視下，都變得似乎沒有必要。他不時向我提出幾個瑣碎的問題。我會不會擲棒球？我覺得鮑布・狄倫是天才嗎？有人教我如何搭帳篷嗎？他不問關於馬修和我的事，也不問我上什麼學校，或我做什麼營生。如果他不表示興趣，我就覺得自告奮勇講出來顯得很笨拙。我們相處的第一天結束時，我不由得淚流滿面。

「他為什麼不跟我說話？」馬修幫我拆緊身褡的帶子時，我質疑道。

「因為他忙著在聽。他是個人類學家——專業的觀察者。妳是家族中的歷史學家，提問是妳的強項，他不會。」

「我在他身旁說不出話來，也不知道從哪兒開始。而且他跟我說話的時候，總講些奇怪的話題，像是准許指定打擊[147]，會不會毀了棒球。」

「這是父親開始帶女兒去看棒球時，一定會聊的事。所以史蒂芬確實知道他不可能看著妳長大。他只是不確定還能陪妳多久。」

我一屁股坐在床緣。「他是紅襪隊的忠實球迷。我記得媽說過，讓她懷孕，加上卡爾頓・費斯克在世界大賽第六局擊出一支全壘打，使得一九七五年秋季班成為他畢生最快樂的一個學期，雖然那場球辛辛那

[147] designated hitter是職棒賽的特殊現象，為了讓投手專精投球，球隊鼓勵他們放棄練習打擊。所以在進攻時，另行指定一名候補球員代替投手打擊。

提紅人隊最後還是擊敗了波士頓紅襪隊。」

馬修輕笑一聲。「我相信他在一九七六年秋季更開心。」

「那年紅襪隊贏球了嗎？」

「沒有。但妳父親贏了。」馬修吻我，然後吹熄了蠟燭。

次日，我出外辦完事回家，發現父親坐在我們空蕩蕩屋子的客廳裡，面前攤著翻開的艾許摩爾七八二號。

「你在哪兒找到它的？」我把大包小包放在桌上，問道。「馬修應該把它藏好的。」我光是防範孩子們把那個可惡的占星萬年曆拿去玩就忙壞了。

「傑克拿給我的。他說這是『羅伊登夫人的妖魔書』。我聽到這種話，當然很想看看。」父親的手指比馬修短，指尖圓鈍有力，不是修長靈活的類型。「那張婚禮的圖就是來自這本書嗎？」

「是的，書裡本來應該還有另兩張圖：一幅畫一棵樹，另一幅畫兩條龍在流血。」我停下來。「我不確定該告訴你多少，爹。我對於你跟這本書的關係，知道得比你自己多——很多還沒有發生的事。」

「那就告訴我，妳在牛津發現它之後發生了什麼事。我要聽真話，戴安娜。我看得見妳跟這本書之間的線受損，所有的線都扭曲纏繞在一起。還有人對妳的身體造成實質的傷害。」

房間籠罩著凝重的沈默，我無處逃避父親的審視。等到再也忍受不了的時刻，我終於迎上他的目光。

「是巫族下的手。馬修睡著了，我到外面去呼吸新鮮空氣。應該是安全的，卻有一個女巫把我抓走。」我在椅子上挪動一下身體。「故事結束。談點別的吧。你要不要知道我念什麼學校？我是個歷史學家，在耶魯大學有終身職。」我願意跟父親談任何事——只除了開始於有人送一張舊照片到我新學院的宿舍，結束於茱麗葉之死那一連串事件

「以後吧。現在我想知道，為什麼有別個巫族那麼想要這本書，為了得到它，不惜殺死妳。嗯，是的。」他面對我滿臉無法置信的表情說：「那是我自己想出來的。一個女巫在妳背上施展破開咒，留下恐怖的疤痕。我感覺得到那傷口。馬修的眼光流連在那兒，還有妳的龍——我也知道牠——用牠的翅膀捍衛著它。」

「薩杜——抓走我的女巫——不是唯一想要那本書的超自然生物。還有彼得・諾克斯。他是合議會的成員。」

「彼得・諾克斯。」父親低聲道。「好哇，好哇，好哇。」

「你們見過嗎？」

「很不幸，是的。他一直喜歡妳母親，好在她很厭惡他。」父親沈下臉，又翻開一頁。「我很希望彼得不知道這本書裡有那麼多死去的巫族。書中凝聚了某種黑魔法，彼得一直對那一類的巫術特別有興趣。我知道他為什麼想要它了，但妳和馬修又為什麼迫切需要它呢？」

「超自然生物不斷減少，爹。魔族變得更瘋狂。血族的血有時無法令凡人轉化。巫族的子女數量也不及以前多。我們正在滅絕。馬修認為這本書或許能幫助我們了解原因。」我解釋道：「書中有大量遺傳學的資料——皮膚、毛髮，甚至血液與骨骼。」

「妳嫁給一個超自然生物中的達爾文。他對起源跟對滅絕一樣感興趣嗎？」

「是的。他花了很多時間研究魔族、巫族、血族彼此之間，以及他們跟凡人的關係。這個手抄本——如果我們修復它，解讀它的內容——也許能提供重要的線索。」

父親淡褐色的眼睛與我對望。「妳的吸血鬼關心的就只是理論？」

「已經不是了。我懷孕了，爹。」我的手輕輕扶著自己的小腹。最近我常不自覺地做這個動作。

「我知道。」他微笑道。「這也是我自己看出來的，但由妳來告訴我，還是很高興。」

「你才來四十八小時。我跟你一樣不想操之過急。」我有點不好意思地說。父親站起身，把我擁進懷裡。

「況且，你應該意外才對，女巫和吸血鬼不應該戀愛，更不應該一起生小孩。」

「妳母親已經警告過我——她靠她的神奇視力看到了一切。」他笑了起來。「真是杞人憂天哪。她擔心的不是妳，而是那個吸血鬼。恭喜妳，親愛的。孩子是美好的禮物。」

「我只希望我們應付得了。誰知道我們的孩子會是什麼樣？」

「妳能應付的事遠超出妳的想像。」父親親一下我的臉頰。「來吧，我們去散個步。妳帶我去看這城市裡妳最喜歡的地方。我很想見見莎士比亞。我有個蠢同事竟然以為《哈姆雷特》是伊麗莎白女王寫的。說到同事，那麼多年來，我一直買有哈佛校徽的圍兜和手套給妳，怎麼到頭來我女兒會到耶魯去教書呢？」

「有件事我很好奇。」父親盯著他的酒杯說。

我們兩個散了愉快的步，大家享用完悠閒的晚餐，孩子們都送上床了，抹布在火爐旁打呼。到目前為止，這一天過得很完美。

「什麼事，史蒂芬？」馬修從他自己的杯子上抬起頭，微笑問道。

「你們兩個過這種瘋狂的生活，以為能撐多久？」

馬修的笑容消失了。「我不確定我懂你的問題。」他僵硬地說。

「你們兩個把所有的一切都緊抓著不放。」父親啜了一口酒，意有所指地看著馬修緊握著放在杯口上方的拳頭。「握那麼緊，很可能一個不小心就毀了你最愛的東西，馬修。」

「我會記得這件事。」馬修在克制他的怒意——快失控了。我張口想打圓場。

「不要調停，親愛的。」我一個字都還沒說出口，父親就說道。

「我沒這個意思。」我抗議道。

「妳就有。」史蒂芬道：「妳母親一直在做這種事，我看得出跡象。這是我唯一能把妳當一個成年人，跟妳交談的機會，戴安娜，所以我一定要直話直說，即使會讓妳——或他——不愉快。」

父親從外套口袋裡取出一本小冊子。「你也一直在設法調停事情，馬修。」

大字標題上有一行小字《蘇格蘭新聞》。標題寫的是：一月在愛丁堡被火刑處死的知名魔法師范恩博士，據稱一生作惡多端，罄竹難書。

「全城都在議論蘇格蘭的巫族。」父親把那本書推到馬修面前，說道。「但超自然生物的故事跟凡人講的故事不一樣。他們說，偉大而可怕的馬修‧羅伊登，巫族之敵，竟然違抗合議會的意願，出面拯救被指控的人。」

馬修用手指阻止他往下翻。「你不該相信你聽到的每件事，史蒂芬。倫敦人喜歡散播無聊的謠言。」

「以兩個操縱狂而言，你們還真撩撥起一場驚動世界的大麻煩，而且麻煩不會在這兒打住。它會跟你們一起回家。」

「唯一會從一五九一年跟我們一起回去的就是艾許摩爾七八二號。」我道。

「妳不能把那本書帶走。」父親的口氣非常強硬。「它屬於此時此地。你們停留這麼久，造成的時間扭曲已經夠大了。」

「我們一直都很謹慎，爹。」他的批評刺痛了我。

「謹慎？妳來了七個月，懷了一個孩子。我在過去停留的時間最長也不過兩星期。妳已經不是時光旅行者了。妳已觸犯了人類學家從事田野調查最基本的禁忌：妳變成本地人了。」

「我從前在這兒待過，史蒂芬。」馬修溫和地說，但他的手指不停敲打著自己的大腿。這不是個好兆頭。

「我知道，馬修。」父親立刻還擊。「但你加進太多變數，過去已不可能保持原貌了。」

「過去改變了我們。」我跟父親針鋒相對。「所以我們理所當然也會改變它。」

「這樣可以的嗎？時光漫步是很嚴肅的事，戴安娜。即使只是短暫過訪，也需要有個計畫——包括找到的所有東西都得照原狀留下。」

我坐立不安。「我們本來沒有要在這兒待那麼久。變故接二連三發生，現在——」

「現在你們會留下一團混亂。你們回到家可能也會面臨混亂。」父親板起臉看著我們。

「我明白了，爹。我們搞砸了。」

「確實如此。」他聲音放柔和了說道：「我要去主教帽酒吧，你們不妨趁這個機會想想。有個叫蓋洛加斯的人在院子裡自我介紹。他說他是馬修的親戚，而且保證安排我跟莎士比亞見個面，因為我女兒不肯幫忙。」父親輕啄一下我的臉頰。那裡面有失望，也有原諒。「不用給我等門。」

馬修和我對坐無言，聽著父親的腳步聲遠去。我顫抖著吸了口氣。

「我們真的搞砸了嗎，馬修？」我反省過去這幾個月，跟菲利普見面、打破馬修的防禦、認識伊索奶奶和其他女巫、發現我是個編織者、跟瑪莉和小城區的夫人們交上朋友、接納安妮和傑克到我們家裡和我們心裡、找回艾許摩爾七八二號，哦，對了，還懷上一個孩子。我的手落到小腹上，做出保護的姿勢。即使能重來一遍，我也不願意做任何改變。

「很難說，吾愛。」馬修憂鬱地說：「只有時間能證明。」

「我想我們可以去看伊索奶奶。她在幫我設計回到未來的咒語。」我站在父親面前，把咒語盒握在手中。昨晚他把馬修和我訓了一頓，我在他面前仍覺得不安。

「是時候了。」父親伸手去拿外套。他仍按照現代人的方式穿外套，進到室內就把外套脫掉，捲起襯衫袖子。「我想你們沒有把我的話聽進去，但我也迫不及待想跟這位經驗豐富的編織者見個面。妳終於要讓我看看那盒子裡裝了什麼東西嗎？」

「你想知道，怎麼不早說？」

「妳用妳那些絲絲縷縷的東西把它包得那麼嚴密，我以為妳不願意任何人提起它。」我們下樓時，他說道。

我們來到蒜頭山教區，伊索奶奶的靈僕前來開門。

「請進，請進。」坐在火爐旁的伊索奶奶招呼我們過去。她眼睛發亮，閃耀著興奮的光芒。「我們正等著你們呢。」

全巫會的人都到齊了，個個正襟危坐。

「伊索奶奶，這是家父，史蒂芬・普羅克特。」

「編織者。」伊索奶奶露出滿意的笑容。「你是水巫，就像令嬡一樣。」父親照例站在後方，我為他介紹大家時，他觀察每個人，盡可能少說話。所有的女巫都微笑點頭，不過凱瑟琳必須為伊麗莎白・傑克森把每句話都重複一遍，因為我父親的口音實在太奇怪了。

「請恕我們失禮。你願意告訴我們你的護身靈叫什麼名字嗎？」伊索奶奶瞇起眼睛盯著父親的肩膀，那兒隱約可見一隻蒼鷺模糊的輪廓。以前我從未注意過。

「妳看得見班努？」父親驚訝地說。

「當然。牠張開翅膀，棲息在你肩上。我的護身靈沒有翅膀，雖然我跟風元素有密切的關係。我猜也因為這個原因，牠比較容易馴服。我小時候，有個編織者到倫敦來，她的護身靈是一隻人面鳥，名叫艾拉，那就非常難訓練。」

伊索奶奶的護身靈在父親周圍飄浮著打轉，低聲招呼那隻越來越明顯易見的鳥兒。

「或許你的班努可以哄戴安娜的火龍吐露牠的名字。我覺得這會讓妳女兒更容易回到她自己的時代。我們不希望她的護身靈在這兒留下任何痕跡，把她拉回倫敦。」

「哇。」父親努力接納這一切——女巫的聚會、伊索奶奶的護身靈、他的祕密暴露無遺。「你說哪位？」伊麗莎白・傑克森以為自己又沒聽懂，客氣地詢問。

父親退後一步，仔細打量伊麗莎白。「我們以前見過嗎？」

「沒有。你認識的是我血管裡的水元素。很高興你加入我們，普羅克特老爺。倫敦城裡已經很久沒有同時出現三個編織者了，大家都在議論呢。」

伊索奶奶指著她身旁的一把椅子。「請坐。」

父親坐上貴賓的位子。「老家沒有人知道編織是怎麼回事。」

「包括我媽嗎？」我大吃一驚。「爹，你一定要告訴她。」

「哦，她知道的。但我不是用告訴的，我就做給她看。」父親的手指一屈一伸，依照本能做出指揮的手勢。

他把藏在房間各處的水元素線繩拉出來，周遭就亮起藍色、灰色、紫色、綠色的光：窗邊一個水瓶裡的柳枝、伊索奶奶施咒用的銀色蠟燭、等著烤熟當晚餐的魚。房間裡的每個人和每樣東西都籠罩在相同的水色光輝裡。班努展翅飛翔，牠銀色的翼尖在空氣裡攪出波紋。伊索奶奶的護身靈在氣流裡東飄西蕩，外型忽而化作一枝長莖百合，忽而恢復人形，而且也長出翅膀。看起來就像這兩隻護身靈在玩耍。一看到有機會玩，我的火龍也抖抖尾巴，開始在我胸腔裡拍打牠自己的翅膀。

「現在不行。」我抓緊緊身褡，緊張地對她說。這場合最不需要的就是一隻凌空飛起的火龍。我或許拿捏不住過去，但我至少知道，不能讓一條龍闖進伊麗莎白時代的倫敦。

「放牠出來，戴安娜。」父親慫恿道：「班努會照顧牠。」

但我做不到。父親召回班努，牠消失在他肩上。我周遭的水魔法也退去。

「妳為什麼那麼害怕？」父親低聲問。

「我害怕是因為這個！」我迎空揮舞我的線。「還有這個！」我拍一下自己的肋骨，按住我的龍。牠打了個嗝做為回應。我的手向下滑到我們的孩子生長的位置。「還有這個。太超過了。我沒有必要像你剛才那樣用魔法炫耀。現在這樣我就很滿足了。」

「妳能編織咒語、操縱火龍、與統轄生死的法則抗衡。妳簡直跟造物者一樣多才多藝，戴安娜。任何有自尊的巫族為了取得這些能力，都不惜殺人的。」

我驚恐地瞪著他。他把一個我始終無法面對的事實帶進這個房間：巫族已經為這些能力殺過人。他們連我父母都殺了。

「把妳的魔法收進漂亮的小盒子，不讓它接觸其他技能，也改變不了妳媽和我的命運。」父親悲傷地繼續道。

「我沒打算那麼做。」

「真的嗎？」他挑高眉毛。「換種說法試試，戴安娜。」

「莎拉說，元素魔法跟巫術不相干。她說——」

「忘掉莎拉說了什麼！」父親抓住我的肩膀。「妳不是莎拉。妳跟有史以來任何巫族都不一樣。妳也不需要在咒語跟存在妳指尖上的力量之間做抉擇。我們是編織者，不是嗎？」

我點點頭。

「那就把元素魔法當作經線——世界的結構中比較強韌的部分——咒語是緯線。整個兒合成一個大系統，親愛的。只要妳把恐懼放在一邊，就能成為它的主人。」

我看到各種可能性在我周圍閃爍，色彩與明暗交織成無數個網，但恐懼依然存在。

「且慢。我跟火元素也有某種聯繫，就像媽一樣。我們不知道火和水在一起會有什麼反應。我還沒有學到這一課。」都怪布拉格。我想道。都怪我們一心追尋艾許摩爾七八二號，忘了真正的目標是未來，要設法回到未來。

「原來妳有巫術的開關——女巫的祕密武器。」他笑了起來。他竟然笑了。

「這件事很嚴肅，爹。」

「沒那麼嚴肅。」父親頓了一下，然後勾起一根手指，挑出一根灰綠色的線頭。

「你在做什麼？」我懷疑地問。

「看著。」他聲音很小，就像輕拍海岸的浪花。他把手指拉到面前，嘟起嘴巴，好像拿的是一個隱形的吹泡泡器。他吹口氣，就出現一個水球。他朝火爐旁邊的水桶揮揮手，球就變成了冰，飄過去，嘩啦一聲掉進桶裡。「正中紅心。」

伊麗莎白咯咯笑起來，吐出一大串水泡，它們在空中逐個破裂，每個都噴出一股小水花。

「妳不喜歡未知，戴安娜，但有時候妳必須接納未知。我第一次把妳放上三輪車的時候，妳也害怕得不得了。妳不能把所有的積木放回盒子時，就把它們往牆上亂丟。我們克服過那些危機。現在這狀況一定也能處理。」父親伸出手。

「但它這麼……。」

「混亂？人生也一樣啊。不要一味追求完美。腳踏實地一次，試試看吧。」父親的手臂劃過空中，讓通常看不見的線都暴露出來。「全世界都在這個房間裡。盡可能認識它，花多少時間都可以。」

我研究其中的圖案，看到環繞在那些女巫周遭的一團團色塊，代表她們特有的長處。火與水的線圍繞著我，彼此衝突的顏色纏得亂七八糟。我又開始驚慌。

「召喚火。」父親道，好像做這種事跟訂購披薩一樣簡單。

遲疑了一會兒，我勾起手指，希望火來到我面前。指尖隨即勾到一股橘紅色的線，我從抿緊的唇縫裡輕輕吐氣時，幾十個發光、發熱的小泡泡像一群螢火蟲般飛進空中。

「漂亮，戴安娜！」凱瑟琳拍手歡呼。

聽見掌聲，看見火光，我的火龍也要出來。班努在父親肩頭長鳴一聲，火龍回應。「不行。」我咬緊牙關道。

「不要這麼殺風景。牠是龍——不是金魚。為什麼總要求魔法裝作平凡無奇？讓牠飛！」

我只不過放鬆了一點點，肋骨變得稍微柔軟，像一本書的紙張從脊椎打開。我的火龍一得到機會，就逃出骨骼的牢籠，拍動翅膀，讓它們從沒有實體的灰色，發出霞光萬道。牠在房間裡飛來飛去時，尾巴縮成一個鬆鬆的結。火龍用牙齒咬住發光的小球，像糖果般吞下去。接著牠轉而追逐父親的水泡，彷彿它們是高級的香檳。吃夠以後，火龍飄浮在我面前，尾巴在地板上揮來揮去。牠歪著腦袋等待。

「妳是什麼？」我問，想不通她怎麼能同時吸收水與火這兩種矛盾的力量。

「是妳，但又不是妳。」火龍眨眨眼睛，透明的眼珠端詳著我。牠鏟形的尾巴尖托著一顆不斷旋轉的能量球。火龍一甩尾，把球扔進我合捧的手中。它看起來就跟我在麥迪森送給馬修的那顆球一模一樣。

「妳叫什麼名字？」我低聲問。

「妳可以叫我珂拉。」牠用煙與霧的語言說。珂拉點頭告別，融入一片灰影，消失無蹤。牠的重量砰然落在我的身體中央，牠的翅膀蜷縮在我背後。一切歸於靜止。我深深吁了口氣。

「做得好極了，親愛的。」父親緊緊抱住我。「妳的思維就像火。神入（Empathy）就是生命中大多數事物的祕密——包括魔法在內。看那些線條變得多麼明亮啊！」

全世界都在我們四周煥發著各種可能。然而在角落裡，亮度不斷提升的靛藍色與琥珀色發出警告，時間越來越不耐煩了。

第三十八章

「兩星期到了，我得離開了。」

父親的話並不意外，但還是覺得一大打擊。我垂下眼簾，掩飾心情的反應。

「再不回去，妳媽會以為我跟賣橘子的小妞好上了。」

「賣橘子是十七世紀才出現的行業。」我心不在焉撥弄著腿上的線繩。現在我的進步很穩定，除了創作治頭疼的簡單咒語，也能做到在泰晤士河上掀起波浪之類較為複雜的編織。我把金色和藍色的線纏繞在手指上。**力量與了解**。

「哇，這麼快就恢復了，戴安娜。」父親轉向馬修道：「她捲土重來的速度真快。」

「還用你說。」我丈夫回答時同樣不動聲色。他們兩個都借助幽默感緩和互動時的摩擦，這使得他們有時令人難以忍受。

「很高興認識你，馬修——雖然你認為我在對戴安娜發號施令時，臉色還真難看。」父親哈哈笑道。我讓他們去閒扯，自顧在金色和藍色的線裡加進一股黃線。**說服**。

「你能留到明天嗎？錯過慶典很可惜呢。」明天是仲夏前夕，全城瀰漫過節的氣氛。我唯恐跟女兒共度最後一個晚上的誘因還不夠，所以恬不知恥地訴諸父親的學術興趣。「還有好多值得觀察的民俗活動呢。」

「民俗活動？」父親又笑了。「好狡猾，我當然會留到明天。安妮幫我編了一個花冠。威爾和我要去跟華特分享煙草，然後我要去拜訪胡巴德神父。」

馬修皺起眉頭。「你認識胡巴德？」

「哦，當然。我一來就去他那兒自我介紹。必須如此，因為這是他的地盤。胡巴德神父很快就猜出我是戴安娜的父親。你們的嗅覺都很厲害。」父親和藹地看著馬修。「那人很有趣，他認為眾生應該是一個和諧的大家庭。」

「那會混亂不堪。」我指出。

「昨晚不就是如此？我們三個吸血鬼、兩個巫族、一個魔族、兩個凡人，還有一隻狗，生活在同一個屋簷下。對新觀念不要那麼快就否定掉，戴安娜。」父親不贊同地看著我。「然後我會跟凱瑟琳和瑪喬麗一起混。今晚有很多巫族出來活動。她們兩個絕對知道最好玩的地方在哪裡。」顯然他已經跟全城半數的人都稱兄道弟或稱姊道妹了。

「那你小心一點。尤其跟威爾在一起的時候，爹地。別說『哇』或『演得好，莎士比亞』[148]。」父親喜歡用俚語。他說那是人類學家的註冊商標。

「如果能帶威爾跟我回家就好了，跟他當同事一定很酷——抱歉，親愛的。他有幽默感。我們系上需要他這種人。在麵團裡加點酵母粉，如果妳懂我的意思。」父親搓搓手。「你們計畫怎麼過節？」

「什麼計畫也沒有。」我茫然望向馬修，他聳聳肩膀。

「我想我要回幾封信。」他猶豫道。信件已經堆積到驚人的高度了。

「哎呀，完了。」父親往椅子上一倒，一副嚇壞了的樣子。

「怎麼了？」我回頭張望，是誰或什麼東西走進了房間。

「可別告訴我，你們兩個是那種分不清生活與工作的界線的學者。」他張開雙手，好像要抵擋瘟疫。

「我拒絕相信我女兒是這種人。」

---

[148] 利用諧音字開玩笑，莎士比亞名威爾（Will），發音與well很接近，所以說Well played, Shakespeare就像是Will played Shakespeare（威爾剛扮演莎士比亞）。

「你也太戲劇化了吧，爹地。」我僵硬地說。「我們可以整晚陪你。我從來沒抽過煙，第一次就跟華特‧芮利一起抽，倒挺有歷史意義，因為煙草是他引進英國的。」

父親顯得更驚恐。「絕對不可以。我們要結拜兄弟。萊諾‧泰格⑭說過——」

「我從不欣賞泰格。」馬修插嘴道：「我覺得social carnivore毫無意義。」

「可不可以暫時抛開吃人的話題，說說你為什麼不願意最後一個晚上跟馬修和我一起過？」我傷了心。

「不是這樣的，親愛的。幫我一個忙，馬修。帶戴安娜去約個會。你一定想得出可以做些什麼。」

「比方去溜冰嗎？」馬修眉毛一挑。「十六世紀沒有溜冰場——二十一世紀剩下的也沒幾家了。」

「可惡。」這幾天父親一直在跟馬修玩「短暫流行與時代趨勢對照表」的遊戲，雖然父親很高興得知風行一時的迪斯可舞廳和把石頭當寵物養的時尚都已退燒，但他聽說其他事物——例如休閒西裝⑮——淪為嘲弄的話柄，卻很震驚。「我喜歡溜冰。芮碧嘉和我每次想擺脫戴安娜幾小時，都會去多徹斯特一家冰宮，然後——」

「我們散步去。」我倉促道。父親談到他跟母親如何消磨閒暇，總是坦白得超出必要。他好像以為這麼做可以動搖馬修守禮嚴明的立場。見到這招不奏效，他還有更討人厭的伎倆，把馬修叫作「蘭斯洛爵士」。

「散步。你們去散步。」父親頓了一下。「妳是說真正的散步，是嗎？」

他推開椅子。「難怪超自然生物會走上跟渡渡鳥一樣的滅絕之路。給我出去，你們兩個。現在就走。我命令你們去玩個痛快。」他領著我們朝門外走。

「怎麼玩？」我問，完全不知道該怎麼辦。

「女兒不該問父親這種問題。今天是仲夏前夕。出去遇到第一個人，就問他你們該怎麼辦好了。更好的辦法是學習別人的榜樣。對月長嗥。使用魔法。最起碼也親熱親熱吧。就連蘭斯洛爵士也知道怎麼親熱，一定的。」他扭扭眉毛：「有概念了嗎？畢夏普小姐。」

「我想是吧。」我的語氣反映我對父親的「痛快」定義充滿懷疑。

「好極了。日出前我不會回來，所以不用給我等門。你們如果整晚待在外面，那更好。傑克跟湯米‧哈利奧特一起。安妮在她阿姨家裡。彼埃——我不知道彼埃在哪裡，但他不需要保母。我們早餐見。」

「你什麼時候開始叫湯瑪斯‧哈利奧特『湯米』的？」我問道。父親假裝沒聽見。

「離開前給我一個抱抱。記得要玩個痛快，好嗎？」他把我整個人摟在懷裡。「待會兒見了，寶寶。」

史蒂芬把我們推出門外，當著我們的面把門關上。我伸手想去握門把，卻發現它落入吸血鬼冰冷的掌握中。

「他在過幾小時就要走了，馬修。」我用另一隻手去推門。馬修把那隻手也握住。

「我知道。他也知道。」馬修解釋道。

「那他就該知道，我要花更多時間跟他相處。」我瞪著門，用意志要父親開門。我看見線條從我身上發出，穿過木紋，向門那頭那個巫師延伸過去。有條線猛力一彈，像橡皮筋一樣抽打我的手背。我驚呼一聲：「爹地！」

「快走，戴安娜！」他道。

馬修和我在市區閒逛，看著店鋪提前打烊，酒吧裡早已擠滿了狂歡的人潮。不止一家肉鋪的屠夫在門

---

⑭⑨ Lionel Tiger（1937-），美國人類學家，從生物學角度研究社交互動，提出很多頗具爭議性的觀點。

⑮⑩ leisure suit，一九七〇年代流行的男裝，剪裁介於西裝與襯衫之間，採用素面乃至各種印花的合成衣料縫製，上衣與褲子一定是同款花色，前襟搭配多個貼布口袋，褲子多為寬襬喇叭褲。

前堆了許多骨頭，所有的骨頭都白淨淨，好像煮過似的。

「那些骨頭是要做什麼的？」看到第三堆骨頭後，我問馬修。

「生骨火用的。」

「篝火？」

「不，」馬修道：「骨火。傳統上用火來慶祝仲夏：骨火、木火、綜合的火。市長每年都警告要終止這種迷信的慶典，但民眾還是照放他們的火。」

馬修請我到位在黑衣修士區與魯德門高地的交界處，著名的野蠻美女酒店吃晚餐。野蠻美女酒店不僅供應小吃，也是個複合式娛樂中心，顧客可以看戲，也可以看鬥劍比賽——更不用說，還有會從人群中把處女挑出來的名馬麥祿寇。雖然不是多徹斯特冰宮，但也相去不遠。

全城的青少年大舉出動，從一家酒吧逛到另一家酒吧，不斷互相詈罵或含沙射影。他們在白晝大都是工作辛苦的僕人或學徒。即使晚間，時間也不見得全歸自己支配，因為雇主會要求他們看守店面或住宅、照顧小孩、採購食物與飲水、執行其他幾百種維繫近代居家生活舒適不可或缺的雜役。但今晚的倫敦屬於他們，他們要盡情享受。

鐘敲九點時，我們穿過魯德門，回到黑衣修士區入口。平常到了這時刻，城防隊應該開始巡邏，一般人也該回家了，但今晚似乎沒有人打算照規矩行事。雖然太陽提前一小時落山，但因為明天就是滿月，街道被月光照得一片通明。

「可以繼續往前走嗎？」我問。以前我們總是趕往特定的地方——去貝納堡見瑪莉、去蒜頭山拜訪巫會、去聖保羅教堂的廣場買書。馬修從不曾跟我漫無目的地在市區純散步。

「我看不出有什麼不可以。既然我們奉命要待在外面找樂子。」馬修道，他低頭偷走一個吻。

我們繞過聖保羅大教堂的西門，這種時候那兒仍然人聲鼎沸，出了廣場往北走。隨即來到齊普賽大街，倫敦最寬敞繁榮的街道，有許多金匠在此開業。我們經過齊普賽十字路口的噴泉，一群喧嘩的男孩在這兒涉水嬉戲。轉往東行，馬修帶我走安•波林加冕遊行的路線，並指出喬叟[151]小時候住過的房子。幾名商人邀請馬修加入他們打一局滾木球遊戲，但他一連擊出三個全倒，就被他們轟了出來。

「證明你技術高人一等，滿意了吧？」我嘲弄他，他攬住我，把我拉近。

「非常滿意。」他指著前方的交叉路道：「看啊。」

「皇家交易所[152]。」我興奮地轉向他。「晚上！你還記得。」

「君子一諾。」他彎腰行禮道。「我不確定還有沒有商店在營業，但燈總是亮著的。妳願意跟我一起到院子裡走一圈嗎？」

氣派的拱門旁有座頂端立了一隻黃金蚱蜢的鐘塔。進入拱門，我慢慢轉身，全方位體會這棟樓高四層，有幾百家商店銷售從西裝、武器乃至鞋拔，應有盡有的商場規模。英格蘭歷代君王的雕像俯瞰顧客與店家，一大片蝗蟲似的蚱蜢點綴在每一扇凸窗的頂端。

「蚱蜢是葛瑞尚[153]的標誌，他自我促銷絲毫不覺得不好意思。」馬修隨著我的目光望去，笑道。

確實還有商店在營業，環繞中庭走廊的燈都還亮著，享受這良辰美景的人也不只我們而已。

「音樂從哪兒來？」我四下張望，找尋樂師。

「塔上。」馬修指著我們進來的方向，說道：「暖和的天氣，商人集資贊助演奏會，可以招徠主顧。」

---

(151) Geoffrey Chaucer（1343-1400），英國詩人，著有《坎特伯里故事集》，是中世紀英國最優秀的詩人。

(152) Royal Exchange是倫敦的一個購物中心，最初建於一五六八年，曾於一六六六年和一八三八年兩度毀於大火，目前的建築是一八四五年完工，保存至今。

(153) Sir Thomas Gresham（1519-1579），英國商人及金融家，因幫助亨利八世向外國銀行借錢而獲封爵位。

馬修顯然是個好主顧，大多數店家都認識他。他跟他們開玩笑，還問候他們的老婆孩子。

「我馬上回來。」他衝進附近一家店鋪。我大惑不解，只好站在那兒聽音樂，並旁觀一個很有權威的年輕女子整合一場臨時起意的舞會。參加者圍成圓圈手牽手，像熱鍋裡爆開的玉米花一般跳上跳下。

馬修回來時，畢恭畢敬呈獻給我——

「一個捕鼠器。」我拿著那個有滑門的小木盒，咯咯笑了起來。

「這才是真正的捕鼠器。」他道。他牽起我的手，倒退著走，把我拉進歡樂舞會的核心。「跟我跳舞。」

「這種舞我不會跳。」它跟七塔或魯道夫皇宮那種安詳靜態的舞完全不一樣。

「嗯，我會。」馬修道，看也不看在他背後轉來轉去、成雙成對的舞者。「這是種老式舞——黑納格舞——舞步很簡單。」他把我拉到隊伍末端就位，並接過我手中的捕鼠器，交給旁邊一個小童保管，對那男孩承諾，只要在舞曲結束後還給我們，就賞他一便士。

馬修牽著我的手，加入跳舞的隊伍，其他人一動，我們就跟著做。走三步，前踢，走三步，屈膝。重複幾遍後，我們加入更複雜的舞步，十二個舞者分成兩排，各六個人，開始跟對角線上的人交換位置，來回穿梭。

跳完這支舞，有人喊著要更多音樂，有人點特定的曲子，但我們在舞會變得更活潑前，就離開了皇家交易所。馬修取回捕鼠器，卻不直接帶我回家，反而往南朝河濱走去。我們鑽過那麼多條巷子、穿過那麼多座教堂前的廣場，來到大萬聖教堂時，已徹底迷失了方向。這兒有高聳的四方鐘塔、一度僧侶清修的修道院已荒廢了。大萬聖教堂就像倫敦的大多數教堂，中世紀的石砌正在坍塌，即將成為廢墟。

「有興趣登高嗎？」馬修鑽過低矮的木門，進入修道院。

我點點頭，我們開始向上爬，經過成排的鐘，好在它們沒發出聲音，馬修推開屋頂上的活門。他敏捷地鑽出去，然後伸手把我提起，放在他身旁。忽然之間，我們已站在鐘塔的垛口後面，整個倫敦都在腳下，一覽無遺。

城外山坡上的篝火已熊熊燃起，橫渡泰晤士河的小艇與駁船，船頭掛的燈籠上下晃動。在這種距離外，以黑暗的河面為背景，它們就像螢火蟲。我聽見笑語、音樂，我們待在這兒的幾個月裡，我逐漸習慣的一切日常生活的聲音。

「所以妳見到了女王，看到皇家交易所夜晚的模樣，還真正演過一齣戲，不只是看戲。」馬修扳著手指數道。

「我們也找到了艾許摩爾七八二號。我還發現自己是個編織者，魔法也不是我預期的那麼規律。」我眺望全城，想起剛抵達時，馬修為我指出所有重要地標，唯恐我迷路。現在我說得出一個個地標的名稱了。「那是布萊德維⑭。」我指點著說：「聖保羅大教堂。還有鬥熊的競技場。」我轉向默默站在我身旁的吸血鬼：「謝謝你帶給我這個晚上，馬修。我們從來沒有過真正的約會——像這樣到公共場合。真是太神奇了。」

「我追求妳不夠賣力，是嗎？我們應該安排更多這樣的夜晚，跳舞、看星星。」他仰起頭，月光映著他蒼白的皮膚閃閃發亮。

「你真的會發光。」我柔聲道，伸手去觸摸他的下巴。

「妳也一樣。」馬修的手滑到我腰間，這個動作讓寶寶也跟我們擁抱在一起。「這倒提醒我了，妳父親開了個單子給我們。」

⑭ **Bridewell**，原為一座宮殿，十六世紀初充當亨利八世的住處，一五五六年改為監獄，使得布萊德維一詞成為大型監獄的同義詞。原建築一六六六年毀於倫敦大火，重建後仍充當監獄，後來又改為學校，十九世紀中葉終於完全拆除。

「我們已經玩得很痛快。你施展魔法，帶我去皇家交易所，然後又讓我看到這驚喜的風景。」

「所以只剩兩件事要做了。女士先選吧：我可以對月長嗥，我們也可以親熱。」

我看著遠方傻笑，無端羞澀起來。馬修歪著腦袋，抖擻精神，再次向月亮望去。

「別嗥了，會驚動城防隊的。」我笑著阻止他。

「那就親一個吧。」他低聲道，把嘴湊到我唇上。

第二天早晨，鬼混到凌晨的一大家子人都在呵欠中用完早餐。剛起床的湯姆和傑克狼吞虎嚥吃了好幾碗粥，就見蓋洛加斯走進來，跟馬修說悄悄話。馬修悲傷的眼神使我頓時口乾舌燥。

「我爹在哪裡？」我跳起來。

「他回家了。」蓋洛加斯的聲音沙啞。

「你怎不攔住他？」我問蓋洛加斯，淚水已盈滿眼眶。「他不能就這樣走掉。我還要跟他相處幾小時。」

「全世界的時間都不夠的，嬸娘。」蓋洛加斯滿臉憂傷道。

「可是他沒說再見。」我麻木地低聲道。

「做父母的不需要跟孩子最後一次訣別。」馬修道。

「史蒂芬要我拿這個給妳。」蓋洛加斯道，是一艘紙摺的小船。

「爹地不會摺天鵝，」我擦乾眼淚道：「但他很會摺紙船。」我小心拆開那張信箋。

戴安娜：

妳完全符合我們對妳的夢想。

生命是時間強韌的經線，死亡不過是緯線。藉著妳的孩子，以及妳孩子的孩子，我會永遠活著。

又及：妳每次讀到《哈姆雷特》中「丹麥政府出了重大弊端」那句，要想到我。

爹

「妳告訴過我，魔法就是慾望的實現。或許咒語也無非就是一個人全心全意相信的字句。」馬修走過來，伸手扶著我肩膀。「他愛妳，直到永遠。我也一樣。」

他的話在將我們這對吸血鬼和女巫連結在一起的線條之間交織，傳遞他深情的信念：溫柔、敬重、專一、希望。

「我也愛你。」我小聲說道，用我的咒語加強他的咒語。

第三十九章

父親沒有正式告別就離開了倫敦，我打定主意要採用不一樣的方式。結果我待在這城市的最後幾天，就成為話語與慾望、咒語與魔法的複雜編織。

我最後一次去伊索奶奶家，老師的護身靈哀戚地在巷尾等著我。我爬樓梯時，它無精打采跟在我身後。

「所以妳要離開我們了。」伊索奶奶坐在火爐旁的椅子上說道。她穿著羊毛衫，圍著披肩，火也生得很旺。

「我們必須離開。」我彎腰親吻她脆薄如紙的面頰。「妳今天好嗎？」

「稍微好一點，多虧蘇珊娜的藥。」伊索奶奶咳起嗽來，那股力量讓她脆弱的身軀彎成兩半。咳停之後，她用明亮的眼睛打量我，點頭道：「這次寶寶扎根了。」

「是的。」我微笑道：「我有害喜可以為證。妳希望我通知別人嗎？」我不想讓伊索奶奶承受無論情緒或肉體上的額外負擔。蘇珊娜很擔心她的健康，伊麗莎白・傑克森也已經分攤了通常須由巫會長老執行的部分職責。

「沒必要。這件事是凱瑟琳告訴我的。她說珂拉幾天前飛出來，縱聲歡笑，喋喋不休，牠每次有祕密時都這麼做。」

我的火龍和我達成一個協議，牠把戶外飛行減少為一週一次，而且只限晚間。我不怎麼情願地答應牠，每逢沒有月亮的晚上可以增加一次，因為那種時刻，牠被誤認為會噴火的末日凶兆的風險降到最低。

「原來牠到那兒去了。」我笑道。珂拉覺得跟凱瑟琳作伴很安心，凱瑟琳也喜歡跟牠玩噴火比賽。

「我們都很高興，珂拉除了掛在煙囪上、對鬼魂尖叫，終於找到別的事做了。」伊索奶奶指著她對面的椅子。「何不陪我坐坐？女神可能不會再賜給我們這樣的機會了。」

「妳聽說蘇格蘭那邊的消息嗎？」我落座時問道。

「在妳告訴我，用懷孕做訴求，也不能讓尤菲米亞・麥克林逃過火刑之後，就沒聽到新消息了。」自從那天晚上，我告訴伊索奶奶，雖然馬修百般奔走，柏威克那個年輕的女巫還是被燒死，她的健康就開始走下坡。

「馬修終於說服了合議會其他成員，不斷增加的指控與處決必須停止。有兩名被起訴的女巫翻供，說她們的自白是刑求的結果。」

「合議會一定會停下來想一想，魅人竟然替女巫說話。」伊索奶奶正色看著我：「你們若是留下，他的身分一定會洩漏。馬修・羅伊登生活在半真半假的世界裡，但沒有人能永遠不被拆穿。為了孩子起見，你們要更加小心。」

「會的。」我安慰她。「目前我還不是十分有把握，用我的八個結做時光漫步夠牢靠，因為還要帶上馬修和寶寶。」

「讓我看看。」伊索奶奶伸出手道。我湊過去，把繩結放進她掌心。我們時光漫步時，我會把所有九個結都打上，九個不同的結。這已經是使用最多繩結的咒語了。

伊索奶奶熟練地在紅繩上做了八次交叉，然後把所有繩子的末端綁在一起，這樣繩結就不可能散開。

「我是這麼做的。」清爽又漂亮，有開放式的套環與渦結，彷彿教堂窗戶雕刻在石頭上的線紋裝飾。

「我打的不像這樣。」我的笑聲裡有悔恨。「每根線都歪歪扭扭的。」

「每一種編織，就像編織的人，都是獨一無二的。女神不要我們模仿某種十全十美的觀念，而是做真正的自己。」

「好吧，那麼我就是一個歪歪扭扭的人。」我把繩結拿過來，觀察它的結構。

「還有一種結，我要示範給妳看。」伊索奶奶道。

「還有？」我皺起眉頭。

「第十個結。我打不出來，雖然它可能最簡單。」伊索奶奶帶著微笑，下巴卻在顫抖。「我自己的老師也不會打那個結。但我們還是要把它傳下去，希望有一天會出現像妳這樣的編織者。」

伊索奶奶彈一下長著節瘤的食指，剛綁好的結就通通鬆開了。我把紅絲繩交還給她，她做了一個簡單的環。乍看繩頭連接在一起，形成一個周而復始的圓圈。但她手指一鬆，繩圈就散開了。

「但妳剛剛才把所有線頭都集中在一起了，而且那些編織還複雜得多。」我困惑地說道。

「只要線頭有交叉，我就能把末端束縛在一起，完成咒語。但唯獨站在世界之間的編織者才打得出第十個結。」她答道：「妳試試。用銀色的絲線。」

我半信半疑，接起那條線的兩端，形成一個圓圈。纖維啪一下接合，成為一個沒有開始也沒有結束的環。我鬆開手，但圓圈沒有散開。

「編得好。」伊索奶奶滿意地說。「第十個結擁有永恆的力量，是生與死的編織。它很像妳丈夫的蛇，或珂拉有時嫌自己的尾巴礙事，把它銜在嘴裡的樣子。」她舉起第十個結。它是另一條咬尾蛇。房間裡充滿神祕的氣氛，讓我手臂上的汗毛豎立起來。「創造與毀滅是最簡單的魔法，也最強大，正如同這個最簡單、也最難打的結。」

「我不願意用魔法摧毀任何東西。」我道。畢夏普家族有個不製造傷害的堅強傳統。我的莎拉阿姨相信，任何偏離這個基本信念的巫族，到頭來都會自作自受、遭到報應。

「沒有人要妳用女神的禮物當武器，但有時不得不這麼做。妳的魅人知道這一點。自從這裡和蘇格蘭發生過那些事以後，妳也知道了。」

「或許，但我的世界不一樣。」我道：「那兒比較用不著魔法武器。」

「世界會改變，戴安娜。」伊索奶奶把注意力集中在遙遠的回憶上。「我的老師，烏蘇拉媽媽是個偉大的編織者。蘇格蘭的可怕事件——同時妳來改變我們的世界——發生時，我想起她在某一年的萬聖節前夕做了一個預言。」

她的聲音一變為誦經似的歌唱腔調。

風狂雨暴，海上掀大浪，

加百列現身海與岸之上。
吹不思議號角，昭告眾生，
舊世界死亡，新世界誕生。

伊索奶奶念完，沒有一縷風，也沒有爆裂的火星，干擾房間裡的闃靜。她深深吸一口氣。

「都是一體，妳知道。死亡與誕生。無始亦無終的第十個結，以及魅人的蛇。前幾天照耀的滿月，珂拉投在泰晤士河上、預言妳將離開的影子。舊世界與新世界。」伊索奶奶的笑容收斂了一下。「妳來找我，我很高興，戴安娜•羅伊登。妳要離開，雖出於必然，我的心還是很沈重。」

「通常馬修要離開我的城市前，都會先跟我打個招呼。」教堂的地窖裡，胡巴德把蒼白的手搭在他那把椅子的雕花扶手上。高高的上方，正有人在為下一場儀式做準備。「什麼風把妳吹來的，羅伊登夫人？」

「我來找你談安妮和傑克。」

胡巴德奇怪的眼睛打量著我，看我從衣袋裡取出一個小巧的皮革錢包，裡面是他們兩人各五年份的工資。

「我要離開倫敦，我希望你收著這個，替他們保管。」我把錢包向胡巴德遞過去，他卻不接。

「沒必要，夫人。」

「拜託你。如果能帶他們同行，我一定帶。但因為他們不能去，我一定要確定有人會照顧他們。」

「妳用什麼回報我？」

「嗄……用錢，當然嘍。」我再次送上那個錢包。

「我不需要錢，羅伊登夫人。」胡巴德往椅背上一靠，眼睛一瞇，好像要閉上了。

「你要什——」我打住。「不行。」

「上帝不會白白做任何事的。祂的計畫中沒有意外。祂要妳今天到這裡來，因為祂要確定，凡是與妳有血緣關係的人都不需要害怕我或我的孩子。」

「我的保護者夠多了。」我反駁道。

「妳覺得妳丈夫也是這樣嗎？」胡巴德看一眼我的胸部。「現在他血管裡的妳的血，比你們剛來時更旺了，而且還要為孩子著想。」

我的心開始糾結。我把我的馬修帶回我們的現代以後，胡巴德將是少數幾個知道他的未來——而且知道有個女巫在其中——的人。

「你休想利用你對我的了解來對付馬修。不能在他做了這麼多——改變那麼多——之後。」

「不能嗎？」胡巴德皮笑肉不笑的表情告訴我，為了保護他的追隨者，他會不擇手段。「我們之間有很多嫌隙呢。」

「那我另外設法保障他們的安全好了。」我決定離開。

「安妮已經是我的孩子。她是個女巫，也是我家族的一員。我會照顧她過得幸福。但傑克・黑衣修士是另一回事。他不是超自然生物，只能自謀生計。」

「他還是個孩子——小男孩！」

「但他不是我的孩子，妳也不是。我不欠你們任何東西。日安，羅伊登夫人。」胡巴德把頭轉開。

「如果我是你家族的一員呢，會怎麼樣？你會接受我的要求，照顧傑克嗎？你會承認馬修與我的血緣，出面保護他嗎？」我現在考慮的是十六世紀的馬修。我們回到現在，另一個馬修還得留在十六世紀的倫敦。

「只要妳把血獻給我，傑克、馬修，還有妳未出生的孩子，就都不用害怕我或我的手下。」胡巴德面無表情地宣布，但他目光中卻帶著我曾經在魯道夫眼中看到過的貪婪。

「你要多少血？」思考。活下去。

「很少。充其量一滴就夠。」胡巴德堅定不移地看著我。

「我不能讓你直接從我身上吸血。馬修會知道——畢竟我們是配偶。」我道。胡巴德的目光在我胸前一閃而過。

「我通常直接從我孩子的脖子上接受奉獻。」

「我相信是如此，胡巴德神父。但你要了解我的狀況，這種方式非但不可能，甚至有害無益。」我沈默了一會兒，暗地裡盼望胡巴德的飢渴——尋求權力、關於馬修和我的祕密、一旦有必要可以挾持柯雷孟家族的東西——會佔上風。「我可以用一個杯子。」

「不行，」胡巴德搖頭道：「妳的血會被污染。一定要純淨。」

「那就用銀杯。」我想起大廚在七塔給我的訓誨。

「妳就割開手腕上的靜脈，舉在我嘴巴上方，讓血滴進嘴裡。我們彼此不接觸。」胡巴德一臉不悅道：「否則我就要懷疑妳奉獻的誠意了。」

「好吧，胡巴德神父，我接受你的條件。」我解開右手的袖口，把袖子往上捲。這麼做的時候，我對珂拉提出一個無聲的請求。「你要在哪兒進行這件事？我以前看見的方式是你的孩子跪在你面前，但如果我要把血滴進你嘴裡，這樣就行不通了。」

「這是神聖的誓約。在上帝眼中，誰跪並不重要。」令我大吃一驚，胡巴德跪在我面前的地板上。他交給我一把刀。

「我不需要那個。」我對自己手腕上藍色的靜脈彈一下手指，念了一個簡單的釋放咒，立刻出現一道紅色的細痕。血湧了上來。

胡巴德張開嘴，眼睛盯著我的臉。他在等我反悔，或以某種方式欺騙他。但我會按照字面意義遵守這約定，只不過不會在精神上接受它。*謝謝妳，伊索奶奶*。我道，為她教我如何應付這個男人而送上一個無聲的祝福。

我把手腕懸在他嘴巴上，握緊拳頭。一滴血滾到我手臂邊緣，開始墜落。胡巴德用力閉上眼睛，好像要集中注意力，吸收我的血即將告訴他的知識。

「血，無非就是火與水。」我喃喃道。我召喚風來減緩那滴血落下的速度。風的力量逐漸增強，把墜落的血珠凝固成冰，它落在胡巴德舌上，變成邊緣鋒利的晶體。吸血鬼大惑不解，猛然張開眼睛。

「充其量一滴。」風已經吹乾我皮膚上的血跡，在藍色靜脈上留下縱橫交錯的紅色迷宮。「你是服事上帝的人，重然諾，不是嗎，胡巴德神父？」

珂拉的尾巴鬆開我的腰。牠用尾巴遮蔽這筆骯髒的交易，不讓寶寶知道，但現在牠好像很想用尾巴敲昏胡巴德。

我慢慢縮回手臂，胡巴德很想把它抓過去，湊在嘴邊。我看見這念頭橫過他腦海，就如同我以前看見愛德華・凱利企圖用手杖打我一樣清晰。但他知道利害所在。我又悄聲念了另一個簡單的咒語，讓傷口合攏，不發一語，轉身離開。

「妳下次到倫敦，」胡巴德低聲道：「上帝會悄悄通知我。如果祂願意，我們會再相見。但記住這一點：從今以後，無論妳去哪裡，甚至死亡，都會有一小部分的妳活在我體內。」

我停下腳步，回頭看他。他的話有威脅意味，但他的表情卻若有所思，甚至帶著哀傷。我加快腳步走出教堂地下室，一心只想盡可能離安卓・胡巴德越遠越好。

「別矣，戴安娜・畢夏普。」他在我背後喊道。

我走過半個市區才想到，不論那一滴血洩漏的情報是多是少，胡巴德已知道了我真正的名字。回到鹿冠時，華特與馬修正相對著大吼大叫。芮利的馬夫也聽見他們吵架。他站在院子裡，牽著華特的黑馬，聆聽爭吵的內容從敞開的窗戶傳出來。

「那樣我會送命——她也死路一條！不能讓任何人知道她懷孕！」怪哉，說話的人卻是華特。

「你不能為了效忠女王而拋棄你心愛的女人和自己的親生孩子，華特。伊麗莎白會知道你背叛她，貝絲的一生也毀了。」

「你要我怎麼辦？跟她結婚嗎？如果未經女王批准就這麼做，我會被逮捕。」

「不論發生什麼事，你都活得下去。」馬修淡然道。「但如果貝絲失去你的保護，她會活不下去了。」

「你在與戴安娜有關的事上撒了那麼多謊，怎麼還裝得出一副在意婚姻中誠信的嘴臉？有時候你堅持你們結過婚，卻逼我們發誓，如果有陌生的巫族或魅人來打聽，一定要否認這件事。」華特降低了音量，但語氣仍然很激烈。「你以為我會相信，你要回到原來的地方，還公開承認她是你的妻子？」

我毫無預警鑽進屋子裡。

馬修欲語又止。

「我看是不會。」華特道。他正在戴手套。

「你們兩個就想用這種方式道別？」我問道。

「戴安娜。」華特警戒地說。

「哈囉，華特。你的馬夫牽著馬在樓下。」

他向門口走去，又停下。「理智一點，馬修。我不能在宮裡名譽掃地。貝絲比誰都了解，女王的怒火有多麼危險。伊麗莎白的朝廷裡，幸運稍縱即逝，一朝失寵就永世不得翻身。」

馬修目送他的朋友大踏步下樓。「上帝原諒我。我第一次聽到這計畫時，還說這是明智的對策。可憐的貝絲。」

「我們離開後，她會有什麼下場？」我問。

「到了秋季，貝絲的身孕就遮不住了。他們會偷偷結婚。但女王質問他倆的關係時，華特會否認。三番兩次下來，貝絲的名節就毀了，她丈夫的騙局也瞞不下去，他們兩個都會被逮捕。」

「孩子呢？」我低聲問。

「三月誕生，同一年的秋季就死了。」馬修在桌前坐下，雙手捧著頭。「我會寫信給我父親，確定貝絲能得到他的保護。或許蘇珊娜・諾曼可以在懷孕期間照顧她。」

「你父親或蘇珊娜都不能替她擋住芮利否認造成的打擊。」我把手放在他袖子上。「我們回去以後，你會否認我們結過婚嗎？」

「不是那麼簡單。」馬修用煩亂的眼神看著我。

「那是華特說的。你說他做錯了。」我想起伊索奶奶的預言。「『舊世界死亡，新世界誕生。』總有一天，你必須在過去的安全與未來的承諾之間做個抉擇，馬修。」

「再怎麼努力嘗試，都治不好過去的傷。」他道：「女王懊悔過去做的錯誤決策時，我都這麼勸她。蓋洛加斯一定會說，我又自食其果了。」

「這回被你搶先說去了，叔叔。」蓋洛加斯悄無聲息地走進來，卸下一堆包裹。「我幫你買了紙，還有筆。這藥水是給傑克治喉嚨痛的。」

「他成天跟湯姆爬到塔頂上聊星星，就有這種下場。」馬修搓搓自己的臉：「我們必須確定湯姆生活無虞，蓋洛加斯。華特快不能幫他保住那份差事了。必須由亨利・波西扛起這個擔子——不是第一次了

——但我也會供應他的生活所需。」

「說到湯姆，你有沒有看到他觀察天體的單眼鏡片設計圖。他跟傑克稱之為望星眼鏡。」我的頭皮發麻，房間裡的許多線條啪地一彈，忽然貯滿了能量，時間在角落裡低聲抗議。

「望星眼鏡。」我保持聲音平靜。「長什麼樣子？」

「妳自己去問他。」蓋洛加斯朝樓梯偏一下頭。傑克和抹布橫衝直撞跑進房間。湯姆心不在焉跟在後面，手裡托著一副破裂的眼鏡。

「妳如果介入，一定會在未來留下痕跡，戴安娜。」馬修警告道。

「看，看，看。」傑克揮舞著一大塊木頭。抹布追著那塊木頭，每次見它從面前掠過，就張口想咬。

「哈利奧特老爺說，只要把它中間挖空，兩頭鑲上玻璃，就會讓遠處的東西看起來很近。你會刻木頭嗎，羅伊登老爺？如果不會，你想聖東斯頓那個細木工匠會教我嗎？還有麵包嗎？哈利奧特老爺的肚子整個下午都在咕嚕咕嚕呢。」

「給我看看。」我道，伸手去拿那塊木頭。「麵包在樓梯口的櫃子裡，傑克，不是一直都放那兒嗎？拿一個給哈利奧特老爺，你自己拿一個。還有，不可以，」孩子才張口，我就打斷他：「抹布不可以跟你合吃一個。」

「日安，羅伊登夫人。」湯姆夢遊似的說道：「如果這麼簡單的一副眼鏡，能讓人看到聖經裡上帝的話，設計得複雜一點，當然也能幫助他看到大自然這本書裡上帝的鬼斧神工。謝謝你，傑克。」湯姆心不在焉地咬了一口麵包。

「你怎麼把它設計得更複雜呢？」我大聲問，屏住了呼吸。

「我要用凸透鏡和凹透鏡，就像去年我在拿坡里紳士德拉波塔寫的一本書中讀到的那樣。光靠我的手臂，沒辦法使它們保持適當的距離。所以我們要嘗試用那塊木頭延伸手臂的長度。」

湯姆這幾句話改變了科學的歷史。我不需要攪亂過去——只要確定過去沒有被人遺忘就夠了。

「這些不過是胡思亂想罷了。我得把觀念畫在紙上，以後再慢慢思考。」湯姆嘆口氣。

這是近代科學家普遍的困境。他們不了解出版的重要性，以湯瑪斯・哈利奧特為例，他的觀念注定會因為沒有人出版而消滅。

「我想你說得對，湯姆。但這塊木頭的長度也不夠。」我給他一個燦爛的微笑。「若是需要一根空心的長管子，瓦林先生恐怕比聖東斯頓的細木工匠更幫得上忙。我們去找他怎麼樣？」

「好！」傑克跳到半空中。「瓦林先生有各式各樣的齒輪和彈簧，哈利奧特老爺。他給過我一個，收在我的寶物箱裡。我那個不及羅伊登夫人的大，但彈性也很好。可以現在就去嗎？」

「嬸娘要做什麼？」蓋洛加斯問馬修，兩人都既困惑又充滿戒備。

「我猜她要因為華特沒有把未來放在心上而懲罰他。」馬修溫和地說。

「哦。那倒還好。可是我怎麼好像聞到麻煩的氣息。」

「麻煩永遠存在。」馬修道：「妳確定知道自己在做什麼嗎，我的小母獅？」

發生了這麼多無法挽救的事。我喚不回我的第一個孩子，也救不了蘇格蘭的女巫。我們大老遠把艾許摩爾七八二號從布拉格帶回來，卻發現不可能把它安全地帶進未來。我們跟我父親說了再見，即將離開我們的朋友。這些經驗大部分都會消失，不留一絲痕跡。但我有辦法讓湯姆的望遠鏡流傳到後世。

我點點頭。「過去改變了我們，馬修。憑什麼我們不能改變它？」

馬修抓住我的手，吻了一下。「去找瓦林先生吧，讓他記我的帳。」

「謝謝你。」我彎腰，湊在他耳畔道：「別擔心，我帶安妮一起去。她會跟他議價。況且，一五九一年，誰知道望遠鏡該賣多少錢呢？」

於是一個女巫、一個魔族、兩個孩子、一隻狗，就在那天下午去了瓦林先生店裡。當天晚上，我發請帖給我們的朋友，邀請他們第二天晚上來與我們共度。這將是我們最後一次看到他們。我規劃望遠鏡和晚餐時，馬修把羅傑・培根那本《真正的祕密中的祕密》送到摩特雷克。我不願意目睹艾許摩爾七八二號交還狄博士手中。但我知道，它必須先回到這位鍊金術師龐大的圖書收藏裡，埃利亞斯・艾許摩爾才有機會在十七世紀將它買下。把這本書交給別人保管，做來並不容易，就像在我們剛抵達時，把那尊戴安娜女神的小雕像交給克特一樣。我們離開後，遺留的生活細節，都交給蓋洛加斯和彼埃處理。他們收拾細軟，清空箱籠，重新分配資金，把私人物品送去老房子，務實的效率顯示，同樣的事他們已做過不知多少遍。

再過幾小時就要離開，我從瓦林先生那兒取回一個用軟皮革包紮的笨重包裹，半路上忽然看到派餅店門外，有一個年約十歲的女孩站在街上，著迷地盯著櫥窗裡的商品看。她讓我想起這年紀的自己，同樣亂蓬蓬的草黃色頭髮，長得跟骨架不相稱的手臂。那女孩全身一僵，好像知道有人在看她。我們目光接觸時，我知道原因了：她是個女巫。

「芮碧嘉！」一個女人從店裡走出來，喊道。一看到她，我的心都快跳出來了，因為她活脫脫就是我母親和莎拉的綜合。

芮碧嘉沒說話，卻繼續看著我，好像見了鬼一樣。她母親也抬起頭，看是什麼引起女兒的注意，隨即驚呼一聲。她把我的臉和體型看在眼裡，眼光刺痛我的皮膚。她也是個女巫。

我勉強挪動雙腳，往派餅店走，每一步都讓我更接近那兩個女巫。母親用裙子兜住孩子，芮碧嘉扭動身體反抗。

「她好像奶奶。」芮碧嘉悄聲道，試圖把我看得更清楚。

「噓。」她的母親對她說，然後歉意地看我一眼。「妳知道奶奶已經去世了，芮碧嘉。」

「我叫戴安娜・羅伊登。」我對她們身後的招牌點頭示意。「我就住在這裡，鹿冠。」

「原來妳是——」婦人瞪大眼睛，把芮碧嘉拉近一點。

「我叫芮碧嘉・懷特。」女孩毫不在乎母親的反應。她搖搖晃晃，行了一個淺淺的屈膝禮。那動作也很眼熟。

「很高興認識妳。妳們新搬到黑衣修士區嗎？」我隨口搭訕，希望能拖越久越好，即使只為了多看幾眼她們既熟悉又陌生的臉。

「不是。我們住在史密斯菲德市場附近的醫院旁邊。」芮碧嘉解釋道。

「醫院病房客滿的時候，我們會收留病人。」婦人遲疑了一下。「我叫布麗姬・懷特，芮碧嘉是我女兒。」

即使沒有芮碧嘉和布麗姬這兩個熟悉的名字，我也打從骨髓裡認識這兩隻超自然生物。布麗姬・畢夏普出生在一六三二年前後，畢夏普家傳魔法書的第一個名字是布麗姬的外婆——芮碧嘉・戴維斯。我面前這個十歲女孩是否有朝一日結婚，冠上夫姓，使用那名字？

芮碧嘉的注意力被我頸畔某個東西吸引。我伸手去摸。**伊莎波的耳環。**

當初我用三件物品把馬修和我帶回過去：一本《浮士德》的手稿、一顆銀製棋子，還有一枚藏在布麗姬・畢夏普的布娃娃裡的耳環。就是這耳環。我舉手將纖細的金鉤從耳朵上取下。根據我與傑克相處的經驗，我知道要給孩子留下長久印象，必須保持眼睛接觸。我蹲下來，這樣我們的身高就一樣了。

「我需要一個人幫我保管這個。」我把耳環舉起來。「有一天我會需要它。妳願意幫我收著它嗎？」

芮碧嘉嚴肅地看著我，點點頭。我握住她的手，感覺一股相知的電流在我們中間通過，我隨即把鑲了珍珠的掐絲耳環放進她手心。她緊緊握住，略嫌遲了一步地問布麗姬：「可以嗎，媽媽？」

「我想應該可以吧。」她母親有點遲疑地回答：「來吧，芮碧嘉，我們得走了。」

「謝謝妳。」我站起身，拍拍芮碧嘉的肩膀，同時注視著布麗姬的眼睛道：「謝謝妳。」

我覺得有個眼神在推搡我，但我一直等到芮碧嘉和布麗姬都走出視線，才回過頭來，面對克里斯多夫・馬羅。

「羅伊登夫人。」克特的聲音沙啞，面如死灰。「華特告訴我，你們今晚就要離開。」

「我拜託他告訴你的。」我用純粹的意志力強迫克特正視我。這是另一件我可以彌補的事：我要確保馬修跟他一度視作最親密朋友的人好好告別。

克特低頭看自己的腳。「我不應該來的。」

「我原諒你，克特。」

馬羅驚訝地抬頭。他張口結舌問道：「為什麼？」

「因為你愛他，也因為只要馬修把發生在我身上的事怪到你頭上，一部分的他就會留在這兒，永遠帶不走。」我簡單地說：「到樓上來，跟他告別吧。」

馬修在樓梯口等我們，他已猜到我會帶人回家。我往我們的臥室走去時，溫柔地在他唇上吻了一下。

「你父親原諒了你。」我低聲道：「給克特同樣的禮物，就算回報他吧。」

然後我就聽任他們利用剩下的少許時間，盡他們所能修補一切。

幾小時後，我把那根鐵管交給哈利奧特。「這是你的望星眼鏡。」

「這是我用砲筒改裝的——做了很多調整，當然。」製作捕鼠器和時鐘的高手瓦林師傅解釋道：「上面還有刻字，依照羅伊登夫人的要求。」

側面刻著一面小巧美麗的長方形銀色飄帶，字就刻在裡面。

「N・瓦林製造我，T・哈利奧特發明我，一五九一年。」我對瓦林師傅露出愉快的微笑。「完美。」

「現在可以去看月亮了嗎？」傑克往門口衝去。「月亮已經比聖密爾翠教堂的鐘還大了！」

於是身兼數學家和語言學家的湯瑪斯・哈利奧特，坐著一張從閣樓裡搬下來的破藤椅，在鹿冠的院子裡寫下科學史的新頁。他對著月亮，調節那根裝了兩塊眼鏡片的長金屬管，發出愉快的嘆息。

「看啊，傑克，正如德拉波塔說的。」湯姆邀請傑克坐他腿上，將管子的一端湊在他興奮不已的助手眼睛上。「兩個鏡片，凸透鏡加凹透鏡，只要距離對，果真解決了問題。」

傑克之後，我們輪流去看。

「嗯，跟我預期的不一樣。」喬治・查普曼有點失望地說。「你們不認為月亮應該更多采多姿嘛。我覺得我還比較喜歡詩人筆下的神祕之月，湯姆。」

「嗯，一點都不完美。」亨利抱怨著揉揉眼睛，又湊到管子上觀測。

「當然不完美。世上任何東西都不完美。」克特道。「你不能相信哲學家說的每句話，哈爾，那會完蛋的。你已經看到哲學對湯姆毫無益處了。」

我瞄一眼馬修，露出微笑。我們已經有好一陣子沒聽到黑夜學派的成員唇槍舌劍了。

「至少湯姆養得活自己，比起我認識的任何一位劇作家都高明太多了。」華特瞇著眼睛從管子望出去，吹了一聲口哨。「如果你在我們去維吉尼亞前想出這點子就好了，湯姆。我們安全地待在船上，透過它觀察海岸，一定很有用。你來看啊，蓋洛加斯，看我說得對不對。」

「你說的從來不會錯，華特。」蓋洛加斯對傑克擠擠眼睛道：「好好學我的榜樣，小傑克。付你工錢的老闆永遠是對的。」

我也邀請了伊索奶奶和蘇珊娜，她們也看了湯姆的望星眼鏡。她們對這項發明並不特別起勁，但只要提醒一下，也會發出興奮的歡呼。

「男人為什麼總喜歡把心思花在這種無聊的小東西上？」蘇珊娜悄聲對我說。「即使沒有這個新儀器，我也可以告訴他們，月球表面一點都不光滑。他們難道沒長眼睛嗎？」

享受過觀察天體之樂，就只剩依依不捨的離情了。我們讓安妮跟伊索奶奶一塊兒離開，藉口蘇珊娜護送老夫人穿過市區時需要幫手。我的告別詞說得輕快簡短，安妮不確定地看著我。

「妳還好嗎，夫人？要不要我留下呢？」

「不用，安妮。妳跟阿姨和伊索奶奶去吧。」我忍住淚水。馬修曾經跟多少人告別，他怎麼承受得住？

接下來離開的是克特、喬治、華特，他們粗聲粗氣說再見，跟馬修互握手臂，祝他順利。

「來吧，傑克。你和湯姆跟我一起回家。」亨利・波西道。「夜還很長呢。」

「我不想去。」傑克道。他轉身撲向馬修，眼睛瞪得老大。這孩子意識到重大變故即將來臨。

馬修跪在他面前。「沒什麼好怕的，傑克。你認識哈利奧特老爺和諾森伯蘭爵爺，他們不會讓你受到傷害。」

「如果我做噩夢呢？」傑克低聲道。

「噩夢就像哈利奧特老爺的望星眼鏡。不過是光線的把戲，讓遠方的東西看起來好像很近，而且比實際上大。」

「哦。」傑克思考馬修的回答。「所以即使我在夢裡看到一隻妖魔，牠也抓不到我？」

馬修點頭道：「我告訴你一個祕密。夢是噩夢的相反。如果你夢見一個你愛的人，那個人即使在很遠的地方，看起來也很近。」他站起身，把手放在傑克頭上按了一會兒，默默為他祈福。

傑克和他的監護人離開後，就只剩蓋洛加斯了。我從咒語盒裡拿出繩子，其他幾件東西都留在裡面：一顆小石頭、一根白羽毛、一小截山梨樹、我的珠寶，以及我父親留下的字條。

「我會好好收藏。」他從我手中接過盒子，允諾道。那盒子在他的大手掌裡顯得特別小。他用一個熊抱把我抱起來。

「照顧好另一個馬修，他才能有朝一日找到我。」我在他耳畔悄聲道，用力閉緊眼睛。

我放開他，走到一旁。柯雷孟家族的兩個男人用族中一貫的方式告別——簡短卻情深意重。

彼埃牽著馬在主教帽酒吧門外守候。馬修先把我抱上馬鞍，然後跨上馬背。

「再見，夫人。」彼埃放開韁繩道。

「謝謝你，朋友。」我道，熱淚又湧了上來。

彼埃交給馬修一封信，我認出了菲利普的印鑑。「您父親的指示，老爺。」

「如果我兩天之內沒在愛丁堡現身，你就來找我。」

「會的。」彼埃答應道，馬修對馬兒輕喝一聲，我們就上了往牛津的路。

我們換了三次馬，在日出前趕到老房子。芳絲娃和廚師查爾斯都被打發到別處，只有我們在。

馬修把菲利普的來信豎在他的書桌上，十六世紀的馬修一定看得到。這封信會差他到蘇格蘭去處理一件急事。到了那兒，馬修．羅伊登會在詹姆士國王的宮廷裡停留一段時間，然後消失，再到阿姆斯特丹展開新生活。

「蘇格蘭王見我恢復過去的老樣子，一定很高興。」馬修用手指摸摸信，評論道。「我當然不會再嘗試搶救女巫。」

「你來到這兒，造成了一些改變，馬修。」我伸手摟住他的腰，說道：「現在我們要去處理我們的時代的問題。」

我們走進好幾個月前我們抵達的那間臥室。

「你知道我沒有把握在穿越好幾個世紀後，一定能抵達正確的時間與地點。」我警告道。

「妳已經解釋過了，我的愛。我對妳有信心。」馬修把手臂穿過我的手臂，緊扣著我。「讓我們再一次一起迎向未來。」

「再見，房子。」我最後一次掃視我們的第一個家。雖然我還會見到它，但所有的一切，跟這個六月的早晨不會一樣了。

角落裡藍色和琥珀色的線不耐煩地啪啪跳動、嗚嗚作響，使房間裡充滿光線與聲音。我深深吸一口氣，編織我的咖啡色線，讓末端散開。除了馬修和我們身上的衣服，我們唯一帶走的東西就是編織者的線繩。

「打一個結，咒語開始。」我低聲道。時間的體積隨著我打的每一個結擴張，直到尖叫與哀鳴震耳欲聾。

第九個結的末端融合在一起後，我們抬起腳，四周的景物逐漸消失。

第四十章

各大英文報紙刊登的標題略有不同，但伊莎波認為《泰晤士報》的標題下得最妙。

觀測太空競賽，英國人拔頭籌

二〇一〇年六月三十日

研究早期科學儀器的世界級專家，牛津大學科學歷史博物館的安東尼・卡特今日證實，一具刻有伊麗莎白時代數學家兼天文學家湯瑪斯・哈利奧特姓名的折射望遠鏡，確為真品。這具望遠鏡由基於宗教因素逃離法國的胡格諾教徒、鐘錶匠尼可拉斯・瓦林製作。除了兩人的名字，望遠鏡上還刻有一五九一年的日期。

這一發現震動了科學界與史學界，數百年來，公認義大利數學家伽利略借用荷蘭剛起步的望遠鏡科技，在一六〇九年成為看到月球表面的第一人。

「歷史必須改寫。」卡特表示：「哈利奧特讀到強巴蒂斯塔・德拉波塔的《自然魔法》，就被凸透鏡和凹透鏡能『使遠處和近處的東西都變得更大、更清晰』一事吸引。」

過去一直忽視哈利奧特對天文學的貢獻，因他未將心得出版，只把他的發現與一小群所謂「黑夜學派」的同好分享。靠華特・芮利和有「巫師伯爵」稱號的諾森伯蘭伯爵亨利・波西贊助，哈利奧特得以追求他的興趣，沒有後顧之憂。

這具望遠鏡由瑞得爾先生發現，還有一盒哈利奧特親筆撰寫、各種題材的數學論文，以及一個非常精緻的銀製捕鼠器，後者也有瓦林的落款。瑞得爾原本在昂威克的波西家族宅邸附近修理聖邁可教堂的大鐘，忽然一陣強風將聖瑪格麗特屠龍的褪色掛毯吹落，使藏在那兒的盒子暴露出來。

「那個時代的儀器很難得有這麼多可資辨識的標記。」卡特博士為記者解釋，並指出刻在望遠鏡上的日期，確認它是在一五九一至一五九二年間製造。「我們應感謝尼可拉斯・瓦林，他知道這是科學儀器史上一項重要發展，所以一反常規，將它的出身來歷記錄下來。」

「他們不肯出售。」馬卡斯靠在門框上說道。他叉起雙臂和雙腿，姿勢跟馬修一模一樣。「我跟昂威克教堂的每一名職員、諾森伯蘭公爵、紐卡索主教都談過了。即使妳願意付的金額相當可觀，他們也不肯放棄那望遠鏡。不過我總算說服他們，把那個捕鼠器賣給我。」

「全世界都知道。」伊莎波道：「甚至《世界報》也報導了這個消息。」

「我們該努力讓這消息銷聲匿跡才對。它可能提供巫族和他們的盟友重要的情報。」馬卡斯道。七塔高牆內不斷增加的人眾已擔心了好幾個星期，萬一合議會發現馬修和戴安娜所在的確切地點，會採取什麼行動。

「斐碧有什麼想法？」伊莎波問道。她第一眼就喜歡上這個有剛毅的下巴、言行卻很溫柔、又極具觀察力的年輕凡人。

馬卡斯的表情變得柔和。這使他又恢復成馬修離開前那種無憂無慮的模樣。「她覺得只憑發現望遠鏡這件事，研判已造成什麼損害，還言之過早。」

「聰明的女孩。」伊莎波微笑道。

「我不知道該怎麼辦——」馬卡斯中途打住，表情變得凶惡：「我愛她，奶奶。」

「你當然愛她，她也愛你。」五月那件事以後，馬卡斯希望她跟他的家人見面，帶她到七塔來住。他們兩個已經分不開。斐碧見到目前住在七塔的這群魔族、巫族和血族的組合，反應泰然自若。即使她對世界上有超自然生物存在一事感到驚訝，也沒有透露出來。

過去幾個月來，馬卡斯的異議會成員大幅增加。馬修的助手密麗安，菲利普的女兒維玲和她的丈夫恩斯特，都來七塔定居。伊莎波那個漂泊成性的孫子蓋洛加斯，也讓大家吃了一驚，竟然在七塔住了整整六個星期。直到現在，他都沒有要離開的表示。蘇妃・諾曼和雷瑟尼・魏爾遜在伊莎波的屋頂下迎接他們的新生兒瑪格麗特，現在這個小寶寶儼然是古堡的第二號領導人，權威僅次於柯雷孟家族的女族長。因為孫女住在七塔，雷瑟尼的母親艾嘉莎也常毫無預警地出現或消失，馬修最好的朋友哈米許也是如此。甚至巴德文也不時飄然而過。

伊莎波漫長的一生當中，從沒想到會在住有這麼一家子人的城堡裡當上堡主。

「莎拉在哪？」馬卡斯問道，他在周遭各種活動的聲音中搜索。「我沒聽見她。」

「在圓塔裡。」伊莎波用鋒利的指甲沿著那篇報導的邊緣劃了一圈，把文章整整齊齊割下來。「蘇妃和瑪格麗特去陪她坐了一會兒。蘇妃說莎拉在等待。」

「等什麼？又發生了什麼事？」馬卡斯一把搶過報紙。那天早晨他已經把報紙看過一遍了，追蹤金錢和影響力的微妙變化，雷瑟尼擅長分析和挑選這些資訊，使他們可以對合議會的下一步行動做更好的預備。他已無法想像沒有斐碧的世界，但雷瑟尼同樣不可或缺。「我就知道，那支該死的望遠鏡會惹麻煩的。合議會只需要找到一個會時光漫步的巫族，再加上這則新聞，就可以名正言順回到過去，找到我父親。」

「你父親不會在那兒待太久——如果他還在的話。」

「真是的，奶奶。」馬卡斯的語氣帶著怒意，注意力仍放在被伊莎波挖出一個洞的《泰晤士報》上。「妳哪有可能知道？」

「先是那兩幅迷你肖像，然後是瑪莉・錫德尼的實驗紀錄，現在又出現這具望遠鏡。我了解我媳婦。只要不至於造成損害，戴安娜就會弄出望遠鏡這樣的東西。」伊莎波起身，從孫子身旁走過。「戴安娜和馬修要回來了。」

馬卡斯的表情高深莫測。

「我還以為你父親回來，你會快樂一點。」伊莎波走到門口，低聲道。

「這幾個月很難熬。」馬卡斯嚴肅地說：「合議會表示得很清楚，他們要那本書和雷瑟尼的女兒。戴安娜一回來……」

「他們就更肆無忌憚了。」伊莎波緩緩吸一口氣。「至少我們不用再擔心戴安娜和馬修在過去遇到不測。我們會在一起，在七塔聯手作戰。」也可能一起送命。

「從去年十一月到現在，發生了很多變化。」馬卡斯盯著桌子亮閃閃的表面，好像他是個巫師，可以從中看到未來。

「我猜，他們的生命也改變很大吧。但你父親對你的愛不會變。就像莎拉需要戴安娜，你也需要馬修。」

伊莎波拿起剪報，走向圓塔，讓馬卡斯獨自沈思。圓塔曾經是菲利普最喜歡的監獄，現在用來存放家族文件。雖然三樓那個房間的門虛掩著，伊莎波還是輕輕敲了一下。

「妳不需要敲門，這是妳的房子。」莎拉沙啞的聲音透露她抽了多少香煙，喝了多少威士忌。

「如果這是妳的待客之道，我很慶幸不是妳的客人。」伊莎波尖刻地說。

「我的客人？」莎拉輕笑一聲。「我絕不會讓妳進我家的門。」

「吸血鬼通常不需要邀請的。」伊莎波和莎拉都是耍嘴皮子的高手。馬卡斯和艾姆努力勸她們遵守溝通的禮節，卻毫無進展，好在她們在自己的家族中都是領導者，很清楚如何藉著針鋒相對來維繫權力的脆弱平衡。「妳不該到這兒來的，莎拉。」

「為什麼不？怕我感冒而死嗎？」突如其來的痛苦牽制住莎拉的聲音，她彎下腰，好像遭了一記重擊。「女神幫助我，我好想念她。告訴我，這只是一場夢，伊莎波。告訴我，艾米莉還活著。」

「那不是一場夢。」伊莎波盡可能溫柔地說。「我們都想念她。我了解妳內心的空虛與疼痛，莎拉。」

「它會過去的。」莎拉木然道。

「不，不會的。」

莎拉抬起頭，對伊莎波的強硬語氣感到訝異。

「我活著的每一天，都在想念菲利普。太陽升起時，我的心哭喊著他。我等著聽他的聲音，卻只有沈默。我渴望他碰觸我。太陽西沈時，我只能懷著我的配偶永遠離開了這世界、我再也見不到他的認知去休息。」

「如果妳的目的是想讓我好過一點，那可沒有效。」莎拉涕泗縱橫道。

「艾米莉為了讓蘇妃和雷瑟尼的孩子能活下去而犧牲。我向妳保證，所有涉及奪走她生命的人都要付出代價，柯雷孟家族以擅長報復著稱，莎拉。」

「報復會讓我好過嗎？」莎拉在淚水中瞇起眼睛。

「不會。但看著瑪格麗特長大成人卻有幫助。還有這個。」伊莎波把剪報扔在女巫腿上。「戴安娜和馬修快要回來了。」

第六部 新世界，舊世界

第四十一章

我試圖從老房子的過去前往它的未來，卻屢次不能成功。我專心思考著這地方的外觀與氣味，也看到把馬修和我跟這棟房子束縛在一起的線——褐色、綠色、金色。但它們一再從我手中滑脫。

接著我嘗試七塔。將我們跟那個地方連結的線，沾染著馬修獨特的紅、黑綜合，再穿插一些銀絲。我想像滿屋子熟悉的面孔——莎拉與艾姆、伊莎波與瑪泰、馬卡斯與密麗安、蘇妃與雷瑟尼。但我也到不了那個避風港。

我下定決心，把不斷上升的慌亂摒在一旁，開始從數百個選項中挑選下一個可能的目的地。牛津？現代倫敦的黑衣修士地鐵站？聖保羅大教堂？

我的手指再三回到時間的同一股經緯線上，它既不柔軟，也不光滑，摸起來又硬又粗。我沿著蚓曲的線條向前探索，發現它根本不是什麼線，而是一條看不見的樹根。想通這一點，我腳下一滑，被看不見的門檻絆了一跤，跌進了畢夏普老宅的家族休息室。

到家了。我四腳著地，打結的繩子壓在我手掌和地板之間。幾世紀的刷洗打磨，數百隻祖先的腳來回踐踏，早把寬闊的松木板磨得極為平滑。觸手便覺得熟悉，這是變化多端的世界中一個恆久不變的象徵。我抬起頭，不禁期待在門廳那頭看到阿姨們在等候。這麼容易就找到回麥迪森的路，我以為是她們在引導我們。但畢夏普老宅裡的空氣卻靜止而毫無生氣，彷彿從萬聖節迄今，不曾有生靈擾動過它。就連那些鬼魂好像也都不住這兒了。

馬修跪在我身旁，手臂仍跟我挽在一起，肌肉還在穿越時空的壓力下抖動不已。

「只有我們？」我問。

他吸取房子的味道。「是的。」

就在他低聲回答的瞬間，房子醒了過來，平淡死寂的氛圍立刻一變而為稠密不安。馬修看著我微笑道：「妳的頭髮，又改變了。」

我低頭看去，發現我已習慣了的草莓金捲髮，變為絲滑的直髮，金裡透紅，色澤比較明亮——像我母親的頭髮。

「一定是時光漫步造成的。」

房子嘎吱作響，發出呻吟。我感覺它正在凝聚能量，要做一場爆發。

「只是我和馬修。」

我的話有安慰效用，但我的聲音卻沙啞而帶著奇怪的口音。好在房子還能辨識，一聲如釋重負的長嘆響徹房間。煙囪裡湧出一陣清風，送來揉合甘菊與肉桂的陌生氣味。我回頭朝壁爐和它周圍綻裂的木頭護壁板望去，立刻站起身來。

「什麼鬼東西？」

一棵樹從鐵製的爐架下面長出來。黑色樹幹塞滿了煙囪，樹枝鑽進石頭和周圍的木板裡。

「看起來很像瑪莉燒瓶裡的那棵樹。」馬修穿著他的黑絲絨及膝褲和繡花麻紗襯衫，在火爐旁蹲下來。他用手指觸摸嵌在樹皮裡的一小塊銀色物體。跟我一樣，他的聲音與現在的時空格格不入。

「看起來像是你的朝聖徽章。」拉撒路棺材的輪廓依稀可辨。我跟他一起蹲下，我的黑色大圓裙覆蓋了一大片地板。

「我想就是它。這原來是一個聖水瓶，設計了兩個鍍金的凹洞裝聖水。離開牛津前，我在其中一個裝了我的血，另一個裝了妳的血。」馬修迎上我的目光。「我們的血那麼接近，讓我覺得好像永遠不會跟妳分離。」

「似乎是聖水瓶受熱，有一部分熔化了。如果聖水瓶內部有鍍金，就會有少許水銀跟血一起釋出。」

「所以這棵樹的原料跟瑪莉的戴安娜樹是一樣的。」馬修抬頭望著光禿禿的樹枝。甘菊和肉桂的氣味變得更濃郁。那棵樹開始開花結果——但不是普通的花或果，枝幹上竟然冒出了一把鑰匙和一張羊皮紙。

「是手抄本的那一頁。」馬修取下那張紙道。

「也就是說，那本書到了二十一世紀仍然不完整。我們在過去所做的每一件事，都無法改變這一事實。」我放慢呼吸，讓自己鎮定下來。

「那麼也很有可能，艾許摩爾七八二號仍安全地藏在博德利圖書館。」馬修低聲道。「這是一輛汽車的鑰匙。」他把它摘下。我已經好幾個月滿腦子想到的交通工具就只有馬和船了。我朝前面的窗戶望出去，卻不見任何車在那兒等我們，馬修跟著我的眼光望去。

「馬卡斯和哈米許一定會確保我們能依照計畫前往七塔，不需要打電話向他們求助。他們可能在歐洲和美洲各地都安排了車子，以防萬一。但他們不會把車放在看得見地方。」馬修道。

「這兒又沒有車庫。」

「蛇麻子倉庫。」馬修自然而然把鑰匙往屁股口袋裡塞，但他的衣服沒有這種現代的便利設計。

「他們會想到替我們準備衣服嗎？」我指著我的繡花外套和大蓬裙。它們還沾著十六世紀牛津泥土路上的灰塵。

「看看便知。」馬修拿著鑰匙和從艾許摩爾七八二號撕下的那頁紙，走進起居室和廚房。

「仍然是咖啡色。」我看看格紋壁紙和老舊的冰箱，批評道。

「仍然是家。」馬修把我拉進臂彎。

「少了艾姆和莎拉就不像家。」跟那個環繞我們好幾個月、塞滿東西的家比起來，我們現代的家顯得脆弱，人口也稀少。在這兒，遇到風雨交加的黃昏，不能跟瑪莉・錫德尼討論我的煩惱。下午也不會有蘇珊娜和伊索奶奶順道來訪，喝杯小酒，幫我把最新的咒語修改得更完美。不會有安妮開開心心幫我脫下緊身搭與裙子。沒有抹布在腳下打轉，也沒有傑克。如果我們需要幫忙，也找不到二話不說、毫不遲疑伸出援手的亨利・波西。我攬住馬修的腰，藉此確定他仍然牢靠，可以依賴。

「妳會永遠懷念他們，」他猜到我的心緒，柔聲道：「但痛苦會被時間沖淡。」

「我開始覺得比較像吸血鬼，而不是女巫了。」我遺憾地說。「太多告別，太多值得懷念的心愛的人。」我瞥見牆上的日曆只撕到十一月，指給馬修看。

「從去年就沒有人住在這裡，這可能嗎？」他既困惑又擔心。

「一定出了什麼事，」我伸手去拿電話。

「不。」馬修道：「合議會可能會追蹤電話，或監視這棟房子。我們應該到七塔去，不論我們離開了幾小時或幾年，都必須趕過去。」

我們在乾衣機上找到我們的現代衣服，塞在一個枕頭套裡，免得長灰。馬修的公事包好好地立放在衣服旁邊。我們離開後，至少艾姆還回來過。再沒有別人會考慮到這些細節了。我用床單把我們伊麗莎白時代的衣服包起來，實在很不願意放棄這些前世生活的具體證據，於是把它們夾在腋下，像兩顆長了很多腫瘤的足球。馬修把艾許摩爾七八二號的那一頁塞進皮革包包，牢牢鎖上。

我們走出屋子時，馬修先把果園和田野都觀察了一遍，銳利的眼睛對所有可能的危險都充滿警戒。我也用我女巫的第三隻眼，把這地方掃視一遍，但似乎沒有人在外面。我看見果園地下的水，聽見樹上的貓頭鷹，嘗到薄暮中夏日甜美的空氣，如此而已。

「來吧。」馬修接過一包衣服，牽起我的手道。我們越過開闊的空間，跑向蛇麻子倉庫。馬修用全身力量抵著滑動門，用力推，但它動也不動。

「莎拉施了咒語。」我看得見，它纏繞著把手，深入木頭的紋理。「而且是個很好的咒語。」

「好到無法破解？」馬修擔憂地抿緊嘴唇。他會擔心，並不意外。上次我們在這兒時，我連萬聖節前夕的南瓜燈都點不亮。我找到關門咒鬆散的線頭，微微一笑。

「沒打結。莎拉很棒，但她不是編織者。」我把從伊麗莎白時代帶回來的絲線，塞在緊身褲的腰帶裡。我將它們取出，綠色和咖啡色的線立刻從我手中延伸出去，搭上莎拉的咒語，解開我阿姨設在門上的禁制，速度比我們的神偷妙手傑克還快得多。

莎拉的本田小車停在穀倉裡。

「見鬼了，我們怎麼可能把你塞進那輛車？」我質疑。

「我來想辦法。」馬修把我們的衣服扔進後座。把公事包交給我，把自己摺成兩半，鑽進前座。幾次失誤後，車子噗嘟噗嘟活了過來。

「接下來去哪兒？」我繫上安全帶，問道。

「雪城。然後蒙特婁。然後阿姆斯特丹，我在那兒有棟房子。」馬修把排檔推到駕駛，靜悄悄開進田裡。

「如果有人要找我們，應該會去紐約、倫敦或巴黎。」

「我們沒有護照。」我提及此事。

「看看腳墊下面。馬卡斯應該會告訴莎拉，把它們放在那兒。」他道。我掀開骯髒的腳墊，找到了馬修的法國護照和我的美國護照。

「為什麼你的護照不是酒紅色的？」我把它們從塑膠密封袋（又是艾姆的細心，我想道）取出時問道。

「因為這是外交護照。」他開上外面的道路，也亮了頭燈。「妳應該也有一份。」

我的法國外交護照（我的名字登記為戴安娜・柯雷孟，並註明我跟馬修的婚姻關係）夾在那本平凡的美國護照裡。馬卡斯用什麼方法能不損壞原件而複製我的照片，就只有天曉得了。

「你現在還做間諜嗎？」我有氣無力問道。

「不做了。這就像直升機一樣，」他得意地一笑，「不過是身為柯雷孟的又一樁特別福利罷了。」

我以戴安娜・畢夏普的身分離開雪城，第二天進入歐洲，就搖身一變，成了戴安娜・柯雷孟。馬修所謂阿姆斯特丹的房子，結果是一幢紳士運河旁的十七世紀豪宅，位在最漂亮的地段。馬修解釋說，他一六〇五年一離開蘇格蘭，就買下了這棟房子。

我們停留在那兒的時間剛夠淋浴和更衣。我繼續穿我在麥迪森就穿上的那件緊身褲，只換了一件馬修的襯衫。他照舊穿他的灰、黑二色喀什米爾羊毛，雖然報紙日期標示著步入酷暑的六月下旬。看不見他的腿，感覺很奇怪，我已習慣它們暴露在外了。

「公平交易嘛。」馬修評論道：「好幾個月來，除了在臥室私下相處的時候，我也沒看過妳的腿。」

馬修差點心臟病發作，因為他心愛的越野吉普車沒停在地下停車場裡，我們只找到一輛軟式車篷的深藍色跑車。

「我要殺了他。」馬修看到那輛低底盤的車時說。他用房子的鑰匙打開一個固定在牆上的金屬盒。盒裡有另一把鑰匙和一張紙條：「歡迎回家。沒有人想到你會開這種車。絕對安全，而且迅速。嗨，戴安娜。馬卡斯。」

「這是什麼？」我看著那些安裝在超炫的鉻鋼儀表板上的飛機式刻度盤問道。

「Spyker車廠出品的Spyder。馬卡斯專門收集以節肢動物蜘蛛綱命名的車。」馬修開啟車門，它們像噴射戰鬥機的機翼般向兩旁展開。他咒罵一聲：「這是想像所及最醒目的車了。」

我們只開到比利時，馬修就把車開到一家汽車經銷商，交出馬卡斯那輛車的鑰匙，換了一輛較大、開起來比較無趣的車離開停車場。坐在它笨重的四方形車廂裡，我們平安入境法國，幾小時後，就沿著奧弗涅的登山道路，緩緩向七塔前進。

隔著林木，不時瞥見城堡的影子——帶粉紅光澤的灰色岩石，塔上黝黑的窗戶。我不由得拿現在的城堡和附近的村莊，跟我上次在一五九〇年看到它們的印象做比較。這次沒有成團的灰色炊煙飄浮在聖祿仙村上空。遠處的鐘聲使我回頭觀望，想看一眼那群曾與我相熟的山羊的後裔回家吃晚餐。但這次不會有彼埃拿著火把衝出來迎接我們，也看不到元帥在廚房裡把雉雞的頭一一剁下，為了餵飽溫血人和吸血鬼，將新鮮野味做最有效率的處理。

而且也沒有菲利普，因此也不會有大呼小叫的歡笑聲，沒有人引用優里皮底斯的名句批判人性脆弱，或一針見血地指出我們回到現代即將面臨的問題。要經過多長時間，我才不會想要打起精神，準備面對菲利普進入一個房間之前那種排山倒海的氣勢與咆哮？想起我的公公，我不禁心痛。打著刺眼強光、快節奏的現代世界，竟然沒有他那種英雄的容身之地。

「妳想念我父親。」馬修低聲道。吸血鬼吸血與女巫之吻的沈默儀式，加強了我們忖度對方思想的能力。

「你也一樣。」我點出。從我們越過法國國界，他就沈浸在思念中。

「從他去世那天起，我就覺得七堡很空虛。它提供庇護，卻不覺得舒適。」馬修抬眼望著城堡，然後又回到前方的路上。空氣因責任感和父子傳承的壓力，變得沈重起來。

「或許這次會不一樣。莎拉和艾姆到了那兒。馬卡斯也在。還不提蘇妃和雷瑟尼。而且菲利普也還在，如果我們學會把心思放在他的精神，而不是形體的有無上。」每個房間的陰影，牆上的每塊石頭裡，都找得到他。我仔細打量我丈夫俊美而嚴肅的臉，現在我知道經驗和痛苦如何塑造這張臉。我一手微彎，回護著肚子，另一隻手伸過去找他的手，要提供他目前迫切需要的安慰。

他抓住我的手，緊緊握住，然後放開，我們好一會兒沒說話。但不久我的手指就默默地在自己的大腿上留下不耐煩的印記，好幾次我都想打開汽車的天窗，飛到城堡大門口。

「妳不准那麼做。」馬修的笑容抵銷了他語氣中的警告意味。趁他在一個急轉彎處換排檔時，我回他一個微笑。

「那就開快點。」我快要控制不住。但速度表保持不動，無視我的哀求。我發出不耐煩的呻吟。「我們該繼續開馬卡斯的車。」

「忍耐點。快到了。」**我絕不會加快速度**。馬修換到低速檔時想道。

「還記得蘇妃說她懷孕期間雷瑟尼是怎麼開車的？『他開車像個老太太。』」

「試想，雷瑟尼如果真是一個老太太——幾百歲的老太太，像我一樣老——會怎麼開車呢。我有生之年，只要妳在車上，都會那麼開車。」他再次握住我的手，把它湊到唇上。

「雙手握方向盤，老太太。」我開玩笑時，已繞過最後一個彎，前方是平直的路，一片胡桃樹林擋在我們和城堡的大院之間。

快啊。我無聲地祈求。我定睛看著遙遙在望的馬修的塔。車速放慢時，我困惑地看他。

「他們在等我們。」他解釋道，把頭湊到擋風玻璃前面。

蘇妃、伊莎波、莎拉都在等，動也不動，站在路中央。

魔族、血族、巫族——還多了一個。伊莎波臂彎裡抱著一個小嬰兒。我看見她豐盛的褐髮和肥嘟嘟的長腿。嬰孩一隻手牢牢抓著吸血鬼一綹蜜黃色的捲髮，另一隻手專橫地指著我們這方向。孩子的眼神集中在我身上時，有種微弱卻不容否認的刺痛感。蘇妃和雷瑟尼的孩子是個女巫，正如她的預言。

我解開安全帶，打開車門，馬修還沒來得及把車停穩，我已快步跑過去，淚如泉湧。莎拉也跑過來，把我摟進熟悉的羊毛和法蘭絨的懷抱，用天仙子和香草的氣味包圍著我。

家。我想道。

「好高興你們平安回來。」她用力說道。

靠在莎拉肩上，我看著蘇妃溫柔地從伊莎波懷抱中接過寶寶。馬修母親的表情神祕莫測，但依然那麼漂亮，只有嘴唇周圍繃緊的線條，洩漏她交出孩子時情緒有多麼激動。馬修也有那種緊繃的特徵。他們在血肉上如此相似，好像不能單純用馬修喝了她的血變成吸血鬼來解釋。

我掙脫莎拉的懷抱，轉向伊莎波。

「我本來還不確定你們會回來。你們離開了那麼久，直到瑪格麗特要求我們帶她到路上來，我才終於相信你們可以克服萬難，平安回到我們身邊。」伊莎波搜索我的臉，找尋我還沒告訴她的訊息。

「我們回來了，不離開了。」她漫長一生中承受的失落已經夠多了。我輕柔地先吻她一邊臉頰，然後另一邊。

「很好。」她喃喃低語，如釋重負。「你們回來，我們都很高興——不僅瑪格麗特而已。」小寶寶聽見自己的名字，開始一疊聲喊道：「達—達—達—達」，並揮舞手腳，像個打蛋器似的，想接近我。「聰明的女孩。」伊莎波贊許地說，先拍拍瑪格麗特的腦袋，又摸摸蘇妃的頭

「要不要抱抱妳的教女？」蘇妃問道。她露出一個大大的微笑，眼中卻噙著淚。她簡直長得跟蘇珊娜一模一樣。

「要！」我趕緊把寶寶接過來，同時吻一下蘇妃的臉頰算是交換。

「哈囉，瑪格麗特。」我吸入寶寶的奶香，低聲道。

「達—達—達—達。」瑪格麗特抓起一把我的頭髮，捏在小拳頭裡揮舞。

「妳是個小麻煩。」我笑道。她小腳踩在我肋骨上，哼一聲表示抗議。

「她跟她爸一樣頑固，雖然她是個雙魚座。」蘇妃平靜地說：「舉行儀式時，莎拉代替妳。艾嘉莎也

來了。她目前不在，但我想她很快就會回來。她跟瑪泰做了一個特別的蛋糕，周圍有一條一條的糖。太好看了。瑪格麗特的衣服也好漂亮。妳的聲音變了——好像在外國待了很久。我喜歡妳的髮型，跟以前不一樣。妳餓了嗎？」蘇妃的話雜亂無章地從嘴巴裡湧出來，就跟湯姆或傑克一樣。雖然被親人環繞，我卻不由得思念起失去的朋友。

親過瑪格麗特的額頭，我把她交回給她母親。馬修仍站在越野路華車敞開的門後面，一腳踩在車上，另一腳踏著奧弗涅的土地，好像沒把握我們該不該待在這兒似的。

「艾姆在哪？」我問。莎拉和伊莎波交換了一個眼色。

「所有的人都在城堡裡等妳。我們走路回去吧。」伊莎波建議道。「車就丟在這兒，有人會來開的。你們一定很想伸伸腿。」

我摟住莎拉，走了幾步。馬修在哪？我回過身，伸出空著的手。我們的眼神交會時，我無聲地說：**來你的家人這兒。跟愛你的人在一起。**

他微笑起來。我的心雀躍著回應。

伊莎波忽然驚訝地嘶喊一聲，聲音飄揚在夏日的微風中，變得很響亮。「心跳。妳的……另外還有兩個？」她美麗的綠眼睛飛快轉到我的小腹上，兩顆小紅點湧現，膨脹，搖搖欲墜。伊莎波無法置信地看著馬修。他點點頭，他母親的血淚終於成形，沿著面頰滑落

「我的家族有雙胞胎遺傳。」我解釋道。馬修在阿姆斯特丹發現第二個心跳，就在我們登上馬卡斯的Spyder之前。

「我也一樣。」伊莎波低聲道。「所以是真的，蘇妃在夢中看到的景象？妳懷孕了——馬修的孩子？」

「是的。」我看著血淚一顆接一顆滴落。

「所以這是新的開始。」莎拉擦拭著自己的眼淚道。伊莎波給我阿姨一個苦澀而甜美的微笑

「菲利普最喜歡一句跟開始有關的諺語，非常古老。是怎麼說的，馬修？」伊莎波問兒子。

馬修終於離開了那輛車，好像他原本被某種咒語拴住，現在才終於條件俱足，獲得開釋似的。他走了幾步，來到我身旁，先吻一下他母親的臉頰，才伸手握住我的手。

「Omni fine initium novum。」馬修眺望他父親的土地，彷彿這一刻才終於到家。

「每一個結束都是一個新的開始。」

第四十二章

一五九三年五月三十日

安妮遵守克里斯多夫‧馬羅逼她應允的承諾，把戴安娜的小雕像拿到胡巴德神父那兒。看到它躺在那個魅人的掌心，她心頭忽然一揪。這小雕像總讓她聯想到戴安娜‧羅伊登。即使如今她的女主人突然離開已經兩年，安妮仍想念她。

「他沒說什麼別的？」胡巴德把雕像轉來轉去端詳，問道。女獵人的箭映著光線閃爍，好像即將發射。

「沒了，神父。今天早晨他去玳孚鎮之前，要我把這個拿過來給你。馬羅老爺說，你知道該怎麼

辦。」

胡巴德看到箭囊裡塞了一張小紙片，捲起來跟女神備用的箭裝在一塊兒。「給我一根妳的別針，安妮。」

安妮從緊身上衣取下一根別針，滿臉困惑地遞給他。胡巴德拿針尖鉤住那張紙，小心地將它抽出來。他讀完那張紙條，搖頭道：「可憐的克里斯多夫。他永遠是上帝迷途的孩子。」

「馬羅老爺不回來了嗎？」安妮努力掩飾如釋重負的心情。她一向不喜歡那個劇作家，自從格林威治宮演武場發生那件可怕的事以後，她對他的評價就沒提升過。自從她的雇主夫婦不告而別，沒有留下去向，馬羅的心情就從憂鬱變為絕望，甚至更加陰暗。安妮相信有朝一日黑暗會把他整個兒吞噬。她得確定不至於被他拖下水。

「不回來了，安妮。上帝告訴我，馬羅老爺已經離開這世界，到下一個世界去了。我祈禱他能在那兒找到平靜。」胡巴德看看那女孩。她已長成一個相當漂亮的少女。說不定她能治好威爾・莎士比亞總愛勾搭別人老婆的毛病。「但妳不用擔心，羅伊登夫人囑咐我要把妳當自己的孩子看待。我會照顧我的孩子，妳會有個新主人。」

「誰呢，神父？」她願意接受胡巴德提供的任何工作機會。羅伊登夫人已明確告訴她，在伊茲林頓成為一個獨立自主的女裁縫需要多少資金。要湊齊那麼一筆錢，得花時間，也需要節儉。

「莎士比亞老爺。妳會讀書寫字，是個有價值的女人，安妮。妳可以在工作上幫助他。」胡巴德看著手中的字條。他實在很想把雕像留下，跟剛從布拉格寄到的包裹收在一塊兒，那是透過荷蘭吸血鬼建立的包括信差和商人的龐大網絡送達他手上的。

胡巴德仍不確定愛德華・凱利為什麼要把那張古怪的龍畫寄給他。愛德華是個陰險狡詐的超自然生物，胡巴德無法苟同他認為通姦和偷竊毫無不妥的道德標準。在收養家族的犧牲儀式中吸他的血，變成一件差事，失去了平常的樂趣。但在這過程中，胡巴德看到愛德華的心思，便決心不讓這傢伙待在倫敦。所以他打發他去摩特雷克。至少這麼一來，狄博士就不再沒完沒了地糾纏著要學魔法了。

但馬羅既然要把這尊雕像送給安妮，胡巴德不想違反垂死之人的心願。他把小雕像和紙條交給安妮。

「妳要把這個交給妳的阿姨諾曼太太，她會替妳保管。這張紙是馬羅老爺留下的另一件紀念品。」

「好的，胡巴德神父。」安妮道，雖然她很想把這件銀製品賣掉，把賣得的錢藏在自己的襪子裡。

安妮離開胡巴德盤據的教堂，往莎士比亞的住處蹣跚走去。他不像馬羅那麼機智善變，而且雖然他的朋友總以嘲弄他為能事，但羅伊登夫人提起他時，總是充滿敬意。

她很快就在這位劇作家的家裡安頓下來，一天天過去，她的心情也越來越好。馬羅慘死的消息傳來時，只證明她能擺脫他是多麼幸運。莎士比亞也頗為震驚，有天晚上還多喝了幾杯，引起節慶典禮官⑮的注意。不過莎士比亞提出令人滿意的解釋，最後一切又恢復正常。

安妮正在清理窗戶上的積垢，好讓她的雇主閱讀時有更好的採光。她把抹布放進乾淨的水裡，忽然一張小紙捲從她口袋裡掉出來，隨著敞開的窗戶吹進來的微風起舞。

「那是什麼，安妮？」莎士比亞用鵝毛筆羽毛的一端，猜疑地指著問。這女孩曾經為克特・馬羅工作。她說不定會幫他的對手傳遞消息。他可不能讓自己用來爭取贊助的最新創作走漏風聲。瘟疫使所有的劇場關門大吉，維持生計成為一大挑戰。《維納斯與阿都尼斯》⑯應該會成功——只要他這個點子不被人偷走。

「沒—沒什麼，老—老爺。」安妮有點結巴，彎腰去撿那張紙。

「既然沒什麼，那就拿過來。」他命令道。

一拿到紙條，莎士比亞就認出那獨特的筆跡。他後頸的毛髮都豎了起來。這是一個死人捎來的消息。

「馬羅什麼時候把這交給妳的？」莎士比亞的聲音很嚴厲。

「他沒交給我，老爺。」照例，安妮沒法子撒謊。她沒幾樣女巫的特質，偏偏就有取之不盡、用之不竭的誠實。「它被藏起來了。胡巴德神父找到後交給我的。他說叫我留作紀念。」

「妳是在馬羅死後找到這個的嗎？」隨著興趣上湧，莎士比亞頸背上的刺痛感消失了。

「是的。」安妮低聲道。

「那我替妳保管，這樣比較安全。」

「當然。」安妮看著克里斯多夫・馬羅的最後遺言消失在新主人掌中，眼中閃過一抹擔憂。

「去幹妳的活吧，安妮。」莎士比亞一直捱到女僕離開去取更多的水，才細看紙上幾行字跡。

黑是失去真愛的標誌。
魔鬼的顏色，
也是夜的影子。

莎士比亞嘆口氣。克特選的格律在他看來毫無意義。他的憂鬱與病態幻想，在這個悲傷的年頭也陰沈得不合時宜。它們會讓觀眾不安，而且倫敦的死亡也夠多了。他轉動手中的鵝毛筆。

失去真愛。才怪。莎士比亞冷哼一聲。他受夠了真愛，雖然付費的顧客好像永遠不覺得厭倦。他把這幾個字塗掉，換上比較能正確表達他心情的字眼。

魔鬼。克特的《浮士德》大獲成功，令他想起來就一肚子不快。莎士比亞不會描寫超自然生物。他只擅長以平凡事物為題材，生來不完美的凡人落入命運的羅網。有時他自覺可以編個精彩的鬼故事，像是一

---

⑮ master of the revels為一正式官職，督辦王室的慶祝活動，也管理劇本審查、劇場工作人員是否生活不檢等。

⑯ Venus and Adonis是莎士比亞寫的一首千行長詩，一五九四年首次出版。

個蒙冤不白的父親找兒子作祟。莎士比亞打了個寒噤。他的親生父親如果變鬼一定很恐怖，也就是說，萬一上帝算清了約翰．莎士比亞一生的爛帳，而且不想再把他留在身邊的話。他塗掉那討厭的字眼，換個別的。

夜的影子。用這個詞做韻文的結束，太軟弱無力，也太容易預測——缺乏創意的喬治．查普曼或許會這麼做。但改成哪個字眼才好呢？他又塗掉一個字，在上面寫了「鬱怒」。*夜的鬱怒*。還是不大對勁。他再塗掉，寫上「衣袖」。一樣糟。

莎士比亞心不在焉地思考著馬羅和他朋友們的命運，如今他們都像影子般不具實質了。亨利．波西難得地享有歷久不衰的王室榮寵，始終在朝為官。芮利祕密結婚，失寵於女王，現在淪落在多塞特郡務農，女王希望他就此被世人遺忘。哈利奧特隱居在某處，想必不是埋頭苦思數學難題，就是像個失心瘋的小精靈般看著天空發呆。謠傳查普曼替塞索到低地國出任務，而且正在寫一首與女巫有關的長詩。馬羅最近在玳孚鎮被人殺害，有人說是暗殺。或許那個奇怪的威爾斯人了解內情，因為他曾經跟馬羅一起去過那家酒店。羅伊登——他是莎士比亞所見唯一有實權的人——和他神祕的妻子都在一五九一年夏季消失無蹤，此後再沒有人見到他們。

馬羅圈子裡的人，莎士比亞還固定聽到消息的，就只剩那個名叫蓋洛加斯的蘇格蘭大塊頭了，他有王者的氣質，絲毫不像僕人，還會講許多小仙子和小妖精的奇妙故事。多虧蓋洛加斯穩定的雇用，莎士比亞才有一片屋簷遮頭。蓋洛加斯好像總用得著莎士比亞偽造文書的才能。他付的酬勞也高——尤其當他要求莎士比亞在某些書的邊緣模仿羅伊登的筆跡，或寫一封有羅伊登署名的信時。

怎樣的一群人啊，莎士比亞想道。*叛徒、無神論者、罪犯、物以類聚吧*。他的筆懸在紙上猶豫。又寫了一個筆畫粗大、墨汁濃黑的字，莎士比亞往後一靠，端詳新完成的詩。

黑是地獄的勳章
地牢的顏色與黑夜的學校。

它已脫胎換骨，完全不像馬羅的原作了。莎士比亞的天才就像鍊金術，把死者的觀念改得適合一般倫敦人，而不是羅伊登那種危險分子會欣賞的。才只花了幾分鐘。

莎士比亞大筆一揮，改變了過去，也改變了未來，心中卻沒有一絲悔意。馬羅在世界舞台上的角色已終結，莎士比亞才剛登台。記憶是短暫的、歷史是殘酷的。世界就是這麼運作。

莎士比亞心滿意足，把那張小紙條放到書桌一角、壓在一個狗頭骨紙鎮下面的一疊類似紙片裡。有朝一日，這兩句小詩會派上用場。但他又有個新的念頭。

或許他否定「失去真愛」有失倉促。其中蘊藏著潛力——未曾實現，等人開採的潛力。莎士比亞拿起一張小紙片，這是上次安妮給他看肉鋪的帳單後，他出於不怎麼熱中的省錢算盤，從未寫滿的紙上裁下來的。

「愛的徒勞。」他用較大的字體寫道。

是的，莎士比亞思忖道，哪天一定要把它派上用場。

書中人物表

有＊記號者在歷史上留名。

第一部

烏斯托克路的老房子

戴安娜・畢夏普，女巫
馬修・柯雷孟，化名＊羅伊登，吸血鬼
＊克里斯多夫・馬羅，一個魔族，擅長寫劇本
芳絲娃與彼埃，均為吸血鬼，僕人
＊喬治・查普曼，小有名氣的作家，卻找不到贊助者
＊湯瑪斯・哈利奧特，魔族及天文學家
＊亨利・波西，諾森伯蘭伯爵
＊華特・芮利爵士，探險家
約瑟・皮德維，父子同名，均為鞋匠
桑默斯師傅，縫手套的工匠

畢登寡婦，一個狡猾的婦人
單福思先生，神職人員
艾佛利師傅，另一個手套工匠
蓋洛加斯，吸血鬼兼傭兵
＊戴維・堪姆，又名韓考克，吸血鬼，蓋洛加斯的同伴，威爾斯人

第二部
七塔與聖祿仙村

＊喬厄斯主教，聖米榭山的訪客
亞倫，一個吸血鬼，柯雷孟家的僕人
菲利普・柯雷孟
元帥，一個廚師
凱琴、潔安、托瑪、艾甸，均為僕人
瑪喜，做禮服的女裁縫
安德雷・項皮爾，來自里昂的巫師

第三部
倫敦：黑衣修士區

＊羅勃・霍利，鞋匠
＊梅格蕊・霍利，羅勃之妻
＊瑪莉・錫德尼，彭布羅克伯爵夫人
瓊安，瑪莉的女僕
＊尼可拉斯・希利亞德，袖珍肖像畫家
普萊爾師傅，糕餅店老闆
＊理查・費爾德，一個畫家
＊賈克琳・佛圖里爾・費爾德，理查之妻
＊約翰・陳德勒，在巴比肯十字區開業的藥劑師
阿門・角兒與勒納・蕭迪奇，兩個吸血鬼
胡巴德神父，倫敦的吸血鬼王
安妮・昂得科羅，年輕的女巫，懂一些巫術技巧卻沒有法力
＊蘇珊娜・諾曼，助產士及女巫
＊約翰與傑福瑞・諾曼，蘇珊娜之子
伊索奶奶，住聖詹姆士教區蒜頭山一帶的風系女巫
凱瑟琳・史崔特，火系女巫
伊麗莎白・傑克森，水系女巫
瑪喬麗・庫柏，土系女巫
傑克・黑衣修士，手腳靈活的孤兒
＊約翰・狄博士，擁有大量私人藏書的學者

＊珍妮・狄，約翰多方不滿的妻子
＊威廉・塞索，伯力爵士，英格蘭財政大臣
＊羅伯・德沃，艾塞克斯伯爵
＊伊麗莎白一世，英格蘭女王
＊伊麗莎白（貝絲）・索洛克摩頓，服侍女王的女官

第四部
帝國：布拉格

卡洛麗娜與特莉莎，吸血鬼僕人
＊塔迪奇・海葉克，御醫
＊歐泰維歐・史查達，皇家圖書館館長兼史官
＊魯道夫二世，神聖羅馬帝國皇帝兼波希米亞國王
奧地利人胡勃太太與義大利人羅西太太，小城區的婦女
＊尤利斯・賀夫納吉，畫家
＊伊拉斯默斯・哈白梅，製造數學機械的工匠
＊米塞隆尼先生，寶石雕刻工匠
＊巴塞帝先生，皇帝的舞蹈教練
＊喬安娜・凱利，一個離鄉背井的婦人
＊愛德華・凱利，魔族鍊金術師

*猶大・羅兀拉比，一位智者
坎姆的以利亞之子亞伯拉罕，有一個困擾的巫師
*大衛・岡斯，天文學家
福克斯先生，吸血鬼
*梅肖爾・麥瑟，猶太城的富商
羅貝洛，一隻偶爾被誤當作抹布的匈牙利犬，可能是一隻科蒙多爾牧羊犬
*約翰尼斯・皮斯托利烏斯，巫師兼神學家

第五部
倫敦：黑衣修士區

*維倫・斯拉伐塔，一位非常年輕的大使
露依莎・柯雷孟，吸血鬼，馬修・柯雷孟之妹
*斯賴福，收容可憐人的貝得蘭精神療養院的管理員
史蒂芬・普羅克特，一個巫師
芮碧嘉・懷特，一個女巫
布麗姬・懷特，芮碧嘉之女

第六部
新世界，舊世界

莎拉・畢夏普，女巫，戴安娜・畢夏普的阿姨
伊莎波・柯雷孟，吸血鬼，馬修・柯雷孟之母
蘇妃・諾曼，魔族
瑪格麗特・魏爾遜，蘇妃之女，女巫

其他時代的其他角色

黎瑪・賈燕，塞維拉一個圖書館管理員
艾米莉・麥澤，女巫及莎拉・畢夏普的同居人
瑪泰，伊莎波・柯雷孟的管家
斐碧・泰勒，端莊漂亮，懂藝術
馬卡斯・惠特摩，馬修・柯雷孟之子，吸血鬼
維玲・柯雷孟，吸血鬼
恩斯特・紐曼，維玲之夫
彼得・諾克斯，巫師及合議會的議員
帕威・斯柯法伊薩，圖書館員工
*康達爾之歐里亞克的高伯特，吸血鬼，諾克斯的盟友
*威廉・莎士比亞，抄寫員，偽造文書的高手，也寫劇本

致謝

本書得以問世，得到很多人的幫助。

首先要感謝我總是溫柔、總是直言以告的第一批讀者：Cara、Fran、Jill、Karen、Lisa、Olive。特別要謝謝在我為最後一稿奮鬥時宣稱她很無聊，自告奮勇用她明如秋水的作家之眼閱讀手稿的Margie。

我的編輯Carole DeSanti在寫作過程中扮演助產士，指出每一具屍體埋葬的位置（真的）。謝謝妳，Carole，總是準備好削尖的鉛筆和同情的耳朵，對我伸出援手。

維京出版社卓越的團隊像變魔術一般，把堆積如山的打字稿變成漂亮的書，並持續用他們的熱忱與專業給我驚喜。尤其要感謝我的校對Maureen Sugden，她老鷹般的眼力絕不輸給奧格斯妲。也要感謝我分布世界各地的出版商，謝謝你們為了把戴安娜和馬修介紹給新讀者所做的（以及接下來要做的）一切。

我的文學經紀人Frances Goldin經紀公司的Sam Stoloff，始終是我堅定不移的支持者。謝謝你，Sam，提供我新觀點並分擔各種使我能繼續寫作的幕後工作。同樣要感謝我的電影經紀，Creative Artists經紀公司的Rich Green，即使在最具挑戰性的情況下，他仍提供源源不絕的建議和幽默。

我的助理Jill Hough過去一年來用火龍的勇猛，捍衛我的時間和神智清醒。真的，沒有她我一定寫不完這本書。

Lisa Halttunen再次整理謄清的手稿。雖然她交代的那些個文法規則，我恐怕永遠都摸不清頭緒，但我永遠感激她這次還願意繼續修正我的句子和標點。

Patrick Wyman提供中世紀史與軍事史上重大轉折的洞見，使角色——以及故事——出現意外的轉折。Carole只知道屍體埋在何處，Patrick卻知道它們怎麼去到那兒。Patrick，謝謝你使我用新的角度看待蓋洛加斯、馬修，尤其是菲利普。也要感謝Cleopatra Comnenos解答我有關希臘語的疑難。

我還要向Pasadena Roving Archers致謝，他們幫助我了解把一支箭射中目標有多麼困難。Aerial Solutions的Scott Timmons介紹我認識Fokker以及他在加州Terranea Resort飼養的其他美麗的猛禽。Thousand Oaks蘋果電腦專賣店的Andrew在寫作關鍵時刻差點爆發terminal meltdown之際，救了作者，她的電腦——以及這本書。

本書題獻給我做研究生時收我為徒的歷史學家雷西・巴德文・史密斯，他對都鐸王朝統治下英格蘭的激情，曾啟發過成千上萬個學生。每當他提及亨利八世或他的女兒伊麗莎白一世，總像是他們剛一起吃過午餐。有次他給我一張簡短的史實清單，要我設想，如果由我撰寫一份編年史，或聖徒行傳，或中世紀羅曼史，我會如何處理這些材料。在我一篇簡短已極的故事末尾，他寫道：「接下來會發生什麼事？妳該考慮寫一本長篇小說。」說不定這套三部曲的種子在那時候就播下了。

最後，也最重要的，我要對我長期以來受苦受難的家人與朋友（來對號入座吧！）表達誠摯的謝意，我退隱到一五九〇年期間，他們幾乎見不到我的人，當我回到現在，他們都大表歡迎。

血魅夜影 / 黛博拉・哈克妮斯
（Deborah Harkness）著；張定綺譯.
-- 初版. -- 臺北市 : 大塊文化, 2013.10
面；　公分. -- (R; 53)
譯自 : SHADOW OF NIGHT
ISBN : 978-986-213-457-3(平裝)

874.57　　　　102016202

10550 台北市南京東路四段25號11樓

廣 告 回 信
台灣北區郵政管理局登記證
北台字第10227

大塊文化出版股份有限公司 收

請撕下後對折裝訂寄回，謝謝！

地址：□□□□□ ＿＿＿＿＿市／縣＿＿＿＿＿鄉／鎮／市／區

＿＿＿＿＿＿路／街＿＿＿段＿＿＿巷＿＿＿弄＿＿＿號＿＿＿樓

編號：R053 書名：血魅夜影

大塊文化 LOCUS 讀者服務卡

謝謝您購買本書！

如果您願意收到大塊最新書訊及特惠電子報：

- 請直接上大塊網站 locuspublishing.com 加入會員，免去郵寄的麻煩！
- 如果您不方便上網，請填寫下表，亦可不定期收到大塊書訊及特價優惠！
  請郵寄或傳真 +886-2-2545-3927。
- 如果您已是大塊會員，除了變更會員資料外，即不需回函。
- 讀者服務專線：0800-322220；email: locus@locuspublishing.com

姓名：________________________________ 姓別：□男　□女

出生日期：____年____月____日　聯絡電話：____________

E-mail：________________________________

您所購買的書名：________________________

從何處得知本書：

1.□書店　2.□網路　3.□大塊電子報　4.□報紙　5.□雜誌
6.□電視　7.□他人推薦　8.□廣播　9.□其他

您對本書的評價：
（請填代號　1.非常滿意　2.滿意　3.普通　4.不滿意　5.非常不滿意）
書名____內容____平面設計____版面編排____紙張質感____

對我們的建議：________________________________

____

____

____

____

____